ANTONIO CABANAS

Der Leibarzt des Pharao

Buch

Am Hofe des Pharaos Ramses III.: Der junge und tugendhafte Nefermaat wird nach Theben ins Zentrum der Macht berufen, um dort als Leibarzt des Pharao eine bedeutungsvolle Rolle zu übernehmen. Schon als junger Mann wurde er von der Göttin Sachmet dazu auserwählt, die Geheimnisse der Heilkunst zu erlernen. Nach siebenjähriger Lehrzeit, ist er begierig darauf, weiter zu lernen, und sucht einen der berühmtesten Chirurgen Ägyptens auf – Anon, eine Koryphäe auf seinem Gebiet. Gemeinsam versuchen sie, mehr über den menschlichen Körper herauszufinden und schrecken nicht davor zurück, auch Leichen zu sezieren – ein gefährliches, da verbotenes Unterfangen. Doch Anon ist nicht nur ein guter Arzt, sondern feiert gern und lange, was Nefermaat zuwider ist. Am Hofe in Theben erwartet ihn zu seinem Schrecken ein ähnliches Bild. Ramses vernachlässigt seine Staatsgeschäfte immer mehr und kümmert sich nur noch um seinen Harem. Zudem versinkt sein Hof in Intrigen. Jeder will sich ein Stück der Macht sichern, und der Neuankömmling Nefermaat ist da nicht unbedingt willkommen. Der junge Arzt kann aber schon bald nur noch an die junge Prinzessin Nubchesbed denken, seine Jugendliebe, die er nun endlich wieder in den Armen halten kann. Sie sind gleich wieder in Liebe füreinander entbrannt und merken nicht, dass dies eine große Gefahr birgt. Denn Nubchesbed könnte Nefermaat durch eine Heirat zum Thronfolger machen, und das lässt so manchen um seinen Einfluss bangen. Das Intrigenspiel beginnt, und der unerfahrene Nefermaat muss all seine Kräfte darauf verwenden, in dieser Schlangengrube zu überleben …

Autor

Die große Leidenschaft des in Las Palmas geborenen Antonio Cabanas ist das Fliegen, eine Passion, die der heutige Flugkapitän der Air Iberia zur Profession machen konnte. Daneben galt Cabanas' Interesse schon früh dem alten Ägypten. Eine Faszination, der er durch zahlreiche Reisen sowie durch sein Studium der Ägyptologie Rechnung getragen, und der er mit seinen Romanen »Der Grabräuber« und »Der Leibarzt des Pharao« ein wunderbares Denkmal gesetzt hat.

Von Antonio Cabanas außerdem bei Goldmann lieferbar:
Der Grabräuber. Roman (46097)

Antonio Cabanas

Der Leibarzt des Pharao

Roman

Aus dem Spanischen
von Roberto de Hollanda

GOLDMANN

Die Originalausgabe erschien 2006 unter dem Titel
»La conjura del faraón«
bei Ediciones B, S. A., Barcelona.

Verlagsgruppe Random House FSC-DEU-0100
Das für dieses Buch verwendete FSC-zertifizierte Papier
Holmen Book Cream liefert Holmen Paper, Hallstavik, Schweden.

Einmalige Sonderausgabe November 2008

Umschlaggestaltung: Design Team München
Umschlagfoto: Artothek
Druck und Bindung: GGP Media GmbH, Pößneck
Printed in Germany
ISBN: 978-3-442-46884-3

www.goldmann-verlag.de

Meiner Frau Inma –
wie Isis eine Frau voller Magie

Danksagung

Danken möchte ich vor allem meiner hochgeschätzten Fluggesellschaft Iberia und all ihren Mitarbeitern – für die großzügige Hilfe, die sie mir beim Schreiben des vorliegenden Werkes gewährten. Ich bräuchte mehrere Seiten, um alle, die mich auf die eine oder andere Weise bei der Arbeit unterstützt haben, namentlich zu erwähnen, daher sehen sie es mir hoffentlich nach, wenn ich sie nicht einzeln aufzähle.

Ein besonderer Dank gebührt dem medizinischen Dienst bei Iberia für die unschätzbaren Ratschläge zu einigen Krankheiten, die ich in dem Buch beschrieben habe, sowie Dr. A. Fuentes, Professor an der medizinischen Fakultät der Universidad Complutense de Madrid, für seine wundervollen Erklärungen zur antiken Chirurgie im Allgemeinen und zur Trepanation im Besonderen.

In diesem Zusammenhang danke ich ebenfalls der Fundación Arqueológica Clos für ihre uneingeschränkte Unterstützung. Sie gestattete mir die Benutzung ihrer hervorragenden Bibliothek und stand mir bei jeder Frage mit Rat und Tat zur Seite.

Zum Schluss möchte ich nicht vergessen, meinen sehr verehrten Pilotenkollegen für ihre unermüdlichen Worte der Aufmunterung zu danken, die zur endgültigen Fertigstellung dieses Buches erheblich beigetragen haben.

Euch allen gilt mein aufrichtiger Dank.

Vorwort

Finstere Schatten fallen über Ägypten. Die glorreichen Zeiten gehören der Vergangenheit an und verlieren sich allmählich in der jahrtausendealten Geschichte des Landes der Schwarzen Erde. Die Ära der großen Pharaonen geht dem Ende zu. Komplotte und Verschwörungen bedrohen die einst von den Göttern geschaffene uralte Ordnung. In Kemet braucht man sie nicht mehr. Gewaltige Mächte lauern im Hintergrund, um aus der zunehmenden Schwäche der untergehenden Monarchie Profit zu schlagen. Das ägyptische Reich liegt am Boden, ausgelaugt von den Kriegen, die der Pharao in seinem verzweifelten Versuch führen musste, die Grenzen des Reiches zu verteidigen und gleichzeitig dessen inneren Zusammenhalt zu sichern.

Der Staat befindet sich am Rande des Bankrotts. Die einst so festen Strukturen, auf denen die Verwaltung des Landes basierte, sind von allgegenwärtiger Korruption zerfressen und können das uralte Gebilde nicht mehr tragen. Die Existenz des gesamten Reiches ist bedroht. Unaufhaltsam steuert Ägypten seinem Untergang entgegen, und obwohl noch tausend Jahre vergehen werden, bis der letzte Pharao den Thron von Kemet besteigt, ist der lange Weg des Zerfalls nicht mehr rückgängig zu machen. Am Ende wird Ägyptens großartige Zivilisation unter ihren Trümmern begraben werden und schließlich in Vergessenheit geraten.

Dies ist die Geschichte von Nefermaat, des von Sachmet Auserwählten, Arzt am Hof des Gottkönigs Ramses III., dessen abenteuerliches Leben ihn zum Augenzeugen der größten Intrige werden ließ, der jemals ein Pharao im Reich der Zwei Länder zum Opfer fiel. Eine Verschwörung, deren Verwicklungen sich in einem verworrenen Labyrinth verloren und die nur die Mächtigen sich ausdenken konnten. Der Leser lernt ein Ägypten kennen, in dem der Kampf um Privilegien eines Tages selbst die Institution der Monarchie zugrunde richten wird. Die faszinierende Zivilisation des Niltals zeigt sich von einer wenig bekannten Seite – der eines erbitterten Kampfes um die Macht.

Die Handlung, die diesem Buch zugrunde liegt, ist frei erfunden und beruht allein auf meiner Vorstellungskraft. Ich hatte keineswegs die Absicht, eine Abhandlung über das alte Ägypten oder die Medizin der Antike zu verfassen, obwohl ich versucht habe, mich gewissenhaft an die historischen Zusammenhänge jener Epoche zu halten. Daher beruhen der Rahmen, in dem sich die Handlung vollzieht, sowie die historischen Fakten auf Tatsachen, und es bedurfte umfangreicher Recherchen, bis ich sie angemessen in meinen Text einarbeiten konnte.

Die meisten Personen in diesem Buch haben tatsächlich existiert. Viele ihrer Namen werden dem Leser fremd vorkommen, da sie so geschrieben werden, wie es bei den alten Ägyptern üblich war, um das eigentümliche Ambiente jener Epoche zu erhalten. Alle historischen Fakten wie auch die Erläuterungen über die Medizin im alten Ägypten sind einschlägigen Quellen entnommen und durch antike Papyri ergänzt worden, um die Informationen so weiterzugeben, wie sie uns von alters her überliefert wurden.

Antonio Cabanas Hurtado
Madrid, Februar 2006

ERSTER TEIL

Der Auserwählte Sachmets

1

Die Hände auf dem Rücken verschränkt, ging der Lehrer im Raum auf und ab und wiederholte unablässig die Zeitformen der Verben.

Hin und wieder schwang er einen langen Rohrstock, um sicherzugehen, dass die Schüler seine Sätze korrekt wiedergaben.

»Sdm.i, Sdm.k, Sdm.f ...«, murmelten die Kinder vor sich hin, ohne recht zu wissen, was sie da eigentlich sagten.

Hesi, so hieß ihr Lehrer, beobachtete sie aufmerksam, denn er wusste, wie schwer diese seltsame Verbform war. Schließlich lehrte er seit mehr als vierzig Jahren Grammatik in der *kap** und kannte zur Genüge die Probleme, die die Schüler mit ihr hatten.

»Die Satzform Sdm.f ist eine Aussage ohne Kopula mit einem Partizip Perfekt als Prädikat«, erklärte er mit der Abgestumpftheit jahrelanger Erfahrung.

Die Kinder sahen ihn mit aufgerissenen Augen an. Keine Frage, diese Worte verstand nur ein Weiser.

Jetzt schlug der Lehrer leicht mit dem Stock gegen seinen Handrücken, um anzudeuten, was ihnen blühte, wenn sie nicht aufpassten. Die Jungen in dieser Klasse waren echte Flegel, schlimmer als in allen anderen, an die er sich erinnern konnte. Sie waren nicht nur faul und trotzig, sondern auch boshaft.

»Eines Tages werdet ihr auf die eine oder andere Art das Ge-

* Schule, in der die Prinzen und Söhne der mächtigen Familien erzogen wurden.

schick des Reiches bestimmen«, bläute Hesi ihnen immer wieder ein. »Dann solltet ihr wenigstens in der Lage sein, euch Göttern und Menschen gegenüber angemessen zu verhalten.«

Doch seine Worte schienen ungehört in den dicken Mauern des Palastes zu verhallen; nicht einmal ihr Echo konnte irgendetwas ausrichten, und so war es schon den ganzen Sommer gegangen.

Es gab Tage, an denen Hesi sich zusammennehmen musste, um nicht übermäßig von seinem Rohrstock Gebrauch zu machen, gemäß dem Motto: Wer nicht hören will, muss fühlen. Dabei musste er sich ehrlicherweise eingestehen, dass die Stockhiebe, zu denen er sich gelegentlich gezwungen gesehen hatte, wenig oder gar nichts bewirkt hatten. Sie waren nur ein willkommenes Ventil für seinen aufgestauten Zorn gewesen.

Der Lehrer seufzte lustlos und ließ den Blick wieder einmal über seine auserlesene Klasse schweifen.

»Hat jemand verstanden, was ich gerade über die Form Sḏm.f erklärt habe?«

Auf der Stelle hob einer der Jungen die Hand. Hesi staunte nicht schlecht, denn es war bei weitem der schlechteste Schüler der Klasse. Er hielt ihn für einen richtigen Tölpel, obwohl er doch ein Prinz war.

Hesi warf ihm einen neugierigen Blick zu und forderte ihn zum Sprechen auf, indem er eine Braue hob.

»Ist doch ganz klar, es bedeutet hören«, erklärte der Junge selbstbewusst und sah die anderen voller Genugtuung an.

Die gesamte Klasse brach in lautes Gelächter aus, während der Lehrer den verdutzten Schüler mit offenem Mund musterte.

Die Antwort entbehrte nicht einer gewissen Logik, denn das Verb Sḏm bedeutete tatsächlich »hören«, im Unterschied zu der Form Sḏm.f.

»Prinz Amunherchepeschef besitzt heute die außerordentliche Güte, uns mit seinem unendlichen Wissen zu erleuchten«, rief Hesi laut, um sich in dem Tumult Gehör zu verschaffen.

Daraufhin verstärkte sich das laute Gelächter noch, falls das überhaupt möglich war, und der Prinz fing an, sich mit dem Schüler, der neben ihm saß, zu prügeln.

»Göttlicher Thot!* Sieht ganz so aus, als wäre Sachmets** Zorn in euch gefahren!«, rief Hesi und versuchte, die beiden Streithähne mit Stockhieben zu trennen.

Nachdem er sie schließlich gebändigt hatte, war der Lehrer außer Atem, und der Schweiß rann ihm über die Stirn.

»Ich werde in diesem heiligen Klassenraum ein solches Benehmen nicht durchgehen lassen!«, keuchte er. »Und wenn ich dafür jeden Tag einen neuen Stock brauche.«

Bei diesen Worten ließ er seinen Rohrstock derart heftig auf den nächstgelegenen Tisch niedersausen, dass die Schüler zusammenzuckten.

Jetzt herrschte vollkommene Stille, während der alte Hesi zornig seine gottlosen Schüler musterte. In diesem Sommer, den er ohnehin nicht so schnell vergessen würde, hatte er schon viel zu viel ertragen müssen. Er war Schreiber im *per anch*, dem Haus des Lebens, in der heiligen Stadt Abydos. Viele Jahre lang hatte er Prinzen und Wesiren Unterricht erteilt und es daher nicht verdient, sich von einem Haufen frecher Bengel vorführen zu lassen.

Hesi schloss die Augen und wischte sich mit dem Handrücken den Schweiß von der Stirn. Für einen Augenblick dachte er an sein Haus in Theben, an seine Frau, seine Kinder und Enkel-

* Der Gott Thot wurde als Mann mit einem Ibiskopf dargestellt und war der Erfinder der Schrift und der Wissenschaften. Er galt als Magier und Schutzgott der Schreiber.

** Die Göttin Sachmet wurde mit einem Löwenkopf dargestellt. Sie war Tochter von Re, Gattin von Ptah und Mutter von Nefertem. Vor allem während des Neuen Reiches wurde sie in Memphis verehrt. Sie verkörperte das Gute wie auch das Zerstörerische, war Kriegsgöttin und für ihre Blutrünstigkeit berühmt, wenn sie in Rage geriet. Es hieß, sie sei für die Seuchen und Krankheiten verantwortlich, sie war aber gleichzeitig Schutzgöttin der Ärzte.

kinder ... wie sehnte er sich nach ihnen, nach den Gerüchen seines Gartens und all den Annehmlichkeiten, auf die sich ein armer alter Mann freut, wenn er in den Ruhestand geschickt wird. Stattdessen war er in Unterägypten mehr als fünfzig *iteru** von seiner geliebten Heimatstadt entfernt, hier in Pi-Ramesse, der Stadt, die von den großen Sethos I. und Ramses II. erbaut worden war und während eines Teils des Jahres den Ramessidenherrschern als Hauptstadt diente.

Der Gottkönig Usermaatre-Meriamun** war wie üblich mit seinem ganzen Hofstaat nach Pi-Ramesse gezogen, um dort den Sommer zu verbringen und der unbarmherzigen Hitze zu entkommen, die um diese Jahreszeit in Theben herrschte.

Jedes Mal kam dann der ganze königliche Hof mit, einschließlich der wichtigsten Würdenträger des Reiches samt ihren Familien.

Wie schon bei früheren Gelegenheiten hatte der Gott Hesi gebeten, sie zu begleiten und sich während des Sommers um die Erziehung der Prinzen und Kinder der hohen Würdenträger zu kümmern. Der Wunsch des Pharao war heilig. Er würde dem lebenden Horus*** folgen, wohin dieser auch ging, und wenn er auf allen vieren kriechen müsste.

»Es wird das letzte Mal sein, dass ich dich darum bitte«, hatte der Gott – mögen ihm Leben, Heil und Gesundheit zuteil werden – gesagt. »Zweifellos hast du dir deine Ruhe wohlverdient, nachdem du mir so viele Jahre treu ergeben warst.«

So war es tatsächlich gewesen. Hesi hatte die Ehre gehabt, alle Söhne von Ramses zu erziehen, wofür er fast dreißig Jahre seines Lebens hatte opfern müssen.

* 1 *iteru* = 10,5 Kilometer.

** Ramses III. Sein Thronname bedeutete: »Mächtig sind die Wahrheit und Gerechtigkeit des Re, Geliebter von Amun.«

*** Als Sohn von Osiris und Isis war Horus der Gott, der die königliche Würde verkörperte. Die Pharaonen galten als seine Inkarnation.

Er warf seinen Schülern, die ihn nun schweigend beobachteten, einen strengen Blick zu. Nichts an ihrem Verhalten ließ erkennen, dass sie sich vor seinen Drohungen fürchteten, im Gegenteil, insgeheim schienen sie sich auf den Spaß zu freuen, den das Schauspiel einer ordentlichen Tracht Prügel versprach. Für Hesi stand mittlerweile fest, dass sie kleine Ungeheuer waren.

Es war keineswegs das erste Mal, dass er es mit rebellischen Kindern zu tun hatte. Er konnte sich noch gut an die ewigen Streitereien erinnern, die er mit dem jungen Prinzen Pareherwenemef hatte ausfechten müssen. Der Bursche hatte sich als richtiger Teufel entpuppt, den nicht einmal die härtesten Stockhiebe zur Vernunft bringen konnten. Ein Sonderfall, ohne Frage. Zudem war Hesi damals jünger gewesen und kräftiger; es war ihm leichter gefallen, sich tagein, tagaus mit dem Prinzen auseinanderzusetzen. Schließlich musste der Gott persönlich einschreiten und seinen Sohn für dessen Benehmen bestrafen. Trotzdem hatte der Prinz, als er erwachsen wurde, ein inniges und freundschaftliches Verhältnis zu seinem einstigen Mentor. Hesi hatte viele Tränen vergossen, als Pareherwenemef vor einigen Jahren unerwartet in Osiris'* Reich getreten war.

Während er jetzt die bunt gemischte Gruppe von Schülern beobachtete, die ihm anvertraut worden war, spürte er, wie ihn die Kraft immer mehr verließ, und dennoch war er fest entschlossen, den elenden Faulenzern bis zum Ende Paroli zu bieten.

Zu dieser Sorte gehörte zweifellos auch Prinz Amunherchepeschef, Enkel des gegenwärtigen Gottes** Ramses III. und möglicherweise eines Tages selbst Erbe der Doppelkrone Ägyptens. Er war nicht nur überheblich, sondern auch schrecklich verwöhnt. Ein unausstehliches Muttersöhnchen, dem man alles er-

* Der Gott Osiris verkörperte mehrere religiöse Vorstellungen, er war der Herrscher des Jenseits, Sohn von Geb und Nut, Bruder und gleichzeitig Gatte von Isis und Vater von Horus.

** Die Ägypter nannten ihre Könige Götter.

laubte, vor allem jetzt, wo der Gott seinen Vater zum Generalissimus des Heeres, Schreiber des Königs und Thronerben ernannt hatte. Seitdem hatte der kleine Prinz die Gewohnheit angenommen, jedem, der sich seinem Willen widersetzte, offen zu drohen. Ein abscheuliches Bürschchen.

Neben ihm saß Paneb, der größte Schlingel, dem Hesi jemals in einer Schulklasse begegnet war. Er war nicht nur von Natur aus hinterhältig, sondern besaß zudem eine Schläue, die Hesi bei einem Jungen von elf Jahren überraschte. Er war es, der alle Angriffe gegen seine Autorität anführte, und obendrein der geschickteste Werfer von Papyruskügelchen, den Hesi in seiner langen Karriere als Lehrer je erlebt hatte. Dank Paneb besaß Hesi keinen einzigen Rock mehr, der nicht von den in Tinte getränkten Kügelchen befleckt war, mit denen der Junge ihn täglich bewarf. Er steckte hinter jedem Aufruhr und wusste ihn immer derart geschickt anzuzetteln, dass sich am Ende seine Gefährten in den Haaren lagen, während er sich ins Fäustchen lachte. Er war der Sohn von Turo, dem Hohepriester des Gottes Montu* in Theben. Hesi wusste, dass er eines Tages eine wichtige Rolle in der Öffentlichkeit spielen würde.

Hinter ihm saß Prinzessin Nubchesbed, Schwester des Prinzen Amunherchepeschef, die mindestens genauso verhätschelt war wie er, wenn auch um einiges intelligenter. Sie war ein offenes und sicher auch sehr impulsives Mädchen, dem man seine spätere blendende Schönheit bereits ansah. Die Kleine saß stets neben Nefermaat, den sie als ihren Verlobten bezeichnete.

Für Hesi war Nefermaat bei weitem der aufgeweckteste Schüler von allen, ein ruhiger und sehr fleißiger Junge mit reinem Herzen. Wenn der Lehrer ihn ermahnte, senkte er zerknirscht den Blick und beugte sich dem Tadel ohne Widerspruch. Er war

* Der Kriegsgott der Provinz von Theben, berühmt für die außerordentliche Kraft, mit der er die Feinde Ägyptens unterwarf.

ganz das Gegenteil von Paneb, mit dem er ansonsten gut befreundet war. Letzteres wollte Hesi einfach nicht in den Kopf.

Nefermaat kam in Begleitung seines kleinen Stiefbruders Kenamun in die Schule, mit dem er so gut wie nichts gemein hatte, abgesehen von ihrem Vater Hori, dem Haushofmeister des Gottes, der ihn Nefermaat ganz offensichtlich vorzog. In der Beziehung der beiden Brüder ahnte der Lehrer eine unterdrückte Spannung, die einem alten Hasen wie ihm nicht verborgen bleiben konnte.

Auch Kenamun war fleißig, aber für seine acht Jahre ganz schön gerissen, und sein ausweichender Blick wirkte nicht gerade vertrauenerweckend. Er war befreundet mit Neferure, einem Mädchen, das auf den ersten Blick genauso still war wie er, aber im Gegensatz zu ihm voller Leben steckte. Neferure war die Enkelin von Usermaatrenacht, dem Ersten Propheten des Amun und folglich einem der mächtigsten Männer in ganz Ägypten.

Der Rest der Klasse bestand aus den Sprösslingen der Maribast und Bakenchons, Familien, die seit Hunderten von Jahren im Hintergrund die Geschicke Kemets* bestimmten, große Reichtümer und Macht angehäuft und die wichtigsten Posten in der Verwaltung erobert hatten. Die beiden Geschlechter waren blutsverwandt, und ihr politischer Einfluss galt als dermaßen groß, dass nicht einmal der Pharao ihn auszugleichen vermochte.

Die Kinder dieser Familien nahmen in diesem Sommer ebenfalls an Hesis Unterricht teil. Sie waren nicht nur miserable Schüler, sondern auch hochnäsig und streitsüchtig. Wäre es nach ihm gegangen, hätte man sie später als Soldaten im Krieg gegen die Weststämme einsetzen sollen, statt ihnen hohe Posten in der Verwaltung des Reiches der Zwei Länder** zu übertragen.

Sie nahmen jede erdenkliche Gelegenheit wahr, um Krach zu

* Die alten Ägypter nannten das Niltal Kemet, »das Schwarze«, wegen der dunklen Farbe des Schlicks, den die alljährliche Nilflut mit sich brachte.

** Auch das war eine Bezeichnung der alten Ägypter für ihr Land.

schlagen. Am Morgen empfingen sie den Lehrer mit schrillem Trompetengeschrei, während die ganze Klasse sich vor Lachen bog. Anfangs hatte Hesi es gelassen hingenommen, schließlich war es in gewisser Weise lustig, denn zur Zeit des Großen Ramses hatte es tatsächlich einen Trompeter namens Hesi gegeben, der es im Heer des Pharao zu beachtlichem Ruhm gebracht hatte. Man hatte ihm zu Ehren sogar eine Stele errichtet, auf der zu sehen war, wie er seine Trompete mit dem schmalen, langen Mundstück unter den linken Arm geklemmt hatte und Ramses II. anbetete. Kein Wunder, dass die Kinder sich eine solche Gelegenheit, ihren Spaß zu haben, nicht entgehen lassen konnten. Jeden Tag war vor und nach dem Unterricht ein Schüler aufgesprungen und hatte wie ein Soldat trompetet. Doch für den alten Lehrer war es mehr und mehr zu einer Qual geworden, und am dritten Tag hatte er keinen anderen Ausweg mehr gesehen, als zu seinem abgenutzten Stock zu greifen, um den tumultartigen Aufruhr zu unterbinden.

Das also waren seine Schüler, und als er sie jetzt erneut ansah, konnte er sich ein Schmunzeln nicht verkneifen. In wenigen Tagen würde der Unterricht zu Ende sein, und er konnte wieder nach Hause zurück, in sein geliebtes Theben. Diese Rüpel würden ihm hoffentlich niemals wieder unter die Augen kommen.

»Wie ich euch erklärt habe, handelt es sich um die Satzform Sḏm.f – nicht um das Verb Sḏm, das hören bedeutet«, erklärte Hesi und warf dem jungen Amunherchepeschef einen Blick von der Seite zu, als hätte der Krawall nie stattgefunden. »Kann mir einer von euch erklären, woraus diese Satzform besteht?«

Die Schüler schwiegen, dann sah der Alte gleichgültig, wie einer die Hand hob.

»Ja?«, fragte er spöttisch. Derjenige, der sich gemeldet hatte, war ausgerechnet Kenamun.

»Ein Satz ohne Kopula mit einem Partizip Perfekt als Prädikat«, antwortete der Junge.

»Das habe ich bereits gesagt«, erklärte Hesi heiter, während der ganze Klassenraum erneut in Gelächter ausbrach und alle mit den Füßen stampften.

Wortlos schlug Hesi mit dem Stock auf den Tisch und forderte Ruhe. Kenamun biss sich wütend auf die Lippen und schloss die Augen.

Als es endlich wieder still geworden war, wandte sich Hesi an Kenamun und forderte ihn mit einer Geste auf fortzufahren.

»Das heißt, dass diese Form keine bestimmte Zeit definiert, man kann sie also auf die Gegenwart, Vergangenheit und Zukunft anwenden und auf jedes Verb.«

Der Meister rieb sich das Kinn, während er sich die Erklärung seines Schülers anhörte.

»Das stimmt zwar alles, aber es erklärt nicht die Herkunft der Satzform. Kann einer von euch das Gesagte zu Ende führen?«

Die Schüler schwiegen.

»Niemand?«, fragte der Lehrer und sah sie nacheinander einzeln an. »Du, Nefermaat«, sagte er plötzlich, als sein Blick an ihm hängen blieb. »Könntest du uns das näher erläutern?«

Nefermaat blickte ihn überrascht an und rutschte unbehaglich auf seinem Kissen hin und her. Er prahlte nicht gern mit seinen Kenntnissen, erst recht nicht, wenn er dabei gegen seinen Stiefbruder antreten musste.

Hesi, der sich dessen bewusst war, ermutigte ihn diskret.

»Kenamun hat uns eine richtige Erklärung gegeben. Vielleicht kannst du seine Worte etwas konkretisieren, damit wir verstehen, was er sagen wollte.«

Nefermaat räusperte sich.

»Mein Bruder hat uns erklärt«, sagte er schließlich und warf Kenamun einen kurzen Blick zu, »dass eine Satzform, die ursprünglich ›das, was er gehört hat‹ bedeutete, auch ›er hört‹ oder ›er wird hören‹ bedeuten kann, wenn wir das Verb hören als Musterbeispiel einsetzen.«

»Richtig«, sagte Hesi mit zuckersüßer Stimme. »Und wie würden wir dann das Passiv bilden?«

»Indem wir dem Verb .tw anhängen.«

»Wie würde also das Musterbeispiel der Satzform Sḏm.f in der ersten Person lauten?«

»Sḏm.i, ich höre, aktiv, und Sḏm.tw.i, ich werde gehört, als Passiv.«

»Genau«, seufzte Hesi erleichtert, »obwohl es Fragen gibt, die diese Satzform sehr komplizieren würden und über die wir endlos lange diskutieren könnten.«

Der Lehrer sah seine bunte Gruppe von Schülern an, die zumindest, wenn nicht von seinem Wissen, so doch von seinen Worten zum Schweigen gebracht worden war. Er beobachtete, wie Nefermaat seine Schreibrohre sorgfältig zu den übrigen Schreibutensilien, den so genannten *mnhd*, legte und einpackte. Für Hesi waren Nefermaat und sein Stiefbruder die Einzigen gewesen, die von seinem Unterricht profitiert hatten, wobei Ersterer seiner Meinung nach weitaus intelligenter war.

Wer weiß, vielleicht war all die Mühe doch nicht umsonst gewesen, zumindest was diese beiden anbelangte.

Aus den Augenwinkeln warf er einen Blick auf die Wasseruhr aus Alabaster und sah, wie die letzten Tropfen durchfielen und das Ende der Unterrichtsstunde anzeigten. Jetzt herrschte vollkommene Stille in der Klasse, als die Schüler bemerkten, wie die Zeit in Form von Wasser verrann. Diese Augenblicke kamen den Kindern wie eine Ewigkeit vor, während Hesi sie bloß als kurzes Intermezzo vor dem Sturm empfand. Sobald der letzte Tropfen durch den schmalen Hals der Wasseruhr gefallen war, erscholl ein Trompetenstoß, und die Klasse verwandelte sich in ein wahres Pandämonium. Von allen Seiten hagelten in Tinte getauchte Papyruskügelchen auf den armen Hesi nieder. Heute ließen die Schüler sogar an Nefermaat ihren Unmut aus, und schließlich endete alles mit einer riesigen Rauferei. Der Lehrer enthielt sich jeden Kommentars und würdigte seine Schüler nicht eines einzigen Blickes. Stattdessen sammelte er seine Utensilien ein und verließ das Klassenzimmer, das ihm wie der Vorraum zum Amenti* vorkam.

Nachdem die Schüler sich endlich beruhigt hatten, sah es in der Klasse aus wie in einer Räuberhöhle. Tintenfässer, Schreibrohre und zerfetzte Papyri lagen auf dem Boden. Paneb, der offenbar wieder zu Atem gekommen war, trat über sie hinweg zu dem kleinen Tisch, an dem sonst der Lehrer Platz nahm, und schwang sich hinauf. Er sah erst nach rechts und dann nach links, um seine Mitschüler zur Ruhe aufzufordern, dann nahm er eines der wenigen Schreibrohre, die noch intakt geblieben waren, tauchte es in ein Wasserfässchen und sprengte einige Tropfen aus, in Anspielung auf die Zeremonie, die Hesi jeden Tag vor Unterrichtsbeginn vollzog.**

Die Posse zeigte Wirkung: Im Nu lagen sich alle wieder in den Haaren und bewarfen sich mit den Kissen, auf denen sie gerade noch gesessen hatten. Schließlich mussten die Wächter einschreiten. Sie machten dem Aufruhr ein Ende, indem sie ohne viel Aufhebens alle aus dem Klassenzimmer jagten.

Als die Schüler mit dem einen oder anderen Klaps auf den Hintern vertrieben wurden, lachten sie immer noch über Panebs Posse. Nur Nefermaat schien von alledem keine Notiz zu nehmen.

Er war kein gewöhnlicher Junge, allerdings nicht wegen seiner privilegierten Stellung innerhalb der ägyptischen Gesellschaft oder weil er keinerlei Kontakt zu den anderen Kindern hatte, die nicht im Palast wohnten. Wie alle Kinder seines Alters beteiligte er sich an den Spielen, die damals in Mode waren, allerdings ausschließlich in Gesellschaft von Prinzen. Wahrscheinlich wäre jeder andere an seiner Stelle glücklich und zufrieden

* Das Amenti war eine von vielen Arten, mit denen die Ägypter die Totenwelt bezeichneten.

** Bevor ein Schreiber mit seiner Arbeit begann, vollführte er dieses Ritual zu Ehren des großen weisen Imhotep.

gewesen, doch bei Nefermaat sah es anders aus. Er war in einer Familie aufgewachsen, in der er niemals den kleinsten Funken Zärtlichkeit erfahren hatte.

Sein Vater Hori war Haushofmeister im Haus des Gottes. Der Pharao persönlich hatte ihm diese bedeutende Stellung verliehen, so wie er zuvor seinen Großvater Ptahemuia damit betraut hatte, der ein Leben lang in den Diensten von Ramses III. stand. Der Pharao hatte ihn und seine Gattin Hathor ins Herz geschlossen und nach seinem Tod ihren einzigen Sohn Hori zu seinem Nachfolger im Palast ernannt.

Hori hatte das Vertrauen, das der Herrscher in ihn setzte, nicht enttäuscht und erwies sich als ebenso guter Haushofmeister wie sein Vater vor ihm.

Als die Zeit gekommen war, hatte Hori Tetischeri geheiratet, eine anmutige, tief spirituelle junge Frau, die aus einem alten thebanischen Geschlecht stammte und zur »göttlichen Sängerin von Mut«* geweiht worden war. Aus dieser Verbindung war ein kräftiger Junge hervorgegangen, dem seine Mutter den Namen Nefermaat** gab – eine vortreffliche Wahl, die an ein uraltes Geschlecht*** erinnerte. Angesichts der Bedeutung, die Namen für die Ägypter besaßen, war er Hori äußerst passend erschienen.

Während Hori im Palast des Gottes in Medinet Habu**** lebte und darüber wachte, dass in dessen Haushalt alles korrekt ablief, widmete sich die überglückliche Tetischeri einzig und allein ihrem geliebten Sohn. Es war eine herrliche, eine selige Zeit, in

* Diese Frauen gehörten zur Priesterschaft der Göttin Mut, Gattin von Amun und Mutter von Chons.

** Im alten Ägypten erhielten die Söhne ihre Namen von der Mutter, die Töchter hingegen vom Vater.

*** Nefermaat war ein Prinz in der vierten Dynastie, Wesir des Pharao Snofru und Vater von Hemon, dem Baumeister der Großen Pyramide.

**** »Millionenjahrtempel«, der Totentempel von Ramses III. befand sich am Westufer von Theben. Daneben stand sein Palast.

der die Götter das Paar mit Glück überhäuften. Doch sie sollte nicht von Dauer sein.

Eines unglücklichen Tages, als Tetischeri im Nil badete, wurde sie von einer heimtückischen Strömung mitgerissen und ertrank. Ihre Leiche wurde niemals gefunden.

Es war der härteste Schicksalsschlag, den Hori jemals hatte ertragen müssen, und es fiel ihm lange Zeit schwer, das Unglück zu akzeptieren, das ihm widerfahren war.

Der gesamte Hofstaat weinte um Tetischeri, denn sie war sehr beliebt gewesen, und sogar der Gott zeigte seine Trauer in der Öffentlichkeit und verkündete, er sei davon überzeugt, dass Hapi* sie als Gebieterin in seinen Harem von Froschgöttinnen aufgenommen habe. Sie wache über das heilige Wasser, mit dem sie nun unzertrennlich verbunden sei.

Worte, mit denen der Gottkönig seinen Haushofmeister zu trösten versuchte, denn auch ihm war vermutlich klar, dass es nicht Hapi gewesen war, der sie zu sich geholt hatte, sondern dass Sobek** Anspruch auf die hübsche Tetischeri erhoben hatte.

Da Nefermaat noch kein Jahr alt gewesen war, musste sich jetzt eine Amme aus dem Palast um ihn kümmern, während Hori sich ganz der Arbeit widmete, um den Tod seiner Frau, den er für eine ungerechte Strafe der Götter hielt, zu vergessen.

Doch das Unglück kann das Herz eines Menschen so schwer machen, dass er nicht mehr in der Lage ist, Einsamkeit und Kummer zu ertragen. Mit jedem Tag bricht der Schmerz aufs Neue aus und wird zu einer Qual, die ihn immer näher an den Rand der Finsternis und der Schwermut bringt. Verzweifelt sucht er nach jemandem, der ihm den Weg durch die Dunkelheit weist, auch wenn er sich dessen gar nicht bewusst ist.

* Der Gott Hapi verkörperte die Fruchtbarkeit und war für die jährliche Nilschwemme verantwortlich.

** Der Krokodilgott, der viele Gesichter hatte und im alten Ägypten seit den frühen Dynastien verehrt wurde.

So klammerte sich Hori an die schöne Mutenuia wie ein Schiffbrüchiger an eine rettende Planke, die auf wundersame Weise mitten in einem Meeressturm auftaucht, den der zornige Seth* von seinem höllischen Reich aus neben dem Großen Grünen** entfacht hat. Doch hieß es nicht, dass nach jedem Sturm die wohlwollenden Götter den Menschen Winde der Hoffnung schickten? Wenn es stimmte, würden sie die Wunden seines Herzens heilen.

Allein die Zeit konnte Hori dies verraten, doch er hörte schon lange nicht mehr auf sie. Er verliebte sich unsterblich in Mutenuia und heiratete sie, kaum dass er sie kennen gelernt hatte. Seine Trauer hatte nur ein Jahr gedauert.

Mutenuia entpuppte sich als vollkommenes Gegenteil seiner früheren Frau. Sie besaß weder einen Hauch jener tiefen Spiritualität, die Tetischeri so einzigartig gemacht hatte, noch ihr großzügiges Wesen. In ihr schienen die maßlosesten Kräfte aus der Mythologie des Reiches der Zwei Länder miteinander zu verschmelzen. Zuweilen hatte es den Anschein, als vereinigten sich in ihrer Seele die cholerische Sachmet, der gewalttätige Seth und der kriegerische Montu und stachelten sie zu Wutanfällen an, die man sich kaum vorstellen konnte. Dann verfiel Mutenuia in ein wildes Geschrei und warf mit allen Gegenständen, die ihr in die Hände fielen, um sich – und zwar mit beachtlicher Treffsicherheit. Obendrein hatten die Götter dieses wilde Wesen mit einem kräftigen Körper ausgestattet, der es im Zweikampf mit dem mutigsten Mann aufnehmen konnte. Ihr Gesicht war nicht besonders hübsch, dafür aber interessant. Sie hatte dunkle, leicht schräg gestellte Augen, volle, sinnliche Lippen und Zähne, so weiß wie Elfenbein. Die strengen Gesichtszüge und ihre edle

* Gott des alten Ägypten, Sohn von Geb und Nut und Bruder von Osiris, Isis und Nephthys, mit der er auch verheiratet war. Er galt unter anderem als der Gott der Wüste.

** So nannten die alten Ägypter das Mittelmeer: *Wdy Wr.*

Nase verliehen ihr eine starke Anziehungskraft und zeugten von der Energie, die sich dahinter verbarg. Die großzügige Hathor* hatte sie mit einem feurigen Temperament gesegnet, das sie, verbunden mit ihrer Leidenschaft, je nach Bedarf für ihre Zwecke einsetzen konnte.

Angesichts einer solchen Ballung an infernalischen Kräften konnte Hori nur noch bedingungslos kapitulieren. Von Anfang an ordnete er sich seiner Frau unter, so wie sie es von ihm verlangte, um sich ihre Liebe zu verdienen, egal welchen Preis er dafür zahlen musste. Er hatte sich Mutenuias Macht unterworfen und würde alles tun, um jede Nacht in ihren Armen verbringen zu können. Das Gefühl, von ihren kräftigen Schenkeln umschlungen zu werden, während er ihre weiche weiße Haut berührte und sich ihre Körper in wilder Leidenschaft vereinten, in einem gleichmäßig anschwellenden Rhythmus, wie die Menschen im fernen Süden ihn auf ihren Trommeln schlugen, war für Hori der Inbegriff der Seligkeit, und mit der Zeit verwandelte sich seine Begierde immer mehr in Besessenheit.

Mutenuia entgingen weder die Anziehungskraft, die sie auf ihren Mann ausübte, noch sein unauslöschlicher Durst auf ihre Zärtlichkeiten. Sie würde beides ihren jeweiligen Interessen entsprechend dosieren.

In Wahrheit war Renenutet** ihr überaus gnädig gewesen, als sie ihr diesen wohl situierten Mann schickte, der bereit gewesen war, sie zu heiraten. Nicht, dass sie einen niedrigeren Status als ihr Mann gehabt hätte; ihr Vater Nebmoses war der Oberste Priester des Horus in Hierakopolis. Ihre Schwester Atmeret war mit Setaui verheiratet, dem Sohn des Hohepriesters der Nebet in

* Göttin mit dem Körper einer Frau und dem Kopf einer Kuh, die unter anderem als Schutzheilige von Schönheit und Liebe galt.

** Göttin mit dem Körper einer Frau und dem Kopf einer Schlange. Sie herrschte über das Schicksal der gesamten Menschheit und jedes Einzelnen.

Elkab, dem er eines Tages auf diesen Posten folgen würde. Dass sie Glück gehabt hatte, lag an ihrem Alter. Mutenuia war älter als Hori und hatte das Alter, in dem ägyptische Frauen heirateten, längst überschritten. Trotzdem hatte Renenutet dafür gesorgt, dass ihr Hori über den Weg lief, und sie hatte sich fest vorgenommen, die Göttin nicht zu enttäuschen.

Zudem war der Mann, den sie geheiratet hatte, so gefügig, wie sie es sich niemals hätte träumen lassen. Hori selbst war erstaunt, als er sah, welch verworrene und unbekannte Pfade seine *ba** einschlug, denen er nicht zu widerstehen vermochte. Wie eh und je ging er seinen Pflichten im Palast nach und kümmerte sich gewissenhaft um alle Angelegenheiten, die ihm oblagen. Doch wenn er nach Hause kam, verflüchtigte sich auf geheimnisvolle Art die ganze Macht, die er während des Tages ausgestrahlt hatte. Sobald er Mutenuias Reich betrat, die über alles herrschte, was er besaß, und der er jeden Wunsch von den Augen ablas, wurde er zu einem willenlosen Schatten seiner selbst. Nicht umsonst hatte er sie in einer ihrer leidenschaftlichen Nächte darum gebeten, ihn zu ihrem Sklaven zu machen. Er würde ihr gehorchen, egal, worum sie ihn bat.

Mutenuia hielt dies für ein weiteres Geschenk Renenutets, das ihr die Möglichkeit eröffnete, zu tun und zu lassen, was sie wollte. Wenn ihr Mann gewillt war, sich ihr wie ein Sklave gänzlich zu unterwerfen, solange sie das fiebrige Feuer löschte, das ihn jede Nacht zu verschlingen drohte, so würde sie es mit Freude und gegebenfalls sogar mit Begeisterung tun. Es war eine wunderbare Waffe, keine Frage.

Das einzige Hindernis für Mutenuias neues Glück war Nefermaat. Von Anfang an war der Junge der neuen Herrin des Hauses dermaßen zuwider, dass sie seine Anwesenheit kaum ertragen konnte. Sie hasste es, wenn der Kleine weinte und gelegentlich

* So nannten die alten Ägypter die Seele.

auch schrie, obwohl sie es sich in der Öffentlichkeit niemals anmerken ließ. Sie spürte, dass es höchst unklug wäre, ihrem Mann den ganzen Tag mit ihren Klagen in den Ohren zu liegen. Sie wusste, dass sie für ihren Plan Zeit brauchte, und bis es so weit war, würde sie sich verstellen und Hori eine rücksichtsvolle und liebevolle Mutter vorspielen. Dessen ungeachtet musste sie ihren Status so schnell wie möglich festigen. Nefermaat würde erwachsen werden, und sie hätte es nicht leicht, ihre Privilegien zu behalten, wenn ihr Mann eines Tages nicht mehr lebte. Mutenuia musste unbedingt schwanger werden. Nefermaat brauchte einen kleinen Bruder; darin sah sie ihre vordringlichste Aufgabe.

Es folgten anstrengende Tage für Hori. Als es ihm nicht gelang, seine Frau trotz ihrer wilden Liebesnächte zu schwängern, bestand sie darauf, dass er auch während seiner Mittagspause zu ihr ins Bett stieg. Die Kraft des alten königlichen Haushofmeisters schwand zusehends, bis er seine täglichen Pflichten nur noch mit Mühe und Not erledigen konnte, was im Hofstaat niemandem entging. Die Höflinge scherzten bereits hinter seinem Rücken, und manch einer wagte es sogar, ihn spöttisch zu fragen, wann es denn endlich so weit sei.

Hori beachtete ihre dummen Witze nicht, er sah sie ernst an und versicherte, dass in seinen *inesewai** die Kraft des Apis-Stieres** stecke, dessen Anhänger er sei.

»Solange wir dich nicht anbeten müssen, weil du die neunundzwanzig Zeichen am Körper trägst und zur Wiedergeburt des Gottes ernannt wirst«, gaben die anderen zurück und lachten laut.

Ihr Gelächter kam Hori hohl vor, und er ging stolzen Hauptes in sein Arbeitszimmer, ohne ihre boshaften Kommentare zur

* Hoden.

** Gott, der die Fruchtbarkeit des Bodens symbolisierte, und Herold von Ptah. Für dessen Inkarnation auf Erden wählte man jeweils einen Stier, der neunundzwanzig bestimmte Merkmale aufweisen musste.

Kenntnis zu nehmen. Er hatte nur ein Ziel vor Augen: seine Frau zu schwängern und damit ihren innigsten Wunsch zu erfüllen.

Als sie sah, dass ihr Mann nicht in der Lage war, sie zu schwängern, beschloss Mutenuia, die ägyptischen Götter um Hilfe zu bitten. Für sie gab es keinerlei Zweifel daran, wer schuld war, dass sie nicht schwanger wurde. Daher betete sie jeden Tag zu Nebethetepet*, Herrin über die Opfergaben, in der Hoffnung, dass ihre Bitten erhört wurden. Nicht umsonst war die Göttin für ihre Güte gegenüber jenen bekannt, die sie anriefen. Mutenuia glaubte fest, dass die Göttin mit ihrer Schöpferkraft helfen konnte, vor allem in einem Fall wie ihrem; schließlich trug sie den rätselhaften Beinamen »Geheimnisvolle der Vulva«.

Monatelang schickte sie ihre Gebete gen Himmel, fasste immer wieder neue Hoffnung und versuchte, sich nicht von der Verzweiflung überwältigen zu lassen. Mit ungebrochener Zuversicht bat sie alle schöpferischen Mächte Ägyptens, ein gutes Wort für sie bei Nebethetepet einzulegen, damit die Göttin ihr Flehen erhörte. Sie steigerte das Liebesleben mit ihrem Mann bis ins Maßlose und setzte ihn auf eine Diät aus Porree und Salatblättern,** die ihn an den Rand der Entkräftung führte. Sie ließ sich sogar mit Menstruationsblut massieren und schob sich *bener*-Datteln*** wie Zäpfchen in die Vagina, um ihre Empfänglichkeit zu erhöhen.

Doch nichts davon half, und die ersten Schatten der Verzagtheit fielen über ihr Herz. Da erbarmte sich jene, »welche die Gebete erhört« – auch das ein Name der Göttin Nebethetepet –, und Mutenuia wurde endlich schwanger.

* Schöpfungsgöttin, an die das Volk seine Bitten richtete.

** Die alten Ägypter glaubten, dass Porree und Salatblätter die Manneskraft stärkten und der Salat die Spermaproduktion anrege, weil aus seinen zerstampften Blättern weiße Flüssigkeit entstand.

*** Die Frauen glaubten, dass sie mit dieser Methode ihre Fruchtbarkeit förderten.

Als Hori erfuhr, dass seine Frau ein Kind erwartete, war er zutiefst erleichtert, obwohl die Herrin des Hauses nun von heute auf morgen noch gereizter und schlechter gelaunt war als jemals zuvor und man sie kaum ertragen konnte. Nach neun Monaten zog sich Mutenuia in die Wochenlaube* zurück, und der ganze Hofstaat atmete erleichtert auf, in der Hoffnung, dass die unausstehlichen Launen der Herrin bald der Vergangenheit angehören würden.

Dort, unter dem Schutz von Meschenet**, die, auf den Geburtsziegeln hockend, über die Niederkunft wachte, schenkte Mutenuia einem Jungen das Leben. Es war eine schwere Geburt, so wie sie lange darauf hatte warten müssen, schwanger zu werden. Drei erfahrene Hebammen sorgten dafür, dass die komplizierte Angelegenheit ein glückliches Ende nahm. Meschenet, die dem Neugeborenen sein *ka**** gab, hatte sie mit dem gesegnet, was sie sich am meisten gewünscht hatte, einem Jungen.

Mutenuias Niederkunft wurde bei Hof mit großer Freude aufgenommen, denn sie hatte sich während der Schemu ereignet, der Erntezeit, und das in einem Jahr, das besonders gute Erträge versprach. Manch einer behauptete jedoch auch, sie habe ausgerechnet am fünften Tag im dritten Monat der Schemu stattgefunden, dem Epiphi, einer besonders unheilvollen Zeit, in der man das Haus lieber nicht verließ und auf keinen Fall eine Schiffsreise antrat.

Mutenuia nannte ihren Sohn Kenamun. Auf den ersten Blick nicht besonders ungewöhnlich, doch er sollte an den Verwalter

* So nannten die alten Ägypter den Ort, an dem die Frauen ihre Kinder zur Welt brachten. Wochenlauben befanden sich hauptsächlich auf Dächern oder im Garten.

** Göttin, die sich während der Schwangerschaft und Geburt um das Kind kümmerte.

*** Unter dem *ka* verstand man unter anderem das Wesen eines Menschen.

des Gottes Amenophis II. und seinen Milchbruder erinnern, dessen Mutter Amenemopet die Amme dieses Pharao gewesen war. Sie hatte den Namen nicht zufällig ausgesucht, denn die kürzliche Geburt des ersten Kindes des Kronprinzen hatte hohe Erwartungen in Mutenuia geweckt. So war sie nun mal.

Von Anfang an wurde Kenamun zum Mittelpunkt von Mutenuias Universum, dem sie all ihre sonstigen Interessen unterordnete.

Der Leidtragende der neuen familiären Konstellation war zweifellos Nefermaat. Da er damals erst drei Jahre alt war, konnte er sich später nicht an die Einzelheiten erinnern, aber die schlechte Behandlung seiner Stiefmutter brannte sich auf ewig in sein kleines Herz ein. Mutenuia fing an, ihren Mann geschickt zu manipulieren, um den Jungen zugunsten ihres eigenen Sohnes ins Abseits zu bugsieren. Sie setzte ihre Zärtlichkeit als Waffe ein, eine Taktik, mit der sie bereits gute Resultate erzielt hatte und die sich auch dieses Mal als effektiv genug erwies, um ihr Ziel nicht zu verfehlen. Hori verfing sich in ihrem Netz und wagte es nicht, seiner Frau einen einzigen Wunsch abzuschlagen.

Der kleine Nefermaat räumte also seinen Platz für seinen neuen Bruder, und nach wenigen Jahren konnte Hori in ihm nicht mehr den Hauch einer Erinnerung an seine frühere Gattin erkennen.

Als er alt genug war, um das, was um ihn herum geschah, zu verstehen, hatten die unheilvollen Einflüsse seines feindseligen Zuhauses bereits tiefe Spuren in seinem Charakter hinterlassen. Er zog sich mehr und mehr zurück, ein Verhalten, das sich ihm für immer einprägte, und war überzeugt, dass er seine Eltern nicht liebte. Er konnte sich nicht daran erinnern, dass seine Stiefmutter jemals ein freundliches Wort oder eine zärtliche Geste für ihn übriggehabt hätte, und von seinem Vater hatte er nur Schweigen und verstohlene Blicke bekommen, hinter denen sich dessen schlechtes Gewissen versteckte.

Folglich hielt er die prunkvollen Gemächer, in denen er wohnte, für das schlechteste Zuhause, das er sich vorstellen konnte. Irgendeine Höhle, in der die Wüstentiere hausten, wäre ihm lieber gewesen, und jedes Mal, wenn er sein persönliches Amenti verließ, war er wie ausgewechselt.

Dann streifte er, wie von einer schweren Last befreit, vergnügt durch die endlosen Gänge des Palastes, auf der Suche nach der Wärme, die er zu Hause nicht fand. Seine Wege führten ihn durch die unterschiedlichsten Räume, von den Quartieren des Erbprinzen Ramses, mit dessen Kindern er hin und wieder spielte, bis in die königlichen Küchen. Dort bettelte er mit Vorliebe um die frisch gebackenen, mit köstlichem Honig bestrichenen Oblaten, die ihm die Köche heimlich zustecken mussten, damit der unsympathische Küchenchef Dshehuti nicht in die Luft ging, weil einer der Köche ohne seine Einwilligung etwas verschenkte. Wenn er Nefermaat dabei erwischte, wie er eine solche Oblate verschlang, schimpfte er ihn tüchtig aus und zog ihm gelegentlich sogar die Ohren lang.

Während seiner täglichen Ausflüge durch den Palast eroberte der Junge bald die Herzen der Höflinge. Jeder wusste, wessen Sohn er war, und je weniger Sympathie die Palastbewohner für seine Eltern hatten, desto größeres Mitleid empfanden sie für den Kleinen. Sogar wenn er in Begleitung seines Freundes Paneb kam, war er wohlgelitten, was keineswegs selbstverständlich war, denn Letzterer wurde wegen seiner niederträchtigen Streiche gefürchtet.

Die Küchen, die Vorratskammern, die Kellereien, die Stallungen, die Bibliotheken … es gab keinen Ort im königlichen Palast, den Nefermaat nicht durchstreift, keinen Winkel, den er nicht erkundet hätte, so fasziniert war er von dem kleinen Universum innerhalb der Palastmauern. Wenn es aber einen Ort gab, der den Jungen geradezu magisch anzog, so waren es die Gemächer von Iryi, dem Vorsteher der Sachmetpriester und Leibarzt des Gottes.

Sobald sich die Gelegenheit bot, trat er durch die geheimnisvolle Tür in einen Raum, der ihm wie verzaubert erschien. Dort blieb er wie gebannt vor den vielen rätselhaften medizinischen Instrumenten stehen, die sorgfältig in den makellos sauberen Regalen aufbewahrt wurden. Die unzähligen Papyri, die auf den oberen Fächern der Regale lagerten, erweckten bei weitem nicht so viel Interesse in ihm wie sie.

Manchmal überraschte Iryi ihn dabei, wie er alles, was ihn umgab, ehrfürchtig betrachtete. Dann nahm er ihn bei der Hand, führte ihn durch sein mysteriöses Universum und erzählte Hunderte von fantastischen Geschichten, denen der Junge wie verzaubert lauschte.

Aus der Sympathie, die der Arzt anfänglich für ihn empfand, wurde bald aufrichtige Zuneigung und Liebe. Iryi kannte Nefermaats Vater seit langer Zeit und schätzte ihn sehr.

Natürlich war dem königlichen Leibarzt die besondere Stellung bewusst, die sein Vater bekleidete, und das tiefe Vertrauen, das der Gottkönig ihm entgegenbrachte, indem er die Leitung des königlichen Haushaltes in seine Hände legte. Königlicher Haushofmeister war ein Posten von allerhöchstem Rang, und Hori füllte ihn wie sein eigener Vater zuvor zur größten Zufriedenheit des Herrschers aus.

Zu seinen Obliegenheiten gehörte es, tagtäglich Kontakt mit den einflussreichsten Ständen des Staates zu pflegen, jegliche Art von Bittschriften entgegenzunehmen und sie später an den Herrscher weiterzuleiten. Hori hörte sich alles mit größter Höflichkeit an und versicherte den Bittstellern, dass sie noch am selben Tag dem Pharao vorgetragen würden. In Wirklichkeit kamen die Bittschriften nie über den Saal hinaus, in dem sie überreicht wurden.

Mit der Zeit bekamen alle bei Hof die Praktiken des Haushofmeisters mit, und es wurden sogar geistreiche Witze darüber gemacht. Der Spruch »Willst du, dass deine Pläne niemals Wirklichkeit werden, dann trage sie Hori vor« gelangte zu wohlverdientem Ruhm, und sogar der Pharao krümmte sich vor Lachen, als er ihn zum ersten Mal hörte. Schließlich hatte er selbst ihn zum Haushofmeister ernannt und sich in seiner Wahl offensichtlich nicht getäuscht. Der übrige Hof hingegen teilte diese Ansicht nicht, und man konnte durchaus behaupten, dass Hori im Palast keine Freunde mehr besaß.

Seine Gemahlin Mutenuia erweckte noch heftigere Gefühle, man hielt sie für schlichtweg unausstehlich. Die Höflinge ergötzten sich daran, dass Hori sie geheiratet hatte, denn so bekam der Haushofmeister wenigstens jeden Tag die wohlverdiente Strafe für seinen maßlosen Egoismus. Seine Frau wurde zur nie versiegenden Quelle für böswilligen Klatsch und endlose Gerüchte von unverhohlener Dreistigkeit. Es gab Leute, die behaupteten, ein böser Geist habe sich in einen seiner *metu** geschlichen, Hori habe derart starke Schmerzen, dass er nicht einmal mehr ejakulieren könne. Andere wollten wissen, dass Mutenuia jeden Tag bei einem Diener aus Libyen Befriedigung suche, der für seine üppige Ausstattung bekannt war, und Hori nicht nur von diesen Treffen wisse, sondern sie billige und sogar zuweilen selbst als Zuschauer daran teilnehme. Solche sicherlich übertriebenen Gerüchte machten bei Hof die Runde und zeugten von der Abneigung, die man Hori und seiner Gattin entgegenbrachte.

Iryi, der über all diese Einzelheiten bestens Bescheid wusste, freute sich sehr, wenn ihn Nefermaat besuchen kam, denn er konnte sich lebhaft vorstellen, wie schwer dieser es zu Hause hatte.

Gewiss vergoss Tetischeri im fernen Reich des Osiris bittere Tränen, wenn sie mit ansehen musste, unter welchen Umständen ihr Sohn aufwuchs.

* Die alten Ägypter glaubten, dass der menschliche Körper von Kanälen durchzogen sei, die sie *metu* nannten und die alle Organe miteinander verbanden. Durch diese Gefäße flossen alle Arten von Flüssigkeiten.

Im Verlauf der Jahre wurden die Bande zwischen Nefermaat und Iryi immer stärker. Auch Iryis Frau, die vornehme Ipuia, schloss Nefermaat in ihr Herz. Jetzt, da das Ehepaar so ganz allein im Palast wohnte, war sie glücklich, wenn Nefermaat sie besuchte. Die vier Kinder, die sie aus ihrer Ehe mit Iryi hatte, waren längst aus dem Haus und wohnten weit entfernt. Nefermaat half ihnen zumindest teilweise über die Augenblicke der Wehmut hinweg, die ihnen hin und wieder zu schaffen machten, obwohl sie wussten, dass auch sie unausweichlich zum Leben gehörten.

Schließlich besuchte er die beiden genauso regelmäßig, wie er mit seinen Freunden spielte. Mehr und mehr verbrachte Nefermaat seine Zeit bei Iryi und seiner Frau oder in der Schule, wo er sich als fleißiger Schüler entpuppte. Alles war ihm recht, Hauptsache, er konnte seiner verhassten Familie aus dem Weg gehen. Dabei hätte er nicht sagen können, was er mehr verabscheute: die übliche Gleichgültigkeit seines Vaters oder den unverblümten Hass seiner Stiefmutter.

Je älter sein Halbbruder Kenamun wurde, umso deutlicher empfand er die Leere in seinem Herzen. Mutenuia projizierte all ihre Liebe, Sehnsüchte und Erwartungen auf ihren leiblichen Sohn und ließ Nefermaat deutlich spüren, dass er nur geduldet war und in ihrem Heim eigentlich nichts verloren hatte. Nefermaat versuchte dessen ungeachtet, eine natürliche Beziehung zu seinem Bruder aufzubauen, er zwang sich, freundlich und liebevoll zu sein, er kümmerte sich in der Schule um ihn und stand ihm bei, wenn er sich mit den anderen Kindern balgte. Doch die Bande zwischen ihnen festigten sich nicht. Die Aufmerksamkeit, die er Kenamun entgegenbrachte, schien stets das Gegenteil dessen zu bewirken, was er bezweckte, und nährte einen tiefen Groll in Kenamun, den der Kleine kaum unterdrücken konnte. Die unsichtbare Mauer, die sie voneinander trennte und die von anderen errichtet worden war, würde noch viele Jahre später genauso unüberwindlich sein wie die riesigen Steinquader, mit denen man im Land von Kemet die Tempelmauern baute.

Nefermaats Kindheit ging ihrem Ende entgegen, und seine Jugend warf bereits ihre Schatten voraus. Er war soeben elf Jahre alt geworden und hatte nun ein Alter erreicht, in dem ein ägyptischer Junge über seine Zukunft und seine Lebenspläne nachdenken musste. Nefermaat jedoch hatte längst eine feste Vorstellung von dem, was er wollte, und wartete nur noch sehnsüchtig auf den Augenblick, in dem er sie in die Tat umsetzen konnte. An jenem herrlichen Morgen im Monat Hathor schien dieser Tag so nahe, dass er so glücklich wie noch nie zuvor im Leben war. Die berauschenden Gerüche, die ihn umgaben, ließen ihm gar keine andere Wahl. Es duftete nach Kornblumen, Malvenblüten, Narzissen, Rittersporn, Levkojen und Weidenröschen, obwohl er die Vielfalt der Gerüche nicht hätte auseinanderhalten können. Aber das weiche Aroma, das die Hennasträucher verströmten und das alle anderen Gerüche überlagerte, konnte er identifizieren. In diesem unvergleichlichen Garten schienen alle charakteristischen Düfte seines Landes vereint zu sein. Zudem hatte der Gott auch keine Mühen gescheut, den Garten mit Pflanzen zu schmücken, die hier nicht heimisch waren, wie Schlangenwurz oder Lilien. Nun vermischte sich alles zu einem harmonischen Ganzen: Balsam für die Sinne.

Zu diesem Garten mit seinen dichten Palmenhainen gehörte auch ein großer See, der durch Kanäle mit einem Nebenfluss des Nils verbunden war und den der Gottkönig hatte anlegen lassen, um dort Stunden der Muße zu verbringen. An schönen Sommernachmittagen konnte man beobachten, wie er und seine Familie über das Wasser segelten, angetrieben von einer leichten Brise aus dem Norden, die hier gewöhnlich blies.

Der See war eines der vielen Wunder, die hier und da ihren Glanz verströmten und von den begabtesten Künstlern des Reiches geschaffen worden waren. All diese Prachtbauten zusammen ergaben Pi-Ramesse, die Stadt, die von den Ramessiden während der neunzehnten Dynastie errichtet worden war und jetzt in voller Blüte stand. Der große Sethos I. hatte damals den Plan für die neue Hauptstadt entwickelt und den Grundstein für eine Stadt gelegt, die in ihrer Schönheit und Pracht unerreicht bleiben sollte. Als Standort wählte er eine strategisch günstige Gegend am Nildelta in Unterägypten. Mit seiner Wahl hatte er mitten ins Schwarze getroffen. Er hätte keine bessere Stelle aussuchen können, sie lag im östlichen Nildelta, in einer Gegend, die die Ägypter »Wasser des Re« nannten, und in unmittelbarer Nähe zum »Horusweg«, jener alten Straße, die Ägypten mit seinen Nachbarn im Osten verband und die bis über den Fluss Orontes hinaus verlief. Von dieser Enklave aus konnte man den gesamten Schiffsverkehr des Nils, der durch das östliche Delta führte, sowie die Landverbindungen nach Palästina kontrollieren. Hier entstand ein großer Hafen für die ägyptische Flotte, in dem sich auch das Hauptquartier der Streitwagenmacht des Pharao und zahlreiche Quartiere seines Heeres befanden. Von hier aus konnte der Gottkönig schneller als je zuvor an jeden Punkt des Reiches gelangen, an dem er gebraucht wurde.

Die neue Stadt, die Sethos gegründet hatte, gelangte erst mit der Thronbesteigung seines Sohnes, des Großen Ramses, zu Ruhm und Ehre. Er war es, der der Stadt einen jener bombastischen Namen gab, für die er eine Schwäche hatte. Er taufte sie »das Haus des Ramses« mit dem Epitheton »Geliebte des Amun, reich an Sed-Festen«, obwohl sie von allen nur schlicht Pi-Ramesse genannt wurde.

In den nächsten hundert Jahren bauten die Könige, die das Land Kemet regierten, jene von ihren Vorfahren einst gegründete Stadt immer weiter aus und verbrachten lange Zeit in ihren Palästen. Jedes Jahr im Sommer zog der ganze Hofstaat nach Pi-Ramesse um, auf der Flucht vor der Hitze, die zu dieser Jahreszeit in Theben herrschte. In der neuen Hauptstadt am Delta konnten sie das milde Klima des nahe gelegenen Mittelmeeres genießen und die unbarmherzige Wüstensonne in der Stadt des Gottes Amun vergessen.

In Pi-Ramesse fühlten sie sich zu Hause, und das war nicht verwunderlich, denn das Geschlecht der Ramessiden stammte aus dieser Gegend.

Als die neunzehnte Dynastie zu Ende ging und eine neue ihren Platz einnahm, verlor die Hauptstadt keineswegs an Bedeutung, im Gegenteil, sie erhielt sogar neue Impulse. Die Herrscher der zwanzigsten Dynastie erwiesen sich als leidenschaftliche Anhänger der Stadt und verbrachten immer mehr Zeit darin. Auch sie fühlten sich hier zu Hause, denn sie kamen ebenfalls aus dieser Gegend, genau genommen aus Auaris, einem Ort, der nur wenige Kilometer entfernt lag und fünfhundert Jahre zuvor, in jener unglückseligen Zeit, als die Hyksos das Reich erobert hatten, die Hauptstadt Ägyptens gewesen war.

Sethnacht und später sein Sohn Ramses III. hatten alles Menschenmögliche unternommen, um die Stadt, die sie liebten, noch prächtiger zu gestalten. Sie legten breite Alleen an, die von ausgedehnten Gärten und prächtigen Gebäuden in leuchtendem Weiß gesäumt waren; Tempel, in denen man die Götter verehrte und für deren Bau keine Mühen gescheut wurden, um die Götter in den Augen der Menschen nicht herabzusetzen. Die besten Baumeister des Reiches hatten monumentale Bauten und prachtvolle Paläste errichtet, eines Imhotep* würdig, um den Ruhm des Gottkönigs zu mehren, sowie Häuser, deren prunkvolle Vorhallen mit Lapislazuli und Türkisen besetzt waren. Bis ins kleinste Detail hatten die besten Goldschmiede des Reiches die Arbeiten beaufsichtigt. Sogar die Rahmen der gewaltigen Stadttore waren

* Imhotep war Oberpriester von Heliopolis, Arzt und Baumeister der ersten ägyptischen Pyramide, der so genannten Stufenpyramide.

aus Gold und Kupfer gefertigt. Alles schien von wunderbaren, übermenschlichen Händen erbaut worden zu sein. Von den Händen der Götter, die eines Tages dieses Land gesegnet und seine Bewohner in die Geheimnisse ihrer Weisheit eingeweiht hatten. So sah Pi-Ramesse aus, in jenem Monat der Hathor zur Zeit der Nilschwemme, Achet, im Jahre zweiundzwanzig während der Herrschaft des Usermaatre-Meriamun – Leben, Heil und Gesundheit seien mit ihm.

Nefermaat sog die Luft tief ein. Sie war wie ein Rausch, der zum Träumen einlud. Er legte sich auf den frischen Rasen, stützte sich auf die Ellbogen und kaute gedankenverloren auf einem Grashalm. Es war wunderbar, hier zu sein, umgeben von all den Wundern, zu denen nur wenige Privilegierte Zugang hatten, weil sie eigentlich dem Gott vorbehalten waren. Allein sich dessen bewusst zu sein genügte, um das Gefühl zu haben, man sei von den Göttern auserwählt, und in einen Zustand tiefster Verzückung zu verfallen.

Doch Nefermaat besaß, wie bereits gesagt, eine genaue Vorstellung davon, was er sich erträumte. Seit er denken konnte, hatte er sich alles bis in die kleinste Einzelheit ausgemalt, und nach all den Jahren stand er jetzt kurz davor, die Türen zu öffnen, die zur Verwirklichung seiner Träume führen würden.

Während er darüber nachdachte, beobachtete er das Wasser des nahe gelegenen Sees. Es war vom vielen Schlick getrübt, den der Fluss während der Schwemme mit sich führte und großzügig über die Ufer verteilte. Doch der Wasserpegel nahm bereits wieder ab. In einem Monat würde der Fluss in sein ursprüngliches Bett zurückkehren. Dann konnten sie die Felder bestellen. Plötzlich wurde ihm bewusst, dass er nächstes Jahr nicht mehr hier wäre und die Nilschwelle ganz anders erleben würde, wenn er nicht mehr wie jetzt im Palast wohnte. Die Vorstellung, sich unter das einfache Volk zu mischen, mit dem er kaum je Kontakt gehabt hatte, reizte ihn. Irgendwie spürte er, dass ihm etwas bevorstand, das völlig anders war als alles, was er bislang erlebt hatte, und ihm eine ganz neue Perspektive eröffnete. Der Gedanke stimmte ihn zuversichtlich.

Die letzten Monate waren fast nicht mehr zu ertragen gewesen, er hatte schon die Tage gezählt, die ihn von seinem neuen Leben trennten. Jetzt, da der Unterricht in der *kap* beendet war, wuchs seine Nervosität, und das tagtägliche Zusammenleben mit seiner Familie fiel ihm noch schwerer als sonst.

Als er daran dachte, spuckte er den Grashalm missmutig aus. Er konnte nur hoffen, dass Renenutet, die Göttin, die unter anderem über das Schicksal eines jeden Menschen wachte, ihm in Zukunft besser gesinnt wäre als in der Vergangenheit.

Doch der Göttin schien die Zukunft, die Nefermaat bevorstand, egal zu sein, zumindest hatte sie keinerlei Interesse an ihm gezeigt. So war er Schai in die Hände gefallen, dieser geheimnisvollen Göttin, die ebenfalls über Glück und Geschick der Menschen bestimmte. Und es schien tatsächlich so, als hätten die Götter für den Jungen ein geheimnisvolles Schicksal vorgesehen.

Geschrei und Gelächter rissen ihn aus seinen Träumen. Er drehte sich um und sah, wie Paneb Prinz Amunherchepeschef einen Stoß versetzte.

»Wie kannst du es wagen!«, protestierte dieser mit seiner schrillen Kinderstimme. »Weißt du nicht, dass mein Vater der zukünftige Gott des Reiches ist?«

Paneb krümmte sich vor Lachen und gab ihm noch einen Schubs.

»Sieh nur, wie ich zittere!«, spottete er und schüttelte krampfhaft die Hände.

Die anderen Kinder lachten bei seinem Anblick, während der Prinz sein Röckchen richtete.

»Seht euch bloß mal an, wie zerknittert Amunherchepeschefs Rock ist! Seine Mutter wird ihm bestimmt eine Tracht Prügel verpassen«, höhnte Paneb.

Wieder lachten die Kinder.

»Wenn ich erst König bin, werde ich euch alle auspeitschen lassen«, schrie der Prinz mit unbändiger Wut.

»Uh, uh, uh!«, antworteten die Kinder im Chor.

»Im Ernst, wirst du mich wirklich züchtigen wollen?«, murmelte Paneb und verpasste ihm einen leichten Schlag ins Genick. »Wenn du Pharao bist, falls du es jemals so weit bringst, werde ich längst meinen Vater beerbt haben und Hohepriester des Montu sein. Willst du dann an meine Tempeltür klopfen, um mich zu geißeln? Ich kann nur hoffen, dass du bis dahin gelernt hast, unsere Götter zu ehren.«

Damit versetzte er dem Prinzen einen weiteren Stoß und kam auf Nefermaat zu.

»Scheint ganz so, als hätten diejenigen recht, die behaupten, die Leute aus dem Norden seien überheblich«, sagte er boshaft, in Anspielung auf die Herkunft der königlichen Familie. »Wir aus dem Süden haben dieses Problem nicht, wir sind großzügig, stimmt's, Nefermaat?«

Nefermaat sah zu, wie Paneb neben ihm Platz nahm, während der Prinz und die übrigen Kinder sich um sie scharten, doch er sagte nichts.

Es waren seine engsten Mitschüler, die jetzt, nachdem der Unterricht zu Ende war, so viel Zeit wie möglich in den Gärten des Palastes verbrachten und dort ihre Streiche spielten.

Da sie Ferien hatten, konnte Paneb den Lehrer nicht länger ärgern. Den ganzen Kurs über war der alte Hesi Zielscheibe seines Spottes gewesen und hatte seine Frechheiten bis an die Grenzen des Erträglichen über sich ergehen lassen. Nefermaats Meinung nach hatte der Lehrer eine Geduld aufgebracht, die über jedes übliche Maß hinausging, auch an einer Schule wie dieser. Bestimmt hatte er erleichtert aufgeatmet, als er sich von diesem Rüpel verabschiedete.

Also hatte sich Paneb für seine Späße nach einem neuen Opfer umsehen müssen und war, ohne zu zögern, auf Amunherchepeschef verfallen, der sich für seine Zwecke bestens eignete.

Der kleine Prinz war ein durch und durch verhätschelter Bengel, der ganz genau wusste, wer er war und was er von den anderen erwartete, obwohl er erst neun Jahre alt war. Sein Name bedeutete »stark wie Amun«. Er war ihm in Andenken an den erstgeborenen Sohn von Ramses III. verliehen worden, der nicht nur der Liebling seines königlichen Vaters, sondern auch bei Hof sehr beliebt gewesen war. Sein vorzeitiger Tod war ein harter Schlag für den Gottkönig gewesen, der später seinen neunten Sohn ebenfalls Amunherchepeschef genannt hatte. So kam es, dass zwei Personen der königlichen Familie denselben Namen trugen, der kleine Prinz und sein Onkel, den der Kleine übrigens nicht ausstehen konnte. Wahrscheinlich, weil der Onkel die wahre Natur seines Neffen durchschaute, ihn des Öfteren tadelte und sich über sein schlechtes Benehmen in aller Öffentlichkeit lustig machte.

Auch seine Spielgefährten kannten ihn gut. Obwohl sie ihn zur Zielscheibe ihrer Späße machten, wagten sie nie, über das Ziel hinauszuschießen, aus Furcht vor späteren Repressalien oder der Züchtigung durch einen der Erzieher, die auf die königlichen Prinzen aufpassten. Nur Paneb schien sich nicht viel aus den versteckten Drohungen und der ständigen Anwesenheit der Erzieher zu machen. Der kleine Tyrann, der in Tränen ausbrach, sobald er seinen Willen nicht durchsetzen konnte, war ihm zuwider, und er konnte der Versuchung, seine Wut an ihm auszulassen, einfach nicht widerstehen.

»Das Wasser zieht sich wieder zurück, und in einem Monat sind wir weit weg von hier«, sagte Paneb, während er Steinchen in den See warf.

Nefermaat nickte schweigend und beobachtete die Wellen auf dem Wasser.

»Bin ich froh!«, rief Amunherchepeschef mit seiner schrillen Stimme. »Dann bin ich euch endlich los.«

Paneb holte aus, als wollte er ihn schlagen, und der Prinz hob schützend die Hände. Doch dann blickte Paneb wieder auf den See und fuhr fort, Steinchen ins Wasser zu werfen.

»Mein Vater meint, es sei höchste Zeit, dass ich dem göttlichen Tempel von Montu beitrete«, erklärte Paneb. »Der Gott des Krieges könne es kaum erwarten, mich in seine Geheimnisse einzuweihen, damit ich eines Tages sein Oberster Diener werde. Mein neues Heim wird das ›Haus des Lebens‹ im Tempel sein.«

»So wird es uns allen ergehen«, mischte sich einer seiner Cousins ein, ebenfalls ein Maribast.

»Fast allen«, hob Paneb hervor und warf dem kleinen Amunherchepeschef einen Blick von der Seite zu. »Auf die eine oder andere Art sind wir alle aufgerufen, den Göttern zu dienen. Ich glaube, dass eines Tages sogar Kenamun einem Tempel beitreten wird.«

Alle Blicke richteten sich auf den Jungen, der nicht antwortete.

»Sag schon, Kenamun. Welche Gottheit wirst du mit deiner Anwesenheit beehren? Ist es Ptah, Chons, Re oder gar Amun?«, fragte Paneb niederträchtig, denn er wusste, dass Mutenuia bereits Letzteren für ihren Sohn ins Auge gefasst hatte.

Kenamun warf ihm einen seiner gewohnt finsteren Blicke zu, denn in diesem Augenblick wurde ihm klar, dass im Palast auch über ihn getuschelt wurde.

»Du weißt genau, dass ich im Tempel von Karnak dienen werde«, antwortete er, und es hörte sich an, als spuckte er jedes Wort einzeln aus.

»Ah, verstehe, deine erlauchte Mutter, Mutenuia, stellt dich unter den Schutz der Priesterschaft des Amun. Bestimmt hat sie Großes mit dir vor. Wer weiß, wozu du es noch bringen wirst. Wenn ich an eurer Stelle wäre«, sagte Paneb und wandte sich an seine Cousins, »würde ich mich in Acht nehmen. Euch Maribast und Bakenchons erwächst hier ein gefährlicher Rivale.«

Die Kinder brachen in schallendes Gelächter aus. Seit Jahrhunderten teilten sich diese beiden Geschlechter abwechselnd die Macht im Tempel von Karnak.

Kenamuns Gesicht lief rot an vor Wut.

»Lasst ihn in Ruhe«, mischte sich Nefermaat ein. »Er wird seinen Weg gehen, so wie wir alle. Seine Mutter ist genauso um sein Wohl besorgt wie eure Eltern um eures.«

Die Worte machten Kenamun nur noch wütender, denn er verabscheute es, von seinem Stiefbruder in Schutz genommen zu werden, erst recht, wenn der dabei auf seine Mutter zu sprechen kam.

»Und wer wird sich um deine Zukunft sorgen?«, fragte Paneb spöttisch.

Nefermaat sah seinen Freund einen Augenblick streng an und blickte dann wieder hinaus auf den See.

»Ich hoffe, dass Sachmet sich meiner annimmt«, antwortete er ein wenig resigniert.

»Ja, die Löwengöttin wird dich beschützen und dich in ihr Wissen einweihen, damit du uns später heilen kannst, wenn wir krank werden«, verkündete Paneb fröhlich und klopfte seinem Kameraden freundschaftlich auf den Rücken.

»Und ich werde Königin.«

Alle wandten ihre Köpfe der süßen, wohl klingenden Stimme zu.

»Ach, unsere kleine Prinzessin!«, rief Paneb entzückt.

»Jetzt bin ich noch Prinzessin, aber eines Tages werde ich Königin sein.«

»Natürlich, Nubchesbed, und dann werfen wir uns alle vor dir der Länge nach auf den Boden, stimmt's?«

»Ja«, schrie das Mädchen begeistert.

»Schon wieder dieselbe Leier. Hör endlich auf damit!«, unterbrach sie der kleine Prinz verächtlich. »Hier gibt es nur einen, vor dem ihr alle auf den Boden fallen werdet, nämlich mich.«

»Unsere Mutter hat aber gesagt, dass ich Königin werde. Und dass ich den zukünftigen Gott dieses Landes heirate.«

Amunherchepeschef rutschte nervös hin und her und riss Grashalme aus.

»Deine Mutter Temtopet ist eine weise Frau, daran ist nicht zu rütteln«, tönte Paneb, um den kleinen Prinzen zu ärgern.

»Ja. Und du, Amunherchepeschef, wirst nie der lebende Horus* sein, denn ich werde Nefermaat heiraten.«

Bei diesen Worten brachen die Kinder in Jubelgeschrei aus und überhäuften Nefermaat mit Glückwünschen.

»Heil dir, Herr über die Beiden Länder! Wiedergeburt des Horus, der uns den Weg weist!«

Am Ende setzte sich Nubchesbed neben ihren zukünftigen Gemahl, und alle klatschten Beifall.

Obwohl sie erst acht war, verfügte Nubchesbed über einen unwiderstehlichen Charme. Mit ihrem fröhlichen, lebhaften Temperament war sie das genaue Gegenteil ihres Bruders, als wären sie überhaupt nicht verwandt, obwohl beide denselben Vater und dieselbe Mutter besaßen.

Die Kleine hatte völlig recht, wenn sie behauptete, dass sie demjenigen, den sie ehelichte, auch die Regentschaft übertragen konnte. Und es war mehr als offensichtlich, dass sie gar nicht daran dachte, ihren Bruder zu heiraten, den sie ohnehin nicht ausstehen konnte.

Sie hatte nur Augen für Nefermaat, auch wenn das Ganze offensichtlich nichts weiter als eine kindliche Laune war.

Der Prinz, dem diese Vorstellung natürlich ganz und gar nicht gefiel, ballte die Fäuste und schnaubte vor unterdrückter Wut.

»Niemals!«, platzte es schließlich aus ihm heraus. »Niemand wird mir das nehmen können, was mir zusteht!«

»Was steht dir denn zu?«, mischte sich Paneb erneut ein und

* So nannte sich der Pharao.

ging auf ihn zu. »Die Geschichte Ägyptens wimmelt nur so von Prinzen wie dir, die es nie schafften, den Thron zu besteigen. Wenn Nubchesbed Nefermaat heiratet, wirst du nicht darum herumkommen, die beiden anzubeten«, schloss er herausfordernd.

Das war zu viel für den Königssohn. Er stampfte mit den Füßen auf und schrie wirre Sätze, die sich anhörten wie Klagen aus dem Amenti.

Es war eine komische, beinahe groteske Szene, wie der Kleine herumtrampelte, als führte er einen seltsamen Tanz auf. Genauso grotesk wie seine ganze äußere Erscheinung. Amunherchepeschef war kränklich, schwach, und sein Kopf wirkte viel zu groß für den schmächtigen Körper. Da er wie alle Kinder der Königsfamilie einen rasierten Schädel hatte, mit einer langen Haarlocke auf der rechten Seite, die ihm bis auf die Schulter fiel, sah er ziemlich komisch aus. Man hätte ihn eher für eine schlechte Karikatur des Gottes Bes* statt für einen Kronprinzen halten können.

Wie fast immer, wenn sich eine solche Szene abspielte, konnte sich Paneb nicht beherrschen. Er packte den Kleinen an der Haarlocke und verpasste ihm ein paar Ohrfeigen, worauf der Prinz laut zu heulen begann.

Auf der Stelle schritten die Erzieher ein, um zu verhindern, dass die Sache aus dem Ruder lief, und da Paneb wusste, dass damit für ihn nichts mehr zu holen war, lief er auf das Wasser zu und forderte die übrigen Kinder auf, mit ihm im See zu baden.

Im Nu füllte sich der See mit dem Freudengeschrei der Kinder, die darin planschten und spielten. Ihre ungehemmte Fröhlichkeit ließ endlich auch die Tränen des Prinzen trocknen, der an der Hand eines Erziehers den Garten verließ. Kenamun saß auf dem Rasen und sah ihnen mit seinem finstersten Blick nach.

* Ein grotesk entstellter, zwergenhafter Halbgott, der mit Musik, Fröhlichkeit und Rausch in Verbindung gebracht wurde und bei den alten Ägyptern sehr beliebt war.

2

Die Tage vor seiner Abreise schienen sich unerträglich in die Länge zu ziehen, obwohl sich Nefermaat eines Tages mit Wehmut an sie zurückerinnern würde. Seine Kindheit neigte sich dem Ende zu; er stand kurz davor, die Schwelle zur Welt der Erwachsenen zu überschreiten. Es machte ihn nervös, aber nicht, weil er bald ein Mann wäre, sondern weil dort, wo er hinwollte, die weisesten Männer des Reiches lehrten. Er hatte die Sorge, dass er sich ihres Wissens als nicht würdig erweisen könnte. Und das machte ihm Angst.

An einem strahlend schönen Morgen versuchte Iryi, ihm Mut zu machen.

»Der Ort, an den du gehst, ist heilig, du brauchst also keine Angst zu haben«, erklärte er und legte ihm die Hand auf die Schulter.

»Es ist nicht der Tempel, vor dem ich mich fürchte, sondern die Möglichkeit, dass ich seine Geheimnisse nicht verstehen könnte.«

Iryi lachte und drückte ihm liebevoll die Schulter.

»Jetzt hör mal gut zu. Das ganze Leben ist ein Geheimnis, alles, was uns umgibt. Wenn du dir aber das Wissen aneignen willst, mit dem du dieses Geheimnis lüften kannst, solltest du dorthin gehen. Nur die Priester in den Tempeln können es dir vermitteln: eine Weisheit, die uns die Götter vor undenklicher Zeit geschenkt haben und über die die Priester im Allerheiligsten unserer Tempel eifersüchtig wachen.«

Nefermaat nickte und sah zu Boden.

»Die Götter haben dich auserwählt, ihr Reich zu betreten. Sie haben dich mit einer besonderen Gabe ausgestattet, auch wenn du es noch nicht weißt. Und du hast die Pflicht, sie entsprechend zu entwickeln.«

»Eine besondere Gabe?«, fragte der Junge ungläubig. »Ich verstehe nicht.«

Iryi hockte sich vor ihn und sah ihm in die Augen.

»Ja, daran gibt es keinen Zweifel. Sachmet hat dir schon vor langer Zeit den Weg gewiesen. An dem Tag, als du zum ersten Mal in diese Gemächer gekommen bist und so gebannt meine Instrumente und Papyri betrachtet hast, nahm sich die Göttin deiner an. Glaub mir, sie hat dich auserwählt.«

»Aber ...«, stotterte Nefermaat und rollte verwirrt mit den Augen.

»Du bist dazu erkoren worden, den Priestern von Sachmet anzugehören«, erklärte Iryi und richtete sich wieder auf. »Und ich kann dir versichern, dass du ein ausgezeichneter Schüler sein wirst. Du kannst ganz beruhigt sein. Vergiss nicht, dass ich der *imry sunu* bin, Vorsteher der Sachmetpriester. Ich werde über deine Schritte wachen.«

Die Worte hallten noch in seinem Herzen nach, als das Licht des späten Vormittags sein Gesicht mit all der Kraft überflutete, die Re-Harachte* ihren Strahlen verlieh.

Einem dunklen Seufzer gleich war er durch die endlosen Korridore des Palastes gestreift. Später konnte er sich weder an die Gesichter erinnern, denen er begegnet war, noch daran, wen er alles gegrüßt hatte. Als er schließlich zu dem großen Hof gelangte, der zu den Stallungen führte, hätte er beinahe gar nicht bemerkt, mit wem er gerade zusammenstieß.

* Für die alten Ägypter symbolisierte Re-Harachte die Mittagssonne, Re-Chepre die Morgensonne und Re-Atum die Abendsonne.

»Heilige Anat!* Bist du nicht der junge Nefermaat?«, rief der Mann.

Da wusste Nefermaat, wem die unvergleichliche Stimme gehörte.

Als die erste Überraschung verflogen war, sah Nefermaat zu dem Prinzen auf und lächelte. Vor ihm stand Amunherchepeschef und blickte ihn mit verschränkten Armen spöttisch an.

Nefermaat mochte Onkel Amunherchepeschef sehr. Er war der dritte Sohn der Großen Königlichen Gemahlin Isis, neunter des Gottkönigs Ramses III. und stand an zweiter Stelle in der Thronfolge Ägyptens. Er war ein überdurchschnittlich großer und kräftig gebauter junger Mann. Seiner sonnengebräunten Haut sah man an, dass er die meiste Zeit im Freien verbrachte. In seinen harmonischen Gesichtszügen spiegelte sich zum Teil die exotische Anmut seiner Mutter, der der Pharao vor langer Zeit erlegen war. Die vollen Lippen, die Nase, sogar sein Lächeln erinnerten an Isis, doch die Augen ähnelten ihr am meisten. Sie waren groß, dunkel und von einer so unergründlichen Tiefe, dass man sich darin verlieren konnte. Sie schienen ein ganz eigenes Leben zu führen und strahlten ein beunruhigendes Licht aus, geboren vielleicht aus dem innersten Kern seiner Persönlichkeit. Ihr Glanz beherrschte das ganze Gesicht, und wer seinem Blick begegnete, erkannte sofort, welch große Klugheit sich darin verbarg.

Der Prinz sah ihn belustigt an. Er mochte den jungen Nefermaat und machte keinen Hehl daraus, auch wenn er für seinen Vater nicht sehr viel übrighatte und noch weniger für seine Stiefmutter. Er kannte Nefermaats Fähigkeiten und seine zukünftigen Perspektiven und war davon überzeugt, dass er es weit bringen

* Kriegsgöttin, die während der Schlacht die Streitwagen und Pferde beschützte.

würde; nicht ohne Grund hielt er ihn für den aufgewecktesten Jungen im ganzen Palast. Und als er jetzt mit einem so aufgeregten Gesicht vor ihm stand, stieg eine Woge von Freude und auch Zuneigung in Amunherchepeschef auf. Er konnte die Unsicherheit des Jungen und seine begründete Angst vor dem neuen Leben, das er bald antreten würde, gut verstehen.

»Ich hoffe nicht, dass Sachmet dich bereits mit ihrem Trübsinn angesteckt hat«, sagte er und fuhr Nefermaat durchs Haar. »Wenn du mich fragst, täte dir etwas Bewegung gut.«

»Vielleicht ... Aber glaubst du wirklich, dass Sachmet weiß, wer ich bin?«

»Bei ihr kann man nie wissen«, antwortete der Prinz. Dann legte er ihm die Hand auf die Schulter, als wollte er ihn auffordern, ihn zu begleiten. »Du hast bestimmt schon oft gehört, wie unberechenbar sie sein kann. Mal beschützt sie einen, und im nächsten Augenblick stürzt sie einen ins Unglück. Unter uns gesagt«, erklärte der Prinz und dämpfte die Stimme, »ich habe nicht allzu viel für sie übrig. Ich traue niemandem über den Weg, der seine Gefühle nicht im Griff hat, am allerwenigsten, wenn es sich um eine Göttin handelt.«

Nefermaat sah ihn an, ohne zu wissen, was er antworten sollte, während er an seiner Seite über den großen Hof ging, der zu den königlichen Stallungen führte. Hier herrschte große Betriebsamkeit. Stalljungen und Reitknechte gingen ihren Pflichten nach, inmitten eines Durcheinanders von Soldaten und Wagenlenkern, die kamen und gingen, während sich die Geräusche aus den Werkstätten, wo an den Streitwagen gehämmert wurde, mit dem Wiehern und Stampfen der Pferde vermischten.

Auf den zweihundert Metern bis zu den königlichen Stallungen erwiderte der Prinz unaufhörlich die Grüße der Soldaten und Offiziere, die in dem großen Peristylium versammelt waren. Die Vorsteher der Streitwagen, die unter den hohen achteckigen Säulen im Schatten standen, salutierten.

»Möge Anat euch beschützen!«, rief Amunherchepeschef wie üblich.

Es war sein Lieblingsgruß, den er auch als Schwur benutzte, denn der Prinz war ein glühender Verehrer der Kriegsgöttin.

Der junge Amunherchepeschef hatte immer ein Lächeln auf den Lippen und wurde vom Volk geliebt und respektiert, vor allem aber von den Soldaten im Heer, bei denen er als ein außergewöhnlich talentierter Wagenlenker galt. Aufgrund seines sympathischen und entgegenkommenden Wesens flogen ihm die Herzen der anderen nur so zu, und dank seines Scharfsinns konnte er ohne die geringste Mühe in ihnen lesen.

Die Liebe des Prinzen zu Pferden war allgemein bekannt. Wie einige seiner Brüder hatte auch er diese Leidenschaft von seinem göttlichen Vater geerbt. Oft sah man ihn in seinem Streitwagen durch die Wüste fahren – auf der Jagd nach irgendeinem wilden Tier, das er so lange verfolgte, bis er es erlegt hatte.

Die Jagd war eine weitere Vorliebe, die er von seinem Vater übernommen hatte. In ihr fand er die Möglichkeit, sein kriegerisches Temperament auszutoben, das gelegentlich mit ihm durchging.

Seine Kindheit war von Kriegen und Invasionen überschattet gewesen, mit denen sich sein Vater in schwierigen Zeiten hatte auseinandersetzen müssen. Schon mit dreizehn hatte er seinen Vater auf dessen Feldzug gegen die westlichen Wüstenstämme begleitet. Dieser Krieg hatte sechs Jahre zuvor begonnen, doch trotz des überwältigenden Sieges der königlichen Truppen war es dem Gottkönig nicht gelungen, die Gefahr endgültig zu bannen. Die libyschen Stämme hatten sich neu organisiert und bedrohten wieder einmal die Grenzen des ägyptischen Reiches. Meschwesch und Tschehenu nutzten die Gelegenheit und erhoben sich abermals gegen den Pharao. Wie Jahre zuvor marschierte der Gottkönig ihnen entgegen und fügte ihnen in einer verlustreichen Schlacht eine vernichtende Niederlage zu. Später ließ er in die Mauern seines Tempels meißeln, dass die Schlacht in einem gewaltigen Blutbad endete und die Leichen sich über eine Länge von acht *iteru** erstreckten.

Das war die Schule, in die Ramses III. seinen Sohn geschickt hatte, ähnlich wie es auch die anderen Pharaonen in der langen Geschichte Ägyptens mit ihren Thronfolgern getan hatten.

Als Nefermaat und der Prinz endlich zu den »Großen Stallungen des Usermaatre-Meriamun« kamen, wartete das Gespann des Prinzen bereits auf ihn.

»Das da drüben sind die Pferde meines göttlichen Vaters, mit denen er den Feldzug gegen die Seevölker anführte«, erklärte der Prinz und zeigte mit dem Finger auf die Tiere. »Sie bilden das Gespann ›Geliebte des Amun‹. Sind sie nicht herrlich?«

Nefermaat nickte nur stumm, denn er verstand so gut wie nichts von Pferden.

»Meine sind aber auch prächtig«, fuhr der Prinz fort, während er auf die Pferde daneben zuging und ihnen etwas ins Ohr flüsterte.

Der Junge blieb stehen und beobachtete die nervösen Tiere misstrauisch.

»Ich habe ihnen gerade erzählt, dass du uns heute begleiten wirst und sie sich nicht wundern sollen«, erklärte der Prinz fröhlich.

»Ich soll mit dir ausfahren?«, fragte Nefermaat, ohne seine Angst zu verbergen.

»Mit mir und meinen beiden Brüdern«, antwortete der Prinz und zeigte auf die Rösser. »Habe ich nicht gesagt, dass du etwas Bewegung brauchst?«

»Ja, aber …«

»Nichts aber, heute wirst du den Tag mit Prinz Amunherchepeschef verbringen«, erklärte er und half ihm mit einem sanften Schubs in den Wagen.

* Also über achtzig Kilometer.

Dann sprang er selbst hinauf und reichte ihm einen kleinen ledernen Helm.

»Zieh ihn an und halt dich gut fest«, rief er, während er die Zügel in die Hand nahm und das Gespann sich in Bewegung setzte.

Sobald sie in den Hof hinauskamen, spornte der Prinz die Pferde zu einem leichten Trott an. Nefermaat klammerte sich so fest an den Rand des Wagenkorbs, dass seine Knöchel weiß hervortraten.

Doch als sie den Hof verließen und über eine breite, mit Steinen gepflasterte Straße fuhren, tat der Wagen einen Sprung, und der Junge stürzte zu Boden.

Der Prinz lachte laut auf.

»Du musst lernen, das Gleichgewicht zu halten«, sagte er, während er ihm wieder auf die Beine half. »Behalte die Straße im Auge, damit du die Bewegungen des Wagens voraussehen kannst.«

Kaum hatte Nefermaat sich wieder am Wagenrand festgeklammert, da machte der Wagen erneut einen Satz und hätte ihn um ein Haar wieder zu Boden geschleudert.

Prinz Amunherchepeschef bog in eine Seitengasse ein, die zum Viertel der Schmiede führte. Hier lagen die Werkstätten, in denen die Waffen hergestellt wurden.

Der Prinz spornte die Pferde an, und bald ließen sie den Rauch aus den Schornsteinen hinter sich und fuhren über offenes Gelände.

»Bist du noch nie in einem Streitwagen gefahren?«, rief der Prinz über den Lärm hinweg, den die Räder auf dem steinigen Boden verursachten.

Nefermaat starrte auf die Straße vor ihm und achtete auf die nächste Erhebung, sodass er nicht einmal zu dem Prinzen aufblicken konnte, sondern nur den Kopf schüttelte.

Amunherchepeschef lächelte und warf ihm einen Blick von der Seite zu.

»Keine Angst. Sobald du dich daran gewöhnt hast, wirst du jeden Tag ausfahren wollen. Entspann dich und genieße den Wind im Gesicht.«

Mit diesen Worten trieb er die Pferde erneut an, die sofort zu galoppieren anfingen.

Der Junge hatte das Gefühl, dass er nie wieder heil nach Hause käme. So heftig wurde er hin und her geworfen, dass er fürchtete, aus dem Korb an den Straßenrand geschleudert zu werden. Doch als er mit der Zeit lernte, wie er sich trotz des höllischen Auf und Ab auf den Beinen halten konnte, lockerte sich sein Griff. Er begann, den Bewegungen des Wagens zu folgen, und konnte so das Gleichgewicht halten.

»Geht's jetzt besser?«, fragte der Prinz, während unter den Rädern des Wagens die Steinchen nach allen Seiten flogen.

»Ja«, antwortete Nefermaat und schenkte ihm ein halbes Lächeln.

»Spürst du den Wind? Und die Kraft meiner Pferde?«

»Ja, es ist herrlich«, antwortete der Junge und schloss mit sichtlicher Freude halb die Augen.

Daraufhin rief der Prinz seinen edlen Pferden seltsame Worte zu, und sie galoppierten immer schneller. Nefermaat kam es vor, als flöge er. Ein unbeschreibliches Gefühl, wie er es noch nie erlebt hatte, versetzte ihn in einen Rauschzustand. Der Wind, der mit Tausenden von Fäden an seinem Körper zerrte, heulte wie ein Chor verzweifelter Seelen.

»Hörst du, wie er uns willkommen heißt?«, rief der Prinz euphorisch.

Nefermaat drehte sich zu ihm um und sah, wie Amunherchepeschefs langes Haar im Wind flatterte, als rissen mächtige Hände von hinten an ihm. Er sah, wie der Prinz mit beiden Händen die Zügel fest umklammerte und jeder Muskel seines Körpers unter der Sonne Ägyptens glänzte. Es kam dem Jungen vor wie der Inbegriff des Lichts. Es war der Glanz eines erst vierundzwanzigjährigen mächtigen Gottes.

Schließlich verlangsamten sie die schwindelerregende Fahrt und hielten im Schatten eines dichten Palmenhains an.

»Hier gibt es ganz frisches Wasser«, erklärte der Prinz, als sie zu einem Brunnen gelangten. »Es ist köstlich«, sagte er, während ihm die Tropfen über das Kinn liefen. »Probier mal.«

Nefermaat nahm die Kelle, die der Prinz ihm anbot, und trank genüsslich. Danach setzte er sich neben Amunherchepeschef unter eine schattige Palme, während auch die Tiere gierig tranken.

»Unglaublich, dass es so nah an Seths Reich einen Ort wie diesen gibt«, sagte der Prinz und zeigte auf die Wüste.

Nefermaat wusste nicht, was er antworten sollte.

»Was ist eigentlich mit dir los, Nefermaat? Wenn du mit meinen königlichen Neffen spielst, bist du nicht so einsilbig. Allmählich glaube ich, dass Sachmet dich tatsächlich mit ihrer Finsternis angesteckt hat.«

»Nein, das ist es nicht, Prinz Amunherchepeschef. Ich bin nur so verdutzt, dass ich dich in deinem Streitwagen begleiten durfte.«

»Nenn mich nicht mehr Prinz Amunherchepeschef. Für dich bin ich schlicht Prinz Amun. Mein Name ist viel zu lang. Du weißt ja, dass ich einen älteren Bruder hatte, der auch so hieß. Und als er vorzeitig starb, beschloss der Gott, mein Vater, die Erinnerung an ihn wachzuhalten, und gab mir denselben Namen. Er liebte ihn sehr.«

»Es ist ein mächtiger Name«, sagte der Junge spontan. »Stark wie Amun.«

»Findest du?«, erwiderte der Prinz und zog eine Augenbraue hoch. »Mir wäre Anatherchepeschef oder Anatmoses lieber.«

Nefermaat musste lachen.

»Das sind doch Mädchennamen«, sagte er belustigt.

»Schon, aber du weißt doch, wie sehr ich diese Göttin verehre. Sie beschützt meine Brüder«, sagte er und zeigte auf die Pferde, »und daher auch mich.«

»Dann müsstest du wie ihr Gatte Seth heißen. Das wäre doch passender, oder?«

»Sethherchepeschef. Viel kürzer wäre das auch nicht, zudem habe ich anders als viele Mitglieder meiner Familie nicht viel für diesen Gott übrig. Dann will ich lieber Prinz Amun bleiben.«

Der Junge musste erneut lachen.

»Du dagegen hast einen interessanten Namen«, fuhr der Prinz fort. »Möglich, dass er dich weit trägt.«

»Meine Mutter hat ihn mir gegeben«, erklärte Nefermaat und senkte den Blick.

»So ist es Sitte. Ich kannte deine Mutter, sie war schön und strahlte eine tiefe Spiritualität aus. In dir leuchtet sie weiter.«

Nefermaat sah ihn fragend an.

»Du bist dir dessen natürlich noch nicht bewusst, aber es ist so. Mit deiner übrigen Familie hast du wenig gemein«, murmelte der Prinz und sah abwesend zu seinen Tieren hinüber.

»Etwas Ähnliches hat mir Iryi auch gesagt.«

»Tatsächlich?«, entgegnete Amunherchepeschef und sah ihn an. »Und was hat dir der gute Arzt gesagt?«

»Dass ich dazu bestimmt bin, Sachmet zu dienen, auch wenn ich es nicht wüsste.«

»So, so, das hat er gesagt. Scheint so, als würde ich mit meinen Vermutungen gar nicht falschliegen, was den Einfluss der Göttin anbelangt.«

»Das ist allerdings etwas übertrieben, Prinz Amun. Noch bin ich der Göttin nicht vorgestellt worden.«

Der Prinz lachte laut.

»Ich muss gestehen, dass du mir gefällst«, sagte er und klopfte ihm auf den Rücken. »Doch habe ich gehört, dass ihr euch bald kennen lernen werdet. Ist es nicht so? Und ich bin sicher, dass der gute Iryi alles bestens vorbereitet hat.«

Als Nefermaat das hörte, sah er ihn verblüfft an. »Woher weißt du das?«

Der Prinz lächelte.

»Du bist zwar noch jung, aber trotzdem musst du dir etwas Wichtiges merken. Der Hof hat einen Mund, der niemals stillhält. Man muss nur die Ohren spitzen, und genau das tue ich.«

Er strich dem Jungen über das Haar. »Mach dir keine Sorgen. Du wirst auch ohne fremde Hilfe deinen Weg gehen. Aus dir wird der beste Arzt von ganz Ägypten werden, und dann kommst du zurück an den Hof, um uns alle zu behandeln. Wer weiß, vielleicht nimmt ja eines Tages sogar der Gott deine Dienste in Anspruch.«

Der Junge sah ihn verwundert über diese Prophezeiung an.

»Wenn du das nächste Mal in meinen Streitwagen steigst, bist du hoffentlich bereits ein *sunu*, ein Arzt«, erklärte der Prinz und stand auf. »Aber jetzt wird es Zeit, dass wir nach Hause zurückkehren.«

Seinen letzten Nachmittag in Pi-Ramesse verbrachte Nefermaat am See. Er war auf seltsame Weise unruhig und konnte es nicht abwarten, endlich aufzubrechen. Den ganzen Vormittag über hatte er sich im Palast verabschiedet, auch von denen, die er kaum kannte.

Jetzt gehörten die vielen Glückwünsche und Segnungen, die er erhalten hatte, schon der Vergangenheit an, und der Junge hielt sie nur noch für eine von vielen Kindheitserinnerungen, die er mitnehmen und an die er eines fernen Tages mit Wehmut zurückdenken würde.

Plötzlich erweckte etwas seine Aufmerksamkeit und riss ihn aus seinen Gedanken. Es glitt genauso sanft über das Wasser wie die Enten im See. Doch es hatte nichts mit einer Ente zu tun. Es war die Barke des Pharao.

Nefermaat beobachtete sie entzückt. Das Schiff, auf dem der Gottkönig mit seiner Familie zu segeln pflegte, war hundertdreißig Ellen* lang und aus bestem libanesischem Zedernholz gebaut. Nefermaat kannte das Schiff. Er war mehrmals an Bord gewesen und hatte dort mit den Enkeln des Gottkönigs gespielt.

Es war ein prächtiges Schiff, daran bestand kein Zweifel. Jedes Mal, wenn er sah, wie geschmeidig es durch das Wasser rauschte, verschlug es ihm die Sprache.

Die königliche Barke segelte so nah am Ufer entlang, dass er jede Einzelheit genau erkennen konnte.

Es war nicht nur das edle Zedernholz, welches sie von allen anderen unterschied. Obendrein war sie in voller Länge bis zur Wasserlinie mit Gold verkleidet. In der Mitte erhoben sich die königlichen Kabinen, verhüllt von einem kostbaren Schleier, und daneben prangte der Kopf eines Widders aus reinem Gold, Symbol des Gottes Amun.

Entlang der Reling auf beiden Seiten waren weitere, kleinere Tierköpfe angebracht, die dem Schiff eine unvergleichlich majestätische Note verliehen.

Ramses III. hatte das Schiff *Waset*** taufen und den Namen in prachtvollen Hieroglyphen in den Rumpf schnitzen lassen. Die Galionsfigur bestand aus einem goldenen *uräus**** mit *Atef*-Krone****, damit alle Sterblichen wussten, um wessen Barke es sich handelte.

Wenn man sah, wie die Barke durch Hapis'***** heiliges Wasser glitt und im Schein der Sonne funkelte, war es nicht schwer, sich vorzustellen, dass darin tatsächlich der Gott Re über den See se-

* Die ägyptische Elle maß 53 Zentimeter.

** *Waset* bedeutet Zepter und war auch der Name der alten Ägypter für die Stadt Theben.

*** Darstellung der Kobra, die die Pharaonen als Kopfschmuck trugen.

**** Krone des Osiris, sie bestand aus einem Papyrusbündel mit Doppelfeder und Widderhörnern.

***** Gott des Nils.

gelte. Wenn sie vorüberfuhr, würden sich die Ufer des Nils mit den schweißbedeckten Rücken der Untertanen füllen, die sich der Länge nach auf den Boden warfen, um ihren Gott zu preisen und sich in dem Licht zu baden, das er ausstrahlte.

Nefermaat musste die Augen zukneifen, als sich die abendliche Sonne im goldenen Rumpf der Barke spiegelte und ihn blendete. Im gleichen Augenblick hörte er Schritte hinter sich, die auf ihn zukamen.

Er drehte sich um und sah, wie sich jemand neben ihn setzte.

»Ich dachte, du wärst mit deinem Großvater auf der Barke«, erklärte Nefermaat überrascht.

»Mein Bruder ist an Bord gegangen, aber ich wollte lieber hierbleiben und mich noch von dir verabschieden«, erklärte Prinzessin Nubchesbed.

Die beiden Kinder sahen sich an und lächelten.

»Ach, wir werden dich vermissen, Nefermaat. Ohne dich wird das Spielen nicht mehr so viel Spaß machen.«

»Ich euch auch, aber es ist Zeit, dass wir alle uns trennen müssen.«

Die Prinzessin zog eine ihrer typischen Grimassen, hob den kleinen Kopf leicht an, reckte das spitze Kinn und rümpfte das Näschen.

»Ich finde es grässlich«, fuhr sie fort. »Jetzt werde ich die ganze Zeit mit meinem unausstehlichen Bruder spielen müssen. Schrecklich!«

Nefermaat lächelte ihr zu und zuckte die Achseln.

»Na ja, wir sind keine kleinen Kinder mehr, Nubchesbed, aber wir bleiben Freunde, auch wenn wir weit voneinander entfernt sein werden.«

»Nein, wir werden viel mehr sein als Freunde«, entgegnete die kleine Prinzessin bestimmt. »Wir sind Verlobte, und wenn wir erwachsen sind, werden wir heiraten.«

Nefermaat streichelte ihre Hand.

»Glaubst du nicht, dass deine Eltern böse wären?«

»Nein. Mein Vater sagt immer, ich sei eine Prinzessin und er könne mir keinen Wunsch abschlagen.«

Nefermaat musste lachen und blickte wieder auf den See.

»Ich weiß nicht einmal, wie lange ich wegbleiben werde. Viele Jahre vielleicht.«

»Das macht nichts. Bis dahin sind wir erwachsen und können machen, was wir wollen.«

»Bis ich zurückkomme, bist du wahrscheinlich längst verheiratet und …«

»Nein, nein, nein«, unterbrach ihn die Prinzessin. »Ich werde dich heiraten, dich oder niemanden.«

»Man könnte also sagen, dass wir ernsthaft verlobt sind, nicht wahr?«, fragte Nefermaat zärtlich.

Die Kleine nickte und sah ihn fasziniert an.

»Dann lass uns etwas austauschen, etwas ganz Persönliches, damit es uns ständig daran erinnert«, sagte der Junge. »Hier.« Er nahm einen Anhänger, den er stets um den Hals trug. »Es ist die Göttin Mut, meine Mutter hat ihn mir nach meiner Geburt umgelegt.«

Nubchesbed streckte die kleine Hand aus und umklammerte den Anhänger, fest davon überzeugt, dass Nefermaat nun ihr gehörte. Dann nahm sie ein goldenes, mit Lapislazuli besetztes Armband ab, das sie Tag und Nacht trug, und reichte es ihm.

»Das wird unser Geheimnis sein«, sagte sie leise. »Versprich es mir.«

»Ich verspreche es.«

Als sie Geräusche hinter sich hörten, drehten sie sich um.

»Ich hoffe, wir stören euch nicht bei etwas Wichtigem«, sagte Paneb und setzte sich neben sie.

»Hallo, Paneb, ah, hallo, Neferure«, grüßte Nefermaat, als er das Mädchen sah, das ihn begleitete.

»Hallo«, erwiderte sie schüchtern wie immer.

»Überrascht es dich, uns zu sehen?«, fragte Paneb belustigt. »Du wärst doch nicht abgereist, ohne dich von uns zu verabschieden, oder?«

Nefermaat lächelte und drückte seinem Freund fest die Hand.

»Ihr treibt es noch so weit, dass ich hierbleibe«, sagte er gerührt.

»Ach was. Wir müssen alle gehen. Ich selbst werde auch in wenigen Tagen aufbrechen.«

»Wenn wir uns das nächste Mal sehen, bist du Priester im Tempel des Montu«, meinte Nefermaat.

»Na ja, ich erhoffe mir mehr, mein Freund«, erwiderte Paneb überzeugt. »Ich will es mindestens zum Dritten Propheten bringen.«*

»Dein Vater wird sich vor dir in Acht nehmen müssen, sonst löst du ihn noch vorzeitig ab«, witzelte Nefermaat.

Paneb lachte laut und klopfte seinem Freund zärtlich auf die Schulter.

»Mein Vater ist ein zäher Bursche, und ich werde ihn erst beerben, wenn Osiris** ihn vor das göttliche Tribunal gerufen hat, was noch lange dauern möge.«

»Und du, Neferure?«, fragte Nefermaat. »Was hast du vor?«

»Mein Großvater sagt, dass ich Tempeldienerin sein werde, wenn ich erwachsen bin.«

»Wenn dein Großvater das sagt, wird es wohl stimmen«, versicherte Paneb. »Er ist der Erste Prophet des Amun, und nur wenige in Ägypten sind so mächtig wie er.«

»Seht!«, rief Nefermaat. »Ich glaube, sie grüßen uns vom Schiff aus.«

* So nannten die alten Ägypter die Diener des Gottes.

** Osiris stand dem Totengericht vor, in dem über die Sünden des Verstorbenen geurteilt wurde.

Die vier sahen zur Barke hinüber und winkten fröhlich.

»Es sind meine Mutter und mein Bruder«, sagte Nubchesbed.

In diesem Augenblick tauchte neben den beiden eine unverwechselbare Gestalt auf.

»Der Gott!«, rief Paneb aufgeregt. »Und er grüßt uns!«

»Heil, Gesundheit und Leben!«, riefen die Jugendlichen begeistert. »Der Pharao höchstpersönlich hat uns zugewinkt«, sagte Paneb, als sich das Schiff im Abendlicht verlor. »Wahrscheinlich wusste er, dass du hier bist, und wollte sich von dir verabschieden. Er hat dich gesegnet.«

»Wir werden alle an dich denken«, erklärte Neferure, während sie sich auf die Zehenspitzen stellte und Nefermaat einen Kuss auf die Wange gab.

Nefermaat sah sie erstaunt an und betrachtete einen Augenblick das lebhafte Licht in ihren Augen.

»Auch ich werde euch nicht vergessen, Neferure.«

Als Atum, der Gott der untergehenden Sonne, am Horizont stand, um in die Unterwelt hinabzusteigen und auf seiner Sonnenbarke die zwölf Stunden der Nacht zu durchmessen, leerte sich der prächtige Garten am See. Das Echo der Abschiedsworte war längst verhallt und hatte den Ort einsam und dunkel zurückgelassen. Nur die Palmen waren geblieben, wie stumme Zeugen der Versprechen auf ewige Freundschaft, die sich die Kinder gegeben hatten.

3

Es war noch sehr früh am Morgen, als Nefermaat den Pier erreichte, um an Bord zu gehen. Die Nacht war so kalt gewesen, dass er sich in eine dicke Decke gehüllt hatte, die ihm ein Diener im Palast vor seiner Abreise gereicht hatte. Das Schiff, eine gewöhnliche Gabarre, die zwischen Pi-Ramesse und Memphis verkehrte, lag am Kai vertäut, wo die Matrosen die Ladung verstauten.

Als sie fertig waren, ging er an Bord und kauerte sich neben die Kabine an Deck. Er klapperte noch mit den Zähnen, als die ersten Sonnenstrahlen durch den von schwarzen Wolken verhangenen Himmel brachen.

»Heute wird es bestimmt regnen«, sagte der Diener, der ihn begleitete, und blickte nach oben.

Nefermaat mummelte sich noch tiefer in seine Decke ein und antwortete nicht. Er dachte daran, wie gemütlich er es jetzt in seinem warmen Bett hätte. Zu dieser Jahreszeit waren die Nächte in Ägypten recht kalt. Doch dann sagte er sich, dass all das jetzt keine Rolle mehr spielte, und freute sich, dass er an Bord war und in Kürze ablegen würde.

Der Abschied von seiner Stiefmutter war genauso kalt gewesen wie ihre ganze bisherige Beziehung. Sie waren beide erleichtert, einander loszuwerden, zumindest für eine lange Zeit, obwohl Mutenuia insgeheim hoffte, dass Nefermaat für immer in Memphis blieb. Sie hatte ihm die Hand entgegengestreckt, damit er sie küsste, und dann ohne ein Wort den Raum verlassen.

Kenamun hatte kaum mehr Gefühle gezeigt. Die wenigen

Worte, die sie gewöhnlich austauschten, waren mehr als genug gewesen, um sich zu verabschieden. Kenamun war sichtlich froh gewesen, seinen Halbbruder, den er ohnehin nicht mochte, nicht mehr sehen zu müssen.

Nur sein Vater schien etwas empfunden zu haben, obwohl er seine Gefühle hinter einem verschleierten Blick versteckt hatte. Sie zeugten von Traurigkeit und einem schlechten Gewissen, doch das sollte Nefermaat nie erfahren. Wenigstens hatte Hori ihn innig umarmt und ihm Glück gewünscht.

Ein Ruck riss ihn aus seinen Gedanken, und als sich das Schiff vom Kai löste, presste er seine Tasche instinktiv an die Brust. Darin befanden sich ein Empfehlungsschreiben von Iryi, das Armband, das ihm Nubchesbed geschenkt hatte, und einige persönliche Gegenstände. Er sah zu den schwarzen Wolken auf, die den Himmel verdeckten. Der Diener hatte recht, es würde regnen.

»Wacht auf! Wacht auf!«, riefen die Stundenpriester. »Vertreibt alles Böse aus euren Herzen und lasst euch von der *maat* den rechten Weg weisen!«

»Wacht auf! Wacht auf!«, riefen sie immer wieder und schlugen gegen ein paar bronzene Pendel, die einen hohen Ton von sich gaben. »Res Reise durch die Unterwelt geht zu Ende, bald wird er als Chepre wiedergeboren, um uns mit seinem Licht zu segnen.«

So weckten die Stundenpriester Tag für Tag die Priester in den Tempeln, damit diese mit ihren morgendlichen Ritualen begannen. Es handelte sich um die *imi-unut*, eine Gruppe von zwölf Priestern, die von der Terrasse des Tempels aus durch Beobachtung der Sterne und des Sonnenlaufs die genaue Zeit für die Wiederaufnahme der Zeremonien bestimmten. Sie weckten nicht nur die Priester, sondern wanderten auch durch die Vorratskammern und Küchen des Tempels, um dafür zu sorgen, dass alles für die tägliche Kultfeier zu Ehren der Göttin vorbereitet war.

Nefermaat kannte ihre Loblieder, seit sieben Jahren hörte er sie. Doch an diesem Morgen klangen sie anders, als drängten sie ihn geradezu zum Aufstehen.

Zumindest glaubte er das, denn er sprang, ohne zu zögern, von seiner einfachen Matte, um so schnell wie möglich die rituellen Morgenwaschungen zu absolvieren. Als er unter den Füßen die Kälte der abgenutzten Steine spürte, fiel ihm plötzlich wieder ein, wo er sich befand und dass dies sein letzter Tag im Tempel war.

Wie jeden Morgen lief er unbekleidet durch die düsteren, kaum beleuchteten Gänge zu den Altären der Reinigung, riesigen, mit dem Wasser des Nils gefüllten Becken, in die er eintauchen würde. Seine Füße trugen ihn durch die dunklen Korridore, in denen man sich leicht verlor, die er aber mittlerweile genauestens kannte.

Wie er waren auch alle übrigen Priester des Tempels auf dem Weg zu ihren rituellen Waschungen, bevor der neue Tag anbrach. Jeder wollte der Erste sein bei diesem Wettrennen, das seit fast zweitausend Jahren allmorgendlich stattfand. Doch wenn heute jemand unbedingt dieses Ziel erreichen wollte, dann war es Nefermaat, und er hatte auch allen Grund dazu. Der Erste Prophet der Göttin Sachmet hatte ihm gestattet, an diesem Morgen die heiligen Gemächer zu betreten, in denen die Göttin wohnte, um an der täglichen Kultfeier teilzunehmen.

Die Aufforderung hatte ihn überrascht, denn die Propheten von Sachmet und die Arztpriester bildeten zwei ganz unterschiedliche Gemeinschaften. Erstere dienten ausschließlich dem Kult der Göttin, Letztere hingegen widmeten sich der Medizin.

Nefermaat war ein *uabu*, ein Arztpriester, der nichts mit den religiösen Riten zu tun hatte, die Sachmets Priester praktizierten. Daher war es eine Ehre, zu einer solchen Zeremonie eingeladen zu werden, an der die höchsten religiösen Würdenträger des Tempels teilnahmen.

Während seine Füße auf den tausendjährigen Steinboden schlugen und ein dumpfes Echo erzeugten, in dem seine Nacktheit widerhallte, wurde Nefermaat plötzlich klar, wie viel ihm dieser Tempel bedeutete. Sieben Jahre lang war er unzählige Male durch die schmalen Gänge gelaufen, um in die großen Becken zu tauchen und sich vom Wasser des Nils reinigen zu lassen. Als er an diesem Morgen zum letzten Mal durch die Korridore lief, spürte er, dass sie immer ein Teil von ihm bleiben würden und dieses Wettrennen niemals ein Ende fände.

Sieben Jahre! ... Plötzlich wurde ihm das Herz schwer von all den Erinnerungen, die sich in dieser Zeit angesammelt hatten. Sie schienen ihn mit allen möglichen Gefühlen zu überschwemmen, gegen die er sich nicht wehren konnte. Da waren sie, unauslöschlich, und mit jedem Schritt, den er tat, wurden sie nur noch stärker und riefen ihm unzählige Augenblicke, die er innerhalb der Tempelmauern verbracht hatte, in die Erinnerung zurück.

Die Jahre, die Nefermaat im Tempel gelebt hatte, waren alles andere als leicht gewesen. Vom ersten Tag an hatte er sich einer strengen Disziplin unterwerfen und die angenehme Lebensweise, an die er gewöhnt war, urplötzlich aufgeben müssen. Es war ein abrupter Bruch gewesen, ohne Frage, und schwer zu verkraften, insbesondere für einen Jungen wie ihn, der unter Prinzen und Königen aufgewachsen war. Doch er hatte sich niemals unterkriegen lassen.

Ohne mit der Wimper zu zucken, hatte er die strengen Regeln als notwendigen Schritt auf dem Weg zu seinem Ziel akzeptiert. Um ein einfacher *sunu* zu werden, ein Laienarzt, hätte er natürlich nicht in den Dienst dieses Tempels eintreten müssen. Es gab genügend andere angesehene Schulen in Ägypten, an denen er dieses altehrwürdige Handwerk hätte erlernen können. In der heiligen Stadt Abydos, in Koptos, Heliopolis oder im prächtigen Tempel von Deir-el-Bahari existierten »Häuser des Lebens«, in denen seit geraumer Zeit Ärzte ausgebildet wurden. Alles respektable Adressen, die sich jedoch nicht mit dem Ort messen konnten, an dem er sich nun befand, denn die Ausbildung, die man hier erhielt, ging weit über die eines gewöhnlichen *sunu* hinaus.

Die *sunu** oder »Pfeilmänner« wurden im Wesentlichen dazu ausgebildet, die traditionelle ägyptische Medizin zu praktizieren. Sie waren hervorragende Ärzte, verfügten über eine solide Ausbildung und kümmerten sich als Familien- oder Hausärzte um die Bewohner des Reiches.

Im Sachmettempel dagegen wurden Spezialisten und Chirurgen ausgebildet, die so genannten *uabu*-Priester, die Gereinigten. Ärzte mit Priesterausbildung, die in der Lage waren, seltsame Krankheiten zu studieren, hinter denen man einen göttlichen Ursprung vermutete.

Über diese Arztpriester kursierten die merkwürdigsten Gerüchte und die wildesten Legenden. Es hieß, sie seien in der Lage, den Zorn der Löwengöttin mit magischen Praktiken zu besänftigen, und könnten auf diese Art verhindern, dass sie Seuchen und Epidemien über die Erde brachte. Manche behaupteten sogar, dass die heiligen Texte für sie keine Geheimnisse bargen oder dass sie die alten Papyri, die von den Göttern selbst geschrieben worden waren, genauestens kannten.

Nefermaat konnte gut verstehen, dass derartige Fabeln so weit verbreitet im Volk waren. Er selbst hatte sich winzig und unbedeutend gefühlt, als er den Tempel zum ersten Mal betrat. An jenem kühlen Morgen im Monat des Choiak, dem vierten der Nilschwemme,** hatte Nefermaat befürchtet, von den Göttern, die dort wohnten, verschlungen zu werden.

Der Tempel der Göttin Sachmet befand sich innerhalb der ummauerten Tempelanlage des Gottes Ptah, der mächtigen mem-

* Die Hieroglyphe für den *sunu* zeigt einen Mann mit einem Pfeil in der Hand.

** Oktober–November.

phitischen Gottheit, Schutzpatron der Handwerker sowie der Stadt selbst und Gemahl der Göttin mit dem Löwenkopf, der er ewigen Unterschlupf gewährte. Er hatte sie bereitwillig in seinen Tempel aufgenommen, zusammen mit ihrem gemeinsamen Sohn Nefertem*, dem er ebenfalls erlaubt hatte, dort einen kleinen Tempel zu bauen, damit sie alle drei vereint wie eine richtige Familie zusammenleben konnten.

Die gewaltigen, in makellosem Weiß getünchten Mauern, die die Tempelanlage umgaben, strahlten im Sonnenschein, als hätte Re sie persönlich erbaut. In die hohen Türme, die in regelmäßigen Abständen die Mauer schmückten, waren riesige Ohren gemeißelt, mit denen der Gott die Gebete der Gläubigen hören konnte.

Nefermaat war sprachlos, als er sie zum ersten Mal sah, vor allem, als er die vielen dazugehörigen Sprüche las, die die Menschen zum Beten aufforderten. »Betet im großen Außengang, von dort wird euer Gebet erhört«, stand auf einem Stein.

Von dieser Stelle aus betete das einfache Volk, da ihm der Zugang zum Tempel verwehrt blieb. Nur der Gottkönig und die Priester des Tempels durften hinein. Als der Junge das erste Mal an den riesigen Statuen aus rotem Granitstein vorbeiging, die Ramses II. darstellten und den gewaltigen Eingang zum Tempel säumten, hatte er das Gefühl gehabt, tatsächlich von den Göttern auserwählt worden zu sein, so wie Iryi behauptet hatte.

Wie er nach seiner Ankunft hatte feststellen können, befand sich der kleine Tempel von Sachmet neben dem ihres Sohnes innerhalb der Mauern des riesigen Komplexes. Die gewaltige Tempelanlage war praktisch ein Staat im Staat und genoss derart viele Privilegien, dass man durchaus behaupten konnte, der Tempel sei vollkommen autonom. Er besaß unzählige Ländereien und

* Sohn des Gottes Ptah und der Göttin Sachmet. Sein Name bedeutet Lotus.

Güter; innerhalb seiner Mauern arbeiteten mehr als dreitausend Menschen. Trotzdem war er mit seinen Einkünften, die etwa drei Prozent der Wirtschaftskraft des Reiches ausmachten, nur der drittwichtigste Tempel im Land nach dem des allmächtigen Amun in Theben und dem des Re in Heliopolis.

Dies tat seinem Einfluss allerdings keinen Abbruch, denn der Gott Ptah gehörte zu den Schöpfungsgöttern und wurde von den Königen, die sich seit undenklichen Zeiten hier krönen ließen, innig verehrt.

Die Priesterschaft des Ptah war nach einer strengen Hierarchie gegliedert. An der Spitze stand der Hohepriester, der den Titel »Oberster Leiter der Handwerker« trug und über die Interessen des Gottes wachte.

Doch die drei Tempel innerhalb der heiligen Anlage waren, was das alltägliche Leben anging, trotz ihrer engen Verbindungen völlig autark. Unabhängig voneinander praktizierten sie ihre Riten und pflegten ihre Kulte, den jeweiligen Vorschriften entsprechend.

Die mächtige, tiefe Stimme des Vorlesepriesters hallte eindrucksvoll durch die düstere Halle. Seine Worte verloren sich in der Dunkelheit und wurden von den unsichtbaren Mauern, die man dahinter erahnte, zurückgeworfen.

»Thot lässt die Papyri sprechen«, rezitierte der *heritep** auf die wohlklingend monotone Art, die er sich in vielen Jahren angewöhnt hatte.

»Er schenkt uns Weisheit und Wissen«, antworteten die Priester um ihn herum im Chor. »Sein ist die Macht der Erleuchtung, die es uns ermöglicht, seine Worte zu verstehen.«

Der Vorlesepriester lauschte vollkommen reglos den Antwor-

* Die Vorlesepriester vollzogen die Zeremonien nach dem Ritual und rezitierten während des Kults die heiligen Hymnen.

ten. Sein Gesicht, das bisher im Schatten verborgen gewesen war, wurde für einen Augenblick von dem schwachen Schein der wenigen Kerzen erleuchtet, die vergebens versuchten, die Dunkelheit zu durchbrechen. Es war so leer und starr, dass man hätte glauben können, es sei von »denen, die Leben geben«*, gemeißelt.

Doch was den Kerzen nicht gelang, schaffte seine Stimme. Kraftvoll durchdrang sie die Dunkelheit und hallte von den Mauern wider.

»Er zeigt uns sein Wissen, damit die Ärzte ihm folgen können«, rief der Vorlesepriester und hob die Arme zum Himmel.

»*Djet nehah*, in alle Ewigkeit!«, antworteten die Tempeldiener.

Dann senkte sich Schweigen auf die Schatten herab, und in der Halle breitete sich eine Totenstille aus, vor der man am liebsten geflohen wäre. Nur der Weihrauch, der in den Räucherpfannen brannte, erinnerte daran, wo man war.

Jahrelang hatten Szenen wie diese zu Nefermaats Alltag gehört, für ihn waren diese Zeremonien so natürlich wie Essen oder Schlafen. Sie bildeten einen wesentlichen Teil der Gewohnheiten im Tempel, die ihm mit der Zeit in Fleisch und Blut übergegangen waren, ebenso wie alles andere hier.

In Wirklichkeit unterschied sich sein Aufenthalt an diesem heiligen Ort radikal von dem Leben, das er später einmal führen würde. Ägypter, die außerhalb der heiligen Mauern des Tempels aufwuchsen, wussten so gut wie nichts von dem, was sich im Innern abspielte. Diejenigen aber, die an einem heiligen Ort ausgebildet wurden, ahnten, warum zwischen ihnen und dem einfachen Volk ein Abgrund lag, und waren davon überzeugt, dass nur die Tempel den Fortbestand der ägyptischen Zivilisation garantieren konnten. Diese überlebte bloß deshalb, weil die

* So wurden die Steinmetzen genannt.

Priesterschaft sie an den heiligen Stätten vor den üblen Einflüssen der Außenwelt schützte. Eifersüchtig wachte sie darüber, dass das Wissen die Mauern der Tempel nicht verließ, damit die Wurzeln ihrer Kultur erhalten blieben. Diese Priester glaubten fest daran, dass die Schöpfungsgötter sie zu Garanten ihres geheimnisvollen Wissens ernannt hatten; uralter Unterweisungen, die jenseits des menschlichen Horizontes lagen, auf die nur die Priesterkaste vorbereitet war. Wer sie studieren wollte, musste das *per anch*, das Haus des Lebens, besuchen, denn sie waren überzeugt, dass sich solch alte Traditionen nur auf diese Art erhalten ließen.

Nefermaat war sich dessen bewusst geworden, als er langsam entdeckte, in welch faszinierende Welt er geraten war. Und er hatte den unschätzbaren Wert des Wissens erkannt, das sich darin verbarg und nach dem er hungerte. Man hätte mit Recht sagen können, dass er dort aufgehört hatte, ein Kind zu sein, und sich der kosmischen Ordnung der *maat* unterworfen hatte, deren Prinzipien von Gerechtigkeit und Wahrheit ihn nie wieder verlassen würden.

Dazu war er von Beginn an ausgebildet worden und hatte tagein, tagaus jedes einzelne der heiligen Gebote verinnerlicht.

Kurz nach seiner Ankunft im Tempel hatte man ihn beschnitten, wie jeden, der in den Dienst eines Tempels trat, als Symbol für den endgültigen Übergang vom Kind zum Mann.

Die Beschneidung war eine der wichtigsten Zeremonien, sie stellte nicht nur eine hygienisch vernünftige Maßnahme dar, sondern repräsentierte das Ritual der Reinlichkeit, die man von einem Priesterarzt unbedingt erwartete. Körperliche Reinheit ebenso wie geistige. Die Vorhaut galt als etwas Unreines, sie war eine Beleidigung für die Augen der Götter, die entfernt werden musste.

Mit ihm hatten sich an jenem Tag zwanzig weitere Jungen dem zeremoniellen Ritual beim *hem-ka* unterworfen, dem Priester des *ka*, der die Operation mit einem uralten Messer aus Silex ausführte und sie zu »reinen Körpern« machte.

Das Gebot der Reinlichkeit wurde in den Tempeln über jedes vernünftige Maß hinaus propagiert und äußerte sich in einer schier endlosen Reihe von hygienischen Vorschriften.

So zumindest kam es Nefermaat vor, denn ehrlich gesagt gefiel ihm die Praxis, sich jeden zweiten Tag den gesamten Körper zu rasieren, überhaupt nicht. Sie war ihm ein Graus, aber so sahen es die heiligen Gebote vor, und daran hatte er sich zu halten. Er musste sämtliche Haare von seinem Körper entfernen, sogar Wimpern und Augenbrauen, was äußerst unangenehm war.

Der Rest seines täglichen Reinigungsrituals bestand darin, zweimal am Tag zu baden, einmal vor der Morgendämmerung und ein weiteres Mal vor Sonnenuntergang. Hin und wieder wurde diese Prozedur auch während der Nacht noch zweimal wiederholt.

Gebadet wurde in großen Becken, die jeden Tag mit frischem, kaltem Nilwasser gefüllt wurden. Darin praktizierten die Priester auch rituelle Waschungen wie das *schem-schem-schem*, bei dem sie Mund und Zähne mit Natron reinigten. Am Ende rieben sie sich den Körper mit duftenden Salben, Fetten oder Ölen ein.

Ihre Kleidung musste aus feinstem Leinen sein, andere Stoffe wie Wolle oder Leder waren ihnen streng verboten, da sie ihre Kleidung täglich waschen mussten. Als Privileg gegenüber dem einfachen Volk besaßen sie das Recht, weiße, aus Papyrus geflochtene Sandalen zu tragen.

Die strengen Reinlichkeitsriten sollten gewährleisten, dass die Priester frei von Läusen und Flöhen waren und die heiligen Stätten von Ungeziefer verschont blieben.

Die Ernährung unterlag ebenso strengen Regeln und Gesetzen wie die Körperpflege. Es gab unzählige Nahrungsmittel, die den Priestern untersagt waren. Sie durften weder Schweine-, Rind-

noch Hammelfleisch essen, auch Geflügel, Meerestiere oder bestimmte Fischarten waren verboten, obwohl ihnen ohnehin nahe gelegt wurde, auf den Verzehr von Fisch gänzlich zu verzichten. Zwiebeln, Lauch und Bohnen waren ebenfalls tabu, denn sie galten als Aphrodisiaka. Auf Salz mussten sie nur zu gewissen Zeiten verzichten, da man der Ansicht war, es fördere Hunger und Durst.

Zu diesen Geboten kamen Fastenzeiten, Tage, an denen sie weder aßen noch tranken. Diese wurden genauso gewissenhaft befolgt wie die Vorschrift, sich Einläufe zu machen. Letztere waren äußerst beliebt, da man glaubte, den Körper auf diese Weise von allem, was unrein war, zu befreien.

Diese Einläufe waren auch nicht gerade nach Nefermaats Geschmack, doch wie das Verbot, Fisch zu essen, musste er sie ebenso akzeptieren wie alle anderen Regeln, zumindest solange er im Tempel wohnte.

Das alles bedeutete jedoch nicht, dass die Priesterschaft bei ihrer Ernährung Entbehrungen auf sich nehmen musste. Der Tempel verfügte über riesige Ländereien, in denen alle Arten von Gemüse, Getreide oder Hülsenfrüchten angebaut wurden und man auch Viehzucht betrieb. Die Priester konnten sich selbst versorgen, und genau das taten sie. Sie verzehrten ausschließlich Erzeugnisse, die sie selbst anbauten, und betrachteten alle anderen als unrein. Zu diesem Zweck verfügte die heilige Tempelanlage über gewaltige Speicher, wo die Nahrungsmittel lagerten, und riesige Küchen, in denen das Essen für die Priester jeden Tag frisch zubereitet wurde.

Zudem profitierte die gesamte Priesterschaft von den Opfergaben, die der Göttin dargebracht wurden. Dreimal am Tag bekam sie Essensgaben, morgens, mittags und abends. Man brachte ihr die feinsten Speisen, die man sich damals vorstellen konnte. Offensichtlich wurden sie jedoch nicht von der Steinstatue selbst verzehrt, zumindest nicht wirklich. Ihre Priester hielten jedoch die Menschen im Glauben, sie würde sie spirituell genießen und sich von ihrer Essenz nähren. Sie ließen eine angemessene Zeit verstreichen und teilten die Speisen anschließend unter sich auf, damit auch sie von den Köstlichkeiten profitierten, die Sachmet verschmäht hatte.

Nefermaat hielt diese Praktiken zumindest für seltsam, doch es kam ihm nicht in den Sinn, darauf zu verzichten, denn er hatte in jenen Jahren, wie er sich später erinnern sollte, immer Hunger.

Sein gesamter Alltag wurde von Geboten, Verboten, Pflichten, Empfehlungen, Riten und Entbehrungen diktiert, die er auf sich nehmen musste. Sie waren untrennbarer Bestandteil der Liturgie, in die sich das Leben in den Tempeln verwandelt hatte. Eine Liturgie, die Nefermaat in keinster Weise anzog, die er aber hinnahm, weil er wusste, dass sie ihn letztendlich zu den Pforten der Weisheit führte.

Pforten, die sich ihm nur zögernd öffneten, denn Ptah war dafür bekannt, dass er sein Wissen nicht leichtfertig hergab. Er selbst symbolisierte die Weisheit, er hatte die Schrift erfunden und den Menschen den Weg zu Kunst und Wissenschaft gewiesen. Er hatte nicht nur den Kalender erdacht und so Ordnung geschaffen, wo es keine gab, sondern auch die Sprachen, die er über die ganze Erde verteilte. Ohne ihn wäre der Mensch noch immer dumm und ungebildet. Ptah war der Inbegriff des Wissens.

Doch all dieses Wissen, das man seit Tausenden von Jahren in den alten Bibliotheken der Tempel gesammelt hatte, wurde nur jenen offenbart, die sich in den Augen des Gottes als geeignet erwiesen. Er teilte seine uralten göttlichen Geheimnisse mit nur wenigen Auserwählten.

Um im Land Kemet Heilkunde zu praktizieren, musste man die entsprechenden medizinischen Papyri studieren, in denen sämtliche bekannten Krankheiten und deren Behandlungsarten niedergelegt waren. Vor allem im Tempel von Sachmet wurden genaue Kenntnisse der medizinischen Schriften verlangt, weshalb sich die Schüler dort jahrelang ausschließlich deren Studium widmeten. Unzählige Male mussten Nefermaat und seine Mitschüler die alten Sätze rezitieren, die vor langer Zeit niedergeschrieben worden waren, um von Krankheiten und Heilmitteln, Behandlungen und Kuren oder dem unvermeidlichen Übergang ins Jenseits zu berichten.

In dieser Zeit lernte er, Hunderte von Arzneien in der richtigen Zusammensetzung zu mischen, exakt nach Vorschrift der alten Papyri, die er schon bald so gut wie auswendig kannte.

Tausende von Stunden widmete er ihrem Studium und las Tag für Tag die Vorschriften, in denen die alten Ägypter die Gesetze der Medizin festgehalten hatten, damit diese wertvolle Hinterlassenschaft ihren Nachfahren zugute kam. Uralte Vorschriften, in denen zahllose Krankheiten und deren Behandlungsmethoden erläutert wurden.

Sehr schnell erkannte Nefermaat, dass er sich strikt nach den heiligen Gesetzen richten musste, denn nur so konnte er jegliche Verantwortung von sich weisen. Wenn ein Arzt sich nicht genauestens an die vorgeschriebenen Behandlungsmethoden hielt und sein Patient ums Leben kam, wurde dem Arzt der Prozess gemacht, und er konnte sogar zum Tode verurteilt werden. Aus all diesen Gründen war es notwendig, dass der Arzt beim ersten Treffen mit seinem Patienten ein Gutachten folgender Art abgab:

»Dies ist eine Krankheit, die ich bekämpfen will«, wenn gute Heilungschancen bestanden.

»Dies ist eine Krankheit, die ich behandeln will«, wenn es sich um einen komplizierten, aber nicht aussichtslosen Fall handelte.

»Dies ist eine Krankheit, gegen die man nichts ausrichten kann«, wenn alles zwecklos erschien.

So erfuhr der Patient, ob sein Leiden heilbar und der Arzt von dem Gesetz gedeckt war, das ihm eine bestimmte Behandlung vorschrieb. Diese Vorgehensweise half Nefermaat, die enge

Beziehung zu verstehen, die das Verhältnis zwischen Arzt und Patient in Ägypten stets bestimmte. Es war ein merkwürdiges Miteinander, bei dem beide so sehr voneinander abhingen, dass sie letzten Endes tiefen gegenseitigen Respekt entwickelten. Das ging so weit, dass Kranke, die geheilt worden waren, die Praxen der Ärzte oder die Kapellen der Tempel, in denen sie behandelt worden waren, aufsuchten und über die Wirksamkeit der Behandlungsmethode berichteten, damit diese an anderen Patienten, die an derselben Krankheit litten, wiederholt wurde. Lobenswert, ohne Frage, selbst in den Augen der Götter.

Eines Morgens, als Nefermaat über einem alten Text brütete, in dem ein Heilmittel beschrieben wurde, um »müde Augen zu erfrischen«, war er zu einem *ur sunu* gerufen worden, zu einem der alten Meister, die normalerweise im Tempel Medizin lehrten.

»Deine Arbeit hat Gefallen in den Augen der Göttin gefunden«, erklärte er scheinbar gleichgültig. »Du hast die ›geheimen Worte‹ seit geraumer Zeit studiert und sie allem Anschein nach verstanden.«

»Fast vier Jahre«, antwortete Nefermaat.

»Drei Jahre, zehn Monate und zweiundzwanzig Tage, um genau zu sein«, entgegnete der Priester und sah ihm eindringlich in die Augen. »Glaub mir, wir können sie nicht lange genug studieren«, fuhr er fort und zeigte auf den Papyrus, den er in der Hand hielt. »Solange du noch bei uns bist, solltest du weiter darin lesen; wer weiß, ob du ihr Wissen eines Tages nicht gebrauchen kannst. Die Papyri dürfen den Tempel nicht verlassen, aber du und alle anderen *sunu*, die hier studiert haben, könnt, wenn nötig, jederzeit wieder in die Bibliotheken des Tempels zurückkehren, um nach Antworten zu suchen.« Der *ur sunu* hielt inne und sagte dann: »Der göttliche Thot hält die Zeit für gekommen, dass du deine Kenntnisse erweiterst und dich spezialisierst.«

Nefermaat sah den *ur sunu* an und versuchte, seine Gefühle zu unterdrücken, so wie man es ihm im Tempel beigebracht hatte. Es war die ersehnte Belohnung nach so vielen Jahren des Studiums. Jahren, in denen er manchmal schwach geworden war und die mit alten Papyri vollgestopften Säle gehasst hatte. Jahren, in denen er sogar in Erwägung gezogen hatte, den Tempel zu verlassen, um irgendwo anders zu studieren. Doch seine angeborene Ausdauer und die Überzeugung, dass er alle Hindernisse, die sich ihm in den Weg stellen würden, meistern konnte, hatten ihm jedes Mal geholfen, sich zu überwinden. Er war nicht nur entschlossen, Arzt zu werden, er wollte der beste Arzt im Reich sein. Bei den Worten des Meisters schlug sein Herz schneller, und er empfand ein Hochgefühl, wie er es nie zuvor gekannt hatte. Von nun an würden die heiligen Texte eine untergeordnete Rolle spielen, jetzt würde er seine Kenntnisse endlich in die Praxis umsetzen können. Sachmet hatte sich damit einverstanden erklärt, dass ihn ein Priesterarzt in alle ihre Geheimnisse einweihte.

Bald wurde ihm bewusst, wie sehr sich das Studium der medizinischen Schriften von deren Anwendung in der Praxis unterschied. Als Assistent begleitete er von nun an die Ärzte zu ihren Sprechstunden im Innern des Tempels, wo die Kranken behandelt wurden. Dort konnte er sehen, wie Heilmittel, die bei einem Patienten beste Resultate erzielten, bei einem anderen kaum Linderung brachten. Das war nicht verwunderlich, wenn man daran dachte, welches seltsame Weltbild die Ägypter von der Medizin hatten. Sie benannten die Krankheiten nach den Symptomen, nicht nach den betroffenen Organen.

Nefermaat erfuhr, dass es zweiundachtzig Arten von Fachärzten gab, manche mit so allgemeinen Bezeichnungen wie »der, welcher sich auf die inneren Gefäße versteht« oder »Hirte des Anus«. Mit Hilfe der Spezialisierung hofften die Priester, alle Krankheiten zu heilen, die ihnen Sachmet schickte. Zumindest theoretisch.

Doch einige Krankheiten entzogen sich ihrer Kenntnis, da

sie nicht wussten, woher sie stammten. Solche Leiden galten als »göttlichen Ursprungs«, und allein die *uabu*-Priester waren darauf spezialisiert. Auf diesem schwankenden Boden, in dem die Wissenschaft mit ihren herkömmlichen Heilmethoden keinen festen Halt fand, reichten sich Religion und Magie die Hand. Diese geheimnisvollen, unergründlichen Krankheiten, an denen ein großer Teil der Bevölkerung litt, konnten nur von bösen Gottheiten stammen. Dämonen, so glaubte man, flößten den Opfern im Schlaf durch deren Körperöffnungen ihre unheilvollen Flüssigkeiten ein.

Die *uabu*-Priester bekämpften diese Geister mit Hilfe von magischen Praktiken, die in alten, geheimen Papyri beschrieben wurden. Sie entwarfen magische Formeln und versuchten Sachmets Zorn mit religiösen Beschwörungen zu besänftigen, damit der Kranke gesunden konnte.

Trotzdem galten die *uabu*-Priester keineswegs als Hexenmeister, denn auch sie bedienten sich letztendlich der herkömmlichen Heilmittel, um die Krankheiten zu bekämpfen. Gleichzeitig existierten im alten Ägypten, diesem tiefgläubigen Land, in dem es praktisch für alles einen Gott gab, bestimmte Priesterschaften, die sich der »magischen Medizin« verschrieben hatten. Die bekanntesten waren die *sau*, die Priester der Selket, Magier, die alle Arten von Beschwörungen benutzten, um die merkwürdigsten Krankheiten zu behandeln. Diese Ärzte hatten sich auch auf die Behandlung von Bissen und Stichen giftiger Tiere spezialisiert. Nicht umsonst wurde die Zaubergöttin Selket* auch »Herrin der Stiche« genannt. Sie hatte die Priester in ihr Wissen eingeweiht, um alle giftigen Bisse und Stiche zu heilen, zumindest behaupteten sie es.

* Zaubergöttin, die in der Gestalt einer Frau mit einem Skorpionkopf dargestellt wurde. Ihr Name bedeutet »die, welche die Kehle atmen lässt«. Sie war eine Schutzgöttin und konnte giftige Bisse und Stiche heilen.

Manche entwickelten Aktivitäten, die über jede Form bekannter Medizin hinausgingen. Sie glaubten an finstere Mächte, zu denen sie mit Hilfe von uralten, geheimnisvollen Riten Kontakt aufnahmen. So wurden sie zu Hexenmeistern, zu *heka**, da sie den Gott der Magie verehrten, der denselben Namen trug. Weder die Magie noch die Zauberei bargen für sie Geheimnisse.

Nefermaat kam all das ein wenig seltsam vor. Er empfand zwar tiefen Respekt für die Götter, aber es fiel ihm schwer zu glauben, dass die meisten Krankheiten, an denen seine Patienten litten, auf den Zorn der Götter zurückzuführen seien. Er hatte seine Zweifel, dass man ihnen mit Hilfe von Beschwörungen und Gebeten zu Leibe rücken konnte. Doch woher kamen diese Krankheiten dann? Was konnte der Ursprung sein, wenn nicht göttlicher Zorn?

Die Sezierungen, die er häufig durchführte, nährten seine Zweifel noch. Er durfte nur an Tieren experimentieren, da es das Gesetz untersagte, für medizinische Zwecke menschliche Leichen zu obduzieren. Zwar konnte er aus den Tierkadavern einige Schlüsse ziehen, doch nützten die Kenntnisse ihm letztendlich wenig.

Vorsichtig äußerte er seine Bedenken, in der Hoffnung auf Erklärungen, die ihn weiterbrachten. Doch die Antworten, die er bekam, waren immer dieselben, sodass er seine Fragen schließlich für sich behielt. Vor allem, wenn er immer wieder hörte, wie sein Meister behauptete, der menschliche Körper setze sich aus sechsunddreißig Teilen zusammen und jedes einzelne stehe unter dem Schutz einer anderen Gottheit.

»Isis wacht über die Leber, Nephthys über die Lungen, Neith über die Nieren, Selket über die Eingeweide ...«, wiederholte der

* Ärzte, die die Krankheiten mit magischen Praktiken zu heilen versuchten. Sie wurden so genannt, weil sie dem Kult des gleichnamigen Gottes angehörten, der die Macht der Magie symbolisierte.

Lehrer die sechsunddreißig Götter, in einem monotonen Singsang, bei dem man fast einschlief.

Trotzdem leierte er sie so oft herunter, bis er sicher war, dass seine Schüler sie auswendig kannten. Erst dann fuhr er mit dem Unterricht fort.

Die ägyptischen Ärzte gingen davon aus, dass der menschliche Körper von einem komplizierten Netz aus Kanälen durchzogen wurde, den *metu*, um die verschiedenen Organe miteinander zu verbinden, etwa den Mund mit dem After oder der Vagina, und alle Arten von Flüssigkeiten zu transportieren: Blut, Speichel, Sperma, Luft, Fäkalien ... alles floss durch die *metu*. Wenn eine Krankheit in die Organe gelangte und sich durch die *metu* verbreitete, schlugen die *wehedu*, die Agenten des Schmerzes, Alarm, um den Kranken auf sein Leiden aufmerksam zu machen.

Um gesund zu bleiben, musste man dafür sorgen, dass der ungehinderte Fluss durch das dichte Netzwerk von Gefäßen nicht unterbrochen wurde. Keinesfalls durfte es zu einer Verstopfung oder Stauung kommen; vor ihnen hatten die Ägypter große Angst, da sie glaubten, dass damit auch die *metu* verstopften und sie erkranken würden. Das war einer der Gründe für die zahlreichen Spülungen und Einläufe.

Sie legten großen Wert darauf, ihren Stuhl nach Würmern zu untersuchen, und vergaßen nie, den Arzt darum zu bitten. Die meisten Ägypter litten an solchen Darmparasiten. In diesem Fall war es unumgänglich, dass sie ein Mittel gegen die Plagegeister einnahmen, denn sie verkehrten ebenfalls durch die *metu* und konnten sie verstopfen.

Nefermaat kannte das Problem, vor dem in Ägypten praktisch niemand gefeit war. Spulwürmer, Bandwürmer und alle Arten von Parasiten trieben ungehemmt ihr Unwesen in fremden Eingeweiden, wo sie sich festgesetzt hatten.

Mit der Zeit lernte Nefermaat, all diese Krankheiten zu behandeln, indem er jeden Tag die Ambulanzen in den Tempeln aufsuchte, um seinen Meistern bei den Eingriffen zu assistieren. Dort konnte er viele der Leiden, die seine Landsleute befielen, genau studieren und jeden Tag sehen, wie sich die Augen seiner Patienten mit Hoffnung füllten, wenn er sie behandelte.

Eines Nachmittags, als er von seinem täglichen Dienst zurückkehrte, war er Medunefer begegnet. Zufällig, wie er glaubte; erst später wurde ihm bewusst, dass es kein Zufall gewesen war.

Medunefer war eine Institution innerhalb des Tempels, er war der *semsu sunu**, der Dekan im Haus des Lebens. Allein seinen Namen auszusprechen flößte Respekt ein, denn er war nicht nur der Älteste unter den Priesterärzten, sondern auch der gesamten Priesterschaft in der heiligen Tempelanlage. Manche Leute behaupteten sogar, es gäbe auch sonst niemanden im Tempel, der älter sei als er. Alle meinten sich zu erinnern, dass er bereits da gewesen sei, als sie ihren Dienst im Tempel antraten.

Nicht wenige von ihnen versicherten, er sei auch damals schon ein alter Mann gewesen, und niemand hätte es gewagt, sein wahres Alter zu schätzen, das stets ein Geheimnis blieb. Bekanntlich nähren Geheimnisse alle Arten von Gerüchten, und seien sie noch so absurd, etwa dass der Meister älter sei als der Tempel selbst. Ein nicht minder verblüffendes Gerücht brachte ihn in Verbindung mit dem legendären Augenarzt gleichen Namens, der vor fast tausendfünfhundert Jahren unter den Pharaonen Snofru und Cheops gedient hatte.

Egal, wie alt er auch sein mochte, an seiner Weisheit zweifelten sie nicht. Medunefer galt als Weiser unter den Weisen und als höchste Autorität, was die Kenntnisse der heiligen Schriften anbelangte. Auch darüber kursierten unzählige Geschichten, Mythen und Legenden, die sich im dichten Nebel unergründlicher Geheimnisse verloren. Alle waren überzeugt, dass Medunefer

* Semsu bedeutet »der Älteste«.

über geheimes Wissen verfügte, das nur ihm zuteilgeworden war. Er wusste, wo sich die ersten Papyri befanden, die einst von den Göttern selbst geschrieben worden waren, er hatte sie gelesen.

Doch wenn man ihn so sah, musste man sich fragen, wie so viel Wissen in einem solchen Menschen Platz haben konnte, denn Medunefer wirkte auf den ersten Blick eher schmächtig und unscheinbar.

Genau diesen Eindruck hatte Nefermaat, als er ihm an diesem Nachmittag zum ersten Mal begegnete. Den eines buckligen, hageren Greises, der sich kaum auf den Beinen halten konnte. Die knorrigen Hände, die an die Wurzeln einer alten Sykomore erinnerten, klammerten sich so fest um einen abgenutzten Gehstock, dass die blauen Adern dick hervortraten.

»Kannst du einem alten Mann einen Gefallen tun?«

Seine Stimme überraschte Nefermaat. Sie war so sanft, dass man gar nicht mehr aufhören wollte, ihr zuzuhören.

Der Junge trat näher und bot ihm seine Arme an.

»Nicht deine starken Arme brauche ich, sondern deine Gesellschaft«, erklärte der Alte.

Einen Augenblick war Nefermaat verblüfft, nahm sich jedoch schnell wieder zusammen.

»Alles, was du willst, ehrwürdiger *semsu sunu*.«

»Danke, ich danke dir«, antwortete der alte Mann mit der betörenden Stimme. »Meine Beine sind zwar nicht mehr das, was sie einmal waren, aber bislang können sie mich noch von einem Ort zum anderen tragen. Außerdem habe ich ja meinen Stock.«

Nefermaat sah ihn ein paar Sekunden an, dann setzte der Alte seinen Weg fort.

»Aus Ebenholz«, sagte er beim Gehen. »Ein edles Material, das aus fernen Ländern kommt. In Ägypten wächst es nicht.«

»Ja, ich kenne es«, antwortete Nefermaat und passte seinen Schritt dem des Meisters an.

»Natürlich, wie dumm von mir. Ich hätte mir denken können,

dass du im königlichen Palast sehr viel von diesem Holz gesehen haben musst.«

Der Junge nickte stumm und ging neben dem Priester her durch einen schmalen Gang.

»Der Griff ist aus Elfenbein«, fuhr der Alte fort. »Er hat die Form des Djed-Pfeilers. Das Symbol für Beständigkeit, wie du weißt.«

»Beständigkeit«, wiederholte der Junge, ohne es zu wollen.

»So ist es. Es gibt nichts Wichtigeres als Beständigkeit, lass dir das gesagt sein. Ohne sie sind wir wie das Wasser des Nils, mal ein reißender Strom, mal ganz still, und am Ende wird es vom Großen Grünen verschluckt.«

»Aber das Wasser sichert auch das Überleben unseres Volkes«, wandte Nefermaat ein.

Der Alte kicherte. Er blieb einen Moment stehen und sah den Jungen an. »Da hast du ganz recht, obwohl du mir beipflichten wirst, dass es uns genauso schnell beschenken wie bestrafen kann. Das Wasser richtet sich nicht nach den Gesetzen der Beständigkeit.«

Als Nefermaat schwieg, ging der Alte weiter.

»Das Wasser ist einer der Pfeiler, auf denen unser Leben im Diesseits basiert«, fuhr der Alte fort, während sie in einen anderen dämmrigen Gang einbogen. »Aber nicht der einzige, wie du weißt.«

Die Stille, die jetzt folgte, wurde nur von ihren Schritten und dem Klacken des Gehstocks auf dem Steinboden unterbrochen.

»Ein weiterer Grundpfeiler ist der unerschütterliche Glaube an unsere Götter. Sie helfen uns, die ältesten Traditionen am Leben zu erhalten. Sie sind das Fundament all dessen, was uns umgibt«, erklärte er und machte eine ausholende Bewegung. »Das ist dir doch bewusst, nicht wahr?«

»Gewiss, *semsu sunu*.«

»Nichts anderes habe ich erwartet. Man hat dich eingeweiht,

und du kennst Geheimnisse, die nur wenige verstehen. Trotzdem kommt es vor, dass das Studium der Bücher gewisse Zweifel nährt.«

Nefermaat sah den Meister verlegen an.

»Versteh mich nicht falsch«, sagte dieser und nahm ihn am Arm. »Ich weiß, wie schwer du all diese Jahre innerhalb unserer Tempelmauern an dir gearbeitet hast, aber ich kenne auch die Tücken. Viele, die mit dir den Dienst im Tempel antraten, mussten vorzeitig aufgeben, weil sie letztendlich nicht in der Lage waren, unser Weltbild zu verstehen. Du dagegen warst hartnäckig und hast mit Freude an all unseren Zweigen der Wissenschaft teilgenommen. Du bist wissbegierig. Obwohl du dein Heil nicht bei den Göttern suchst.«

Der Junge sah ihn sichtbar verwirrt an.

»Nein, das soll kein Tadel sein«, beschwichtigte der alte Meister. »Viele suchen ihr ganzes Leben lang Heil in den Göttern und finden es nie. Dass man danach sucht, ist keine Garantie. Und in deinem Fall halten die Götter andere Möglichkeiten bereit.«

»Du hast recht, ehrwürdiger Meister. Ich habe nie ein asketisches Leben führen wollen, und ich bin alles andere als vollkommen.«

»Aber du hast dir umfassende Kenntnisse in der Kunst angeeignet, die wir hier lehren. Soweit ich gehört habe, bist du einer der besten Assistenten im ganzen Tempel. Deine Diagnosen zeugen von einer ausgezeichneten Urteilskraft, und allem Anschein nach hast du obendrein eine besonders ruhige Hand, bist also geradezu prädestiniert dafür, ein Seziermesser zu führen. Alles deutet darauf hin, dass du zum Arzt geboren bist. Wahrscheinlich hat Sachmet dich deshalb auserwählt.«

»Seltsam. Als ich noch ein Kind war, hat mir jemand genau dasselbe gesagt.«

»Iryi?«

Nefermaat konnte sein Staunen nicht verbergen.

»Woher weißt du das?«

Der alte Mann kicherte erneut. »Vergiss nicht, dass er der Vorsteher der Sachmetpriester ist. Er hat deine Neigungen bestimmt vorausgesehen.«

Der Junge ließ sich seine Überraschung nicht anmerken. Er hatte während all der Jahre mit niemandem über Iryi gesprochen und auch nie irgendetwas von ihm gehört.

In diesem Augenblick waren sie am Ende des Labyrinths aus schmalen Gängen angekommen und standen in einem der vielen prächtigen Innenhöfe der Tempelanlage. Ein sanftes, warmes Nachmittagslicht hieß sie willkommen, Balsam nach den endlosen dunklen Gängen.

»Zerbrich dir nicht den Kopf darüber. Er war einst auch einmal mein Schüler, genau wie du, und einer der besten sogar. Ich kenne ihn sehr gut. Setzen wir uns ein wenig an den Brunnen.«

Der Alte machte eine einladende Handbewegung, und beide nahmen auf dem Rand eines kleinen Brunnens Platz, der sich im Zentrum des ruhigen, von Säulen umstandenen Hofes befand.

Niemand außer ihnen war zu sehen; nur das leise Murmeln des Wassers und das fröhliche Zwitschern Hunderter kleiner Vögel, das wie jeden Nachmittag den Hof erfüllte, schienen ihnen Gesellschaft zu leisten.

»Ich komme sehr gern um diese Zeit hierher«, seufzte der Alte, während das Nachmittagslicht seine Wangen streifte. »Es taucht sonst niemand hier auf.«

Nefermaat betrachtete aufmerksam das Gesicht des Priesters, der neben ihm saß. Sein Blick blieb länger an ihm haften, als er wollte, fasziniert von seiner merkwürdigen Anziehungskraft. Die markanten Züge hatten es einst interessant gemacht, doch mittlerweile war es von einer so runzligen Haut bedeckt, dass es älter als hundert Jahre wirkte. Die Augen dagegen schienen nicht gealtert zu sein, sie waren lebhaft und auf ungewöhnliche Weise durchdringend. Als könnten sie einem die Seele entblößen, auch ohne die Meinung der Götter einzuholen. Das Feuer, das von ihnen ausging und das ganze Gesicht beherrschte, schien direkt aus seinem Innersten zu kommen, als versprühte sein Herz Funken.

»In den Augen spiegeln sich unsere Seele und unser Verstand wider, aber auch unsere Gefühle und ihre Regungen«, sagte Medunefer.

Nefermaat konnte sein Staunen über diese Worte nicht verhehlen. Hatte der *semsu sunu* seine Gedanken gelesen?

Der Alte kicherte erneut und drückte ihm sanft die Hand. »Das ist nicht so schwer, wenn man den richtigen Meister hatte, und ich ging bei dem besten in die Lehre, den es gab«, sagte er mit geheimnisvoller Miene.

»Mir kommt das eher wie Magie vor.«

»Hm.« Der alte Meister verzog das Gesicht. »Ich bin kein großer Freund von Magiern und Hexenmeistern, aber es gibt Fähigkeiten, die wir besitzen und entfalten können, auch wenn wir uns dessen gar nicht bewusst sind. Wenn du eines Tages so alt bist wie ich, wirst du es verstehen.«

»Ich glaube kaum, dass ich zu solchen Wundern fähig bin«, entgegnete der Junge lächelnd.

»Wirklich nicht? Aber deine Hände sehr wohl. Mit ihnen glaubst du, Wunder vollbringen zu können. Oder bist du nicht davon überzeugt, dass du eines Tages der beste *sunu* in ganz Ägypten sein wirst?«

Nefermaat rutschte unbehaglich auf dem steinigen Brunnenrand hin und her.

»Sag mir, Nefermaat. Glaubst du, dass man ihren Zorn besänftigen kann, indem man ihr ein Leintuch überwirft? Können wir so verhindern, dass sie uns mit Krankheiten straft?«, fragte er und zeigte auf die steinerne Statue der Sachmet am Ende des Hofs.

»So steht es in den heiligen Büchern, und …«

»Ich weiß, was in den Büchern steht«, schnitt ihm Medunefer das Wort ab. »Ich will nicht wissen, was in den Papyri steht, sondern was du denkst.«

Nefermaat sah zu Boden und suchte nach einer Antwort, die ihm die abgewetzten Steine nicht geben konnten. Dann schweifte sein Blick zu der Granitstatue der Göttin am Ende des Hofs, doch auch sie verharrte in stummer Ausdruckslosigkeit.

»Ich fürchte, dass meine Zweifel dein Herz kränken könnten, ehrwürdiger Meister«, antwortete er schließlich bedrückt.

Der Alte zog amüsiert und interessiert zugleich eine Braue hoch.

»Ich halte die göttlichen Gebote gewissenhaft ein«, setzte der Junge hastig hinzu. »Ich ehre die Götter und befolge alles, was ich innerhalb dieser Mauern gelernt habe, bis auf ...«

Medunefer hob die Hand und lächelte nachsichtig.

»Ich weiß, dass du die Gesetze, die in unseren heiligen Büchern stehen, peinlich genau einhältst«, unterbrach ihn der Alte mit sanfter Stimme. »Ihr Studium hat dir Wissen vermittelt, aber das heißt nicht, dass du deswegen Sachmet verehren musst. Es ist doch gerade dieses Streben nach Erkenntnis, das dich zweifeln lässt, nicht wahr?«

Nefermaat warf ihm einen verdutzten Blick zu.

»Glaub nicht, dass es mich überrascht«, erklärte der Meister und faltete die Hände im Schoß. »Das ist alles nicht neu für mich. Ich kann dir sogar versichern, dass es völlig normal ist, obwohl die meisten Menschen alles tun, um ihren Mangel an Glauben zu verstecken. Du dagegen machst wenigstens keinen Hehl aus deiner Verwirrung.«

»Jedes Mal, wenn wir eine der vielen Krankheiten diagnostizieren, die wir nicht verstehen, und sie dann den Göttern zuschreiben, komme ich ins Grübeln. Unsere Sprechstunden sind voll mit Menschen, die an diesen Krankheiten leiden und deren Hoffnungen allein auf unserem Willen und der Wirksamkeit unserer Gebete ruhen. Ich glaube, wir könnten noch so viele Leintücher über Sachmet werfen – es gäbe genauso viele Krankheiten wie zuvor.«

»Hm, ich verstehe. Trotzdem gibt es einen ganz bestimmten Punkt, an dem die Medizin nicht mehr weiterweiß und wir auf die Götter vertrauen müssen. Du sagtest ganz richtig, dass es Krankheiten gibt, die unsere Möglichkeiten überschreiten und die nur von Kräften geheilt werden können, die über uns stehen. Wir wissen nicht, warum man uns diese Krankheiten schickt, und deshalb bleibt uns nichts anderes übrig, als zu akzeptieren, dass sie zum natürlichen Gleichgewicht gehören, das die Schöpfungsgötter vor undenklichen Zeiten schufen. Ein vollkommenes Gleichgewicht, das den ganzen Kosmos einschließt«, sagte Medunefer und zeigte zum Himmel.

Nefermaat sah auf und schien für einen kurzen Augenblick abwesend.

»Mach dir deswegen keine unnötigen Sorgen«, fuhr der Alte fort, während er ihm die Hand auf die Schulter legte. »Leben und Tod gehen Hand in Hand, nicht einmal der große Imhotep konnte ihre Bande brechen.«

»Ich würde es niemals wagen, mich mit dem größten aller Ärzte zu messen, die dieses Land jemals hervorgebracht hat«, wandte Nefermaat hastig ein. »Nicht umsonst ist sein Andenken zu einem Kult geworden, und er verdient einen angemessenen Platz in unserem Pantheon. Ich möchte nicht, dass du mich für einen gottlosen Menschen hältst.«

»Ich kenne dich sehr gut. Ich sehe die Klugheit in dir, und in deinem Herzen lese ich Güte, auch wenn wir beide wissen, dass du nicht die Seele eines Priesters hast. Doch das ist nicht deine Schuld. Allein der göttliche Thot wäre dafür verantwortlich zu machen. Er hat dir den Verstand geschenkt, der dich anspornt, nach neuen Erkenntnissen zu suchen. Er ist es, der deinen Hunger nach Wissen nährt, nach neuen Entdeckungen und danach, die Grenzen dessen zu überschreiten, was uns die heiligen Papyri lehren. Glaub mir, dieses Streben ist eine göttliche Gabe, aber lass dir auch gesagt sein, dass das Terrain jenseits dessen, was uns unsere alten Texte lehren, ziemlich tückisch sein kann. Du müsstest Wege einschlagen, deren Licht dir zumindest diffus erscheinen wird und die einen nicht selten in die Irre führen. Diese Wege liegen außerhalb unserer Tempelmauern, und wenn du mich fragst, solltest du sie einschlagen. Hier kannst du nichts mehr lernen.«

Nefermaat sah den Alten verdutzt an und versuchte, die Tragweite seiner Worte zu begreifen.

»Ich muss doch noch so viel lernen. Ich weiß nicht genug, um …«

»Deine Zeit hier ist zu Ende«, unterbrach ihn Medunefer.

»Aber ich habe Pflichten, Meister, meine Patienten brauchen mich, sie kommen jeden Tag hierher. Sie vertrauen mir …«

Der alte Mann forderte ihn mit einer Geste zum Schweigen auf.

»Sei so freundlich und lass mich ausreden«, sagte er mit leicht erschöpfter Stimme. »Du hast nun sieben Jahre in unserem heiligen Tempel verbracht. Du hast gewissenhaft alles gelernt, was man dir beibrachte. Du hast dich voll und ganz dem Studium der heiligen Schriften gewidmet, und meiner Meinung nach hätte das Ergebnis nicht besser sein können. Ich bin davon überzeugt, dass Sachmet stolz auf dich ist. Du darfst nicht vergessen, dass sie dich für diese Aufgabe auserwählte. Sie kann mit ihrem schrecklichen Zorn ganze Völker vernichten, aber sie kann dich auch vor deinen Feinden beschützen. Jetzt gehörst du ihrer Gemeinschaft an, der Priesterschaft der Ärzte, den besten, die man in ganz Ägypten finden kann.«

Nefermaat sah den Meister an und konnte seine Verwirrung nicht verhehlen. Nach all den Jahren, die er dort verbracht hatte, überkam ihn nun ein Gefühl tiefer Unsicherheit, ja sogar Angst bei dem Gedanken, den Tempel verlassen zu müssen. Diese Möglichkeit hatte er niemals in Betracht gezogen, und jetzt kam alles so plötzlich. Er war stets davon ausgegangen, dass er hier den Dienst verrichtete, zu dem die Göttin ihn berufen hatte. Gewiss, manchmal erhielt er keine Antworten auf seine ständigen Fragen, was die eine oder andere Krankheit anging, und seine Lehrer reagierten nur mit einem verlegenen Schweigen darauf. Trotzdem hielt er sich bei seinen Patienten strikt an die Behandlungsmethoden, so wie sie in den heiligen Papyri vorgeschrieben waren. Niemand konnte behaupten, dass er ihre Gesetze nicht gewissenhaft beachtet hatte.

Einen Augenblick lang versuchte er sich vorzustellen, wie sein Leben draußen aussähe. Fernab der Gewohnheiten und Gebote, die man im Tempel befolgte und die beinahe schon ein Teil von ihm geworden waren. Doch es gelang ihm nicht und hinterließ einen bitteren Nachgeschmack, der ihn aus seinen Gedanken riss.

»Du brauchst keine Angst zu haben, Nefermaat«, beruhigte ihn der Alte in seiner sanften Art. »Das Leben in den Tempeln hat wenig mit der Wirklichkeit draußen zu tun, und du kannst ihr nicht völlig entsagen. Ich kann mir nicht vorstellen, dass du eines Tages so wirst wie ich, ein Greis, der im Schatten dieser Säulen Ratschläge erteilt, während er auf den Abend wartet.«

Nefermaat senkte den Kopf und nickte bekümmert.

»Das heißt natürlich nicht, dass du dein Herz der Schwermut überlassen sollst. Deine Füße werden dich weit tragen, Nefermaat, viel weiter, als du dir vorstellen kannst, aber sie werden stets dem Pfad der *maat* folgen. Lass dich von ihnen leiten, auch wenn du die größten Ungerechtigkeiten über dich ergehen lassen musst, denn nur so wirst du in der Lage sein, die Hoffnungslosigkeit zu besiegen.«

Als er diese Worte hörte, machte Nefermaat ein so überraschtes Gesicht, dass der Meister lächelte.

»Lass dich nicht von dem Gerede eines alten Mannes beirren«, sagte er, immer noch lächelnd. »Höre nicht auf mich. Geh deinen Weg. Wenn du davon träumst, der beste Chirurg in ganz Kemet zu werden, dann mach es wahr.«

»Aber außerhalb des Tempels kann ich das nicht!«

»Da täuschst du dich. Es gibt einen Ort, an dem du deine Fähigkeiten weiterentwickeln kannst.«

»Meinst du das Haus des Lebens in einem anderen Tempel?«

»Nicht ganz. Alle, die dort hingehen, sind bereits *sunu*: Ärzte, die ihr Wissen vertiefen möchten.«

»Wo befindet sich dieser Ort?«

»In Per-Bastet.«

»Bubastis! Die heilige Stadt der Katzengöttin?«

»So ist es. Es heißt, dass dort der beste Chirurg praktiziere, den wir seit vielen Jahren im Reich gehabt haben. Seine Hände sollen wahre Wunder vollbringen.«

»Wie heißt er? Und welchem Tempel gehört er an?«

»Wie ich sehe, hast du deine Zuversicht bereits wiedergewonnen«, kicherte der alte Mann.

Jetzt musste Nefermaat selber lachen.

»Ich fürchte, dass er gar keinem Tempel angehört. Er ist nicht einmal Ägypter.«

»Das ist doch nicht möglich!«, rief Nefermaat, ohne seine Verblüffung verbergen zu können.

»Er ist Babylonier und heißt Anon. Wie ich gehört habe, soll er der gottloseste, niederträchtigste und hemmungsloseste Wüstling sein, den man sich vorstellen kann.«

»Und zu ihm soll ich gehen?«, fragte der Junge fassungslos.

Medunefer nickte belustigt, sah sich um und richtete sich schwerfällig auf.

»Die Schatten im Hof werden länger. Wir sollten allmählich aufbrechen.«

Nefermaat sprang auf und reichte dem alten Mann die Hand, um ihm beim Gehen zu helfen.

»Du bist ein guter Junge«, sagte der Meister mit leicht gebrochener Stimme. »Du wirst es weit bringen.«

Sie zündeten wieder ihre Kerzen an und kehrten durch das Gewirr der schmalen Gänge zurück, durch das sie gekommen waren.

»Vergiss niemals die Zeit, die du hier verbracht hast«, ermahnte ihn der Alte ernst. »Auch wenn du es noch nicht glauben magst, du wirst immer ein *uabu*, ein Priesterarzt sein. Sachmets Siegel wird dich ein Leben lang begleiten.«

Er zog eine alte kleine Statue aus der Tasche und reichte sie Nefermaat.

»Sachmet!«, sagte der Junge.

»Ja. Trag sie wie ein Amulett, solange du lebst. Sie ist mit dem heiligen Wasser des Tempels geweiht. Sie wird dir über schwierige Zeiten hinweghelfen.«

»Danke, Meister«, sagte Nefermaat gerührt.

»Dafür musst du mir nicht danken, höchstens für die große Ehre, die ich dir erweisen will, bevor du uns verlässt.«

4

Die Worte des alten Mannes hallten noch irgendwo in Nefermaats Erinnerung wider, als der schmale Gang, durch den er jetzt unbekleidet lief, in eine weitläufige, von Säulen umstandene Halle mit einem großen Innenhof mündete. Hier standen unzählige Becken aus Granit, in denen die Priester jeden Tag ihre rituellen Waschungen vornahmen. Das schwache Licht der fast abgebrannten Fackeln, die in unregelmäßigen Abständen die Säulen schmückten, ließ die Wasserbecken seltsam verwahrlost erscheinen, was Nefermaat immer als bedrückend empfunden hatte. Der dunkelbraune, abgewetzte Stein schien genauso alt zu sein wie der Tempel, in dem sich die Becken befanden. Jahrtausende voller seltsamer Riten auf der Suche nach Reinheit.

Nefermaat blieb stehen. Er blickte sich um und holte tief Luft. Die Halle war menschenleer und still, nicht der kleinste Windhauch war zu hören. Die Ruhe kam ihm unheimlich vor, denn sonst hatte es immer jemanden gegeben, der schon vor ihm da war. Heute war er der Erste, und das erfüllte ihn mit Genugtuung.

Er blickte in den mondbeschienenen Innenhof, der hinter den riesigen Säulen kaum zu erkennen war. Dieser Hof hatte ihn schon immer magisch angezogen, und jetzt schien ihm die Göttin die Ehre zu erweisen, ihn ganz allein genießen zu dürfen. Hastig durchquerte er den Wald von Steinsäulen, wohl wissend, dass er nicht Herr über die Zeit war. Bald würden sich die Gänge mit Schritten füllen und in der Halle würde es wimmeln von anderen, die wie er versuchten, den Zauber des Ortes für sich einzufangen. Nefermaat atmete erleichtert auf, als er die letzte Säule hinter sich gelassen hatte. Plötzlich öffnete sich der große Hof vor ihm und hieß ihn willkommen, während sich die Nacht langsam zurückzog.

Entrückt betrachtete der junge Nefermaat die Szene, die ihn an seine ferne Kindheit erinnerte. Im Wasser des großen Beckens, das fast den ganzen Hof einnahm, spiegelte sich das helle Licht des Vollmondes, der zu dieser Stunde seine ganze leuchtende Pracht zur Schau stellte. Nefermaats Erinnerung beschwor die duftenden Gärten und prächtigen Palmen, die den See des Pharao säumten, und die warmen Sommernächte, wenn einem die Sinne vor lauter Schönheit schwanden. Und dann verglich er sie mit diesem Hof, obwohl ein solcher Vergleich eigentlich gar nicht möglich war. Hier gab es weder Gärten noch Palmen, und der einzige Duft kam aus den Räucherpfannen. Trotzdem war er überwältigt von diesem herrlichen Moment. Der Mond schimmerte so hell in dem Becken, dass man den Eindruck hatte, die Wasseroberfläche bestünde aus Abermillionen unsichtbarer Silberfäden. Die Göttin Sachmet selbst, die über diesen heiligen Ort wachte, musste ihn mit ihren himmlischen Händen als Beweis ihrer Größe gewebt haben.

In sich gekehrt tauchte Nefermaat in das eisige Wasser, und in diesem Augenblick sah er sich von blendendem Licht umgeben, das ihn einlud, sich ganz dieser seltsamen Verbindung hinzugeben, in der Wasser und Licht zu einem einzigen Element verschmolzen.

Unter der silbernen Oberfläche streckte er die Arme aus und glaubte, ihre Macht zu spüren. Er hatte das Gefühl, als sprühten Tausende von Funken durch seinen Körper. Einen Augenblick lang verlor er sich darin, lange genug, um zu spüren, wie sein Körper an jenem Morgen für immer geläutert wurde.

Dann hallten Schritte durch die Gänge und kamen näher. Im Nu füllte sich der heilige Ort mit anderen Priestern, die ihre rituellen Waschungen vollzogen. Im Osten kündigte Sirius die Ankunft des neuen Tages an. Der letzte, den er im Tempel verbringen würde. Jetzt musste er sich beeilen. Die Göttin wartete auf ihn.

Medunefer hatte nicht übertrieben, als er erklärte, dass ihm eine große Ehre zuteilwerden sollte, denn nichts anderes bedeutete die Erlaubnis, an der täglichen Kultfeier teilnehmen zu dürfen. Diese Zeremonie war ein uraltes Ritual, mit dem alle ägyptischen Tempel Tag für Tag ihre jeweiligen Gottheiten priesen. Amun, Re, Ptah ... allen wurde in ihren Tempeln mit einer Reihe von festgelegten Handlungen gehuldigt. Man weckte die Götter, wusch sie, zog sie an und gab ihnen zu essen, um auf diese Weise ihre magischen Kräfte zu empfangen, die den Menschen Gesundheit und jedes erdenkliche Glück bringen sollten.

Die Zeremonie begann jeden Morgen, sobald die Stundenpriester den nahenden Tag ankündigten. Dann setzten sich alle Bewohner des Tempels in Bewegung, um die Gottheit willkommen zu heißen und anschließend ihren täglichen Pflichten nachzugehen. Bäcker, Fleischer und Köche bereiteten die Opfergaben vor, die den Gottheiten dargeboten wurden, wenn diese erwachten. Fleisch, Früchte, Brot, Gemüse, Wein, Gerstensaft ... Alles wurde sorgfältig in großen Schüsseln vorbereitet und in die heiligen Gemächer der Gottheit getragen. Nur eine kleine auserwählte Gruppe von Priestern, die auch die Hauptverantwortung für den Ablauf der Zeremonie trugen, durfte diese Opfergaben überbringen. Noch ehe sich das Morgengrauen ankündigte, hatten diese ihre rituellen Waschungen in dem eisigen Wasser hinter sich gebracht und warteten in makellos weißen Leinengewändern und weißen Sandalen.

Und so trat auch Nefermaat an diesem frühen Morgen vor das ehrwürdige Kollegium, gewaschen, gesalbt und parfümiert, so sorgfältig und gewissenhaft vorbereitet, wie man es nur sein kann, wenn man sich der Ehre, die einem zuteil wird, bewusst und zugleich überzeugt ist, dass man sie überhaupt nicht verdient. Dasselbe musste der Oberste Diener der Göttin gedacht haben, als er ihn sah, denn er musterte ihn mit finsterem Blick von Kopf bis Fuß, sagte jedoch nichts.

Es sah ganz so aus, als hätten die Versammelten seit einiger Zeit auf ihn gewartet, was ihn noch mehr erschreckte. Zerknirscht runzelte er die Stirn und setzte sich hastig auf seinen Platz, um an der Andacht teilzunehmen. Kurz darauf wurde er zusammen mit drei anderen Adepten aufgefordert, die Schüsseln mit den Opfergaben in die Gemächer der Göttin zu tragen. Denn darin bestand seine Aufgabe.

Der Erste Prophet warf ihm erneut einen missbilligenden Blick zu, bedeutete ihm mit einer Geste, die Räucherpfannen anzuzünden, und gab dann das Zeichen zum Aufbruch. Er war die höchste Instanz im Tempel, und nur der Pharao als Wiedergeburt des Horus stand über ihm, da er als Gott natürlich gleichzeitig auch oberster geistlicher Führer war. Theoretisch hatte allein der Pharao das Recht, die heiligen Gemächer der Götter zu betreten, in der Praxis jedoch übertrug er dieses Privileg an seine Hohepriester, weil er unmöglich an allen täglichen Kultfeiern teilnehmen konnte, die in den Tempeln des Landes stattfanden.

Das Gefolge setzte sich in Bewegung, an der Spitze der Erste Prophet als Stellvertreter des Pharao. Er trug eine kleine Lampe, aus der ein leichter Duft strömte. Neben ihm ging der Vorlesepriester, der Einzige, der sämtliche heiligen Formeln kannte, die rezitiert werden mussten, um die komplexe Liturgie durchführen zu können. Er würde die Litaneien und Psalme sprechen, mit denen die Göttin gepriesen wurde, und das Feuer in die Gemächer tragen, in denen die Göttin wohnte.

Allein diese beiden ranghohen Priester waren berechtigt, die Gemächer Sachmets zu betreten, alle übrigen Würdenträger mussten vor den Türen zu den heiligen Räumen warten. Sie würden die Schüsseln mit den Speisen auf Tischen neben dem Eingang abstellen, auf den Sistren spielen und Loblieder singen.

Der Zug erreichte das Innere des Tempels, das sonst außer den wenigen Auserwählten kein Sterblicher betreten durfte. In diese Hallen drang kein Tageslicht, sie waren dunkel wie das Reich der Stille. Vollkommene Finsternis, unterbrochen nur von weltlichen Prozessionen wie derjenigen, die jetzt ehrfürchtig vorbeizog. Gänge, in denen das spärliche Licht, das sie leitete, gigantische Decken offenbarte, die sich langsam immer tiefer senkten, je weiter sie voranschritten, und ihnen das Gefühl vermittelten, erdrückt zu werden.

Nefermaat, berauscht vom Duft der brennenden Räucherpfannen in dieser finsteren Umgebung, die so gut wie nichts mit der Welt der Menschen draußen zu tun hatte, kam es vor, als bewegte sich die gespenstische Prozession direkt auf die Hölle zu.

Als der Zug vor einer großen Tür haltmachte, hatte der Junge das Gefühl, die Zeit sei stehen geblieben. Die Lampe in der Hand des Ersten Propheten warf seltsame Zeichen auf die dunklen Wände, die zusammen mit den Rauchschwaden aus den duftenden Räucherpfannen eine unwirkliche Atmosphäre erzeugten. Vielleicht hatte Nefermaat gar nicht so unrecht, und die Tür vor ihnen war tatsächlich der Eingang zum Amenti.

Doch hinter der Tür warteten weder Geister noch Dämonen, sondern es tat sich ein kleiner Raum auf, in dem eine neue Lampe sie wieder in die wirkliche Welt zurückversetzte, die sie anscheinend vergessen hatten.

Der Erste Diener der Göttin riss sie aus ihren Träumen, indem er sie aufforderte, ihm ins Innere zu folgen. Als sie die Kammer betreten hatten, bedeutete er ihnen mit einer Handbewegung, die Speisen auf den Tischen neben dem Eingang abzustellen. Dann ging er zu einer weiteren Tür am Ende der Kammer. Er hob die Lampe und nickte zufrieden, nachdem er sich vergewissert hatte, dass das Tonsiegel über dem Schloss intakt war.

»Das ist die Tür zum *sehem*, dem Allerheiligsten des Tempels, wo die Göttin abgeschieden im *set-ueret*, dem heiligen Naos, ruht«, erklärte der Hohepriester mit feierlicher Stimme. »Nur der Vorlesepriester und ich dürfen das Allerheiligste betreten, um sie aus ihrem Schlaf zu wecken.«

Die Anwesenden senkten leicht die Köpfe und nahmen eine andächtige Haltung ein.

»Das Siegel ist unangetastet«, erklärte nun der Erste Prophet mit lauter Stimme. »Brechen wir es auf!«

Damit drückte er gegen die Tür, und das Siegel zersprang.

»Das Tonsiegel ist zerbrochen, der Himmel öffnet sich dir!«, rezitierte der Vorlesepriester, während er dem Ersten Propheten in die Kammer folgte. »Ich komme zu dir, die Reinheit ist in meinen Armen«, fuhr er fort und schwang die Räucherpfanne in jede Ecke des Raums.

Von seinem Platz in einer Ecke des Vorraums aus beobachtete Nefermaat das Schauspiel unauffällig. Nur ganz wenige Menschen in Ägypten bekamen die Möglichkeit, einer solchen Zeremonie beizuwohnen, und er wollte sich keine Einzelheit entgehen lassen, auch wenn er das Ritual nur aus der Distanz verfolgen durfte.

Es war ein Privileg, das er Medunefer zu verdanken hatte, und er würde es ihm niemals vergessen. Er kannte die Bedeutung der Handlung, die dort vollzogen wurde, und wie wichtig es war, dass der Vorlesepriester die richtigen Gesänge und magischen Formeln benutzte, um die Göttin zu beschwichtigen, denn sie war unberechenbar, und niemand wusste, wie sie beim Aufwachen reagieren würde.

»Wahrlich, ich bin der Prophet. Der König hat mich beauftragt, die Göttin aufzusuchen ...« So sprach nun der Erste Prophet, während sich beide dem heiligen Schrein, dem Naos, näherten.

Dann kniete der Erste Prophet nieder und erklärte, seine Seele sei rein und frei von allen Sünden.

Als er fertig war, erhob er sich und trat zu den Türen des Naos. Sie waren verschlossen, ihre Griffe mit einem Seil zusammengebunden und zusätzlich mit Ton versiegelt.

Der Erste Prophet sah sich ruhig und bedächtig nach beiden

Seiten um und betrachtete die kleine Barke, in der die Göttin bei den Prozessionen transportiert wurde, und die Möbel, auf denen die Opfergaben dargebracht wurden. Die Speisen des vorigen Tages waren noch da und sollten jetzt durch neue ersetzt werden.

Der Vorlesepriester ging durch die kleine Kammer und schwang die Räucherpfanne, um sie mit dem Rauch zu reinigen, und sang dazu die üblichen Hymnen. Der Höhepunkt der Zeremonie war erreicht, jetzt würde die Göttin aus ihrem göttlichen Traum erwachen und in die Welt der Sterblichen zurückkehren, um allen, die sie in diesem Tempel anbeteten, Licht und Schutz zu gewähren.

Der Erste Prophet brach auch das zweite Tonsiegel, löste das Seil, das die Türgriffe verband, und öffnete das Schloss. Während er die beiden Türen aufstieß, rief er mit lauter Stimme:

»Die Tore des Himmels öffnen sich. Wach auf in Frieden!«

Nach diesen Worten hörte man das leise Quietschen der Türangeln, und die Flügeltür zum Allerheiligsten tat sich auf. Die beiden Priester fielen auf die Knie und rezitierten Hymnen, die Nefermaat nicht verstehen konnte, da sie nur als Gemurmel zu ihm drangen. Kurz darauf erhob sich der Erste Prophet wieder, ging vorsichtig auf die Göttin in ihrem Schrein zu und umarmte sie.

Das war der heikelste Augenblick der Zeremonie, denn niemand wusste, ob Sachmet diesmal wieder gewalttätig reagieren und den Priester mit einem Flammenstrahl niederstrecken würde. Der Hohepriester hatte als oberster Vertreter ihrer Priesterschaft die Pflicht, die Göttin körperlich zu berühren, um sie der materiellen Welt zurückzugeben.

Nefermaat war, wie seine Begleiter auch, aufs Äußerste angespannt, als der Augenblick der Umarmung kam, denn er wusste um die Gefahren. Doch nichts geschah. Als der Priester sich von der Göttin löste, stimmte er Lobgesänge über die wundersame Wiedergeburt an, die sich ereignet hatte. Sachmet war erwacht.

Der Rest der Zeremonie verlief auf die übliche Art. Die beiden Priester tauschten die alten Speisen, von denen die Göttin sich auf wundersame Weise ernährt hatte, gegen die frischen Opfergaben, die sie mitgebracht hatten, und begannen mit den Waschungen.

Zuerst wurde Sachmets göttliche Statue mit Nilwasser gewaschen, um sie zu reinigen, dann beweihräuchert und anschließend mit duftenden Ölen gesalbt und in feinstes Leinen gehüllt. Anschließend schmückte man die Göttin mit Halsbändern, Diademen und dem Zepter,* um sie dann einer peinlich genauen Schminkprozedur zu unterziehen, die aus dem Ritual eine hochkomplizierte Handlung machte und etliche Stunden in Anspruch nehmen konnte.

Nachdem sie die Göttin hergerichtet hatten, beobachtete Nefermaat, wie der Erste Prophet viermal um den Naos herumging und die Kammer erneut mit Natron, *jed*-Salz und dem Rauch der Terebinthe reinigte. Auf diese Weise läutete er den ersten Akt der Abschiedszeremonie ein.

Sie erreichte ihren Höhepunkt, als der Erste Prophet die heilige Statue mit einem roten Tuch bedeckte, das magische Kräfte besaß, und die Worte sprach:

»Isis hat es gewebt. Nephthys hat es gesponnen!«

Dann schloss der Erste Prophet den Schrein wieder und versiegelte die Türen, damit die Ruhe der Göttin nicht gestört wurde.

Anschließend zogen sich die beiden Priester rückwärts aus der Kapelle zurück und rezitierten dabei neue Loblieder und Hymnen. Zugleich fegte der Erste Prophet mit einem *heden*-Besen den Boden, beseitigte so jede menschliche Verunreinigung und ließ alles makellos sauber zurück. Der *heden*-Pflanze wurden magische Kräfte zugesprochen, die so stark waren, dass sogar Thot,

* Man legte ihr einen *usech*-Kragen um die Brust, ein *menhat* auf die Schulter und stattete sie mit den Zeptern *heka*, *was* und der Peitsche *mejej* aus, um die bösen Geister abzuwehren.

der Gott der Magie, sich ihrer bediente. Dank dieser Pflanze war absolute Reinheit in der Kapelle gewährleistet.

Schließlich kamen die beiden Priester zur Tür und gaben den anderen im Zug, die auf sie warteten, das Zeichen, den Vorraum zu verlassen. Anschließend schlossen sie die Türen und versiegelten sie erneut.

Der erste Ritus der täglichen Kultfeier ging zu Ende, jetzt war Sachmet erwacht und beschützte den Tempel mit ihrer göttlichen Macht. Während des Tages würde diese Zeremonie mit dem komplizierten Ritual noch zweimal wiederholt werden, einmal am Mittag und ein anderes Mal kurz vor Sonnenuntergang. So sah die tägliche Kultfeier es vor, mit der man die ägyptischen Götter in ihren Tempeln pries. Ein Ritual, das seit mehr als zweitausend Jahren Tag für Tag stattgefunden hatte.

Während sie nun durch die dunklen Korridore zurückgingen, musste Nefermaat daran denken, was er gerade erlebt hatte und wie kompliziert das Verhältnis zwischen der Göttin und den Priestern war. Eine abstrakte Verbindung, die kaum noch nachvollziehbar war. Die Liturgie erschien ihm so überladen, dass die Götter selbst sie unmöglich geschaffen haben konnten. Nur Menschen hatten sich etwas so Konfuses ausdenken können.

So folgte er dem schwachen Licht des Ersten Propheten durch die dunklen Gänge nach draußen, doch es plagten ihn unruhige Gedanken, die nur in einem Herzen voller Zweifel Nahrung finden. Als es ihm bewusst wurde, lief es ihm kalt den Rücken herunter, und er dachte daran, was Medunefer gesagt hatte. Der alte Dekan hatte in seinem Innersten gelesen und kannte seinen Wankelmut. Nur ein weiser Mann wie er war in der Lage, Dinge zu sehen, die ihm selbst noch unklar waren. Doch so war es, und jetzt verstand er auch, warum er ihm erlaubt hatte, den Ersten Propheten zu begleiten und an der Kultfeier teilzunehmen. Er hatte gewusst, dass diese Zeremonie ihm auf die eine oder andere Weise Klarheit verschaffen würde.

Als sie das Ende des finsteren Gangs erreichten und der warme Glanz der Sonne sie begrüßte, mit dem der Morgen triumphierend den Hof zwischen den Säulen überflutete, war Nefermaat mit einem Mal klar, dass seine Zukunft nicht im Tempel lag und seine dunklen Zweifel nie verfliegen würden, selbst wenn er ein ganzes Leben dort verbrachte.

Respektvoll verabschiedete er sich von den beiden Hohepriestern und der Gruppe von Gehilfen, die sie begleitet hatten. Es war sein letzter Tag im Tempel; noch ehe die Sonne ihren Zenit erreichte, musste er ihn verlassen haben. Die Zeit, die ihm blieb, wollte er nutzen, um der Göttin einen letzten Besuch abzustatten. Dazu suchte er die Stelle auf, an der er mit Medunefer gesessen hatte. Als er dort ankam, lag der Innenhof fast verlassen da, nur ein einsamer Mann, der beim Fegen wie geistesabwesend jeden einzelnen Stein des Bodens fixierte, grüßte ihn.

Ansonsten war der Hof menschenleer. Das Wasser des Brunnens begann im Schein der aufsteigenden Sonne zu funkeln. Nefermaat setzte sich auf den Brunnenrand und sah sich wehmütig um. Dann fiel sein Blick auf die steinerne Statue der Göttin, die im Hintergrund scheinbar gleichgültig beobachtete, was in ihrer Umgebung geschah. Wie sie so dastand, erschien sie ihm nicht so gewalttätig und brutal, wie man ihr nachsagte, obwohl man die Macht, die sich hinter ihrem versteinerten Gesicht verbarg, erahnen konnte. Nicht ohne Grund hieß sie »die Mächtige«.

Nachdem er sie in ihrem Sanktuarium gesehen hatte, kam ihm diese Statue nicht mehr so unnahbar vor wie früher. Ein gemeißelter Stein, frei von menschlichem Pomp. Die Figur stellte dieselbe Göttin dar, hatte aber so gut wie nichts mit der Statue gemein, über die im Allerheiligsten eifersüchtig gewacht wurde.

Nefermaat ließ seinen Gedanken freien Lauf, in der Gewissheit, dass die Göttin ihn verstehen würde. Wenn sie die Menschen mit Krankheiten und Epidemien heimsuchte, dann nur, weil ihre Priester es so glaubten. Dagegen hatte er unwillkürlich rebelliert, und nun fiel es ihm wie Schuppen von den Augen. Er zweifelte nicht an Sachmet, sondern an den Menschen, denn er war davon überzeugt, dass kein Gott so abartig sein konnte, die Menschheit mit Seuchen zu strafen. Er wusste, dass die Löwengöttin seine Überlegungen verstand und ihn gewissermaßen selbst zu dieser Erkenntnis geführt hatte. Und als er aufstand, um den heiligen Ort zu verlassen, tat er es in der Gewissheit, dass sie ihn ein Leben lang beschützen würde.

Re-Harachte erhob sich majestätisch am Himmel, als Nefermaat durch die Tore des Tempels trat. Die Sonne stand im Zenit und zwang ihn, unbewusst den Handrücken vor die Augen zu heben, um sich vor den blendenden Strahlen zu schützen. Er hörte ganz deutlich die Stimmen der Wasserverkäufer, die ihre kostbare Ware anpriesen. Um diese Tageszeit war sie ebenso geschätzt wie das Gold aus dem Sinai. Direkt gegenüber scharten sich die Menschen um die zahlreichen Stände, an denen Reliquien und alle Arten von Votivfiguren der Schutzgötter verkauft wurden. Zumeist Statuetten von Ptah, Sachmet und Nefertem, denn sie waren die Schutzgötter, die man hier verehrte.

»Wasser, von der Göttin geweiht!«, riefen die Verkäufer. »Heilmittel der göttlichen Sachmet, gut gegen jedwedes Leiden!«

Magische Worte in den Ohren der Kranken, die an wer weiß welchen unbekannten Beschwerden litten. Das heilige Wasser erschien ihnen wie eine Gottesgabe.

Nefermaat bahnte sich einen Weg durch die Menschenmenge, die, wie er wusste, zum alltäglichen Bild auf dem Vorplatz des Tempels gehörte. Beim Anblick seiner unverwechselbaren Gestalt und seiner Kleidung, die ihn als Angehörigen der Ärzteschaft auswies, wichen die Menschen mit dem Respekt aus, den man einem Mann seines Ranges entgegenbrachte. Seltsamerweise hatte Nefermaat dies bis zu diesem Moment nie bemerkt, jetzt aber brauchte er nur wenige Schritte zu tun, um sich darüber klar zu werden. Er war ein *uabu*-Priester, und dieser Stempel würde ihn auf ewig begleiten, genau wie Medunefer es prophezeit hatte.

Er überquerte den großen Platz und ging auf die prächtigen Palmen auf der gegenüberliegenden Seite zu. Es waren große, dichte Palmen, in deren Schatten es um diese Zeit angenehm kühl war.

»Anisbrot! Oblaten mit Honig!«, rief ein Straßenverkäufer, während Nefermaat sich auf den Rasen setzte.

Von hier aus hatte er das lärmende Treiben auf dem Platz im Blick. Das Geschrei, mit dem die Waren angeboten wurden, und das unvermeidliche Feilschen, für das die Händler seines Landes so berühmt waren, bildeten eine Geräuschkulisse, ohne die der Platz offensichtlich nicht sein konnte. Scharen von Verzweifelten auf der Suche nach unmöglichen Lösungen oder Schutz vor zukünftigen Übeln, die ihnen nur die Götter gewähren konnten.

Als Nefermaat darüber nachdachte, überkam ihn ein ungutes Gefühl. Besser als jeder andere kannte er die Krankheiten dieser Menschen, die tagtäglich zu den Ärzten in den Tempeln kamen, in der Hoffnung, irgendein Heilmittel zu finden, und er wusste auch, dass viele Antworten, die sie suchten, nicht existierten, weil offenbar nur die Götter sie kannten. Dann blieb einem nichts anderes übrig, als sich der göttlichen Vorsehung zu unterwerfen, was ihn schon immer gestört hatte. Und dieses Schauspiel hier auf dem Tempelplatz war nur eines von vielen, die sich jeden Tag in der jahrtausendealten Geschichte Kemets ereigneten.

Er blickte zu den hohen Mauern der heiligen Stätte auf und seufzte resigniert. Der Tempel erstrahlte in der Mittagssonne, die mit ihrem Licht seine Reinheit zur Geltung brachte. An den blendend weißen Mauern, die die gesamte Anlage des Tempels umgaben, drängten sich begeistert die Gläubigen, um ihre Gebete an den Gott zu richten, der sie mit Hilfe der in die gewaltigen Mauern gemeißelten Ohren aufmerksam anhörte.

»Sprecht eure Gebete mit lauter Stimme! Der gütige Gott wird sie erhören!«, stand daneben.

Was folgende Lesart nicht ausschloss: Es bestand immer die Möglichkeit, dass der Gott die Bitten nicht erfüllte, weil er sie gar nicht gehört hatte.

Während Nefermaat unter den Pilgern saß, die wie er im Schatten Schutz vor der sengenden Sonne suchten, erinnerte er sich ein letztes Mal an das Gespräch, das er mit dem alten Meister im Hof des Tempels geführt hatte, und verstand den Ernst seiner Worte. Er konnte nicht innerhalb dieser Mauern bleiben, weil ein Teil von ihm nicht an sie glaubte. Medunefer hatte recht gehabt, als er ihm erklärte, dass er nicht die Seele eines Priester besäße und er im Tempel nur das Wissen gesucht hätte.

Er dachte noch eine Weile darüber nach und versuchte zu begreifen, was das bedeutete. Es sah so aus, als wäre er nur an Wissen interessiert, und wahrscheinlich stimmte das sogar. Es war ein maßloses Verlangen, das ihn manchmal zu verzehren schien und vielleicht an dem Tag begonnen hatte, als er zum ersten Mal die Gemächer von Iryi betreten hatte.

Er hatte schon früher darüber nachgedacht und war zu dem Schluss gelangt, dass der Rest seiner Gefühle kaum beansprucht wurde und es diese Tatsache war, die ihn in jene Richtung gedrängt hatte. Er war sich dessen völlig bewusst, er brauchte nur daran zu denken, dass er während seines ganzen siebenjährigen Aufenthaltes im Tempel keine einzige Freundschaft geschlossen hatte.

Nachdenklich strich er sich über das Kinn. Dass er in sieben Jahren keinen einzigen Freund gefunden hatte, war mehr als merkwürdig. Dabei war der Umgang mit seinen Brüdern stets herzlich gewesen. Er hatte nie irgendwelche Probleme mit ihnen gehabt und sich auch niemals ausgeschlossen gefühlt. Es hatte ganz einfach daran gelegen, dass er sich während all dieser Jahre an nichts beteiligt hatte, was nicht unmittelbar mit dem Studium der alten Papyri zu tun hatte, mit denen ihn, nebenbei gesagt, eine durchaus enge Freundschaft verband.

Traurig für jemanden, der keine richtige Kindheit gehabt und den größten Teil seiner Jugend innerhalb von Tempelmauern verbracht hatte. Mauern, die er so selten verlassen hatte, dass er es an einer Hand abzählen konnte. Es war vorgekommen, dass er jahrelang keinen Fuß vor die Tore der heiligen Anlage gesetzt hatte. Auch das war zumindest ungewöhnlich, denn es gab nichts, was ihn daran hätte hindern können. Die Bewohner des Tempels durften die Tempelanlage verlassen, wann immer ihre Pflichten es ihnen gestatteten. Die meisten seiner Arztkollegen waren sogar verheiratet und wohnten mit ihren Familien außerhalb der Anlage, denn normalerweise führten *uabu*-Priester ein weltliches Leben.

Vorerst bereitete ihm all dies kein allzu großes Kopfzerbrechen, aber er wusste, dass er sich irgendwann damit auseinandersetzen müsste. Die Gefühle, die er für seine Familie empfand, lagen zu weit zurück und waren vage und diffus, wenn nicht gar völlig erloschen. In all den Jahren hatte er keinen einzigen Brief von seinen Eltern oder seinem Bruder erhalten, nicht einmal eine kurze Nachricht, die ihn wissen ließ, ob sie noch am Leben waren. Nichts. Andererseits hatte er sich ebenfalls nicht dazu herabgelassen, ihnen zu schreiben, weil er nicht etwas heucheln wollte, das er nicht empfand.

Erneut riss ihn das Geschrei der Händler aus seinen Grübeleien.

»Lebenskreuze, Djed-Pfeiler, unfehlbare Schutzamulette gegen Dämonen und Geister«, brüllte einer aus vollem Hals, als er an ihm vorbeiging.

Nefermaat beobachtete, wie er mit seinem Sammelsurium von heiligen Utensilien weiterging, und stand auf. Die Zeit war schneller verflogen, als er gedacht hatte. Die Schatten des Nachmittags tauchten bereits zwischen den ersten Ständen auf. Er musste jetzt aufbrechen, wenn er noch rechtzeitig am Hafen sein wollte, um das Schiff nach Bubastis zu nehmen. Es würde vor Sonnenuntergang auslaufen und bestimmt nicht auf ihn warten.

Ein letztes Mal blickte er zu den weißen Tempelmauern auf und durchquerte die prächtigen Gärten, die den Platz schmückten. Es duftete nach Narzissen und Weidenröschen und etwas weiter entfernt nach Hennasträuchern. Der Duft beflügelte ihn; er beschleunigte seine Schritte und ging entschlossen auf die Gasse der Händler zu, die ihn zum Fluss führen würde. Als er dort einbog, schien ihm die Abendsonne direkt ins Gesicht. Atum, der Gott der Abendsonne, überflutete mit seinem göttlichen Licht die geschäftigste Straße von Memphis. Die reinste Augenweide für alle Sterblichen, nur für ihn nicht. Da er sich die Wimpern ausgezupft hatte, musste er sich vor dem großzügigen Geschenk des Gottes schützen.

Als Nefermaat an jenem Nachmittag durch die Gasse der Händler ging, war dies mehr als nur ein Spaziergang für ihn. Es war das Wiedersehen mit seinem Volk und dem Alltag dieser Menschen, die eine der malerischsten Gassen der Stadt füllten. Die Straße stellte ein exaktes Abbild des offenen Geistes dar, der in der Stadt herrschte, und war so alt wie die Stadt selbst; in ihr atmete der Handel in seiner reinsten Form.

Unzählige Menschen, die um diese Zeit damit beschäftigt waren, die letzten Einkäufe des Tages zu tätigen, gingen ihm ehrfürchtig aus dem Weg, sobald sie ihn sahen. Unsichtbare Pfade taten sich vor ihm auf, als Beweis für den Respekt seines Volkes vor dem, was er symbolisierte.

Verstohlene Blicke, respektvolles Entgegenkommen und manchmal auch unverhohlene Ehrerbietung schlugen ihm entgegen. Die Menschen wichen ihm aus, ohne ihn zu berühren, und er schritt in seinem typischen ruhigen Gang an ihnen vorbei und zeigte seine Dankbarkeit, indem er sie mit seinem freundlichsten Lächeln bedachte.

Mit dem Krummstock in der Hand und dem Leopardenfell über der Schulter schritt er die Gasse entlang, vorbei an Buden und Gruppen plaudernder Menschen. Sein einziges Hab und Gut bestand aus einem Gewand mit plissierten Ärmeln aus feinstem Leinen und den aus Palmen geflochtenen, makellos weißen Sandalen, Symbol seines heiligen Ranges. Ein zu bescheidenes Gepäck, um den Neid der Menschen zu wecken. Falls irgendetwas an ihm verborgene Begierden zu erregen vermochte, dann höchstens die kleine Figur der Göttin Sachmet, die ihm um den Hals hing, das Geschenk des alten Medunefer. Sie war aus feinem Lapislazuli, doch so klein, dass sie niemanden reich gemacht hätte. Für ihn aber besaß sie einen unschätzbaren Wert, und deshalb war es der einzige Schmuck, den er trug.

Jetzt verlor sich seine hochgewachsene, schmale Gestalt in der Ferne, eingesponnen in tausend Empfindungen, die er fast schon vergessen hatte. Die Düfte unzähliger unverwechselbarer Pflanzen vermischten sich mit den feinen Aromen der Parfüms und gehörten untrennbar zu diesem Viertel, das vor Leben nur so brodelte. Eine Atmosphäre, die ihn rasch in ihren Bann zog und der er sich selig überließ, denn sie symbolisierte sein Volk.

Als Nefermaat den Fluss erreichte, war er sicher, dass er den Weg, den er jetzt hinter sich ließ, nie wieder zurückgehen würde. Er gehörte nun einer Vergangenheit an, für die es keine Fortsetzung gäbe, denn mit jedem Schritt, den er tat, würden sich ihm neue Horizonte eröffnen. Seine Füße trugen ihn wie von selbst zum Hafen von Memphis.* Dort würde er an Bord eines Schiffes gehen und nach Bubastis fahren, der heiligen Stadt der Katzengöttin, in der angeblich der Arzt der Ärzte lebte.

* Der Hafen hieß Peru-Nefer, was so viel bedeutet wie »Gute Reise«.

5

Vom ersten Augenblick an war Nefermaat fasziniert. Eigenartig für einen Mann, der wie er gerade sieben Jahre unter der strengsten Disziplin verbracht hatte, die man sich vorstellen konnte. Sein Verhalten, seine Werte und Überzeugungen waren unmerklich und auf unauslöschliche Weise von den unsichtbaren Händen des Tempels und der Kraft ihres heiligen Feuers geformt worden. Er hatte so klare Begriffe davon, wie ein *sunu* sein sollte, dass er nicht im Traum gedacht hätte, dass es so jemanden wie Anon geben könnte. Und doch war es so.

Der Mann, der jetzt vor Nefermaat stand, hatte wenig oder gar nichts mit einem ägyptischen Priesterarzt gemein. Man hätte ihn sogar für sein genaues Gegenteil halten können. Seine Erscheinung war alles andere als würdig oder vornehm, und wie Nefermaat bald herausfinden sollte, hatte er auch nicht das geringste Interesse daran.

Er war untersetzt, wohlgenährt und machte nicht gerade den Eindruck, als hielte er etwas von Einläufen, um den Darm zu reinigen. Um seine übrigen Körperteile schien es nicht viel besser bestellt zu sein, im Gegenteil, offenbar hatten sich alle Kräfte der Natur verschworen, um diesen Körper so stark wie möglich zu entstellen.

Er selbst hingegen schien sich nichts aus seinem Äußeren zu machen, als er auf seinem Podium hin und her lief und dabei ein so einzigartiges Schauspiel aufführte, als befände er sich auf einer Theaterbühne. Dass er zahnlos war, einen viel zu großen Kopf hatte und obendrein leicht hinkte, machte die täglichen Auftritte nur noch spektakulärer. Kein Medizinstudent, der etwas auf sich hielt, wäre den täglichen Terminen ferngeblieben. Auch die Priesterärzte kamen gern, um seine Vorträge zu hören; selbst das einfache Volk, das wenig oder nichts von dem verstand, was er lehrte, versuchte, in die Vorstellungen zu gelangen, schließlich sollten dort wahre Wunder stattfinden.

Anon war ohne Zweifel eine Berühmtheit, und es gab niemanden in Bubastis, ob arm oder reich, der ihn nicht respektiert und bewundert hätte. Das war allerdings bemerkenswert, denn Anon war kein Ägypter.

Es galt als ungewöhnlich, dass sich ein ausländischer Arzt in einem Land wie Kemet niederließ, dessen Medizin eine jahrtausendealte Tradition besaß und in der ganzen Welt geachtet wurde. Noch ungewöhnlicher war es, dass seine Erkenntnisse überhaupt Gehör fanden. Doch so war es. Sein Wissen wurde so geschätzt, dass er sogar an einem so bedeutenden Ort wie dem Haus der Bücher lehren durfte. Diese Einrichtung war eine rein wissenschaftliche Institution, in der uralte Papyri aus den unterschiedlichsten Wissensbereichen aufbewahrt wurden. Gelehrte und Weise kamen regelmäßig hierher, um die alten Texte zu studieren und ihre Kenntnisse an Eingeweihte weiterzugeben. Und auch viele Schüler aus dem nahe gelegenen Haus des Lebens fanden sich ein, um ihre Kenntnisse zu vertiefen.

Jeden Morgen wimmelte es im großen Säulenhof des Hauses der Bücher von Studenten, Ärzten und Bürgern aus allen gesellschaftlichen Schichten, die darauf brannten zu sehen, wie Anon seine eigenartige morgendliche Sprechstunde abhielt. Mit der Zeit war sie genauso berühmt geworden wie Anon selbst und Quelle der verrücktesten Geschichten, die im Volk kursierten.

So ungewöhnlich es auch klingen mag, Anon war ganz und gar in der ägyptischen Gesellschaft integriert, obwohl er ein Fremdländer war. Die Ägypter hatten ihn wie einen der Ihren aufgenommen und brachten ihm bereitwillig jene Huldigungen und

Loblieder entgegen, für die er so empfänglich war und die sie selbst so liebten.

Während Nefermaat, an eine der Säulen im Hof gelehnt, die Szene beobachtete, wurde ihm schlagartig klar, warum der Mann dermaßen berühmt war. Inmitten der riesigen Menschenmenge, unter der der Hof aus allen Nähten zu platzen drohte, spürte er die magische Anziehungskraft, die von dem kleinen Mann ausging, am eigenen Leib.

Anon rannte auf dem Podium hin und her und beherrschte mit jeder Bewegung sein Publikum, das ihn gebannt beobachtete. Unverhohlen machte er den Leuten klar, dass sein Körper Energien besaß, die sich keiner von ihnen vorstellen konnte, und obendrein eine angeborene Gabe, an die sie niemals heranreichen würden.

Von seinem günstigen Standpunkt aus hatte Nefermaat ihn genau im Blick. Die kleinen Beine, viel zu kurz für seinen Körper, den vorstehenden Bauch, den er, wie es hieß, seiner Schwäche für gutes Essen und noch besseren Wein verdankte, die schmächtigen Schultern, auf denen ein unverhältnismäßig großer Kopf ruhte, halb verborgen unter der langen, mit Schmuck besetzten Perücke, deren Strähnen wie die Wurzeln alter Bäume wirre Knoten bildeten. Als wäre all dies nicht genug, wirkte der struppige Bart, der sein Gesicht beherrschte und bis zum Ansatz des kurzen Halses reichte, wie eine Verlängerung der verfilzten Haartracht. Beim Sprechen lichtete sich der dichte Wald kräftiger Stoppeln und gab den Blick auf einen Schlund frei, in dem vereinzelt Zähne aufblitzten, der aber ansonsten nur ein schwarzes Loch war. Aus seiner Tiefe drang eine überraschend kraftvolle Stimme, die sich auf eindrucksvolle Weise Gehör verschaffte. Die Nase war weder klein noch groß, was seltsam anmutete bei einem Menschen, der ansonsten zahllose Missverhältnisse aufwies. Doch sie konnte nur ein Trugbild sein, denn die Brauen über den winzigen Augen waren wiederum so buschig, dass sie unzertrennlich mit seinem Haar oder Bart verwachsen zu sein schienen.

Obendrein besaß er allem Anschein nach nicht den geringsten Geschmack, was seine Kleidung anbelangte, jedenfalls gab er sich keine Mühe, ihre vielen Flicken oder Flecken zu verstecken.

Nefermaat stellte sich einen Augenblick vor, wie die Priester im Tempel von Sachmet auf eine solche Gestalt reagiert hätten, und musste schmunzeln. Wahrscheinlich hätte der *ur sunu*, der Vorsteher der Ärzte, dafür gesorgt, dass er mit Fußtritten vertrieben wurde.

Dass ein solcher Mensch die Aufmerksamkeit so vieler Schriftgelehrter auf sich ziehen konnte, imponierte ihm.

Offenbar besaß er die nötigen Mittel, den verheerenden Eindruck, den die Götter ihm äußerlich auferlegt hatten, wieder aufzuheben. Man ahnte die wundersame Kraft, die sein Körper ausstrahlte und die sich in jeder Geste oder Bewegung offenbarte. Die winzigen Augen waren wie zwei glühende Kohlen, die ihr Gegenüber durchbohrten, und nur wenige wagten es, ihrem feurigen Blick standzuhalten.

Die Ungezwungenheit der Sprache wickelte seine Zuhörer vom ersten Satz an ein, und die geistige Beweglichkeit machte ihn zu einem begnadeten Redner, der alle anderen zum Schweigen brachte, sobald sich die Gelegenheit dazu bot. Schließlich waren da noch seine Hände, sie waren weich und zart, fast durchscheinend und von einer Ruhe, wie Nefermaat sie noch nie gesehen hatte.

Sie konnten es mit den Mächten des Bösen aufnehmen und sie besiegen. Sie konnten heilen.

Als sich Anon in der Mitte seines Podiums vor dem Publikum aufbaute und die Fäuste in die Hüften stemmte, verwandelte sich der Hof in ein Meer aus Stimmen und lautem Tumult. Er ließ den vor angestauter Wut glühenden Blick herausfordernd nach rechts und nach links schweifen und wartete, dass sich die Aufregung legte. Jemand rief zur Ruhe auf. Die Stimme hallte in allen Ecken des Hofes wider, bis das Murmeln endlich verstummte und vollkommener Stille wich.

Einen Augenblick lang musterte der Mann die versammelte Menge verächtlich, als wartete er nur auf einen Laut, um seinem Zorn freien Lauf zu lassen. Doch allmählich schien ihn die Stille zu besänftigen, und er begann zu sprechen.

»Ich bin Anon, Sohn des Anon und Enkel des Anon«, rief er mit eindrucksvoller Stimme.

Diese Bemerkung provozierte gedämpftes Kichern.

»Ich sehe, ihr seid zum Lachen aufgelegt«, erklärte er, während er auf den Zehenspitzen wippte. »Na, dann wird der eine oder andere vielleicht tatsächlich von meinem Unterricht profitieren.«

Ein Raunen ging durch die Menschenmenge, das augenblicklich erstarb, als Anon das Gesicht verzog.

»Wie gesagt, ich heiße Anon, wie meine Vorfahren, für die ich übrigens große Hochachtung empfinde, und das solltet ihr auch tun.«

Wieder schrie die Menge auf, und Anon fand offensichtlich Gefallen daran. Schließlich hob er die Arme und forderte Ruhe.

»Beruhigt euch, beruhigt euch! Wie ich sehe, hat sich einiges bei euch aufgestaut. Vielleicht liegt es daran, dass ihr nicht oft genug zum Zug kommt? Für Leute, die so heißblütig sind wie ihr, ist das wichtig.«

Geschrei und Gelächter hallten durch den Hof, während Anon sich erneut auf die Zehenspitzen stellte.

»Ihr seid euch doch wohl eurer verborgenen Lüsternheit bewusst, oder?«

Unter das neue Gelächter mischte sich Applaus.

»Wie gesagt«, rief Anon und hob die Hand. »Vor mir trugen drei Generationen diesen Namen, und ich bin dafür dankbar, denn es waren großartige Menschen. Habt ihr nie von ihnen gehört?«

Seine Worte verloren sich in der Stille.

»Nun, was das angeht, irre ich mich selten«, seufzte er enttäuscht. »Ihr seid genauso unwissend wie der Rest der Welt. Ich frage mich nur, was man euch in euren Tempeln eigentlich beibringt?«

Daraufhin brach ein großer Tumult aus, Gelächter, Beleidigungen, Schmährufe, Pfiffe, ja, sogar obszöne Gesten schlugen ihm entgegen.

Anon wippte weiter auf den Zehenspitzen, als hätte er nichts damit zu tun.

»Nun gut!«, sagte er schließlich und machte eine ausholende Bewegung, um die Masse zu beruhigen. »Regt euch nicht so auf, sonst verstopft ihr noch einen eurer *metu*, diese Kanäle, die ihr für so wichtig haltet.«

Als das Publikum endlich wieder zur Ruhe gekommen war, fuhr Anon fort.

»Ihr braucht euch keine Sorgen zu machen, jetzt bin ich da, um euch aus der Unwissenheit zu führen. Wie schon gesagt, waren alle meine Vorfahren bedeutende Persönlichkeiten und bessere Ärzte, als ihr es jemals sein werdet.«

Er hob hastig die Hand, um die Proteste im Keim zu ersticken.

»Mein Großvater, um nicht noch weiter in der Geschichte zurückzugehen, war Leibarzt des allergrößten Herrschers, der dieses Land jemals regiert hat. Wie ist es möglich, dass ihr das nicht wisst? Ramses II. ehrte ihn mit seiner Freundschaft und überhäufte ihn mit Privilegien. Und mein verstorbener Vater hatte ebenfalls das Glück, einem Pharao zu dienen, Merenptah, dem Sohn und Thronnachfolger von Ramses II., den er nach einem schrecklichen Sturz mit zwei Oberschenkelbrüchen länger am Leben hielt, als ihr jemals sein werdet.«

Jetzt herrschte Totenstille im Hof. Nefermaat konnte von seinem Platz aus nur noch staunen, wie Anon die Menschen im Griff hatte. Erst stachelte er sie an und dann brachte er sie wieder zur Ruhe, so mühelos, als hätte er Kinder vor sich.

»Jetzt kennt ihr meinen Namen und meine edle Herkunft. Durch meine Adern strömt das Wissen von Generationen, mehr, als ihr jemals in euch aufnehmen könntet.«

Herausfordernd breitete er die Arme aus und rief:

»Ich bin Anon, Arzt aller Ärzte in Ägypten, und obendrein Babylonier.«

Jetzt ging ein gewaltiger Aufschrei durch die Menschenmenge. Beleidigungen, Fußstampfen, wütendes Geschrei ... ein wahres Chaos. Doch Anon beschränkte sich darauf, seinen Blick gleichmütig von einer Seite zur anderen schweifen zu lassen. Spätestens da wurde Nefermaat bewusst, dass der Mann unschlagbar war.

Anon warf die Arme in die Luft, um das ohrenbetäubende Geschrei zu ersticken. Mit seinen letzten Worten war er über das Ziel hinausgeschossen, denn in ganz Ägypten gab es keinen *sunu*, der nicht überzeugt gewesen wäre, dass kein fremdländischer Arzt sich mit ihnen messen konnte. Eine bodenlose Unverschämtheit – nicht einmal von dem großen Anon würde man sich so etwas gefallen lassen.

Dieser wippte ungerührt weiter auf den Zehenspitzen und nickte herausfordernd, während der Tumult nicht enden wollte. Plötzlich hallte seine tiefe Stimme erneut über den Hof:

»Das hier sind die Göttinnen, an die ich glaube«, rief er und hob die Hände. »Sie heißen linke Hand und rechte Hand, und sie sind die einzigen, die Wunder vollbringen können. Dazu brauchen sie kein Gebet, sie lassen sich allein vom Verstand und der Entschlossenheit des Herzens leiten. Wenn ihr von mir Gebete erwartet, dann geht wieder zurück in eure Tempel; von Gebeten verstehe ich nichts, und erst recht kann ich sie euch nicht beibringen. Kehrt in eure finsteren Zellen zurück und verderbt euch die Augen in dem spärlichen Licht, bei dem ihr eure uralten Papyri studiert. Das alles kann ich euch nicht bieten.«

Ein dumpfes Raunen ging durch die Menschenmenge, während Anon seinen Blick schweifen ließ.

»Das hört ihr nicht gern, wie?«, fragte er kämpferisch. »Ich werde schon dafür sorgen, dass ihr nicht aufhört zu murren. Ihr sollt wissen, dass ihr den ruchlosesten aller Menschen vor euch habt, der an keinen Gott glaubt und den verdorbensten Charakter besitzt, den man sich vorstellen kann.«

Bei diesen Worten rissen viele die Augen auf und schlugen entsetzt die Hände über dem Kopf zusammen.

»Der Skandal ist mein getreuer Begleiter«, fuhr er fort, während er auf dem kleinen Podium hin und her ging. »Ich bin gewalttätig, mürrisch und streitsüchtig, ein Weiberheld und ein zügelloser Trinker.«

Die Leute lachten.

»Lacht nicht, ihr Vorhautschnippler«, rief er und winkte ab. »Viel weiter bringt ihr es doch nicht mit eurer Chirurgie. Sie reicht gerade aus, um Knaben den Pimmel zu beschneiden.«

Jetzt brach lautes Gelächter aus.

Anon blieb plötzlich stehen und betrachtete die Menge stirnrunzelnd.

»Ihr seid mir vielleicht ein paar Taugenichtse!«, fuhr er fort und stemmte erneut die Hände in die Hüften. »Ich habe leise Zweifel, dass unter euch jemand in der Lage ist zu verstehen, was ich euch jetzt zeigen werde. Aber wer weiß, vielleicht kriege ich euch so weit, dass ihr anschließend einen Esel behandeln könnt.«

Und wieder bogen sich die Versammelten vor Lachen, verloren jegliche Zurückhaltung und waren kaum noch zu bändigen, während Anon vor ihnen stand und mit ernster Miene nickte.

»Wie recht ich doch habe!«, rief er mit lauter Stimme, um sich wieder Gehör zu verschaffen. »Seth hat mir seine schlechtesten Anhänger geschickt«, sagte er ironisch. »Trotzdem bleibt mir nichts anderes übrig, als mich seinem Willen zu beugen. Schließlich ist er mir von allen euren Göttern der sympathischste, abgesehen von Bes natürlich.«

Diese Worte brachten das Fass zum Überlaufen. Die Versammelten brachen in ein vielstimmiges Gelächter aus, sodass man sein eigenes Wort nicht mehr verstand.

Auch Nefermaat konnte sich vor Lachen nicht mehr halten. Der Mann hatte Humor. Bes wurde nicht nur von allen ernsthaften Trinkern verehrt, er hielt zudem seine schützende Hand über jene, die ein ausschweifendes Leben führten.

Anon hob die Hand und bat um Ruhe, doch seine lächerliche Figur, das verwahrloste Äußere und der Zahnstocher, auf dem er abwesend kaute und den er von einem Mundwinkel in den anderen schob, provozierten nur noch mehr Gelächter.

Als die Menge wieder zur Ruhe kam und sich der große Meister erneut Gehör verschaffen konnte, liefen vielen vor lauter Lachen die Tränen übers Gesicht.

»Wie gesagt, Bes wacht zwar über meine Schritte, aber eins könnt ihr mir glauben.« Seine Stimme wurde härter, und seine Worte klangen nun fast wie eine Drohung. »Über meine Hände besitzt er keinerlei Kontrolle. Sie gehen ihre eigenen Wege, und niemand auf der Welt, weder Mensch noch Gott, kann sie beirren. Sie sind so ruhig wie eure heiligen Denkmäler.« Er streckte den rechten Arm aus und drehte die Hand hin und her.

Niemand lachte mehr, jetzt war völlige Stille eingekehrt.

»Keiner von euch wird jemals so ruhige Hände haben, aber ihr werdet sie anbeten müssen, denn ich führe euch, und sie gehören mir. Also, hört mir zu, ihr leidenschaftlichen Verehrer der unsterblichen Götter, solange ihr hier bei mir seid, werdet ihr nur mich preisen. Ich werde euer Gott sein.«

Diese Worte machten allem Spott und sämtlichen Scherzen, die eben noch im Hof die Runde gemacht hatten, ein jähes Ende. Selbst das Echo des Gelächters, das zwischen den hohen Säulen widerhallte, war mit einem Schlag wie weggezaubert. Erschrocken starrten die Zuschauer Anon an, und niemand wusste, ob er bleiben sollte oder diesen Ort, der allem Anschein nach einem Geist aus dem Amenti unterlag, schleunigst verlassen sollte.

Einen Augenblick, der ihnen wie eine Ewigkeit erschien, ergötzte sich Anon am Anblick der vielen blassen Gesichter, die ihre Bestürzung nicht verhehlen konnten. Mit seinen respektlosen Worten hatte er das in Frage gestellt, was sie am meisten verehrten, ihre Götter. Und als er jetzt in den Augen jedes Einzelnen diese Verwirrung sah, war er befriedigt.

Nefermaat hatte nicht mehr den geringsten Zweifel. Der Mann hatte den ganzen Hof in der Hand. Es war, als hätte er die Leute hypnotisiert, und nicht einmal die *ela*, die Magier unter den Magiern, hätten dagegen etwas ausrichten können. Es war unglaublich, vor allem, wenn man bedachte, dass das Publikum, das sich dort versammelt hatte, alles andere als ungebildet war. Bei den meisten handelte es sich um Ärzte; viele hatten sich bereits einen Namen gemacht.

Nefermaat lächelte beruhigt. Jetzt war er sicher, dass er am richtigen Platz war. Dieser Mann würde ihm seine Kunst beibringen.

Seitdem suchte Nefermaat jeden Morgen den Hof im Haus der Bücher auf. Er kam schon sehr früh, um sich den bestmöglichen Platz zu sichern, von dem aus er den genialen Unterricht des Meisters verfolgen konnte. Zwischen ständigen Sticheleien und Provokationen behandelte der Babylonier besonders komplizierte Fälle, die er selbst aussuchte. Wochenlang sah Nefermaat zu, wie er Behandlungsmethoden anwendete, die völlig anders waren als diejenigen, die er gewohnt war, und welch überraschend gute Resultate er damit erzielte. Am meisten erstaunte ihn die Geschicklichkeit, die er bei seinen Eingriffen an den Tag legte.

»Ich bin nicht gekommen, um euch zu zeigen, wie man einen Darm entleert, Schleim aus der Nase entfernt oder Afterschmerzen stillt«, sagte er unter einigem Gelächter. »Das wisst ihr nur zu gut; außerdem seid ihr hier, um etwas Seriöses zu lernen.«

Mit solchen und ähnlichen Späßen begann er seine Vorführungen, in deren Verlauf er die unterschiedlichsten chirurgischen Eingriffe vornahm. Die Patienten, die sich in seine Hand begaben, waren voller Hoffnung; schließlich hatte man nicht jeden Tag Gelegenheit, sich von einem Arzt seines Rufes behandeln zu lassen.

Nefermaat beobachtete ihn bei allen möglichen Operationen. Einfache Brüche, genannt *sedj*, und komplizierte, *peschen*, Brüche von Speichen, Ellbogen, Oberarmknochen, Schlüsselbeinen, Oberschenkelhalsknochen, Waden ... selbst Schädelfrakturen. Für Anon schien die Traumatologie keinerlei Geheimnis zu bergen.

Die ägyptischen Ärzte behandelten Brüche, indem sie die Knochen ausrichteten und anschließend mit Baumrinde oder Verbänden aus Leinen schienten.

Anon dagegen benutzte eine viel wirksamere Methode, die in Ägypten zwar bekannt war, aber kaum zum Einsatz kam. Um den Bruch zu schienen, verwendete er *imru**, eine gipsähnliche klebrige Masse, die man auf die Stelle auftrug und die hervorragende Ergebnisse zeitigte.

Anon war nicht nur für die ausgezeichneten Resultate bekannt, die er bei Knochenbrüche erzielte, sondern ebenso für die erfolgreiche Behandlung von allen möglichen Abszessen, Verbrennungen und stark entzündeten Wunden. Auch bei Amputationen hatte der Mann aus Babylonien sein Können unter Beweis gestellt, und das Nähen von Wunden beherrschte er wie kein anderer. Wenn man ihn bei der Arbeit beobachtete, hätte man meinen können, dass es die einfachste Sache der Welt sei.

Eines Tages, als Nefermaat am Unterricht des Babyloniers teilnahm, geschah etwas Unvorhergesehenes.

* *Imru* ist ein Mineral, das nicht identifiziert werden konnte. Es wird in den medizinischen Papyri Edwin Smith bei Knochenbrüchen siebenmal erwähnt.

An jenem Morgen hatte Anon einen Patienten ausgewählt, der an *aat* litt, einer Schwellung am Bein, die immer größer wurde. Wie üblich gab er zunächst ein paar Sticheleien von sich, kam dann aber rasch zur Sache. Er ging auf dem Podium auf und ab, strich sich über das Kinn und betrachtete seine Zuhörer nachdenklich.

»Heute will ich großzügig sein«, verkündete er plötzlich. »Ich weiß nicht, ob es an dem vielen *schedeh** liegt, den ich gestern Abend getrunken habe, oder an der wilden Liebesnacht, die dann folgte.«

Wie üblich brach daraufhin ein Teil der Zuhörer in Gelächter aus.

»Ich sehe, dass ihr wisst, wovon ich spreche«, fuhr Anon unbeeindruckt fort. »Wirklich, mir fällt kein anderer Grund ein.«

Wieder lachten die Anwesenden.

»Ich will mehr als großzügig mit euch sein. Und deshalb habe ich beschlossen, dass heute einer von euch meinen Platz einnimmt und diesen Kranken behandelt, zum Ruhme der ägyptischen Ärzte.«

Die Versammelten traten nervös von einem Bein auf das andere. Diese Worte waren nichts anderes als eine neuerliche Schmähung.

Anon sah auf sie herab und ergötzte sich an ihrer Angst.

»Wer wagt es, sich den bösen Mächten zu stellen, die diesem armen Kerl so übel mitgespielt haben?«

Ein gedämpftes Murmeln ging durch den Hof.

»Halt, ich verstehe euch nicht!«, rief Anon theatralisch. »Gibt es unter so vielen *uabu* nicht einen einzigen, der sich von Sachmet beschützt wähnt? Ich verspreche, dass ich nicht lästern und mich in jeder Weise zurückhalten werde.«

* Ein hochprozentiger Schnaps.

Niemand glaubte ihm, denn es war nicht das erste Mal, dass er etwas versprach und dann nicht hielt.

»Ihr ehrenwerten Priester der unsterblichen Götter! Traut sich wirklich niemand von euch, dem Übel zu Leibe zu rücken, an dem dieser arme Mann leidet?«

Er forderte sein zaghaftes Publikum mit einem matten, fast abweisenden Lächeln heraus.

»Nun?«

»Ich wage es«, sagte einer.

Anons Blick fiel in die Ecke, aus der die mutige Stimme gekommen war, während der Rest des Hofes sich tuschelnd nach allen Richtungen umsah und versuchte, den Mann zu lokalisieren.

Kurz darauf trat jemand durch die ersten Reihen vor und stieg zu Anon auf das Podium. Dieser musterte ihn von oben bis unten, um sich ein Bild von dem Mann zu machen, der so tapfer gewesen war, seine Herausforderung anzunehmen. Aus seinem Äußeren ließen sich keine Schlüsse ziehen, denn er unterschied sich nicht im Geringsten von den meisten der dort Versammelten. Er trug die Tracht eines Priesterarztes und war von Kopf bis Fuß rasiert. Irgendwie kam Anon sein Gesicht bekannt vor, obwohl er es nicht von denen der vielen anderen *uabu* unterscheiden konnte, da es weder Wimpern noch Augenbrauen hatte. Offen gestanden, waren für ihn all diese Gesichter gleichermaßen ausdruckslos.

Als die übrigen Priesterärzte sahen, dass der Mann, der auf das Podium geklettert war, ein *uabu* war, ging ein Raunen durch den Hof, das seine Entscheidung unüberhörbar missbilligte. Die Sachmetpriester verabscheuten nichts mehr als Indiskretion und Skandale.

Der Mann, der so kühn gewesen war, sich freiwillig zu melden, schien sich plötzlich dessen bewusst zu werden und blieb stehen. Doch ehe er seine Meinung ändern konnte, hatte ihn Anon am

Arm gepackt und in die Mitte des Podiums gezogen, wo ihn jeder sehen konnte.

»Hört auf zu nörgeln«, rief er, da er wusste, was seine Zuhörer dachten. »Vielleicht ist er gar nicht so vermessen, und wir können etwas von ihm lernen. Fragen wir ihn wenigstens nach seinem Namen.«

Der *uabu* sah ihn aus dunklen, wimpernlosen Augen an. Anon lief es kalt über den Rücken. Die nackten Augen der Priester waren ihm so unangenehm, dass er es manchmal nicht verbergen konnte. Und aus denen, die er jetzt vor sich hatte, kamen eine Kraft und eine geheimnisvolle Ausstrahlung, die er einfach nicht einordnen konnte.

»Ich bin Nefermaat, Priester der göttlichen Sachmet.«

Wieder murmelte das Publikum missbilligend.

»Ehrenwerte Kollegen des göttlichen Imhotep«, unterbrach Anon. »Seien wir nicht ungerecht gegen diesen jungen Priesterarzt. Bestimmt fühlt er sich von der rachsüchtigen Göttin beschützt, die ihn veranlasst hat, uns ihre Macht zu zeigen.«

Nefermaat warf ihm einen kalten Blick zu. Er kannte die Angst seiner Brüder und wusste, wie sehr sich das, was man ihnen in den Tempeln beigebracht hatte, von diesen öffentlichen Spektakeln unterschied. Doch er war nicht mit dem Vorsatz auf das Podium gestiegen, ihnen Schande zu machen.

Seit Wochen hatte er die Techniken, die der Arzt aus dem fernen Mesopotamien ihnen zeigte, aufmerksam verfolgt und war zu dem Schluss gekommen, dass er ihnen nur einen Bruchteil seines überwältigenden Wissens offenbarte. Nefermaat genügte das nicht. Seit langem hatte er auf eine Gelegenheit gewartet, mit dem Meister zu sprechen, und an diesem Morgen hatte sie sich auf wundersame Weise ergeben. Unwillkürlich strich er mit den Fingern über das Amulett an seinem Hals, in der Gewissheit, dass die Göttin Sachmet seine Schritte lenkte.

Anon entging seine Geste nicht. Spöttisch verzog er das Gesicht, da er sich selbst nichts aus Göttern machte. Dann forderte er den jungen Arzt mit einer Geste auf, den Patienten zu untersuchen.

Nefermaat ging auf den Kranken zu, der ihn erschrocken ansah und seine Angst, als öffentliches Versuchskaninchen für einen Lehrling zu dienen, nicht verbergen konnte. Doch als er die warme, weiche Hand des jungen Arztes spürte, durchströmte ihn plötzlich ein angenehm ruhiges Gefühl. Der Priesterarzt bückte sich und betastete die Wunde an seinem Bein. Er wusste sofort, was es war.

Nefermaat kannte die Krankheit, er hatte sie in den vergangenen Jahren im Tempel des Öfteren behandelt. Dort hatte er genauestens beobachtet, wie die Meister solche Schwellungen operierten, und sich jeden Kunstgriff eingeprägt. Später hatte er bei mehreren Gelegenheiten sein Geschick unter Beweis stellen können.

Die Krankheit, an der der Unglücksrabe litt, stellte im Land von Kemet ein großes Problem dar. Sie wurde von einem Wurm verursacht, dessen Larven sich zunächst im Darm einnisten, nachdem man verseuchtes Wasser getrunken hat. Die männlichen Larven sterben nach der Paarung ab, die weiblichen wandern in das Unterhautgewebe des Fußknöchels. Dort durchbohren sie die Haut von innen und verursachen eine Geschwulst, um bei Wasserkontakt ihre winzigen Eier ablegen zu können.*

Der junge *uabu* untersuchte die Schwellung, die der Wurm bei

* Diese Krankheit heißt *Dracunculiasis* und wird vom Guinea-Wurm übertragen. Während eines Lebenszyklus bedient er sich zweier Wirte: des Menschen und winziger Kleinkrebse, auch Hüpferlinge genannt. Trinkt das Opfer Wasser, das mit diesen winzigen Lebewesen verseucht ist, kann es sich anstecken. Nachdem das Weibchen seine Eier im Wasser abgelegt hat und die Larven ausgeschlüpft sind, stecken diese die Kleinkrebse und diese wiederum die Menschen an, die sie über das Trinkwasser aufnehmen. Schon die alten Ägypter vermuteten, dass flache, stehende Gewässer die Quelle dieser Krankheit seien.

seiner Wanderung durch den Körper verursachte, und stellte fest, dass sich am Knöchel noch keine Geschwulst gebildet hatte. Unter diesen Umständen war ein Eingriff möglich, obwohl er wusste, dass er gefährlich und langwierig sein konnte.

»Es handelt sich um eine Entzündung, hervorgerufen von *aat*«, sagte er selbstsicher. »Eine Krankheit, die ich behandeln will.«

Das waren die Worte, die jeder Arzt aussprechen musste, ehe er mit einer Behandlung begann, und mit denen er, wie vom Gesetz vorgeschrieben, die Verpflichtung einging, den Kranken zu heilen.

Anon sah ihn an und lächelte. Dann deutete er mit dem Kopf auf die medizinischen Instrumente, die auf einem Tisch daneben lagen.

Nefermaat nahm das *ds*-Messer, eine Art Skalpell, das man gewöhnlich für chirurgische Eingriffe benutzte, und machte sich an die Arbeit. Er wusste, dass sich unter der Haut des Mannes ein Wurm befand, der bis zu zwei Ellen lang werden konnte und den er sehr vorsichtig entfernen musste. Er schnitt die geschwollene Stelle von oben nach unten auf, brachte mehrere Querschnitte zu beiden Seiten an und hielt die Wunde mit Hilfe eines *shas*-Messers offen. Im selben Augenblick sah er, wie sich der lange Wurm langsam bewegte, und erinnerte sich daran, was ihm seine Meister gesagt hatten, wenn sie den Wurm mit einer *mendjer*, einer Ratte, verglichen. Daraufhin griff er nach einem *henuit*, einem Instrument aus dem Holz des Johannisbrotbaums, und begann, den Wurm vorsichtig damit aufzurollen, um ihn dann langsam aus dem Körper herauszuziehen. Es war ein sehr heikles Unterfangen, da der Wurm während der Operation leicht abreißen konnte, was wiederum ernste Folgen hätte.

Doch Nefermaat bewies, wie geschickt er im Umgang mit dem *henuit* war. Mit viel Geduld und ruhiger Hand zog er den Wurm ohne Probleme aus dem Bein des Mannes, während seine Kollegen, die anfänglich nicht davon überzeugt gewesen waren, dass die Operation ein gutes Ende nehmen würde, erleichtert aufatmeten.

Anon nickte sichtlich zufrieden, als er sah, wie der junge Arzt schließlich *wadju*-Puder* auf die offene Wunde streute, so wie auch er selbst es immer tat.

»Endlich jemand, der seine Zeit hier genutzt hat und das, was ich ihm beigebracht habe, auch anwendet.«

Nefermaat warf ihm erneut einen durchbohrenden Blick zu.

»Um das zu beweisen, bin ich nicht gekommen«, antwortete er ernst. »Ich will alles über deine Kunst erfahren.«

* Malachit; es wurde zur Behandlung von Augenleiden, Verbrennungen und anderen Wunden benutzt. Dieses Mineral besteht hauptsächlich aus Kohlendioxidsulfat, das Schutz vor *Staphylococcus-aureus*-Bakterien bietet.

6

Per-Bastet war die Hauptstadt des achtzehnten *nomoi** von Unterägypten namens Nen-Khent, auch unter dem Namen »Hinterer Königskindgau« bekannt. Sie lag zwischen den zwei wichtigsten Armen des Nildeltas, dem tanitischen oder bubastischen und dem pelusischen, den man auch als »Wasser des Re« bezeichnete. Die Stadt war fast genauso alt wie das Reich der Zwei Länder, und die Pharaonen hatten ihr seit Menschengedenken ihren Stempel aufgedrückt. Götter wie Teti und Pepi II. aus der sechsten Dynastie hatten vor mehr als tausend Jahren während ihrer Herrschaft hier die ersten Tempel für ihr *ka* bauen lassen. Später hatten ihre Nachfolger viele weitere Gebäude errichtet, um ihre besondere Wertschätzung für die Hauptstadt des Gaus zu bekunden.

Im Neuen Reich erlebte die Stadt einen spürbaren Aufschwung, vor allem nach der neunzehnten Dynastie, als sich hier andere Völker niederließen, die aus den verschiedensten Teilen der bekannten Welt nach Ägypten einwanderten. Die Wirtschaft erlebte eine bis dahin ungeahnte Blüte, der Große Grüne wachte nach und nach aus seinem Dornröschenschlaf auf und wurde zu einem einzigartigen Schmelztiegel für die unterschiedlichsten Kulturen, die hier neue Reiche gründen sollten. Die strategisch günstige Lage der Stadt hatte in diesem Prozess eine entscheidende Rolle gespielt. Da sie an einem der meistbefahrenen Nilarme im östlichen Delta lag, legten in ihrem Hafen alle Schiffe

* So nannten die alten Ägypter ihre Provinzen.

aus dem Mittelmeer an, die später nach Memphis weitersegelten, und nutzten die Gelegenheit, um hier erste Geschäfte zu tätigen. Der Handel blühte auf, die Stadt entwickelte sich zu einem der wichtigsten Umschlagplätze für jede Art von Waren und nahm einen offenen, kosmopolitischen Charakter an.

Per-Bastet war, wie ihr Name »Haus der Bastet« andeutet, zugleich das Reich der Katzengöttin, die man dort verehrte und die der Stadt ihren Namen gegeben hatte. Sie war eine rätselhafte, höchst geheimnisvolle Göttin, die viele Gesichter besaß. In Gestalt einer Katze konnte sie sanft und mütterlich sein, hin und wieder aber verwandelte sie sich in eine wütende Löwin, dann identifizierte man sie mit Sachmet. Sie besaß einen prächtigen Tempel voller Katzen auf einer sichelförmigen Insel an der Flussmündung. Die Tiere wurden versorgt und verehrt, als wären sie die lebendige Wiedergeburt der Göttin. Ihr Kult erlangte eine so große Bedeutung, dass Tausende von Katzen nach dem Tod unter mystischen Gebeten einbalsamiert wurden. Es war ein äußerst eigenartiger Ritus, verschlossen und unzugänglich.

Vielleicht ebenso verschlossen oder zumindest ebenso unergründlich wie Nefermaats Gesichtsausdruck an jenem Nachmittag, als er durch die von Menschen überfüllten Straßen der Stadt wanderte. Wie üblich war er in seine ewigen Grübeleien und Bedenken versunken, obwohl es eigentlich keinen Grund gab, niedergeschlagen zu sein. Erst an diesem Morgen hatte er vor der gesamten Ärzteschaft der Stadt sein Urteilsvermögen und sein Geschick unter Beweis gestellt. Und, wichtiger noch, auch vor Anon. Doch was ihm anfänglich große Genugtuung und allgemeine Anerkennung seiner Kollegen verschafft hatte, war im Lauf der letzten Stunden zur Quelle seiner Besorgnis geworden, denn je öfter er darüber nachdachte, umso unruhiger wurde er. Er verfolgte den Unterricht des Babyloniers seit längerer Zeit, und dabei war ihm immer klarer geworden, wie wenig dieser von den ägyptischen Ärzten hielt. Nefermaat war überzeugt, dass der

Grund dafür nicht Verachtung oder Hass gegenüber den Ägyptern war, sondern in seinem eigensinnigen Charakter zu suchen war. Bestimmt verhielt er sich seinen babylonischen Kollegen gegenüber genauso. Dass ein junger Arzt wie er selbst, ohne seinen Spott zu fürchten, die Herausforderung angenommen und den Kranken obendrein erfolgreich behandelt hatte, konnte dem maßlosen Ego des Mesopotamiers nicht sonderlich geschmeckt haben. Obwohl er ihn mit einer unmerklichen Handbewegung und ohne ein einziges Wort verabschiedet hatte, was mehr als ungewöhnlich war und möglicherweise eine versteckte Anerkennung bedeutete, war er überzeugt, dass sein Erfolg dem Mann nicht gefallen hatte, und das machte ihm ernsthafte Sorgen.

Nefermaat lag nichts an solchen Auftritten vor der Menge, er wollte etwas lernen, deshalb war er nach Bubastis gekommen. Er wollte in Anons Nähe sein, um sich das Wissen dieses genialen Arztes anzueignen – nichts anderes interessierte ihn.

Jetzt befürchtete Nefermaat nicht ohne Grund, dass er sich weiter als je zuvor von dem Meister entfernt hatte, weil ihn dieser nicht akzeptieren würde. Doch wenn die Götter ihm eine Gabe geschenkt hatten, dann war es die Zähigkeit. Dass er hier war, hatte er nur seiner Ausdauer zu verdanken, auch wenn seine Beschützerin Sachmet ihm das eine oder andere Mal unter die Arme gegriffen hatte.

Daher beschloss er noch am gleichen Tag, seine Strategie zu ändern. Es hatte keinen Zweck, mit trügerischen Erwartungen jeden Morgen ins Haus der Bücher zu pilgern. Wenn er sein Ziel erreichen wollte, musste er einen anderen Weg einschlagen.

Während all diese Gedanken sein Herz bestürmten, hatte der herrliche Sonnenuntergang die Hauptstadt am Fluss in einen feinen Lichtschleier gehüllt, dessen Glanz jetzt langsam erlosch. Die Abende in Ägypten waren wunderbar, einzigartig und in jeder Stadt anders, als wollten die Götter den Städten, die sie beschützten, ihren ureigenen göttlichen Stempel aufdrücken, um ihren jeweiligen Himmel mit erhabener Pracht von den anderen zu unterscheiden.

Ungerührt von der verführerischen Schönheit folgte Nefermaat den Straßen mit einem einzigen Gedanken, der nichts mit den Wundern zu tun hatte, die ihn umgaben. Weder der Nachmittag mit seinem Licht noch der berauschende Duft aus den nahe gelegenen Gärten schienen irgendeinen Einfluss auf sein Gemüt zu haben. Er hatte nur ein Ziel vor Augen, und um es zu erreichen, ließ er sich durch nichts und niemanden ablenken.

Nachdem er die Gärten neben den Palästen mit ihren hohen Palmen durchquert hatte, die von den Göttern der zwölften Dynastie, Amenemhet I. und III., angelegt worden waren, bog Nefermaat nach rechts ab und ging eine breite Allee entlang, die parallel zum Fluss verlief. Hier standen die schönsten Häuser von ganz Bubastis. Umgeben von üppiger grüner Vegetation glichen sie magischen Inseln aus kostbarem Edelstein, der Fruchtbarkeit eines großzügigen Bodens zu verdanken, der sie mit seiner Lieblingsfarbe schmückte. Ein einzigartiges Geschenk für die Sinne und ein Segen für ihre Besitzer, mehr das Werk von Göttern als von Menschen. Nur wenige Auserwählte wie Anon hatten das Privileg, hier wohnen zu dürfen.

Als Nefermaat zu der Mauer gelangte, die das Anwesen umgab, bemerkte er, dass das Tor offen stand. Wie er später erfuhr, war das so üblich, denn Anon rühmte sich der Tatsache, dass sein Haus jedem offen stand, der seiner Dienste bedurfte, vorausgesetzt, er zahlte die zehn Deben* aus Silber, die er als Honorar für die Behandlung forderte, im Voraus. Ein Vermögen, mit dem man fast hundert Menschen ein ganzes Jahr lang ernähren oder

* Die alten Ägypter kannten kein Geld, daher wurden Transaktionen mittels Tauschwirtschaft getätigt. Man benutzte einen Referenzwert in Form einer Gewichtseinheit, den Deben, sodass jede Ware einen entsprechenden Wert in Deben besaß. Ein Deben war wiederum in weitere kleinere Einheiten unterteilt. Das Gewicht eines Deben hat sich im Verlauf der

vierzig *seschat** Land kaufen konnte. Doch die reichen Händler der Stadt zahlten gerne, um sich von jedem noch so kleinen Leiden befreien zu lassen, das sie daran hinderte, ihren Reichtum zu genießen.

Nefermaat trat durch das große Tor in den Garten, an dessen Ende das Haus direkt am Ufer des Nils lag, der zugleich die Grenze des Grundstücks markierte. Nefermaat kannte diese Art von Anwesen, in denen auch in Theben die Vornehmen wohnten. Sein Vater besaß gleich zwei davon.

Während er auf das Haus zuging, dachte er einen Augenblick darüber nach und dass ihm Reichtum nichts bedeutete. Der Weg, den er einschlagen würde, führte weder zu Wohlstand noch zu Besitz, und die Erinnerungen an seine Kindheit im Palast des Gottes waren so gut wie verblasst. Er empfand keinerlei Wehmut, wenn er zurückdachte. In den vielen Jahren, die er innerhalb der Tempelmauern verbracht hatte, hatte er Geschmack an dem asketischen Leben und in gewisser Weise auch an dem Mystizismus gefunden, das wollte er gar nicht leugnen. Wohl oder übel war aus ihm doch ein Priester geworden, obwohl er Arzt war.

Er war nicht überrascht, als man ihn warten ließ, aber die Unhöflichkeit des Haushofmeisters erstaunte ihn. Der Meister behandele einen seiner Patienten, Nefermaat hingegen habe weder einen Termin noch sei er ein Bekannter, daher rate er ihm, ein anderes Mal wiederzukommen. Doch er ließ sich nicht abwei-

ägyptischen Geschichte immer wieder verändert, aber in der Zeit von Ramses III. galt Folgendes:
1 *qedet* = 9 Gramm,
10 *qedet* = 90 Gramm,
1 *deben* = 10 *qedet*.
Der Deben konnte aus Gold, Silber oder Kupfer sein.

* Ein *seschat* umfasste 2.735 Quadratmeter. Der *seschat* war auch unter dem Namen *arure* bekannt.

sen und erklärte, er werde so lange warten, bis der Meister bereit sei, ihn zu empfangen. Vielleicht lag es an seiner Entschlossenheit oder seinem Rang, jedenfalls wagte der Haushofmeister nicht, ihn fortzuschicken, sondern forderte ihn auf, am Eingang zu warten; er wolle sehen, was er für ihn tun könne.

Als sich Anon endlich bereitfand, den Fremden zu empfangen, senkten sich bereits die ersten Schatten der Nacht über Ägypten. Zwar empfand er keinerlei Sympathie für die scheinheiligen ägyptischen Ärzte, konnte jedoch seiner krankhaften Neugier und angeborenen Eitelkeit einfach nicht widerstehen.

Der Fremde stand neben der Tür, als Anon heraustrat. Die Umrisse seiner Gestalt hoben sich im letzten Licht der untergehenden Sonne scharf ab und verliehen ihm ein gespenstisches Aussehen, wie das einer Erscheinung. Der Babylonier zuckte zusammen, als er die seltsame Silhouette sah, die wie ein Wächter vor dem Haus stand.

»Wer will mich sprechen?«, rief er mit seiner üblichen lauten Stimme, als er auf Nefermaat zutrat.

»Jemand, der deine Kunst verehrt und sie erlernen will.«

»Dann komm in meine Vorlesungen im Haus der Bücher. Dort findest du mich jeden Morgen.«

»Dein wahres Wissen werde ich dort nicht finden. Ich suche nach den Kenntnissen, die du für dich behältst.«

»Ah, jetzt verstehe ich«, entgegnete Anon, als er die Türschwelle erreichte. »Du gehörst zu jenen Priestern, die bei mir Antworten suchen, die ihnen die Tempel nicht geben können.«

»Ich will nur diejenigen, die du mir geben kannst«, antwortete Nefermaat, der nun direkt vor ihm stand.

»Dich kenne ich doch!«, rief Anon und machte eine seiner ausholenden Gebärden. »Bist du nicht der *uabu*, der heute Morgen vor dem Publikum so geglänzt hat? Ich hätte dich fast nicht erkannt. Aber du wirst es mir nachsehen, denn ehrlich gesagt seht ihr alle gleich aus. Allerdings quellen deine

Augen ein wenig hervor, irgendwie erinnern sie mich an die eines Froschs.«

Nefermaat ließ sich von seinen Worten nicht aus der Ruhe bringen, sondern überhörte sie einfach.

»Du glaubst doch nicht etwa, dass du etwas Besseres bist als deine verehrten Kollegen, nur weil du den armen Teufel von einer simplen *aat* befreit hast, oder?«

»Du bist der Beste, Anon«, fiel ihm Nefermaat ins Wort. »Und nur deshalb bin ich hier.«

Der Babylonier brach in schallendes Gelächter aus, das Nefermaat jedoch irgendwie hohl erschien.

»Du weißt, wie man jemandem Honig um den Bart schmiert, wie?«, fragte Anon noch immer lachend. »Eigentlich ungewöhnlich für einen Mann deiner Zunft. Aber ich kenne euren ungezügelten Ehrgeiz nur allzu gut, und deshalb vermute ich, dass du irgendetwas damit bezweckst.«

»Was ich bezwecke, habe ich schon gesagt. Ich will, dass du mir dein Wissen vermittelst.«

»Mit welchem Ziel? Damit ihr in euren finsteren Tempeln darüber herziehen könnt? Oder willst du eine Praxis einrichten, um die Geldbeutel unserer vertrauensseligen Mitbürger zu erleichtern? Du wirst dich doch wohl nicht auf meine Kosten bereichern wollen?«

»Was ich von dir will, kann man mit sämtlichen Deben in Ägypten nicht bezahlen, Anon. Wenn ich als reicher Mann hätte leben wollen, wäre ich bei meinem Vater geblieben.«

»Ich verstehe. Du gehörst zu der Gruppe von Gläubigen, die die Antworten jenseits der heiligen Mauern der Häuser des Lebens suchen. Ich habe mehr als einen kennen gelernt, die unvorstellbare Wege gegangen sind, weil sie an ihrem Glauben zweifelten. Oder irre ich mich?«

»Ich bin nicht gekommen, um über meinen Glauben zu sprechen, sondern über das, was ich nicht weiß.«

»Nun, ich fürchte, dass du hier falsch bist. Ich kann nichts für dich tun«, erwiderte Anon und machte eine Bewegung, als wollte er das Gespräch beenden.

»Doch, das kannst du«, entgegnete Nefermaat hastig. »Du bist der Einzige, der es kann.«

Anon war von der Dreistigkeit des Grünschnabels überrascht.

»Nichts zu machen, Priester«, sagte er barsch. »Kehr wieder in deinen Tempel zurück.«

»Auf mich wartet kein Tempel. Ich habe dir doch gesagt, was ich mir erhoffe.«

Das Gesicht des Babyloniers lief rot an. Offenbar stand er kurz vor einem seiner berühmt-berüchtigten Wutanfälle.

»Wie kannst du es wagen!«, platzte es schließlich aus ihm heraus. »Geh jetzt, sonst befördere ich dich persönlich mit einem Fußtritt hinaus.«

»Das wird nicht nötig sein«, fuhr der junge Mann unerschütterlich fort. »Obendrein sähe es nicht besonders gut aus. Sogar ein Mann deines Standes, der sich öffentlich seiner Ruchlosigkeit rühmt, ist an gewisse elementare Umgangsformen gebunden. Was würden meine Brüder, die Priester der Bastet, sagen, wenn sie davon erführen? Du willst es dir doch mit ihnen nicht verderben, oder?«

»Aber mit dir! Nichts verpflichtet mich, auf deine Bitte einzugehen.«

»Da hast du vollkommen recht. Und daher bitte ich nur darum, dass du mir erlaubst, dich bei deinen Operationen zu beobachten. Ich verspreche, dass ich mich niemals einmischen werde und …«

»Einmischen? Ich kann es nicht leiden, wenn man mir über die Schulter sieht.«

»Aber die öffentlichen Auftritte während deiner Vorlesungen machen dir sichtlich Spaß.«

Erneut lief Anon vor Wut rot an.

»Du bist unverschämt frech, und von mir wirst du keine einzige Unterrichtsstunde bekommen. Verschwinde! Kehr in dein Dorf zurück, zu den vermeintlichen Reichtümern deines Vaters oder zu deiner verlausten Hütte, was wohl eher der Fall sein dürfte.«

Nefermaat näherte sich dem Mann, bis er nur eine Handbreit von ihm entfernt stand.

Er durchbohrte den Babylonier mit seinem Blick und murmelte: »Ich schwöre bei unserem Gott Usermaatre-Meriamun – Heil, Leben und Gesundheit seien mit ihm –, dass mein Vater der Haushofmeister seiner Gottheit ist, so wie sein Vater und Großvater sich vor ihm der Gunst des Herrn über die Zwei Länder erfreuten. Meine Familie wohnt mit seiner Majestät im Palast: Das ist das Dorf, aus dem ich komme.«

Anon sah ihn verdutzt an und hatte erneut dieses unangenehme Gefühl, das ihm die wimpernlosen Augen einflößten.

»Denk über meine Worte nach, Anon, ich kann dir versichern, dass ich nicht nach Reichtum trachte, sondern nach dem Wissen, das nur du mir geben kannst.«

»Jetzt geht mir ein Licht auf«, erklärte Anon mit einem Anflug von Gehässigkeit und strich sich über den Bart. »Du willst *sunu n nesu* werden, der Leibarzt des Pharao, daher rührt deine Hartnäckigkeit.«

Nefermaat lachte laut.

»Da bist du allerdings auf dem Holzweg! Der Gott hat bereits einen guten *sunu*, ja den besten, den er finden konnte und für den ich den größten Respekt empfinde. Sein Name ist Iryi.«

»Du kennst Iryi?«, fragte Anon überrascht.

»Seit meiner Kindheit. Man könnte sagen, dass er wie ein zweiter Vater für mich war«, antwortete Nefermaat und wandte langsam den Blick ab. »Er war es, der mich nach Memphis schickte.«

»Der *imry sunu*, Vorsteher der Sachmetpriester! Wer hätte das gedacht?«

»Und du? Kennst du ihn?«

»Iryi aus Bubastis? Von Kindesbeinen an. Er kam oft zu meinem Vater und holte sich Rat, wenn er Zweifel hatte. Mein Vater war ein großer *sunu*«, erklärte Anon stolz. »Der beste, den ich je gesehen habe. Er schätzte Iryi sehr.«

»Komisch. Ich kann mich gar nicht erinnern, dass er aus Bubastis stammte.«

»Doch, und zwar aus einer sehr vornehmen Familie. Nachdem er Sachmets Tempel verlassen hatte, verbrachte er einige Zeit in Bubastis bei seinen Kollegen, Anhängern von Bastet. Später gelangte er, wie du weißt, an den Hof des Pharao.«

Die beiden Männer sahen sich schweigend und jetzt ohne den geringsten Argwohn an.

»Du sagtest, der alte Iryi hätte dir den Weg gewiesen?«, fragte Anon leise.

»So ist es. Und wenn du ihn wirklich kennst, dann müsstest du wissen, dass er keine leichtfertigen Entscheidungen trifft. Er war fest davon überzeugt, dass Sachmet mich auserwählt hat. Das ist alles.«

Anon strich sich erneut über den dichten Bart, während seine strahlenden Augen hin und her schweiften.

»Ich bitte nur darum, an deinen täglichen Sprechstunden teilnehmen zu dürfen, mehr nicht.«

»Iryi wacht aus der Ferne immer noch über deine Schritte, wie? Vom Palast des Pharao aus spinnt er seine Fäden, so unsichtbar wie immer. Wenn ich es mir recht überlege«, sagte Anon nachdenklich, »bin ich jetzt ziemlich sicher, dass deine Anwesenheit hier kein Zufall ist.«

»Das verstehe ich nicht«, entgegnete Nefermaat schnell. »Iryi weiß nicht, dass ich hier bin. Seit ich den Palast vor acht Jahren verließ, habe ich ihn nicht mehr gesehen oder von ihm gehört.«

Anon lächelte sanft.

»Mein lieber Freund«, erklärte er. »Ich glaube, dass du viel zu lange in diesen dunklen Räumen eingesperrt warst, um in verschimmelten Papyri zu lesen. Wenig weißt du über das wahre Leben der Menschen, das lässt sich nicht innerhalb von Tempelmauern lernen.«

Nefermaat sah ihn verblüfft an.

»Gewiss. Du brauchst mich gar nicht so anzustarren«, sagte Anon belustigt. »Iryi schickt mir ein Geschenk in Gestalt eines *uabu*, was nicht ohne einen gewissen Humor ist, wenn man bedenkt, was für ein gottloser Geselle ich bin. Das sieht ihm ähnlich. Kein schlechter Scherz«, fuhr er fort, jetzt aber in einem ernsten Ton. »Trotzdem gefällt er mir nicht. Jeder weiß, wie ungern ich mich mit neugierigen jungen Priesterärzten umgebe ...«

Nefermaat hob die Hand, um etwas zu sagen, doch dann bekam er kein Wort heraus.

»Ja, ich weiß, ich weiß«, fuhr der Babylonier fort. »Du willst nur was von mir lernen, aber was du da verlangst, geht mir nun mal gegen den Strich.«

Nefermaat verzog das Gesicht, und beide sahen sich einen Augenblick schweigend an.

»Nun ja. Sieht ganz so aus, als bliebe mir nichts anderes übrig. Mein verstorbener Vater würde es mir noch aus dem Grab heraus verübeln, wenn ich Iryi enttäuschte. Wie gesagt, er hat ihn sehr geschätzt.«

Nefermaat betrachtete ihn weiterhin voller Verwunderung angesichts der erstaunlichen Wendung, die die Angelegenheit genommen hatte.

»Ich sollte zumindest wissen, wie du heißt, meinst du nicht?« Als er keine Antwort bekam, fragte er noch einmal. »Du wirst doch einen Namen haben, oder etwa nicht?«

»Nefermaat«, antwortete der junge *sunu* schließlich, als hätte man ihn aus einem Traum gerissen. »Ich heiße Nefermaat.«

»Nun gut, Nefermaat. Du scheinst ja begabt zu sein, vielleicht kannst du bei mir tatsächlich etwas lernen«, sagte der Arzt und lachte laut. »Wie dem auch sei, merk dir eins: Deine Anwesenheit hier wird an einige Bedingungen geknüpft sein, über die ich nicht mit mir verhandeln lasse.«

»Ich werde sie erfüllen, so gut ich kann.«

»Glaub nicht, dass ich dich zwingen werde, dein asketisches Leben aufzugeben. Nichts läge mir ferner. Trotzdem wäre es schön, wenn du mir einen großen Gefallen tun könntest.«

Nefermaat forderte ihn mit einer Handbewegung zum Sprechen auf.

»Also hör zu. Ich kann diese wimpernlosen Froschaugen einfach nicht ertragen. Was hältst du davon, dir die Wimpern wie alle anderen Sterblichen wieder nachwachsen zu lassen?«, fragte Anon mit einem stichelnden Ton in der Stimme.

Nefermaat lächelte.

»Einverstanden. Als Zeichen meiner Dankbarkeit.«

7

Woher sie stammte, wusste niemand. Sie war als junges Mädchen nach Per-Bastet gekommen, zusammen mit ihrer Mutter, einer attraktiven Witwe von zweifelhaftem Ruf, die nichts lieber tat, als Tratsch und Klatsch zu verbreiten. Iay hatte die Schönheit von ihrer Mutter geerbt und den Scharfsinn vermutlich von ihrem Vater, den sie allerdings nie kennen gelernt hatte. Sie entpuppte sich als aufgewecktes, eigenwilliges Ding und war mit ihren natürlichen Reizen gut fürs Leben gerüstet. Folglich hatte sie keine großen Probleme gehabt, in Bastets Tempel aufgenommen zu werden, um der Gottheit zu dienen. Die Katzengöttin, die zusammen mit der Göttin Hathor Schönheit und Liebe verkörperte und mit dieser viele Mythen teilte, war in ihrem Tempel gern von hübschen Dienerinnen umgeben, die das Sistrum spielten, jene rituelle Rassel, die als Symbol der Göttin Hathor galt. Iay wurde als *schemait*, als »Chorsängerin«, in den Orden aufgenommen und in die verschiedenen Riten und Liturgien des Kults eingeweiht. Sie zeigte eine große Begabung für ihre Aufgaben, und bald gab es niemanden im Tempel, der sich so gut mit den verschiedenen Spielarten des Sistrums auskannte wie sie. Das *sechem* aus dem Alten Reich war ihr ebenso vertraut wie das modernere *sesche scheta*.

Auch hatte sie zur Genüge unter Beweis gestellt, wie gut sie tanzen konnte, und bald galt sie in der ganzen Stadt als die erfahrenste Interpretin der heiligen Rhythmen Ihys, des Gottes der Musik. Doch wie üblich weckten ihre vielen Begabungen, die in einem so sinnlichen Körper steckten, die Begierde der Männer.

Die Begierde und der Mann – beide scheinen seit Anbeginn der Zeiten Hand in Hand zu gehen, und eins ohne das andere lässt sich nicht verstehen. Wie ihre Mutter zuvor war auch Iay bald zu dieser Erkenntnis gelangt und hatte beschlossen, das Beste aus den vielen Gaben zu machen, mit denen die Götter sie gesegnet hatten. Sie begann ihre Dienste im Tempel für Geld anzubieten. Kein Gesetz zwang sie dazu, doch es gab Priesterinnen, die freiwillig sexuelle Dienste übernahmen, eine Art heilige Prostitution, die ihnen beträchtliche Einkünfte garantierte. Meistens waren es Priesterinnen aus den unteren Gesellschaftsschichten, die solche Dienste übernahmen, nur sehr selten stammten sie aus vornehmen Familien. Iay jedenfalls fand Gefallen daran.

Jahrelang profitierte die junge Frau von ihrer unbeschreiblichen Schönheit, die über die Grenzen der eigenen Stadt hinaus bekannt war. Fremde kamen aus den entlegensten Städten und suchten sie im Tempel auf. Schließlich beschloss sie, das Haus der Göttin zu verlassen und sich in einem unauffälligen Haus am Fluss niederzulassen, wo sie ihren einträglichen Geschäften in aller Ruhe nachgehen konnte. Iay stand in der Blüte ihres jungen Lebens. Die reichen Händler und Mitglieder der vornehmen Gesellschaft hofierten sie täglich und waren bereit, für ihre Dienste alles zu bezahlen, was sie verlangte.

Es war in der Tat eine goldene Zeit, während der sie zu beträchtlichem Wohlstand gelangte. Sie hätte sich zurückziehen und den Rest ihres Lebens im Luxus verbringen können, ohne auf die Annehmlichkeiten verzichten zu müssen, die sie so schätzte.

Doch wie es so oft im Leben passiert, kam alles anders. Die schlangenköpfige Göttin Renenutet, die über das Glück der Menschen bestimmt, wendete sich gegen die schöne Tänzerin und nahm ihr alles, was sie bis zu diesem Augenblick mit ihrem Fleiß aufgebaut hatte, wieder weg.

Dabei bediente sich die Göttin des Schicksals desselben Instruments, das auch Iay all die Jahre benutzt hatte, um zu Wohlstand zu gelangen. Sie schickte ihr Pianj, einen Mann, dessen Körper eher dem eines Gottes denn dem eines Menschen glich und den Iay für unsterblich hielt.

Pianj war Offizier bei den Bogenschützen und stammte aus dem fernen Nubien. Er hatte sich im Heer des Gottkönigs wegen seines Mutes einen Namen gemacht, und seine kräftigen Arme schienen von dem thebanischen Kriegsgott Montu selbst bewegt zu werden. In seiner Person bildeten entgegengesetzte Eigenschaften wie Schönheit und Kraft eine geheimnisvolle Mischung, und das auf eine so hinreißende Art, dass man hätte meinen können, sie hätten sich untereinander um die Vorherrschaft gestritten. Das Ergebnis dieses Kampfes war Pianj: Perfektion in ihrem vollkommensten Zustand, harmonische Formen, verbunden mit ungewöhnlicher Schönheit.

Kein Wunder, dass Iay sich am ersten Tag in ihn verliebte. Ihr Herz, ansonsten so hart wie der Basaltstein, aus dem die Statuen der alten Pharaonen gemeißelt waren, ging zu Bruch wie Scherben aus Ton, eine völlig neue Erfahrung. Doch sie war nicht beunruhigt. Das Gefühl, das sie für den Mann aus Nubien empfand, war so überwältigend, dass sie sich ihm bedingungslos hingab, denn sie konnte sich nicht vorstellen, dass es ihm nicht ganz genauso erging. Doch der Atem dieser Liebe, nach der sie sich so verzweifelt sehnte, war giftig wie der der Aasfresser, die des Nachts in der Wüste nach Kadavern suchten.

Unter der dunklen, weichen Haut des Mannes, unter deren Berührung sie erschauerte, warteten Heimtücke und Grausamkeit der verwerflichsten Art. Es war kaum vorstellbar, dass sich in jenem Körper, der als Meisterwerk der Schöpfungsgötter gelten konnte, ein derart niederträchtiges Herz verbergen konnte.

Da sie ihm keinen Wunsch abschlagen konnte, wurde Iay vom Wirbelsturm ihrer Leidenschaft in jenen dunklen Brunnen gezogen, in dem Pianj schon lange lebte. Es war eine Dunkelheit, die sie gänzlich verschluckte und sie in ein willenloses Wesen verwandelte. Von nun an beschritt sie an der Seite des Nubiers verworrene Wege, die zu den schändlichsten Lastern führten. Mittlerweile hatte sie jeglichen Sinn für die Realität verloren; ihr Leben war zu einem Trugbild verkommen.

Es war nach einer jener zügellosen Orgien, die Pianj so gern feierte, als Iay nach ihrem unkontrollierten freien Fall schließlich wieder auf dem Boden der Tatsachen landete.

Doch da war sie bereits ruiniert. Ihr gesamter Besitz war auf dem riesigen Scheiterhaufen verbrannt, in den sich ihr feuriger Liebeswahn für diesen Mann verwandelt hatte. Sie, die jahrelang mit den Männern gespielt hatte, wäre bereit gewesen, für eine einzige Nacht mit Pianj alles herzugeben, was sie besaß. Was hatte sie dazu gebracht, sich dermaßen selbst aufzugeben? Welcher Zauber hatte sie getroffen? War es das Schicksal, dessen Fäden von den unsichtbaren Händen ihrer Göttin Renenutet gezogen wurden, das sie verhöhnte?

Es war schwer, Antworten auf diese Fragen zu finden, vor allem für jemanden, der wie sie bereit gewesen wäre, selbst auf ihre *ba* (ihre Seele) und Unsterblichkeit zu verzichten.

Trotzdem war die Erklärung ganz einfach und so alt wie die menschlichen Beziehungen selbst. Iay hatte ihr Herz einem herzlosen Menschen geöffnet. Das Verletzlichste, was eine Frau besitzt, hatte dieser Krieger einfach zerstört. Er hatte ihr Herz eingenommen, als handelte es sich um eine belagerte Stadt, und es dann nach allen Regeln der Kunst geplündert.

Doch Bastet, die auch mütterliche Liebe und Fruchtbarkeit symbolisierte, hatte Mitleid mit Iay gehabt, denn immerhin hatte sie ihr als Priesterin lange Jahre treu gedient. Sie machte Gebrauch von ihrer Macht und brachte wieder einen Funken Licht in den umnachteten Verstand. Zumindest so viel, dass Iay ihre Lage und die Konsequenzen zu erkennen vermochte. Sie waren verheerend. Ihre Schulden waren so groß, dass sie erst ihre letzten Habseligkeiten und dann auch ihre Liebe verlor. Eines Morgens verabschiedete sich der schöne Krieger und kam niemals wieder.

Es folgte eine harte Zeit, in der Iay nur zu überleben versuchte, koste es, was es wolle. Den Preis, den sie bezahlte, bestimmten andere, wie so oft, wenn einem das Unglück übel mitspielt.

Doch Iay ließ sich nicht unterkriegen. Das schwache Licht, mit dem die Göttin Bastet ihre Verzweiflung ein wenig aufgehellt hatte, wurde immer stärker und brachte sie auf den rechten Weg zurück, den sie niemals hätte verlassen sollen. Sie besann sich wieder auf ihre Tugenden und trat bei den Festen der Vornehmen erneut als Tänzerin auf. Mit den Sistren, Klappern und sogar dem *menet* kannte sie sich aus; wie keine andere in der ganzen Stadt tanzte sie zu ihrer Musik. Bald gab es kein Bankett in der vornehmen Gesellschaft von Bubastis, zu dem sie nicht eingeladen war, zum Entzücken aller, die daran teilnahmen. Auf diesen Festen bot Iay diskret ihre alten Liebesdienste an, fest entschlossen, das, was sie verloren hatte, wiederzugewinnen. Sie war überzeugt, dass ihr Herz nun härter war als die jahrtausendealten Statuen, die ihr Land schmückten.

Doch die Zeit, diese unbestechlichste aller Richterinnen, kennt kein Erbarmen. Sie war auch für Iay weitergegangen und hatte ihr den Zauber der Jugend geraubt. Zwar hatte sie sich ihre Schönheit bewahrt, doch spürte sie bald, dass die unwiderstehliche Leidenschaft, die sie früher in Männern zu wecken vermochte, der Vergangenheit angehörte. Sie war nach wie vor eine begehrenswerte Frau, kein Zweifel, aber nicht alle drehten sich noch nach ihr um. Daher nahm sie sich vor, von ihrer Erfahrung zu profitieren, und suchte die Nähe wohlhabender Kaufleute, die zu solchen Festlichkeiten kamen und sie entsprechend bezahlen konnten. Auf diese Weise diente sie ehemals mächtigen Männern als Konkubine, denen das Alter das Selbstvertrauen entzogen hatte, Männern, die sich wieder jung fühlen wollten, und wenn nur für eine Nacht.

Schließlich führten ihre Liebesdienste dazu, dass sie schwanger wurde. Undenkbar für eine Frau mit ihrer Erfahrung, doch so war es.

Der Schuldige an ihrem Unglück war ein berüchtigter Weinhändler aus Memphis, der sich in der Stadt aufgehalten hatte, um Geschäfte abzuschließen. Er entpuppte sich als feuriger Liebhaber, der ihre Dienste eine ganze Nacht lang in Anspruch nahm, und das mit einer Inbrunst, die an Besessenheit grenzte. Sein Lohn war mehr als fürstlich gewesen, aber nicht ausreichend, um für das zu bezahlen, was er ihr hinterlassen hatte. Am nächsten Morgen war der Kaufmann nach Memphis zurückgekehrt, und Iay hatte ihn niemals wieder zu Gesicht bekommen. Ein erbärmliches Ende für jemanden, der wie sie einmal die unangefochtene Königin von ganz Bubastis gewesen war.

Das kleine Mädchen, das sie zur Welt brachte, stellte für die unsichere Zukunft, der sie entgegensah, ein zusätzliches Problem dar. Doch Iay gab nicht auf und kämpfte tapfer. Sie glaubte an die Götter und ihre Gebote, daher kam ihr niemals in den Sinn, »die Schwangerschaft umzuleiten«*.

Die Mutterschaft ließ Iay erneut aufblühen, sie fand zu ihrer alten Schönheit zurück. Heket, Meschenet und Thoeris, die Göttinnen, die für die Niederkunft zuständig waren, schienen sie mit einer zweiten Jugend entschädigen zu wollen. Ihre Figur straffte sich wieder, als wollte sie allen Männern die Stirn bieten, die sie geschändet hatten. So sah das Leben aus, das Iay bislang geführt hatte, ein schmutziger Kampf, der im Grunde genommen nichts anderes war als eine gegen sich selbst gerichtete Rache, aus der sie niemals als Siegerin hervorgehen konnte.

Die Jahre vergingen. Unaufhaltsam nahm das Alter von ihr Besitz. Die Gewissheit, dass es sie nie wieder loslassen würde, war für eine Frau wie Iay schwer zu akzeptieren, und trotzdem war

* So bezeichneten die alten Ägypter eine Abtreibung. Diese war verboten.

es da, mit einem Heer bedrohlicher schwarzer Schatten, die das Ende ihrer Tage verdunkeln würden, davon war sie überzeugt. Doch gerade noch rechtzeitig, ehe sie an der ungewissen Zukunft verzweifelte, die ihr bevorstand, wendete sich das Schicksal erneut, launisch wie immer, wenn es von göttlichen Händen geleitet wird. War es das Werk der unberechenbaren Renenutet? Oder steckte Bastet dahinter, die immer noch über das Geschick ihrer früheren »Chorsängerin« wachte? Die Antwort ist müßig. Wer immer es war oder ob die Macht beider Göttinnen zusammenwirkte, Tatsache ist, dass sich die schwarzen Wolken am Horizont mit einem Mal in Luft auflösten.

Anon trat in ihr Leben, als sie es am wenigsten erwartete, so wie es meistens der Fall ist. Sie lernte ihn auf einem der festlichen Bankette kennen, zu denen sie regelmäßig eingeladen wurde. Ihr erster Eindruck hätte nicht enttäuschender ausfallen können, denn er entsprach ganz und gar nicht dem Idealbild, das sie von einem attraktiven Mann hatte. Im Gegenteil, sie fand ihn schlampig, liederlich, ein wenig schmuddelig und obendrein hässlich, und das waren noch nicht einmal seine übelsten Eigenschaften, wie sie später herausfinden sollte. Trotzdem hatte er etwas, das ihre Neugier weckte, weshalb sie die Unterhaltung, die sie ansonsten gleich nach der ersten Begrüßung beendet hätte, fortsetzte. Dieser Mann war anders als alle, die sie bisher kennen gelernt hatte, selbst äußerlich. Iay konnte sich nicht erinnern, jemals im Leben jemanden gesehen zu haben, der so unattraktiv war. Aber hinter der hässlichen Fassade, mit der die Götter ihn gestraft hatten, steckte der lebendigste und faszinierendste Mensch, den man sich nur vorstellen konnte.

Sie brauchte nur wenige Augenblicke, um zu erkennen, wie sprachgewandt, bissig, provozierend und sogar boshaft er sein konnte. In seinen winzigen Augen verbarg sich ein besitzergreifender Blick, dessen Macht man nur erahnen konnte. Mit ihm hielt er alle, die sich in seinem Umkreis befanden, in Schach.

Iay beobachtete voller Bewunderung, wie die Stille ihm ihre Tore öffnete, sobald er zu reden begann, und alle Anwesenden ehrfürchtig zuhörten, ihn gelegentlich wegen der ungewöhnlichsten Krankheiten sogar um Rat baten. Anon, er war der Fürst unter den Ärzten, eine Koryphäe auf dem Gebiet der Medizin, und obendrein steinreich.

Für den Rest des Banketts wich die hübsche Iay nicht mehr von seiner Seite. Dieser verschrobene Junggeselle, der bereits in den Vierzigern war, zog sie so sehr in seinen Bann, dass sie seinen geistreichen Reden wie verzaubert folgte, gleichgültig, worüber er sich gerade ausließ.

Am nächsten Morgen hatte sich der berühmte Arzt unsterblich in sie verliebt. Iay entsprach genau seinem Schönheitsideal. Ihre runden Formen, ihre reife Schönheit verdrehten ihm dermaßen den Kopf, dass er noch in derselben Nacht beschloss, sie zu sich nach Hause zu holen. Dort würde sie nach Belieben schalten und walten können und das Leben, das Heim und alles, was sie sich von seinem unendlichen Reichtum wünschte, mit ihm teilen.

Iay war von der grenzenlosen Großzügigkeit des Mannes überrascht, aber ihre reiche Lebenserfahrung und Menschenkenntnis sagten ihr, dass sein Angebot aufrichtig gemeint war.

Schon in der ersten gemeinsamen Nacht erwies sich Anon als eine Quelle von Überraschungen. Man konnte sich kaum vorstellen, dass in einem so kleinen Mann so viel Energie und so viel Vitalität steckten, aber genauso war es. Er umarmte ihren sinnlichen Körper so leidenschaftlich, als hinge sein Leben davon ab, und stöhnte leise, aus lauter Verzweiflung, nicht all ihre Köstlichkeiten auf einmal genießen zu können. Offenbar erschienen sie ihm so himmlisch, dass er sich die ganze Nacht an ihnen ergötzte, als könne er nie genug bekommen. Auch Iay profitierte von seiner Manneskraft, die größer war als alles, was sie je erlebt hatte. Von ihren prächtigen Schenkeln umschlungen, bestürmte er sie ein ums andere Mal, als wäre sein krampfhaft zuckender Körper von einem Dämon befallen.

Erst als das fahle Licht des Morgengrauens zaghaft durchs Fenster fiel, kam Anon allmählich zur Ruhe. Mit einem letzten unbändigen Stöhnen hielt er inne und bog seinen schmächtigen Körper durch. Dann sank er erschöpft, aber befriedigt zwischen ihre üppigen Brüste. Sie liebkoste ihn auf ihre unnachahmliche Art, in der Gewissheit, dass dieser Mann sich ihr völlig ausgeliefert hatte. Und beim Einschlafen wurde Iay klar, dass Bastet immer noch über ihr Schicksal wachte.

8

Anons Bedingungen zu erfüllen fiel Nefermaat leichter, als sie zu respektieren, und das nicht, weil sie ihm besonders hart oder schwierig erschienen. Der junge Mann meisterte seine Aufgaben mit Hilfe seiner angeborenen Urteilskraft und seines Talents und verdiente sich rasch die heimliche Anerkennung des Lehrmeisters. Das Problem lag weniger in der Arbeit, die ihm aufgetragen wurde, als in Anons Charakter. Dieser hatte das Publikum nicht belogen, was sein ausschweifendes Wesen betraf. Im Gegenteil, Nefermaat konnte sich in kürzester Zeit davon überzeugen, dass er noch maßlos untertrieben und den Leuten nur einen Bruchteil seines wahren Ichs offenbart hatte.

Als Nefermaat zu ihnen ins Haus zog, lebten Iay und ihre Tochter bereits seit zehn Jahren bei dem Babylonier. Während dieser Zeit hatte die ehemalige *schemait* alle Tugenden und Laster ihres Lebensgefährten kennen gelernt, auf die er keineswegs zu verzichten gedachte, aber auch am eigenen Leib erfahren, dass er ein großes Herz besaß. An seine Tugenden gewöhnte sie sich schnell, und was die Laster anging, so konnte sie nicht behaupten, er hätte ihr etwas vorgemacht. Anon hielt sich an jedes einzelne, das er ihr aufgezählt hatte, und das waren nicht wenige.

In den ersten Jahren zog Iay es vor, unverheiratet zu bleiben und ihre Unabhängigkeit zu wahren. Obwohl ihr Anon jeden Tag anbot, sie zur Frau zu nehmen, kannte sie die Männer nur allzu gut und wusste, dass ihre Beziehung mit dem Mann aus Babylonien schnell in die Brüche gehen könnte, war sie erst einmal amtlich besiegelt. Sie war glücklich und hielt es für besser, alles so zu belassen, wie es war, zumindest für eine Weile. Als die Jahre vergingen und sich immer mehr Zeichen des unaufhaltsamen Alters zeigten, überdachte Iay ihre Lage und kam zu dem Schluss, dass es nun klüger sei, ihren Status und auch den ihrer Tochter zu festigen. Ihr Überlebensinstinkt sagte ihr, dass der Augenblick gekommen war, die unberechenbare Natur des Arztes zu akzeptieren und die Illusion zu begraben, dass in ihrem Leben jemals ein Mann auftauchen könnte, der nur Tugenden hätte. Sie wusste, dass es solche Wesen bloß in uralten Märchen gab; selbst die Götter erwiesen sich nur allzu oft als verstockte Sünder.

Zudem machte sie sich selbst auch nicht viel aus der Tugend. Von Anfang an hatte sie ein Leben geführt, in dem es dafür keinen Platz gab. Sie kannte die Laster und die Neigungen der Männer, schließlich hatte sie nicht nur freiwillig, sondern auch mit unverhohlenem Genuss an ihnen teilgenommen. Daher fiel es ihr nicht schwer, auch die seinen zu akzeptieren, zumal sie sich auf diese Art seiner Großzügigkeit sicher sein und – warum es verschweigen? – auch an seinem außerordentlichen Reichtum und seinem gesellschaftlichen Status teilhaben konnte.

Nefermaat dagegen hatte seine Schwierigkeiten mit der Situation. Der Priester, der sich immer noch in ihm bemerkbar machte, sosehr er sich dagegen sträubte, kam aus einer diametral entgegengesetzten Welt, in der nur die strenge Einhaltung von Tugenden zum rechten Weg führte. So hatte man es ihm beigebracht. Daher war er nicht gerade erfreut, wenn er mit ansehen musste, wie Anon mit erigiertem Penis seine Frau durchs Haus jagte, während diese wollüstig schrie und stöhnte, um ihn noch mehr aufzustacheln. Oder wenn er die beiden nach einer ihrer wilden Verfolgungsjagden in irgendeiner Ecke des Hauses fand, wo sie es hemmungslos miteinander trieben, als sei das die natürlichste Sache der Welt.

Mit solchen zügellosen, exhibitionistischen Darbietungen stellte der Arzt gern seine unbändige Männlichkeit zur Schau.

Und das war keineswegs alles. Anon besaß obendrein eine maßlose Schwäche für den Genuss von Alkohol, vor allem von Wein, den er in Unmengen konsumierte. Dieser Leidenschaft erlag auch Iay, die schließlich alle Hemmungen über Bord warf und beschloss, ihrem Mann, diesem kleinen Ungeheuer, dem sie obendrein verfallen war, bis zum Ende seines Weges zu folgen. Es war allmählich zur Gewohnheit geworden, dass beide den Tag ziemlich angeheitert, wenn nicht völlig betrunken beendeten, während Gelächter, Flüche und schamlose Lustschreie aus dem Schlafzimmer durchs ganze Haus hallten.

All dies bewog Nefermaat dazu, sich in dem entgegengesetzten Flügel des prachtvollen Palastes niederzulassen. Er wählte das abgelegenste Zimmer, das er fand. Über eine Treppe gelangte man von hier aus hinunter zum Fluss. Die Kammer hätte nicht bescheidener sein können, sie besaß nicht einmal ein richtiges Bett, nur einen kleinen Tisch aus Ebenholz, was aber Nefermaat vollkommen ausreichte. Er war es gewohnt, auf seiner Matte zu schlafen, mehr brauchte er nicht. Das Rauschen des nahe gelegenen Flusses war wie ein Geschenk der Götter, denn es schirmte ihn von dem restlichen Lärm im Haus ab, der manchmal bis früh am Morgen anhalten konnte. In seiner kleinen Zelle baute Nefermaat sich seine Welt auf und stapelte die vielen Papyri, in denen er alles Wissen niederschreiben wollte, das er Anon entlocken konnte. Sachmets Zauberkraft hatte ihn an diesen Ort geführt, daran glaubte er fest, und er würde die Göttin, deren Hand ihn leitete, nicht enttäuschen. Er war gekommen, um zu lernen, und genau das würde er auch tun.

Trotz des zügellosen Lebens seines Lehrers kam er mit ihm selbst gut zurecht. Wie gewöhnlich stand Nefermaat früh auf, um in seiner makellosen weißen Leinentunika die ersten Sonnenstrahlen Res zu empfangen, wenn dieser von seiner Reise durch die Unterwelt zurückkehrte. Wenn dann der Babylonier aufstand, wartete Nefermaat bereits, um den Tag zu beginnen.

Einen Arbeitstag, an dem der Arzt der Ärzte erneut seine unerschöpfliche Vitalität unter Beweis stellen würde.

Neben der routinemäßigen morgendlichen Vorlesung im Tempel von Bastet gab es unzählige andere Aktivitäten, denen Anon nachging. So empfing er in seiner Privatpraxis zu Hause auch jene Kranken, die sich den Besuch für zehn Deben aus Silber leisten konnten. Trotz des hohen Honorars schien der Ansturm der Patienten kein Ende nehmen zu wollen. Aus allen Teilen des Landes strömten sie herbei, auf der Suche nach irgendeinem Heilmittel, das sie von ihrem Leiden erlösen würde. Sogar aus den fernen Fremdländern kamen die Verzweifelten in der Hoffnung, der Arzt der Ärzte, dessen Ruf sich mittlerweile über die ganze bekannte Welt verbreitet hatte, werde ihnen helfen.

Nicht alle seine Patienten waren wohlhabend, manchmal nahm Anon sie auch an, weil sie an seltenen Krankheiten litten und er sie studieren wollte. Diese Patienten behandelte er unentgeltlich, denn sie waren Studienobjekte von unschätzbarem Wert.

Ein ganzes Jahr lang übernahm Nefermaat die Aufgaben, die normalerweise ein Gehilfe erledigt hätte. Er mischte die unterschiedlichsten Ingredienzen und Substanzen zu Salben und Heilmitteln und beobachtete den babylonischen Arzt bei der Arbeit, ohne sich die geringste Kleinigkeit entgehen zu lassen. Jeden Tag lernte er auf diese Weise etwas Neues, das sein Meister ihm erklärte, doch gelegentlich musste er bestimmte Dinge auch selbst erforschen, weil Anon nicht gerade dazu neigte, sein Wissen zu teilen. Aber einen so aufmerksamen Beobachter wie Nefermaat spornte das nur noch mehr an bei seiner faszinierenden Aufgabe, die er gewissenhaft Tag für Tag ausführte. Immer gab es etwas Neues zu entdecken, das ihn begeisterte. Ein Detail, eine Erkenntnis … Er hatte fest geglaubt, dass man ihm im Tempel alles beigebracht hatte, was ein *sunu* wissen musste. »Alles Wissen der Welt ist in den Tempeln«, hatte er in all den Jahren immer wieder gehört, nirgendwo anders sei es zu finden. Nefermaat war davon überzeugt gewesen, dass das die Wahrheit war und es auf der Welt keinen anderen Ort gab, an dem man die geheimnisvolle Kunst des Heilens lernen konnte. Nur das Land Kemet barg diese Geheimnisse. Worin bestand dann der Unterschied zwischen diesem fremden Arzt und den ehrwürdigen *sunu*? Warum behandelte er manche Krankheiten völlig anders und oft mit besseren Ergebnissen?

Die Antwort darauf war leicht, und Nefermaat brauchte nicht lange, um sie zu finden. In Ägypten waren die Ärzte daran gewöhnt, Krankheiten nach Symptomen zu definieren, Anon dagegen behandelte nicht die Symptome, sondern die betroffenen Organe. Darin lag der Unterschied. Der Mann aus Babylonien besaß unvergleichlich bessere Kenntnisse über den menschlichen Körper. Natürlich fragte sich Nefermaat, wie er sie erlangt hatte. Doch die Antwort darauf wollte er sich lieber nicht vorstellen.

Viele Patienten, die jeden Tag zu ihnen kamen, litten an den gleichen Beschwerden, die er auch im Tempel behandelt hatte. In Ägypten gab es beinahe endemische Krankheiten, von denen nur wenige verschont blieben und gegen die auch ein Anon machtlos war. Leiden, die nur von bösen Geistern und weiblichen Dämonen verursacht worden sein konnten, wie die Tuberkulose, an der ein Fünftel der Bevölkerung litt. Oder die so genannten »verschlingenden Übel«*.

»Glaubst du wirklich, dass uns irgendein Dämon oder ein böser Gott diese seltsamen Krankheiten schickt?«, fragte Anon eines Nachmittags, als sie auf der Treppe saßen, die hinunter zum Fluss führte.

Nefermaat beobachtete nachdenklich die üppige Vegetation, die die beiden Flussufer säumte, und schwieg. Er wusste genau, was der Babylonier dachte, wie gerne er polemisierte und sich dabei aufregte.

* Von bösartigen Tumoren verursachte Metastasen.

»Alles ist ein Teil der Natur«, fuhr sein Meister fort. »Wir, die Bäume, die Tiere und auch die Krankheiten.«

»Du weißt sehr wohl, aus welchem Grund ich zu dir kam«, antwortete Nefermaat, ohne die Augen von dem Fluss abzuwenden. »Ich habe den Tempel verlassen, weil ich meine Zweifel hatte.«

Anon neigte leicht den Kopf zur Seite und lächelte in sich hinein, als er merkte, wie der junge Mann sich gegen dieses Thema wehrte.

»Das Wasser zum Beispiel«, fuhr der Arzt fort und zeigte auf den Fluss, »ist an vielen unserer Seuchen schuld, aber ich glaube nicht, dass Hapi, der Gott des Nils, die Quelle dieser Leiden ist.«

»Ich weiß sehr wohl, dass der Nil die Quelle vieler Krankheiten ist«, entgegnete Nefermaat und sah Anon an. »Das haben mir die Priesterärzte im Tempel von Memphis oft genug gesagt.«

»Tatsächlich?«, spottete Anon, der jedes Mal an die Decke ging, wenn man die Sachmetpriester auch nur erwähnte. »Das wundert mich aber. Wie weise von ihnen! Und trotzdem verbringt ihr euer halbes Leben im Wasser, sogar zu den ungelegensten Zeiten. Wie stellt ihr es an, dass ihr von den Krankheiten verschont bleibt? Sorgt etwa eure himmlische Göttin dafür?«

Nefermaat zog eine Augenbraue hoch. Der Babylonier war ein Meister in der Kunst der Boshaftigkeit, er genoss es förmlich, wenn er sein Gegenüber auf die Palme bringen konnte.

Nefermaat hatte sich unzählige Male davon überzeugen können und dachte nicht daran, auf sein Spiel einzugehen, daher behielt er die Ruhe.

»In den Tempeln weiß man genauso gut wie du von den Parasiten im Wasser, die man nicht sehen kann, und dass sie in unsere Körper gelangen und uns mit verschiedensten Krankheiten infizieren«, erklärte Nefermaat ebenfalls ein wenig spöttisch. »Wir wissen auch, dass Tümpel und stehendes Wasser die Ursachen für diese Krankheiten sind, und deshalb benutzen wir das Wasser an den Stellen im Fluss, wo die Strömung besonders stark ist. Dieses Wasser ist rein, und wir Priester verwenden es deshalb für unsere rituellen Waschungen.«

Anon sah ihn belustigt an.

»Du jedenfalls scheinst die rituellen Waschungen besonders ernst zu nehmen. Man hat mir gesagt, dass du mehrmals am Tag im Fluss badest, und gelegentlich sogar nachts. Hast du keine Angst, an irgendeinem Übel zu erkranken, an *aaa* zum Beispiel?«

Jetzt schenkte ihm Nefermaat sein süßestes Lächeln.

»Da habe ich nicht die geringste Angst. Vergiss nicht, dass ich unter Sachmets Schutz stehe.«

»Papperlapapp!«, rief Anon gereizt. »Lassen wir das Thema lieber, sonst werde ich noch wütender als deine rachsüchtige Göttin. Du solltest mit den Waschungen vorsichtig sein, das ist mein voller Ernst. Denk nur an den Fall, den wir heute Morgen hatten.«

Nefermaat konnte sich noch sehr gut daran erinnern. Kein Geringerer als der *hatya*, der Gaufürst, hatte ihre Sprechstunde besucht. Er litt an einer Krankheit, die in Ägypten eine wahre Plage war und unter dem Namen *aaa* bekannt geworden war.*

* Mit *aaa* wurde die Schistosomiasis oder Bilharziose bezeichnet, beides Infektionskrankheiten, die durch den Kontakt mit verseuchtem Wasser übertragen werden. Die betreffenden Wurmlarven benutzen als Zwischenwirte eine bestimmte Schneckenart. Aus den Larven schlüpfen Hunderte von so genannten Zerkarien, die dann durch die Haut der Menschen dringen und über die Blutgefäße in Organe wie die Blase oder Harnröhre gelangen. Nach einiger Zeit legen die Weibchen Eier ab, die mit dem Stuhl oder Urin ausgeschieden werden. Gelangen diese Ausscheidungen in Oberflächengewässer, schlüpfen aus den Eiern wieder Larven, und der Kreislauf beginnt von Neuem. Im heutigen Ägypten leiden immer noch etwa 12 % der Bevölkerung an dieser Krankheit.

Die Symptome, die der Mann gehabt hatte, waren typisch für die Krankheit. In seinem Urin hatten sie Blut gefunden, die Harnröhre war entzündet und der Penis geschwollen. Zudem litt der Gaufürst an Verdauungsstörungen, vor allem an Durchfall, aber was noch schlimmer war, seine Leber war stark vergrößert, wie sie feststellen konnten, als sie ihn abtasteten und abhörten. Es waren die voll entwickelten Symptome einer Krankheit, die durchaus tödlich verlaufen konnte.

Wie in solchen Fällen üblich, verordnete ihm Anon eine Behandlung auf der Grundlage von Galenit* und eine entsprechende Diät, mehr konnte man nicht tun.

»Ich denke ja gar nicht dran, für den Rest meiner Tage auf mein Geschlechtsorgan zu verzichten!« Nefermaat hörte im Geist immer noch, wie der Mann das gesagt hatte, während er über den Fall nachdachte.

Er musste lachen.

»Bist du vielleicht deshalb so wasserscheu?«, entgegnete er. Doch Anon ließ sich nicht aus der Fassung bringen.

»Gewiss. Bloß wenn es sich absolut nicht vermeiden lässt, steige ich ins Wasser, aber auch dann nur zu Hause in meiner Badewanne.«

»Verstehe. Trotzdem solltest du ein *karnatiw* benutzen, einen von diesen Penishaltern, die heute Mode sind. Es heißt, so könne man vermeiden, dass Krankheitserreger in den Körper eindringen.«

»Ein *karnatiw*? Das nützt überhaupt nichts, glaub mir. Ich hatte einen Patienten, der sich angesteckt hatte und mir versicherte, dass er höchstens mit den Füßen ins Wasser geht. Ich bin sicher, dass die Erreger andere Wege kennen.«

* Galenit oder Bleiglanz, auch unter der chemischen Bezeichung Bleisulfid bekannt, ist ein Mineral, das in verunreinigter Form Spuren von Antimon aufweisen kann. Heutzutage setzt man Antimon ein, um die Krankheit zu behandeln.

»Dann bleibt dir wohl nichts anderes übrig, als in Wein zu baden«, sagte Nefermaat herausfordernd.

»Wein? Hm. Glaub nicht, ich hätte daran nicht auch schon gedacht. Ein Bad in Wein wäre nicht schlecht, aber auch ein Sakrileg. Wie könnte ich das kostbarste Gut, das uns die Götter geschenkt haben, einfach so verschwenden? Bes würde mir niemals verzeihen, und du weißt ja, wie gut unsere Beziehung ist«, sagte er und verzog den zahnlosen Mund zu einem Grinsen. »Was für eine Schande, wenn man mit einem solchen Geschenk Schindluder treibt.«

Nefermaat warf ihm ein spöttisches Lächeln zu.

»Guck mich nicht so an mit deinen Froschaugen. Dir fiele es nicht schwer, weil du keinen Tropfen trinkst, aber glaub bloß nicht, ich würde dich darum beneiden.«

»Auch wenn ich es dir erklärte, würdest du es nicht verstehen«, entgegnete Nefermaat achselzuckend.

»Natürlich nicht! Genauso wenig, wie ich verstehe, warum du weder Fisch-, Lamm-, Tauben- noch Schweinefleisch zu dir nimmst ...«

»Das sind Bräuche, die ich dir nicht auf die Schnelle erklären kann, außerdem bezweifle ich, dass du dafür Verständnis hättest«, erwiderte Nefermaat und beendete die Diskussion mit einer Handbewegung.

»Ja, ja, ich kenne all die Geschichten. Dass alles, was aus dem Meer stammt, unrein ist, weil es Seths Reich ist, dass Seth sich in ein Schwein verwandelte, nachdem er seinen Bruder Osiris tötete ... Fast alle Nahrungsmittel sind euch verboten, sogar Gemüsesorten wie Zwiebeln, Lauch und Bohnen, ganz gleich, wie gesund sie sind.«

»Das sind Gebote, die nur die Priester befolgen müssen, das einfache Volk ist keineswegs verpflichtet, sich daran zu halten. Du tust es ja auch nicht.«

»Darauf kannst du Gift nehmen, mein Junge! Für eure Spitzfindigkeiten habe ich nicht viel übrig. Ich weiß schon, warum ihr keine Zwiebeln esst. Weil sie bei abnehmendem Mond gedeihen«, entgegnete Anon und klopfte sich auf die Schenkel vor Lachen. »Und das mit dem Lauch und den Bohnen …«

»Es sind starke Aphrodisiaka, die einem den Verstand rauben können«, erklärte Nefermaat und bereute seine Worte schon, kaum dass er sie ausgesprochen hatte.

»Ah …«, rief Anon augenblicklich, hocherfreut über den Verlauf, den die Unterhaltung nahm. »Ich hatte ganz vergessen, wie keusch ihr Priester lebt. Ihr praktiziert ja das Zölibat. Aber für den Körper und seine Flüssigkeiten ist das eine Katastrophe. Kein Wunder, dass ihr höchstens in der Lage seid, Tiere zu sezieren, und deshalb werdet ihr ewig *nekh kaw** bleiben.«

Nefermaat zwang sich ein Lächeln ab. Es war nicht das erste Mal, dass der Babylonier diesen Ausdruck benutzte und in diesem Ton sprach. Jeden Tag ließ er ihn auf die eine oder andere Weise wissen, was er von den Priesterärzten hielt. Er konnte einfach nicht anders.

Anon schien zu ahnen, was Nefermaat dachte, und fuhr mit seinen Sticheleien fort.

»Jawohl. Du brauchst mich gar nicht so anzusehen. Ihr macht alles furchtbar kompliziert. Ihr mischt die seltsamsten Salben, um eine Krankheit zu bekämpfen, die man viel einfacher behandeln könnte. Nehmen wir nur diese merkwürdigen Abführmittel, die du dir jeden zweiten Tag zubereitest. Wirklich, ich käme nie auf die Idee, Tigerauge, Wermut und süßes Gerstenwasser zu kochen und den Sud dann zu trinken. Wäre es nicht viel leichter, ein paar Samen des Wunderbaums zu schlucken? Ihre Wirkung ist unfehlbar.«

»Rizinus kann sehr gefährlich sein, wenn man zu viel davon

* Wörtlich übersetzt: »jemand, der über Stiere Bescheid weiß«, gemeint ist ein Veterinär.

nimmt«, hielt Nefermaat unbeeindruckt dagegen. »Man sollte es lieber nicht verschreiben.«

»Ha, ha, ha«, lachte Anon. »Ich weiß, dass du dich mit Pflanzen auskennst und weißt, wie man sie zu Arzneimitteln verarbeitet. Ich habe dich beobachtet. Außerdem scheinst du eine besonders ruhige Hand zu haben, und auch sonst alles, was man braucht, um ein guter Arzt zu sein. Du musst dich nur von den albernen Ketten befreien, die dich lähmen, und die Schwelle überschreiten, die dir verboten ist. Dann würde ein erstklassiger Arzt aus dir werden, und ich würde dir alles zeigen, was du wissen willst.«

Nefermaat versuchte, seine Gefühle zu verbergen. Er wusste genau, worauf Anon hinauswollte, obwohl er lieber den Ahnungslosen spielte. Es war Selbstbetrug, wenn er eine Entscheidung immer wieder hinausschob, die er früher oder später ohnehin treffen musste. Nur deshalb war er gekommen, ansonsten hatte er hier nichts zu suchen.

»Die Zeit vergeht«, seufzte der Babylonier. »Bald musst du dich entscheiden. Nur du kannst wissen, was du willst.«

Nefermaat sah ihm in die Augen und konnte seine Verwirrung nicht verbergen.

»Ich sag es dir heute, wo ich nüchtern bin«, erklärte Anon und klopfte ihm leicht auf die Schulter, als er aufstand. »Und was die Abführmittel betrifft«, setzte er in seinem üblichen überheblichen Ton hinzu: »Ich bin ein großer Anhänger von Palmwein auf nüchternen Magen. Der frische *laghi*, den man aus dem Saft gewinnt, ist köstlich und leicht abführend. Geradezu ideal für jemanden wie mich, der keine großartigen Probleme mit der Verdauung hat.«

Nefermaat schwieg und sah dem Babylonier nach, als der aufs Haus zuging.

»Palmwein«, hörte er, wie Anon ihm zurief. »Aus der Dattelpalme natürlich.«

Iays Tochter war eine schamlose Person, eine hinterhältige Intrigantin, schlau, boshaft und frivol. Allerhand für ein junges Ding von siebzehn Jahren. Der sinnliche, wohlgeformte Körper, den sie perfekt einzusetzen wusste, erinnerte an ihre Mutter. Und wie Iay war auch ihre Tochter eine begnadete Tänzerin, die die Kunst der Verführung von A bis Z beherrschte. Die kleinste Gelegenheit nutzte sie, um die Männer zu reizen und ihnen den Kopf zu verdrehen, und für ein Mädchen ihres Alters gelang ihr das so vollendet, dass man nur noch staunen konnte. Sie genoss das luxuriöse Leben, das ihr in den Schoß gefallen war, und konzentrierte sich voll und ganz auf diese Aufgabe, denn sonst hatte sie nicht viel zu tun. Nichtsdestotrotz besaß sie auch einige Tugenden: Sie konnte entschlossen, intelligent und ungeheuer sympathisch sein, wenn sie wollte. Diese bunte Mischung von Eigenschaften sorgte dafür, dass man sie nicht so schnell vergaß.

In einem Alter, in dem die meisten ägyptischen Frauen längst verheiratet waren, dachte sie nur daran, sich zu amüsieren und das Leben, so gut es ging, zu genießen, ohne sich zu binden und vor allem ohne sich einem Mann zu unterwerfen. Männer gefielen ihr, und sie ließ keine Gelegenheit aus, sie so lange zu provozieren, bis sie vor glühendem Verlangen brannten. Ihre Unschuld hatte sie verloren, als sie in die Pubertät kam, und dann schnell in einem verborgenen Winkel ihrer Erinnerung begraben. Seitdem hatte sie unzählige Liebhaber gehabt, Männer, die sie sorgfältig auswählte. Natürlich waren sie nach kürzester Zeit ihrem Zauber und ihren Verführungskünsten erlegen. Sie selbst hatte keinen dieser Männer geliebt und war davon überzeugt, dass die Natur ihr dieses Gefühl verwehrt hatte. Männer waren ein wunderbares Geschenk, das ihr Hathor, die Göttin der Liebe und der Schönheit, in verschwenderischer Fülle gewährte – als Zeitvertreib und um ihre unsäglichen Triebe zu befriedigen.

Die unerwünschte Frucht einer bezahlten Liebesnacht sollte ihre eigene Mutter, bei der sie in die Lehre gegangen war, noch übertreffen, vor allem weil sie es niemals nötig hätte, sich zu verkaufen.

Kein Wunder, dass auch Anon nach ihr verrückt war. Sein unterdrücktes Verlangen entlud sich eines Tages angesichts ihrer koketten Anzüglichkeiten, und er beichtete ihr die schändliche Begierde, die ihn, wie er sagte, verzehrte.

Das durchtriebene Mädchen lachte kurz und hell auf und ging dann mit aufreizenden Bewegungen und schwingenden Hüften davon, während der Arzt aus Babylonien ihr nachsah, sinnlose Worte stammelnd, die sich in ein Grunzen verwandelten.

Seit jenem Tag fuhr sich Anon jedes Mal herausfordernd mit der Zunge über die Lippen, wenn sie ihm über den Weg lief, und sie erregte ihn noch mehr mit ihren provozierenden Blicken und frechen Grimassen. Bald war der Punkt erreicht, an dem Anon, der seiner Lüsternheit freien Lauf ließ, Iay ernsthaft vorschlug, das Ehebett mit ihrer Tochter zu teilen. Das Angebot überraschte diese keineswegs, denn sie kannte den Charakter ihres Mannes und auch den ihrer Tochter.

»Es wäre der absolute Höhepunkt irdischer Lust! Eine Ekstase der Sinne!«, sagte er, ohne sein Verlangen zu verheimlichen, während Iay ihn mit großen Augen ansah. »Stell es dir nur mal vor, es wäre der Gipfel!«

Iay konnte sich das alles nur zu gut vorstellen, deshalb wies sie das Angebot entschieden ab.

»Möge Bastet uns beistehen!«, rief sie und schlug die Hände vor das Gesicht. »Mit jedem Jahr nehmen deine Laster zu!«

»Übertreib nicht!«, wandte Anon ein. »Wo hätte es deine Tochter besser als bei uns?«

»Göttliche Hathor!«, jammerte Iay.

»Jetzt komm, sei nicht albern!«, beschwichtigte sie Anon und strich ihr zärtlich über den Busen. »Du weißt doch, wie sehr ich deinen Körper liebe. Ich würde dich niemals gegen ein unerzogenes junges Ding eintauschen.«

Iay lächelte geschmeichelt.

»Vor mir brauchst du dich nicht zu verstellen«, fuhr der Mann aus Babylonien fort. »Du kennst deine Tochter besser als jeder andere und weißt, wie lasterhaft ihr Herz ist.«

Jetzt sah Iay ihn entsetzt an.

»Mach nicht so ein Gesicht, du weißt genau, dass ich recht habe. Ich habe sie einmal dabei erwischt, wie sie uns beobachtete, als wir es im Garten trieben. Und glaub nicht, dass sie einen Hehl daraus machte, sie wollte, dass ich sie sehe. Wenn ich es dir doch sage, sie ist ein kleines Ungeheuer.«

Offensichtlich konnten diese Worte Iay nicht überzeugen, aber sie waren eine deutliche Warnung vor dem, was passieren konnte, wenn sie nicht aufpasste. An der Schamlosigkeit ihres Mannes konnte sie nichts mehr ändern, aber vielleicht bestand wenigstens für ihre Tochter noch Hoffnung, obwohl es ganz danach aussah, als wollte sie seinem Beispiel folgen.

Nefermaat blieb all dies nicht verborgen. Täglich musste er erleben, wie Anon die junge Frau provozierte, wenn sie an ihm vorbeiging, und auch ihre herausfordernden Blicke entgingen ihm nicht. Unweigerlich mussten sie einen jungen Mann wie ihn, der keinerlei Erfahrung in der Liebe besaß, verstören, obwohl er sich Mühe gab, es zu verbergen. Und nicht nur ihre frivole Art verwirrte ihn, viel mehr noch tat es ihr Name, denn sie hieß Atet, wie jene Prinzessin, deren Geschichte er seit seiner Kindheit kannte.

Prinzessin Atet und ein Mann, der den gleichen Namen trug wie er selbst, hatten vor tausendfünfhundert Jahren während der Regierungszeit des Gottes Snofru eine der schönsten Liebesgeschichten erlebt, die im alten Ägypten je festgehalten worden waren. Damals war Prinz Nefermaat Wesir am Hof von Snofru gewesen, dem ersten Pharao der vierten Dynastie und dem einzigen Gott, der drei Pyramiden in Ägypten gebaut hatte. Am Hof hatte Prinz Nefermaat die damalige Prinzessin Atet kennen gelernt und sich unsterblich in sie verliebt. Die beiden hatten geheiratet und den Rest ihres Lebens glücklich miteinander verbracht. Sie hatten die Künste gefördert und waren sehr tierlieb. Ihre Liebe füreinander war so groß gewesen, dass sie beschlossen hatten, im selben Grab* bestattet zu werden, damit sie auf Ewigkeit zusammen sein konnten.

Die Geschichte einer erhabenen und wahren Liebe, deren unvergängliches Wesen Jahrtausende überdauert und die Nachwelt in Erstaunen versetzt hatte.

Natürlich hatte der Hof von Snofru mit Anon und seiner Familie nichts gemein, ganz zu schweigen von den beiden Jugendlichen. Trotzdem beunruhigten die Parallelen einen jungen Mann wie Nefermaat, der in den ältesten Traditionen des Landes erzogen worden war. Er glaubte an die Macht der Namen, und schlimmer noch, er hatte den Verdacht, dass auch das Mädchen von der alten Legende wusste.

Er täuschte sich nicht. Vom ersten Tag an hatte Atet ein Auge auf ihn geworfen, auch wenn sie sich bemühte, ihr Interesse zu verheimlichen. Für sie war Nefermaat ein Kuriosum, das sich in ihrem Haus niedergelassen hatte und völlig anders war als die Männer, mit denen sie bislang zu tun gehabt hatte. Sein seltsames Aussehen hatte sie fasziniert, nicht, weil sie noch nie zuvor einen Priester gesehen hätte, sondern weil dieser eher an einen Prinzen als einen Geistlichen erinnerte.

Sie ließ sich nicht von seinem glatt rasierten Gesicht täuschen; dahinter verbargen sich überaus anziehende, männliche Züge und vor allem eine geheimnisvolle Aura, die ihn stets begleitete und aus der Tiefe seines Blickes zu entspringen schien.

Für Nefermaat war es natürlich unvorstellbar, dass seine Person eine derartige Neugier wecken konnte. Seit er in Anons Haus

* Ihr *mastaba* mit dem berühmten Bild vom Zug der Gänse befindet sich in Meidum.

gezogen war, hatte er das Mädchen unzählige Male getroffen, aber sie hatten nie auch nur ein einziges Wort miteinander gesprochen.

Atet hingegen hatte ihm nachspioniert. In den Vollmondnächten war das Mädchen zum nahe gelegenen Fluss geschlichen, hatte sich zwischen den Papyrusstauden versteckt und beobachtet, wie der geheimnisvolle junge Mann im Mondlicht badete. Aus ihrem sicheren Versteck hatte Atet seinen schlanken, kräftigen Körper bewundert, der ihr verführerisch schön erschien. Wenn er aus dem Fluss stieg und das Wasser an seinem nackten Körper herunterrann, betrachtete das arglistige Mädchen diesen Mann, der offensichtlich noch unschuldig war, voll unverhohlener Begierde.

Nefermaat wusste nichts von alledem, hatte jedoch seltsame Ahnungen, die er nicht einordnen konnte. In den heißen Sommernächten wurde er immer wieder von merkwürdigen Träumen gequält, und zwar mit einer Hartnäckigkeit, die ihm missfiel. Gesichtslose Gestalten kamen und gingen und zogen ihn in eine Fantasiewelt, die seinem Wesen überhaupt nicht entsprach. Sein Naturell jedoch schien eigene Wege zu gehen, denn immer wieder wachte er mitten in der Nacht mit einer Erektion auf. Seine kleine Zelle erschien ihm dann nicht mehr einsam und feindselig, sondern warm und freundlich, auch wenn es nur an den leidenschaftlichen Bildern lag, die er gerade vor sich gesehen hatte. Wenn er aus seinen Fantasien in die Wirklichkeit zurückkehrte und sich allein wiederfand, hatte er den Eindruck, dass irgendjemand im Zimmer gewesen war, während er auf seiner harten Matte schlief.

Jedes Mal, wenn Atet beobachtete, wie der junge Priester aus dem heiligen Fluss stieg, steigerte sich ihre krankhafte Neugier ins Unermessliche. Sein Anblick reizte sie so sehr, dass sie jegliche Hemmungen verlor und es wagte, ihn in seinem Schlafzimmer auszuspionieren. Es war eine verlockende, eine unwiderstehliche Vorstellung, und so schlich sie sich eines Nachts bis zu dem abgelegenen Raum, in dem Nefermaat wohnte. Lautlos durchquerte sie den dicht belaubten Garten, bis sie die Kammer erreichte, in der der junge Mann wie ein zurückgezogener Priester wohnte. Wie eine Raubkatze, die sich an ihre Beute heranschleicht, schärfte Atet alle ihre Sinne und vermied jedes Geräusch, das ihr Opfer hätte verscheuchen können. Die Stille war so überwältigend, dass sie die regelmäßigen Atemzüge des jungen Priesters im angrenzenden Raum deutlich vernehmen konnte.

Lautlos wie die Katzen, deren Göttin sie verehrte, schlich sie sich zu einem kleinen Hennastrauch unter dem Fenster und kauerte sich dort hin. Ohne das kleinste Geräusch zu machen, das sie verraten hätte, richtete sie sich vorsichtig auf und blickte sich nach irgendeiner ungewohnten Bewegung um. Sie spürte, wie ihr Herz vor wachsender Erregung immer heftiger pochte. Als sie die Höhe des Fensterrahmens erreichte, hielt sie erneut inne und vergewisserte sich, dass niemand sie beobachtete. Jetzt hörte sie noch deutlicher als zuvor die typischen Atemzüge eines fest schlafenden Menschen.

Als Atet endlich einen Blick in das Zimmer wagte, fiel das weiche Licht des abnehmenden Mondes durchs Fenster und warf diffuse Schatten rings um sie herum, an die sie sich bald gewöhnte, und so konnte sie in aller Ruhe das schwach erleuchtete Zimmer betrachten. Erstaunt stellte Atet fest, dass in der bescheidenen Kammer nur ein kleiner Tisch aus Ebenholz stand. Man konnte es nicht einmal als Schlafzimmer bezeichnen, jedenfalls wäre sie niemals auf die Idee gekommen.

Der junge Priester war offensichtlich anderer Meinung gewesen. In dem prächtigen Anwesen, das sie bewohnten, hatte er ausgerechnet das bescheidenste Zimmer gewählt, das es überhaupt gab. Unbegreiflich für ein junges Mädchen, das sich gänzlich dem Luxus und dem Überfluss verschrieben hatte.

Plötzlich hörte sie, wie sich im Innern etwas bewegte, und

dann erkannte sie die Gestalt auf dem harten Steinboden. Sie lag auf einer ganz gewöhnlichen Matte und war nackt, wie im sanften Schein des abnehmenden Mondes, den die Göttin Nut* in den Händen hielt, sichtbar wurde. Der schwache Glanz, der seinen Körper einzuhüllen schien, streifte das Gesicht und offenbarte die unverwechselbaren Züge Nefermaats.

Sorglos beugte sich Atet vor, um den Körper des jungen Mannes besser sehen zu können. Sein Kopf ruhte auf dem linken Arm in einer Haltung, die die kräftigen Muskeln an seinem Rücken und seinen straffen Hintern betonte. Mit unbändiger Lust beobachtete das Mädchen ihn und war fast versucht, ihn zu berühren. Um ein Haar hätte sie die Hand ausgestreckt, doch dann besann sie sich eines Besseren und konzentrierte sich erneut auf die schlafende Gestalt. Sie war ungeheuer verführerisch mit ihrer weichen Haut, die sich über den sehnigen Körper spannte.

Während sie ihn gedankenverloren beobachtete, wälzte sich Nefermaat wie in einem bösen Traum hin und her. Er wurde immer unruhiger, manchmal zuckte er heftig zusammen. Wahrscheinlich ein Albtraum, dachte Atet. Ein besonders schrecklicher obendrein, denn plötzlich drehte sich Nefermaat, von einem Krampf geschüttelt, auf den Rücken. Für einen kurzen Augenblick fiel das Licht des Mondes auf seinen ganzen Körper und erlaubte dem verblüfften Mädchen einen Blick auf sein aufgerichtetes Glied. Es war nicht das erste Mal, dass sie ein männliches Geschlecht sah, trotzdem war sie fasziniert von seiner geballten Männlichkeit, die im silbrigen Glanz des Mondlichts schimmerte. Allerdings nur für einen Augenblick, denn plötzlich richtete sich der Körper unter dumpfem Stöhnen auf und kehrte in die reale Welt zurück.

* Himmelsgöttin und Mutter von Osiris, Seth, Nephthys und Isis. Sie symbolisiert das Himmelsgewölbe, meistens wird sie mit nach Osten zeigenden Armen und nach Westen zeigenden Füßen dargestellt, ihr Körper ist mit Sternen geschmückt.

Atet blieb gerade noch Zeit, sich zu ducken. Ihr Herz raste vor Angst, dass der junge Mann sie entdeckt haben könnte. Sie hörte erst heftiges Keuchen, und dann, wie sich die Atemzüge langsam wieder beruhigten. Sie lächelte boshaft, als sie sich vorstellte, was in dem kleinen Zimmer vor sich ging. Nefermaat war gerade aus einem Albtraum aufgewacht, in dem die Liebesgöttin Hathor ihn in eine erregende Fantasiewelt geführt hatte, der niemand widerstehen konnte. Das Ergebnis war für den Jungen allem Anschein nach nicht besonders befriedigend gewesen. Der seltsame Kampf zwischen seinem Geist und seinem Fleisch hatte ihn verwirrt.

Kurz darauf hörte Atet Schritte im Zimmer, und dann sah sie, wie Nefermaat das Haus verließ und in den Pfad einbog, der hinunter zum Fluss führte. Sie versteckte sich hinter dem Hennastrauch und beobachtete, wie der nackte Mann im Schein des Mondlichts langsam auf den Nil zuging. Als er ins Wasser tauchte, verließ Atet ihr Versteck. Sie war sicher, dass sie diesen Körper erobern und ihm die verborgenen Wege der Lust zeigen würde, die sie so gut kannte.

Die Vorstellung erfüllte sie mit unübersehbarer Befriedigung und weckte wollüstige Vorstellungen in ihr, für die sie äußerst empfänglich war. Als sie um das Haus herum und auf ihre Gemächer zuging, stellte sie fest, dass sie feucht im Schritt war, und das entzückte sie noch mehr. Unterdessen tauchte Nefermaat in den Fluss, um seinen Körper im heiligen Wasser von allen unreinen Gedanken zu läutern.

Nefermaat empfand das Leben im Haus als dermaßen unerträglich, dass er begann, die finstere Zeit im Tempel von Sachmet zu vermissen. Auch seine Arbeit mit Anon wurde von Tag zu Tag schwieriger, denn sein Lehrer war die meiste Zeit betrunken. Er trank jetzt von morgens bis abends und vergaß dabei jedes Maß.

Am liebsten mochte er die Weine aus dem Norden*, wie die aus Buto und Hamet, damals das berühmteste Weinanbaugebiet überhaupt. Das bedeutete nicht, dass er andere Tropfen verschmähte, in seinem »Haus der Getränke«** lagerten Weine aus den unterschiedlichsten Gegenden. Es gab den Hursecha aus der Oase von Farafra, Wein aus Imet, einem Ort in der Nähe von Tanis, oder aus Iunu***, auch aus der Gegend des Mareotissees, Medesian, Pelusium, Sebennys, Taeniotic, Fisheries, Marsh und welche aus Oberägypten, unter denen vor allem der Wein aus Koptos und der aus den Weingärten des Amun hervorstachen. Dieser erlesenen Liste gesellten sich edle Tropfen aus den Oasen des Westens hinzu: Siwa, Dahla und Fayum, die der Mann aus Babylonien keinesfalls geringschätzte.

Natürlich gab es in dieser großen Auswahl eine Vielfalt von Rot-, Rosé- und Weißweinen, und die meisten besaßen einen alles andere als bescheidenen Alkoholgehalt von 14 Prozent. Obendrein war Anon ein glühender Anhänger des *nedjem*, eines mit Honig gesüßten Weins, der den standhaftesten Trinker umwarf, und des *schedeh*, eines hochprozentigen Schnapses. Und wenn die Umstände es erforderten, war er auch einem guten Dattelwein, einem Grenadiner oder Palmwein nicht abgeneigt, wie dem, den er heute zum Frühstück genoss. All diese Weine waren vorschriftsmäßig mit einem Etikett versehen, auf dem Anbaugebiet und Qualität verzeichnet waren. Die meisten trugen die Bezeichnung *nefer-nefer-nefer*, was so viel wie »exzellent« bedeutete.

In Anbetracht dieses reichhaltigen Angebots konnte es nicht verwundern, dass Anon ständig betrunken war. Er war sich dessen durchaus bewusst und rechtfertigte seinen Zustand mit dem

* Damit waren die Weine aus dem Delta gemeint.
** So bezeichneten die alten Ägypter ihre Weinkeller.
*** Der alte ägyptische Name für Heliopolis.

Hinweis auf das bevorstehende Fest der Trunkenheit, das er bereits vorfeierte.

Doch Nefermaat ließ sich nicht täuschen. Er hatte längst erkannt, dass der Arzt ohne Wein nicht mehr leben konnte und dass er immer mehr brauchte. Trotzdem schienen seine täglichen Aktivitäten nicht darunter zu leiden. Er hielt die Sprechstunden ab wie immer. Nefermaat fand das unglaublich. Und so wurde der junge Arzt Zeuge vieler Wunder, die sein Meister vollbrachte, der sich selbst im Rausch einer ruhigen Hand rühmte und unentwegt die Götter aufforderte, aus ihren himmlischen Gefilden herabzusteigen, um sich selbst davon zu überzeugen.

Nefermaat beobachtete, wie Anon unzählige Wunden behandelte, manchmal auch schwere Verletzungen, bei denen er sein unvergleichliches Können unter Beweis stellen musste. Schädelfrakturen, Oberkiefer- und Nasenbeinbrüche, Verletzungen im Stirnbereich oder an Ohrmuscheln sowie diverse andere Knochenbrüche wurden von dem Mann aus Babylonien ebenso furchtlos operiert, wie er Amputationen durchführte, und meistens hörte man ihn den hoffnungsvollen Behandlungsspruch sagen: »Das ist eine Krankheit, die ich behandeln will.«

Gewiss, es gab auch Fälle, bei denen sein ganzes Können nichts auszurichten vermochte, wie der des Mannes, der mit einer klaffenden Wunde am Kopf zu ihnen gebracht worden war und wenig Anlass zur Hoffnung gab. Der Arzt versuchte, den Kopf des Patienten anzuheben, und bemerkte, dass dieser den Mund vor Schmerzen nicht öffnen konnte. Die schweißgebadete Stirn des Mannes glühte vor Hitze. Die Nackenmuskeln waren starr und das Gesicht verzerrt, als hätte er geweint. Der Meister warf dem jungen Priesterarzt einen Blick von der Seite zu und beugte sich vor, um an der Wunde zu riechen. Dann zog er angewidert den Kopf zurück.

»Stinkt nach Kuhmist«, sagte er und sah Nefermaat an. »Das ist eine Krankheit, die man nicht behandeln kann.«*

Abgesehen von diesem Fall und einigen wenigen anderen, wie dem des Mannes mit der »schrecklichen Geschwulst des Chons«**, der tödlich verlief, erzielte Anon bemerkenswerte Ergebnisse, vor allem wenn man seinen Zustand bedachte. Nefermaat fand nur eine Erklärung für dieses Phänomen: Der Mann war ein Wunder. Trotz der Alkoholfahne, die man jedes Mal roch, wenn er den Mund aufmachte, führte er das Messer mit ruhiger Hand. Er erhitzte zuerst das *ds*, das *khepet*, das *schas* oder *hemen**** über einer Flamme und führte sie dann so geschickt, wie Nefermaat es noch nie zuvor gesehen hatte. Nun konnte sich der junge Priesterarzt selbst davon überzeugen, warum der Babylonier so berühmt war.

Nefermaat wiederum bemühte sich, dem Meister unter dessen kritischem Blick bei seinen vielen Operationen so gut wie möglich zur Hand zu gehen. Ihr Arbeitsverhältnis war reserviert und zuweilen sogar gereizt.

Es war merkwürdig. Obwohl Nefermaat mittlerweile über ein Jahr in Anons Haus wohnte, fühlte er sich noch genauso fremd wie am ersten Tag seiner Ankunft. Der Kontakt, den sie miteinander pflegten, beschränkte sich ausschließlich auf die Arbeit und war niemals darüber hinausgegangen. Irgendwie war Nefermaat genauso einsam wie zuvor im Tempel. Er konnte sich nicht erinnern, mit der Hausherrin mehr als die üblichen höflichen Begrüßungsfloskeln ausgetauscht zu haben.

Als er eingezogen war, hatten seine Gastgeber ihn zum Abendessen eingeladen, doch es war sehr schnell deutlich geworden, wie wenig Sympathie Iay ihm entgegenbrachte. Ihr war der jun-

* Dieser Fall ist vollständig dokumentiert in den Papyri E. Smith; der Patient litt an Tetanus.

** Man nimmt an, dass es sich um Krebs handelte.

*** Medizinische Gerätschaften, die bei Operationen benutzt wurden.

ge Mann ein Dorn im Auge, schließlich wusste sie, welcher Priesterschaft er angehörte und wie streng deren moralische Vorstellungen waren. Sie standen ihren eigenen diametral entgegen, deshalb hatte sie ihnen seit langem abgeschworen. Sie kannte das Leben in den Tempeln und wusste, dass alle, die in seine Riten eingeweiht wurden, für ihr Leben gezeichnet waren. Sie war überzeugt, dass Nefermaat ihr jedes Mal, wenn sich ihre Blicke trafen, ihre Lebensweise vorwarf.

Ihren Mann ließ all dies offensichtlich kalt, aber er stammte auch nicht aus Ägypten. Er war ein unmoralischer, gottloser Gauner; Nefermaats moralische Grundsätze interessierten ihn nicht. Iay sah die Sache etwas anders. Sie hatte keine Lust, für alles, was sie tat, die stummen Vorwürfe in den Blicken des jungen Mannes ertragen zu müssen. So machte sie aus ihrer Abneigung gegen den tugendhaften Nefermaat keinen Hehl. Jede Nacht, wenn sie in Anons Armen lag, fragte sie ihn, wann der junge Mann das Haus endlich wieder verlassen würde.

Dann kniff Anon die Augen zusammen, bis nur noch das Funkeln seines Blickes übrig blieb, streichelte sie begierig und gab stets dieselbe Antwort:

»Bald.«

Seit einiger Zeit verlief Iays Leben genauso wie das ihres Mannes. Sie überließ sich dem Trunk ebenso hemmungslos wie er. Ihr Benehmen wurde von Tag zu Tag skandalöser. Sie lachte und schrie, wenn Anon ihr in irgendeinem Winkel des Hauses auflauerte oder sie durch die Gänge jagte. Obendrein hatte die Hausherrin zugenommen, ihre von Natur aus schlanke Figur hatte üppige Kurven entwickelt, die nicht mehr in die eng anliegenden Kleider passen wollten, die sie sonst getragen hatte. Anon reizte dies nur noch mehr, er war geradezu entzückt über diese neue Wende, die sein Eheleben genommen hatte.

Trotz des ausschweifenden Lebens, das Anon führte, wusste er über alles Bescheid, was sich in seinem Haus tat. Einem so intelligenten und scharfsinnigen Mann wie ihm entging nicht das kleinste Detail, egal ob er getrunken hatte oder nicht. Ihm war vom ersten Augenblick an bewusst gewesen, dass der junge Mann in seinem chaotischen Haushalt nur stören konnte, trotzdem hatte er ihn aufgenommen, nicht aus moralischen Gründen, sondern aus einer Verantwortung sich selbst gegenüber. Die Verachtung, die er für die Priesterschaft empfand, egal welchem Gott sie diente, war unverkennbar. Es war ihm lästig, ja fast unerträglich, sein tägliches Leben mit einem ihrer Vertreter teilen zu müssen.

In diesem Fall jedoch war es anders, denn jetzt stand etwas auf dem Spiel, dem er sich ungeachtet seiner angeborenen Unmoral einfach nicht entziehen konnte. Letztere besaß, auch wenn das unvorstellbar erschien, ihre eigene Ethik; es gab durchaus Prinzipien, an die der Mann aus Babylonien sich gewissenhaft hielt. Eines davon war die Freundschaft.

Die Anwesenheit des jungen Mannes in seinem Haus war einzig und allein auf eine persönliche Bitte zurückzuführen, auf einen Gefallen, um den ihn ein alter Freund gebeten hatte, dem er nichts abschlagen konnte.

Zwischen den beiden Männern bestand eine rege Korrespondenz, und als Anon seinem Freund von dem jungen Priesterarzt erzählte, hatte Iryi ihn gebeten, dem Jungen zu helfen.

Anon kannte den einige Jahre älteren Iryi seit seiner Jugend, denn dieser war ein Schüler seines Vaters gewesen, einer der besten. Sein Vater hatte ihn ins Herz geschlossen. Die beiden Jugendlichen waren oft zusammen im Haus gewesen, und so hatte sich zwischen ihnen eine tiefe Freundschaft entwickelt. Sie waren beide von seinem Vater unterrichtet worden, doch später getrennte Wege gegangen. Er selbst war in Kemet, dem Land der Ärzte, zu Ruhm gekommen, und Iryi hatte es sogar zum Leibarzt des Pharao gebracht. Als ihn sein alter Freund um den Gefallen bat, hatte er unwillkürlich an die Parallelen zwischen Iryi und Nefermaat denken müssen. Beide waren *uabu*-Priester, und beide hatten die Abgeschiedenheit des Tempels verlassen, um ihr Wissen bei dem Menschen zu erweitern, der als Einziger diese Kenntnisse besaß. Iryi war zu seinem verstorbenen Vater gekommen und der junge Priesterarzt zu ihm.

Nefermaat hatte von alledem keine Ahnung. Er hätte sich nicht träumen lassen, dass Iryi jeden seiner Schritte verfolgte und Anon in einem Papyrus gebeten hatte, dass der Junge niemals etwas davon erfahren durfte.

Angesichts der Wertschätzung, die Anon für seinen alten Freund empfand, stimmte er vorbehaltlos zu, denn er war der einzige Priesterarzt, den er respektierte.

Der erste Eindruck, den er von Nefermaat bekam, fiel wie erwartet aus. Der Junge war das Produkt der traditionellen Erziehung, wie sie in den Tempeln gelehrt wurde. Anon sah keine Notwendigkeit, eine freundschaftliche Beziehung zu ihm aufzubauen, und machte daher von Anfang an weder einen Hehl aus seiner Geringschätzung für Nefermaats Herkunft noch aus den Welten, die zwischen ihnen lagen. Genauso wenig sparte er mit spöttischen Bemerkungen zu diesem Thema. Obwohl er sich meistens gleichgültig gab, wusste er, wie schwierig Nefermaats Stellung im Haus war und wie schwer es wäre, daran etwas zu verändern. Er konnte seine Frau verstehen, aber auch den jungen Priester, der daran mehr oder weniger unschuldig war. Er wollte Nefermaat nicht dafür verurteilen, dass er gläubig und ehrlich war, so unmoralisch er und seine Familie sich auch verhielten. Man konnte also nur warten, bis ihr Arbeitsverhältnis in angemessener Zeit endete. Das würde schon sehr bald der Fall sein, wie der Meister glaubte.

Trotz seines Spotts, seiner Spitzen, Sticheleien und ständigen Rügen war Anon nicht entgangen, welche Arbeit der junge Priesterarzt in diesem langen Lehrjahr geleistet hatte. Er hatte seine höflichen Umgangsformen und sein umfassendes Wissen sofort erkannt, ebenso seine Kenntnisse bei der Zubereitung von Arzneimitteln, ob sie nun tierischen, pflanzlichen oder mineralischen Ursprungs waren. Er schien gründlich vertraut mit den vielen medizinischen Papyri der Ägypter zu sein, seine Diagnosen waren vortrefflich, und er besaß eine ruhige Hand. Anons Meinung nach musste Nefermaat nur noch einen einzigen, aber entscheidenden Schritt tun, um sich das Wissen anzueignen, das er anstrebte. Doch über diesen Schritt musste er selbst entscheiden, denn es standen jahrtausendealte, unverrückbare Prinzipien auf dem Spiel, heilige Gebote, die kein Ägypter verletzen durfte.

»Deine Ausbildung hier ist abgeschlossen. Jetzt musst du dich entscheiden, welchen Weg du einschlagen willst«, erklärte ihm Anon mit ernster Stimme, als sie eines Nachmittags zusammen im Garten saßen.

Nefermaat sah ihn mit unverhohlener Angst an. Er hatte seit längerem damit gerechnet. Es war eine unausweichliche Entscheidung, die er nicht mehr vor sich herschieben konnte. Sein Herz und sein Gewissen führten einen unerbittlichen Kampf, und zu diesem Zeitpunkt wusste er noch nicht, wer ihn gewinnen würde.

»Heute Abend habe ich etwas vor, bei dem du mich hoffentlich begleiten wirst, obwohl ich dich nicht dazu zwingen kann.«

Nefermaat sah ihn an. Er spürte, wie der Blick seines Meisters ihn durchbohrte, was sein schreckliches Dilemma nur noch verstärkte.

»Ich werde bis Sonnenuntergang auf dich warten«, setzte Anon hinzu, während er aufstand. »Es wird Zeit, dass du dich entscheidest, mit welchen Gespenstern du leben willst.«

Nefermaat rieb sich das Kinn, während er zusah, wie der Arzt ins Haus zurückkehrte. Dessen letzte Worte hallten in seinem Kopf wider, ebenso laut und deutlich, wie sie ausgesprochen worden waren. Anon hätte sich nicht klarer ausdrücken können, und obendrein war er an diesem Nachmittag nüchtern gewesen.

9

Es waren bereits mehrere Stunden vergangen, seit die Schatten dem Sonnengott Re ihre Aufwartung gemacht hatten, um ihn auf seiner Reise durch die Unterwelt zu begleiten, als zwei in dunkle Gewänder gehüllte Gestalten durch die Gassen von Bubastis eilten. Die kleinere ging raschen Schrittes vorneweg, wie jemand, der den Weg kennt. Dicht dahinter folgte die zweite, größere Gestalt, doch ihre Schritte waren zögernd, und sie machte den Eindruck, als ob sie sich mitziehen ließe.

Gelegentlich blieb derjenige, der voranging, kurz stehen und vergewisserte sich, dass ihnen niemand folgte. Er blickte sich um und setzte dann den Marsch fort. Der Zweite folgte ihm wie ein Schatten.

Es war eine besonders schwüle, drückende Nacht, wie immer, wenn ein Gewitter in der Luft lag. Der Tag war außergewöhnlich heiß gewesen, und am späten Abend waren schwere dunkle Wolken am Himmel aufgetaucht, die Regen verhießen. Die ganze Stadt schien das bevorstehende Unwetter zu ahnen, denn die Straßen waren so leer gefegt, dass nicht einmal das vertraute Bellen der Hunde zu vernehmen war. Eine unheimliche Stille lag über allem, die den beiden Männern das Gefühl gab, die Stadt gehöre ihnen allein.

Schließlich blieb der Vordermann vor einem alten Holztor stehen und sah sich erneut in der Dunkelheit um. Ein leichter Windstoß streifte sein grobes Gewand. Er kniff die Augen stärker zusammen und suchte instinktiv nach einem Licht, doch da war nichts. Sein Begleiter stellte sich ebenfalls in den Schutz der Tür und sah sich nach allen Seiten um. Beide verharrten einige Minuten in dieser Stellung und spitzten die Ohren, wie die Aasfresser in der Totenstadt. Ein weiterer, noch stärkerer Windstoß machte ihnen klar, dass sie sich beeilen mussten. Der Kleinere drückte gegen einen der Flügel am Tor, der sich laut quietschend öffnete. Gerade als die beiden gespenstischen Schatten hastig durch den Eingang schlüpften, hörte man einen ohrenbetäubenden Donner am Himmel. Seth galoppierte bereits an der Spitze seines mächtigen Kriegsheeres über den Sturm dahin.

Dem größeren der beiden Männer kam dies wie ein schlechtes Omen vor, obwohl er sich jeden Kommentars enthielt, schließlich hatte er seine Entscheidung bereits getroffen. Mit jedem Schritt auf dem Weg hierher hatte er dagegen angekämpft, aber seine Füße hatten einen eigenen Willen gehabt, und der war stärker gewesen als die Einwände des Gewissens.

Die Männer zogen ihre wollenen Gewänder aus und schritten durch einen langen Korridor, in dem mehrere Pechfackeln brannten. Der Ort schien menschenleer zu sein; nur das Echo ihrer leisen Schritte war zu hören. Schließlich gelangten sie zu einer Halle, die von Öllampen beleuchtet wurde.

»Nimm dir eine Laterne und folge mir.«

Der größere Mann gehorchte, und dann folgten beide einem Gang, der in einem Gewirr kleinerer Gänge endete. Hier konnte man sich leicht verirren. Es war schwer einzuschätzen, wie lange, aber eine ganze Weile irrten sie durch dieses Labyrinth, und Nefermaat hatte das Gefühl, dass sie bereits mehrmals im Kreis gegangen waren, obwohl er es nicht hätte beschwören können. Schließlich gelangten sie durch einen schmalen Gang zu einem großen, von vielen Fackeln erleuchteten Raum, in dessen Mitte sich ein Steintisch befand, ähnlich denen, die die Einbalsamierer benutzten. Darauf lag ein dicker Ballen aus rauem Stoff. Auf dem Holztisch daneben waren alle möglichen chirurgischen Instrumente ausgebreitet.

»Es ist so weit«, sagte Anon und ging auf den Holztisch zu. »Tritt näher, Nefermaat.«

»Gesegnete Triaden, himmlische Enneaden, die ihr über den Kosmos herrscht, denn von dort stammt ihr, die ihr der Natur das Leben und die *maat*, die Gerechtigkeit der Gerechtigkeit, bringt. Ogdoade aus Hermopolis*, in deren Brust sich die Schöpfungsgottheiten vereinen, die Väter und Mütter, die das Licht erschufen, das Urwasser, den unendlichen Raum, das Leben, die Dunkelheit, die ihr nur die Manifestationen des Thot seid, des Gottes der Weisheit, jenes Gottes, der die heiligsten Gesetze auf die ersten Papyri schrieb. Ihr Götter Ägyptens, erbarmt euch Nefermaats, Sohn des Hori, Priesterarzt der rachsüchtigen Sachmet, deren Geheimnisse er sich in langen Jahren in ihrem Tempel erschlich, der ihre göttlichen Gebote wie der Niederträchtigste aller Abtrünnigen verletzte, indem er die schändlichste Sünde beging, zu der ein *uabu*-Priester im Land Kemets fähig ist. An euer Mitleid apelliere ich, denn nicht einmal um Verzeihung kann ich bitten, da ich das Brandmal, das meine Seele in alle Ewigkeit begleiten wird, freiwillig auf mich nahm, als Teil eines Strebens, auf das ein Sterblicher keinen Anspruch erheben darf. Wenn ich eines Tages in der Halle der zwei Wahrheiten** vor Osiris trete, ist das Urteil bereits gefällt. Auf der Waage wird meine Seele um vieles schwerer sein als Maats Feder. Der unbestechliche Thot wird es bemerken, und die zweiundvierzig Richter werden das Urteil verkünden und meine Seele Ammit***, der großen Ver-

* Mit diesem Namen bezeichneten die alten Ägypter eine Gruppe von acht Schöpfungsgottheiten, die auch unter dem Namen »Väter und Mütter, die das Licht erschufen«, bekannt waren.

** So bezeichneten die alten Ägypter den Saal, in dem über die Seele des Verstorbenen gerichtet wurde.

*** Göttin in Gestalt eines Mischwesens (Löwentorso, Hinterteil eines Nilpferdes, Kopf eines Krokodils). Sie hielt sich in der Halle des gött-

schlingerin, zum Fraß vorwerfen. Aus freiem Willen wählte ich diesen Weg und den Preis, den ich dafür werde zahlen müssen, dass ich die Schwelle des Erlaubten überschritt. Niemand zwang mich dazu; ich, Nefermaat, habe mich dafür aus freien Stücken entschieden.«

Das Plädoyer seines Gewissens hallte noch in seinen Ohren wider, als Nefermaat durch das Labyrinth aus Gängen zum Ausgang zurückwanderte. Vor ihm ging Anon und leuchtete den Weg mit seiner schwachen Lampe. Seine Missgestalt erinnerte an die Pateken, jene geistigen Kinder des Gottes Ptah, die als Schutzpatrone kleinwüchsiger Menschen galten. Hinter ihm lag der Ort, der den Anfang und das Ende seiner Ansichten und Überzeugungen symbolisierte, hinter ihm lag auch der Saal mit seinem kalten Steintisch und der Leiche eines Mannes, die sie soeben seziert hatten.

Anon hatte ihn nicht drängen müssen, mit der Arbeit zu beginnen. Nach anfänglichem Zögern hatte sich Nefermaat so in seine Aufgabe vertieft, dass er alles andere um sich herum vergaß. Zusammen hatten sie die pergamentene Leiche, die vor ihnen auf dem Tisch lag, säuberlich obduziert. Sie gehörte einem schlanken Mann mittleren Alters, und Nefermaat zog es vor, keine Fragen zu stellen.

»Die Schlanken sind mir lieber«, erklärte Anon, der die Gedanken des jungen Mannes zu lesen schien. »Mit ihnen lässt sich leichter arbeiten.«

Darauf hob Nefermaat den Blick und sah die boshaften Augen seines Meisters vor sich, der ihn auf seltsame Art anlächelte. Dieser Anblick war so unheimlich, dass es Nefermaat eiskalt

lichen Gerichts auf, wo man das Herz des Verstorbenen auf die Waagschale legte. Eine Schale fasste das Herz, die andere die Feder der Göttin der Gerechtigkeit, Maat. Wog das Herz des Toten schwerer als die Feder, wurde er verurteilt, und Ammit verschlang ihn. Daher wurde sie auch Totenfresserin genannt.

über den Rücken lief und seine Hände einen Augenblick lang zitterten. Als Anon es bemerkte, brach er in lautes Lachen aus, das durch den Saal hallte, als käme es direkt aus der Hölle. Dann begann er, die Leiche aufzuschneiden.

Zum ersten Mal sah Nefermaat einen menschlichen Körper von innen, und er war fasziniert. Das hatte mit den Hunderten von Tieren, die er zerlegt hatte, nichts gemein. Doch die Obduktion menschlicher Leichen war in Ägypten nicht nur eine schreckliche Sünde, sondern auch ein schweres Vergehen vor dem Gesetz. Allein die Einbalsamierer waren dazu berechtigt, und deshalb war das, was sie jetzt taten, nicht nur Gotteslästerung, sondern auch gefährlich. Doch ließ sich ein junger Arzt, der entschlossen war, die Geheimnisse zu entdecken, nach denen er sich sehnte, durch nichts mehr aufhalten. Zum ersten Mal sah er mit eigenen Augen, wie die Organe des menschlichen Körpers beschaffen waren, und hörte stundenlang aufmerksam Anons Erklärungen zu. Anscheinend las er in einem menschlichen Körper wie in einem Papyrus.

»All diese Organe können erkranken. Wir wissen nicht, warum, aber ganz sicher nicht, weil die rachsüchtige Sachmet es so will«, versicherte er mit tiefer Stimme. »Noch wissen wir es nicht, aber eines Tages werden wir es herausfinden.«

Sie sahen sich einen Augenblick an.

»Schau dir diesen Mann an. Ich kannte ihn, als er noch lebte. Der Wein hat ihm die Leber zerfressen«, sagte Anon und tastete dabei abwesend nach seiner eigenen. »Daran ist er gestorben, und ich fürchte, dasselbe Schicksal wird auch mir blühen. Ich habe ihn eine Zeit lang behandelt, denn natürlich interessiert mich seine Krankheit.«

»Ich kann mich nicht erinnern, ihn bei dir gesehen zu haben.«

Anon kicherte. »Er ist ja auch nie zu mir nach Hause gekommen. Er hatte die zehn Silberdeben nicht, die ich nehme.«

Nefermaat warf ihm einen verständnislosen Blick zu.

»Ich bin zu ihm gegangen«, erklärte sein Meister. »Er wohnte außerhalb der Stadt in einer schäbigen Hütte. Er war Maurer, bis ein Steinquader ihm den Unterarm zertrümmerte, wie du hier siehst. Er hatte kein leichtes Leben und war auf die Barmherzigkeit der anderen angewiesen. Der Wein war seine einzige Freude.«

Bei diesen Worten betrachtete Nefermaat die Leiche voller Mitgefühl.

»Du würdest dich wundern, wenn du wüsstest, dass unzählige Menschen im Land der Pharaonen ein ähnlich elendes Leben führen müssen wie er.«

»Hast du viele von ihnen behandelt?«

»Mehr als genug, aber nicht alle litten an derselben Krankheit wie er. Ich interessiere mich auch für andere Krankheiten. Der hier hätte nicht einmal genug Geld gehabt, um sich einen Quacksalber zu leisten.«

»Das ehrt dich, Anon. Wirklich, ich bin verblüfft.«

»Verblüfft? Das glaube ich dir. Aber ich bin alles andere als ein Wohltäter, mein Junge. Auf die eine oder andere Art nehme ich mir immer das, was mir zusteht.«

Nefermaat sah ihn fragend an.

»Er und seine Leidensgefährten, denen es ähnlich schlecht geht, werden von mir behandelt und erhalten sogar hier und da eine kleine Spende, solange sie noch am Leben sind. Wenn sie sterben, begleichen sie ihre Schulden mit ihrem Körper.«

Als Nefermaat dies hörte, riss er die Augen auf.

»Willst du damit sagen, dass …«

»Ich will damit sagen, dass sie mit etwas zahlen, das sie nicht mehr brauchen. Wenn sie sterben, gehört ihr Körper mir.«

Der junge Arzt ließ das Skalpell zu Boden fallen und spürte, wie seine Beine unter ihm nachgaben.

»Das ist nur gerecht«, sagte Anon. »Und du brauchst deshalb gar nicht so ein scheinheilig frommes Gesicht aufzusetzen. Denk lieber daran, dass wir dank solcher Patienten unsere Kenntnisse erweitern und auf diese Weise anderen Kranken helfen können.«

Nefermaat holte tief Luft, während er all das verdaute und sich das traurige Ende des unglücklichen Mannes vorstellte. Er hatte noch nie jemanden kennen gelernt, der überhaupt imstande gewesen wäre, sich solcher Methoden zu bedienen, doch für den Mann aus Babylonien schien es eine mehr oder weniger alltägliche Praxis zu sein.

»Komplex, nicht wahr?«, hörte er ihn sagen. »Und wie du sehen kannst, besteht er nicht nur aus zweiundfünfzig *metu*, wie man euch immer wieder einhämmert.«

Nefermaat hörte allen Erklärungen aufmerksam zu, während der Babylonier wie ein Wasserfall weiterredete.

»Sieh dir seine Leber und die vier *metu** daneben an. Ich glaube nicht, dass sie Luft oder Wasser transportieren. Wie du erkennen kannst, sind alle grundverschieden, und bestimmt besitzen sie auch eigene Funktionen. Oder glaubst du, dass dieses Gefäß hier Luft transportiert?«, fragte Anon und zeigte auf die Schlagader am Oberschenkel.

»Ganz bestimmt!«, antwortete Nefermaat. »Ich habe dieses Gefäß bei Tieren aufgeschnitten und konnte mich selbst davon überzeugen.«

Sein Meister nickte ihm zu.

»Na los, schneid es auf.«

Der junge Mann warf ihm einen kurzen Blick zu und begann, die Ader aufzuschneiden. Während er das tat, öffnete sie sich aufgrund ihrer natürlichen Elastizität, sodass man den Eindruck haben konnte, sie enthielte Luft.

* Sie werden im Papyrus Ebers 854 erwähnt, und es liegt nahe, dass es sich um die Leberarterie, die Lebervene, die Pfortader und den Gallengang handelt.

Nefermaat lächelte leicht.

»Siehst du, sie enthält doch Luft.«

»Es scheint so, aber ich bin trotzdem nicht überzeugt«, erwiderte Anon.

Sein Gehilfe sah ihn überrascht an.

»Du kannst mir ruhig glauben, ich habe dieses Gefäß selbst aufgeschnitten, und das Blut spritzte nur so heraus.«

»Du willst sagen, dass durch dieses *metu* Blut fließt?«, fragte Nefermaat ungläubig.

»Wie gesagt, jedes *metu* besitzt eine eigene Funktion, durch manche fließt Blut, durch andere nicht. Durch dieses hier floss es ganz sicher. Am Knie teilt sich dieses *metu* in zwei weitere. Ich habe beide aufgeschnitten und mich selbst vergewissert.«

»Und wo ist das Blut jetzt?«

»Das ist etwas, das ich dir beim besten Willen nicht erklären kann. Es ist höchst merkwürdig, aber es trifft nur auf lebende Wesen zu, bei Leichen können wir dieses Phänomen nicht beobachten. Stattdessen sieh dir dieses andere *metu* hier an, das zur Blase führt; es leitet den Harn ab.«

»Und diese hier, die zu den *inesway** führen, transportieren bestimmt den Samen«, unterbrach ihn Nefermaat fasziniert. »Jetzt verstehe ich, was du sagst. Aber glaubst du, dass das Herz an zweiundzwanzig *metu* angeschlossen ist, wie behauptet wird?«

»Hm, das ist schwer zu sagen, aber wie du selbst siehst, führen mehrere *metu* zum Herzen. Vielleicht transportieren auch sie verschiedene Flüssigkeiten. Gar nicht so leicht, sich zurückzuhalten, was?«, schloss er, als er sah, wie eifrig der junge Arzt die Organe des toten Mannes untersuchte.

Nefermaat schien ihn gar nicht mehr zu hören, und für eine Weile vertieften sich beide in ihre hektischen Aktivitäten und verloren jedes Gefühl für die Zeit. Nichts schien wichtiger zu

* Hoden.

sein als die sterblichen Überreste dieses armen Mannes. Und als sie sich einen Augenblick lang schweißgebadet anstarrten, als wollten sie nur kurz Luft holen, fiel ein Schatten der Komplizenschaft auf ihre Gesichter, wie ein Zeuge der makabren Verbindung, die zwei Seelen gelegentlich miteinander eingehen.

Als Nefermaat seinem Lehrmeister jetzt durch die verschlungenen Gänge folgte, die sie zum Ausgang führen sollten, dachte er an alles, was passiert war, auch an sein wehleidiges Plädoyer. Doch Gewissensbisse nutzten ihm nichts. Jetzt war der Augenblick gekommen, damit aufzuhören, sich etwas vorzumachen. Er hatte nicht den geringsten Grund zu bereuen, was in dieser Nacht geschehen war. Immerhin hatte er sein ganzes Leben lang auf diese Gelegenheit gewartet. Alles andere war nur ein von Vorurteilen geprägtes Denken und beruhte auf Gesetzen, die angeblich vor langer Zeit von den Göttern niedergeschrieben worden waren. So jedenfalls behauptete man es in den Tempeln.

Trotzdem war er bedrückt. Man hatte ihn auch noch in viele andere Disziplinen eingeweiht und ihm immer wieder eingetrichtert, den rechten Weg der Tugend nicht zu verlassen. Er hatte alles darüber gelernt, was in den Augen der Götter Gefallen fand und was nicht. Es hatte seinen Charakter und sein Verhalten grundlegend geprägt. Darin hatte der alte Medunefer im Tempel recht behalten. Sachmets Siegel würde ihn ein Leben lang begleiten. Ein Gefühl der Traurigkeit überfiel ihn, als er sich plötzlich vorstellte, dass der alte *semsu sunu* irgendwie geahnt haben musste, dass all dies passieren würde. Er hatte die Qualen, die Nefermaat durchmachen würde, vorausgesehen und gewusst, welchen Weg er einschlagen musste.

Einen flüchtigen Augenblick lang überkam ihn eine unbändige Sehnsucht nach dem Tempel, doch dann bogen sie schon in den beleuchteten Korridor ein, der zurück zum Haupttor führte. Unwillkürlich blickte er sich um, als suchte er aus einem Reflex heraus nach dem kalten Saal, doch er sah nur, wie ihm sein Schatten im Schein der Pechfackeln folgte. Der Saal war Vergangenheit und mit ihm die traurige Leiche, die so kalt war wie der Steintisch, auf dem sie gelegen hatte.

Ein kalter Schauer fuhr ihm über den Rücken, als ihn eine böse Vorahnung packte: Vielleicht musste seine Seele nicht auf Osiris' Gericht warten, um Rechenschaft über ihre Taten abzugeben. Vielleicht würde Am-Heh, »der Verschlinger von Millionen«, der im Flammenmeer des Jenseits herrschte, sie vorzeitig fordern, um seinen endlosen Durst nach Opfergaben zu stillen.

Ein schrilles Geräusch riss ihn aus seinen düsteren Gedanken. Es war das Quietschen der Scharniere, als Anon das Tor aufdrückte. Dieser blieb stehen und winkte Nefermaat zu sich.

Er trat näher, bis beide Männer voreinanderstanden und sich in die Augen sahen.

Anon warf ihm ein zahnloses Lächeln zu und klopfte ihm freundschaftlich auf die Schulter. Dann hielt er ihn an beiden Armen fest, sah ihm in die Augen und sagte etwas, das der junge Mann niemals vergessen sollte.

»Nefermaat!«, erklärte er feierlich. »Jetzt bist du ein echter *sunu.*«

Dann traten sie durch die quietschende Tür und verschmolzen erneut mit der alles verschlingenden Nacht. Es regnete in Strömen.

10

Lautes Trommeln erfüllte den großen Saal, wo Atet tanzte. Ein charakteristischer schriller Gesang begleitete den schnellen afrikanischen Rhythmus, den die Hände der Männer aus dem fernen Süden vorgaben.

Alles, was in Bubastis Rang und Namen hatte, war hier versammelt, vom *hatya*, dem Gaufürsten, über sämtliche Würdenträger der Verwaltung wie die *sehedi-sesch*, die Obersten Inspektoren, die dafür sorgten, dass die Verwaltung reibungslos funktionierte, oder die *imira-sesch*, deren Leiter und Vorsteher, bis hin zum *seschena-ta*, dem Oberbefehlshaber des Heeres der Provinz. In Begleitung ihrer herausgeputzten Frauen beobachteten sie fasziniert Atets Vorführung.

Die nach der neuesten Mode in weite, luftige Gewänder mit plissierten langen Ärmeln, deren Taillen durch Gürtel betont wurden, gekleideten Damen waren bei weitem nicht so entzückt wie ihre Gatten. Sie verfolgten den Tanz mit Luchsaugen, auf der Suche nach dem kleinsten Fehler, den sie anschließend kommentieren konnten. Ein schwieriges Unterfangen, denn Atet war zwar nicht besonders groß, besaß aber einen wundervollen Körper, und ihre Haut war genauso straff wie die der Trommeln, auf denen die schwarzen Männer aus dem Süden heute Nacht spielten. In Atets Gesichtszügen spiegelte sich die exotische Schönheit wider, die sie von ihrer Mutter geerbt hatte und die sie so unwiderstehlich machte. Alles an ihr verführte zur Liebe, die weiche Haut, die sinnlichen Lippen, die fein geschnittene Nase, die ungewöhnlich großen grünen Augen, die genauso unergründlich waren wie die von Bastet. Der Glanz ihrer Augen beherrschte das ganze Gesicht und erfüllte es mit Leben.

Diese betörenden Züge wurden von einer schwarzen Perücke betont, deren Haare ihr anmutig bis in den Nacken fielen und ihre Jugend noch unterstrichen. Atet war soeben achtzehn geworden.

Ihre Geburtstagsfeiern waren zu einem Höhepunkt des gesellschaftlichen Lebens für die Oberschicht von Bubastis geworden. In der ersten Nacht des Thot, im ersten Monat der Achet, der Nilüberschwemmung, lud Anon zum aufsehenerregendsten Fest des Jahres ein, das sich an Glanz und Pracht selbst mit jenen messen konnte, die am fernen Königshof stattfanden. Es fiel regelmäßig mit der wichtigsten Festlichkeit der Stadt zusammen, dem Fest der Trunkenheit. Dieses dauerte vierundzwanzig Tage und machte seinem Namen alle Ehre, denn im Verlauf dieser Zeit wurde mehr Wein konsumiert als im ganzen übrigen Jahr.

Natürlich schenkte der Mann aus Babylonien diesem Ereignis die größtmögliche Beachtung. Das ging so weit, dass der gottlose Geselle die Götter dafür lobte, dass sie so weise gewesen waren, den Menschen dieses Fest zu schenken, das ganz nach seinem Geschmack war.

In dieser Zeit zeigte sich Anon von seiner frommen Seite, denn er zelebrierte es vom ersten bis zum letzten Tag mit einer Inbrunst, die man von einem wahren Gläubigen erwarten durfte. Und was konnte schöner sein, als der Katzengöttin, zu deren Ehren das Fest gefeiert wurde, die größte und beste Feier auszurichten, die man sich nur vorstellen konnte? Bei den Vorbereitungen sparte er an nichts und gelobte der Göttin, ihr während der ganzen vierundzwanzig Tage treu zu dienen und nicht einen einzigen nüchtern zu bleiben.

Offensichtlich gab es tatsächlich Fälle, bei denen der Babylonier Wort hielt, denn er scheute weder Kosten noch Mühen, um das Fest gebührend zu feiern.

Großzügig bewirtete er seine Gäste mit den köstlichsten Speisen, den besten Weinen und ließ sie von den angesehensten Tänzerinnen und Musikern unterhalten, die er auftreiben konnte.

Die Feier war bereits seit einigen Stunden im Gange, als Atet auftrat. Die Gäste, die anfangs, der Etikette folgend, kleine Gruppen gebildet hatten, in denen sie sich gedämpft unterhielten, hatten nach dem üppigen Mahl, das dem Bankett eines Gottes in nichts nachstand, ihre Hemmungen mehr und mehr verloren. Der in Strömen fließende Wein löste die Zungen, trübte den Verstand und sorgte für allgemeine Euphorie.

»Schenkt mir Wein nach!«, rief die Hausherrin und rückte den parfümierten Salbkegel auf ihrer Perücke zurecht. »Heute will ich den Göttern ganz nah sein!«

Derartige Entgleisungen waren auf diesen Banketten nicht ungewöhnlich, und es galt keineswegs als Skandal, wenn vornehme Damen aufgrund des vielen Weins die Fassung verloren und zuweilen sogar umkippten.

Als schließlich die ersten Takte der Musik erklangen, tönte bereits ein Gewirr von lauten Stimmen und Gelächter durch den Saal, das eher zur Klientel in einem Haus des Gerstensafts* zu passen schien als zu einer vornehmen Festlichkeit. Langsam erhob sich der harmonische Klang der Trommeln über den Tumult und wurde immer stärker, bis die zündenden Rhythmen sich des ganzen Saals bemächtigt hatten. Im gleichen Augenblick erklangen der süße Ton der Flöten und die mitreißenden Klappern, die Atet ankündigten.

Als das Mädchen im Zentrum des großen Saals erschien, verstummten die letzten Stimmen und wichen einem Raunen unverhohlener Bewunderung. Sie war urplötzlich aufgetaucht, wie vom Klang der Trommeln herbeigezaubert, der bereits mit ihr ver-

* Schenken, in denen man auch die Gesellschaft von Frauen kaufen konnte.

schmolzen war. So geschmeidig bewegte sie sich zu ihrem Rhythmus, dass man hätte meinen können, sie sei von irgendwelchen bösen Geistern besessen, die sie zu den unglaublichsten Verrenkungen verführten. Der Tanz lag Atet im Blut, er drang ihr durch jede Pore. Die Zuschauer erlagen ihrem Zauber augenblicklich.

In dieser Nacht war Atet wie berauscht. Niemand konnte sich erinnern, sie jemals so vollendet tanzen gesehen zu haben. Sie hatte nur einen schmalen Schleier um die Hüften geschlungen, der kaum ihre Scham verhüllte, und bewegte jeden Körperteil, als besäße er ein eigenes Leben. Ihre mit auserlesenen Ölen gesalbte, leicht gebräunte Haut schimmerte im Schein der Lampen und Pechfackeln.

Nefermaat hatte sie schon die ganze Zeit angestarrt. Immer wieder war sein Blick unbewusst zu dem Mädchen gewandert, als hätte er einen eigenen Willen, den er nicht zu kontrollieren vermochte. Er war ebenfalls eingeladen worden, trank aber im Gegensatz zu den anderen Gästen nur Most. Er saß an einem kleinen Tisch mit mehreren anderen Gästen, die er nicht kannte, die aber genau wie er mit Medizin zu tun hatten. Es stellte sich heraus, dass einer von ihnen der *ur sunu** von Bastet und obendrein Oberster Leiter des Hauses des Lebens von Bubastis war. Sie hatten sich angeregt unterhalten, bis Atet zu tanzen begann und das Gespräch verstummte.

Zuvor hatte sie am anderen Ende des Saals gesessen, umschwirrt von einer Gruppe von Männern. Alle waren jung und schön und trugen militärische Abzeichen zur Schau, die sie als Offiziere im Heer des Gottkönigs auswiesen. Einer von ihnen, ein richtiger Muskelprotz, hörte nicht auf, ihr den Hof zu machen und ihr ständig ins Ohr zu flüstern, während sie laut kicherte. Als sie merkte, dass Nefermaat sie beobachtete, trieb sie ihre frivolen, ja anzüglichen Gesten auf die Spitze. Wenn sie lach-

* Oberster Arzt.

te, warf sie wollüstig und aufreizend den Kopf nach hinten. Und wenn sich ihre Blicke trafen, sah sie ihn so verführerisch an, als wüsste sie genau, dass sie ihr Ziel erreichen würde.

Während Atets Tischnachbarn unter dem Einfluss des Weins immer dreister wurden, konnte Nefermaat sein Interesse für das Mädchen nicht mehr verbergen. Genau in diesem Augenblick jedoch erklangen die Trommeln und zogen Atet in die Mitte des Saals. Es erübrigt sich zu erwähnen, dass Nefermaat nicht der Einzige war, der sie anstarrte. Alle Männer, denen der Wein die Sinne noch nicht gänzlich benebelt hatte, beobachteten sie wie verzaubert und fuhren sich unwillkürlich mit der Zunge über die Lippen. Weiß Gott, welche sündigen Gedanken ihnen durch den Kopf gingen.

Wie alle anderen verfolgte auch Nefermaat gebannt ihren Tanz und ließ sich nicht das kleinste Detail entgehen. Atet bewegte sich im Rhythmus der Trommeln durch den ganzen Saal und blieb zuweilen vor einem Tisch stehen. Dann wurden ihre Bewegungen noch erotischer und erregender, bis die Gäste förmlich aus dem Häuschen gerieten. An einem der Tische saß Anon, den Atet besonders gern aufreizte. Und da sie wusste, wie grenzenlos lüstern ihr Stiefvater war, führte sie einen Tanz vor ihm auf, der einer Hathor würdig war und dessen sinnlicher Zauber selbst den schlaffsten Mann nicht unberührt gelassen hätte. Der Arzt beherrschte sich, so gut es ging, trotzdem konnte man in seinem Gesicht den Wirbelsturm der Gefühle, der in seinem Inneren tobte, deutlich lesen. Er starrte das Mädchen mit weit aufgerissenen Augen an, als wäre er in eine Art Hypnose gefallen. Sein Blick folgte jeder ihrer Bewegungen, die Hände waren in den Schenkeln verkrallt. Sein Mienenspiel hätte nicht ausdrucksvoller sein können; deutlich spiegelten sich darin sämtliche obszönen Vorstellungen, die er mit dem Mädchen verband.

Als sie ihr Ziel erreicht hatte, setzte Atet ihren Tanz voller Genugtuung fort. Mit einstudierten Bewegungen wirbelte sie auf ihren reizenden Füßen, die den Boden gar nicht zu berühren schienen, durch den Saal direkt auf Nefermaat zu. Als er merkte, dass sie immer näher kam, wusste er, dass sie vor seinem Tisch stehen bleiben würde. Plötzlich spürte er, wie sein ganzer Körper vor Lust bebte.

Wie bereits zuvor schwang Atet so aufreizend die Hüften, dass sie alle Zuschauer damit verzauberte. Ihr Körper näherte sich dem jungen Arzt, bis er sie fast berühren konnte, und dann bewegte sie die Brüste zum Rhythmus der Trommeln, deren Klang die primitivsten Instinkte zu wecken vermochte, und ließ den wohlgeformten Busen mit den dunklen Brustwarzen direkt vor seinen Augen kreisen. Es war eine allzu heftige Versuchung, selbst für den zurückhaltendsten Mann. Nefermaat warf ihr einen flehenden Blick zu, der jedoch seine Kapitulation nur endgültig besiegelte.

Sie wusste genau, was er durchmachte. Mit boshafter Schadenfreude rückte sie noch ein Stück dichter an ihn heran, bis ihre Warzenhöfe ihn streiften. Dann vollführte sie eine ihrer typischen Pirouetten und entschwand auf die andere Seite des Saals, als sei nichts geschehen.

Während Nefermaat tief Luft holte und versuchte, sich zu beruhigen, sah er, wie sich die Hausherrin in Erinnerung an längst vergangene, sehnsüchtig vermisste Zeiten dem Tanz ihrer Tochter anschloss. Die einstige Tempeltänzerin hatte der Versuchung nicht widerstehen können. Als Atet sie bemerkte, zog sie sich diskret zurück und überließ ihr, die lange Jahre ihre Lehrerin gewesen war, die Bühne. Die Zeit war nicht spurlos an Iay vorbeigegangen. Die jugendliche Schönheit, die sie einst besessen hatte, war verwelkt. Trotzdem wollte sie sich nicht geschlagen geben. Angestachelt durch die berauschende Stimmung oder die beträchtliche Menge Wein, die sie getrunken hatte, trat die alte Dame des Tanzes auf die Bühne und bewies vom ersten Augenblick an, dass sie nicht einen einzigen Schritt vergessen hatte.

Die Musik hatte Iay angesteckt; mit jeder Bewegung wurde ihre Leidenschaft zügelloser. Ihr Körper, der mit den Jahren zugenommen hatte, wirkte übertrieben lasziv, wenn sie sich in den Hüften wiegte. Allem Anschein nach hatte sie ihr Schamgefühl in irgendeinem abgelegenen Winkel des Hauses zurückgelassen, denn jetzt schwang sie die überschüssigen Pfunde wild zum Rhythmus der Klappern und Trommeln, während die Zuschauer begeistert in die Hände klatschten. Daraufhin warf sie auch die letzten Hemmungen über Bord und begann, ihr langes, plissiertes Gewand aufzuschnüren, während ihre Füße sie durch den Saal trugen, ohne auch nur ein einziges Mal aus dem Rhythmus zu kommen. Als sie mit einstudierter Geste das Gewand zu Boden fallen ließ, brach der ganze Saal in Jubel und Applaus aus, was sie nur bestärkte weiterzumachen. Mit nichts weiter als einem winzigen Stück Tuch bekleidet, ließ Iay ihrem wollüstigen Körper freien Lauf, bis die schweren Brüste vor den verblüfften Augen ihrer begeisterten Gäste erzitterten.

Das war zu viel für Anon. Als er sah, wie seine Frau ihren üppigen Körper kreisen ließ, war es mit seiner Beherrschung vorbei.

Und jetzt hielt ihn nichts mehr an seinem Platz.

Während Iays Brüste heftig hin und her pendelten, bahnte er sich einen Weg zur Tanzfläche, entschlossen, sich an dem allgemeinen Vergnügen aus nächster Nähe zu beteiligen.

Die Gäste brachen in tosenden Applaus aus und forderten ihn auf mitzumachen.

»Anon soll tanzen! Anon soll tanzen!«, rief die aufgeputschte Menschenmenge.

Ermutigt durch das anfeuernde Geschrei der Gäste und die einladenden Gesten seiner Frau setzte Anon ihr mit kleinen Sprüngen, die man wohl für Tanzschritte halten sollte, durch den ganzen Saal nach. Es war eine wirklich komische Szene, denn angesichts seiner kurzen Beine wirkten all seine Bewegungen grotesk, und das Publikum krümmte sich vor Lachen. Das Ganze erinnerte Nefermaat an den Tanz der Pygmäen, den er als Kind im Palast des Gottkönigs gesehen hatte und der diesem immer besonders gefiel. Die kleinwüchsigen Männer jedoch hatten sich anmutig bewegt, während der arme Anon eher wie ein Frosch aussah, der mal hierhin, mal dorthin hüpfte.

Das Spektakel erreichte seinen Höhepunkt, als Anon seine Frau endlich eingeholt hatte. Da er kleiner war als sie, reichte sein übergroßer Kopf ihr nur bis zum Busen, den er nun begierig anstarrte.

Im nächsten Augenblick warf er sich ihr so heftig an die Brust, als hinge sein Leben davon ab, und beide stürzten unter großem Geschrei und Gelächter zu Boden.

Nach einem Augenblick der Verblüffung eilten die Gäste, die sich in ihrer unmittelbaren Nähe befanden, herbei, um ihnen beim Aufstehen zu helfen, doch das war gar nicht so einfach. Anon klammerte sich so hartnäckig an Iays Körper, dass niemand sie trennen konnte. Schließlich mussten die Anwesenden ihn förmlich überreden, wieder zur Vernunft zu kommen und seine Frau loszulassen, die sich vor Lachen kaum halten konnte.

Nach der grandiosen Vorführung, die die Gastgeber ihren Gästen geboten hatten, brauchten alle eine kleine Verschnaufpause. Die Stimmung war derart aufgeheizt, dass man es für besser hielt, auch den Musikern eine Unterbrechung zu gönnen, damit niemand mehr auf die Idee kam, die Tanzfläche zu stürmen.

Daraufhin verteilten sich die Gäste im ganzen Haus und erholten sich von der Aufregung.

Nefermaat nutzte die Gelegenheit und trat auf die weitläufige Terrasse vor dem Saal, von der man in den Garten gelangte. Er stützte sich auf die Balustrade und genoss die schöne Aussicht. Sein Blick schweifte über den prächtigen Garten zu seinen Füßen. Gierig sog er die Luft ein, froh, sich nach den bewegten Ereignissen im Duft der Blüten verlieren zu können. Am anderen Ende des Gartens strömte der Nil feierlich und verschwenderisch dahin, von Tag zu Tag ein bisschen höher, als wollte er die nahende Flut ankündigen. Bald würde der Nil die Felder mit seinem fruchtbaren Schlick überschwemmen und einen neuen Zyklus einläuten, der sich seit Anbeginn der Zeiten wiederholte und das Überleben in dem jahrtausendealten Land garantierte.

Er erfreute sich noch an den Wohlgerüchen, die aus dem Garten heraufdrangen, als er plötzlich eine Bewegung unten im Gebüsch wahrnahm. Obwohl das schwache Licht des Neumondes in dieser Nacht die Dunkelheit kaum vertreiben konnte, machte er eine Gestalt aus, die seine Aufmerksamkeit erweckt hatte. Sie tauchte neben einer der kleinen Lampen auf, die den Pfad zum Fluss hinunter säumten, hob den Kopf und sah genau in seine Richtung. Im gleichen Augenblick fiel ein Lichtstrahl auf ihr Gesicht, und Nefermaat erkannte den Anflug eines Lächelns. Es war Atet.

Einen Augenblick lang spürte er, wie die unangenehme Erregung, die ihn zuvor im Saal überfallen hatte, mit einer so unbändigen Kraft zurückkehrte, dass er ihr nichts entgegensetzen konnte. Sein Herz begann heftig zu pochen, seine Hände krallten sich um die Brüstung. Dann drehte sich das Mädchen wieder um und verschwand hinter einem Busch aus seinem Blick.

Eine Zeit lang spitzte Nefermaat die Ohren und kniff beide Augen zusammen, auf der Suche nach irgendetwas, das sie verraten würde, doch es war, als hätte die unergründliche Dunkelheit der Nacht sie einfach verschluckt. Nirgends entdeckte er eine Spur von ihr. Doch dann tauchte eine weitere Gestalt auf, die ebenfalls auf dem Weg zum Fluss war. Als sie an der Lampe vorbeikam, erkannte Nefermaat sie; es war einer der Offiziere, die an Atets Tisch gesessen hatten. Nervöse Übelkeit überkam ihn, die sich noch verstärkte, als er Atets Stimme in der Dunkelheit vernahm. Auch der Offizier hörte sie und eilte ihr nach.

»Habe ich dich nicht gewarnt? Sie ist ein Dämon«, hörte er jemanden hinter sich sagen.

Nefermaat drehte sich hastig um und sah, wie Anon auf ihn zukam.

»Sie ist wirklich pervers«, sagte sein Lehrer und stützte sich neben ihm auf die Balustrade der Terrasse. »Ich weiß nicht, von wem sie das hat. Ihre Mutter ist zwar auch ziemlich freizügig, aber sie hat ein anständiges Herz.«

Nefermaat blickte starr in die dunkle Nacht, ohne zu antworten.

»Was sie dir gerade angetan hat, ist nicht zu entschuldigen. Glaub mir, ich weiß, wie du dich fühlst.«

Nefermaat sah ihn überrascht an.

»Ja, mein Junge, der ganze Saal hat es mitbekommen. Sie hat von Anfang an nur für dich getanzt, die schamlosesten Verrenkungen gemacht, ist bis an die Grenze des Erlaubten gegangen, um sich dann mit einem hergelaufenen Offizier in die Büsche zu schlagen, mit dem sie es jetzt treiben wird, bis sie keine Lust mehr hat.«

Nefermaat starrte schweigend in die Dunkelheit.

»Ja, ja, ich weiß. Du meinst, ich sei betrunken und würde übertreiben. Und du hast sogar recht, aber nur halbwegs. Ich bin zwar betrunken, aber immer noch klarer im Kopf als du. Deshalb nimm dich vor ihr in Acht.«

»Ich glaube nicht, dass Atet Interesse an mir hat«, murmelte Nefermaat schließlich.

»Interesse? Das weiß nur sie allein. Und sie würde es dir niemals zeigen, bis sie ganz sicher ist, dass du ihr aus der Hand frisst.«

Nefermaat lachte leise.

»Lach nicht. Ich weiß, wovon ich spreche. Mich provoziert sie ständig, ohne sich darum zu kümmern, wie es ihrer Mutter dabei geht. Sie genießt es einfach, wenn sich die Männer nach ihr verzehren. Dabei ist sie gerade erst achtzehn.«

Nefermaat senkte den Blick und verschränkte die Hände.

»Mein lieber Freund«, sagte der Babylonier und legte ihm die Hand auf die Schulter. »Glaub mir, ich weiß, wie dir zu Mute ist. Aber so sind nun einmal Atets Spielregeln. Sie wird nach dir rufen, wenn es ihr passt, und du wirst ihrem Ruf folgen. Wenn du dann bis über beide Ohren in sie verliebt bist, wird sie sich einen anderen anlachen und dich fallen lassen wie eine heiße Kartoffel.«

»Du sprichst von ihr, als wäre sie völlig herzlos«, entgegnete Nefermaat entrüstet.

Anon kicherte.

»Das ist sie auch, glaub mir. Na, jedenfalls habe ich dich gewarnt. Du hast dich doch mit eigenen Augen davon überzeugen können, wozu sie imstande ist«, erklärte er und zeigte auf den Garten. »Eben erst hat sie dich an der Nase herumgeführt!«

»Es ist seltsam. Wir haben nie mehr als ein paar Worte gewechselt, und trotzdem habe ich das Gefühl, dass sie mir ganz nah ist.«

»Das gehört zu ihrem Zauber, du kannst es mir glauben«, erwiderte Anon. »Aber such nicht nach einer Antwort, du wirst sie nicht finden.«

»Ach was, ich mache mir keine Hoffnungen«, erklärte Nefermaat würdevoll. »Sie interessiert mich gar nicht besonders, aber ich muss gestehen, dass ich sie sehr aufreizend finde.«

»So ergeht es den meisten von uns«, rief Anon und lachte. »Atet weiß genau, was uns interessiert. Und deshalb wirst du heute Nacht auch allein in deine einsame kleine Höhle zurückkehren.«

»Der Raum gefällt mir«, entgegnete Nefermaat trotzig.

»Dann genieße ihn inmitten deiner Papyri und Einläufe«, sagte Anon und klopfte ihm auf den Rücken. »Ich für mein Teil ziehe die Gesellschaft meiner Frau vor.«

Als er die Türschwelle des Hauses erreicht hatte, drehte er sich noch einmal um.

»Heute Nacht wirst du die Götter lauter als sonst anrufen müssen. Ich fürchte, die Aufgüsse mit Lotusblüten, die du trinkst, um deine Libido zu unterdrücken, werden dir nicht viel helfen.«

Daran dachte Nefermaat, als er sich auf seine harte Matte fallen ließ. Bis vor kurzem hatte ihm die Libido keine Sorgen bereitet, doch wenn er ehrlich sein sollte, hatte der Babylonier recht, was die Sache mit dem Blütentee betraf. In Wirklichkeit war das, was er nun durchmachte, völlig normal für sein Alter. Er war sich bewusst, dass der jahrelange Aufenthalt im Tempel diesen natürlichen Prozess lediglich verzögert hatte. Jetzt war er, von der strengen Disziplin befreit, mit voller Wucht ausgebrochen.

Er streckte sich auf seiner Matte aus, verschränkte die Arme hinter dem Kopf und schloss die Augen. Unweigerlich tauchte Atets Gestalt vor seinen Augen auf, und er erinnerte sich, wie sie direkt vor ihm getanzt hatte, als sei sie Hathors Wiedergeburt. Er dachte an ihre Brüste und die dunklen Warzenhöfe. Und dann spürte er dieses unangenehme Gefühl wieder, als sein Penis steif wurde. Anon hatte recht gehabt. Heute Nacht würde er beten können, so viel er wollte. Seine Probleme würden die Götter nicht lösen.

Das Fest der Trunkenheit war die wichtigste Feier in Bubastis und eine der beliebtesten in ganz Ägypten. Wie die meisten Feste des Landes wurde auch dieses während der Achet, der Überschwemmungszeit gefeiert, wenn der überwiegende Teil der Feldarbeiter ihre Arbeit ruhen lassen musste, weil die Felder vom Nil überflutet waren. Das Fest der Trunkenheit wurde auch in anderen Städten begangen, aber das in Bubastis war das berühmteste. Aus allen Teilen Kemets strömten die Menschen in die Stadt, um vierundzwanzig Tage an den größten Exzessen und Ausschweifungen teilzunehmen, die man sich vorstellen kann. In einem traditionellen Land wie Ägypten, dessen Bevölkerung extrem gläubig war und sich streng an die vielen Gebote und Regeln hielt, stellte das ausschweifende Fest eine einzigartige Gelegenheit dar, die sich kaum jemand entgehen lassen wollte. An die siebenhunderttausend Menschen belagerten die Stadt der Katzengöttin, um den Feierlichkeiten beizuwohnen. Eine unglaubliche Zahl von Menschen, die das Gesicht der Stadt drastisch veränderte, ihre Straßen mit ausgelassener Freude erfüllte und jedermann einlud, die Wohltaten anzunehmen, die Bastet ihren Anhängern vom ersten bis zum letzten Tag erwies.

Wie alles, was in Ägypten geschah, hatte auch das Fest der Trunkenheit seine Wurzeln in der komplexen Welt der ägyptischen Götter. Bastet galt zwar als Göttin der Liebe und Freude, als Schutzgöttin von Schwangerschaft und Geburt, die mütterliche Fürsorge und Schutz für die Familie repräsentierte, aber sie konnte auch zu einer Löwin werden, wenn es darum ging, ihre Kinder zu verteidigen. Dann verschmolz sie mit der Göttin Sachmet und verwandelte sich in eine zornige Mörderin. Der Legende nach zog sie ins ferne Nubien und vernichtete alles, was sich ihr in den Weg stellte. Re, dem Vater aller Götter, war nichts anderes übrig geblieben, als seine Söhne auszuschicken, um sie zu besänftigen, was ihnen schließlich mit Musik, Tanz und Wein gelungen war.* Das war der Ursprung des Festes. Man tanzte, sang und trank, um Bastet bei Laune zu halten, damit sie nicht zur rachsüchtigen Löwin wurde und ein Blutbad unter den Menschen anrichtete. Überall in der Stadt fanden Feierlichkeiten statt, mit denen die verschiedenen Stände ihrer Göttin huldigten.

Das Fest begann am ersten Tag mit einer imposanten Prozession. Mit dem Ersten Propheten als Stellvertreter des Gottkönigs an der Spitze eskortierte die Priesterschaft der Bastet in der heiligen Barke eine Katze, die zur Reinkarnation der Göttin auserwählt worden war. Wenn die Prozession mit dem Tier vorbeikam, das mit allen Attributen der Göttin ausgestattet war, war-

* Diese Legende ist unter dem Mythos der »Fernen Göttin« bekannt.

fen sich die Menschen zum Zeichen ihrer Verehrung flach auf den Boden. Das Gefolge begab sich zum Fluss und bestieg unter den Lobliedern und Preisungen der Gläubigen die prächtigen Schiffe. Währenddessen erteilte die Reinkarnation der Göttin von ihrer prachtvollen, mit Gold verzierten Holzbarke aus, die im Schein des allmächtigen Re auf dem Wasser funkelte, dem Volk ihren Segen.

Hunderte von weiteren Schiffen, gedrängt voll mit Frauen und Männern, die Hymnen und alte Lieder sangen, um die sprichwortliche Macht der Göttin zu preisen, folgten der heiligen Prozession. Von den Ufern des Nils aus stimmte die Menschenmenge in die Loblieder ein und schloss sich der Huldigung an, die ganz Ägypten der Göttin Bastet entgegenbrachte.

Die Prozession endete in Bastets Tempel. Durch einen Kanal, der vom Fluss abging, gelangte die Barke zu ihrem heiligen See. Von dort trugen die Priester die göttliche Reinkarnation auf ihren Schultern ins Allerheiligste, wo sie das Fest als lebende Göttin verbrachte. Dort wurde sie versorgt und gefüttert, als wäre sie tatsächlich eine Göttin, und von den vielen Pilgern angebetet, die täglich in die heilige Stätte strömten. Die ohnehin große Katzenpopulation im Tempel schien sich auf wundersame Weise zu vervielfachen. Es sah aus, als hätten die Tiere die gesamte Anlage in Besitz genommen, als wüssten sämtliche Katzen in Bubastis, einer Stadt, in der sie verehrt und beschützt wurden, von der Bedeutung des einzigartigen Kults und strömten in den großen Tempel, um ihrer göttlichen Königin die Ehre zu erweisen.

Während der Dauer der Festlichkeiten wuchs auch die Einwohnerzahl der Stadt um ein Vielfaches, und das brachte verständlicherweise große Probleme mit sich. Bubastis war von Menschen übervölkert, denen nichts anderes übrig blieb, als auf der Straße zu schlafen, sodass die Stadt praktisch nicht zur Ruhe kam. Zudem hieß es nicht ohne Grund, dass während des Festes der Trunkenheit mehr Wein konsumiert wurde als sonst im ganzen Jahr. Die Pilger sangen, tanzten und schlugen ihre Sistren, bis sie vor Erschöpfung umkippten.

Jeden Tag konnte man von den Ufern des Nils aus das ständige An- und Ablegen der mit Menschen überfüllten Lustbarken verfolgen. Die Fahrgäste spielten auf ihren Musikinstrumenten, und denen, die sie vom Ufer aus beobachteten, riefen sie alle möglichen Frechheiten zu. Die Weiber hoben die Röcke und zeigten schamlos ihren Hintern, während an Deck der Wein in Strömen floss.

Wie nicht anders zu erwarten, waren bereits nach einer Woche die Folgen der zügellosen Ausschweifungen unübersehbar. Als Nefermaat am Morgen auf dem Weg in den Tempel war, um seine Gebete an die Göttin zu richten, wunderte er sich nicht über die vielen Betrunkenen in den Straßen, die ihren mittlerweile zehntägigen Rausch ausschliefen. Die Menschen konsumierten während des Festes schier unvorstellbare Mengen an alkoholischen Getränken, sodass derartige Anblicke nichts Ungewöhnliches waren. Und je weiter die Festlichkeiten voranschritten, desto öfter kamen sie vor.

Darüber dachte Nefermaat nach, als er den auf den Straßen schlafenden Menschen auswich und sich sagte, dass so manch einer vielleicht gar nicht mehr aufstehen würde. Er kannte den Mythos der Fernen Göttin und wusste, warum man den Kult feierte, und trotzdem spürte er einen heimlichen Widerwillen, der wahrscheinlich in seiner eigenen Natur begründet lag. Dass Männer und Frauen lachend durch die Gärten der Stadt jagen, um sich dann hinter irgendeinem Gebüsch lauthals zu paaren, ist eines ägyptischen Festes unwürdig, dachte er. Nichts war dem Geist seines Volkes fremder, und dennoch …

Er seufzte, weil er keine Antwort darauf fand, und betrat schließlich den Tempel. Dort drinnen herrschte eine angenehme Stille, und weit und breit war auch kein Betrunkener zu sehen. Wie üblich beteten einige fromme Pilger zwischen den mächtigen Säulen des Innenhofs, den er jetzt durchquerte. Als er ihre in sich gekehrten Gesichter sah, vergaß er den schlechten Eindruck, den die Stadt gerade auf ihn gemacht hatte. Zumindest gab es noch Menschen, die die Göttin aufrichtig verehrten.

Doch die unzähligen Katzen, die frei im Hof herumsprangen, als seien sie die wahren Besitzer des Ortes, überraschten ihn. Er wusste, dass man sich im Tempel um sie kümmerte und sie fütterte, trotzdem hätte er sich nicht träumen lassen, dass es so viele waren. In der Vorhalle am Ende des Hofes hatte sich eine so große Zahl versammelt, dass er Mühe hatte, über sie hinwegzusteigen. Ein Priester bahnte sich vorsichtig einen Weg hindurch, um ihn zu begrüßen. Es war ein *hem-netjer*, ein einfacher Gottesdiener, der sich um die niederen Arbeiten im Tempel kümmerte.

Als er in Nefermaat einen *uabu*-Priester erkannte, sprach er ihn an, um zu sehen, ob er etwas brauchte. Sie wechselten ein paar Worte, dann verabschiedete sich der *hem-netjer*, und Nefermaat betrat die große Säulenhalle.

Es war eine kunstvoll beleuchtete große Halle mit einer hohen Decke, die auf mächtigen Säulen in Form von Papyrusstauden ruhte. Aus den Räucherpfannen, die in regelmäßigen Abständen die Halle schmückten, stieg der charakteristische Duft des Terebinthenharzes, den er so liebte. Die Halle wirkte völlig verlassen, abgesehen von einigen Katzen natürlich, die träge herumlagen und die Kühle im Innern der Halle genossen.

Nefermaat atmete den Duft des verbrannten Harzes tief ein. Er erschien ihm wie Balsam. Er war für diesen Wohlgeruch ebenso dankbar wie für die Tatsache, dass er allein war. Schließlich war das eins seiner Privilegien. Nur Tempelpriester oder der Pharao durften durch die Vorhalle in den heiligen Saal treten. Das einfache Volk musste draußen bleiben auf dem großen Platz vor dem Eingang zum Tempel. Und nicht einmal er durfte von hier aus weitergehen. So war es seit Menschengedenken in ganz Ägypten gewesen. Das Allerheiligste der Tempel war dem Pharao und bestimmten ranghohen Priestern vorbehalten.

Nefermaat schloss die Augen und konzentrierte sich auf seine Gebete. Er war gekommen, um Bastet seine Aufwartung zu machen, und froh, dass er zwischen den stillen Säulen in Gedanken versunken umhergehen konnte. Wenig später erfüllte ihn ein wohliges Gefühl, und er verfiel in einen Zustand der Meditation, in dem er sich zunehmend verlor. Dann löste er sich von allem, was ihn umgab, und hörte nur noch die leise gemurmelten Litaneien, die ihm wie eine undurchdringliche Mauer gegen alles Irdische erschienen. In diesem Bewusstsein der Leere suchte seine ruhelose Seele Zuflucht.

Doch noch immer verband ein dünner Faden ihn mit der Wirklichkeit, wie ein aufmerksamer, unbestechlicher Fühler, der alles übermittelt, was die Sinne erfassen, auch wenn es manchmal wie eine Illusion erscheint. Zumindest war es das, was er in seinem entrückten Zustand wahrnahm: eine ferne Erscheinung, die ihn beim Namen rief.

»Nefermaat, Nefermaat, Nefermaat ...«

Eine anfangs völlig diffuse Illusion, verschwommen und kaum zu verstehen.

»Nefermaat, Nefermaat, Nefermaat ...«

Jetzt gruben sich die Worte entschiedener und klarer in seine Versunkenheit und verschafften sich Gehör. Aus der Tiefe tauchte ein Licht auf, wurde immer heller und öffnete schließlich das Tor, durch das der Junge seinen kontemplativen Zustand wieder verlassen konnte. Jetzt war er sicher, dass jemand nach ihm rief.

»Nefermaat, Nefermaat, Nefermaat ...«

Er schlug die Augen auf und versuchte herauszufinden, woher die Stimme kam, die seinen Namen rief. Ob es die Göttin war, die sich für seine Gebete bedankte?

Nefermaat sah sich um, und im gleichen Moment glaubte er, das unverwechselbare Geräusch leiser Schritte auf den abgenutzten Steinen zu vernehmen.

»Nefermaat, Nefermaat, Nefermaat …«

Sein Name erklang leise zwischen den Säulen. Nefermaat drehte sich um.

»Wer ruft mich?«, rief er.

Seine Frage verhallte zwischen den Säulen, ohne dass er eine Antwort erhielt.

Der Junge schritt neugierig durch den Wald von Säulen, und plötzlich hörte er erneut seinen Namen. Dieses Mal ganz deutlich.

»Nefermaat, Nefermaat, Nefermaat …«

Er ging in die Richtung, aus der die leicht verzerrte Stimme zu kommen schien. Sie klang wie die einer Frau. Er blieb stehen und horchte.

»Wer ist da? Wer ruft mich?«, rief er laut.

Wieder hörte er Schritte ganz in seiner Nähe, die sich in einer der Nebenhallen des Seitenflügels zu verlieren schienen.

Nefermaat ging ihnen nach und hörte, wie sie schneller wurden. Schließlich gelangte er zur Mauer und entdeckte den verlassenen Gang, der sich von einem Ende der Säulenhalle zum anderen zog.

»Wer ruft nach mir?«, fragte er erneut.

Der Junge hörte deutlich ein Lachen durch den Wald von steinernen Papyrusstauden hallen, und dann sah er, wie eine Gestalt durch den Gang lief und in einer der angrenzenden Kammern verschwand.

Als Nefermaat ihr folgte, sah er nur noch, wie der merkwürdige Schatten sich am Ende des Raums in einem der vielen Gänge verlor.

Wieder hörte er ein Lachen, es trieb ihn zur Eile an. Ganz klar, es war eine Frauenstimme. Entschlossen trat er in den Gang. Er war schmal und dunkel, wie fast alle Gänge in den Tempeln, und führte in einen weiteren Raum, von dem anscheinend drei neue Gänge abgingen. Nefermaat blieb in der Mitte stehen und sah sich um. Es gab drei Galerien und eine Treppe, die vermutlich zu den Terrassen hinaufführte, von wo aus die Stundenpriester den Himmel beobachteten, um die Zeit bestimmen zu können. Plötzlich fiel ihm ein, dass er eigentlich gar nicht hier sein durfte, und er fühlte sich unbehaglich. Doch dann hörte er wieder seinen Namen, ganz deutlich.

»Nefermaat.«

Und dieses Mal wurde er nicht vom Echo wiederholt wie eben noch, sondern klang verführerisch nah. Nefermaat ging auf die Gänge zu und warf einen Blick hinein. Am Ende des äußersten linken Gangs erkannte er einen Schatten, der auf ihn zu warten schien.

Jetzt, da er die seltsame Erscheinung sehen konnte, war er verblüfft. Die Gestalt, die am Ende des Gangs wartete, war das leibhaftige Abbild der Göttin Bastet, denn sie war genauso gekleidet und geschmückt wie die Göttin. Sie trug eine breite Halskette und ein langes, eng anliegendes Kleid, das bis zu den Waden reichte. Genau wie Bastet hielt sie in der rechten Hand ein Sistrum und in der linken einen Papyrusstab; am Arm hing ein Korb mit jungen Katzen.

Was sollte das? Was hatte diese Darstellung zu bedeuten?

Nefermaat blieb keine Zeit, darüber nachzudenken. Plötzlich schlug die geheimnisvolle Erscheinung ihr Sistrum, lachte und verschwand wieder in einem der unzähligen Gänge.

Nefermaat beschleunigte seine Schritte, entschlossen, die Gestalt, die offenbar ein merkwürdiges Interesse an ihm hatte, nicht mehr aus den Augen zu verlieren. Er verfolgte sie durch mehrere Gänge, bis einer sie zu den Gärten führte, die den heiligen See umgaben. Er sah, wie die wiedergeborene Göttin rasch hinter einem der vielen prächtigen Sträucher verschwand. Die Schönheit des Gartens überwältigte Nefermaat. Er war genauso gepflegt wie die Anlagen des Gottkönigs, wo er als Kind gespielt hatte. Und auch der See mit dem Anlegeplatz für die heilige Barke erinnerte ihn an seine Kindheit. Ein schöner Platz und ein würdiges Heim für Bastet.

Er schreckte aus seiner Träumerei auf, sah sich nach der anderen Göttin um und ging dann auf das Gebüsch zu, in dem sie verschwunden war. Langsam bahnte er sich einen Weg durch das dicht belaubte Labyrinth unterschiedlichster Pflanzen, die so beschnitten waren, dass sie gefällige Formen bildeten.

Nefermaat folgte einem schmalen Pfad durch die üppige Vegetation und sog den süßen Duft ein, den die Blüten verströmten. Seine Neugier hatte sich gelegt und war einer inneren Ruhe gewichen; er liebte Pflanzen über alles, und das erst recht, wenn er sich in solch einem prachtvoll angelegten Garten daran erfreuen konnte.

Ein Geräusch in unmittelbarer Nähe riss ihn erneut aus seinen Gedanken, und er sah auf.

»Nefermaat.«

Es war nicht mehr als ein Seufzen, das aus dem Busch direkt vor ihm zu kommen schien.

Er trat näher, schob die Zweige beiseite, kämpfte sich durch das Dickicht und gelangte schließlich zu einer kleinen Lichtung. Von dichter Vegetation umgeben, erinnerte sie an eine Insel in einem Meer von Bäumen, als hätte eine Oase ihre natürliche Schönheit abgestreift und die raue Wüste verlassen, um sich mitten in einem fruchtbaren Paradies niederzulassen.

Es kam ihm vor, als wäre er über den heiligen Garten plötzlich in die *iaru*-Gefilde* gelangt. Im Schatten einer Palme erwartete ihn eine Göttin.

»Wie du siehst, hat Bastet deine Gebete erhört, Nefermaat«, hörte er sie sagen. »Sie erweist sich als großzügig gegenüber denen, die ihre Gebote einhalten. Anscheinend bist du einer der wenigen – wenn du mich fragst, möglicherweise der Einzige –, der sie befolgt.« Damit brach sie in lautes Lachen aus.

* So nannten die alten Ägypter das Paradies.

Plötzlich wusste Nefermaat, wem dieses singende Lachen gehörte.

»Du?«, rief er überrascht. »Aber … ich verstehe nicht …«

»Wie gesagt, die Göttin hat mich zu ihrem treuesten Diener in ganz Ägypten geschickt«, erklärte das Mädchen und lachte erneut.

Nefermaat starrte sie an, ohne seine Überraschung verbergen zu können. Im Schatten der Palme ausgestreckt lag eine Art göttliche Metamorphose, ein Wunder, kein Zweifel, denn nicht einmal die Katzengöttin selbst hätte eine Frau aussuchen können, die geeigneter gewesen wäre. Einmal mehr hatte die Versuchung ihn heimgesucht, doch dieses Mal mit Einverständnis der Götter.

»Atet!«, rief Nefermaat.

Sie machte eine seltsame Gebärde und klopfte mit der Hand neben sich auf den Boden.

»Komm schon, setz dich zu mir und meinen Kätzchen, Nefermaat.«

Der Junge zögerte einen Moment, verwirrt, wie er war, doch dann nahm er neben ihr Platz.

»Was machst du hier in dieser Verkleidung?«, brachte er schließlich heraus, während er versuchte, wieder Herr der Lage zu werden.

»Dasselbe wie du. Ich besuche die Göttin. Seit meiner Jugend verehre ich Bastet. Und sie hat nichts dagegen, wenn ich mich wie sie kleide, schließlich feiere ich ihr Fest.«

»Wie konntest du nur den Tempel betreten? Das ist dir doch verboten.«

»Das geht nur mich und die Göttin an«, antwortete sie und lachte erneut.

Nefermaat wusste nicht, was er sagen sollte, und betrachtete sie verstohlen.

Gekleidet wie Bastet war sie noch schöner als sonst. Im Geist stellte er sich ihren Körper vor, wie er ihn in jener Nacht gesehen hatte, als sie tanzte.

»Wir haben uns schon ein paar Tage nicht mehr gesehen«, fuhr Atet fort. »Feierst du das Fest denn so, wie die Tradition es vorschreibt?«

»Du weißt ganz genau, dass ich die ganze Zeit mit deinem Vater verbringe und mich um die Patienten kümmere.«

»Ich weiß, dass du sehr pflichtbewusst bist«, sagte Atet spitz. »Und wie ich gehört habe, bist du auch ein guter Arzt und hast sehr ruhige und geschickte Hände. Willst du sie mir nicht einmal zeigen?«

Nefermaat zögerte einen Augenblick und streckte ihr dann eine Hand entgegen.

»Sie sind weich«, erklärte Atet, während sie sie streichelte. »Weich und kräftig zugleich.«

Nefermaat spürte, wie ihm wieder unbehaglich zu Mute wurde.

Atet erkannte seine Beklemmung und war entzückt. Herausfordernd sah sie ihn an, zuerst das Gesicht und dann den kahl geschorenen Kopf. In letzter Zeit erregten sie die rasierten Schädel der Priester außerordentlich.

Nefermaat spürte, wie das Mädchen ihn mit seinem wollüstigen Blick verschlang und ihm jeden Willen raubte. Er war nicht einmal in der Lage, die Hand zurückzuziehen, die sie so zärtlich in der ihren hielt. Es war ein wohliges Gefühl, das zugleich andere weckte. Gefühle, die er noch nie zuvor gehabt hatte, die tief in seinem Inneren verborgen gewesen sein mussten.

Atet schien bis in den letzten Winkel seiner Seele blicken zu können. Und in seinen Augen las sie Anstand, Aufrichtigkeit und eine Unschuld, wie sie ihr noch niemals begegnet war. Das spornte sie erst recht an, diese Seele wollte sie unbedingt erobern und zur Sklavin ihrer unaussprechlichen Begierden machen. Den klaren Geist dieses Mannes zu verderben erhitzte sie maßlos; das war eine neue Herausforderung für sie.

Schon als junges, frühreifes Ding hatte sie sich der Sexualität verschrieben, und vom ersten Augenblick an fühlte sie sich von deren dunkelster Seite angezogen. Sie entschied sich für den Weg des Lasters, der ihr von verkommenen Männern gewiesen wurde. Doch sie durchschaute sie sehr bald und entdeckte, wie leicht sie die Männer zu Sklaven ihrer eigenen Begierden machen konnte. Jetzt, mit achtzehn, war sie eine Expertin für gebrochene Herzen und brannte darauf, Reinheit und Unschuld zu zerstören.

Obwohl Anon ihn gewarnt hatte, konnte sich Nefermaat nicht vorstellen, mit wem er es zu tun hatte. Wenn es jemanden in Ägypten gab, der überhaupt nichts von Frauen verstand, dann war er es. In seinem bisherigen Leben hatten Beziehungen zum anderen Geschlecht keine Rolle gespielt, und von der natürlichsten Sache der Welt hatte er so gut wie keine Ahnung. Dass er mit zwanzig Jahren noch keine sexuelle Erfahrung hatte, machte ihm keine Sorgen. Er hatte den Verlust der Jungfräulichkeit niemals vom Alter abhängig gemacht. Es war eine Nebensächlichkeit; für ihn gab es andere Prioritäten. Aber die Natur lässt sich nicht ein Leben lang hinter moralischen Vorschriften einsperren. Wenn die Zeit gekommen ist, geht sie ihres Weges, und kein Verbot der Welt kann sie aufhalten.

Nefermaat hatte ihre Stimme schon zuvor gehört und auch zu spüren bekommen, wie hartnäckig ihre Forderungen sein können. Ein Drängen, gegen das er unablässig ankämpfte, ohne mit dem Ergebnis je zufrieden zu sein. Doch als er Atet kennen lernte, hatte das Problem eine andere Dimension angenommen. Das Verlangen hatte nun eine Gestalt und ein Gesicht, die winzige, kaum spürbare Flamme hatte sich in ein unübersehbares Feuer verwandelt.

Seit aber das Mädchen in jener Nacht für ihn getanzt hatte, war dieses Feuer endgültig zu einer Obsession geworden, der er sich nicht mehr entziehen konnte.

»Nefermaat, findest du mich eigentlich begehrenswert?«

Die Stimme des Mädchens ließ ihn kurz erschauern. Sie liebkoste immer noch seine Hand und blickte ihn verführerisch an.

»Warum fragst du das? Du weißt doch ganz genau, dass alle Männer dich begehren.«

»Aber du. Begehrst auch du mich?«

Nefermaat hielt den Atem an und gab keine Antwort.

Sie lachte, warf den Kopf nach hinten und zeigte ihm ihren wohlgeformten Hals.

»Du weißt nicht so recht, wie? Oder könnte es sein, dass du Angst hast, mich zu enttäuschen?«, fragte Atet und legte ihm die Hand auf das Knie.

Nefermaat spürte, wie ihre warmen Finger sanfte Arabesken auf seine Haut zeichneten. Seine Erregung wuchs.

»Sag ... Würden deine Lippen nicht gern mit den meinen verschmelzen?«, flüsterte sie und beobachtete, wie sein Geschlecht unter dem *kilt** anschwoll.

Nefermaat blickte auf ihren Mund, den sie ihm darbot, und war sicher, dass er sich nichts sehnlicher wünschte, als ihn zu küssen. Er sah ihr in die Augen. Sie waren verlockend, tiefgrün und unergründlich wie ein Brunnen. In diesem Augenblick wurde ihm bewusst, dass es vor ihrem Zauber kein Entkommen gab und Widerstand nicht nur albern, sondern auch zwecklos wäre.

Im nächsten Moment gab er seinem Impuls nach und presste stürmisch seine Lippen auf die ihren. Es geschah so schnell, dass selbst Atet überrascht war. Als sie merkte, dass er keine Anstalten machte, sich von ihr zu lösen, schlang sie die Arme um seinen Hals und gab sich dem Kuss hin. Es waren unerfahrene Lippen, und der Gedanke daran, was sie ihm alles beibringen müsste, erregte sie noch mehr. Nefermaat ließ sich bereitwillig von ihrem Mund leiten, der ihm Dinge zeigte, die er sich nicht einmal in seinen kühnsten Träumen hätte vorstellen können. Bald bewegte er

* Eine Art Schurz.

die Zunge genauso geschickt wie sie und erforschte jeden Winkel, den die Göttin ihm zeigte. Erstaunt über das heftige Verlangen des jungen Mannes, der sich seinen Instinkten völlig hingegeben hatte, löste sich Atet schließlich von ihm.

Sie beugte ihn sacht nach hinten, ins Gras, strich ihm zärtlich über das Gesicht, küsste ihn erneut und fuhr mit den Fingern über seinen kahl geschorenen Kopf. Dabei stöhnte sie leise und küsste ihn noch heftiger. Ihre Finger wanderten langsam über sein Gesicht und seine Schultern bis zur Brust, die sich heftig hob und senkte. Schließlich erreichte ihre Hand den Schurz und schnürte ihn mit einer Geschicklichkeit auf, die nur die Erfahrung verleiht. Sie streifte das Stück Tuch ab und löste ihren Mund von dem seinen, um zu sehen, wie das Glied sich aufrichtete, nachdem es aus seiner Gefangenschaft befreit worden war. Beim Anblick der kraftvollen Erektion seufzte sie erneut, fuhr sich begehrlich mit der Zunge über die Lippen und griff ohne jede Scham nach seinem Geschlecht. Sie spürte, wie es zuckte, und hörte Nefermaat vor Verlangen stöhnen. Atet beobachtete ihn zufrieden, ließ von ihm ab und erhob sich. Nefermaat wollte ebenfalls aufspringen, doch sie stellte ihm sanft einen Fuß aufs Gesicht und hinderte ihn daran. Leidenschaftlich küsste er ihren Fuß und saugte an dem Zeh, den sie ihm in den Mund steckte. Sie liebte dieses Gefühl und genoss es wollüstig, während sie gleichzeitig die Träger des Kleides über die Schultern streifte und es langsam zu Boden gleiten ließ.

Nefermaat sah, wie das Gewand der Göttin auf ihn herabfiel und ihm ihren wunderbaren nackten Körper offenbarte. Er ließ von ihrem Zeh ab und starrte gebannt zu ihr auf. Gebieterisch wie eine wirkliche Göttin stand sie über ihm. Als Erstes sah er ihre herrlich straffen Brüste, die mit schwarzen, wie die Mundstücke einer Trompete aufgerichteten Warzen über ihm balancierten. Allein bei ihrem Anblick stockte ihm der Atem. Seine Augen tasteten den ganzen Körper ab, angetrieben von einer bislang unbekannten und alles verzehrenden Begierde. Überrascht stellte er fest, dass Atet ihre Scham rasiert hatte, und als er die göttliche Spalte sah, spürte er die Macht, die sich dahinter verbarg. Sie konnte die größten Wunder vollbringen und zugleich jedem Mann auf der Welt zum Verhängnis werden. In diesem Moment beugte sie sich über ihn, fest entschlossen, ihm den letzten Funken Verstand zu rauben. Sie ließ sich rittlings auf ihm nieder und vereinte ihre beiden Körper mit größtem Geschick, um einen frenetischen Wettlauf zu beginnen, dessen Ende allein sie bestimmen würde.

Nie im Leben würde Nefermaat vergessen, wie sie ihm jeden Willen geraubt hatte und seine Sinne von jenen unsichtbaren Fäden gelenkt wurden, die nur die Götter nach Belieben zu führen wissen.

In seinem Fall war es die wiedergeborene Bastet, die die Fäden in der Hand hielt und ihn unter krampfhaften Zuckungen unbeirrbar zum Gipfel der Ekstase führte.

Als er schlaff und erschöpft sah, wie sich die Göttin von ihm löste, richtete er sich auf und streckte die Hand nach ihrem zurückweichenden Körper aus, von dem er sich nicht trennen wollte. Doch Atet bedeutete ihm mit einer unmissverständlichen Geste, liegen zu bleiben, und hob ihr Kleid auf. Er stützte sich auf die Ellbogen und beobachtete, wie sie sich wieder anzog.

»Wann sehen wir uns wieder?«, stammelte er.

Atet warf ihm einen boshaften Blick zu und streifte sich die Träger des Kleides über die Schultern. Dann hob sie den Korb auf, in dem nur noch ein Kätzchen übrig war, und drehte sich zu ihm um.

»Heute hatte ich Lust auf dich«, antwortete sie und zupfte lächelnd ihr Gewand zurecht.

Dann verschwand sie wie eine Schimäre im dichten Gebüsch.

Nefermaat streckte sich und verschränkte die Arme unter dem

Kopf. Seine Erregung war einem wohligen Gefühl gewichen, das er bislang nicht gekannt hatte. Es war, als hätte er die Last, die er seit Jahren mit sich herumschleppte, mit einem Mal abgeworfen und wäre nun leicht wie eine Feder. Er schloss die Augen und sog die Düfte des Gartens ein. In diesem Moment war er frei von allen Ängsten und Konventionen und genoss es, sich einfach gehen zu lassen und die eigene Identität zu vergessen.

Doch diese ließ sich nicht so einfach abstreifen. Als Nefermaat sich auf die Ellbogen stützte, um nach und nach in die Realität zurückzukehren, dachte er über das gerade Geschehene nach, wie es seine Art war. Allerdings suchte er nicht nach einer Erklärung für das, was mit ihm passiert war, vielleicht weil er es gar nicht wissen wollte.

Zwar hatte er gerade zum ersten Mal in seinem Leben mit einer Frau geschlafen, wusste aber ohne jeden Zweifel, dass nicht die Liebe sie zusammengeführt hatte. Jetzt wurde ihm mit einem Schlag klar, was das Wort Leidenschaft bedeutete und welche Folgen es hatte, wenn man sich auf ihr Spiel einließ. Er hatte gewusst, wie gefährlich diese Frau war, und trotzdem konnte er es jetzt schon kaum erwarten, wieder in ihren Armen zu liegen und seine Sehnsucht an ihr zu stillen.

Schließlich stand er unwillig auf und legte den Schurz wieder an. Dann betrachtete er die Schönheit seiner Umgebung.

Gibt es einen geeigneteren Ort als den Garten eines Tempels, um seine Unschuld zu verlieren?, dachte er zufrieden, bevor er aufbrach. Vor allem, wenn sie einem von einer Göttin geraubt wird.

11

In den nächsten Tagen bekam Nefermaat Atet nicht zu Gesicht. Es sah ganz danach aus, als hätte das Mädchen das Haus verlassen, doch er hütete sich, nach ihr zu fragen. Stattdessen konzentrierte er sich ganz auf die täglichen Sprechstunden, die er mit seinem Lehrmeister abhielt. Anon, der bereits seit zwei Wochen ununterbrochen trank, ging seinen üblichen Verpflichtungen nach, als wäre das mehr eine Frage der Ehre als alles andere. Nefermaat war es ein Rätsel, dass der Mann nicht längst zusammengeklappt war. Aber da stand er, so aufrecht, wie es seiner untersetzten Gestalt möglich war, und arbeitete unbeirrt weiter.

»Alles zum Ruhme unseres Standes«, pflegte er feierlich zu sagen.

Während dieser Zeit nahm Nefermaat in Begleitung seines Meisters noch zwei weitere Male an der Obduktion einer Leiche teil. Und bei beiden Gelegenheiten stellte er überrascht fest, wie weit er seine früheren Bedenken bereits hinter sich gelassen hatte. Er konnte es kaum erwarten, in den unheimlichen Saal zurückzukehren, wo Anon ihm die Grundlagen seiner Kunst offenbarte und ihn in seine unzähligen Geheimnisse einweihte. Nefermaat sog alles begierig auf, denn es war der Beweis dafür, dass Anon ihm endgültig vertraute.

Eines Morgens hatte er die Gelegenheit, an einem Wunder teilzunehmen, das die Hände des Meisters an einem hochgewachsenen Offizier des königlichen Heeres vollbrachten, den man schwer verletzt nach Hause gebracht hatte.

Als man Anon benachrichtigte, eilte er sofort zu dem Mann.

Augenblicklich erkannte er den Ernst der Lage. Der Soldat wies eine klaffende Wunde am Schädel auf.

Anon warf den wartenden Verwandten, die ihn mit ängstlichen Gesichtern betrachteten, einen Blick zu und verkündete anschließend, ohne mit der Wimper zu zucken:

»Ich muss ihm den Schädel öffnen.« Dann fügte er gelassen und selbstsicher hinzu: »Das ist eine Krankheit, die ich bekämpfen will.«

Nach dieser voreiligen Behauptung warf Nefermaat seinem Lehrer einen entsetzten Blick zu. Eine solche Operation barg ein enormes Risiko, das wusste Anon. Nur die allergrößten *sunu* wagten sich an eine Trepanation. Und auch dann erst, nachdem sie lange darüber nachgedacht hatten. Wenn Anon nun behauptete, er könne das Übel bekämpfen, ging er praktisch die Verpflichtung ein, den Mann zu heilen.

Nefermaat sah ihn sprachlos an, nicht weil er glaubte, dass Anon die schwierige Operation nicht beherrschte – wenn es einen Arzt in Ägypten gab, der dazu in der Lage wäre, dann der Babylonier –, sondern weil er völlig betrunken war.

Eine Speerspitze hatte den Offizier an der rechten Schläfe getroffen und ihm den Schädel gespalten. Er wies eine klaffende Wunde auf, der Schädelknochen war zersplittert. Unter solchen Umständen war ein Eingriff sehr heikel. Nefermaat wusste, dass es gelegentlich ratsamer war, den Kranken nicht zu operieren und darauf zu hoffen, dass er sich erholte und die Wunde mit der Zeit irgendwie von selbst verheilte. Aber Anon war überzeugt, dass der Mann rettungslos verloren wäre, wenn er ihn nicht operierte, und der Eingriff ohne größere Komplikationen vonstattengehen würde.

Er untersuchte den Patienten ausgiebig und wandte sich dann an seinen jungen Assistenten.

»Ich werde deine Hilfe brauchen, um ihn operieren zu können«, sagte er leise.

»Ich werde mein Bestes tun«, antwortete Nefermaat beunruhigt.

»Dann geh bitte in den Saal, wo wir die Leichen obduzieren«, sagte der Meister in einem ernsten Tonfall, der gar nicht zu einem Betrunkenen passen wollte. »In der Halle wirst du eine Leiche finden, die seit vier Tagen dort liegt. Du musst ihr ein Stück aus dem Schädel sägen.«

Nefermaat sah ihn entsetzt an.

»Mach nicht so ein Gesicht, Junge. Der Tote kann mit seinem Schädel nichts mehr anfangen, aber diesem Offizier hier können wir das Leben retten, wenn du tust, was ich dir sage. Na, was ist? Bist du bereit?«

Nefermaat nickte und schluckte mühsam.

»Schön, dann werde ich dir jetzt erklären, was du zu tun hast.«

Der junge Arzt hielt sich exakt an die Anweisungen seines Lehrmeisters. Er entnahm dem Schädel ein kleines Stück Knochen aus der Schläfe, gerade so groß, wie Anon ihm aufgetragen hatte, und kehrte ins Haus des Offiziers zurück. Anon sah sich das Stück prüfend an.

»Meine Hochachtung. Du bist fast so gut wie ich.«

Anschließend zog er ein Gefäß mit einem starken Schmerzmittel aus der Tasche.

»Das hier ist stärker als dieser Sud, den ihr aus Mohnsamen kocht«, erklärte er Nefermaat und schüttete etwas davon in einen kleinen Becher.

»Ich kenne kein Schmerzmittel, das stärker wäre als Mohnsamen«, antwortete Nefermaat überrascht.

Der Arzt kicherte. »Ist es nicht schön, wenn man jeden Tag etwas Neues dazulernen kann? Und das, was ich dir jetzt erzählen werde, wissen nur ganz wenige Menschen auf der Welt. Aber heute will ich großzügig sein.«

Nefermaat sah ihn aufmerksam an.

»Das hier ist ein Sud aus Wein und einer Substanz, die ich aus dem thebanischen Mohn gewinne. Allerdings nicht aus den Samen, sondern aus den Kapseln. Wenn man sie aufritzt, tritt eine zähe Flüssigkeit aus, die tausendmal stärker ist als der Sud aus den Samen.* Du musst sie in Wein kochen und dem Patienten dann zu trinken geben. Der Kranke verliert daraufhin für einige Stunden das Bewusstsein. Entscheidend ist die Menge, die man ihm verabreicht. Hast du das verstanden?«

Nefermaat nickte mit einem leicht mulmigen Gefühl. Der Meister zwinkerte ihm zu.

»So, und jetzt lass uns anfangen.«

An jenem Tag wurde Nefermaat Zeuge des größten Wunders, das seine Augen jemals gesehen hatten. Sein alter Meister ging mit einer solchen Unbekümmertheit ans Werk, dass man hätte meinen können, jemandem den Schädel zu öffnen wäre die einfachste Sache der Welt. Es war nicht das erste Mal, dass Nefermaat an dieser Art von Operation teilnahm, die die ägyptischen Ärzte sehr wohl kannten, der sie aber aus dem Weg gingen, wann immer sie konnten. Dabei bedienten sie sich der Ausschabetechnik mit Hilfe von Schmirgel. Anon dagegen beschritt völlig andere Wege, und Nefermaat staunte nur noch sprachlos, wie viel Präzision und Wissen nötig waren, um eine solche Methode anwenden zu können.

Nachdem Anon dem Verletzten das Schmerzmittel verabreicht hatte, setzte er ihn auf den Boden und umschloss den Kopf mit seinen eigenen Knien, damit er ihn leichter operieren konnte. Dann schnitt er die Haut um die Wunde zungenförmig ein und hob sie an, bis der Knochen freigelegt war.

»Nimm nach Möglichkeit ein Kupfermesser«, erklärte Anon und hob die Hand mit dem Messer. »Wenn man sie ordentlich schleift, sind sie denen aus Silex vorzuziehen, die im Vergleich zu

* So wird auch heute noch Opium aus Mohnkapseln gewonnen.

ihnen stumpf wirken. Auch denen aus Bronze sind sie weit überlegen. Außerdem entzünden sich die Wunden nicht so rasch.«

Nefermaat hörte aufmerksam zu.

»Jetzt müssen wir den Knochen um die Fraktur herum aufschneiden, aber sehr vorsichtig, um die Hirnhaut zwischen Gehirn und Knochen nicht zu verletzen«, sagte Anon und machte sich an die Arbeit. »Ich werde den Knochen rechtwinklig aufschneiden, um ihn zu entfernen. So verringern wir den Druck im Kopf. Du brauchst keine Angst zu haben, es wird nicht stark bluten. Diese Stellen sind blutarm.«

Der junge Arzt nickte und prägte sich die Vorgehensweise seines Meisters genau ein.

»In Mesopotamien machen wir es auf diese Art. Dort wendet man die Ausschabetechnik nur selten an«, erklärte Anon ruhig und begann mit dem zweiten Schnitt am Schädelstück.

»Siehst du!«, sagte er an Nefermaat gewandt. »Das hier ist die Hirnhaut*, von der ich sprach. Du darfst sie niemals berühren, sonst stirbt dir der Patient unter den Händen weg. Darunter versteckt sich nämlich ein ganzes Universum, von dem wir überhaupt noch nichts wissen.«

Nefermaat hörte beeindruckt zu.

»Nun gut«, erklärte Anon, nachdem er ein Stück der Schädeldecke entfernt hatte. »Jetzt säubern wir alles mit Salzwasser, und dann setzen wir das andere Stück, das du aus dem Kopf des Toten geschnitten hast, ein. Dieser muss zwischen drei und sechs Tagen tot sein,** ansonsten wird der Patient das neue Schädelstück abstoßen. Warum das so ist, kann ich dir nicht sagen.«

Der junge *sunu* sah ihn an und reichte ihm das Schädelstück.

»Passt wie angegossen, genau wie wir es uns vorgestellt ha-

* Er bezieht sich auf die Dura Mater.

** Nach drei Tagen zersetzt sich das Blut. Nach dem sechsten Tag setzt die Verwesung ein; dann können Infektionen auftreten.

ben«, versicherte Anon und lächelte. »Jetzt müssen wir nur noch einen kleinen Spalt zwischen der eingesetzten Prothese und dem Schädel des Patienten lassen. Nach kurzer Zeit wachsen sie dann zusammen und bilden eine Fläche.«

Nefermaat sah ihn ungläubig an.

»Ja, schneller, als du dir vorstellen kannst«, versicherte Anon. »So, und jetzt legen wir die Haut, die wir vorhin entfernt haben, auf die Wunde und desinfizieren alles mit Honig. Und am Ende nähen wir die Haut wieder an, mit diesen Nadeln aus den Dornen der Akazie. Du wirst sehen, es ist ganz leicht«, schloss er und kicherte.*

Nefermaat, der kaum glauben konnte, was er gerade gesehen hatte, warf einen Blick auf die Verwandten des Patienten, die auf den Knien lagen, mit der Stirn auf den Boden schlugen und ihre Gebete sprachen.

Anon lachte leise.

»Am besten sollte er jetzt ein paar Tage tief schlafen«, erklärte er und zeigte selbstzufrieden wie üblich auf den Kranken. »Ich zeige euch jetzt noch, wie ihr ihm die Arznei verabreicht. Morgen komme ich vorbei, um ihn mir anzusehen.«

Die Bediensteten begleiteten die beiden Ärzte zur Tür und versicherten immer wieder, sie seien nicht Menschen, sondern Wiedergeburten des göttlichen Imhotep, des größten aller Ärzte. Als sie wieder auf der Straße standen, lachte Anon erneut.

»Imhotep«, murmelte er vergnügt. »Ich glaube, dass ich mir einen ordentlichen Schluck Wein verdient habe, meinst du nicht?«

* Häufig wurde bei dieser Art von Operationen die Prothese schon nach kurzer Zeit abgestoßen. Doch damals galt es bereits als außergewöhnlicher Erfolg, wenn der Patient nach einem derartigen Eingriff noch einige Tage überlebte.

Seit dem denkwürdigen Treffen im Tempel hatte Nefermaat Atet nicht mehr wiedergesehen. Anfangs fühlte er sich entmutigt, obwohl er sich nicht hätte wundern sollen, schließlich wusste er, wie launisch Atet sein konnte. Auch das war ein Privileg der Göttinnen. Nachts hatte Nefermaat ständig an sie und ihre leidenschaftliche Begegnung im Tempel denken müssen; er konnte sie einfach nicht vergessen. In der Enge seiner Kammer fand er keinen Schlaf, sondern stellte sich immer wieder ihre Zärtlichkeiten und Liebkosungen vor. Es war eine heftige und leidenschaftliche Vereinigung gewesen, aber er befürchtete, dass sie sich nicht wiederholen würde. Nicht einmal die nächtlichen Bäder im Nil konnten das glühende Verlangen lindern, das ihn zu verzehren drohte. Erst Tage später schien das Fieber nachzulassen, sodass er in der Lage war, über das Delirium nachzudenken, das ihm anscheinend bestimmt war. Sie hatte einen Keim in sein *ka* gepflanzt, für den es kein Gegengift gab und den er nun in sich trug: den Keim des Unglücks. Er dachte an Reue und wie leicht es war, vom rechten Weg abzukommen, und jedes Mal, wenn ihm bewusst wurde, wie leichtfertig er diesen Pfad verlassen hatte, wurde ihm schwer ums Herz.

Es war keine Sünde, eine Frau zu lieben, doch das Gefühl, das ihn nun beherrschte, hatte mit Liebe nichts zu tun.

Eines Nachts, als Nefermaat auf seiner harten Matte schlief, bekam er erneut Besuch von der Göttin. Zuerst war es wie in einem Traum – denn wie man weiß, zeigen sich einem die Götter manchmal darin – und dann wie in einem leichten Halbschlaf, diesem kaum fassbaren Zustand des Übergangs. Der Junge schlug die Augen auf und erkannte in den Schatten des dunklen Zimmers die Göttin.

Bei ihrem Anblick warf er, genau wie er befürchtet hatte, alle guten Vorsätze über Bord.

»Bastet hat ihren Tempel verlassen, um mich zu besuchen«, sagte Nefermaat und richtete sich leicht auf.

Das Licht des zunehmenden Mondes fiel durch das Fenster auf Atets Körper. Sie war vollkommen nackt und schenkte ihm ihr übliches gebieterisches Lächeln.

»Ich erhöre die Gebete meiner Untertanen«, sagte sie herausfordernd. »Oder ist es nicht so? Hast du nicht nach mir gerufen?«

Entwaffnet ließ Nefermaat die Arme sinken, so wie immer, wenn er sie traf.

»Nacht für Nacht«, sagte er leise.

Zufrieden lächelnd kam sie auf ihn zu.

»Und was machst du, wenn ich nicht da bin?«

»Leiden.«

»Leiden«, flüsterte Atet und streckte sich neben ihm aus. »So schändlich es klingen mag, aber das ist das Einzige im Leben, was mich wirklich interessiert. Wenn die Seele leidet, weil sie die Pfade verlässt, die uns von den Göttern auferlegt wurden, um neue Wege einzuschlagen, obwohl sie weiß, dass sie dunkel und holprig sind und in die Ungewissheit führen können, ja, manchmal sogar ins Verderben. Das ist wahres Leiden, es entspringt dem Kampf zwischen der Seele und unserer wahren Natur. Und das ist es doch, was du durchmachst, nicht wahr?«

Nefermaat drehte sich zu ihr um, bis sie sich fast berührten. Er betrachtete sie lange und spürte wieder dieses Gefühl, sich zu verlieren, das er mittlerweile so gut kannte. Seine Lippen näherten sich den ihren, langsam, fast zaghaft, bis sie sich sacht berührten.

Eine Weile, wie lange, hätte er nicht sagen können, verharrten sie in dieser Stellung, als tauschten sie irgendwelche geheimen Gefühle aus. Bis plötzlich ein Funke übersprang und sie jene dunklen Wege einschlugen, von denen Atet gerade gesprochen hatte.

Diesmal fielen sie förmlich übereinander her, mit derselben ungezügelten Leidenschaft, die sie schon so gut kannten und die unwiderstehlich war in dieser Nacht höchster Lust, bis ihre beiden Körper erschöpft waren.

»Du hast vorhin vom Kampf zwischen dem Geist und dem Körper gesprochen«, sagte Nefermaat und strich Atet, die sich an ihn schmiegte, übers Haar. »Es ist ein uralter Kampf, den die Götter seit Anbeginn der Zeiten führen.«

»Ist das der Grund, warum auch wir Sterbliche ihn führen?«

»Wahrscheinlich. Obwohl es manchmal auch ein sehr ungleicher Kampf ist.«

»Was meinst du?«

»Manche Menschen haben offensichtlich keine Seele. Bei ihnen hat das Fleisch keinen Gegner.«

Atet musste lachen.

»Nun, auf dich trifft das sicher nicht zu, Nefermaat.«

»Woher willst du das wissen?«

Das Mädchen lachte erneut.

»Die Welt, aus der du kommst, hat mit der, die uns umgibt, wenig gemein. Die Männer, die ich kenne, zerbrechen sich nicht den Kopf über solch komplizierte Fragen. Sie wollen nur das eine: mich.«

»Zählst du auch mich zu diesen Männern?«

»Natürlich. Du willst dasselbe wie sie, wenn auch auf deine Weise. Du willst meine Liebe, aber du weißt, dass Welten zwischen uns liegen. Unsere eigentlichen Wesen haben nichts miteinander gemein.«

»Die Leidenschaft verbindet uns.«

Atet lachte spöttisch.

»Bist du sicher? Ich kann deine immer sehen, sogar wenn du völlig außer dir bist, leuchtet sie hell. Meine dagegen bleibt immer im Nebel.«

»Was willst du dann?«

Atet sah ihn an und sprang dann auf.

»Leidenschaft ist vergänglich, Nefermaat. Nur das Verlangen

hält sie am Leben. Und ich empfinde Lust, wenn ich dieses Feuer entfachen kann. Ich suche nach dem Verbotenen, nach dem, was man nicht beichten kann, ich strebe danach, reine Seelen zu zerstören. Das verschafft mir unsägliche Lust. Ich spüre gern, wie schmal die Linie ist, die das Licht von der Finsternis trennt.«

»Also liebst du die Finsternis. Und dorthin willst du mich führen?«

»Es steht dir frei zu gehen, wohin du willst. Du entscheidest.«

»Es war nicht meine Entscheidung, dass du mir in den Tempel gefolgt bist«, entgegnete Nefermaat. »Und noch viel weniger, was anschließend passierte.«

»Trotzdem hast du es dir gewünscht. Die Göttin hat nur deine Bitten erhört und deinen Hunger gestillt. Du hättest umkehren können, stattdessen bist du mir gefolgt. Ich habe dir ja gesagt, dass mir das Lust bereitet. Wärst du nicht rein in deinem Herzen, würdest du mich nicht interessieren.«

Nefermaat sah sie erstaunt an.

»Mach nicht so ein entgeistertes Gesicht. Du bist attraktiv, intelligent und hast obendrein einen schönen Körper, aber ich kenne viele Männer, die all das auch haben und noch viel mehr. Aus unerfindlichen Gründen hat Renenutet angeordnet, dass es mir an nichts fehlen soll. Ich brauche daher keinen Mann, um den Rest meines Lebens so zu verbringen, wie ich es mir wünsche. Niemand kann meine Schönheit kaufen, egal, wie viel er dafür bietet. Das, was ich bereits besitze, interessiert mich nicht.«

»Du hast also beschlossen, meine Seele der Großen Verschlingerin zum Fraß vorzuwerfen?«

Atet lächelte vielsagend.

»Ammit wird deine *ba* niemals bekommen. Du bist ein grundanständiger Mann, und daran kann ich nichts ändern. Trotzdem musst auch du für deine Schwächen leiden, und wohin dich diese führen werden, vermag niemand zu sagen.«

»Du bist ein böses ...«

»Zweifellos. Und obwohl du es weißt, streichelst du meine Schenkel. Wir haben nichts mit den beiden Liebenden gemein, die vor tausend Jahren lebten und unsere Namen trugen. Diese tugendhafte Atet ist mir völlig fremd. Was aber dich angeht, so besteht allerdings eine gewisse Ähnlichkeit. Kannst du dir vorstellen, dass auch wir einmal Kinder bekämen? Wir könnten eins davon Hemon nennen.«*

Nefermaat fuhr zusammen.

»Siehst du? Jedes meiner Worte schmerzt dich«, sagte Atet und liebkoste zärtlich sein Glied.

»Du bist wirklich durchtrieben«, erklärte Nefermaat und spürte, wie sich seine Männlichkeit regte.

»Ich weiß«, murmelte sie, setzte sich auf ihn und fing an, sich zu bewegen. »Hemon, wie dein Vorfahre.«

Als Nefermaat das hörte, verkrampfte sich sein Körper, Atet dagegen stöhnte vor Lust. Und wieder gab sie sich ihren Instinkten hin und wandte dabei Praktiken an, gegen die er völlig machtlos war. Wie von einer starken Strömung getragen, ließ er sich mitreißen, weit weg, mitten hinein ins Herz einer unergründlichen Finsternis.

Als alles vorbei war, blieben beide seltsam still nebeneinander liegen. Sie waren noch außer Atem, trotzdem konnte Nefermaat glasklar denken. Diesmal war seine Rückkehr aus den *iaru*-Gefilden alles andere als angenehm gewesen. Sein Körper schmerzte eigenartig, und in seinem Herzen hallten noch Atets Lustschreie wider, als sie sich über ihn gebeugt hatte. Sie erinnerten ihn an die Klageschreie der Seelen im finsteren Amenti.

Er stand auf, fuhr mit der Hand über die schmerzende Haut

* Sie spielt auf das Paar an, das tausend Jahre vor ihnen lebte und ebenso hieß wie sie. Atet und Nefermaat hatten mehrere Kinder, eines war Hemon, der später Wesir unter Cheops und Baumeister der Großen Pyramide wurde.

und trat ans Fenster. Sein ganzer Körper war mit Kratzern und kleinen Bissen übersät. Er sah das Mädchen entsetzt an, doch Atet lachte nur.

»Du wunderst dich? Eigentlich solltest du besser als jeder andere wissen, dass sich Bastet urplötzlich in eine wütende Sachmet verwandeln kann.«

»Lass mich in Zukunft aus dem Spiel. Ich werde dich auf deinen finsteren Wegen nicht mehr begleiten.«

»Ach nein?«, erwiderte Atet und hob ihr Kleid vom Boden auf. »Du bist wirklich süß. Du wirst weder diese Nacht vergessen, noch die Wege, die du mit mir gegangen bist. Im Gegensatz zu mir. Wer weiß, vielleicht streiche ich sogar deinen Namen aus meinem Gedächtnis.«

Nefermaat sah, wie sie ihr feines Leinenkleid glattstrich und auf die Tür zuging. An der Schwelle drehte sie sich noch einmal um.

»Leb wohl, Nefermaat. Deine Göttin verlässt dich, vielleicht für immer.«

»Du bist nicht meine Göttin«, widersprach Nefermaat und strich sich über die schmerzende Schulter. »Und wenn du dich noch so gut verkleidest, eine Göttin wirst du niemals sein.«

Atet warf ihm einen verächtlichen Blick zu.

»Erinnere dich, was du über die Vergänglichkeit gesagt hast«, erklärte der junge Arzt. »Alles in diesem Leben ist vergänglich, auch deine Schönheit.«

Atet stand an den Türrahmen gelehnt da und verzog das Gesicht. Dann warf sie ihm einen gleichgültigen Blick zu und verschwand im Dunkel der Nacht.

Das Fest der Trunkenheit war fast zu Ende, als Nefermaat durch die Straßen von Bubastis ging.

Die Gärten und Plätze der Stadt waren voll von Betrunkenen, die sich kaum noch auf den Beinen halten konnten. In einer Gasse beobachtete Nefermaat erstaunt einige Pärchen, die sich noch ziemlich angeregt unterhielten und lachten. Er konnte nicht verstehen, dass es selbst am letzten Tag des Festes Menschen gab, die noch Lust und vor allem die Energie zum Feiern hatten. Vierundzwanzig Tage lang hatte die Stadt vor Zügellosigkeit gebrodelt und der Katzengöttin das größte Opfer dargebracht, das sie sich nur wünschen konnte. Dem jetzigen Anblick nach zu urteilen, musste Bastet äußerst zufrieden sein.

An diesem Morgen kam er aus dem Haus des Gaufürsten, der wieder einmal an einer seiner ständigen Unpässlichkeiten litt. Das viele Essen, das er maßlos in sich hineinstopfte, trug nicht unwesentlich dazu bei, und so war es auch an diesem Tag gewesen. Anon hatte am Morgen nicht aufstehen können, also war Nefermaat nichts anderes übrig geblieben, als den Kranken allein aufzusuchen. Der *hatya* schien es ihm nicht zu verübeln, im Gegenteil, er hatte volles Verständnis für Anon. Wenn das Fest derart fortgeschritten war, litt jeder an dem einen oder anderen Wehwehchen. Bei ihm waren es die typischen Bauchschmerzen, die von übermäßigen Gasen zeugten. Hartnäckige Blähungen machten dem Mann zu schaffen, und Nefermaat hatte ihm eine Mischung aus Kreuzkümmel, Raute, Senf, Natron und Honig verordnet, die seine Qualen hoffentlich lindern würden.

Auf dem Weg zurück zu Anon dachte er über den aufgedunsenen Bauch des *hatya* nach und dass es lange dauern würde, bis er das Gas ausgeschieden hätte. Nicht gerade angenehm, was seine Familie ertragen musste.

Nefermaat seufzte, als er an der Kapelle vorbeikam, die Amenhotep III. vor zweihundert Jahren hatte errichten lassen, um sich ein Denkmal zu setzen. Sie war wunderschön und trug, obwohl es sich um eine kleine Kapelle handelte, den charakteristischen Stempel, den der Pharao während des so genannten goldenen Zeitalters in Kemet all seinen Bauten aufgedrückt hatte. Die umliegenden Gärten hingegen wirkten vernachlässigt. Überall lagen Menschen, die im Schatten ihren Rausch ausschliefen.

Als er schließlich in die große Allee einbog, die zum Haus des Babyloniers führte, spürte er wieder das unangenehme Brennen. Arme und Hals waren übersät mit Kratzern, dunklen Flecken und Bissen, kleine Andenken an die leidenschaftliche Nacht mit Atet.

Anon hatte ihn bereits darauf angesprochen. Kaum hatte er die verräterischen Zeichen entdeckt, hatte er sich auf die Schenkel geklopft und gelacht.

»Endlich bist du auf dem richtigen Weg!«, rief er begeistert. »Auf dem, den alle Männer, die etwas auf sich halten, einschlagen und nie wieder verlassen sollten.«

Nefermaat schämte sich, als er solche Sprüche hörte, obwohl er Anon kannte und natürlich damit gerechnet hatte.

»Jetzt kannst du endlich auf dein Antiaphrodisiakum verzichten. Und heimlich masturbieren brauchst du auch nicht mehr«, setzte der Arzt lachend hinzu. »Dieses Mal hat Bastet ein echtes Wunder bewirkt. Um ein ganzer Mann zu sein, musst du jetzt nur noch Geschmack am Wein finden.«

Nefermaat ließ sich wie üblich von den Sticheleien nicht aus der Ruhe bringen, obwohl Anon jetzt endlich einen Grund für seine Neckereien gefunden hatte.

»Nun muss ich nur noch den Namen der Glücklichen erfahren«, sagte er verschmitzt. »Wenn man sieht, wie sie dich zugerichtet hat, könnte man meinen, du hättest es mit einer Raubkatze statt einer Frau getrieben.«

Bei diesen Worten brach er erneut in Gelächter aus.

»Na sag schon. Welcher Katze hast du diese Kratzer zu verdanken? Muss ja ganz schön wild gewesen sein, wie? Ich kenne jedenfalls keine, die so etwas fertigbrächte.«

Einen Augenblick kreuzten sich ihre Blicke, Nefermaat konnte es nicht verhindern.

Und schon war Anon, schlau wie ein Fuchs, im Bilde und warf die Hände über den Kopf.

»Das ist nicht wahr …«, sagte er und musterte ihn forschend. »Nicht zu glauben«, fuhr er fort. »Aber sicher, wer sonst! Meine Stieftochter!«

Dabei freute er sich dermaßen über seine Entdeckung, dass er auf und ab hüpfte und Nefermaat anerkennend auf den Rücken klopfte.

»Wirklich unglaublich! Was kann es Schöneres geben, als so in die Liebe eingeweiht zu werden! Na komm schon, erzähl!«

Nefermaat fand das alles weniger lustig. Er verzog das Gesicht, drehte sich um und ließ seinen Meister einfach stehen.

»Jetzt sei doch nicht so empfindlich, mein Junge!«, rief der ihm nach und folgte ihm. »Überleg mal, seit einer Ewigkeit bin ich hinter ihr her, weil ich davon überzeugt bin, dass sie pervers ist. Erzähl mir wenigstens, wie es war. Schließlich ist sie meine Stieftochter.«

Nefermaat hatte ihn regelrecht abschütteln müssen und war wütend durch den Garten gestapft, während er noch hörte, wie Anon ihn anflehte:

»Sei kein Spielverderber. Erzähl mir wenigstens …«

Anschließend hatte er sich tagelang die Sticheleien des Meisters anhören müssen, bis dieser irgendwann aufgab und ihn endlich in Ruhe ließ.

Während er jetzt durch die breite, von dichten Palmen gesäumte Allee schritt, dachte Nefermaat an Atet, die er seitdem nicht mehr gesehen hatte. Sie war wie vom Erdboden verschluckt. Zu Hause hatte sie sich jedenfalls nicht blicken lassen.

»Es kommt vor, dass wir tagelang nichts von ihr hören«, hatte ihn Anon zu beruhigen versucht, als könnte er seine Gedanken lesen. »Sie taucht auf und verschwindet wieder, so wie es ihr gerade passt. Glaub mir, dieses Mädchen ist wie ein vergifteter Brunnen.«

Nefermaat musste an Atets letzte Worte denken. Egal, wie verdorben sie war, mit einem hatte sie recht. Sie würde für immer in seiner Erinnerung bleiben.

Als er schließlich nach Hause kam, hörte er zwei Männer, die sich im Sprechzimmer angeregt unterhielten. Anons unverwechselbare Stimme erkannte er sofort, aber die andere konnte er nicht zuordnen, obwohl auch sie ihm seltsam vertraut erschien. Sie diskutierten über Medizin, und als der junge Arzt in das Zimmer trat, standen beide auf.

»Und hier kommt mein bester Schüler«, rief Anon sarkastisch wie üblich.

Sein Begleiter, der mit dem Rücken zu Nefermaat stand, drehte sich um, und im gleichen Moment leuchtete sein müdes Gesicht auf.

Überrascht erkannte Nefermaat den Mann, ging auf ihn zu und umarmte ihn.

»Iryi!«, rief er erstaunt. »Was für eine Überraschung! Ich kann es kaum glauben!«

Dann lösten sie sich voneinander und musterten sich tief bewegt.

»Lass dich mal ansehen ... Du bist ja ein richtiger Mann geworden.«

»Glaub bloß nicht, das sei einfach gewesen«, mischte sich Anon ein, der sich wie üblich nicht zurückhalten konnte. »Und außerdem ist er das erst seit kurzem.«

Nefermaat warf ihm einen finsteren Blick zu.

»Was hast du erwartet? Er ist ein *uabu*-Priester; seine Männlichkeit misst man nicht mit demselben Maß wie deine, lieber Freund«, antwortete Iryi sanft.

Nefermaat war gerührt, als er die bedächtige, unerschütterliche Stimme hörte, die in ihm fast vergessene Erinnerungen weckte.

»Ich weiß nicht, was sie in den Tempeln mit euch anstellen,

aber ihr seid alle gleich«, zeterte Anon. »Der hier trinkt zum Beispiel keinen Tropfen.«

Iryi lachte und warf Nefermaat einen Blick zu.

»Du hast einen langen Weg hinter dir, und glaub mir, ich bin stolz auf dich. Ich weiß genau, was du in all diesen Jahren geleistet hast.«

Nefermaat spürte Tränen in den Augen, als er ihn ansah. Die Zeit war nicht spurlos an dem alten Arzt vorübergegangen; zwar hielt er sich wacker, doch hatte er jetzt tiefe Falten im Gesicht.

»Ich war immer auf dem Laufenden über deine Anstrengungen und die Schwierigkeiten, die sich ergaben«, hörte Nefermaat ihn sagen. »Auch wenn du nichts davon wusstest.«

»Ja, dieses Gefühl hatte ich schon vom ersten Moment an, obwohl die Einsamkeit im Tempel während der ersten Jahre schwer zu ertragen war. Neun Jahre ohne eine Nachricht von irgendjemandem.«

»Ich verstehe dich sehr gut, darunter habe ich damals auch gelitten.«

Der Junge blinzelte ein paarmal, und dann hellte sich sein Gesicht auf.

»Sag mir, Iryi, wie geht es meiner Familie? Und meinen alten Freunden?«

»Allen geht es gut, aber natürlich ist auch für sie die Zeit nicht stehen geblieben.«

»Das wird ja immer toller«, mischte sich Anon erneut ein. »Soll ich mich lieber verziehen und euch mit euren Rührseligkeiten allein lassen?«

Iryi lachte.

»Mein lieber Freund! Wenn ich jemandem dankbar sein muss, dann dir. Du warst so gütig, meiner Bitte zu entsprechen. Du hast den Jungen bei dir zu Hause aufgenommen und ihn deine Kunst gelehrt.«

Nefermaat sah die beiden Männer verwundert an.

»Du wirst doch nicht im Ernst gedacht haben, ich hätte dich hier aufgenommen, nur weil wir beide Iryi kannten, oder?«, erklärte Anon.

»Warum dann?«

»Weil Iryi mich in einem Brief darum gebeten hat. Nur deshalb war ich bereit, mich die ganze Zeit mit deinen dummen Frömmeleien herumzuschlagen.«

Nefermaat war gerührt.

»Jetzt fang bloß nicht an zu heulen«, lachte Anon und schenkte ein Glas Wein ein. »Hier, trink ein Gläschen, bevor du mein Haus verlässt.«

Der junge Arzt sah Iryi an.

»Ja, so ist es. Dein Nomadenleben gehört der Vergangenheit an. Jetzt musst du dahin zurück, woher du gekommen bist«, erklärte dieser.

Nefermaat warf Anon einen fragenden Blick zu. Auch der nickte, während er das Glas hob.

»Ja. Ich fürchte, dass Iryi recht hat. Hier gibt es nichts mehr für dich zu tun. Aus dir ist ein guter *sunu* geworden, und wer weiß, vielleicht kannst du eines Tages sogar deinen Lehrer einholen«, bemerkte er auf seine spöttische Art.

»Der Gott verlangt nach dir«, sagte Iryi ernst. »Wir müssen nach Theben, damit du dort dein neues Amt antrittst.«

Nefermaat war so überrumpelt, dass er nur unzusammenhängende Worte stammelte. Die ganze Szene kam ihm vor wie ein Traum.

Iryi, der Ruf des Pharao, nichts von alledem konnte Realität sein, und trotzdem war es so …

»Willst du jetzt mit mir anstoßen oder nicht?«

Anons Worte rissen ihn aus allen Gedanken. Er bemerkte, wie seine Verwirrung die beiden Männer belustigte. Dann lud Iryi ihn mit einer Handbewegung ein zu trinken.

Nefermaat nahm einen Schluck.

»Gesegnet sei Bes!«, rief Anon. »Jetzt ist er ein ganzer Mann! Aber erst nachdem der Leibarzt des Pharao persönlich vorstellig wurde und ihm seine Berufung an den Hof überbrachte.«

»Berufung? Was für eine Berufung?«, fragte Nefermaat verwirrt.

»Der Gott hat dich zum *sunu per aa* ernannt«, eröffnete ihm Iryi feierlich.

»*Sunu per aa*? Willst du sagen, dass ich zum Hofarzt ernannt worden bin? Jetzt verstehe ich gar nichts mehr.«

»Musst du auch nicht, mein Junge. Der Pharao hat nach dir verlangt, und als treuer Untertan, der du bist, wirst du seinem Ruf folgen«, erklärte Anon.

»Kannst du dich noch an den Nachmittag erinnern, bevor du damals Pi-Ramesse verlassen hast? Wir saßen in meinem Arbeitszimmer, und du hast gelobt, dass du eines Tages zurückkommen würdest, um im Palast als Arzt zu dienen. Sachmet ist Zeuge deines Versprechens«, rief ihm Iryi ins Gedächtnis zurück und überreichte ihm eine Papyrusrolle. »Lies selbst!«

Ungläubig las Nefermaat, was dort geschrieben stand. Es gab keinen Zweifel. Das Pergament enthielt seine Ernennung zum Hofarzt, und darunter erkannte er das Siegel des Herrschers. Bewegt rollte er die Urkunde wieder zusammen und reichte sie Iryi zurück.

»Du wachst noch immer über meinen Werdegang, nicht wahr? Das ist doch dein Werk. Danke, Iryi, ich danke euch beiden«, sagte er und sah die Männer an.

»So, jetzt ist es aber wirklich genug mit der Gefühlsduselei«, erklärte Anon ernst. »Du hast dir deine Berufung redlich verdient. Iryi war seit deiner Ankunft hier über deine Fortschritte bestens informiert, und glaub mir, wenn ich dir sage, dass ich eine hohe Meinung von dir habe. Ich bin davon überzeugt, dass es im ganzen Palast keinen besseren Arzt geben wird. Wer weiß«, fügte er hinzu und kehrte wieder zu seiner üblichen spöttischen Art zurück, »vielleicht schaffst du es innerhalb kürzester Zeit sogar zum königlichen ›Hirten des Anus‹* oder demjenigen, ›der seine inneren Gefäße kennt‹.«

»Bei dir ist Hopfen und Malz verloren, Anon. Und je älter du wirst, desto unmöglicher bist du. Trotzdem werde ich dir ewig dankbar sein«, warf Iryi ein.

»Ich bin derjenige, der dankbar ist«, unterbrach ihn Nefermaat. »Dir, Iryi, weil du wie ein Vater zu mir warst. Und was Anon angeht, so wird ein Teil von mir für immer hier bei ihm bleiben. Mein ganzes Leben werde ich mich damit brüsten können, beim Meister aller Meister in die Lehre gegangen zu sein. Darauf sollten wir trinken.«

Bei diesen Worten war sogar Anon bewegt. Mit einem Zug trank er seinen Wein aus und schnalzte genüsslich mit der Zunge. Dann umarmte er Nefermaat.

Als sie sich voneinander lösten, warf ihm Anon einen seiner schelmischen Blicke zu.

»Ich werde dich auf dem Laufenden halten«, sagte er und zwinkerte ihm zu. »Aber du musst mir ebenfalls berichten, versprich es.«

Nefermaat nickte und umarmte ihn erneut.

»Vergiss nicht, dass wir ein paar kleine Geheimnisse haben, die du mir eines Tages hoffentlich doch noch erzählen wirst.«

»Dir ist wirklich nicht zu helfen«, erklärte Nefermaat entrüstet.

Anon kicherte. »Du bist ein guter Junge, Nefermaat. Übrigens, hat dir der Wein geschmeckt?«

Der vierundzwanzigste Tag der berühmten Trunkenheitsfeierlichkeiten war zugleich auch der letzte, den Nefermaat in der

* Einer der sonderbaren Fachbereiche innerhalb der ägyptischen Medizin.

Stadt verbrachte. Mit ihm endete das Volksfest, und Bubastis fand allmählich den ruhigen Trott einer Provinzhauptstadt wieder. Zurück blieben die typischen Spuren einer Feier, bei der sich Hunderttausende der ausschweifendsten Verehrung hingegeben hatten, die man einer Gottheit entgegenbringen konnte. Die Katzengöttin durfte zufrieden sein, keiner anderen Gottheit in Ägypten gelang es, so viele und so hingebungsvolle Gläubige an einem Ort zu versammeln.

Das Ende des heiligen Festes wurde mit einer feierlichen Prozession begangen, bei der die wiedergeborene Göttin sich von ihrer göttlichen Barke aus ein letztes Mal dem Volk zeigte. Während das arme Tier vor Erschöpfung mauzte, sang Bastets Erster Prophet Loblieder auf seine Göttin, in der Hoffnung, dass das Freudenfest ihr gefallen habe und sie zufrieden sei.

Ungeachtet des festlichen Ereignisses gingen Nefermaat und Iryi an Bord eines kleinen Schiffes, das auf Anons privatem Anlegeplatz neben dem Haus auf sie wartete. Es war eine der vielen königlichen Dienstbarken, die von ranghohen Beamten benutzt wurden und überall auf den gebührenden Respekt trafen.

Vom Deck des Bootes aus beobachtete Nefermaat, wie sich das Ufer und das Haus, das er jetzt als ein anderer Mensch verließ, allmählich in der Ferne verloren. Der asketische junge Mann, der damals durch die Tür jenes Hauses getreten war, kam ihm nun fremd vor, wie aus einer anderen Welt. Das enge Korsett vorgefasster Meinungen und Vorurteile, in dem er so streng erzogen worden war, hatte sich gelockert und ihm neue Wege eröffnet. Wege, die zu neuen Ufern führten, aber gleichermaßen zum Leben gehörten und in der menschlichen Natur angelegt waren. Obwohl er bis ins Mark von Vorschriften und alten Mysterien geprägt worden war, fühlte er sich nun, mit einer neuen Sicht auf die Dinge, als hätte er sich von allen Zwängen befreit. Tief im Innern würde er wahrscheinlich immer ein Asket bleiben, aber jetzt wusste er, dass die allmächtigen Götter auch eine andere Welt erschaffen hatten und dass es tausend Gründe gab, sich an ihr zu freuen.

Das luxuriöse Haus mit seinem prächtigen Garten entfernte sich immer mehr und wurde Teil einer Vergangenheit, die er niemals vergessen sollte. Er schloss die Augen und atmete tief ein, um ein letztes Mal den einzigartigen Duft und das Mysterium einzufangen, die nachts bisweilen seine bescheidene Kammer umgeben hatten. Und damit tauchte unausweichlich auch sie auf, ohne dass er es darauf abgesehen hätte. Und mit ihr ein noch viel stärkerer Duft, der sein Herz auf ewig durchdringen sollte.

Atet, die Wiedergeburt der unergründlichen Göttin Bastet; verführerisch schön, aber auch unerreichbar, eine verirrte Seele auf der Suche nach abwegigen Pfaden.

Als er die Augen wieder aufschlug, hatte sich alles fast schon in der Ferne verloren. Nefermaat kniff die Augen zusammen und erkannte eine untersetzte Gestalt. Anon stand auf dem Kai und winkte ihnen nach. Der junge Priesterarzt erwiderte seinen Gruß, und dann war der Mann aus Babylonien plötzlich verschwunden.

Niemand sonst aus dem Haus tauchte an jenem Nachmittag auf, um ihn zu verabschieden, trotzdem hätte er schwören können, zwischen den duftenden Hennasträuchern ein unergründliches grünes Augenpaar gesehen zu haben, das seinen Aufbruch beobachtete.

12

Schwer wie in den Schmieden der Götter geschmolzenes Blei strömte das Wasser des Nils dahin. Von seinen göttlichen Gefilden aus überzogen Res Strahlen das Wasser mit einer glänzenden Patina, wie einen jener blankpolierten Silberspiegel, die die Damen der vornehmen Gesellschaft benutzten. Ein wirklich grandioses Schauspiel.

Angetrieben von einem schwachen Nordwind, dem Atem Amuns, der die Segel kaum aufzublähen vermochte, kam das Schiff nur langsam gegen die starke Strömung an. Der Bug kämpfte sich durch die dunkle Oberfläche des Wassers, während der Steuermann alle Hände voll zu tun hatte, um auf dem vor Kraft strotzenden Nil, der den Eingeweiden des Kontinents seinen fruchtbaren Schlamm entrissen hatte, Meter für Meter voranzukommen.

Die Nilschwelle war dieses Jahr zwar großzügig gewesen, aber das ideale Maß hatte sie nicht erreicht. Der Nilometer* bei Elephantine in Oberägypten zeigte einen Stand von zehneinhalb Metern an und lag genau einen Meter unter dem Idealwert. Der bei Pi-Hapi zeigte sechs Meter und unterschritt ihn um mehr als einen halben Meter. Trotzdem durften sie mit der diesjährigen

* Ein System aus Brunnen, das die alten Ägypter benutzten, um den Grundwasserspiegel des Nils zu messen. In Elephantine betrat man den Nilometer über eine Treppe von neunzig Stufen, die zum Fluss hinunterführten. An den Wänden waren im Abstand von 2,33 Zoll die Gradeinteilungen markiert, an denen man feststellen konnte, wie hoch der Nilstand ausfallen würde.

Überschwemmung zufrieden sein. Die Felder waren von einer dicken schwarzen Schlammschicht überzogen und konnten nun bestellt werden.

Es war ein erhebendes Erlebnis, Hapi zu beobachten, jenen Gott, der seit Anbeginn der Zeit den Nil und die alljährliche Flut symbolisierte. Jahr für Jahr überschwemmte der Fluss Ägypten mit dem Schlick, den er aus den fernen Bergen Abessiniens und den tropischen Gegenden von Afrika mitbrachte. Der Blaue und der Weiße Nil hatten sich brüderlich vereint, um Überfluss in ein Tal zu tragen, das auf beiden Seiten von unwirtlichen Wüstenlandschaften umgeben war. Es war ein Geschenk der Götter, denn dieses Wasser konnte eine bis zu sieben Meter hohe Schicht nährstoffreichen Bodens hinterlassen, wenn es sich im Monat Choiak wieder zurückzog.

Fasziniert betrachtete Nefermaat dieses Naturwunder, das die Felder bis zu den Ausläufern der Wüste überschwemmte und die Ufer dunkelbraun färbte. Die überfluteten Palmen lugten aus dem Wasser wie aus dem *nun*, dem Urozean, der alles Leben hervorgebracht hatte, und schufen eine unwirkliche, faszinierende Landschaft. Er erinnerte sich daran, wie er dieses Schauspiel zuletzt als Kind erlebt hatte, und es kam ihm wie ein anderes, längst vergessenes Leben vor. Aber es war derselbe Fluss, und auch die Dorfbewohner, die ihnen von den Ufern aus fröhlich zuwinkten, hatten sich nicht verändert. Die meisten Häuser blieben während der Nilüberschwemmung von der Außenwelt abgeschnitten, doch das war kein Grund zur Trauer. Im Gegenteil, ihre Herzen füllten sich mit Optimismus und Hoffnung, denn von der Großzügigkeit des Flusses hing die nächste Ernte ab und mit ihr auch das Überleben ihrer Familien.

Dieses Ereignis war Teil eines jahrtausendealten Kreislaufs, der es dem Volk der Ägypter ermöglicht hatte, in Harmonie mit der Natur zu leben und die Kräfte zu verstehen, die sich dahinter verbargen, bis sie diese sogar zu Göttern erhoben hatten.

Doch trotz der Fröhlichkeit seiner Bevölkerung hatte Ägypten keinen Grund zur Freude. In Wahrheit lagen düstere Wolken über einem Land, dessen überalterte Strukturen die Last eines Staates, der sich am Rande des Bankrotts befand, kaum noch zu tragen vermochten.

Seit einunddreißig Jahren herrschte Usermaatre-Meriamun, Ramses III., über das Land und versuchte, an die glorreichen Zeiten der alten Pharaonen anzuknüpfen. Sein großes Vorbild war Ramses II., und wie sein Vorgänger hatte auch er erkannt, dass es wichtig war, ein starkes Heer zu haben und gute Beziehungen zu den großen Tempeln zu unterhalten. Doch das Reich, das er geerbt hatte, besaß nur noch wenig Ähnlichkeit mit jenem, das der Sohn des großen Sethos damals übernommen hatte. Sein Vater Sethnacht hatte den Thron zu einer Zeit bestiegen, als in Ägypten große Unruhen und Chaos herrschten. Der alte General hatte nicht viel daran ändern können, denn er war bereits nach drei Jahren gestorben. Sein Sohn, Ramses III., der ihm auf den Thron Ägyptens gefolgt war, hatte sich fest vorgenommen, das Land Kemet zu altem Glanz zurückzuführen.

Erneut nahm ein starker Pharao die Zügel der Macht in die Hand und stellte schon bald seine feste Entschlossenheit unter Beweis. Als Erstes hob er ein mächtiges Heer aus, um gegen die großen Gefahren zu Felde zu ziehen, die das Land bedrohten. Während der ersten elf Jahre seiner Regentschaft hatte er drei Invasionen abwehren müssen, von der eine besonders bedrohlich gewesen war. Die ungeheure Anstrengung hinterließ leere Staatskassen, während die Tempel die Nutznießer waren. Die Priesterschaft des Amun wurde mächtiger als je zuvor. Sie profitierte am meisten von der reichen Beute, die Ramses auf seinen siegreichen Feldzügen machte. Doch ein Heer zu unterhalten, das groß genug war, um die alten Grenzen des Reiches zu verteidigen, stellte eine gewaltige finanzielle Belastung für den bankrotten Staat dar und setzte der Wirtschaft des Landes schwer zu.

Der Gottkönig erkannte die Gefahr und versuchte, die unzähligen Löcher im Staatshaushalt, so gut es ging, zu stopfen. Es war eine gigantische Aufgabe, für die er die Unterstützung aller Stände des Reiches benötigt hätte. Doch die Übel waren grundlegend und tief verwurzelt. Schließlich musste der letzte große Pharao allein auf weiter Flur gegen eine hungrige Meute kämpfen, und seine oberflächlichen Reformen konnten die Probleme des untergehenden Reiches nicht kaschieren. Wenig war von der Macht der Pharaonen übrig geblieben, die schon zweitausend Jahre zuvor das Land regiert hatten. Die unersättliche Priesterschaft und der Adel hatten sie Schritt für Schritt ausgehöhlt, bis das Reich praktisch von ihnen regiert wurde. Der Tempel des Amun besaß die meisten Güter des Reiches und stellte die größte wirtschaftliche Kraft dar. Geschickt zogen seine Priester seit Jahrhunderten im Hintergrund die Fäden der Macht.

Ramses versuchte ein politisches Gleichgewicht zwischen dem Königtum einerseits und der mächtigen Priesterschaft und dem Adel auf der anderen Seite zu schaffen. Doch um das zu erreichen, musste er immer mehr Zugeständnisse machen, die letztendlich die Macht des Königs noch stärker einschränkten und seine Position schwächten.

Die Lage wurde immer prekärer. Gelegentlich konnte der Staat seinen Zahlungsverpflichtungen gegenüber den Handwerkern und Arbeitern nicht nachkommen. Da die Löhne zum größten Teil in Nahrungsmitteln ausbezahlt wurden, wuchs im ganzen Land der Hunger und mit ihm die Unzufriedenheit. Im neunundzwanzigsten Regierungsjahr von Ramses III. geschah etwas bislang Unerhörtes in der Geschichte Ägyptens. Es kam zu Streiks.

»Du hast viele Jahre außerhalb der Realität gelebt, mit der unser Volk die ganze Zeit zu kämpfen hat. Glaub mir, wenn ich dir sage, dass diese Leute allen Grund hatten, die Arbeit niederzulegen«, erklärte Iryi und blickte auf das ferne Ufer.

»Das ist unglaublich. Wie konnte es überhaupt so weit kommen?«

»Die Menschen sind verzweifelt.«

Nefermaat zog die Augenbrauen hoch.

»Der Hunger zermürbt sie. Und das war einer der Gründe, weshalb sie die Arbeit niedergelegt haben, wenn auch nicht der einzige.«

»Die Arbeit niedergelegt? Ich habe von Unruhen gehört, aber ich hätte nie gedacht, dass es zu einem Streik kommen könnte.«

»Alles in allem waren es drei. Und ich will nicht ausschließen, dass es sogar noch mehr werden.«

»Wer hat sie denn angezettelt?«

»Die Handwerker in den Nekropolen.«

»Du meinst die Arbeiter in *ta set maat*, dem Ort der Wahrheit?«*

»Genau die, allerdings nennen sie sich heute ›Handwerker des Horizonts der Ewigkeit‹«, erklärte Iryi mit ernster Miene.

»Was für ein pompöser Name.«

»Das finde ich auch, aber dem Gottkönig gefällt er.«

»Nicht zu fassen«, sagte Nefermaat und schüttelte den Kopf. »Die Handwerker in den Nekropolen waren dem Pharao gegenüber stets loyal, schließlich hängen sie direkt von seiner Gunst ab. Sie durften die Orte aussuchen, wo gegraben werden sollte, und die königlichen Gräber bauen. Sie sind die Einzigen, die all ihre Geheimnisse kennen.«

»Dann kannst du dir ja vielleicht vorstellen, wie die Lage wirklich ist. Seit fünfhundert Jahren stehen sie im Dienst der Krone, haben abgeschirmt von der übrigen Welt mit ihren Familien in ihrem eigenen Dorf gewohnt und sind mit allem, was sie

* Die Nekropolenhandwerker waren eine autonome Gemeinde, die mit dem Bau der königlichen Gräber betraut war. Sie wohnten im heutigen Deir-el-Medina.

zum Leben brauchten, versorgt worden. Man hat sie auf Händen getragen. Und in wenigen Jahren ändert sich plötzlich alles. Bereits im achtundzwanzigsten Regierungsjahr unseres Königs hatte der Schreiber Neferhotep in einem Pergament dem Wesir Ta von den Engpässen in der Versorgung berichtet und geklagt, dass die Gehälter mit achttägiger Verspätung einträfen. Und das war nur der Anfang, denn einige Monate später verzögerten sich die Lohnzahlungen noch mehr. Das Getreide wurde knapp, und die Menschen begannen, Hunger zu leiden.«

Verwirrt musterte Nefermaat seinen alten Gönner. Er konnte kaum glauben, was er da hörte.

»Ja, so hat es angefangen. Das Volk fühlte sich im Stich gelassen. Die Handwerker der Nekropolen und auch die *semedet*, die Fronarbeiter, die draußen für sie arbeiten und sie mit allem versorgen, was sie benötigen. Schließlich wurde die Lage so prekär, dass sich beide Gruppen zusammentaten, ihre Arbeit ruhen ließen und zum Totentempel von Thutmosis III. zogen, weil dort Lebensmittel lagerten. Das geschah im *peret*, am zehnten Tag des Mechir* im neunundzwanzigsten Herrschaftsjahr, und Augenzeugen berichten, dass die Handwerker außer sich vor Wut waren. Immer wieder hätten sie gerufen: ›Wir haben seit achtzehn Tagen nichts zu essen bekommen. Wir haben Hunger!‹«

»Und was ist dann passiert? Haben sie den Tempel etwa geplündert?«, fragte Nefermaat ungläubig.

»Offensichtlich gelang es ihren Aufsehern und dem Vorsteher der Nekropole, sie zu beruhigen und nach Hause zu schicken, aber am nächsten Tag zogen sie wieder los, dieses Mal zum Rameseum**, wo sie wenigstens fünfundfünfzig Brote bekamen. Nur ein Tropfen auf dem heißen Stein, wie du dir vorstellen kannst. Aber ihre Proteste zeigten Wirkung, denn schon einen

* Anfang Januar.
** So heißt der Totentempel von Ramses II.

Tag später wurden sie vom Bürgermeister von Theben empfangen und erhielten die Rationen, die ihnen versprochen waren.«

»Wenigstens hatten sie jetzt etwas zu essen.«

»Ja, aber mehr auch nicht. Der Schwelbrand war noch lange nicht gelöscht. Im Gegenteil, die Unzufriedenheit wuchs mit jedem Tag, bis sie schließlich sogar auf die Polizei der Nekropolen übergriff.«

Nefermaat konnte sich ein verwundertes Kopfschütteln nicht verkneifen, worauf Iryi nickte.

»Menetumes persönlich, der Leiter der *medjai*, wiegelte sie auf, bis sie sich dem Streik anschlossen. Siehst du jetzt, welchen sozialen Niedergang wir gerade erleben? Tatsache ist, dass es im folgenden Monat Phamenoth erneut zu Arbeitsverweigerungen kam. Die Streikenden verlangten, dass die Verantwortlichen zur Rechenschaft gezogen werden, und teilten es den Beamten des Pharao mit.«

Nefermaat hörte aufmerksam zu.

»›Wir kehren nicht zur Arbeit zurück! Sagt das euren Vorgesetzten!‹, riefen sie außer sich. Und soweit ich weiß, haben sie ihre Drohung wahr gemacht. Sie ließen alle Arbeiten ruhen, bis zum achtundzwanzigsten Tag des folgenden Monats, als der Wesir Ta zufällig in diese Gegend kam. Er war gerade von einer Reise in den Süden zurückgekehrt, wo er das *heb sed** für den Pharao vorbereitete. Ich brauche dir nicht zu sagen, dass die Handwerker der Nekropolen direkt dem Wesir unterstehen, also war er die geeignetste Instanz, um diesen Konflikt zu lösen.«

»Ein Glücksfall, dass der Wesir sich gerade in Theben befand«, sagte Nefermaat.

* Die alte Bezeichnung für das Sed-Fest, die Jubiläumsfeier des Königs, die im dreißigsten Herrschaftsjahr begangen wurde. Es war ein Ritual der Machterneuerung mit eindeutig magischem Charakter.

»Ich würde eher sagen, eine Katastrophe. Er weigerte sich nicht nur, ihre Klagen und Forderungen anzuhören, sondern schickte ihnen, schlimmer noch, ein Schreiben, in dem er in äußerst hartem Ton seinen Abscheu für ihr Verhalten zum Ausdruck brachte.«

»Unglaublich.«

»Das kann man wohl sagen. Außerdem teilte er ihnen mit, er könne keine Lebensmittel für sie bereitstellen, weil die Getreidespeicher leer seien. Und das sei schließlich nicht seine Schuld.«

Nefermaat konnte seine Verblüffung nicht verhehlen.

»Wie gesagt, unsere Verwaltung zerfällt allmählich. Zynischer kann ein Wesir wohl nicht mehr sein, vor allem in einem Augenblick, in dem er die ganze Macht in den Händen hält.«

»Die ganze Macht?«, fragte Nefermaat. »Ta ist doch nur der Wesir von Oberägypten und …«

»Nefermaat, ich merke, dass du wirklich keine Ahnung hast, was um dich herum vor sich geht. Vier Monate vor dem ersten Streik wurden Ober- und Unterägypten zusammengefasst und Ta als Wesir beider Landesteile im Amt bestätigt. Es gibt jetzt also nur noch einen Wesir. Ta ist nach dem Pharao der zweite Mann im Staat. Und ich kann dir versichern, dass er die politische Macht, die er in den Händen hält, sehr gut für sich auszuschlachten weiß.«

»Was ist mit dem Pharao? War er nicht auf dem Laufenden?«

»Ramses hielt sich in einer seiner königlichen Residenzen auf und bekam von den Vorfällen nichts mit. Ta sorgte schon dafür, dass ihm nichts zu Ohren kam. Angeblich natürlich nur, um ihn zu schonen. Der Gottkönig hatte ihn damit betraut, sein *heb sed* zu organisieren, das war Tas einzige Sorge. Die Jubiläumsfeierlichkeiten nach dreißig Jahren Herrschaft nahmen seine volle Aufmerksamkeit in Anspruch. Sie durften unter keinen Umständen von irgendwelchen Streitigkeiten mit den Handwerkern der Nekropole überschattet werden. Denk nur an die gewaltige Ehre, die der Gott ihm zuteilwerden ließ, als er ihn mit der Organisation dieses wichtigen Festes beauftragte. Wie viele Pharaonen haben in der tausendjährigen Geschichte unseres Landes lange genug gelebt, um dieses Fest begehen zu können?« Iryi zögerte. »Nichtsdestotrotz muss es der Wesir für opportun gehalten haben, die Wogen etwas zu glätten, denn am nächsten Tag ließ er den Arbeitern wenigstens die Hälfte der Lebensmittel zukommen, die ihnen zustanden.«

»Und was haben die gemacht?«

»Na ja, was hätten sie schon machen können? Sie haben sie angenommen. Anfänglich waren sie empört, aber wenn Not am Mann ist, frisst der Teufel eben Fliegen. Sie hatten aus der vorangegangenen Krise dazugelernt und gingen mit den Vorräten so sparsam wie möglich um, aber schließlich waren auch sie aufgebraucht, und am dreizehnten Tag des Monats Pachons, dem ersten der Schemu, zogen die Handwerker wieder los. Dieses Mal zum Totentempel des Merenptah, wo sie schrien: ›Wir haben Hunger!‹ Drei Tage später traten sie erneut in den Streik.«

Iryi hielt inne und entdeckte die Verwirrung in den Augen seines jungen Freundes.

»Seitdem ist das Klima noch rauer geworden, falls das überhaupt möglich ist«, fuhr der Leibarzt des Pharao fort. »Es gab Berichte über die Plünderung von Gräbern und den Diebstahl von Rindern.«

Nefermaat war entsetzt.

»Und damit nicht genug. Manche Schreiber der Nekropolen wurden des Ehebruchs bezichtigt. Offensichtlich hatten sie Beziehungen zu drei Handwerkerfrauen unterhalten.«

»Wurden sie denn für ihre Vergehen nicht bestraft?«, fragte Nefermaat fassungslos.

»Es wurden Klagen an den Wesir verfasst, aber ich bezweifle, dass er sie jemals zu Gesicht bekommen hat. Wenn jemand in diesem Land in der Lage ist, Urkunden verschwinden zu lassen, dann die Schreiberkaste. Jedenfalls war es eine schmutzige Angelegenheit, die man ungern an die große Glocke hängt.«

»Möge Sachmet uns beistehen!«, rief Nefermaat, ohne sich beherrschen zu können. »In was für einem Land leben wir denn?«

»Wie gesagt, die Verwaltung ist korrupt bis ins Mark.«

Bekümmert schüttelte Nefermaat den Kopf.

»Nicht zu fassen, dass man diese ehrenwerten und allseits respektierten Handwerker wie den letzten Dreck behandelt«, sagte er nachdenklich. »So etwas darf einfach nicht passieren!«

»Aber es passiert. Stell dir vor, wie schlimm die Situation sein musste, dass sie sogar um eine Audienz beim Ersten Propheten des Amun baten, damit er das Problem löste.«

»Bei Usermaatrenacht?«

»Jawohl. Der war natürlich über die Schwierigkeiten der Handwerker bestens informiert und versprach, sich für sie einzusetzen. Kurz darauf erhielten sie Getreide, Kleidung und Öl, um die schlimmsten Nöte zu lindern. Es war nichts Großartiges, aber genug, um die Handwerker dazu zu bewegen, in ihr Dorf zurückzukehren und die Arbeit wieder aufzunehmen.«

»Gab es denn keine Untersuchung? Wurde niemand zur Verantwortung gezogen?«

»Eine Untersuchung?«, sagte Iryi und lachte leise. »Vom ersten Bürgermeister bis zum letzten Schreiber wusste jeder, dass man von den Lieferungen für die Handwerker regelmäßig etwas abzwackte. Wie willst du erreichen, dass diejenigen, die davon profitieren, sich selbst zur Verantwortung ziehen?«

»Zumindest hat Usermaatrenacht ihnen geholfen.«

»Er hat getan, was er konnte, obwohl es nicht gerade zu seinen Aufgaben zählt, sich um die Belange der Nekropolenhandwerker zu kümmern. Sie unterstehen ja direkt dem Wesir.«

»Das heißt doch, dass sie ganz auf sich allein gestellt sind.«

»Ich fürchte ja. Der Erste Prophet des Amun hat sich ihrer

zwar erbarmt, aber er will natürlich keinesfalls einen Konflikt mit der Verwaltung riskieren, und noch viel weniger mit dem Wesir. Er wird den Teufel tun, sich auf ein derart unsicheres Terrain zu begeben, jedenfalls im Augenblick nicht. Er verfolgt die Politik, die seinem Tempel am meisten dient. Aber wenn es jemanden in Kemet gibt, der genauestens darüber informiert ist, was sich im Lande tut, dann ist es Usermaatrenacht«, sagte Iryi nachdenklich. »Er weiß über alles und jeden Bescheid und ist auch über die allgemeine Korruption, die uns umgibt, und deren Nutznießer vollkommen auf dem Laufenden.«

»Aber was ist mit dem Gott? Ich kann nicht glauben, dass der Pharao von alledem nichts wusste.«

Iryi seufzte und ließ den Blick zu den Palmenhainen in der Ferne schweifen.

»Du wirst dich wundern, wenn du ihn siehst«, erklärte der Leibarzt. »Er ist nur noch ein Schatten des Mannes, den du vor fast zehn Jahren in Pi-Ramesse gekannt hast. Ramses ist ein egoistischer Greis geworden, der nicht das geringste Interesse mehr für die Angelegenheiten des Staates aufbringt. Manchmal habe ich den Eindruck, dass er selbst nicht daran glaubt, dass man die Probleme in Ägypten lösen kann. Es ist, als hätte er sich längst geschlagen gegeben und das Reich seinem Schicksal überlassen.«

»Wie kann das sein? Ramses ist einer der größten Pharaonen, die dieses Land jemals regiert haben.«

»Ja, er ist wohl der letzte der großen Pharaonen«, antwortete Iryi und sah Nefermaat an. »Er hat einen erbitterten Kampf geführt, um das Reich zusammenzuhalten und die Macht des Gottkönigs zu stärken, aber wie es scheint, waren all diese anstrengenden Versuche letztlich umsonst. Diese Einsicht und das Alter scheinen Ramses endgültig den Todesstoß versetzt zu haben. Jetzt ist er nur noch ein lüsterner alter Mann, der am liebsten den ganzen Tag in seinem Harem verbringt und sich mit seinen

Frauen vergnügt. Außerdem hat er eine Vorliebe für große Feste entwickelt, die er nun bei jeder sich bietenden Gelegenheit feiert. Du hättest sein Sed-Fest letztes Jahr erleben müssen. Ich glaube nicht, dass es in der tausendjährigen Geschichte Ägyptens ein prächtigeres gegeben hat. Ganze zwanzig Tage dauerten die Feierlichkeiten.«

»Der Anlass rechtfertigt es. Hast du nicht selbst vorhin gesagt, dass nur wenige Könige das Privileg hatten, so lange Zeit zu regieren?«

»Gewiss, aber du wirst mir auch zustimmen, dass das Sed-Fest seinem Wesen nach ein Ritual sein sollte, bei dem der Pharao dem Volk beweist, dass er noch die nötige Kraft besitzt, es ordnungsgemäß zu führen. Unter uns gesagt ... der Mann kann sich kaum noch bewegen. Er hat stark zugenommen, und seine Beine sind häufig geschwollen. Obendrein weigert er sich, die Diät einzuhalten, die ich ihm verordnet habe.«

»Hört sich nicht gut an.«

»Ich bin überzeugt, dass er die Flucht nach vorne ergriffen hat. Anders lassen sich seine Exzesse wohl kaum erklären.«

»Und sein Thronfolger, Prinz Ramses? Hilft er seinem Vater beim Regieren?«

»Das ist eine heikle Sache«, erklärte Iryi mit leiser Stimme und legte Nefermaat die Hände auf die Schultern. »Urteile selbst, wenn du an den Hof kommst. Aber ich warne dich. Du musst äußerst vorsichtig sein. Der Hof ist nicht mehr so, wie du ihn damals erlebt hast. Vergiss nicht, dass es in Medinet Habu von Intrigen wimmelt und nichts so ist, wie es scheint. Also sei auf der Hut und leg jedes Wort auf die Goldwaage.«

»Wer dich sprechen hört, könnte meinen, dass unser Schicksal allein von der Gnade der Götter abhängt.«

»Du sagst es«, bestätigte Iryi und blickte wieder auf die Landschaft in der Ferne. »Wir sind in ihrer Hand.«

In dieser Nacht fand Nefermaat keinen Schlaf. Er lag auf dem Deck der luxuriösen Barke und starrte auf die Myriaden von Sternen, die Nuts dunklen Bauch kitzelten. Abermillionen von kleinen, über den heiligen Körper der Göttin verstreuten Lichtern sprenkelten mit ihrem Glanz die düstere ägyptische Nacht. Der großzügige Nil murmelte sein träges Lied und streichelte sanft den Kiel der Barke. Es war das Raunen des tausendjährigen Wassers, das von einem Leben im Überfluss an den Ufern erzählte, die Sprache des gütigen Gottes Hapi, die die Menschen, die am Nilufer lebten, so gut verstanden.

Unter einem sternenübersäten Himmel auf dem heiligen Wasser zu segeln bedeutete für einen Ägypter, an der göttlichen Magie teilzunehmen, von der alles ringsum erfüllt zu sein schien. Teil der unerschütterlichen Ordnung zu sein, die am Anbeginn der Zeit von weisen Göttern erschaffen worden war, galt als höchstes und erstrebenswertestes Ziel für die Menschen, die am Nil lebten. Jemand, der nicht im Reich der Zwei Länder aufgewachsen war, hätte das nie begreifen können.

Für Nefermaat war die Botschaft des Flusses genauso klar wie die der Nacht. Er verstand das Rauschen des Wassers unter dem Schiffsrumpf und die Pracht, die der weite Himmel ihm offenbarte, wohin er auch blickte. All das machte ihn so glücklich, dass eine angenehme innere Ruhe in ihm aufstieg und er mit seiner Umgebung völlig verschmolz. Die mystischen Lehren, die sich der junge Priesterarzt im Lauf seines Studiums angeeignet hatte, blühten in diesem Moment auf und gaben ihm zu verstehen, wie unzertrennlich sie mit seinem heiligen Land verbunden waren. Eine erstaunliche Symbiose, die sich nur mit der natürlichen, von den Schöpfungsgöttern aufgestellten Ordnung erklären ließ. Für eine Weile spürte Nefermaat tief in seinem Innern die ganze Fülle seines Landes. Den Fluss, die immergrünen Palmenhaine, die fruchtbaren Felder, die ferne Wüste, Tausende von Tierarten, die von seinem Volk zu göttlichen Wesen erhoben worden waren und in Eintracht zusammenlebten, das Gewicht einer jahrtausendealten Geschichte, die aus Kemet eine einzigartige Zivilisation gemacht hatte, und schließlich die *maat*, Gerechtigkeit in all ihren Formen, innere Ausgewogenheit, die in einem selbst begann. Unzählige Eindrücke drangen durch seine Poren, durch Augen, Mund und Nase, und alle zusammen ergaben einen unverwechselbaren Duft, den er einatmen konnte. Es roch nach Ägypten, und sein ganzes Ich wurde von diesem Duft erfüllt.

Als er aus seiner Trance erwachte, musste er an das Gespräch denken, das er mit Iryi geführt hatte. Nach einigem Grübeln kam er zu dem Schluss, dass dieses herrliche Geschenk der Götter weder von Menschen noch von deren Herrschern zerstört werden durfte. Plötzlich wurde ihm bewusst, wie wenig er doch über die Seele der Menschen wusste und wie seltsam ihm ihr Verhalten manchmal erschien. Im Tempel konnte man sich Dinge, wie sie sein alter Freund gerade erzählt hatte, nicht vorstellen. Dass die Verwaltung den anständigen Handwerkern der königlichen Totenstadt von Theben ihren verdienten Lohn vorenthielt – undenkbar.

Er musste an seine neue Stellung am Hof denken und dann, wie ihn Iryi zur Vorsicht gemahnt hatte. Die Intrigen im Palast, von denen er gesprochen hatte, waren nichts Neues. Sie hatte es schon immer gegeben, wie er seinen Vater oft hatte sagen hören. Plötzlich sah er sein Bild deutlich vor sich. Wie es ihm wohl ging? Ob er sehr gealtert war? Mit gemischten Gefühlen dachte er daran, denn seit neun Jahren hatte er nichts von ihm gehört. Zwar schien seine Familie wohlauf zu sein, doch hatte er keine Ahnung, wie Hori reagieren würde, wenn er ihn nach so langer Zeit wiedersah. Wie Mutenuia oder sein Halbbruder sich verhalten würden, interessierte ihn schon lange nicht mehr. Er seufzte resigniert und streckte sich auf der schmalen Matte aus, bis er mit den Händen gegen die alte Ledertasche stieß, in der er seine wenigen Habseligkeiten aufbewahrte. Plötzlich spürte er einen unwiderstehlichen Drang, sie zu öffnen. Er wühlte in der kleinen Tasche und fand ganz unten am Boden das Tuchbündel. Vorsichtig zog er es heraus und schlug das Tuch langsam auseinander. Als der Inhalt vor ihm lag, betrachtete er ihn wehmütig. Es war das kleine goldene Armband mit Lapislazulisteinen, das Nubchesbed ihm vor neun Jahren am Nachmittag vor seiner Abreise geschenkt hatte. Als er mit dem Finger darüberstrich, wurden alte Erinnerungen an seine Kindheit wach. Er dachte an die Spiele in den königlichen Gärten von Pi-Ramesse und daran, wie er mit seinen Freunden am See gesessen hatte. Er dachte an Paneb, den Prinzen Amunherchepeschef, Nubchesbed ... Was wohl aus ihr geworden war?

Er erinnerte sich, wie wenig er in all der Zeit an sie gedacht hatte und dass er das kleine Bündel mit dem Geschenk, das ihm die Prinzessin damals überreicht hatte, nie wieder aufgemacht hatte. Plötzlich bekam er ein schlechtes Gewissen. Er versuchte, sich an Nubchesbeds Gesicht zu erinnern, aber sosehr er sich auch anstrengte, es gelang ihm nicht.

Er wickelte das Bündel wieder zusammen und steckte es vorsichtig in die Tasche. Laut Steuermann würden sie am nächsten Tag im Hafen von Theben einlaufen. Neue Wege, die ein geheimnisvolles Schicksal ihm anscheinend bestimmt hatte, taten sich auf.

Uaset, das Zepter, Hauptstadt des vierten Gaus von Oberägypten, von wo die großen Pharaonen der achtzehnten Dynastie das Land der Schwarzen Erde über Jahrhunderte hinweg regiert hatten, erwartete ihn wie einen treuen Diener, der dem Ruf seines Gottes folgte. Eine große Ehre, die sich jedoch nicht mit der Freude messen konnte, seine Geburtsstadt wiederzusehen. Er war wie seine verstorbene Mutter Tetischeri in Theben geboren, einer Stadt, die von ihren Bewohnern als Inbegriff der jahrtausendealten Kultur Ägyptens und als Hüterin ihrer fundamentalsten Werte betrachtet wurde. Theben war der Sitz der mächtigen Priesterschaft des Amun; von hier stammten die mutigen Fürsten, die die Hyksos aus ihrem heiligen Land vertrieben hatten. Hier war Nefermaats Heimat, und hier würde er mit offenen Armen empfangen werden, zumindest glaubte er das.

13

»Heiliger Montu! Sag, dass es wahr ist, was meine Augen sehen!«, rief Paneb fröhlich, als er den großen Raum betrat.

Nefermaat sah ihn verblüfft an, ohne zu wissen, was er sagen sollte.

»Kennst du etwa deine alten Freunde nicht mehr?«, fragte Paneb und kam auf ihn zu.

»Paneb ... du?«

Paneb lachte und breitete die Arme aus.

»Du hast doch nicht im Ernst geglaubt, ich wäre in all den Jahren nicht mehr gewachsen, oder?«, lachte er.

»Paneb! Was für eine Freude!«, rief Nefermaat ausgelassen und umarmte seinen alten Freund herzlich.

»Unglaublich! Wie du dich verändert hast!«

»Das musst du gerade sagen!«, entgegnete Paneb belustigt. »Sieh dich doch an. Was ist aus deinem schönen Haar geworden?«

Unwillkürlich strich Nefermaat sich über den kahlen Schädel, worauf sein Freund loslachte.

»Aus dir ist also tatsächlich ein *uabu*-Priester geworden. Wer hätte das gedacht!«

»Es war wohl Sachmets Entscheidung«, erklärte Nefermaat und lächelte. »Sag, wie hast du erfahren, dass ich hier bin? Wir sind doch erst gestern angekommen.«

»Gute Nachrichten verbreiten sich so schnell wie Montus Pfeile«, erklärte Paneb. »Mittlerweile weiß ganz Theben, dass du wieder da bist.«

Nefermaat hob überrascht die Augenbrauen.

»Ja, so geht es hier zu. Du wirst dich bald selbst davon überzeugen können. Hier bleibt nicht das kleinste Ereignis verborgen. Erst recht nicht, wenn ein neuer *sunu per aa* erwartet wird.«

»Du übertreibst!«, sagte Nefermaat und klopfte ihm auf die Schulter.

»Nicht im Geringsten! Theben ist die Hauptstadt der Gerüchte. Im Moment weiß die ganze Stadt, dass ich hier bei dir bin.«

»Jedenfalls bin ich heilfroh, dich zu sehen«, gestand Nefermaat lächelnd. »Nach so langer Zeit. Setz dich doch und erzähl mir von dir. Bist du schon zum Ersten Propheten von Montu ernannt worden? Bist du verheiratet und hast eine ganze Horde von Kindern?«

Die beiden Freunde lachten.

»Mein Vater, der edle Turo, ist so unerschütterlich wie der Stein, aus dem die Tempel seines Gottes gebaut wurden, und wenn ich ehrlich sein soll, wünsche ich mir, dass Osiris ihn nicht so schnell zu sich rufen möge. Solange dieser schreckliche Tag nicht gekommen ist, werde ich mich wohl oder übel mit dem zweiten Rang begnügen müssen. Was das andere angeht, bin ich im Augenblick noch standhaft. Aber ich möchte bald heiraten.«

»Meinen Glückwunsch, lieber Freund. Und eines Tages wirst du auch an der Spitze der Priesterschaft stehen, eine große Ehre, die du dann mitsamt deiner neuen Familie genießen kannst.«

»Na ja«, erwiderte Paneb und kratzte sich den Kopf. »Machen wir uns nichts vor, der Montu-Kult ist nicht mehr das, was er einmal war. Gesegnet seien die alten Zeiten, als Montu noch der Schutzgott des Gaus von Theben war. Die Pharaonen der elften Dynastie ehrten ihn im Übermaß, vor allem die Mentuhoteps, aber wie du wohl weißt, wurde er dann von Amun abgelöst, der nun schon seit Jahrhunderten der Schutzpatron des Gaus von Theben ist.«

»Trotzdem wird Montu immer noch sehr verehrt. Er ist es

doch, der uns während der Schlacht die Kraft und die Macht verleiht, die nötig sind, um den Feind zu schlagen. Wie du ganz richtig gesagt hast, verehren die Pharaonen Montu seit Menschengedenken. An der Spitze seines Kultes zu stehen ist ein großes Privileg.«

»Ja, gewiss, aber diese Art von Privilegien meinte ich nicht. Ich dachte an jene, die einem Macht verleihen.«

»Macht?«

»Genau. Sie ist das wahre Privileg«, erklärte Paneb mit glänzenden Augen. »Ich meine nicht die Vorrechte, die man aus der Tatsache erhält, dass man einem Gott dienen darf. Ich meine die Macht, die man braucht, um Einfluss auf die Politik des Landes zu nehmen und das Geschick des Reiches zu lenken. Nur so kann man die eigene Macht weiter ausbauen.«

»Du überraschst mich«, sagte Nefermaat, und sein Gesicht verschloss sich wieder.

»Du wirst mir doch nicht erzählen wollen, dass in den Tempeln nur gebetet und gesungen wird?«

»In dem, aus dem ich komme, schon.«

Paneb lachte laut.

»Du hattest schon immer einen Hang zur Askese, und in Memphis haben sie dich wahrscheinlich endgültig bekehrt. Trotzdem wirst du bald erfahren, dass es hier ganz anders zugeht.«

»Ich habe lediglich vor, meinen Aufgaben als Hofarzt nachzukommen, so gut es geht. Die Politik interessiert mich überhaupt nicht.«

»Ob sie dich interessiert oder nicht, spielt keine Rolle«, erwiderte Paneb und lachte erneut. »Auf die eine oder andere Art wirst du dich damit befassen müssen. Als Hofarzt hast du mit so vielen Leuten zu tun, dass du dich unweigerlich in ihren Intrigen verstricken wirst, ob du willst oder nicht.«

»Ich vertraue darauf, dass es nicht so weit kommt.«

Paneb blickte ihm in die Augen und schwieg.

»Das hoffe ich auch, von ganzem Herzen, glaub mir«, erklärte er und lachte wieder. »Außerdem bin ich nicht gekommen, um mit dir über derlei Dinge zu diskutieren, sondern um dich willkommen zu heißen. Das ist das Mindeste, was man von einem alten Freund erwarten darf.«

»Ja, es ist schön, dich nach all den Jahren wiederzusehen. Erzähl, wie geht es den anderen? Prinzessin Nubchesbed, ihrem Bruder ...«

»Der Prinz ist unausstehlich«, unterbrach ihn Paneb und schüttelte den Kopf. »Aber wen wundert das, er war schon als Kind ein Ungeheuer. Und seit es so aussieht, als würde sein Vater den Thron erben, ist er noch schlimmer geworden. Du weißt ja, dass ich ihn nie gemocht habe.«

»O ja, ich kann mich noch gut daran erinnern, wie oft dir die Hand ausgerutscht ist. Ich nehme an, dass du jetzt etwas vorsichtiger bist. Eines Tages könnte er der Pharao sein«, sagte Nefermaat im Scherz.

»Das kann man nie wissen«, antwortete Paneb geheimnisvoll, und sein Blick verlor sich in der Ferne.

Ein unbehagliches Schweigen breitete sich aus, das Nefermaat schnell unterbrach.

»Und Nubchesbed? Wie geht es unserer kleinen Prinzessin?«

Paneb zwinkerte leicht mit den Augen, als kehrte er in die Realität zurück, und sah seinen Freund an.

»Du wirst sie nicht wiedererkennen. Sie ist eine wahre Schönheit geworden. Die Verführung in Person. Außerdem ist sie genauso bezaubernd und klug wie früher. Aber was soll ich dir sagen, schließlich warst du ihr Verlobter.«

Beide Freunde mussten lachen.

»Ach, was waren das für Zeiten, kannst du dich noch erinnern?«, fragte Nefermaat. »Es ist so, als wäre es erst gestern gewesen, und trotzdem ...«

»Na ja, so gut waren die Zeiten damals auch wieder nicht. Obwohl ich zugeben muss, dass es einen Heidenspaß machte, den armen Hesi zu martern.«

Wieder prusteten beide los.

»Sag bloß, du wirfst nicht mehr mit Papyruskügelchen, die in Tinte getränkt sind? Du bist doch nicht etwa vernünftig geworden?«

»Das wäre ja schrecklich. Ich bin immer noch zu jeder Schandtat bereit, wenn du das meinst. Der Vernünftige warst du, Nefermaat, das reichte völlig aus.«

»Du musst immer übertreiben, Paneb.«

»Ich sage nur, wie es war. Der ganze Hofstaat in Pi-Ramesse hielt dich für zu ernst. Man behauptete, du hättest das von deiner Mutter geerbt. Aber wie geht es deinem Vater? Du hast ihn doch gesehen, oder?«

»Wenn du die Wahrheit wissen willst, ich habe noch keine Zeit gehabt, ihn aufzusuchen. Du weißt ja, dass ich erst gestern Abend angekommen bin. Ich hatte vor, meine Familie heute zu besuchen.«

Paneb sah ihn verwundert an.

»Hat der alte Hori seinen verlorenen Sohn etwa nicht willkommen geheißen?«

Nefermaat rutschte unbehaglich auf dem Stuhl hin und her.

»Bestimmt war er verhindert«, fuhr Paneb fort, als er sah, wie sein Freund das Gesicht verzog. »Er ist immer noch ›der mit den sauberen Händen‹, der Haushofmeister seiner Majestät. Und ich kann dir versichern, dass der Pharao ihn außerordentlich schätzt.«

Nefermaat hörte schweigend zu.

»Ich weiß natürlich, dass ihr eine besondere Beziehung hattet«, sagte Paneb in dem Versuch, die Atmosphäre aufzulockern.

»Wir hatten so gut wie gar keine Beziehung. Das ist die Wahrheit, auch wenn sie weh tut. In all den Jahren habe ich nichts von ihm gehört.«

»In neun Jahren hast du keine Nachricht von deiner Familie erhalten?«

»So ist es. Aber glaub nicht, dass ich sie deswegen verurteile. Schließlich habe ich ihnen in dieser Zeit auch nicht geschrieben. Ich hatte nie das Verlangen danach.«

Paneb strich sich über das Kinn, während er seinen Freund musterte.

»Manchmal ist es so, als wollten die Götter uns das Leben schwer machen«, erklärte er dann. »Überhaupt keine familiären Bindungen zu haben ist nicht schön, aber so weiß man wenigstens, woran man ist. Glaub mir, viele erleben ein blaues Wunder, wenn sie entdecken, dass eine Verbindung, die sie für unerschütterlich hielten, plötzlich abreißt.«

»Wie auch immer, ich wünschte mir, es wäre anders gekommen. Wenn ich mir vorstelle, was für ein Gesicht meine Stiefmutter machen wird, wenn sie mich sieht.«

»Die Dame Mutenuia ist am Hof nicht gerade beliebt. Um die Wahrheit zu sagen, sie ist Zielscheibe unzähliger Kritiken und Gerüchte.«

»Was meinst du?«

»Seit sie in den Palast kam, hat sie nur für Ärger gesorgt, das weißt du ja selbst. Wir waren noch zu klein, um es zu verstehen, aber schon damals redeten die Leute über ihre etwas ... anstößige Art.«

Nefermaats Blick kam seinem Freund seltsam vor.

»Sieh mich nicht so an. Wenn du jetzt im Palast leben willst, musst du wissen, was sich die Leute über sie erzählen. Ich kann dir versichern, dass man so allerlei hört, obwohl die Höflinge bekanntermaßen übertreiben. Es heißt, die Dame sei der fleischlichen Lust sehr zugetan, wovon dein verehrter Vater Hori wohl auch profitierte. Mit der Zeit aber soll sie das Interesse an ihm verloren und Abenteuer mit anderen Männern gesucht haben. Nur Gerüchte, nichts Konkretes, aber du weißt ja, wohin so etwas führen kann. Jedenfalls erzählen sich die Leute, Mutenuia habe eine Affäre mit einem gewissen Yemini gehabt, einem Libyer, der in den königlichen Vorratskammern arbeitete und über außergewöhnliche Manneskraft verfügen soll. Diese Affäre scheint eine ganze Weile gedauert zu haben, offensichtlich war die Dame mit ihrem Beglücker zufrieden.«

»Und mein Vater? Hat er denn nichts mitbekommen?«, wollte Nefermaat entsetzt wissen.

»Das kann ich dir nicht sagen. Böse Zungen meinten sogar, dass Hori damit einverstanden war. Jedenfalls wusste der ganze Hof über das, was sich tat, Bescheid. Doch das war nicht alles. Anscheinend hatte der Libyer sie irgendwann satt und plauderte ziemlich offen über gewisse intime Details. Du kannst dir vorstellen, wie die Leute sich das Maul zerrissen haben. Die übelsten Witze machten die Runde. Mutenuia war so gekränkt, dass sie sich für eine Weile in ihre Gemächer zurückzog und von niemandem mehr etwas wissen wollte. Ihre Wut ließ sie an Hori aus, wie meistens.«

Nefermaat hörte starr wie eine Statue zu.

»Irgendwann muss deine Stiefmutter zu dem Schluss gekommen sein, dass sie genug getrauert hatte. Die Zeit verging, und ihre aufreizenden Kurven verloren ihre Anziehungskraft. Sie hatte keine Zeit mehr zu verlieren und ließ ihren Gelüsten fortan freien Lauf. Jetzt nutzte sie die Stellung aus, die sie als Gattin des Haushofmeisters hatte, und schlief mit sämtlichen Pagen und Hofknaben, die ihr in die Falle gingen.«

»Was du mir erzählst, ist wirklich entsetzlich … Ein Skandal. Ehebruch ist in Ägypten immer noch ein Verbrechen.«

»Sei nicht albern, Nefermaat. Man sieht, dass du viel zu lange unter keuschen Menschen gelebt hast. Wenn man in Ägypten alle Fälle von Ehebruch vor Gericht brächte, wären die Kerker zum Bersten voll. Die Leute drücken beide Augen zu und tratschen lieber darüber.«

»Meine liebe Stiefmutter läuft also den Knaben hinterher.«

»Das ist schon ein paar Jahre her, aber mittlerweile ist sie dermaßen heruntergekommen, dass die jungen Burschen die Flucht ergreifen, sobald sie sie zu Gesicht bekommen, als wäre sie Ammit persönlich. Nun ja, du wirst dich bald selbst überzeugen können. Ihr Gesicht ist voller Falten, und sie hat schwarze Ringe unter den Augen. Eigentlich kann sie einem leidtun.«

»Vielleicht kommt sie dann wenigstens wieder zur Vernunft.«

»Von wegen! Es gibt immer jemanden, der gewillt ist, die Lust eines anderen zu befriedigen, und in diesem Fall hätte sie sich keinen besseren Freier aussuchen können. Wirklich hinterhältig.«

»Ich verstehe nicht.«

»Mutenuia hatte nichts Besseres zu tun, als sich mit einem rangniederen Haushofmeister einzulassen, den sie Seni* nennen; anscheinend hat er eine Schwäche für die Malerei. Stell dir vor, was für ein Skandal, zumal dein Vater sein unmittelbarer Vorgesetzter ist.«

»Das ist doch nicht wahr! Ich kann mir das einfach nicht vorstellen.«

»Ja, du hast ganz recht. Und es sieht sogar so aus, als hätte Hori diesmal nicht die blasseste Ahnung.«

»Ich hätte nie gedacht, dass mein Vater so wenig Würde besitzt«, sagte Nefermaat traurig.

»Vielleicht tust du ihm Unrecht. Auf alle Fälle besteht tatsächlich die Möglichkeit, dass er nichts davon weiß.«

»Das glaube ich nicht. Wenn bis zum kleinsten Schreiber der ganze Hof auf dem Laufenden ist, warum soll dann ausgerechnet er nichts wissen?«

»Tja, du hast wirklich keine Ahnung. Meistens erfährt der Ge-

* Seni war ein Maler, der während der sechsten Dynastie lebte.

hörnte zuletzt von seinem Glück, manche kommen sogar niemals dahinter.«

»Dann muss man dafür sorgen, dass er es erfährt.«

»Hast du den Verstand verloren? Bist du dir über die Folgen im Klaren, die sich daraus ergeben könnten? Was würde Hori sagen, wenn er erfährt, dass sie ihn seit Jahren nach Strich und Faden betrügt? Seine Reaktion wäre unvorhersehbar.«

»Unvorhersehbar? Ich finde das alles nur beschämend.«

»Du hast dir nichts vorzuwerfen«, sagte Paneb sanft. »Wenn sich jemand schämen muss, dann Mutenuia. Lieber Freund, ich glaube nicht, dass du dich deswegen großartig aufregen solltest. Ihr habt schon so lange nichts mehr miteinander zu tun gehabt, warum solltet ihr das jetzt ändern wollen?«

»Und mein Bruder? Wie sieht er das alles?«

»Kenamun? Das ist ein Kapitel für sich. Du weißt ja, dass er Pi-Ramesse verließ, als er noch ein Kind war, so wie du, auch wenn euer beider Schicksal völlig anders verlief. Er ist in Theben ins Haus des Lebens der Amunpriesterschaft eingetreten, und da dient er bis heute.«

»Mein Bruder gehört der Priesterschaft des Amun an?«

»So ist es, allerdings nicht als Priester. Niemand ist weiter von der Tugend entfernt, die von einem Priester erwartet wird, als dein Bruder. Er hat andere Aufgaben. Er ist Hausvorsteher des Amun.«

»Das ist aber eine Überraschung.«

»Wer ihn kennt, den verwundert es nicht. Und ich kann dir versichern, dass er über die besten Kontakte zum Tempel verfügt.«

Nefermaat sah ihn neugierig an.

»Mit Amenemopet ist er eng befreundet. Kannst du dich an ihn erinnern?«

»Der Name kommt mir bekannt vor, aber ich weiß nicht mehr, woher.«

»Er ist ein Neffe von Paser, dem Bürgermeister von Theben, und dient im Tempel von Amun als Dritter Prophet. Seine Familie ist durch Heirat mit den Bakenchons liiert, also kannst du dir vorstellen, wie mächtig sie ist.«

»Ich kann mich noch an einige der Bakenchons-Kinder erinnern, mit denen wir in die *kap* gingen.«

»Zusammen mit den Maribast sind sie die mächtigste Familie in Theben. Ihr Einfluss auf die Verwaltung ist weithin bekannt, seit mehr als hundert Jahren, genauer gesagt, seit der alte Bakenchons vom Großen Ramses zum Ersten Propheten des Amun ernannt wurde.«

»Soweit ich weiß, war er ein weiser und umgänglicher Mann.«

»Und langlebig obendrein. Er starb im Alter von mehr als neunzig Jahren im letzten Regierungsjahr von Ramses II., nachdem er siebenundzwanzig Jahre an der Spitze des Tempels des ›Verborgenen‹ gestanden hatte. Seine Nachfahren wussten nach seinem Tod aus seiner mächtigen Stellung Nutzen zu ziehen. Auf seinen Posten folgte ihm sein Sohn Roma-Roy. Später verschwägerten sie sich mit den Maribast, und seitdem teilen sie sich in regelmäßigem Wechsel den Posten des Ersten Dieners des Amun. Kannst du dir vorstellen, welche Macht der Erste Prophet des Amun ausübt?«

»Ich weiß es.«

»Sie ist gewaltig. Ich sage dir, es wird nicht lange dauern, bis der Tempel des Amun sogar dem Pharao persönlich Ländereien verpachtet. Die Priester des Amun verfügen über mehr als die Hälfte aller Ländereien in Ägypten. Mein Vater, der edle Turo, versucht sich mit den Priestern des Amun gutzustellen. Er sagt immer, dass keine wichtige Entscheidung im Reich ohne ihr Zutun getroffen wird.«

»Und du sagst, dass Kenamun gute Beziehungen zu den Priestern des Amun unterhält?«

»Die besten. Wie gesagt, er ist Hausvorsteher des Amun, und

wie ich gehört habe, soll er bald zu einem *sehedi-sesch* oder Obersten Inspektor befördert werden, und von da bis zum *imira-sesch*, deren Leiter und Vorsteher, ist es nur ein kleiner Schritt. Für einen jungen Mann von achtzehn Jahren gar nicht schlecht, nicht wahr?«

»Nun, ich freue mich, dass es so gut für ihn läuft. Ich hoffe, dass er das erreicht, was er sich vorgenommen hat.«

»Was er sich vorgenommen hat? Tja, bis dahin wird noch ein Weilchen vergehen.«

»Was meinst du?«

Paneb lachte laut.

»Dein Halbbruder wechselt seine Vorhaben so oft wie andere Leute ihre Gewänder. Zurzeit scheint er eine ziemlich steile Karriereleiter zu erklimmen. Ich habe nicht den geringsten Zweifel daran, dass er danach trachtet, in die Hohe Priesterschaft des Amun aufgenommen zu werden.«

»Ich bin der Letzte, der ihm das verübeln würde.«

»Gewiss, es ist sehr löblich, Amun angemessen dienen zu wollen«, stichelte Paneb, »aber doch nicht zu jedem Preis! Du hast ihn sehr lange nicht gesehen, du weißt also nicht, was ich meine. Aber diejenigen, die ihn kennen, sind genauestens im Bilde.«

Nefermaat breitete die Arme aus, als wollte er zeigen, dass er keine Ahnung hatte.

»Dein Halbbruder Kenamun hat eine angeborene Gabe, um in der Verwaltung Karriere zu machen. Er ist eiskalt, berechnend, schlau, nachtragend, interessiert und obendrein extrem raffgierig, verfügt also über die besten Eigenschaften, um es weit zu bringen. Aber die Hohe Priesterschaft ist vielleicht doch eine Nummer zu groß für ihn, und er scheint es zu ahnen. Deshalb ist er so darauf erpicht, gute Beziehungen zum Tempel von Karnak zu unterhalten. Erinnerst du dich an Neferure?«

»Usermaatrenachts Enkelin? Natürlich, wir sind doch mit ihr in die Schule gegangen.«

»Nun, in letzter Zeit macht dein Halbbruder ihr den Hof. Wie du sagtest, ist sie die Enkelin des gegenwärtigen Ersten Propheten von Amun, und im Augenblick wünscht sich Kenamun nichts sehnlicher, als in dessen Familie einzuheiraten. Denk nur, welche Türen sich ihm damit auftun würden.«

»Und glaubst du, dass es ihm gelingt?«

»Hm, ich habe da meine Zweifel. Neferure meidet ihn wie die Pest. Sie hat deinen Bruder nie gemocht, und jetzt, da sie eine unwiderstehliche junge Frau ist, ist ihre Geringschätzung nur noch gewachsen. Obendrein stehen die Freier vor ihrer Tür Schlange.«

»Ist sie denn wirklich so schön, wie du sagst? Ich erinnere mich, dass sie als Mädchen eher unauffällig war.«

»Ihr Gesicht ist nicht besonders anziehend, dafür ist ihr Körper umso verführerischer. Kenamun ist völlig verrückt nach ihr; die Blicke, die er ihr zuwirft, sprechen Bände.«

»Er macht ihr also ernsthaft den Hof?«

»Wann immer er sie sieht, schmeichelt er ihr und verschlingt sie förmlich mit den Augen.«

»Das ist mir einer, dieser Kenamun«, sagte Nefermaat und lachte.

»Unter uns, dein Halbbruder hat ganz offensichtlich die zügellose Natur seiner Mutter geerbt, und noch schlimmer, er macht keinen Hehl daraus. Er lässt sich einfach gehen. Jeder, der ihn kennt, wird es dir bezeugen.«

Nefermaat machte ein erstauntes Gesicht.

»Wirklich? Ich kann mir nicht vorstellen, dass jemand, der in die Hohe Priesterschaft des Karnaktempels aufgenommen werden will, sich ein solches Benehmen leisten kann.«

»Wie gesagt, er wird seine Ziele kaum von allein erreichen. Kein Wunder, dass die Priester des Amun von seinen Ausschweifungen erfahren haben. Kennst du einen Ort mit dem Namen ›Astartes Zuflucht‹?«

»Meinst du einen Tempel der Kriegsgöttin?«

Jetzt musste Paneb lachen.

»Gar nicht schlecht. Als Tempel könnte man das Haus tatsächlich bezeichnen, aber nicht unbedingt einen, der der Kriegsgöttin geweiht ist.«

Nefermaat warf ihm einen ernsten Blick zu.

»Entschuldige bitte, aber deine Antwort ist wirklich urkomisch. Natürlich ist Astarte eine Kriegsgöttin, die während der Schlacht die Pferde und Streitwagen beschützt, aber wie du bestimmt weißt, kam sie aus Retenu, dem Land Kanaan, und galt ursprünglich als Göttin der Liebe. Wie auch immer, ein syrischer Söldner, der im Heer des Gottes gedient hatte, ließ sich nach seiner Entlassung in Koptos nieder und eröffnete eine Schenke mit dem Namen ›Astartes Zuflucht‹. Allerdings handelt es sich nicht um einen Ort, an dem man die Kriegskunst oder andere Berufe erlernt. Es ist nichts anderes als ein Haus des Gerstensafts.«

»Na ja, davon gibt es nicht wenige in Ägypten.«

»Gewiss, aber keines wie dieses, glaub mir. Du weißt ja, welchen wirtschaftlichen Aufschwung Koptos in letzter Zeit erlebt. Strategisch könnte die Stadt gar nicht besser liegen; alle Karawanen, die durch das Wadi *Hamamat* zum Roten Meer wollen, müssen die Stadt passieren, das heißt, sämtliche Güter, die aus dem fernen Orient kommen oder dorthin müssen, auch. Du kannst dir vorstellen, was das für ein Geschäft für Koptos ist. Es gibt nämlich sonst keinen Ort, an dem die Karawanen Rast machen und Proviant aufnehmen könnten, ehe sie zum fernen Hafen El Quesir gelangen. Die Händler nehmen die Gelegenheit wahr, sich ausgiebig zu amüsieren, ehe sie durch das unwirtliche Wadi ziehen. Und wo könnte man das besser tun als in einem Haus des Gerstensafts? Das muss sich der schlaue Söldner auch gedacht haben, deshalb hat er alles, was er in den Feldzügen erbeutet hatte, in sein Geschäft investiert. Und es sieht ganz so aus, als gäbe der Erfolg ihm recht.«

»Ist diese Schenke wirklich so berühmt?«

»Du müsstest da gewesen sein. Wenn die Sonne untergeht, wimmelt es nur so von Menschen dort, und nicht nur von Händlern, die Kunden kommen von überall aus der Gegend. Auch aus dem Binnenhafen von Koptos, darunter nicht wenige aus Theben.«

»Das Essen muss sehr gut sein, wenn so viele Gäste kommen«, sagte Nefermaat ernst.

Diesmal musste Paneb so lachen, dass ihm die Tränen kamen.

»Tut mir leid, mein Freund, aber ich kann mich einfach nicht beherrschen. Bist du jemals in einem Haus des Gerstensafts gewesen?«

»Nein, nie.«

»Dachte ich mir«, erklärte Paneb und wischte sich die Tränen aus den Augen. »Dort bekommt man natürlich zu essen, aber vor allem zu trinken. Und berühmt sind sie für ganz andere Dienste. In ›Astartes Zuflucht‹ wirst du die exotischsten Weiber finden, die man sich vorstellen kann.«

»Du meinst Prostituierte?«

»Die schönsten, die es gibt. Manche kommen aus den entlegensten Gegenden der Welt. In diesem Haus sind sämtliche Rassen aus aller Herren Länder vertreten. Niemand weiß, wie er das schafft, aber er wechselt das Personal regelmäßig aus, um keine Langeweile unter seiner Klientel aufkommen zu lassen. Gerstensaft und Wein sind obendrein vorzüglich, weshalb die Schenke in Mode ist. Die reichsten Händler Oberägyptens besuchen sie und geben dort ein Vermögen aus.«

»Und du sagst, dass Kenamun an einem solchen Ort verkehrt?«

»Man hat ihn mehrmals dort gesehen, obwohl er sich Mühe gab, unerkannt zu bleiben, was in einem Land wie diesem praktisch unmöglich ist. Hier kommt alles ans Licht. Aber glaub nicht, ich erzähle dir das alles, weil ich ein Puritaner bin«, unterstrich Paneb nachdrücklich. »Wer ist nicht schon mal in einem solchen Lokal gewesen? Man darf so etwas nicht überbewerten. Das Problem ist, dass sich dein Bruder weniger für den Wein als für bestimmte Praktiken interessiert. Seine Neigungen haben ihn mehr als einmal in Schwierigkeiten gebracht, und nur seine gesellschaftliche Stellung und die vielen Deben, die er dort ausgibt, bewahrten ihn bislang vor einem Hausverbot.«

»Was genau meinst du?«

»Sagen wir, er ist etwas abartig. Offensichtlich begnügt er sich nicht mit den herkömmlichen Sexualpraktiken, er mag ganz andere Sachen.«

Nefermaat runzelte die Stirn.

»Viele junge Frauen haben sich über die Art beschwert, wie Kenamun sie behandelt. Allem Anschein nach findet er Gefallen daran, ihnen Schmerzen zuzufügen, und lässt sich umgekehrt auch von ihnen quälen.«

Nefermaat rang die Hände.

»Das ist ja schrecklich!«, rief er bestürzt. »Bist du sicher, dass das stimmt?«

»Ja, ganz sicher. Ich sagte dir doch, dass er nur wegen seiner Stellung kein Hausverbot erhalten hat. Mit seiner Position könnte er dem Haus eine Menge Probleme machen. Der Besitzer zieht es vor, beide Augen zuzudrücken und sich das Geld, das dein Halbbruder dortlässt, in die Tasche zu stecken. Einen alten Kriegsveteranen wie ihn dürften solche Praktiken kaum schrecken.«

Nefermaat sah zu seinem Freund auf. Als sich ihre Blicke trafen, erinnerte er sich plötzlich an die letzte Nacht, die er mit Atet verbracht hatte, und als er an ihre Kratzer und Bisse dachte, lief es ihm kalt über den Rücken.

»Dass er diese Vorlieben hat, wundert mich nicht«, hörte er seinen alten Freund sagen. »Schon als kleines Kind war er, sagen wir, etwas verschroben. Er hat etwas Gemeines an sich, das einem Angst macht.«

»Ich frage mich nur, wie er in den Dienst des Tempels von Karnak aufgenommen worden ist.«

»Er wurde ja nicht nur aufgenommen, sondern unterhält obendrein die besten Kontakte zur Priesterschaft. Das ist schon seltsam, nicht wahr? Wir werden niemals erfahren, was sich hinter dem *ka* eines jeden Menschen verbirgt. Diese dunkle Seite, von der wir uns manchmal angezogen fühlen, lauert anscheinend stets irgendwo im Hintergrund.«

Nefermaat nickte unwillkürlich.

»Kein Wunder, dass Neferure nichts von meinem Halbbruder wissen will«, erklärte er verwirrt.

»Sie scheint zu ahnen, was sich hinter seinen lüsternen Blicken versteckt«, antwortete Paneb und stand auf. »Aber ich kann dich beruhigen, sie weiß sich sehr gut davor zu schützen. Nun ja, ich glaube, dass ich jetzt gehen sollte. Ich habe dich schon viel zu lange aufgehalten. Immerhin bist du gerade erst angekommen.«

»Ich habe mich wirklich sehr gefreut, dich wiederzusehen«, sagte Nefermaat, während er seinen alten Freund umarmte. »Danke, dass du gekommen bist.«

»Aber nächstes Mal kommst du zu mir. Dann kannst du auch meinen Vater begrüßen. Er wird sich bestimmt freuen, dich zu sehen.«

»Sobald ich kann, ich verspreche es.«

»Das will ich hoffen, dann erzähle ich dir noch ein paar von diesen Geschichten, aber für heute muss es erst mal reichen.«

Die beiden Freunde lachten.

»Sei bitte vorsichtig«, warnte Paneb ihn, als sie auf die Tür zugingen. »Du warst allzu lang in deinen heiligen Papyri versunken, und es könnte sein, dass du auf das, was dich am Königshof erwartet, nicht vorbereitet bist. Vertrau niemandem und vergiss nicht, dass der Pharao seinen Sitz in Pi-Ramesse verlassen musste, um von Theben aus eine Situation in den Griff zu bekommen, die hochkompliziert ist. Also nimm dich in Acht.«

Wie recht Paneb gehabt hatte, als er ihn warnte, zu viel von der Begegnung mit seiner Familie zu erwarten! Manchmal klammern sich die Menschen an unerfüllbare, illusorische Sehnsüchte und plagen ihre Seele mit Schuldgefühlen, obwohl diese nur eine Folge davon sind, sich weiterentwickeln zu können. Nefermaat war dies bewusst, obwohl er es nicht akzeptieren wollte. Entsprach es nicht unweigerlich der menschlichen Natur, die Hoffnung niemals aufzugeben?

Das Wiedersehen mit seiner Familie nach so vielen Jahren verlief mehr als enttäuschend. Mutenuias Empfang war eiskalt, fast feindselig. Sie machte keinen Hehl aus ihrer Abneigung und ließ durchblicken, dass er sie in Zukunft lieber nicht besuchen sollte. Sie wollte ihn weit weg von ihrem Haus wissen und unter allen Umständen verhindern, dass er sich in ihre oder die Angelegenheiten der Familie einmischte, der er allem Anschein nach nicht mehr angehörte.

Nefermaat interessierten Mutenuias Worte nicht. Er hegte ohnehin keine Gefühle für sie, und dass sie selbst ihre Ressentiments so offen zeigte, überraschte ihn nicht.

Die Gefühle für seinen Vater waren anderer Natur. Stundenlang suchte er im ganzen Palast nach ihm. Als er ihn schließlich in einem der Gänge fand, die zu den königlichen Küchen führten, und Hori ihn anblickte, hätte seine Enttäuschung nicht größer sein können.

Es war eine Mischung aus Ohnmacht, Verwirrung, Unsicherheit und auch Feigheit, die sich in seinem Gesicht spiegelte. Obwohl sie sich seit neun Jahren nicht gesehen hatten, spürte Nefermaat sofort, dass sein Vater am liebsten im Erdboden versunken wäre. In seinen weit aufgerissenen Augen las Nefermaat die ganze Schwäche und Scham, die dieser Mann empfand, der aber nicht in der Lage war, sich ihnen zu stellen. Sein Vater hatte seine Würde schon so lange verloren, dass er offensichtlich auch ohne sie weiterleben konnte. Es kam Nefermaat vor, als hätte er eine gefallene Seele vor sich, jemanden, der vor langer Zeit seinen Namen verloren hatte und nun ohne eigene Identität auf ewig durch die Zeiten irren musste. Hori hatte seine *ba* an Mutenuia verkauft im Gegenzug für eine flüchtige Leidenschaft, die ihn letztendlich verzehrt hatte.

Nefermaat glaubte zu sehen, wie seinem Vater die Tränen in die Augen traten. Vielleicht, weil der Sohn, den er von Anfang an grundlos abgelehnt hatte, ihn einen Augenblick an Tetischeri erinnert hatte. In seinen Augen verbarg sich ein unausgesprochenes Flehen, mit dem Hori ihn um Vergebung bat. Nicht für das, was er ihm angetan hatte, sondern dafür, dass er sein Verhalten nicht ändern konnte.

Nefermaat begriff sofort, was das bedeutete. Für einen kurzen Moment war ihm, als täte sich der Boden unter ihm auf und risse ihn in die Unterwelt. Doch dann erwies sich dieser Boden als ebenso hart wie das Herz des Mannes, der sich sein Vater nannte. Er spürte einen Knoten im Hals und konnte keinen weiteren Schritt auf ihn zugehen. Wie erstarrt blieb er auf den Steinfliesen stehen, und dann, als hätten sich seine Beine selbstständig gemacht, kehrte er um und ging durch die vielen Gänge zurück, die er mit solcher Hoffnung stundenlang abgesucht hatte und die ihn letztlich doch nur zu etwas geführt hatten, das nicht existierte.

Medinet Habu war in jeder Hinsicht ein kolossales Bauwerk. Der von Ramses III. errichtete Totentempel befand sich auf heiligem Land, am Westufer des Nils, auf einem Hügel, den man Djeme nannte. Hier, so hieß es, sei die Ogdoade, die Achtheit, begraben, jene Schöpfungsgötter also, die auch als »Väter und Mütter, die das Licht erschufen«, bezeichnet wurden.

Im Zentrum der Anlage stand der Totentempel. Durch zwei

hintereinanderliegenden Pylone gelangte man zu zwei großen Kolonnaden und einer Säulenhalle und von dort über zwei weitere Vorhallen ins Allerheiligste, wo sich Ramses mit dem Gott Amun in der Ewigkeit vereinigte. Der Tempelkomplex erstreckte sich über siebentausend Quadratmeter. Dazu kamen noch ein Tempel, den Hatschepsut gebaut hatte, zwei weitere Totentempel, die den Gattinnen des Amun geweiht waren, Wohnungen für die vielen Beamten und Priester, riesige Magazine und Vorratskammern sowie der königliche Palast, in dem der Pharao residierte.

Um die gesamte Tempelanlage zogen sich zwei hohe Begrenzungsmauern, die durch einen zehn Meter breiten Graben voneinander getrennt waren und sie in eine wahre Festung verwandelten.* Hinein gelangte man durch zwei große Tore, eins im Westen und ein weiteres im Osten, das direkt neben der Kaianlage lag und »Hohes Tor« genannt wurde. Sein imposanter Bau war einem syrischen Festungsturm nachempfunden, dem so genannten *migdol.* An den Mauern des großen Eingangs hatte Ramses Basreliefs anbringen lassen, auf denen dargestellt wurde, wie der Pharao die abgeschlagenen Köpfe seiner Feinde in den Händen hielt. Auf den Außenmauern war sein glorreicher Triumph über die Seevölker in Stein gemeißelt, damit er der Nachwelt erhalten bliebe. Der gesamten Tempelanlage hatte der Gott den Namen »Millionenjahrtempel des Gottes über Ober- und Unterägypten, Herr über die Beiden Länder, User-Maat-Re-Meri-Amun, vereint mit der Ewigkeit im Haus des Amun im Osten Thebens« gegeben. Ein pompöser Name, wie bei einer derart bedeutenden Anlage nicht anders zu erwarten, die nach nur sieben Jahren Bauzeit im zwölften Herrschaftsjahr des Gottkönigs fertig gestellt

* Während der Unruhen am Ende der zwanzigsten Dynastie suchte die Bevölkerung Schutz innerhalb der Tempelmauern. Die äußere Umfassungsmauer erwies sich mit ihren vier Metern Höhe als uneinnehmbar.

worden war und von sechzigtausend Menschen in Gang gehalten wurde.

Der Palast, in dem der Pharao nun wohnte, war im Nachhinein an die alte Residenz angebaut worden. In ihr hatten die Herren über die Beiden Länder früher Wohnung bezogen, wenn sie aus rituellen Gründen die Tempel aufsuchten. Seit langem residierten die Herrscher in ihren Palästen in Unterägypten und kamen nur in dringenden Staatsangelegenheiten, oder wenn sie ihren Göttern huldigen wollten, nach Oberägypten. In weiser Voraussicht hatte Ramses sich einen Palast in Theben errichten lassen, als ahnte er, dass er in Zukunft längere Zeit in dieser Stadt verbringen würde. Er sollte recht behalten. Nach den Jubiläumsfeiern seiner dreißigjährigen Herrschaft in Pi-Ramesse hielt der König den Augenblick für gekommen, um in seinen Millionenjahrtempel nach Theben zu ziehen und von dort den Versuch zu unternehmen, die sich zuspitzende politische und wirtschaftliche Lage des Landes in den Griff zu bekommen. Die Mächte, die sich in dieser Region, so fernab der Hauptstadt im Norden, zusammengeballt hatten, waren dermaßen bedrohlich, dass sie seiner vollen Aufmerksamkeit bedurften.

Seit fast einem Jahr lebte der Gottkönig mit seinem Hofstaat in Theben, und hier sollte Nefermaat seine neue Heimat finden, die sich in jeder Hinsicht von dem Tempel unterschied, in dem er sieben Jahre seines Lebens verbracht hatte.

Der junge Priesterarzt ließ sich in dem Flügel nieder, der am weitesten von dem seiner eigenen Familie entfernt war, dafür aber ganz in der Nähe von Iryis Wohnung und den königlichen Vorratskammern lag. Dort hatte er alles, was er brauchte. Seine Gemächer bestanden aus mehreren Räumen und einem Schlafzimmer, in dem sich ein richtiges Bett befand. Als Nefermaat es sah, überkam ihn ein Anflug von Wehmut, denn es hatte Ähnlichkeit mit dem, in dem er als Kind geschlafen hatte. Jetzt, da er stets auf einer einfachen Matte schlief, erschien ihm das Bett wie nutzloses Beiwerk. Die übrigen Räume jedoch waren beeindruckend. Sie enthielten alles, was er sich wünschen konnte, um seiner Arbeit nachzugehen. Eine erlesene Auswahl feiner chirurgischer Instrumente, Stapel von medizinischen Papyri und sogar eine Vorratskammer voller Kräuter und Pflanzen, um seine geliebten Arzneimittel herzustellen. Alles befand sich in tadellosem Zustand, so wie sein Vorgänger, der alte Iunai, es hinterlassen hatte, ehe er aufgebrochen war, um vor Osiris Rechenschaft über sein Leben abzulegen.

Nefermaat war natürlich nicht der einzige *sunu* im Palast. Es gab ein perfekt organisiertes Gesundheitswesen mit einem *sehed sunu per aa*, dem Aufseher der Hofärzte, einem Leiter für die Verwaltung, einem *sunu per hemet nesu* oder Leibarzt der Königin, einem weiteren für den Harem und mehrere andere Ärzte, die die königliche Familie behandelten. Der Vorgesetzte dieser Ärzteschaft war Iryi, der Vorsteher der Sachmetpriester. Außerdem gab es am Hof noch einen Augenarzt, einen Proktologen und sogar einen Zahnarzt, sodass der Gottkönig sowie der ganze Hof bestens versorgt waren.

Iryi stellte Nefermaat seinen Kollegen vor und beobachtete mit großer Genugtuung, wie der Junge, den er selbst vor langer Zeit ins Herz geschlossen hatte, nun vom Hof, der ihn ebenfalls als kleines Kind gekannt hatte, als Priesterarzt willkommen geheißen wurde. Es war eine große Ehre, zum Hofarzt ernannt zu werden; sie wurde nur den Wenigsten zuteil, und der alte Leibarzt hatte seinen ganzen Einfluss geltend machen müssen, um Nefermaats Berufung durchzusetzen. Auf persönlichen Befehl des Pharao war der junge Mann schließlich als Arzt an den Hof berufen worden.

Sachmet hatte Irys Flehen erhört und dafür gesorgt, dass seine Wünsche in Erfüllung gingen. Jetzt fehlte nur noch, dass der junge Priesterarzt seinem Ruf auch gerecht wurde. Dass er jene Begabung offenbarte, die Anon sofort erkannt hatte, ohne es ihm je zu sagen, und mit seinem profunden Wissen bereichert hatte. Nefermaat war ein Auserwählter Sachmets, auch wenn vorerst nur die Göttin und er selbst davon wussten.

ZWEITER TEIL

Die Verschwörung
des Pharao

14

Nefermaat verfiel ihrem Zauber vom ersten Augenblick an. Doch das lag nicht an den schwarzen, leicht schräg stehenden Augen, der zierlichen Stupsnase oder den vollen, verführerischen Lippen, die die perfektesten Zähne verbargen, die er je gesehen hatte, als wären sie aus dem feinen Elfenbein des fernen Südens gemeißelt. Das Wunder dieses hinreißenden Gesichts, mit dem auch die glänzenden schwarzen Locken ihrer Perücke nicht wetteifern konnten, war nicht einmal all das zusammengenommen. Ihre Schönheit reichte tiefer als das, was die Augen wahrzunehmen vermochten.

Der zierliche, wohlgeformte Körper, die glatte bernsteinfarbene Haut waren nur Bruchteile eines einzigartig harmonischen Ganzen, einer Gestalt, die den unverwechselbaren Duft einer Göttin verströmte, eine unwirkliche Essenz aus namenlosen Formeln, der man rettungslos verfiel, wenn man sie einmal eingeatmet hatte.

Genau das passierte Nefermaat. Der junge Priesterarzt wurde von ihrem berauschenden Duft erfüllt und fiel in eine verwirrende Trunkenheit. Aus einem solchen Zustand zu erwachen hinterlässt unweigerlich Spuren.

Der Duft erweckte Gefühle in ihm, die er so nie zuvor empfunden hatte. Er dachte kurz an die flüchtige Begegnung mit Atet zurück, die einzige Beziehung, die er jemals mit einer Frau gehabt hatte, und die so ganz anders gewesen war. Als Prinzessin Nubchesbed ihn begrüßte, als ihr lebhafter Blick seine Augen streifte, fürchtete er, jeden Moment das Bewusstsein zu verlieren.

Obwohl er mit dem ihm angeborenen Ernst Haltung bewahrte, konnte er den überwältigenden Eindruck nicht verbergen, den seine alte Spielgefährtin auf ihn machte.

Sie selbst war ebenfalls tief bewegt, ihn wiederzusehen. In all den Jahren hatte sie oft an ihn denken müssen und sich nicht wenige Male bei Iryi nach seinem Befinden erkundigt. Es war ein kleines Geheimnis, das die Prinzessin und den alten Arzt die ganze Zeit verbunden hatte, eine kostbare Vertraulichkeit, die nun für immer begraben wurde.

Nichts erinnerte die Prinzessin an den Jungen, mit dem sie ihre Kindheit verbracht hatte. Der Mann, der vor ihr stand, schien kaum noch etwas mit jenem Nefermaat gemein zu haben, an den sie so oft hatte denken müssen. Mit seinem schlanken Körper und dem kahl geschorenen Kopf unterschied er sich nicht im Geringsten von den vielen anderen Priestern, die sie jeden Tag zu Gesicht bekam. Wie sie selbst war auch er diskret, auf zurückhaltende Art höflich und immer ernst. Der Sohn des Haushofmeisters ihres Großvaters war als *uabu*-Priester in den Palast zurückgekehrt, als heiliger Mann, der die Gabe besaß zu heilen und in Ägypten hohes Ansehen genoss. In makellos weißes Leinen gehüllt, strahlte der junge Arzt Würde aus, und das bedeutete einiges in einem Land, in dem dieser Begriff von Tag zu Tag an Bedeutung verlor.

Als sie an diesem Morgen mitten im Monat Hathor zum ersten Mal auf ihn zuschritt, erkannte sie all das ebenso wie die unerschütterliche innere Ruhe, die von ihm ausging. Doch als sie ihm zulächelte, bemerkte sie auch die Verwirrung, die ihre Anwesenheit in ihm stiftete, und war froh, dass er im Grunde genommen ein Mann war wie alle anderen auch. Doch es dauerte nur den Bruchteil einer Sekunde, dann nahm sich der junge Priester wieder zusammen und verbarg seine Unsicherheit hinter der strengen Fassade, mit der er seine Schwächen zu kaschieren gelernt hatte.

Nubchesbed fand das alles sehr aufregend. Im Vergleich zu den ständigen Schmeicheleien und der geheuchelten Zuneigung der vielen Verehrer, die ihr den Hof machten und um sie warben, war seine Zurückhaltung eine angenehme Überraschung, die sie mit innerer Befriedigung erfüllte. Ihr Jugendfreund schämte sich vor ihr und versteckte das Gefühl, das sie, wie sie wusste, in ihm geweckt hatte, hinter seiner Schüchternheit.

»Du hast dich ganz schön verändert!«, sagte die Prinzessin und streckte Nefermaat beide Hände zum Gruß entgegen.

»Du aber auch, Prinzessin«, entgegnete Nefermaat, ergriff ihre Hände und verneigte sich vor ihr.

Nubchesbed lachte lebhaft wie immer.

»Nefermaat! Ich bin es, deine alte Freundin. Wir sind nicht auf einem Staatsakt. Du brauchst dich nicht vor mir zu verbeugen.«

Der Junge wirkte zunächst ein wenig unsicher, fand jedoch schnell seine Haltung wieder und lächelte ihr freimütig zu.

Nubchesbed erinnerte sich an dieses Lächeln, das sie von Kindheit an kannte. Es hatte sich nicht geändert, und das machte sie froh.

»Verzeih, Nubchesbed. Aber wenn man so lange nicht mehr bei Hof war, kann einem so etwas passieren«, gestand Nefermaat ihr leicht verlegen. »Außerdem bist du nicht mehr das kleine Mädchen, von dem ich mich vor neun Jahren verabschiedet habe.«

»Damals waren wir sogar verlobt, weißt du noch?«

Bei diesen Worten stieg Nefermaat eine solche Schamesröte ins Gesicht, dass die Prinzessin erneut lachen musste.

»Ja, ich habe es nicht vergessen«, antwortete er jetzt wieder gefasst. »Dein Armband habe ich immer noch.«

»Und ich deine Halskette«, sagte die Prinzessin schnell. »Außerdem verehre ich Mut, die Göttin, die darauf abgebildet ist.«

»Wie meine Mutter«, sagte Nefermaat leise. »Du weißt ja, dass die Halskette ihr gehörte. Ich freue mich wirklich sehr, dass auch du eine Adeptin der Göttin geworden bist. Und eines Tages wirst du die *duat netjer** ihres göttlichen Gemahls Amun sein.«

Und wieder musste Nubchesbed lachen.

»Kannst du dir vorstellen, dass ich Gattin des Gottes werde?«

»Ich zweifle nicht im Geringsten daran. Eines Tages wirst du als Große Königliche Gemahlin auf dem Thron der Zwei Länder sitzen, und dann bist du auch die Göttliche Dienerin Amuns.«

»Das ist so ungewiss, dass ich mir solche Fragen erst gar nicht stelle«, erwiderte die Prinzessin und schlug die Augen nieder. »Jedenfalls steht zunächst meiner Großmutter Isis und danach meiner Mutter Tentopet das Recht zu, die Göttliche Dienerin des Verborgenen zu werden, falls mein Vater eines Tages Pharao sein sollte.«

Nefermaat meinte in ihrem Ton eine gewisse Arroganz vernommen zu haben, doch er beschränkte sich darauf, mit einem angedeuteten Lächeln zu nicken.

»Wie auch immer, ich verehre Mut und gehe davon aus, dass es ihrem Gatten an Dienern nicht mangelt«, schloss sie.

»Ich werde dich bestimmt nicht davon abbringen wollen. Auch ich habe eine Schwäche für die Göttinnen unseres Landes.«

Prinzessin Nubchesbed lächelte.

»Vor allem für Sachmet. Die Leute erzählen sich, du hättest geheime Kräfte, die sie dir höchstpersönlich offenbart hat.«

Nefermaat sah sie so verdutzt an, dass Nubchesbed erneut lachen musste.

»Mach nicht so ein Gesicht, du Dummkopf. Dein Ruf eilte dir schon lange nach Theben voraus«, erklärte sie vergnügt.

»Mein Ruf? Verzeih, aber ich weiß nicht, wovon du sprichst«, entgegnete Nefermaat verständnislos.

»Du bist immer noch genauso bescheiden wie früher. Aber du

* Göttliche Dienerin.

wirst bald sehen, dass Bescheidenheit hier am Hof die Ausnahme ist. Jedenfalls sind alle Höflinge davon überzeugt, dass Sachmet dich in ihre Magie eingeweiht hat, damit du heilen kannst.«

»Das hat mit Magie nichts zu tun und noch weniger mit meinem Ruf. Ich weiß wirklich nicht, woher die Leute so etwas nehmen.«

»Im Palast verbreiten sich Nachrichten so rasch wie ein Lauffeuer, und die Vornehmen innerhalb seiner Mauern zerreißen sich die Mäuler, obwohl man ihnen in deinem Fall zugutehalten muss, dass sie nicht viel erfunden haben. Du hast einen gewichtigen Gönner unter uns, der nur Gutes von dir zu berichten weiß.«

»Du meinst Iryi?«

»Wen sonst? Er erzählt überall herum, dass du bei dem besten aller Ärzte in die Lehre gegangen bist und wahre Wunder wirken kannst.«

»Iryi ist wirklich ein ungewöhnlicher Mann«, antwortete Nefermaat respektvoll.

»Siehst du? Wenn der Leibarzt meines erlauchten Großvaters behauptet, dass du einzigartige Kenntnisse besitzt, wird ihm keiner am Hof widersprechen wollen. Ganz Medinet Habu wartet schon neugierig auf deine Wunder.«

Nefermaat schüttelte verdrießlich den Kopf.

Wenn es etwas gab, das er noch nie hatte leiden können, dann war es Übertreibung.

»Ich fürchte, der gute Iryi hat mir mit seinen voreiligen Lorbeeren einen echten Bärendienst erwiesen.«

»Er hat es nur gut gemeint. Schließlich sorgt er sich schon ein Leben lang um dich.«

Nefermaat nickte.

»Jeder sollte einen solchen Menschen im Leben haben, auch wenn er es nicht weiß«, sagte er geheimnisvoll.

Nubchesbed verzog das Gesicht und lächelte unschlüssig.

»Du hast nicht gerade einen Weg eingeschlagen, der dem

Sohn eines Haushofmeisters normalerweise bestimmt ist, nicht wahr?«

»Das müsstest du Meschenet fragen, die Göttin, die über meine Geburt bestimmte und mein *ka* formte, oder auch Renenutet, die dafür verantwortlich ist, dass meine Zukunft anders verlief als erwartet«, entgegnete Nefermaat, während sein Blick sich für einen kurzen Augenblick in der Ferne verlor.

Nubchesbed, die ihn beobachtete, spürte die geheimnisvolle Aura, die von dem jungen Mann ausging.

»Tja, mein Schicksal ist leider kein bisschen von seinem vorherbestimmten Weg abgewichen«, gestand die Prinzessin, ohne einen Hehl aus ihrer Enttäuschung zu machen.

»Geben wir den Göttinnen Zeit.«

Prinzessin Nubchesbed sah dem jungen Mann in die dunklen Augen. Als Mädchen hatte sie Nefermaat wegen seiner Gelassenheit und seines guten Urteilsvermögens geschätzt. Er war einfach anders als ihre übrigen Spielgefährten gewesen. Und nun hatte sie den Eindruck, dass er sich auch nach all den Jahren seine angeborene Umsicht bewahrt hatte.

»Glaubst du wirklich, dass eine Prinzessin die Wahl hat?«, fragte sie mit ihrem unwiderstehlichen Charme.

»Wie gesagt, eines Tages wirst du *hemet-nesu-weret* sein, die Große Göttliche Gemahlin. Etwas Besseres kann es doch gar nicht geben.«

»Hast du schon irgendjemanden aus meiner Familie gesehen?«, fragte Nubchesbed, und ihr Gesicht wurde plötzlich hart.

»Nein. Du bist die Erste.«

»Wenn du sie siehst, wirst du verstehen, warum ich frage.«

Nefermaat schwieg zurückhaltend.

»Auch wenn er sich bereits eine Frau genommen hat, bei dem Gedanken, dass ich eines Tages meinen Bruder Amunherchepeschef ehelichen müsste, läuft es mir kalt den Rücken herunter. Er ist noch unausstehlicher als früher und obendrein krank.«

Nefermaat hob eine seiner Brauen und sah sie fragend an.

»Die Ärzte meinen, er hätte sich mit *aaa* infiziert und man könne nicht viel für ihn tun.«

»Ja, diese Krankheit kenne ich«, gab Nefermaat einsilbig zurück.

»Sämtliche Ärzte im Palast haben ihn untersucht. Und jetzt, wo er weiß, dass du hier bist, wird er dich bestimmt aufsuchen.«

»Es wird mir eine Freude sein, den kleinen Prinzen zu begrüßen.«

Nubchesbed lachte leise.

»Entschuldige, wenn ich lache, Nefermaat. Ich gebe offen zu, dass ich meinen Bruder nicht gerade schätze. Im Gegenteil, sein Anblick widert mich an, und in letzter Zeit bekommt er sogar einen Busen wie eine Frau.«

Der junge Arzt wandte für einen Moment den Blick von ihr ab. Dass ein Mann Brüste bekam, war eindeutig ein Zeichen dafür, dass er an *aaa* litt. Offensichtlich waren nicht einmal Prinzen vor dieser heimtückischen Seuche sicher.

»Irgendein böser Geist muss während des Schlafs in ihn gefahren sein. Es heißt, nur die *uabu*-Priester mit ihrer Magie könnten diesen Dämon wieder austreiben«, hörte Nefermaat sie sagen.

Er sah die Prinzessin an und lächelte belustigt.

»Ich bin Chirurg, kein Magier. Für Zauberei sind die *ela* zuständig, und ich bin sicher, dass sich die besten von ganz Ägypten bereits am Hof befinden. Trotzdem würde ich deinen Bruder gerne wiedersehen. Außerdem gehört es zu meinen Aufgaben am Hof, mich um eure Gesundheit zu kümmern.«

»Das ist sehr nett von dir, Nefermaat«, unterbrach ihn die Prinzessin lachend. »Wenn ich eines Tages einen Arzt brauchen sollte, werde ich mich an dich wenden. Aber im Augenblick erfreue ich mich bester Gesundheit. Was meinst du?«, setzte sie hinzu und hob ein wenig kokett das Kinn.

Nefermaat errötete erneut, während er vergeblich versuchte, seine Scham vor ihr zu verbergen.

Doch Nubchesbed konnte in seinem Innern lesen wie in den Papyri, mit denen sie als Kind schreiben und lesen gelernt hatte. Zu sehen, wie verlegen er reagierte, erfüllte sie mit Freude und spornte sie an, weiter in der Seele ihres alten Freundes zu forschen. Ohne den Blick von ihm zu nehmen, trat sie einen Schritt auf ihn zu. Seine Augen erschienen ihr wunderschön und auf seltsame Weise geheimnisvoll, und trotzdem konnte sie darin sein *ka*, sein innerstes Wesen, erkennen, das aus den verborgensten Winkeln nach außen drang. Das Licht in seiner reinsten Form strahlte aus diesem Blick, eine Mischung aus Unschuld und Geheimnis, aber auch ungewöhnliche Entschlossenheit und etwas Mystisches.

Als sie ihm die Hände entgegenstreckte, hatte Nefermaat sie schüchtern ergriffen, so wie damals, als sie am Ufer des Sees gespielt hatten. Nubchesbed war erleichtert, dass der kleine Junge von damals irgendwie immer noch in ihm lebendig war. Alte Kindheitserinnerungen zogen rasend schnell an ihrem Herzen vorbei, und zugleich wurde ihr bewusst, wie lange das alles schon her war.

Jetzt war Nefermaat ein attraktiver Mann, wenn auch ganz anders als die Vornehmen, die im Palast lebten. Die grenzenlose Überheblichkeit, die diese gewöhnlich zur Schau stellten, stand in einem krassen Widerspruch zu der schlichten Bescheidenheit des jungen Arztes. Sein aufmerksames und offenes Wesen lud dazu ein, bei ihm Zuflucht zu suchen und sich von der inneren Ruhe, die er ausstrahlte, anstecken zu lassen.

Als Nubchesbed sich von ihm verabschiedete, dachte sie darüber nach, dass er weit von der Einbildung entfernt war, die viele andere Ärzte in ihrem Bekanntenkreis an den Tag legten. In der Berührung seiner Hände hatte sie die innere Ruhe gespürt, aber auch eine unsichtbare Kraft, hinter der sich eine tiefe Leidenschaft verbarg und geduldig wartete, dass jemand sie entfachte. Ein wohliges Gefühl hatte sich ihrer bemächtigt, und als sich ihre Hände voneinander lösten, war Nubchesbed sicher, dass sie sich von diesem Mann angezogen fühlte. Vielleicht stimmte es ja, dass Sachmet ihn mit ihrer Macht gesegnet hatte und er unter ihrem Schutz stand. Jedenfalls war es ein willkommener Vorwand, ihn wiederzusehen.

Nefermaats neue Bestimmung öffnete ihm die Türen zu der buntscheckigen Welt des Hofes. Doch die Tatsache, dass er im Palast geboren worden und der Sohn des königlichen Haushofmeisters war, spielte eigentlich keine Rolle in seinem neuen Leben. Der Hof befand sich in ständiger Veränderung, von der nur der Gottkönig verschont blieb. Er war die Wiedergeburt des Horus, und als solche sorgte er für sein Volk, wie er es für richtig hielt. Ein einziges Wort von ihm genügte, um in Ungnade zu fallen oder in seiner Gunst aufzusteigen. Das war ein Ziel, das alle Bewohner des Palastes erstrebten, und um es zu erreichen, waren alle Mittel erlaubt. Jeder, der die Sprossen der höfischen Hierarchie erklimmen wollte, musste an einem Spiel teilnehmen, dessen Regeln seit Tausenden von Jahren dieselben geblieben waren. Intrigen, Gerüchte und Lügen gehörten zum Alltag an diesem Ort, wo jeder versuchte, die bestmögliche Ausgangslage zu erobern, um seine hochgesteckten Ziele zu erreichen.

Jedes Wort konnte einem zum Verhängnis werden, sodass die Meister oberflächlicher und wenig kompromittierender Konversation in der Mehrzahl waren, wie Nefermaat bald selbst herausfand. Seine Sprechstunde wurde zur obligatorischen Zwischenstation für allerlei Gerüchte und Tratsch. Das ging so weit, dass man hätte meinen können, das Innere seiner vier Wände enthielte das gesamte enzyklopädische Wissen über den Hof. Diese Tatsache blieb nicht einmal einem so naiven und unschuldigen Menschen wie Nefermaat verborgen. Häufig musste er an die Warnungen und Ratschläge seiner Freunde denken, die ihn ermahnt hatten, vorsichtig zu sein. Bald lernte auch er, wie man an diesem Spiel teilnahm. Er gab sich stets freundlich, aber auch zurückhaltend und reserviert, was seine Patienten geradezu ermunterte, sich bei ihm auszusprechen und dabei kein Blatt vor den Mund zu nehmen. Während er sie untersuchte, hörte er ihnen aufmerksam zu und beschränkte sich auf Gesten der Überraschung, ohne selbst viel zu sagen. Da die meisten an harmlosen Wehwehchen litten, verließen sie seine Sprechstunden glücklich und zufrieden. Sie hatten sich nicht nur eine Weile mit einem überaus liebenswürdigen Arzt unterhalten können, sondern er hatte obendrein für ihr kleines Problem Abhilfe gewusst. Kein Wunder, dass seine Klientel innerhalb kürzester Zeit beträchtlich anstieg und es nicht wenige gab, die ihn sogar täglich aufsuchten.

Obwohl er außer Iryi der einzige Chirurg im Palast war, kamen viele Patienten mit den ausgefallensten Leiden zu ihm, was ihm den Neid seiner Kollegen einbrachte. Voller Argwohn beobachteten sie, wie der Emporkömmling sich anmaßte, Krankheiten zu behandeln, die nicht einmal zu seinem Fach gehörten. Aber die menschliche Natur bringt allem, was neu ist, seit jeher die größte Neugier entgegen, und dieser Tatsache trug der junge Hofarzt auf perfekte Art und Weise Rechnung. Obendrein handelte es sich um den Sohn des königlichen Haushofmeisters, und jeder wusste, wie verfeindet er mit seinem Vater war. Dass beide im Palast wohnten und sich trotz ihrer familiären Bande aus dem Weg gingen, erhitzte die Gemüter in einer Umgebung, die sich an menschlichem Elend weidete und damit ihren unersättlichen Hunger nach Klatsch und Tratsch stillte.

Nefermaats Diagnosen erwiesen sich als so zutreffend, seine Behandlungen als so effektiv, dass er sich in kurzer Zeit am Hof einen Namen gemacht und einen festen, treuen Patientenstamm aufgebaut hatte. Einer von ihnen war Kadendenna, Vorsteher der königlichen Vorratskammern, der Nefermaats Vater unterstand und unter dem Namen *der Kadendenniter* bekannt war, weil er aus dem gleichnamigen Ort in Kleinasien stammte. Dieser Mann hatte Nefermaat besonders ins Herz geschlossen, möglicherweise, weil er für seinen Vater, »den mit den sauberen Händen«, tiefen Abscheu empfand. Die Ankunft des jungen *sunu* im Palast hatte den Verantwortlichen für die Vorratskammern des Pharao mit Freude erfüllt, nicht nur, weil der kleine Junge, den er von früher kannte, nun in die Geheimnisse der Heilkunst eingeweiht worden war, sondern weil er fest darauf vertraute, dass Nefermaat eine Lösung für seine teuflischen Beschwerden finden würde, die sich von Tag zu Tag verschlimmerten.

Diese waren nichts anderes als die Folge seines Naturells. Der Vorsteher der Vorratskammern war ein unverbesserlicher Vielfraß, der aus seiner Stellung den größten Nutzen zu ziehen wusste. So vielen köstlichen Speisen zu widerstehen ging über seine ohnehin schwach ausgeprägte Fähigkeit zur Mäßigung hinaus, und daher hatte er schon vor langer Zeit beschlossen, sich seiner grenzenlosen Fresssucht einfach hinzugeben. Er war ein unersättlicher Schlemmer, der trotz seines Alters nicht daran dachte, auf seine göttlichen Begierden zu verzichten. Natürlich blieben die ungezügelten Fressorgien nicht ohne Folgen, sodass er praktisch gezwungen war, fast jeden Tag einen Arzt aufzusuchen.

Nefermaat kannte die Probleme des Mannes zur Genüge. Er hatte versucht, ihn zu einer Diät zu überreden, um auf diese Weise sein katastrophales Übergewicht in den Griff zu bekommen. Doch Kadendenna hatte sich als wenig kooperativ erwiesen und sich seiner Behandlung strikt verweigert, mit dem Hinweis, sein wohlgenährter Körper sei nichts anderes als ein klares Zeichen seiner hohen gesellschaftlichen Stellung.

Solche Ansichten überraschten den jungen Arzt keineswegs: Sie waren in der ägyptischen Gesellschaft weit verbreitet. Da sein gutes Zureden keine Früchte trug, sah er sich gezwungen, dem Mann etwas gegen Sodbrennen und seine sprichwörtliche Blähsucht zu verschreiben, über die man im Palast nicht wenige Witze machte. Kadendenna hingegen schien alles mit stoischer Gelassenheit zu ertragen, er wusste sehr wohl, dass seine Beschwerden die Folge seiner schlechten Gewohnheiten waren, an denen er jedoch nichts zu ändern vermochte. Mit weit aufgerissenen Augen hörte er sich die Warnungen des Arztes an und strich sich über das, was einst ein Kinn gewesen und jetzt nur noch eine schwabbelige Fettmasse war.

»Wenn du so weitermachst, werde ich eines Tages nichts mehr für dich tun können. Dann ist es vorbei.«

»Ich weiß, ich weiß«, räumte der Vorsteher der Vorratskammern ein und fuchtelte mit seinen feisten Händen herum. »Was soll ich machen, ich kann mich einfach nicht zügeln.«

»Deine Ausschweifungen werden dich früher, als du dir vorstellen kannst, vor Osiris' Gericht bringen«, warnte ihn Nefermaat jedes Mal eindringlich.

»Schon möglich. Vielleicht haben die Götter tatsächlich so entschieden, und ich werde mich ihrem Urteil bestimmt nicht verweigern.«

»Das ist sehr löblich von dir, trotzdem glaube ich ehrlich gesagt nicht, dass du sie ermuntern solltest, ihr Urteil früher zu vollstrecken als nötig.«

»Die Götter kennen meine Schwächen, und ich mache auch keinen Hehl daraus. Kann sein, dass Fresssucht ein Laster ist, aber es ist das einzige, dem ich fröne. Und wenn du ehrlich bist, musst du zugeben, dass ich niemandem damit schade.«

»Nimmst du wenigstens die Medizin, die ich dir verschrieben habe?«

»Gewiss, und ganz regelmäßig, genauso, wie du es verordnet hast. Koriander gegen das Brennen im Magen und das Völlegefühl und einen Aufguss von Kümmel gegen die Blähungen.«

»Haben die Beschwerden nachgelassen, seit du die Medikamente nimmst?«

»Ja, ganz deutlich, vor allem, was die Blähungen angeht. Ich kann viel häufiger Luft lassen, und das allein ist schon eine große Erleichterung.«

Nefermaat nickte, während er seinen Patienten mit einem angedeuteten Lächeln betrachtete.

»Am meisten macht mir die ständige Verstopfung zu schaffen, sie hat in letzter Zeit zugenommen. In meinen Gefäßen muss es von üblen Geistern nur so wimmeln. Anscheinend haben sie sich fest vorgenommen, meine Ausscheidungen zu unterbinden. Ich bin sicher, dass sie meine *metu* verstopft haben. Solche Dämonen kann nur ein *uabu*-Priester wie du bekämpfen.«

So oder so ähnlich verliefen sämtliche Unterhaltungen, die sie Tag für Tag während seiner Sprechstunde miteinander führten. Kadendenna klagte über seine Beschwerden, machte jedoch böswillige übernatürliche Mächte für seine Leiden verantwortlich und schlug daher die Ratschläge des Arztes in den Wind. Da der Mann einfach nicht zur Vernunft zu bringen war, versuchte Nefermaat, ihm wenigstens Linderung zu verschaffen, was bereits eine beträchtliche Leistung darstellte, denn gegen die Unmengen an Nahrungsmitteln, die der Vorsteher der königlichen Vorratskammern verschlang, konnte er nichts ausrichten. Der junge Arzt hatte ihm Koriander verschrieben, in der Hoffnung, dass die Säure bindenden Eigenschaften der Heilpflanze das Sodbrennen linderten und seine Verdauung allmählich normalisierten. Um die Blähungen in den Griff zu bekommen, hatte ihm Nefermaat eine Medizin auf der Grundlage von Kümmel, Raute, Senf, Natron und Honig verordnet, die sich als äußerst wirksam erwies. Kümmel, ein hervorragendes Karminativum, half dem Vorsteher der Vorratskammern, die lästigen Gase auszuscheiden, brachte ihm aber am Hof den Ruf eines großen Furzers vor dem Herrn ein.

Die Verstopfung, an der Kadendenna litt, war einzig und allein die Folge seiner maßlosen Essgewohnheiten. Um sie zu bekämpfen, hatte Nefermaat mehrere Behandlungsmethoden angewandt, zum Beispiel eine Mischung aus den Samen des Johannisbrotbaums und den Feigen der Sykomore, die üblicherweise die besten Ergebnisse brachte. Aber nicht bei diesem Mann, denn nach anfänglicher Besserung verschlechterte sich sein Zustand wieder rapide. Nicht einmal Aufgüsse aus der Rinde des Granatapfelbaums, auf die normalerweise Verlass war, konnten seine durcheinander geratene Verdauung wieder in geordnete Bahnen lenken. Nun hatte Kadendenna erst recht keinen Zweifel mehr daran, dass dämonische Mächte hinter seiner Krankheit steckten. So suchte er Nefermaat täglich auf und setzte seine ganze Hoffnung auf diesen Arzt, der in die Magie der Heilkunst eingeweiht war.

Der junge Arzt war mit dem Ergebnis der Behandlung nicht gerade zufrieden und versuchte, das Problem an der Wurzel zu packen. Er verordnete seinem Patienten Rizinus, da dieser aber extrem hohe Dosen brauchte und diese sehr gefährlich sein konnten, musste er schließlich auch diese Möglichkeit verwerfen. Da fiel ihm die Zaunrübe ein, eine selten benutzte Heilpflanze, die Anon mit besten Resultaten an seinen Patienten ausprobiert hatte. Die zweihäusige Zaunrübe ist ein starkes Abführmittel und ein äußerst wirksames Antihelminthikum, das eventuelle Würmer im Magen abtötet, sodass der Kranke sie anschließend ausscheiden kann. Mit diesem Mittel gelang es Nefermaat, nicht nur die Verdauungsprobleme des Mannes zu lösen, sondern obendrein auch noch die Parasiten abzutöten, die der Vorsteher der königlichen Vorratskammern mit Sicherheit hatte, denn davon blieb in Ägypten niemand verschont.

Endlich zeitigte die Behandlung Erfolg, und nach wenigen Tagen hatten zum Entzücken Kadendennas sämtliche Dämonen seine *metu* verlassen. Seine Lobpreisungen verbreiteten sich wie ein Lauffeuer durch ganz Medinet Habu. Der Sohn des königlichen Haushofmeisters war tatsächlich ein Auserwählter Sachmets. Er stand zweifellos unter dem Schutz der Göttin, und kein Dämon aus dem Amenti war ihm gewachsen.

Kein Wunder, dass bei solchen Lobgesängen Nefermaats Praxis vor Patienten aus allen Nähten platzte. Da man wie üblich auch hier zur Übertreibung neigte, sah sich der junge Arzt mit einem Mal von einem Heiligenschein umgeben. Einem Mann wie ihm war nichts unangenehmer als diese Oberflächlichkeit, die er nicht verstehen konnte. Er hasste Schmeichelei über alle Maßen.

Doch dagegen war kein Kraut gewachsen, und es blieb ihm nichts anderes übrig, als das Heer von Kranken zu versorgen, das seine Station belagerte und an Verstopfung, Durchfall, Verdauungsstörungen und anderen Wehwehchen litt. Nefermaat hätte sich nie im Leben ausgemalt, dass so vornehme Gedärme eine derart große Zahl an Würmern und allen möglichen anderen Parasiten beherbergen konnten. Er hätte schwören können, dass nur wenige Höflinge im Palast seine Hilfe nicht in Anspruch nahmen.

Da der junge Arzt ein erstaunliches Wissen bei der Zubereitung der unterschiedlichsten Arzneimittel an den Tag legte, wurde er von allen mit Lob überschüttet.

»Er kennt die ägyptische Technik der Arzneimittelzubereitung in- und auswendig«, beteuerten die Höflinge einmütig. »Es gibt keinen Zweifel daran, dass er ein Auserwählter Sachmets ist.«

Kadendenna kam weiterhin regelmäßig zu seinen Sprechstunden und bezeugte ihm damit nicht nur seine Treue, sondern auch seine Sympathie und Wertschätzung. Stets brachte er ihm das eine oder andere kleine Geschenk in Form von Früchten oder Gemüse mit, denn er wusste, wie sehr Nefermaat sie schätzte. Der Vorsteher der königlichen Vorratskammern konnte nicht begreifen, dass sich ein junger Mann wie Nefermaat ausschließlich von Obst und Gemüse ernährte. Die köstlichsten Speisen hatte er ihm angeboten, Leckereien, die eines Gottes würdig gewesen wären, wie zarte, in Honig gebratene Täubchen, doch der *sunu* hatte sie nicht einmal probieren wollen. Ob es tatsächlich stimmte, was man sich über die seltsamen Gewohnheiten der *uabu*-Priester erzählte?

Kadendenna kümmerte der Klatsch nicht sonderlich, obwohl, wenn er es recht bedachte, dieser Mann wirklich ganz anders war als die übrigen Bewohner des Palastes.

15

Nubchesbed hatte recht gehabt mit ihrer Prophezeiung, dass ihr Bruder Nefermaat bald aufsuchen würde. Trotzdem wurde dieser von seinem Besuch überrumpelt.

Prinz Amunherchepeschef, der Sohn des Thronfolgers von Ägypten, tauchte eines sonnigen Novembermorgens mit dem überheblichen Lächeln und dem eitlen Gebaren in seiner Sprechstunde auf, die er schon als Kind an den Tag gelegt und offenbar in all den Jahren zur Vollkommenheit entwickelt hatte. Sein Auftritt selbst war allerdings alles andere als vornehm. Trotz der zahlreichen Schmuckstücke und der vielen Rangabzeichen, die er zur Schau trug, ließ sein kränkliches und schwächliches Äußeres nicht gerade Eigenschaften vermuten, die man von einem zukünftigen ägyptischen Herrscher erwarten durfte, nämlich Kraft und Entschlossenheit. Doch wenn man ihn sprechen hörte, hätte man meinen können, er säße bereits seit Jahren auf dem Thron und das ganze Land Kemet gehörte ihm allein.

»Wirklich, es scheint fast so, als hätten die *ur sunu* von Memphis doch noch etwas aus dir gemacht. Zumindest siehst du so aus wie ein echter *uabu*-Priester«, tönte er, als er Nefermaat begrüßte.

»Welche Ehre, mein Prinz«, antwortete Nefermaat und verbeugte sich vor ihm.

»Du brauchst dich nicht vor mir zu verneigen«, sagte der Prinz großzügig. »Schließlich waren wir einmal Spielkameraden, und du bist mir sogar in guter Erinnerung geblieben.«

Nefermaat sah ihn mit unverhohlener Verwunderung an, sagte aber nichts.

»Dasselbe kann ich von anderen, die du gut kennst, nicht gerade behaupten«, fuhr Amunherchepeschef fort und schaute sich ungeniert um. »Manche kann ich ganz und gar nicht ausstehen, zum Beispiel diesen Paneb.«

»Wir waren Kinder, mein Prinz. Die alten Streitigkeiten darf man nicht ernst nehmen. Sie haben mit unserem heutigen Leben nichts mehr zu tun«, antwortete Nefermaat. »Paneb steht mittlerweile im Dienst unseres Gottes Montu und ...«

»Das ist sehr lobenswert«, schnitt der Prinz ihm das Wort ab, »obwohl wir, unter uns gesagt, alle wissen, worin dieser Dienst besteht. Jedenfalls ist mir dieser aufgeblasene Paneb höchst unsympathisch, und das werde ich ihn auch beizeiten spüren lassen.«

Nefermaat staunte über die versteckte Drohung des Prinzen und musste daran denken, wie Nubchesbed ihn gewarnt hatte.

»Wie auch immer«, verkündete Amunherchepeschef. »Ich bin nicht hergekommen, um mich mit dir über derlei Dinge zu unterhalten. Mein Besuch hat einen anderen Grund. Im Palast machen allerlei Gerüchte die Runde, was deine Heilkünste angeht. Die Leute erzählen sich, du wärst von der Göttin gesegnet und stündest unter ihrem Schutz. Ich finde das offen gestanden etwas übertrieben.«

»Da hast du recht. Du tust gut daran, den Gerüchten keinen Glauben zu schenken, mein Prinz.«

Dieser sah ihn ein wenig verächtlich an und fuhr dann in seinem üblichen überheblichen Ton fort:

»Tja, aber irgendetwas wirst du wohl gelernt haben, und es wäre sogar möglich, dass du mir auf die eine oder andere Weise dienlich sein könntest.«

»Aus diesem Grund bin ich hier«, erwiderte Nefermaat kalt. Der Tonfall seines erlauchten Besuchers missfiel ihm.

»Richtig, Nefermaat. Du bist hier, um mir bei Bedarf zu dienen, und das ist auch der Grund, weshalb ich dich aufgesucht habe.«

Der junge Priesterarzt lud ihn mit einer Handbewegung ein, fortzufahren.

»Ich leide schon seit längerer Zeit an einem hartnäckigen Gebrechen. Ich bin sicher, dass ein Dämon dahintersteckt. Irgendein böser Geist hat mich im Schlaf überfallen und mir sein Gift gespritzt.«

»Bist du nicht zum Arzt gegangen?«

»Zu sämtlichen Ärzten im Palast. Sie behaupten, es handele sich um *aaa*, aber ich bin wie gesagt überzeugt, dass sie sich irren. Allein böse Geister können meiner göttlichen Gesundheit gefährlich werden. Sie sind für meine Krankheit verantwortlich.«

Nefermaat nickte, ohne den Worten des Prinzen große Aufmerksamkeit zu schenken, während er ihm einen Schemel anbot.

»Kannst du mich untersuchen?«, fragte der Prinz, während er Platz nahm.

»Gewiss, es wird mir eine Ehre sein.«

Während Nefermaat den Prinzen abhorchte und abtastete, ließ er sich die Symptome von Amunherchepeschefs Krankheit schildern. Seine Kollegen hatten sich nicht geirrt; die Krankheit befand sich bereits im fortgeschrittenen Stadium und hatte seinen vornehmen Patienten mit aller Härte getroffen. Der Prinz wies Anzeichen von Brustbildung auf und hatte Blut im Urin, zwei eindeutige Indizien dafür, dass er mit *aaa* infiziert war. Als er sich den kurzen Rock auszog und Nefermaat ihn untersuchte, stellte er eine krankhafte Verdickung der Hoden fest und etwas, das wie ein Nabelbruch aussah. Jetzt hatte er keinen Zweifel mehr daran, dass Amunherchepeschef an der heimtückischen Krankheit litt.

»Manche *sunu* haben mir geraten, einen Penisschutz zu tragen, damit das Übel nicht durch das Glied in meinen Körper gelangt, aber wie gesagt, ich glaube nicht, dass das irgendeinen Zweck hätte, denn der zukünftige Horus kann nur im Schlaf erkranken.

Der Flussgott Hapi würde mir niemals irgendeinen Schaden zufügen wollen. Andererseits bin ich gar nicht so unglücklich darüber, dass mein Penis so angeschwollen ist. Meine Gemahlin Henutuati ist von seiner Größe ganz begeistert«, fügte der Prinz hinzu und lächelte eingebildet.

Nefermaat hörte sich alles an, verkniff sich jedoch jeden Kommentar.

Die geschwollenen Hoden, das unnatürlich große Glied und der Nabelbruch mussten ihm große Beschwerden bereiten. Die Symptome ließen den Schluss zu, dass die Krankheit bereits zu weit fortgeschritten war, als dass man noch viel hätte machen können. Das bedeutete allerdings nicht, dass der Prinz bald sterben würde. Nefermaat wusste, dass viele Menschen, die in Ägypten an dieser Krankheit litten, ein hohes Alter erreichen konnten, obwohl dies letzten Endes immer von ihrer körperlichen Verfassung abhing.

»Ich fürchte, dass die Diagnose der Palastärzte richtig war, mein Prinz«, erklärte Nefermaat und richtete sich seufzend wieder auf.

»Unmöglich!«, widersprach der Prinz, während sich sein Gesichtsausdruck verhärtete.

»Leider nicht«, entgegnete der junge Arzt und sah ihm in die Augen. »Offensichtlich ist dem Gott Hapi dein Rang egal gewesen.«

Bei diesen Worten lief Amunherchepeschefs Gesicht vor Wut rot an.

»Ich weiß nicht, was sie euch in diesen Tempeln beibringen«, tobte er. »Sogar der einfachste Quacksalber würde erkennen, dass ich recht habe. Aber ihr glaubt, ihr stündet über allem und jedem, und vergesst sogar, was es bedeutet, göttlichen Ursprungs zu sein.«

»Aber mein Prinz, dass die Pharaonen Götter sind, heißt doch nicht, dass sie nicht wie jeder andere auch erkranken können«, erklärte Nefermaat gelassen. »Genau aus diesem Grund dienen wir *sunu* auch dem Pharao.«

»Ihr seid mir zuwider«, unterbrach ihn der Prinz verächtlich.

»Daran kann ich nichts ändern, aber deine Beschwerden kann ich lindern.«

Der Prinz sah ihn schweigend an, während er seinen Rock anlegte.

»Soll das etwa heißen, dass du mich heilen kannst?«, fragte er arrogant.

»Die Seuche hat sich bereits tief in deinem Körper festgesetzt, und es kann sein, dass sie ihn niemals wieder verlässt. Aber gegen die Symptome kannst du etwas unternehmen, damit sie dir nicht mehr so stark zu schaffen macht.«

»Ich gehe davon aus, dass du mich mit den üblichen Zaubersprüchen behandeln willst.«

»Nein, Zaubersprüche werden nicht nötig sein. Du musst nur täglich eine Arznei einnehmen, die ich für dich zubereiten werde.«

»Was ist das für eine Arznei?«, fragte der Prinz misstrauisch.

»Du brauchst keine Angst zu haben. Es ist eine Medizin, die deinem göttlichen Geschlechtsorgan nicht schaden wird«, versicherte ihm der junge Arzt, ohne sich einen spöttischen Unterton verkneifen zu können.

»Hm. Ich weiß nicht …«, antwortete Amunherchepeschef leise und rieb sich das Kinn. »Woraus besteht diese Medizin?«

»Aus Galenit.«

»Bleiglanz?«, fragte der Prinz überrascht.

»Ja. Es ist das einzige mir bekannte Mittel, mit dem ich deine Krankheit behandeln kann.«

Der Prinz schien darüber nachzudenken.

»Na gut«, sagte er schließlich. »Vielleicht nehme ich es eine Zeit lang ein. Aber es gibt da noch einen heiklen Punkt, den ich mit dir besprechen möchte und der äußerste Diskretion erfordert.«

»Was meine Patienten angeht, sind meine Lippen versiegelt, so, wie das Gesetz es vorschreibt.«

»Verstehe. Nun gut, es handelt sich um meine Gemahlin, die ehrenwerte Henutuati. Sie macht sich in letzter Zeit Sorgen.«

»Es wird mir eine Ehre sein, sie untersuchen zu dürfen …«

»Nein, nein. Mit ihrer Gesundheit steht es zum Besten. Sie sorgt sich, dass ich sie mit meinem Übel möglicherweise anstecken könnte. Deshalb verweigert sie sich mir seit einiger Zeit.«

»Deine Krankheit wird nicht durch Geschlechtsverkehr übertragen. Wenn sich deine edle Gemahlin davor schützen will, dann sollte sie alle stehenden Gewässer meiden. Dort nämlich wohnt das Übel.«

Bei diesen Worten hellte sich das Gesicht des Prinzen sichtlich auf.

»Dann können wir also Geschlechtsverkehr haben?«

»Ohne Probleme, mein Prinz.«

»Wunderbar!«, rief der Prinz und erhob sich von seinem Schemel. »Endlich eine gute Nachricht. Wer weiß, vielleicht lasse ich ein paar gute Worte über dich fallen«, fuhr er in seinem üblichen arroganten Ton fort, während er auf die Tür zuging. »Ich schicke dir einen Diener, um meine Medizin abzuholen. Mal sehen, ob sie etwas taugt.«

Der Mann, den er vor sich hatte, unterschied sich sehr von dem, den er in seiner Kindheit gekannt hatte. Usermaatre-Meriamun, der Gott, der seit mehr als dreißig Jahren die Geschicke des Landes bestimmte, litt an Übergewicht und war stark gealtert. Der ehemals draufgängerische Krieger war ein anderer geworden, sein Körper von den Jahren völlig verbraucht. Ganz offensichtlich hatte sich der Gottkönig Ramses in sein Schicksal gefügt und ließ sich mittlerweile völlig gehen. In letzter Zeit war es schwierig geworden, ihn am Hof zu treffen, da er die meiste Zeit des Tages im Frauenhaus verbrachte, wo er sich mit seinen vielen Gemahlinnen vergnügte und *senet* spielte. Dass Nefermaat in diesem Augenblick vor dem Pharao stand, war reiner Zufall gewesen, doch unter den gegebenen Umständen stellte sogar das ein ungewöhnliches Privileg dar.

Iryi hatte hartnäckig darauf bestanden, dass er ihn zu einer seiner routinemäßigen Untersuchungen des Gottkönigs begleitete. Es war eine gute Gelegenheit, den Pharao zu sehen, der nicht nur Auftritten in der Öffentlichkeit immer mehr aus dem Weg ging, sondern auch ärztliche Untersuchungen auf die lange Bank schob und die notwendige Behandlung verweigerte. Das stellte ein ernsthaftes Problem für die Ärzte dar, denn mit der Gesundheit des Königs war es nicht gerade zum Besten bestellt. Ein Resultat der vielen Exzesse, denen der Pharao in den letzten Jahren frönte. Obwohl er besorgniserregend zugenommen hatte, dachte er nicht daran, etwas dagegen zu unternehmen oder die Diät einzuhalten, die die Ärzte ihm verordnet hatten. Sein einstmals schmales Gesicht war aufgedunsen und von unzähligen roten Äderchen durchzogen. Wahrscheinlich die Folge seiner Schwäche für Wein, womit er in die Fußstapfen seiner großen ramessidischen Vorfahren trat, die allesamt leidenschaftliche Trinker gewesen waren. Die Widrigkeiten, denen er sich während seiner langen Regentschaft hatte stellen müssen, und die prekäre politische und wirtschaftliche Lage, in der sich das Land befand, hatten den starken Löwen von einst allmählich zermürbt, und nun verließen ihn langsam, aber sicher auch die letzten Kräfte.

Trotzdem hatte Nefermaat das Gefühl, dass sein Gesicht dieselbe Entschlossenheit wie damals ausstrahlte und dieselbe unergründliche Aura besaß, die ihn schon immer gekennzeichnet hatte.

»Du wirst ihn nicht wiedererkennen«, hatte ihn Iryi gewarnt.

»Sein Gesicht ist gerötet, er ist fett geworden, und seine Beine sind furchtbar geschwollen.«

Der alte Meister hatte nicht im Geringsten übertrieben. Das Bild, das er von dem König gezeichnet hatte, entsprach vollkommen der Wirklichkeit.

Und dieser Tatsache war nicht beizukommen, weil der Herrscher nicht gewillt war, auf das gute Essen, den Wein und, am allerwenigsten, auf seine Konkubinen zu verzichten, deren Dienste er für einen Mann seines Alters über Gebühr in Anspruch nahm.

Trotz der düsteren Aussichten versuchte Iryi, sein Bestes zu tun. Die Maßlosigkeit schien auch das Herz des Pharao angegriffen zu haben; es schlug unregelmäßig.

»Sein Herz hat nicht die richtige Stimme«, hatte Iryi geklagt.

Das bereitete dem Arzt große Sorgen, denn er wusste aus Erfahrung, welche schwerwiegenden Folgen eine solche Störung haben konnte. Er hatte dem Pharao einen Aufguss aus Fingerhut* verordnet, um die Herzrhythmusprobleme in den Griff zu bekommen, und Kompressen mit einem Sud aus der Rinde des Weidenbaums, den er ihm obendrein zu trinken gab, was ihm spürbare Linderung verschafft hatte.** Das Problem lag eher darin, die Behandlung regelmäßig durchzuführen, da der Pharao manchmal tagelang verschwand, ohne dass Iryi ihm helfen konnte.

An diesem Nachmittag jedoch hatte er den Gottkönig wieder einmal zur Vernunft bringen können, sodass dieser einem Besuch schließlich zugestimmt hatte.

* Der Fingerhut ist eine Pflanze, die noch bis ins zwanzigste Jahrhundert von Ärzten verwendet wurde, um Herzrhythmusstörungen zu behandeln.

** Aus der Rinde des Weidenbaums gewinnt man Salicyl- und Acetylsalicylsäure, heute allgemein als Aspirin bekannt. Die schmerzstillenden und entzündungshemmenden Eigenschaften waren den ägyptischen Ärzten wohlbekannt.

Gemütlich ausgestreckt beobachtete der Pharao, wie Iryi seine Beine mit Umschlägen umwickelte. Er trug einen einfachen kurzen Rock, das *nemes*-Kopftuch* und den Uräus auf der Stirn, das unverwechselbare Symbol für die Macht des Herrn über die Zwei Länder. Ziemlich bescheiden für die Wiedergeburt des Horus, denn außerdem trug der Pharao nur noch einen Ring mit seinem Siegel und ein unscheinbares Armband aus Lapislazuli.

Gelegentlich nippte er bedächtig an einem Glas Wein, das er in der Hand hielt, während er sich gleichzeitig bei seinem Begleiter, dem Kronprinzen Ramses, über seine Gebrechen beklagte.

»Niemals hätte ich mir träumen lassen, dass man mich eines Tages lebendig einbalsamieren würde!«, murrte er verdrießlich.

»Das müsst Ihr aushalten, Herr«, erklärte Iryi. »Die Verbände sollen so straff gewickelt werden, um die Schwellung zu lindern.«

»Schwellung, wenn ich das schon höre! Deine Mumifizierung geht mir allmählich auf den Geist! Hör zu, mein Sohn«, sagte er und sah den Prinzen an. »Versprich mir, dass ihr mir die Leintücher nicht so straff anlegt, wenn ihr mich einbalsamiert. Unvorstellbar, in alle Ewigkeit mit einem solchen Druck leben zu müssen.«

Der Prinz nickte wortlos.

»Wenn Ihr die Verbände ständig tragen würdet, ginge es Euch viel besser, Majestät«, protestierte Iryi.

»Du meinst doch nicht im Ernst, ich würde den ganzen Tag in Leintücher eingehüllt herumlaufen, als wäre ich ein Toter, der mit letzter Kraft den Priestern des Anubis** entkommen ist!«

Der Prinz lachte.

»Wenn du nicht schon mehr als zwanzig Jahre in meinen Diens-

* Das *nemes*-Kopftuch war eine typische Kopfbedeckung im antiken Ägypten.

** So wurden zuweilen die Einbalsamierer genannt.

ten stündest, könnte man glauben, dass du mich so schnell wie möglich vor das Totengericht des Osiris bringen willst.«

»Ich diene Euch nur, um diese Stunde so weit wie möglich hinauszuzögern, Majestät«, entgegnete Iryi sichtlich verärgert.

»Das sehe ich nicht so. Die Hälfte meiner Regierungszeit habe ich damit verbracht, Kriege zu führen, und die andere Hälfte damit, über mein Volk zu wachen, damit Kemet, dieses wunderbare Land, das uns einst die Götter schenkten, seinen jahrtausendelangen Weg gehen kann und der Menschheit als Sinnbild der Zivilisation im Gedächtnis erhalten bleibt. In meinem Alter steht es mir zu, die Vorzüge, die mir dieses Land bietet, auch zu genießen. Das habe ich mir redlich verdient. Trotzdem bestehst du darauf, mich auf eine teuflische Diät zu setzen, und verlangst obendrein, dass ich mir die Frauen in meinem Harem aus dem Kopf schlage!«

Erneut lachte der Prinz über die Worte seines Vaters.

»Er will, dass ich meine Gattinnen vernachlässige!«, rief der Pharao empört und sah seinen Sohn an. »Hat er vielleicht vergessen, dass ich der starke Stier* bin?«

Bekümmert verneigte sich Iryi vor dem König. Wie er Nefermaat bereits auf dem Schiff nach Theben erklärt hatte, war nicht mehr viel von jenem Pharao übrig geblieben, der einst die Seevölker vernichtend geschlagen hatte. Mit den Jahren war sein Glanz in einen grenzenlosen Egoismus umgeschlagen, den der König unbewusst mit seinem Größenwahn zu überdecken versuchte. Iryi konnte seine Launen nicht mehr ertragen, und deshalb hatte er den Gott gebeten, ihn endgültig von seinen Aufgaben zu entbinden und ihm zu erlauben, sich in Bubastis, seiner Heimatstadt, zur Ruhe zu setzen. Doch der Pharao hatte über seine Bitte nur gelacht.

* Der Horusname in der Königstitulatur, der auf seine starke Zeugungskraft anspielte.

»Du bist mein Leibarzt. Ich kann dich nicht von meinen Krankheiten entlassen«, hatte er ihm eines Tages erklärt.

Für einen gläubigen Mann wie Iryi waren die armseligen Herzen, die ihn umgaben, nichts anderes als ein klares Indiz für den tiefen Verfall, den Ägypten offensichtlich durchmachte. Das Licht dieses Landes wurde immer mehr von der Dunkelheit verdrängt, und nun drohte sie, die spärliche Helligkeit gänzlich zu verschlucken. Die Richtung, die das einst von den Schöpfungsgöttern gesteuerte Schiff eingeschlagen hatte, war ihm fremd und zuwider. Heute hüllte sich Kemet in einen Mantel der Verstellung, an dessen Spitze der größte Egoist stand.

Der Eindruck, den der Herrscher bei Nefermaat hinterlassen hatte, war alles andere als gut, aber lange nicht so verheerend wie der, den der Kronprinz machte.

Nefermaat hatte ihn als einen sehr ernsten und verschlossenen Menschen in Erinnerung, mit dem er als Kind kaum je ein Wort gewechselt hatte. Bekanntlich werden die Erinnerungen der Kindheit von der Zeit dermaßen verzerrt, dass sie am Ende nichts mehr mit der Realität zu tun haben. Jetzt aber war der Eindruck frisch und lebendig. Der Sohn des Gottes und Anwärter auf den Thron von Kemet saß neben seinem königlichen Vater und betrachtete ihn mit unverhohlener Gleichgültigkeit. Dem jungen Arzt fiel es sofort auf, doch er behielt das ausdruckslose Gesicht bei, das er aufzusetzen gelernt hatte, seit er in Medinet Habu lebte. Schließlich war ein derart abfälliger und gleichgültiger Blick bei den meisten Würdenträgern am Hof nichts Ungewöhnliches.

Kronprinz Ramses war allem Anschein nach kein besonders umgänglicher, geschweige denn sympathischer Mensch. Im Gegenteil, er stellte ein klares Beispiel für die fortschreitende Isolation dar, in die sich die Ramessiden hineinmanövriert hatten. Seit der Gott ihn vor zehn Jahren öffentlich zu seinem Nachfolger gekürt hatte, pochte der Prinz hartnäckig auf seine Rechte und führte allen die unüberwindliche Kluft vor Augen, die ihn von den übrigen Sterblichen trennte. Dies hatte er nicht nur dem gesamten Hof unmissverständlich klargemacht, sondern auch seiner eigenen Sippe. Während all dieser Jahre hatte Prinz Ramses nichts anderes getan, als Macht anzuhäufen, um seinen sehnlichsten Wunsch endlich Wirklichkeit werden zu lassen. Er trachtete nach dem Thron Ägyptens. Das war sein Ziel, und die Krone des Landes würde er sich von niemandem streitig machen lassen.

Vielleicht hatte all dies zur Verhärtung seines ohnehin schwer zugänglichen Charakters beigetragen, bis er schließlich überall finstere und bedrohliche Schatten sah, wo es keine gab. Zu seinen Brüdern hatte er ein äußerst angespanntes Verhältnis, in ihnen sah er eine ernsthafte Gefahr für seinen Anspruch auf die Doppelkrone. Das Misstrauen hatte sich in sein Herz gefressen und weiter zu seinem despotischen und gelegentlich auch grausamen Wesen beigetragen. Es war, als wachte er in einer Schatzkammer, hinter deren Türen sich viel ehrgeizigere Projekte verbargen, eifersüchtig über sämtliche Ehrentitel, mit denen sein Vater ihn bedacht hatte. Auf alle Fälle war er fest entschlossen, niemanden hineinzulassen. Überall witterte er Hinweise, die auf eine Gefährdung seiner Stellung hindeuteten, bis er schließlich von zermürbenden Angstzuständen heimgesucht wurde, die ihm unerträglich erschienen.

Es war paradox, denn im Grunde genommen hielt der Prinz die Macht längst in den Händen. Seit zehn Jahren war er Generalissimus des väterlichen Heeres und nach dem Pharao die höchste Autorität im Staat. Unter solchen Voraussetzungen hätte jeder andere den Thron des Reiches ohne Probleme besteigen und diesen auch verteidigen können. Aber Kronprinz Ramses wusste, dass die jahrtausendealte Geschichte seines Landes von Verschwörern, Verrätern und Emporkömmlingen nur so wimmelte. Von Männern, die niemals das Recht gehabt hätten, sich die

Doppelkrone anzueignen, und es trotzdem getan hatten. Nichts sorgte Prinz Ramses mehr, und je näher der Tag seiner Thronbesteigung rückte, umso stärker wurden seine Ängste.

Sein Vater, der Gott, war stark gealtert. Seit Jahren wurde der Pharao erdrückt von den Problemen, die den Staat plagten, und den vielen Zwängen, denen er sich hatte beugen müssen. Der Prinz kannte sie sehr gut. Während der letzten Jahre hatte er seinem Vater geholfen, die Staatsgeschäfte zu führen, und praktisch war die Macht unbemerkt bereits in seine Hände übergegangen.

Doch der Kronprinz sah, wie die Zeit verstrich und er selbst auch immer älter wurde. Bald wäre er vierzig, sodass er zu dem Schluss kam, es sei an der Zeit, die ganze Last Ägyptens allein zu schultern. Angesichts des gesundheitlichen Zustandes seines Vaters konnte es nicht mehr allzu lange dauern, bis Osiris ihn zu sich rief. Der alte Krieger hatte lange Zeit über das Reich geherrscht und es zu Ruhm und Glanz geführt, jetzt aber war der Löwe schwach, und sein Licht erlosch. Die Stunde, in der ein neuer Horus den Thron Ägyptens besteigen würde, nahte, und Ramses konnte sie kaum erwarten.

Nefermaat beobachtete den Prinzen unauffällig, aber aufmerksam aus den Augenwinkeln. Mit sichtlicher Genugtuung hörte sich der Prinz die Standpauke an, die sein Vater Iryi hielt, ohne das ungebührliche Verhalten des jungen Arztes zu bemerken. Nefermaat konnte seine Gesichtszüge genau studieren und kam zu dem Schluss, dass Hathor ihn nicht gerade mit Schönheit gesegnet hatte.

Strenge Gesten und schroffe Manieren vereinten sich in der Person des Thronfolgers, dessen wenig anmutiges Gesicht zudem seinen unberechenbaren Charakter widerspiegelte.

Wenn es etwas gab, das darin besonders hervorstach, dann war es die Nase. Sie war gerade geformt und großzügig, was man von seinem Wesen nicht gerade behaupten konnte. Jedenfalls beherrschte sie das ganze Gesicht, das ansonsten blass und nichtssagend blieb. Nur die Zähne, die man als vorzüglich bezeichnen konnte, boten noch Grund für ein Lob. Ein bescheidenes Aussehen für die zukünftige Wiedergeburt des Horus.

In diesem Moment lachte der Prinz wieder einmal laut über eine witzige Äußerung seines Vaters und strich sich über den kahlen Kopf. Nefermaats Blick blieb einen Augenblick an der Glatze des Prinzen hängen, über die man im Palast nicht wenige Scherze machte. Niemand konnte sich erinnern, dass der Prinz es jemals nötig gehabt hätte, sich den Kopf zu rasieren. Eine Besonderheit mehr unter den vielen, die er besaß, und nicht gerade dazu beitrug, seine Laune zu heben.

Zu all diesen Unzulänglichkeiten kam noch seine untersetzte Statur. Im Vergleich mit seinen Brüdern war Ramses geradezu kleinwüchsig, was am Hof bereits zu dem einen oder anderen gehässigen Kommentar geführt hatte, denn sein Vater, der Pharao, war in seiner Jugend ein hochgewachsener Mann gewesen.

Nichtsdestotrotz besaß er einen kräftig gebauten, vom militärischen Leben, dem er so zugetan war, abgehärteten Körper. Er war nicht nur Generalissimus, sondern befehligte auch die *menfat*, eine Elitetruppe des Heeres, auf die er besonders stolz war und mit deren Militärabzeichen er sich gern schmückte. So sehr fühlte er sich diesem Verband zugetan, dass er manchmal wie ein gewöhnlicher Fußsoldat an dessen Gewaltmärschen und Kampfübungen teilnahm. Seine soldatischen Tugenden hatten ihm im Heer des Gottes großen Respekt eingebracht, vor allem bei den einfachen Fußsoldaten, denn anders als seine Brüder besaß er keinerlei Vorliebe für Pferde, sondern zog die Infanterie vor.

Die Liebe zum Militär hatte seine Gewohnheit, Befehle zu erteilen und von anderen Gehorsam zu erwarten, noch stärker ausgeprägt, sodass er mit der Zeit einen fast chronisch überheblichen Gesichtsausdruck angenommen hatte, der von seinen durchdringen Augen ins Maßlose übersteigert wurde.

Nefermaat blinzelte, als müsste er sich von seinen Gedanken losreißen, und kreuzte plötzlich diesen Blick. Er hielt ihm nur einen kurzen, flüchtigen Augenblick stand, doch es war lange genug, um seine Intensität zu spüren und vielleicht eine verborgene Abneigung darin zu entdecken. Er dachte an Nubchesbed und spürte einen unangenehmen Schauder.

Er hatte die Prinzessin bei mehreren Gelegenheiten wiedergesehen. Stets war sie in Begleitung einer ihrer Hofdamen gewesen, und er hatte die Verwirrung, die ihre Anwesenheit bei ihm hervorrief, nicht verbergen können. Als er dem Kronprinzen jetzt in die Augen blickte, hatte er das Gefühl, dass jener um seine Gefühle wusste und sie ihm verübelte. Auch wenn er der Sohn des königlichen Haushofmeisters war, sah der Prinz in ihm bloß einen Untertanen, während Nubchesbed eine Prinzessin und obendrein seine Tochter war.

Nefermaat stellte sich vor, wie es wäre, diesen Mann zum Schwiegervater zu haben, und spürte erneut, wie es ihm kalt den Rücken herunterlief.

Aber diese Gedanken erwiesen sich als ebenso flüchtig wie die Begegnung ihrer Blicke. Als er hörte, wie ihn der Gott persönlich ansprach, setzte der junge Arzt wieder seine übliche verschlossene Miene auf.

»Aus dir ist tatsächlich ein *uabu*-Priester geworden«, sagte der Pharao mit hohler Stimme. »Du erinnerst mich an die *sunu* in den alten Zeiten. Sie sollen so wie du ausgesehen haben.«

Nefermaat hielt den Blick respektvoll zu Boden gesenkt und schwieg.

»Die Leute erzählen, du beherrschst jetzt die Kunst des Heilens, und Sachmet liebt dich angeblich wie ihren eigenen Sohn. Wirklich, sehr ungewöhnlich«, erklärte der Gottkönig und brach in Gelächter aus, in das sein Sohn hastig einstimmte.

Nefermaat blieb vollkommen gelassen.

»Du solltest wissen, dass die Liebe der Göttin auch gewisse

Risiken birgt«, fuhr Ramses III. fort. »Das ist so, als würde man von der eifersüchtigsten Frau der Welt geliebt, nur dass Sachmets Zorn nicht von dieser Welt ist. Wusstest du, dass ich eine Löwin hatte, die so hieß?«

»Nein, das wusste ich nicht, o Herr«, antwortete Nefermaat kaum hörbar.

»O ja, und ich kann dir sagen, dass sie verdammt wild war, auch wenn sie mich mochte. Sie begleitete mich auf meinen Feldzügen und nahm an einigen Schlachten teil, mit Begeisterung sogar!«, tönte der Pharao und lachte erneut über seinen Scherz. »Ich war von ihrer Wildheit fasziniert.«

Nefermaat hob vorsichtig den Blick und bemerkte, wie der Pharao ihn musterte.

»Sag, stimmt es, was man am Hof über dich erzählt? Kennst du wirklich alle Geheimnisse der Heilkunst?«

»Nur die Göttin selbst kennt alle Geheimnisse ihrer Kunst, o Herr. Meine Kenntnisse sind begrenzt.«

»Trotzdem erzählt man sich, dass du wahre Wunder vollbringst. Unglaubliche Heilungen.«

»Ihr kennt den Hof am besten, Majestät«, antwortete der junge Arzt. »An dem, was ich tue, ist nichts Wundersames. Ich bediene mich nur dessen, was uns die Götter schenkten, so gut ich kann.«

Der Pharao hob fragend eine Braue.

»In Kemet gibt es eine Menge an Heilmitteln, Herr«, fuhr Nefermaat fort. »Dieses Land ist ein riesiges Laboratorium, es strotzt vor Pflanzen und Mineralien, die über unvorstellbare Eigenschaften verfügen. Wenn man sie kennt, besitzt man einen Schlüssel, mit dem sich die meisten Übel bekämpfen lassen.«

»Es heißt, du besäßest diesen Schüssel.«

»Wie gesagt, o Herr, nur Sachmet besitzt die Gabe, Wunder zu wirken.«

»Du tust gut daran, vorsichtig zu sein, was die Göttin angeht, Nefermaat. Aber sag, was hältst du von meinen Gebrechen? Glaubst du, dass Iryi sie richtig behandelt?«

»Deine Beschwerden, o Herr, wurden gewissenhaft untersucht und benannt. Die Behandlung des ehrenwerten Leibarztes Iryi ist die richtige«, versicherte der junge Arzt und warf seinem alten Lehrer einen Blick von der Seite zu.

»Pah ...«, brummte der Pharao und rutschte unbehaglich auf seinem Sessel hin und her. »Ich weiß nicht, was ihr in den Tempeln für Komplotte schmiedet, aber es scheint, als hättet ihr euch verschworen, um mir das Leben so schwer wie möglich zu machen. Meint ihr etwa, ich könnte mit solchen Bandagen an den Beinen zu meinen Frauen? Und was sollen meine Untertanen denken, wenn sie mich in einer derart lächerlichen Aufmachung durch den Hof watscheln sehen?«

Die Ärzte warfen sich einen kurzen Blick zu und senkten dann stumm den Kopf.

»Nimm dich vor den Ärzten in Acht, mein Sohn, wenn du auf dem Thron sitzt«, warnte er den Kronprinzen. »Die *sunu* in Ägypten scheinen nicht begreifen zu wollen, dass wir göttlichen Ursprungs sind. Sie behandeln uns wie normale Sterbliche und vergessen, dass wir dem Schutz des Horus unterstehen. Ein Gott kann nicht in Lumpen gehüllt herumlaufen!«, rief er plötzlich aufgebracht und zeigte auf seine Verbände.

Einen kurzen Augenblick lang herrschte absolute Stille im Saal. Iryi und Nefermaat wagten es nicht, den Blick vom Steinboden zu heben.

»Es hat keinen Zweck, mein Sohn«, seufzte schließlich der Pharao und winkte verärgert ab. »Sie sind genauso dumm wie die Ochsen, die auf meinen Feldern grasen.«

Bei diesen Worten schüttelte sich der Prinz vor Lachen, während die stummen Ärzte erröteten.

»Heute habt ihr mich genug gequält«, verkündete der Gottkönig und gab ihnen mit einer schroffen Geste zu verstehen, dass die Audienz beendet war. »Aber eins lasst euch gesagt sein, sobald ihr verschwunden seid, werde ich essen und trinken, so viel ich will, und meine Frauen beglücken, wie es sich gehört. Und jetzt macht, dass ihr hier rauskommt!«

Die Ärzte verbeugten sich vor dem Gott und verließen den Saal, ohne es zu wagen, ihm den Rücken zuzuwenden.

»Ah, eine Sache noch!«, rief der Gott. »Du wurdest diesem Hof wärmstens empfohlen, Nefermaat, und ich habe mich darüber gefreut. Nicht deinetwegen, sondern für deinen Vater, den königlichen Haushofmeister, den ich überaus schätze. Er ist ein treuer Diener und genießt mein volles Vertrauen. Er weiß immer, das Richtige zu tun. Das gefällt mir an ihm. Vergiss das nicht!«

Nefermaat spürte, wie eine Welle von Gefühlen in ihm aufstieg, die er kaum unterdrücken konnte. Die Adern an seinen Schläfen traten hervor, und sein Herz fing an, mit immer lauterer und schnellerer Stimme zu sprechen. Die Äußerungen des Pharao waren zutiefst erniedrigend, sie grenzten an offenen Hohn. Jeder am Hof wusste um seine zerrütteten familiären Beziehungen und welche Folgen sie hatten. Trotzdem hatte der Gott ihm zu verstehen gegeben, dass er mit allem, was Hori tat, einverstanden war und es sogar guthieß. Der Gott hatte das Verhalten seines Vaters gelobt und ihn damit gedemütigt. Ein solches Benehmen praktizierte Ramses auch bei anderen Mitgliedern des Hofes gerne, wenn er es für angebracht hielt. Der Pharao wusste über seine familiären Probleme bestens Bescheid und hatte ihm unmissverständlich zu verstehen gegeben, wem seine Sympathie galt.

Während er sich mit gesenktem Kopf zurückzog, warf der junge *sunu* noch einen verstohlenen letzten Blick auf den Pharao und sah, wie dieser mit den Verbänden um seinen Beinen kämpfte. Der Kronprinz saß neben ihm und beobachtete sie aufmerksam. Für einen kurzen Augenblick trafen sich ihre Blicke, und wieder bemerkte Nefermaat die Härte seines Herzens und eine offenkundige Feindseligkeit in seinen Augen. Dann spürte er Iryis warme Hand auf seinem Rücken, und das tröstete ihn.

Als sie den Saal endgültig verließen, hörten sie noch, wie der Pharao angestrengt versuchte, sich von den Leintüchern zu befreien.

16

Nubchesbed betrachtete sich in einem prächtigen, blankpolierten Spiegel aus Bronze. Langsam wandte sie den Kopf von einer Seite zur anderen, ohne den Blick von ihrem Gesicht abzuwenden, als suchte sie nach irgendwelchen Makeln, die es zu beseitigen galt. Schließlich zog sie eine kleine Grimasse und lächelte zufrieden.

Heute Abend musste sie unwiderstehlich sein, deshalb hatte sie sich besonders sorgfältig geschminkt. Es hatte zwar länger als sonst gedauert, aber die Mühe hatte sich gelohnt. Ihre exotische Schönheit, die sie von ihrer Großmutter, der Großen Königlichen Gemahlin Isis, geerbt hatte, brauchte eigentlich weder Farbe noch Puder oder andere Kosmetika. Trotzdem betonte die Schminke ihre Vollkommenheit, sodass sie tatsächlich aussah wie eine Göttin.

Die langen Wimpern, die sie mit einer Mischung aus reinstem Khol und Gänsefett getuscht hatte, hoben sich deutlich ab, und die feinen Lidstriche ließen die Augen noch stärker als sonst strahlen. Seit Menschengedenken benutzten die Ägypter diese Mischung, die eine ganze Nacht hielt. Für die Augenlider dagegen hatte die Prinzessin eine eigene Erfindung verwendet: Khol, Lapislazuli, Honig und Ocker jeweils zu gleichen Teilen gemischt. Das Resultat war überwältigend. Jeder Augenaufschlag produzierte einen einzigartigen Effekt, bei dem das Licht mit all diesen Farben spielte und für ungeahnte, kaum vorstellbare Reflexe sorgte. Jeder, der diese Augen sah, wäre ihrem Zauber erlegen. Wer weiß, vielleicht wäre sogar die göttliche Hathor neidisch gewesen.

Nachdem sie auch die Lippen mit einer Mischung aus Öl und rotem Ocker geschminkt hatte, legte die junge Frau den kleinen Spatel, mit dem sie die köstbare Substanz aufgetragen hatte, auf den Tisch und sah erneut in den Spiegel. Wenn sie lächelte, so wie jetzt, lugten zwischen ihren karminroten Lippen strahlend weiße Zähne hervor. Halb Ägypten sehnt sich nach diesem Mund, dachte sie zufrieden, legte den Kopf in den Nacken und hob verführerisch das Kinn. Keine Frau würde sich heute Nacht mit ihr messen können, sie war unwiderstehlich und wusste es.

Während sie ihre Locken bürstete, dachte die Prinzessin an Nefermaat. Mehrere Male war sie ihm mit einer ihrer Hofdamen über den Weg gelaufen. Die Begegnungen waren nicht rein zufällig gewesen, ihr Interesse an dem jungen Arzt war stetig gewachsen, bis ihr Herz plötzlich angefangen hatte, sich nach ihm zu sehnen. Nefermaat konnte von alledem natürlich nichts ahnen und bemerkte auch die Verwirrung nicht, die die Prinzessin jedes Mal, wenn sie ihn sah, zu verbergen suchte. Dafür schien sie genau zu wissen, welche Gefühle sie in dem Mann weckte. Sie spürte den Kampf, den er innerlich ausfocht, um sie vor ihr zu verheimlichen. Ihren alten Spielgefährten so zu sehen, faszinierte sie. Sie war eine hervorragende Gegnerin in einem Kampf der Gefühle und Empfindungen, in dem es weder Platz für feste Regeln noch für Vernunft gab.

Nubchesbed hatte die vergeblichen Versuche des jungen Arztes beobachtet, seine geheime Leidenschaft für sie unter dem Licht der Vernunft zu verstecken. Doch das war völlig zwecklos, denn sobald er sie sah, weiteten sich sämtliche Poren seiner Haut und verrieten ihr, was er für sie empfand.

Die Prinzessin, die diese Botschaft bereits bei ihrer ersten Begegnung in seinen Augen gelesen hatte, war verzaubert von jener makellosen reinen Essenz, die, das wusste sie, geradewegs aus seinem Herzen kam. Einem Herzen, das gütig und von *maat* erfüllt war. Der Wahrheit aller Wahrheiten.

Nubchesbed selbst hatte mehrere ganz unterschiedliche Phasen durchgemacht. Als sie Nefermaat zum ersten Mal getroffen hatte, war sie von einem undefinierbaren Gefühl erfüllt gewesen, das mehr war als nur Freude über ihr Wiedersehen. Sie hatte eine seltsame, schwer zu erklärende Anziehungskraft gespürt, die ihr Freund auf sie ausübte, eine von geheimnisvollen Düften getragene Mischung aus natürlicher Unschuld, Schüchternheit und großem Wissen. Dieser Mann war vollkommen anders als die Adligen, die sie im Palast kannte. Er strahlte zurückhaltende Ruhe und eine Vornehmheit aus, die von der jahrtausendealten Geschichte seines Landes durchdrungen schien und sie vollkommen verzauberte. Niemand versinnbildlichte die uralte Essenz des Landes von Kemet besser als Nefermaat, wie ein Wohlgeruch, der längst in Vergessenheit geraten zu sein schien und sich dennoch in ihm verkörperte. All das ließ ihr Interesse an ihm wachsen. Die wenigen kurzen Begegnungen hatten genügt, um die Flamme der Hoffnung in ihrem Herzen erneut auflodern zu lassen. In Wirklichkeit war sie bereits in ihrer Kindheit entfacht worden und in all diesen Jahren nie ganz erloschen.

Der einstige Verlobte ihrer Kindheit war zu einem Traum geworden, der die Türen zu ihren geheimsten Sehnsüchten öffnete. Sie hatte das Gefühl, dass sie sich heute Nacht öffnen könnten und die dunkle Gestalt eines *uabu*-Priesters auf sie wartete. Dahinter sah sie einen Weg, der sich in einer ungewissen dunklen Zukunft verlor. Das aber machte ihr keine Angst.

Sie seufzte tief und legte die Haarbürste auf den Tisch. Das Schicksal, das sich Renenutet für sie ausgedacht hatte, kümmerte sie nicht, solange sie an der Seite dieses Mannes sein konnte. In dieser Nacht hatte sie nur einen Wunsch: Sie musste unbedingt Nefermaat begegnen, diesem Arzt, der wie ein Prinz aussah.

Kehliger Gesang, Klappern und Trommeln erfüllten Thebens sternenübersäten Himmel mit ihren Klängen und Rhythmen. Es war eine festliche Nacht, und die Gestirne am Firmament schienen sich beteiligen zu wollen, mit ihren unzähligen Lichtern als Lobgesänge und ihrem göttlichen Glanz als besonderer Hofstaat für so viel Glück.

Paneb, der Sohn des Ersten Propheten Montus, verabschiedete sich von seinem Junggesellenleben, da er in Kürze die schöne Naret heiraten würde, ein jungfräuliches, reines Mädchen, das zur Sippe der Bakenchons gehörte. In diese Familie einzuheiraten war der Traum jedes Beamten, der etwas auf sich hielt. Daher hatte Turo, der Vater des glücklichen Bräutigams, beschlossen, weder Kosten noch Mühen zu scheuen und in seiner Residenz ein prachtvolles Fest zu feiern, in der Hoffnung, es würde sich für immer in die Erinnerung der Gäste einprägen. Selbstredend waren die gesamte Priesterschaft und die gehobene Gesellschaft des thebanischen Gaus eingeladen. Für ein so rauschendes Fest hätte sich Turo keinen geeigneteren Ort aussuchen können, denn sein Haus war in der Tat aufsehenerregend. Es lag am Westufer des Nils im wohlhabenden Viertel *heft-hir-nebes* (»gegenüber seinem Herrn«), wo schon seit Hunderten von Jahren die Vornehmen residierten. Mit diesem Namen war der Gott Amun gemeint, dessen Tempel von Karnak genau gegenüber am anderen Ufer des Nils lag.

Natürlich hatte Paneb auch seine Freunde zu dem denkwürdigen Abend eingeladen. Es war eine willkommene Gelegenheit, um seine alten Weggefährten nach langer Zeit einmal wiederzusehen.

Als Nefermaat das Haus seines Freundes betrat, staunte er über das Getümmel. Der Aufweg zur Residenz wurde von unzähligen Sänften blockiert. Im Schein der Laternen rangen die schweißgebadeten Träger um die besten Plätze vor dem Eingang, während ihre Herrschaften ausstiegen und stolzen Schrittes auf den Eingang zugingen, um lächelnd ihre Bekannten zu begrüßen. Im Innern war der Strom der Gäste überwältigend. Nefermaat konnte sich nicht erinnern, auf einer privaten Feier jemals so viele Leute gesehen zu haben. Der riesige Garten wimmelte von Menschen, die sich lebhaft unterhielten und den Rhythmen der Musik lauschten, die aus der Tiefe des Kontinents, weit aus dem Süden zu kommen schien und gerade sehr in Mode war.

Schreiber, ranghohe Beamte der Verwaltung, führende Mitglieder des lokalen Adels und die höchsten Würdenträger der Priesterschaft waren an diesem Abend mit ihren Gattinnen Turos Einladung gefolgt, der über die Zukunft, die seinen geliebten Sohn erwartete, sehr glücklich war. Panebs Blut würde sich mit dem der Bakenchons vermischen; das hatte er nicht einmal in seinen kühnsten Träumen zu hoffen gewagt.

Seine Kinder und die der Bakenchons würden Macht und Einfluss vereinen, die die Priesterschaft des Montu und des Amun ihnen verliehen. Das musste gebührend gefeiert werden.

Nefermaat kam sich unter all den Menschen fremd vor. Die zahlreichen Vorsteher, hohen Beamten und Ersten Propheten unterhielten sich vertraulich wie Männer, die sich seit langem kannten, während ihre Gattinnen kleine Grüppchen bildeten, ihre Kleider verglichen und sich den neuesten Tratsch erzählten, der in der Stadt die Runde machte. Es war eine geschlossene Gesellschaft, die sich an diesem Abend hier versammelt hatte und niemandem Einlass gewährte, der nicht dazugehörte. Für jemanden, der aus dem Norden stammte, musste das alles höchst seltsam sein. Er selbst war hier im Süden geboren, aber nichts, was um ihn herum geschah, gab ihm das Gefühl, zu Hause zu sein. Und nachdem er die Gäste eine Zeit lang beobachtet hatte, kam er zu dem Schluss, dass wahrscheinlich er derjenige war, der hier als seltsam galt und auffiel.

Doch das war kein Grund, das herrliche Fest nicht zu genießen, bei dem die köstlichsten Speisen gereicht wurden und die besten Weine flossen, als handelte es sich um die Nilschwelle, die großzügig über die Ufer schwappte, bis alle versammelten Gäste vollkommen zufriedengestellt waren. Auch diese Aussicht konnte den jungen Arzt nicht besonders reizen. Da er genügsam war, aß er nur wenig, aber an der Fröhlichkeit, die ihn umgab, nahm er trotzdem teil und genoss den Lärm und das ferne Gelächter.

Paneb war entzückt, ihn zu sehen, und vertraute ihm an, es sei die glücklichste Nacht seines Lebens.

»Für mich wird es nach diesem Fest ein Vorher und ein Nachher geben«, sagte er und legte ihm die Hände auf die Schultern. »Die Götter öffnen mir ungeahnte Türen.«

Der junge Arzt beglückwünschte ihn zu seiner Zukunft, obwohl er sich später darüber wunderte, dass seinem Freund seine zukünftige Gattin mehr oder weniger egal zu sein schien.

Für Nefermaat wurde es eine Nacht voller Begegnungen. Er war tief bewegt, seine alten Schulkameraden wiederzusehen. Gemeinsam erinnerten sie sich an ihre Jugendstreiche und daran, wie grausam sie ihren alten Lehrer Hesi gequält hatten. Sie lachten über alte Scherze und erinnerten sich auch an die Stockschläge, die meistens verdient gewesen waren.

Seine Jugendfreunde waren nun Männer und bekleideten wichtige Posten, auf die sie seit ihrer Kindheit vorbereitet worden waren und die sie zum größten Teil von ihren Vätern erben würden. Das war nichts Ungewöhnliches, so war es seit Menschengedenken Brauch. Seine Freunde gratulierten ihm zu seiner Berufung an den Hof und erzählten, dass sie schon die reinsten Wunderdinge über seine erstaunlichen Heilkräfte gehört hätten.

Nach den üblichen Begrüßungen und Komplimenten fragte Nefermaat nach denen, die nicht anwesend waren. Er erfuhr, dass manche vorzeitig vor Osiris' Gericht hatten treten müssen und andere nicht kommen würden. So Amunherchepeschef, der an derartigen Festlichkeiten niemals teilnahm, weil seine Göttlichkeit es ihm verbot. Der Prinz fühlte sich jetzt schon als Pharao, obwohl er es noch lange nicht war.

Doch erzählten sie ihm, dass auch Nubchesbed erwartet würde, und augenblicklich schlug sein Herz schneller. Der eine oder andere Scherz fiel in Anspielung darauf, dass sie in der Kindheit seine Verlobte gewesen war. Die Freunde lachten, bis plötzlich jemand durchdringend zischte und sie zum Schweigen brachte.

»Seht mal! Da kommt Neferure!«, rief einer der Freunde.

Alle blickten in ihre Richtung und hielten beinahe den Atem an.

»Heilige Hathor, steh uns bei!«, sagte einer, worauf die Übrigen leise lachten.

Nefermaat beobachtete, wie sich eine junge Frau einen Weg durch die Menschenmenge bahnte und geradewegs auf sie zukam. Und als sie vor ihm stand, blieb ihm die Sprache weg.

»Wurde allmählich Zeit, dass Sachmet uns ihren auserwählten Sohn zurückgibt. Erinnerst du dich nicht mehr an mich? Ich bin es, Neferure«, sagte sie und reichte ihm beide Hände.

Nefermaat blinzelte verwirrt und ergriff sie zögernd.

»Neferure«, stammelte er, während die anderen kicherten.

Die junge Frau verzog das Gesicht und warf der Gruppe einen missbilligenden Blick zu.

»Ihr seid unmöglich!«, sagte sie.

Nefermaat fand ihre Stimme äußerst melodisch, was durch ihren starken südlichen Akzent noch betont wurde. Sie klang süß und verführerisch.

Die junge Frau, die Nefermaat die Hände entgegenstreckte, war von stattlicher Gestalt. Im Gegensatz zum allgemeinen Schönheitsideal der ägyptischen Frauen war Neferure hochgewachsen, kräftig und hatte wenig Ähnlichkeit mit den zerbrechlichen Silhouetten ihrer Geschlechtsgenossinnen. Trotzdem hatte sie eine wohlgeformte Figur, deren einziger Zweck darin zu bestehen schien, unaussprechliche Leidenschaften zu wecken. Damit hatte sie offensichtlich reichlich Erfahrung. Manche behaupteten sogar, niemand Geringeres als der kleinwüchsige, bärtige und lächerliche Gott Bes habe sie während eines nächtlichen

Gelages eigenhändig geschaffen, um die Menschen zur Zügellosigkeit anzustiften. Etwas übertrieben, aber mehr oder weniger treffend, denn wo sie auch auftauchte, entfachte Neferure das Verlangen der Männer.

Nefermaat versuchte sich von dem ersten Eindruck zu erholen, den die junge Frau auf ihn gemacht hatte, als er ihre Hände hielt. Die sanfte, warme Berührung der Hände war der Gipfel einer überwältigenden Sinnlichkeit, die ihr ganzer Körper verströmte. Der junge Arzt musste sich zwingen, die Augen von ihren üppigen Brüsten zu nehmen, die zu den rhythmischen Bewegungen ihres Atems auf und ab wippten und von einem luftigen Kleid mit schmalen Trägern kaum verhüllt wurden. Der Stoff schmiegte sich eifersüchtig um ihre Kurven, sodass man die ausladenden Hüften und den Hintern erahnen konnte, denen kein Mann in Theben widerstanden hätte.

Bis auf Nefermaat. Er unterdrückte sein Verlangen und setzte jenes unergründliche Gesicht auf, das ihm in ähnlich heiklen Lagen so gute Dienste geleistet hatte. Der verführerische Körper, den die junge Frau vor ihm zur Schau stellte, war nichts anderes als eine Herausforderung, die er unter keinen Umständen annehmen durfte, da ihm die Schwächen seiner Natur bewusst waren.

Nachdem er sich von ihrem Sog befreit hatte, schaute Nefermaat sie mit diesem rätselhaften Blick, der ihn des Öfteren auszeichnete, an. Leidenschaftslos konnte er nun das Gesicht der jungen Frau betrachten, die direkt vor ihm stand und ihn unverhohlen anstarrte.

Ihr Gesicht wollte nicht so recht zu ihrem übrigen Körper passen, es war nicht besonders auffällig, ja, man hätte es sogar als unansehnlich bezeichnen können. Neferure war nicht hübsch, aber das überraschte ihn nicht, denn er konnte sich erinnern, dass sie auch als kleines Mädchen nicht besonders attraktiv gewesen war. Trotzdem taten ihre Gesichtszüge ihrer Anziehungskraft keinen

Abbruch. Vielleicht war es die etwas groß geratene Nase, die ihr eine gewisse Persönlichkeit verlieh, oder die Augen, in denen sich ihre betörende Sinnlichkeit widerspiegelte, oder gar der großzügige Mund mit den vollen Lippen, die sie stets rot wie Granatäpfel schminkte. Aber wer weiß, vielleicht war es auch das Zusammenspiel all dieser Eigenschaften, das Neferure zu einer der begehrtesten Frauen von ganz Theben gemacht hatte.

»Suchst du noch in deinem Herzen nach mir? Oder hast du mich schon vergessen?«, hörte Nefermaat sie sagen.

»Mein Herz erinnert sich sehr gut an dich«, antwortete der junge Arzt, als er aus seinen Gedanken gerissen wurde. »Aber nicht so.«

Die Freunde lachten erneut los. Neferure war verärgert.

»Sie haben sich kein bisschen verändert«, sagte sie und zeigte auf die anderen. »Sie sind noch genauso albern wie damals in der Schule.«

Wieder Gelächter und vereinzelte Buhrufe.

»Siehst du, was ich meine? Wie auch immer …«, seufzte sie und hakte sich bei ihm ein. »Ich fürchte, wir müssen einen kleinen Spaziergang machen, damit du mir in aller Ruhe erzählen kannst, wie es dir ergangen ist.«

Unversehens wurde Nefermaat auf einen der zahlreichen Wege gezogen, die durch den Garten führten, während die anderen sie mit Gelächter und Applaus verabschiedeten. Die Spontaneität der jungen Frau verunsicherte Nefermaat, aber er maß ihr keine weitere Bedeutung zu. Sie spazierten durch die Gruppen von zahlreichen fröhlichen Gästen, sprachen über alte Zeiten und mehr oder weniger unwichtige Dinge. Sie wollte alles Mögliche über seinen Aufenthalt im Tempel erfahren und interessierte sich vor allem für die Enthaltsamkeit der Priester.

»Mein Großvater sagt immer, dass Männer, die in den Tempeln erzogen wurden, nicht so sind wie die anderen und nie vom rechten Weg abkommen.«

Nefermaat sah Neferure an und erinnerte sich daran, dass ihr Vater der Erste Prophet des Amun war, der mächtigste Mann der ägyptischen Priesterschaften.

»Dein Großvater, der ehrenwerte Usermaatrenacht, ist ein weiser Mann. Er dient von seinem Tempel aus den Göttern, im Gegensatz zu mir«, antwortete Nefermaat, der plötzlich ein ungutes Gefühl hatte.

»Er ist ein heiliger Mann und sehr streng. Ihn kann ich nichts fragen, was mit den Tempeln zu tun hat, weißt du? So viele Männer auf einem Haufen …«, sagte sie mit einem kleinen boshaften Unterton und schmiegte sich noch ein wenig enger an ihn.

Er sah sie schweigend an, während sie ihren Gang fortsetzten. Wieder einmal spürte Nefermaat ein unangenehmes Gefühl von Fremdheit, wie immer, wenn er aus einer Situation flüchten wollte. Das Unbehagen darüber, an ihrer Seite zu gehen, wuchs mit jedem Schritt. Irgendetwas an ihr, das er nicht definieren konnte, beunruhigte ihn. Während sie ihm von ihrem langweiligen Leben in der Stadt erzählte, wurde Nefermaat bewusst, wie sie immer wieder zu bestimmten Themen zurückkehrte, bis sie schließlich die Antwort erhielt, die sie suchte.

Er war erleichtert, als sie einer Gruppe von Gästen begegneten, in der sich auch ihre Brüder befanden, und verabschiedete sich mit dem Hinweis darauf, noch jemanden am anderen Ende des Gartens treffen zu wollen. Das gefiel Neferure ganz und gar nicht, aber sie warf ihm nur einen kurzen bösen Blick zu und wandte ihm dann, vor Wut kochend, den Rücken zu. Nefermaat hatte sich getäuscht, wenn er glaubte, er könne sie so einfach abspeisen. Schon als kleines Mädchen hatte sie ein Auge auf ihn geworfen, und jetzt, da er zurückgekehrt war, hatte sie ihre eigenen Pläne.

Er dachte noch über den unangenehmen Eindruck nach, den Neferure auf ihn gemacht hatte, als er einer weiteren ihm bekannten Person begegnete. Eine Begegnung, die sich nach seiner

Ankunft in Theben seltsam lange hingezogen hatte, von der er aber wusste, dass sie früher oder später stattfinden musste. Direkt vor ihm tauchte sein Halbbruder Kenamun auf, die Hände auf dem Rücken verschränkt.

Nefermaat erkannte ihn nicht sofort. Mit seiner makellos weißen Tunika und seiner Perücke aus Naturhaar konnte man ihn kaum von den vielen anderen Schreibern auf dem Fest unterscheiden. Zehn Jahre waren eine lange Zeit, wenn man das Gesicht eines Menschen wiederzuerkennen versuchte, der damals ein Kind gewesen war. Trotzdem hatte Kenamun ihn erkannt. Er wusste, dass der Mann, der ihm auf dem Pfad entgegenkam, sein Stiefbruder war. Er war ihm nämlich nachgegangen.

Kenamun war das Sinnbild eines perfekten Beamten. Er hatte lange Jahre im Haus des Lebens verbracht, wo man ihn in die heilige Kunst des Schreibens einweihte, bis er schließlich seine Ausbildung zum Schreiber beendet hatte. Sein Hang zur Pedanterie und sein Perfektionismus hatten ihm geholfen, das Studium mit höchster Auszeichnung zu absolvieren, was ihm viel Lob einbrachte. Aufgrund seiner Verdienste und der einflussreichen Stellung seines Vaters hatte der Klerus von Amun ihn zum »Schreiber der Schatzkammer« ernannt. Es war ein bedeutender Posten, von dem ein gewiefter Mann wie er zu den höchsten Ämtern aufsteigen konnte. Bald würde man ihn zum *sehedi-sesh*, zum Obersten Inspektor, berufen, und von da bis zum *imi-ra-sesh*, dem Leiter und Vorsteher aller Schreiber, die im Dienst des Amuntempels standen, war es nur ein kleiner Schritt. Die Ziele aber, die er verfolgte, reichten viel weiter. Ägypten befand sich in einem unaufhaltsamen Prozess der Veränderung, in dem sich der Priesterschaft des Amun unerwartete Wege öffneten. Sein Ehrgeiz spornte ihn an, sich eine gute Ausgangsposition zu erkämpfen. Dafür brauchte er zweifellos Zeit, Geduld und eine tüchtige Portion Schläue, etwas, mit dem er im Übermaß bedacht worden war. Trotzdem war sich Kenamun der Schwierigkeiten bewusst, die seine hochtrabenden Ziele mit sich brachten. Er wusste, dass er sie nur erreichen konnte, wenn er in die ansonsten so geschlossenen Machtzirkel von Theben aufgenommen wurde. Er hatte sich einen Plan ausgedacht, der es ihm ermöglichen sollte, seine Bestrebungen Wirklichkeit werden zu lassen, und ihm in Zukunft helfen würde, seine Stellung innerhalb der pyramidenartig aufgebauten Hierarchie der Priesterschaft des Amun zu festigen. Es war ein ganz einfacher Plan und so alt wie die Menschheit selbst. Er würde heiraten.

Um in diese uralten Kreise aufgenommen zu werden, gab es nichts Besseres als eine Ehe. Es war der schnellste und sicherste Weg, sein Ziel zu erreichen. Und wenn er erst einmal verheiratet war, ließen sich alle weiteren Pläne viel leichter verfolgen.

Nachdem er sich zu diesem Schritt entschlossen hatte, musste er nur noch die geeignete Frau finden. Das schien alles andere als schwer zu sein, denn Kenamun kannte sie seit seiner Kindheit. Seine Auserwählte vereinte alle Qualitäten, nach denen er suchte, denn sie gehörte einer der angesehenen Familien an, die seit den letzten hundert Jahren über die Geschicke des Amuntempels bestimmt hatte und jetzt den Tempel von Karnak leitete. Sie entstammte der Sippe der Bakenchons und hieß Neferure.

Dass sie diesem einflussreichen Klan angehörte, war aber nicht der einzige Grund gewesen, weshalb er gerade sie auserkoren hatte. Es gab etwas Grundlegenderes, das ihn quälte und geradezu bestürmte, diesen Weg einzuschlagen. Es war etwas Irrationales, dem sein Herz sich nicht widersetzen konnte, das sich mit unsichtbaren Händen an ihn klammerte und ihn unbarmherzig festhielt: die Begierde. So sehr begehrte er Neferure, dass er manchmal das Gefühl hatte, sich im Feuer seines Verlangens zu verzehren. Am Anfang hatte er versucht, dagegen anzukämpfen, doch schon bald erfahren müssen, dass er gegen seine Natur nicht ankam, und stattdessen beschlossen, sie zu akzeptieren. Doch die Wollust kennt weder Erbarmen noch Mitleid, sie ist die Quelle einer Qual, die einem den Verstand rauben kann. Genau das war Kenamun passiert, und seitdem war Neferure zu einer Obsession geworden.

Eine Weile lang hatte er versucht, ihr den Hof zu machen, aber Neferure hatte ihn rasch wissen lassen, dass sie wenig Sympathie für ihn empfand. Sie hatte sogar in aller Öffentlichkeit über seine Absichten gespottet. Kenamun hatte dies nur noch mehr angespornt, um ihre Gunst zu werben und die junge Frau mit seinen hartnäckigen Avancen regelrecht in die Enge zu treiben. Damals hatte Neferure ihrem Freier bis ins Herz blicken können, und das, was sie sah, machte ihr Angst. Dieser Mann wollte sie nicht nur besitzen, er wollte ihre Seele verschlingen, sie auf einem langen Leidensweg in die Unterwelt führen, wo sie, in Ketten gelegt, seine dunklen Begierden hätte befriedigen müssen. Die aufgeweckte junge Frau hatte ihn abgewiesen und ihn zum Amenti mit all seinen Dämonen geschickt, doch das hatte Kenamun von seinem Vorhaben keineswegs abgebracht.

Jetzt hatte er seine Taktik geändert. Wenn er sie nicht im offenen Kampf erobern konnte, musste er Umwege machen. Er freundete sich mit Amenemopet an, dem Dritten Propheten des Amun, einem höchst einflussreichen Mann, der seine Sympathie für Kenamun entdeckt hatte. Der Priester hatte das Potenzial erkannt, das in dem jungen Mann steckte, und die Aussichten, die er in Zukunft haben würde. Wer weiß, vielleicht war er sogar geeignet, eines Tages ein bedeutendes Vorhaben des Verborgenen zu leiten.

Amenemopet hatte den jungen Mann unter seine Fittiche genommen und beschlossen, ihn mit der seiner Stellung eigenen Diskretion zu fördern. Im Tempel von Karnak brauchte alles seine Zeit, jeder Schritt wollte sorgfältig überlegt sein. Obwohl er selbst mit einer nahen Verwandten von Neferure verheiratet war, durfte er nichts überstürzen. Wenn man ein Wild fangen will, muss man zuerst die Fallen auslegen. Seit Menschengedenken fädelten die mächtigen Sippen in Ägypten die Ehen ihrer Nachfahren ein, warum also sollte es bei Neferure anders sein? Er würde gern als Kenamuns Trauzeuge fungieren.

Dieser gab sich bei seinen täglichen Pflichten nun besonders fleißig, da er wusste, dass man ein Auge auf ihn geworfen hatte, und verstärkte unmerklich die Bande mit dem Dritten Propheten, indem er sich genauso verhielt, wie es von ihm erwartet wurde. Amenemopet war der Schlüssel zu seinem Ziel, und das würde er auszunutzen wissen.

Doch sein unterdrücktes Verlangen ließ ihn nicht mehr los. Am liebsten suchte Kenamun Erleichterung auf jenen dunklen Abwegen, die Neferure instinktiv erahnt hatte. Seine Natur hatte ihn zum Sklaven seiner Begierden gemacht, und er ging ihnen nach, sooft er konnte. Immer häufiger suchte er die »Häuser des Gerstensafts« auf. In diesen Etablissements versuchte er, seine unerfüllte Lust zu befriedigen, und war bald für seine abartigen Praktiken bekannt. In Koptos, wo er Stammgast in »Astartes Zuflucht«, dem vielleicht berühmtesten Lokal von ganz Ägypten war, kannte ihn jeder. Dort hoffte Kenamun, all das zu bekommen, was ihm Neferure verweigerte. Seine Besessenheit ging so weit, dass er den Besitzer des Etablissements bat, ihm Frauen zu beschaffen, die so ähnlich aussahen wie die eine, die er liebte, koste es, was es wolle. Und wenn er mit ihnen zusammen war, ließ er seiner schmutzigen Fantasie freien Lauf, bis er vor Erschöpfung zusammenbrach. Doch kaum war er wieder zu Hause, beschlich ihn ein Gefühl von Trostlosigkeit und ohnmächtiger Wut. Neferure war zu einem zwanghaften Bedürfnis geworden, und er würde nichts unversucht lassen, um es zu befriedigen. Früher oder später würde sie ihm gehören.

Als Kenamun in jener Nacht die Residenz von Panebs Familie betrat, suchte er unter den Gästen nach Neferure. Es war ein unbewusstes Bedürfnis, das ihm bereits in Fleisch und Blut übergegangen war und aus dem er keinen Hehl machte. Er lief im Garten auf und ab und begrüßte Kollegen und Bekannte mit einem gezwungenen Lächeln, während er all seine Sinne darauf verwandte, die Frau zu finden, die ihn Tag und Nacht nicht losließ. Schließlich entdeckte er seine alten Schulkameraden. Sie standen in einer lärmenden Gruppe zusammen und machten die üblichen lauten Scherze, die er schon immer so gehasst hatte. Die Jahre, die er mit ihnen in der *kap* von Pi-Ramesse verbracht hatte, lasteten schwer wie der rote Granitstein von Assuan auf seiner Erinnerung. Das unheilvolle Andenken an eine Zeit, die er verabscheute und vergessen wollte.

Sie dort alle versammelt zu sehen, bestärkte ihn nur noch mehr in seiner sprichwörtlichen Abneigung und Verachtung. Doch dann erweckte etwas seine Aufmerksamkeit. Es gab jemanden in der Gruppe, den er zwar nicht kannte, der ihm aber auf beunruhigende Weise vertraut vorkam. Vorsichtig näherte er sich der Gruppe, um nicht gesehen zu werden, und beobachtete sie, hinter einem Gebüsch versteckt. Er brauchte nicht lange, um die Identität des Betreffenden herauszufinden. Sofort überfielen ihn die finstersten Gefühle. Wie wild gewordene Rösser trampelten sie über ihn hinweg und hinterließen nur noch Hass und Wut. Sein Stiefbruder war zurückgekehrt, und mit ihm die alten Gespenster einer Vergangenheit, die er längst begraben zu haben glaubte und die nun wieder vor ihm auftauchten: bedrohlicher als je zuvor.

Es blieb ihm keine Zeit, weiter darüber nachzudenken, denn just in diesem Augenblick platzte Neferure dazwischen und zog die Aufmerksamkeit aller auf sich. Als er sie sah, fürchtete Kenamun einen Augenblick, seine Willenskraft könnte ihn verlassen, seine Schritte würden wie von selbst die kurze Entfernung zwischen ihnen überbrücken, und er würde sich ihr wie ein unterwürfiger Diener zu Füßen werfen. Diese Frau war für ihn der

Inbegriff der Versuchung, und sein Blick verschlang jede Rundung ihres Körpers, der ihm den Verstand raubte. Er spürte, wie sich sein Magen vor Aufregung verkrampfte. Die verschwitzten Hände lockerten den *kilt*, um den Druck auf sein Geschlecht zu verringern. Er seufzte missmutig. Neferure war für ihn wie eine Droge, die er noch nicht hatte probieren dürfen. Und dann beobachtete Kenamun, wie die junge Frau mit seinem Stiefbruder flirtete, wie die beiden die Gruppe verließen und Arm in Arm durch den dicht bewachsenen Garten schlenderten. Ein Sturm von Gefühlen brach in seinem Inneren los und ließ sein Herz Spießruten laufen. Irgendetwas an diesen Empfindungen erschien Kenamun anders als sonst. Es entfachte eine Wut in ihm, als wäre er der rachsüchtige Seth in Person.

Da schritt sein hochmütiger und respektloser Stiefbruder an der Seite der Göttin dahin, die er verehrte, und sie sah ihn an, wie sie ihn selbst noch nie angesehen hatte. Diese unerwartete Wendung entfesselte schrecklichste Eifersucht in seinem Innern. Die Möglichkeit, dass sich Neferure seinem verhassten Stiefbruder Nefermaat hingeben könnte, wütete wie ein Feuer durch seine Gedanken und verursachte ihm die unerträglichsten Qualen. Es durfte nicht wahr sein; dieser verstoßene Kerl hatte kein Recht, einfach zurückzukommen und ihm das wegzunehmen, wonach er sich am meisten auf der Welt sehnte. All seine Pläne hingen von dieser Frau ab, und er würde nicht zulassen, dass sein Halbbruder sie ihm vor der Nase wegschnappte.

Verstohlen folgte er dem Paar und achtete auf jede Geste, jede Bewegung. Jedes Mal, wenn Neferure seinen Stiefbruder ansah, spürte er den schmerzhaften Stich der Eifersucht. Es gab Augenblicke, in denen der Schmerz unerträglich war, etwa, als Neferure sich dicht an ihren Begleiter schmiegte. Nur mühsam hatte er seine Wut im Zaum halten können. Doch dann war der Spuk unerklärlicherweise plötzlich vorbei, als das Paar einer Gruppe begegnete, in der sich auch Neferures Brüder befanden, und Nefermaat sich verabschiedete. Kenamun war zutiefst erleichtert, doch er wagte es nicht, zu seiner Angebeteten zu gehen und sie zu begrüßen. Es war nicht der richtige Zeitpunkt, das war ihm bewusst. Dafür könnte er sich jetzt seinen Stiefbruder vorknöpfen. Er machte einen kleinen Bogen, um ihn an einer Stelle abzufangen, wo sich die vielen Wege des Gartens kreuzten. Dort wartete er auf Nefermaat, der ihn offenbar nicht erkannte.

»Die Zeit lässt uns allzu leicht vergessen, Bruder. Kennst du mich nicht mehr?«

»Kenamun!«, sagte Nefermaat erstaunt. »Bist du es wirklich?«

Kenamun machte eine unmissverständliche Geste und nickte.

»Verzeih mir, Bruder«, entschuldigte sich Nefermaat und reichte ihm die Hände zum Gruß. »Ich war so lange weg. Wir waren noch Kinder, als wir uns das letzte Mal sahen, und jetzt …«

»… sind wir Männer mit großer Verantwortung. Ist es nicht so?«, unterbrach ihn Kenamun barsch, ohne seine Hände zu ergreifen.

Nefermaat sah darüber hinweg und musterte seinen Stiefbruder aufmerksam. Es war eine unvermeidliche Begegnung, die er vielleicht nur aus Abneigung allzu lange hinausgezögert hatte. Er empfand so gut wie keine Gefühle für Kenamun, er erinnerte ihn nur an seine unglückliche und finstere Kindheit. Und trotzdem war er irgendwie aufrichtig froh, ihn an diesem Abend wiederzusehen.

»Thot hat dich mit seiner Weisheit gesegnet. Ich freue mich für dich«, sagte Nefermaat lächelnd.

»So ist es. Das Schatzhaus des Amun hat mir die große Ehre erwiesen, mich als Schreiber in seine Dienste aufzunehmen. Wie du siehst, bin ich ein ergebener Diener seines Tempels.«

»Mein Herz war voller Freude, als ich die glückliche Botschaft hörte. Glaub mir, ich wünsche dir, dass du im Dienst des Verborgenen hoch aufsteigen mögest.«

Kenamuns berechnender Blick blieb eine Weile an Nefermaat hängen. Auch er hatte gezögert, seinen Bruder aufzusuchen, allerdings aus anderen Gründen als dieser. Seine Erinnerungen waren nicht von Abneigung, sondern von Groll geprägt. Als er nun Nefermaats Worte hörte, kamen die alten Ängste wieder hoch. Er hatte den ruhigen Ton und die vorsichtig gewählten Worte seines Bruders schon immer gehasst, obwohl fast alle ihn dafür gelobt hatten. Tief im Innern hielt er ihn für einen gewissenlosen Heuchler und Schwindler, der sich hinter einer widerlich falschen Bescheidenheit versteckte. Die Worte, mit denen er ihn begrüßt hatte, waren typisch für ihn, und auch sie fühlten sich an wie schmerzhafte Nadelstiche.

Seine Mutter, die ehrenwerte Mutenuia, hatte recht. Sie kannte seinen Halbbruder von Kind an und hatte ihn stets gewarnt, sich vor dessen Heuchelei in Acht zu nehmen. Durch sie hatte er erfahren, dass Nefermaat wieder nach Theben zurückgekehrt war, aber nicht den leisesten Wunsch verspürt, ihn wiederzusehen. Trotzdem barg seine Rückkehr gewisse Risiken, die er keineswegs auf die leichte Schulter nehmen durfte. Nefermaat war umgeben von einer Wolke mystischer Schwärmerei zurückgekehrt, und allein das stellte eine ernsthafte Bedrohung für ihn dar.

Als Kenamun aus seinen Gedanken aufwachte, zog er eine Grimasse.

»Deine Worte sind immer noch gefällig für die, die sie hören wollen«, erwiderte er sarkastisch. »Aber du kannst mir glauben, du hättest besser daran getan, die Abgeschiedenheit deines Tempels nicht zu verlassen.«

Nefermaat spürte denselben bitteren Nachgeschmack wie früher, doch jetzt machte es ihm nichts mehr aus.

»Für wen wäre das besser gewesen, für dich oder für den Pharao?«, entgegnete Nefermaat sanft, während er seinem Bruder in die Augen sah.

»Ich werde der Letzte sein, der sich in die Angelegenheiten

des Gottes einmischt«, antwortete Kenamun und wich seinem Blick aus.

»Nun, er war es, der mich nach Theben berufen hat«, erklärte Nefermaat. »Hätte ich mich seinem Wunsch verweigern sollen?«

Kenamun trat unbehaglich von einem Bein aufs andere und schüttelte den Kopf, ohne es zu merken.

»Jedenfalls bist du zu Hause nicht willkommen«, erklärte er, den Blick zu Boden gerichtet. »Du hast dort nichts verloren.«

»Das ist mir nicht neu, allerdings hätte ich nicht gedacht, dass deine Abneigung so weit geht.«

»Abneigung ist wohl nicht das richtige Wort. Das behalte ich lieber für mich«, entgegnete Kenamun kalt.

Nefermaat sah seinen Halbbruder eine Zeit lang an und seufzte schließlich.

»Ich fürchte, dass ich dir dabei nicht helfen kann, Kenamun«, erklärte Nefermaat und schickte sich an, weiterzugehen.

»Noch eins, bevor du gehst«, sagte Kenamun mit völlig veränderter Stimme, »ich warne dich, misch dich nicht in meine Angelegenheiten ein, mach einen großen Bogen um sie, hast du verstanden?«

In diesem Augenblick überkam Nefermaat ein undefinierbares Gefühl, eine Mischung aus Traurigkeit und Ohnmacht. Die Grenzen, die ihn schon früher von den Seinen getrennt hatten, waren wie er selbst in all den Jahren nur gewachsen. Und jetzt waren sie riesig und unüberwindlich geworden.

Als Nefermaat sich umdrehte und seinem Stiefbruder den Rücken zukehrte, hatte er den bitteren Geschmack von Enttäuschung im Mund. Er hätte nicht zu sagen vermocht, ob seine eigene Unzulänglichkeit oder nur der Humor der Götter für diesen Unsinn verantwortlich war. Er jedenfalls konnte nichts dagegen unternehmen. Im gleichen Augenblick wiederholte der Stiefbruder seine Worte.

»Ich habe dich gewarnt!«

Hinter der Drohung mussten sich Ängste verbergen, die Kenamun offensichtlich zu schaffen machten, doch Nefermaat wusste nicht, welche.

Es gibt nichts Schlimmeres im Leben als stumme Angst, überlegte Nefermaat nachdenklich. Sein Bruder war voll davon und schleppte sie von Kindesbeinen an mit sich herum. Diese Qualen auszuhalten musste noch schlimmer sein, als im Amenti zu schmoren. Er sah sich mitleidig nach ihm um. Kenamun stand immer noch an der Wegkreuzung und sah ihm nach.

»Deine Angelegenheiten interessieren mich nicht, Kenamun«, rief er ihm laut zu. »Du hattest recht mit dem, was du gesagt hast. Bei Sachmet ergeht es einem besser als hier bei euch.«

Dann wandte Nefermaat ihm endgültig den Rücken zu und und verschwand eiligen Schrittes.

Als Nubchesbed endlich erschien, war das Fest seit Stunden in vollem Gang. Die köstlichen Speisen und auserlesenen Weine, die dort serviert wurden, hatten dafür gesorgt, dass die Gäste ihre anfänglichen Hemmungen bald ablegten und ausgelassene Heiterkeit verströmten, bis der ganze Garten ein Hort der Fröhlichkeit war. Männer und Frauen unterhielten sich lebhaft, ungeachtet der Zwänge, die ihnen die Etikette vorschrieb, in einem Ton, dessen Lautstärke immer mehr zunahm, bis er sich in ein Stimmengewirr verwandelt hatte, das sogar die Musik zu übertönen drohte.

Nubchesbed liebte solche Feste. Auf ihnen zeigten sich die Menschen so, wie sie waren, und im Allgemeinen waren sie sehr vergnügt. Sie hatten nichts mit den steifen Empfängen am Hof gemein, bei denen das strenge Protokoll bis zum Schluss peinlich genau eingehalten werden musste und die sogar ein so heiteres Gemüt wie sie zu Tode langweilten.

Zum Glück feierten die Vornehmen die Feste mit derselben

Maßlosigkeit und Ungezwungenheit, wie es in alten Zeiten Sitte gewesen war, und deshalb nahm Nubchesbed, sooft es ging, an ihnen teil.

Als Paneb von ihrer Ankunft erfuhr, eilte er zu ihr, um sie willkommen zu heißen. Obwohl sie sich von Kindesbeinen an kannten, erwies Nubchesbed ihm mit ihrem Besuch eine große Ehre. Normalerweise zeigten die Mitglieder des königlichen Hauses wenig Neigung, an dieser Art von Festlichkeiten teilzunehmen. Nubchesbed bildete eine Ausnahme. Sie gratulierte ihren Gastgebern zu der bevorstehenden Hochzeit und wünschte Paneb alles Gute für die Zukunft. Danach tauchte sie wie gewöhnlich in der Menschenmenge unter und nahm freudig die Schmeicheleien und Huldigungen der versammelten Gäste entgegen. Dieses Privileg stand ihr schließlich zu.

Nefermaat war in wirre Gedankengänge versunken, als er merkte, dass die Prinzessin da war. Der Tumult, den ihr Auftritt verursachte, führte ihm wieder einmal vor Augen, wo er sich befand und was um ihn herum geschah. Den ganzen Tag über hatte er an Nubchesbed denken müssen, weil er wusste, dass auch sie zu dem Fest kommen würde. Und die ganze Zeit hatte er vergeblich gegen eine Art innerer Unruhe angekämpft.

Seit dem Augenblick, an dem er sie wiedergesehen hatte, war er ihr verfallen. Seitdem hatte er versucht, sie sich aus dem Kopf zu schlagen, doch das hatte sein Herz letztlich nur bewogen, endgültig vor ihr zu kapitulieren. Die Vernunft, die sein Leben so fest im Griff zu haben schien, war erneut an den menschlichen Gefühlen gescheitert. Wieder machte eine Frau ihm klar, dass sich der Verstand im Strudel der Gefühle einfach in Luft auflöst. Sie gehören zur Natur des Menschen: Gegen sie anzukämpfen führt unweigerlich zur Niederlage. Nächtelang hatte er auf seiner harten Matte gelegen und an Nubchesbed gedacht und war zu der Überzeugung gelangt, dass seine Liebe zu ihr nicht möglich war. Sie hatte königliches Blut; eine Ehe mit einem Mann, der nicht dem Königshaus angehörte, würde diesem ein Anrecht auf den Thron verschaffen. Doch die erdrückende Last all dieser Argumente war wie weggezaubert, sobald er an sie dachte und ihr Gesicht scharf und deutlich vor ihm auftauchte. Er konnte nichts dagegen tun: Er musste es akzeptieren und lernen, den Schmerz zu ertragen.

In dieser Nacht aber war sein Herz nicht von Schmerz erfüllt, sondern von der schönsten Erscheinung heimgesucht, die man sich vorstellen konnte. Es war, als hätten die *iaru*-Gefilde ihre himmlischen Pforten geöffnet, damit die Vollkommenheit in ihrer reinsten Form zu den Menschen hinabstieg. Oder war es Hathor, die aus einer unerfindlichen Laune heraus beschlossen hatte, der Erde einen Besuch abzustatten? Wer hätte es sagen können? Jedenfalls musste man dieser einzigartigen Erscheinung huldigen, als wäre sie ein Geschenk der himmlischen Sterngötter.

Nefermaat wusste nicht, wie er Nubchesbed besser beschreiben könnte. Unter dem dunklen, von Sternen übersäten Firmament schien die Prinzessin wie einer von ihnen zu leuchten, den eine unsichtbare Hand liebevoll dem Himmelsgewölbe entnommen und in diesen Garten der Träume versetzt hatte. Der junge Arzt war geblendet von dem Licht, das ihr Körper durch das fast durchsichtig scheinende Gewand aus feinstem Leinen ausstrahlte. Nubchesbed hatte ihn ein für alle Mal erobert.

Als sich die Prinzessin einen Weg durch die Menge ihrer Verehrer bahnte, wurde der Traum Wirklichkeit. An den Stamm einer Sykomore gelehnt beobachtete Nefermaat, wie die junge Göttin lächelnd auf ihn zukam. Ein Geschenk, das der Ogdoade von Heliopolis würdig gewesen wäre und ihm nicht zustand. Als sie ihn erreichte, streckte sie ihm beide Hände zum Gruß entgegen. Doch sie wurden erst Wirklichkeit, als er sie in den seinen hielt. Da war Nefermaat klar, dass die Prinzessin tatsächlich eine Wiedergeburt der Göttin war.

»Endlich geruht der Auserwählte Sachmets, mich zu begrüßen.«

Der weiche Singsang ihrer Stimme erschien Nefermaat wie eine Melodie des Musikgottes Ihy. Er war ein Teil des Zaubers, dem er hilflos erlag, obwohl er sich mit aller Macht dagegen wehrte.

Wie berauscht trat er einen Schritt auf die Prinzessin zu, während er ihre Hände hielt, brachte aber kein einziges Wort heraus.

»Ich bin es, Nefermaat!«, sagte die Prinzessin, über seine offenkundige Verwirrung belustigt.

Nefermaat schien über ihre Worte nachzudenken und stammelte irgendetwas Unverständliches. Er atmete den leichten Duft ihres Körpers ein, und wieder raubte er ihm den Verstand. Ihr verführerisches Parfüm, das an blühenden Flieder erinnerte, war ein Genuss für die Sinne, in dem er sich verlor.

»Um dieses Parfüm herzustellen, brauchte man mehr als tausend Blüten«, erklärte die Prinzessin fröhlich, als sie sah, wie der junge Arzt mit halb geschlossenen Augen den Duft einsog.

»Aber da ist auch ein Hauch von Myrrhe … und vielleicht sogar Zimt?«, rätselte Nefermaat und schlug die Augen wieder auf.

»Ich hatte ganz vergessen, dass die Pflanzen unseres Landes kein Geheimnis für dich sind«, sagte Nubchesbed. »Aber kennst du dich auch in der Kunst der Parfümherstellung aus? Die Zusammensetzung dieses Dufts kenne ich selbst nicht.«

»Lassen wir uns also auch weiterhin von den Düften der Götter verzaubern.«

»Ich wusste gar nicht, dass du so empfänglich dafür sein kannst.«

Diese Worte versetzten Nefermaat in die Realität zurück. Wie üblich in solchen Situationen flüchtete er sich schnell wieder in die Arme der Vernunft, hinter deren Mauern er sich sicher fühlte. Die Richtung, die die Unterhaltung genommen hatte, gefiel ihm nicht, und obwohl er noch halb von ihrem Duft benommen war, gelang es ihm, seine gewohnte Zurückhaltung wiederzugewinnen und sein Auftreten ihr gegenüber zu ändern.

Nubchesbed fand das faszinierend. Sie wusste genau, welche Wirkung sie auf ihren alten Freund hatte und wie dieser darum kämpfte, die Selbstbeherrschung zu wahren. Anfänglich hatte sie gedacht, dass es vielleicht eine Art war, seine Unsicherheit zu verbergen, doch dann war sie zu der Überzeugung gelangt, dass Nefermaat sich vor einem Gefühl zu schützen versuchte, das mächtiger war als sein Wille. Bei dieser Vorstellung schlug Nubchesbeds Herz schneller. Sämtliche Männer in Ägypten wären ihr zu Füßen gefallen, wenn sie es ihnen erlaubt hätte. Nefermaat aber widerstand ihr und hüllte sich in ein Schweigen, dessen Gründe sie nur ahnen konnte.

Unter der Sykomore blickte Nubchesbed ihm einen Moment in die Augen. Sie waren von einer geheimnisvollen Aura umgeben, die sie faszinierte. Trotzdem schimmerte in Nefermaats Blick ein Licht, das aus seinem tiefsten Innern zu kommen schien und daher nicht alles verbergen konnte, was sie darin las.

»Lass uns einen Spaziergang machen«, schlug die Prinzessin leise vor und hakte sich bei Nefermaat ein. »Die Nacht ist so schön.«

Immer noch benommen ließ sich Nefermaat widerstandslos mitziehen. Es war in der Tat eine herrliche und für die Jahreszeit ungewöhnlich warme Nacht. Die Winternächte in Theben konnten ziemlich kalt werden. Doch dieses Jahr war der Pharmuthi, der dritte Monat der Jahreszeit, extrem mild, wie ein Herold, der den Frühling ankündigte, dessen Aroma bereits die Nacht erfüllte.

Das junge Paar schlenderte durch den Garten und ließ sich von den sinnlichen Empfindungen mitreißen. Die Nacht schenkte ihnen ihren geheimnisvollen Zauber, der mit den unvergleichlichen Düften des Gartens gesättigt war. Kornblumen, Pelargonien, Narzissen, Levkojen und Oleander verneigten sich vor ihnen und umfächelten sie mit ihren stärksten Düften, während sie die beiden unermüdlich durch den idyllischen Garten begleiteten. Von diesem erlauchten Gefolge bezaubert, fügten sie sich in ihr Schicksal und ließen ihren Gefühlen freien Lauf. Sie hatten sich so vieles zu erzählen, dass sie erst wieder zur Besinnung kamen, als ihre Neugier gänzlich befriedigt war. Losgelöst von allem, was sie umgab, gingen sie weiter, Hand in Hand, ohne zu wissen, wohin ihre Schritte sie führen würden.

Musik und Stimmengewirr wurden immer leiser und wichen schließlich dem Rauschen des Wassers. Ohne es zu wollen, war das Paar an einem der Kanäle angekommen, die parallel zum Fluss verliefen und sich später wieder mit dem Nil vereinten.

Wie durch ein Wunder hatte der Weg sie zu einer Lichtung geführt, wo nur die langsame Strömung leise plätscherte. Sie setzten sich, um ihr zu lauschen, und waren bald von ihrem geheimnisvollen Murmeln verzaubert. Fasziniert blickten sie zu den hohen, dicht belaubten Palmen auf, die auf allen Seiten die Lichtung säumten und sich in der unergründlichen Nacht verloren. »Ich hätte nie gedacht, dass es so etwas gibt«, flüsterte Nubchesbed und sah hinüber zum Nil, auf dessen gegenüberliegendem Ufer sich die schwachen Lichter des Karnaktempels spiegelten.

Nefermaat nickte stumm und betrachtete den Himmel. Träge erhob sich der Mond über die Wipfel der Bäume und überschwemmte das Tal mit seinem silbernen Schein. Als die Lichtung von dem schimmernden Umhang, den Isis mit eigenen Händen darüberlegte, erleuchtet wurde, sahen sie sich in die Augen.

Wortlos reichten sie im Mondschein einander die Hände. Ihre Augen spiegelten ihre Gefühle wider, sodass sie die Lippen nicht zu bewegen brauchten. Sie ahnte die Sehnsucht im Herzen des Mannes und seinen hartnäckigen Widerstand, er hatte Angst, in eine abgrundtiefe Leere zu fallen. Nefermaat spürte, dass ihr Blick ihn aufforderte, gegen seine eigene Unsicherheit anzukämpfen. Es waren Augenblicke voller Magie, als hätte die Göttin Isis sie in ihren mächtigsten Zauber eingesponnen.

Erneut stieg ihr Duft Nefermaat in die Nase. Berauscht von ihrem unergründlichen Geheimnis gab er sich dem Aroma des Flieders hin. Seine Willenskraft schwand dahin und flüchtete in Panik vor dem Schritt, den er jetzt tun würde.

Nubchesbed spürte es ganz deutlich, kurz bevor es geschah. Dieser junge Mann bot ihr nicht nur sein Herz an, sondern auch seine *ba*, seine unsterbliche Seele. Sie konnte sich nicht mehr zusammennehmen. Ein Leben lang hatte sie auf diesen Tag gewartet, doch erst jetzt begriff sie, dass sie diesen Mann seit ihrer Kindheit geliebt hatte und Renenutet, die Göttin des Schicksals, sie unaufhaltsam auf ihn zutrieb. Sie war bereit.

Nefermaat sah sie erneut an, im vollen Bewusstsein, dass er nicht länger Herr seiner Gefühle war. Er versuchte, etwas zu sagen, doch es war zwecklos. Sie legte ihm einen Finger auf die Lippen und gab ihm zu verstehen, dass es nichts zu sagen gab. Er spürte, dass er alle Sinne verlor und von einer unsichtbaren und unwiderstehlichen Macht mitgerissen wurde. Seine Lippen näherten sich den ihren, bis sie sie fast berührten. Noch einmal sah er sie an, dann überbrückte er den winzigen Abstand und gab sich ihren Lippen für immer hin. Endlich taten sich die unergründlichen Tore auf, und er spürte, wie er in diese unheimliche Tiefe stürzte, ohne zu wissen, wohin sie führte. Es gab kein Zurück, seine Arme umschlangen Nubchesbeds Körper, und das war alles, was zählte. Ihre warmen, sanften Küsse lösten eine unvergleichliche Wonne aus, der er sich gänzlich überließ. Doch dann wich die Zärtlichkeit mehr und mehr der Leidenschaft. Verzweifelt umklammerten sie sich und pressten ihre Lippen aufeinander, um den anderen ganz in sich aufzunehmen.

Nubchesbed hatte in diesem Moment das sichere Gefühl, Nefermaats *ka*, seine ganze Lebenskraft, durch diesen Kuss zu empfangen. Dann nahm alles seinen Gang, wie von den Händen der weisen Muttergöttin geleitet. Isis schien über die Zeit und die Umstände zu bestimmen und hüllte die beiden Liebenden in einen himmlischen Schleier, den der Mond in jener Nacht für sie gewebt hatte. Unter ihrem Schutz vereinten sie ihre Körper zu einem einzigen.

Nefermaat hörte, wie Nubchesbed leise stöhnte, als er sanft in sie eindrang. Seine tiefsten Gefühle, frei von allen unsichtbaren Zwängen, brachen in diesem Augenblick spontan und unaufhaltsam hervor. Wie sehr sich diese Gefühle von denen unterschieden, die er mit Atet erlebt hatte! In seinem Herzen war ihr Gesicht deutlich erkennbar, und es erinnerte ihn daran, dass sie die einzige Frau war, mit der er zuvor je die körperliche Liebe erlebt hatte. Es war nur eine flüchtige Vision, aber sie führte ihm die abgrundtiefe Kluft vor Augen, die zwischen den beiden Erfahrungen lag. Atets Wildheit stellte Nubchesbed eine unwiderstehlich warme Zärtlichkeit entgegen. Sie war wie eine himmlische Zuflucht, die er nie mehr verlassen wollte.

Nachdem sie den Höhepunkt ihrer lustvollen Reise erreicht hatten, blieben sie erschöpft liegen. Die Symbiose ihrer Körper ging über alle Worte hinaus. Im Feuer der Liebe waren sie zu einem einzigen Wesen verschmolzen.

Atemlos und noch ineinander verschlungen gelobten sie sich ewige Liebe, während ihre nackten Körper von der gespenstischen Patina des Mondlichts bedeckt waren. Sie blickten zum Himmel auf in der Gewissheit, dass Isis sie von dort oben segnete. Sie würde über sie wachen, das zumindest glaubten sie.

17

Ein stilles Glücksgefühl erfüllte Nefermaats Herz. Sein tägliches Leben, seine Arbeit, sogar der Palast und die Höflinge erschienen nun in einem neuen Licht. Noch vor wenigen Wochen hätte er das nicht für möglich gehalten. Doch so war es. Mit einem Mal entdeckte er Nuancen, die ihm zuvor entgangen waren, als sähe er alles aus einem anderen Blickwinkel. Seine Augen, die zuvor kalt und distanziert gewesen waren, strahlten nun jeden an, der ihm über den Weg lief. Es war nicht zu übersehen: Nefermaat war verliebt.

An einem sonnigen Wintermorgen schlenderte er sorglos durch die Straßen. Er kam von Parenuta, dem Herold des Pharao, den er gerade verarztet hatte, und pfiff fröhlich vor sich hin. Der Herold hatte sich den Arm mit kochendem Wasser verbrüht, und er hatte ihn fachmännisch behandelt. Statt traditioneller Umschläge mit dem Mark des Johannisbrotbaums und Honig hatte Nefermaat ein Mittel verwendet, das aus Akaziennüssen* gewonnen wurde und das, wie er wusste, unvergleichlich bessere Resultate brachte. In einigen Wochen würde Parenuta wieder geheilt sein.

Er seufzte erleichtert, als er daran dachte und die lauen Sonnenstrahlen im Gesicht spürte. Das Wetter war so mild, dass man das Gefühl hatte, es genießen zu müssen, ehe der sanfte Chepre in den glühenden Re-Harachte überging.

* Aus Akaziennüssen wird Tanninsäure gewonnen, die sich bestens eignet, um Brandwunden zu behandeln, und auch von heutigen Ärzten seit langem dazu benutzt wird.

Wie durch ein Wunder hatte er an diesem Tag keinen einzigen Patienten mehr zu versorgen, also beschloss er, auf dem Rückweg zu seiner Praxis einen Umweg durch den Bereich, der hinter dem königlichen Palast lag, zu nehmen. Es herrschte reger Betrieb, emsige Schreiber hasteten durch die verschiedenen Höfe, um ihren täglichen Verpflichtungen nachzugehen. Zufrieden beobachtete Nefermaat die Sorgfalt, mit der sie zu Werke gingen. Alle wussten, wie gern es die ägyptischen Götter sahen, wenn jeder seine Arbeit gewissenhaft erledigte.

Nefermaat verlor sich in dieser Atmosphäre, und seine Schritte führten ihn, ohne dass er es merkte, in einen weiteren Außenhof. Das Wiehern der Pferde und ihr charakteristischer Geruch hießen ihn willkommen. Mit einem Mal wurde ihm klar, wo er sich befand.

»Scheint, als hätte Sachmet Mitleid mit dir gehabt und dich heil und gesund wieder gehen lassen«, hörte er jemanden rufen.

Die Stimme kam ihm bekannt vor, und sofort wusste Nefermaat, um wen es sich handelte.

Ein wenig von ihm entfernt überprüfte Prinz Amunherchepeschef sein Pferdegespann.

»Prinz Amunherchepeschef!«, rief der junge Arzt aufrichtig erfreut und trat näher, um ihn zu begrüßen.

»Es überrascht mich, dass du nach all den Jahren meinen Namen nicht vergessen hast.«

»Wie könnte ich das, mein Prinz! Ich …«

»Du bist als Kind fortgegangen und kommst jetzt als Mann zurück. Kindheitserinnerungen halten nicht ewig.«

»Ich kann mich sogar daran erinnern, dass du Amun genannt werden wolltest. So habe ich dich damals auch genannt. Und ich weiß noch, wie du mich in deinem Wagen bis an den Rand der Wüste mitgenommen hast.«

»Ja, jetzt bist du zu groß, um mich weiterhin Prinz Amun zu nennen, obwohl … wenn ich es mir recht überlege«, sagte er und kratzte sich am Kopf, »wüsste ich nicht, wie ich meinen endlos langen Namen sonst abkürzen könnte. Nenn mich einfach, wie du willst. Ich erlaube es dir.«

Nefermaat lächelte und verbeugte sich respektvoll.

»Aber genug der Schmeicheleien. Lass dich mal ansehen«, sagte der Prinz und musterte ihn von oben bis unten. »Kein Zweifel, die Priester von Memphis haben ganze Arbeit geleistet. Du siehst wie ein echter *sunu* aus. Fehlt bloß, dass du auch heilen kannst.«

Nefermaat lachte über den Scherz und spürte, wie der Prinz ihn am Arm nahm.

»Beim letzten Mal sind wir in meinem Streitwagen ausgefahren. Wie wäre es, wenn wir es heute wieder tun? Ich gehe davon aus, dass Sachmet nichts dagegen hätte, oder?«

»Es wäre mir eine Ehre, mein Prinz«, antwortete Nefermaat überrascht.

»Dann nichts wie los. Meine neuen Pferde warten schon«, sagte er und trat zu ihnen, um sie zu streicheln. »Sie sind nicht gerade zahm, verstehst du, aber mit der Zeit werden wir bestimmt noch gute Freunde.«

Wie recht der Prinz mit seiner Bemerkung gehabt hatte. In seinem ganzen Leben war es Nefermaat nicht so übel ergangen wie an diesem Morgen. Sprünge, Stöße, Erschütterungen, seltsame Pirouetten ... Der junge Arzt konnte sich auf dem hin- und herruckelnden Boden des Wagenkorbs kaum auf den Beinen halten, geschweige denn das Gleichgewicht bewahren. Mit beiden Händen klammerte er sich an der vorderen Stange des Wagens fest, während sein Körper von unsichtbaren Mächten in alle Richtungen geschleudert wurde, ohne dass er etwas dagegen ausrichten konnte. Hätte jemand seine Bocksprünge gesehen, er hätte gedacht, dass er einen lächerlichen Tanz aufführte.

In einem Wirbel aus Schreien und Flüchen flog der Streitwagen des Prinzen förmlich über die staubigen Wege, die an der Totenstadt vorbeiführten. Nefermaat kämpfte krampfhaft darum, nicht herausgeschleudert zu werden, und beobachtete besorgt, wie viel Mühe es den Prinzen kostete, das Gespann im Griff zu behalten. Man musste kein ausgewiesener Pferdekenner sein, um zu erkennen, dass die Tiere gegen ihren Wagenlenker und sogar gegen sich selbst arbeiteten. Das unaufhörliche Zerren der Rösser bei diesem wahnsinnigen Galopp schien seine schlimmsten Befürchtungen zu bestätigen, dass sich der Wagen jeden Augenblick überschlagen und seine Insassen herausschleudern konnte. Doch der unerschütterliche Prinz hielt die Zügel fest in den Händen und schrie seinen Tieren, über das Dröhnen der Hufe hinweg, unablässig etwas zu.

Es waren seltsame Befehle, die Nefermaat nicht verstand, da sie in der uralten Sprache der Kriegsgöttin Anat erfolgten. Unter deren Schutz standen die Streitwagenverbände, und Prinz Amunherchepeschef war ein glühender Verehrer ihres Kults. Seine Hingabe für die Göttin ging so weit, dass er davon überzeugt war, sie hätte seine unzähligen Gebete erhört und ihm die Macht ihrer Worte übertragen, bis er wilde Tiere zähmen konnte, ohne um Leib und Seele fürchten zu müssen.

Doch angesichts des unbändigen Temperaments der Pferde konnten Nefermaat derartige Eigenschaften kaum beeindrucken. Er war heilfroh, als Amunherchepeschef das Gespann endlich in einem Palmenhain direkt neben dem Totentempel, den Sethos I. hatte bauen lassen, zum Stehen brachte.

»Ihre Ohren haben sich noch nicht an die heiligen Worte der Göttin gewöhnt«, erklärte der Prinz, während er aus dem Wagen stieg. »Aber eines Tages werden sie alles verstehen.«

»Ich kann nur hoffen, dass uns das nicht daran hindern wird, heil und gesund in den Palast zurückzukehren«, antwortete Nefermaat spontan und hielt sich die Nieren.

Der Prinz lachte.

»Wer könnte besser dafür sorgen als du«, antwortete er.

»Ich glaube, es wäre das Beste, wenn wir unser Schicksal in Anats Hände legen. Zumindest, bis wir wieder im Palast sind.«

Amunherchepeschef lachte erneut und ließ sich an einem schattigen Plätzchen ins frische Gras fallen.

»Anat kann ziemlich unberechenbar sein«, erklärte er und forderte Nefermaat mit einer Geste auf, neben ihm Platz zu nehmen. »Zuweilen erinnert mich ihr kriegerisches Wesen an Sachmet. Wie deine Göttin kann auch Anat uns mit Unheil und Seuchen strafen.«

Nefermaat nickte leicht, während er sich neben ihn setzte und sich an den Stamm einer Palme lehnte. Dabei musterte er seinen Begleiter unauffällig von der Seite.

Trotz der vielen Jahre, die vergangen waren, sah der Prinz immer noch umwerfend aus. Sein früher jugendliches Gesicht hatte sich der kraftvollen Reife angepasst, die er mittlerweile erlangt hatte. An ein Leben unter freiem Himmel und ständigen militärischen Drill gewöhnt, stand Amunherchepeschef mit vierunddreißig Jahren in der Blüte seines Lebens und war obendrein Prinz von Ägypten.

»O ja, ich kenne diese Seite Anats«, sagte Nefermaat, nachdem er aus seinen Grübeleien erwacht war. »Aber nach dem, was ich gerade in deinem Wagen durchgemacht habe, wüsste ich nicht, wie man ihren Zorn besänftigen könnte.«

Der Prinz lachte laut auf und hob eine Hand.

»Das kannst du getrost mir überlassen. Nicht ohne Grund bin ich ihr treuester Anhänger. Sie hat mir immer wieder ihre Macht gezeigt, und als ich sie brauchte, übertrug sie mir auch ihre Kraft«, sagte Amunherchepeschef mit einem geheimnisvollen Unterton.

Der junge Arzt sah ihn schweigend an.

»Du weißt sicherlich, welche ich meine«, erklärte der Prinz und wechselte den Ton. »All diese Jahre war die Enthaltsamkeit im Tempel deine einzige Begleiterin. Bestimmt gab es hin und wieder Momente, in denen du dich an deine Göttin wenden musstest, die rachsüchtige Sachmet, nicht wahr?«

Nefermaat warf dem Prinzen einen unergründlichen Blick zu. Die unbesonnene Art, mit der Amunherchepeschef immer wieder über das Leben in den Tempeln herzog, gefiel ihm nicht, und noch weniger seine frivolen Bemerkungen über die Götter.

»Das sage ich mit allem Respekt«, fügte der Prinz hastig hinzu, der offenbar Nefermaats Gedanken lesen konnte. »Wie auch immer, seien wir den Göttern dankbar, schließlich haben sie dich dem Hof heil und gesund wiedergegeben.«

»Der Hof ist ein einsamer Ort voller Menschen«, antwortete Nefermaat.

Der Prinz lachte. »Du hast nicht lange gebraucht, um das zu erkennen. Der Palast kann der einsamste Ort der Welt sein, deshalb muss man sich hier Gesellschaft suchen, wenn man überleben will.«

»An Gesellschaft, mein Prinz, mangelt es mir wahrlich nicht. Ich habe noch nie so viele Menschen mit Verdauungsstörungen aller Art gesehen.«

»Das wundert mich nicht!«, rief Amunherchepeschef. »Ich hatte ganz vergessen, dass du der Lieblingsarzt am Hof bist. Man hört nur Gutes über dich. Die Leute sagen, du wärst wie die Ärzte früherer Zeiten.«

»Früherer Zeiten?«, fragte Nefermaat erstaunt.

»Du weißt ja, dass viele der Meinung sind, die uralten Überlieferungen der Götter seien verloren gegangen. Und jetzt glauben manche, man hätte dich in diese Urgeheimnisse der Heilkunst eingeweiht, nachdem sie so lange in Vergessenheit geraten waren.«

»Die Leute halten mich für einen Vertreter von jahrtausendealten Weisheiten«, sagte Nefermaat und schüttelte den Kopf.

»Ja, so ähnlich. Trotzdem ist es besser, dass sie gut über dich reden, statt dich in ihre Intrigen zu verstricken. Aber sag, hast du den Segen meines Vaters, des Gottes, bereits erhalten?«

Nefermaat sah ihn verwirrt an.

»Nun ja, Segen würde ich nicht gerade sagen. In Wahrheit hat er sich bitterlich über unseren allzu großen Eifer beklagt. Er meinte, der erlauchte Iryi und meine Wenigkeit hätten wohl vergessen, dass er göttlichen Ursprungs sei.«

Wieder lachte der Prinz.

»In letzter Zeit hat er nur noch seine Frauen im Kopf. Er verbringt den ganzen Tag im Frauenhaus.«

»Ja, so ähnlich erzählte es auch dein Bruder, Kronprinz Ramses. An diesem Tag war er ebenfalls beim Pharao ...«

»Mein werter Bruder versucht, so viel Zeit wie möglich an seiner Seite zu verbringen«, fiel ihm der Prinz ins Wort, und seine Miene verfinsterte sich. »Wahrscheinlich glaubt er, dass er die göttliche Essenz meines Vaters auf diese Art schneller aufnehmen kann. Der Falke kann jeden Augenblick davonfliegen,* und dann muss er darauf vorbereitet sein, den Thron zu besteigen.«

Nefermaat wahrte vorsichtiges Schweigen.

»Keine Angst«, sagte der Prinz und lächelte. »Ich habe nicht vor, dich in irgendetwas hineinzuziehen. Ganz Ägypten weiß, dass meine Beziehung zu meinem Bruder genauso schlecht ist wie dessen Beziehungen zu seinen übrigen Geschwistern.«

Der junge Arzt war über den Verlauf, den die Unterhaltung nahm, nicht gerade erfreut und rutschte unbehaglich hin und her.

»Und hast du andere Mitglieder der königlichen Familie gesehen?«

»Nur deinen Neffen und Prinzessin Nubchesbed«, antwortete Nefermaat leicht verlegen.

»Anat sei Dank!«, rief der Prinz. »Endlich jemand, über den es sich zu sprechen lohnt. Welchen Eindruck hast du von ihr?«

Nefermaat spürte, wie sich der Boden unter ihm auftat und ihn

* Die alten Ägypter umschrieben mit diesem Ausdruck den Tod des Pharao.

in die Tiefe riss. Wenn es ein Thema gab, über das er nicht reden wollte, dann war es Nubchesbed. Auf keinen Fall durfte er sich jetzt eine Blöße geben, wenn er über die Prinzessin sprach.

»Wie du weißt, kenne ich Nubchesbed seit meiner Kindheit. Wir waren immer gute Freunde«, antwortete er ausweichend.

Prinz Amunherchepeschef nickte.

»Aber du wirst nicht abstreiten können, dass sich die Prinzessin seitdem verändert hat«, erklärte der Prinz und sah ihn belustigt an. »Ich bin sicher, dass nicht einmal einem *uabu*-Priester wie dir entgangen sein kann, wie hübsch sie geworden ist.«

Bei diesen Worten hatte Nefermaat Mühe, seine Gefühle zu verbergen.

»O ja, kein Zweifel. Nubchesbed ist eine wunderschöne Frau geworden.«

»Wunderschön? Sie ist nicht nur wunderschön, sie ist auch klug. Sie besitzt alle Qualitäten der großen Prinzessinnen unseres Landes. Aber das weißt du ja bereits.«

Der junge Arzt schaute dem Prinzen in die Augen und glaubte, er müsse in Ohnmacht fallen. Der Blick des Prinzen war derart durchdringend, dass er Nefermaats Verschlossenheit durchbohrte, als wäre sie aus Pergament. Der Prinz wusste etwas, und es war zwecklos, sich verstellen zu wollen.

»Du hast recht, mein Prinz. Sie besitzt tatsächlich die sprichwörtliche Schönheit und Klugheit unserer alten Prinzessinnen«, stimmte Nefermaat zu und versuchte, so kühl wie möglich zu bleiben.

»Das ist kein Geheimnis, ganz Ägypten ist sich dessen bewusst. Du kannst weiter so tun, als berührte dich das alles nicht, aber es wird dir nicht helfen.«

Nefermaat zuckte die Achseln.

»Ich weiß nicht, worauf du hinauswillst.«

»Hör zu, Nefermaat, natürlich kannst du den Kopf in den Sand stecken und so tun, als hättest du von nichts eine Ahnung. Deine

Diskretion ist durchaus lobenswert, aber sie wird dir in diesem Fall nichts nützen.«

Der junge Arzt setzte seine übliche Maske auf und sah den Prinzen ausdruckslos an.

»Ich habe dich immer geschätzt«, fuhr Prinz Amunherchepeschef fort, »deshalb spreche ich auch so mit dir. Wenn du dich mit einer ägyptischen Prinzessin einlässt, begibst du dich in einen gefährlichen Strudel. Verstehst du, was ich meine?«

Nefermaat sah ihn verstört an.

»Hast du wirklich geglaubt, dass euer Techtelmechtel unbemerkt bleiben würde?«, fragte der Prinz und zwang sich zu einem flüchtigen Lächeln.

Der junge Mann spürte, wie es ihm kalt den Rücken herunterlief, und kam sich in diesem Augenblick ungeheuer verletzlich vor.

»Ich mag dich wirklich, Nefermaat. Ich weiß, dass du ein umsichtiger Mensch bist, aber ich fürchte, dass du in diesem Fall nicht vorsichtig genug gewesen bist.«

»Ich verstehe immer noch nicht, was du mir sagen willst«, entgegnete Nefermaat, der seine Fassung mühsam wiedergewonnen hatte.

»Es ist ganz einfach. Wenn mir zu Ohren gekommen ist, dass die Prinzessin und du ein Liebespaar seid, dann wissen auch ganz andere davon.«

Nefermaat versuchte, die Tragweite seiner Worte zu begreifen.

»Eure heimlichen Treffen sind nicht unbemerkt geblieben. Leider kann man in Medinet Habu keinen Schritt tun, ohne dass jemand davon erfährt.«

Plötzlich hatte Nefermaat das beunruhigende Gefühl, dass man ihnen nachspioniert hatte. Er stellte sich vor, wie fremde Blicke ihre Zweisamkeit besudelt hatten, und verzog angewidert das Gesicht.

»Meinen Segen habt ihr, darauf kannst du dich verlassen. In der Jugend ist nichts so stark wie die Liebe. Sie besitzt eine überwältigende Kraft. Ich gehe davon aus, dass es kein flüchtiges Abenteuer ist, oder?«

»In meinem ganzen Leben habe ich niemanden so sehr geliebt«, antwortete Nefermaat bestimmt. »Es ist, als hätten sich unsere Seelen zu einem einzigen Wesen vereint.«

»Möge Anat mir beistehen!«, rief der Prinz und pfiff durch die Zähne. »Das ist wirklich ein Glück. Und wenn es sich lohnt, für etwas zu kämpfen, dann dafür. Mich begeistern solche Liebesgeschichten.«

»Ich wünschte, es wäre mehr als nur eine Liebesgeschichte. Ich kann mir ein Leben ohne Nubchesbed nicht mehr vorstellen.«

»Genau das meinte ich. Du bist dir doch sicherlich darüber im Klaren, was es hieße, mit Nubchesbed verheiratet zu sein, oder?«

»Wenn du darauf anspielst, dass dann auch ich ein Anrecht auf den Thron Ägyptens hätte, kann ich dir versichern, dass mir nichts ferner liegt als das. Ich wurde in der Abgeschiedenheit von Sachmets Tempel erzogen. Ich strebe nur nach einem ruhigen Leben an der Seite von Nubchesbed und nach Harmonie mit allem, was mich umgibt.«

»Zweifellos bist du ein Mann mit Weitblick und uneigennützigen Absichten, Nefermaat, aber glaubst du, dass die Prinzessin genauso denkt?«

»Sie liebt mich ungeachtet aller Titel und Ehren, zudem hasst sie den Hof.«

»Ich wüsste nicht, dass meine Nichte ihrer Privilegien überdrüssig geworden ist, obwohl ich zugebe, dass die Liebe unser Leben gründlich auf den Kopf stellen kann.« Er seufzte und fuhr fort: »Jedenfalls solltest du dir im Klaren über die Schwierigkeiten sein, die eine solche Beziehung mit sich bringt. Allein dein Herz weiß, dass du keinerlei Ansprüche auf den Thron Ägyptens erhebst, trotzdem darfst du nicht vergessen, dass Nubchesbed zur Königin geboren wurde.«

»Jetzt weiß es auch dein Herz, mein Prinz«, antwortete Nefermaat und sah ihm in die Augen.

»Und deshalb hast du auch meinen aufrichtigen Segen. Obwohl ich sehr bezweifle, dass mein Bruder Ramses es genauso sehen würde.«

»Da muss ich dir leider recht geben«, sagte Nefermaat und schüttelte bekümmert den Kopf. »Es bereitet mir schlaflose Nächte, wenn ich daran denke, dass er derjenige ist, der unsere Heirat gutheißen muss. Unter uns gesagt, er scheint mich nicht gerade zu mögen.«

»Das ist völlig natürlich, mein lieber Freund«, beruhigte ihn der Prinz und lachte erneut. »Wenn ich ehrlich sein soll, gibt es niemanden, den er mag. Wie auch immer, ich gebe dir den guten Rat, äußerst vorsichtig zu sein.«

»Bis heute Morgen war ich mir sicher, dass niemand etwas ahnte«, erklärte Nefermaat und breitete die Arme aus.

»Offensichtlich nicht. Ihr solltet noch vorsichtiger sein und versuchen, die Familie auf eure Seite zu ziehen. Schließlich könnt ihr euch nicht für den Rest eures Lebens verstecken.«

Nefermaat nickte bedrückt. Der Prinz hatte vollkommen recht mit dem, was er sagte. Seine Liebe zu Nubchesbed sprengte jede Vorstellung, und früher oder später müssten sie die Folgen tragen.

»Wie auch immer, gib die Hoffnung nicht auf. Du kannst dich glücklich schätzen, von einer Frau wie Nubchesbed geliebt zu werden. Für jemanden wie sie lohnt es sich, den Zorn meines Bruders auf sich zu ziehen«, erklärte der Prinz und stand schwerfällig auf.

Nefermaat tat es ihm nach, und beide gingen auf den Streitwagen zu.

»Denk daran, Nefermaat, sei vorsichtig«, sagte der Prinz und legte ihm freundschaftlich die Hand auf die Schulter. »Und wenn du meine Hilfe brauchst, lass es mich wissen.«

»Danke, mein Prinz«, antwortete Nefermaat gerührt.

»Und jetzt möge Anat uns beistehen!«, rief Amunherchepeschef und kletterte vor ihm auf den Wagen. »Unser Schicksal liegt in ihrer Hand.«

Nefermaat schluckte und klammerte sich fest an die Stange des Wagenkorbs.

»Prinz Amun bittet erneut um Macht über die Bestien«, rief Amunherchepeschef und knallte mit der Peitsche. »Möge die geheime Sprache der Göttin uns heil und gesund in den Palast zurückbringen!«

Unter dem lauten Dröhnen der Hufe und dem Knirschen des Sandes verlor sich der Wagen, in eine Staubwolke gehüllt, auf der Straße, die nach Medinet Habu führte.

Wie Prinz Amunherchepeschef ihnen geraten hatte, verschärften die Liebenden ihre Vorsichtsmaßnahmen. Erst wenn es dunkle Nacht war, trafen sie sich an ihrem geheimen Ort, dem dichten Palmenhain neben dem Palast. Dort gaben sie sich, hinter buschigen Hennasträuchern versteckt, ihrer Leidenschaft hin, bis sie erschöpft waren. Umhüllt vom köstlichen Duft, den die kleinen weißen Blüten verströmten, versuchten sie sich davon zu überzeugen, dass ihre Liebe ewig war und keine Macht der Welt sie trennen konnte.

»Niemand wird mir vorschreiben, wen ich zu heiraten habe«, murmelte Nubchesbed ihrem Geliebten ins Ohr.

»Ich glaube, dass der Prinz recht hat. Dein Vater wird unsere Verbindung niemals gutheißen.«

»Und an wen willst du dich sonst wenden? Niemand wird uns helfen.«

»Ja, darüber zerbreche ich mir auch die ganze Zeit den Kopf, aber …«

»Hör zu!«, sagte Nubchesbed leise und stützte sich auf einen ihrer Ellbogen. »Wenn du willst, kann ich dir sogar den Thron verschaffen.«

»Bist du von allen guten Geistern verlassen?«, wandte Nefermaat ein und sah sie mit weit geöffneten Augen an. »Du weißt ja nicht, was du da sagst, und außerdem habe ich nicht die geringste Lust, Gott dieses oder irgendeines anderen Landes zu werden.«

»Ich weiß sehr wohl, was ich sage«, raunte Nubchesbed, während sie mit ihren Fingern Arabesken auf seine Brust zeichnete. »Wenn du es wolltest, könntest du eines Tages den Thron Ägyptens besteigen, andere vor dir haben es auch getan. Es wäre wie ein frischer Nordwind, wie Amuns Atem, der dieses Land erneut mit den uralten Werten unserer Kultur befruchtet.«

Nefermaat machte aus seiner Verwunderung keinen Hehl.

»Wenn du das glaubst, bin ich nicht der Mann, für den du mich hältst«, entgegnete er ernst.

»Ich weiß sehr wohl, was für ein Mann in dir schlummert«, unterbrach sie ihn sanft. »Und alles, wofür du stehst, begehre ich. Wir brauchen von niemandem Zustimmung, um uns zu lieben.«

»Aber …«

Nubchesbed legte ihm den Finger auf die Lippen.

»Ich wurde geboren, um Königin zu werden, aber das will ich nur sein, wenn du mein Gatte bist. Andernfalls bin ich bereit, auf den Titel einer Königin zu verzichten, um den Rest meines Lebens an deiner Seite zu verbringen.«

»Nubchesbed!«, sagte Nefermaat und schloss sie in die Arme.

»Du bist die Liebe meines Lebens, das warst du schon damals in der Schule. Meine Schritte werden den deinen folgen, egal, wohin sie mich führen.«

Er zog sie an sich, und Nubchesbed schlang ihre Arme um ihn. Dann ließen sie sich erneut ins Gras fallen, und sie verführte ihn noch einmal dazu, mit ihr zu schlafen.

18

Teje saß im Schatten des Pavillons und beobachtete ein paar junge Leute, die im Fluss badeten. Das hübsche tempelförmige Gebäude schützte sie vor der sengenden Mittagssonne und war angenehm kühl. Re-Harachte schien sehr aufgebracht zu sein, denn seine Strahlen waren viel zu kräftig für die Jahreszeit. Neben Teje strömte das Wasser des Nils und leckte an den Stufen der zierlichen Treppe, die zum Pavillon hinaufführte.

Die lebendigen Farben der üppigen Vegetation, der Duft von Narzissen, Jasmin und Lotusblüten und das unaufhörliche Murmeln des Wassers um sie herum hätten jeden anderen in Entzücken versetzt. Teje aber konnte dieser Überfülle an süßen Reizen nichts abgewinnen. Sie verfolgte ganz andere Interessen, und diese hatten Vorrang.

In Gedanken versunken ließ sie ihren Blick über die idyllische Umgebung schweifen, bis er wieder an den laut planschenden jungen Leuten hängen blieb. Ihr fröhliches Spielen entlockte dem unerschütterlich stolzen Ausdruck der Königin Teje keinerlei Regung. Ihr Gesicht blieb starr wie eine Maske.

Sie war daran gewöhnt. Ihr ganzes Leben lang hatte sie gelernt, ihre Gefühle zu kontrollieren, und sich in der Kunst der Verstellung geübt. Und nun, im Alter, war sie eine Meisterin darin; die Heuchelei war ihr in Fleisch und Blut übergegangen und hatte ihr das Überleben ermöglicht. Seit fast vierzig Jahren führte Teje einen erbarmungslosen Kampf, einen grausamen Krieg, der auf dem härtesten Schlachtfeld ausgetragen wurde, das man sich vorstellen kann: im Frauenhaus.

Wie so viele ihrer Geschlechtsgenossinnen war Teje noch ein junges Mädchen gewesen, als sie in den Harem des Gottes kam. Diese große Ehre öffnete ihr die Türen zu einem Universum, dessen einziger Stern der Pharao war: Um ihn drehte sich alles. Er war das Licht in diesem Kosmos, in seinem Glanz zu stehen bedeutete das höchste Ziel für die von Hoffnung erfüllten Frauen.

Auch Teje war mit diesem Traum in den *hen-er-ret*, den »Ort der Zurückgezogenheit« gekommen und hatte sich in eine *henerut* verwandelt, eine Zurückgezogene.

Das Frauenhaus war eine Welt für sich, ein autonomer Staat innerhalb der Verwaltung, der natürlich dem Pharao unterstand. Er ernannte die Beamten, die ihn leiteten und mit ihren Familien in seiner unmittelbaren Nähe lebten. Als selbstständiger Wirtschaftsbereich verfügte der königliche Harem über alles, was er für das tägliche Leben brauchte: Vieh, große Ländereien und deren Erzeugnisse; alles unterstand einer reibungslosen Verwaltung, um das Wohlbefinden seiner Bewohnerinnen zu garantieren.

Trotz des abgehobenen und luxuriösen Lebens, das sie führten, gaben sich die Haremsdamen nicht gänzlich der Muße hin. Sie webten prächtige Teppiche und Wandbehänge oder kostbare Kleider aus feinstem Leinen. Teje stellte bald fest, dass Geschicklichkeit bei diesen Obliegenheiten die Voraussetzung bildete, um in der gesellschaftlichen Hierarchie des Harems aufzusteigen. Unter den Gemahlinnen herrschte eine unerbittliche Konkurrenz. An einem Ort, an dem man unmöglich Freundschaften schließen konnte, war es von entscheidender Bedeutung, eine Position zu erobern, die einem Privilegien bescherte. Das gelang Teje, als sie ihre große Begabung als Weberin unter Beweis stellte, worauf man sie zur Ausbilderin* in Mi-Wer, Ramses' kö-

* Diesen Titel gab es tatsächlich.

niglichem Harem in El-Fayum ernannte, wo der Pharao oft zum Jagen hinkam.

Doch die Kunst des Webens war nicht die einzige Qualität, die die junge Frau auszeichnete. Teje besaß eine umwerfende Schönheit, aus der sie Profit zu schlagen wusste. Der richtige Augenblick kam, als der König eines Tages nach einem erfolgreichen Jagdausflug in den Palast zurückkehrte. Ramses war bester Laune und verlangte nach seinen Frauen, und als er die schöne Teje sah, überwältigte ihn die Lust.

Sie verbrachten die ganze Nacht zusammen, und am nächsten Morgen war der Pharao so entzückt, dass er alle folgenden Nächte wieder bei ihr verbrachte. Er hatte von einem Zaubertrank gekostet, der ihn wie eine Droge nie wieder loslassen sollte.

Teje konnte in dieser Nacht in seinem Herzen lesen. Sie wusste, wie schwer es war, von dem Herrn über die Zwei Länder aus Hunderten von Frauen, die er besaß, auserwählt zu werden, und wie groß die Wahrscheinlichkeit war, dass sie ihn niemals wiedersah. Doch sie musste tatsächlich magische Kräfte besessen haben, wie eine Wiedergeburt Hathors, anders kann man sich die Leichtigkeit nicht erklären, mit der sie die Gunst des Pharao gewann. Schlau, wie sie war, nahm sie dem Gott geschickt alle Sorgen ab, bis er in ihr die lebendige Verkörperung der *iaru*-Gefilde sah. Sie schenkte ihm, was er sich wünschte, und webte so ein Band zwischen ihnen, das ein ganzes Leben dauern sollte.

Jahrelang stillte der Gott seine Begierden bei ihr wie ein verdurstender Mann in der Wüste, der endlich auf eine Oase stößt. Seine Lebenskraft hatte ihr gehört, und er hatte sie mit seiner Göttlichkeit befruchtet. Sie hatte gespürt, wie Horus selbst in ihm wiedergeboren wurde und ihren Bauch mit seiner Essenz füllte, und doch …

Teje blinzelte, ohne das Gesicht zu verziehen. Die Erinnerungen an ein ganzes Leben waren dazu geeignet, sie von ihrem eigentlichen Vorhaben abzulenken. Nach all den Jahren fühlte sie sich ungerecht behandelt, und in ihrer Seele keimte ein tiefer Groll, der sie allmählich verzehrte. Sie, die fast ein ganzes Leben lang die Zuflucht für das Herz des Pharao gewesen war, die *hesi-et-nesu*, die Lieblingsfrau des Gottes, hatte das Gefühl, nicht die Stellung zu bekleiden, die ihr gebührte.

Zwar hatte der Gottkönig sie in den Adelsstand erhoben und zur *hemet-nesu* gemacht, zur königlichen Gemahlin, doch ihrer Ansicht nach hätte sie es verdient, an der obersten Spitze der pyramidenförmigen Struktur der ägyptischen Gesellschaft zu stehen. Zu ihrem großen Verdruss war diese Stelle bereits von einer anderen Frau besetzt, der Königin der Königinnen, der *hemet-nesu-weret*, der Großen Königlichen Gemahlin und wahren Herrscherin über Ramses' Herz, Isis-Ta-Habasillat. Teje hasste sie über alle Maßen.

Als sie jetzt an sie dachte, verzerrte sich ihr Gesicht vor Verachtung. Isis-Ta-Habasillat bedeutete »Isis, Tochter der Blumenwiese« – sogar ihr Name war lächerlich. Geradezu absurd für eine Ägypterin. Er zeugte davon, dass sie eine Fremdländerin war. Isis' Vater war ein Händler aus Kanaan gewesen, der sich wie so viele andere Fremde damals im Nildelta niedergelassen hatte.

Dass man eine Frau aus dem Norden, durch deren Adern obendrein kanaanitisches Blut floss, zur Großen Königlichen Gemahlin des Gottes ernannt hatte, war mehr, als eine waschechte Thebanerin wie Teje verkraften konnte. Insgeheim hasste sie die Große Gemahlin des Gottes und alles, was mit ihr zu tun hatte, auch die Götter, die sie verehrte, etwa den Schafsgott Banebdjedet, den Widder von Mendes, ihrer Geburtsstadt, die sie über alles liebte. Sie konnte nicht verstehen, dass eine derart affektierte Frau wie Isis so viel Macht in den Händen hielt, doch daran war nicht zu rütteln. Mit Hilfe irgendeiner magischen Kunst, die sie nicht kannte, war es dieser Frau gelungen, etwas an sich zu reißen, was ihr von Rechts wegen nicht zustand. So zumindest dachte und fühlte Teje.

Ein bitterer Nachgeschmack blieb zurück, und wieder verzog sie angewidert das Gesicht. Jedes Mal, wenn sie daran dachte, drehte sich ihr der Magen um, ohne dass sie etwas dagegen tun konnte. Und es gab noch etwas, das wie ein Stachel in ihrem Fleisch saß und ihr keine Ruhe ließ. Es hatte mit ihrer Rolle als Mutter zu tun.

Diese Schande ertrug sie am allerwenigsten. Sie war eine aufmerksame Frau gewesen, hatte dem Herzen des Gottkönigs in vielen Nächten Zuflucht gewährt und ihm bereits sechs Söhne geschenkt, bevor Isis ihm diesen dritten Sohn geboren hatte. Sechs gesunde und kräftige Söhne, fünf davon waren noch am Leben und bekleideten wichtige Posten im Heer des Gottes. Sie hatten dem Herrscher bei unzähligen Gelegenheiten ihre Liebe und ihren Respekt bezeugt. Der Pharao hatte es ihnen zwar gedankt, sie aber in seiner Sippe nur die zweite Geige spielen lassen. Ihre Söhne besaßen keinerlei Anrechte auf den Thron, und das war für Teje inakzeptabel. Dieser Aspekt brachte sie am meisten auf, denn sie war überzeugt, dass ihre Kinder durchaus einen berechtigten Anspruch auf die Krone Ägyptens hatten.

Seit zehn Jahren kannte ganz Ägypten den Namen des Thronfolgers. Der Gott hatte Prinz Ramses als seinen Erben auserkoren, eine Entscheidung, die zu beträchtlichen Spannungen und endlosen Tuscheleien geführt hatte. Das war durchaus verständlich, da Prinz Ramses nicht der Sohn der Großen Königlichen Gemahlin Isis war, sondern von Titi, einer früheren Frau von Ramses III., und nach den Gesetzen der Thronfolge eigentlich überhaupt keinen Anspruch auf die Krone des Reiches hatte.

Als die Entscheidung des Gottes bekannt wurde, beschloss Teje, einen kühlen Kopf zu bewahren. Sie kannte die geheimen Machenschaften am Hof und wusste, dass diese Ernennung nicht das letzte Wort bedeutete. Bis es so weit war, konnte viel geschehen, daher war es das Beste, erst einmal abzuwarten. Doch die Jahre vergingen, und Ramses festigte seine Stellung, als er zum

Königlichen Schreiber und Generalissimus im Heer des Gottes ernannt wurde. Somit kontrollierte der Kronprinz nicht nur die Verwaltung des Reiches, sondern auch das Heer. Eine derartige Bündelung von Machtbefugnissen war ein eindeutiges Zeichen für die unwiderrufliche Entscheidung des Pharao. Der Hinweis war vor allem an die übrigen königlichen Prinzen gerichtet gewesen, von denen manche glaubten, ein größeres Anrecht auf die Krone zu besitzen. Etwa die Söhne von Isis, die als direkte Nachkommen der Großen Königlichen Gemahlin die Meinung vertraten, sie stünden in der Erbfolge an oberster Stelle.

Angesichts dieser wenig ermutigenden Aussichten beschloss Teje, ihre Taktik zu ändern, und heckte einen Plan aus, bei dem die Götter vor Neid erblasst wären. Die Umsetzung erforderte Zeit und äußerste Vorsicht. Jahrelang schmiedete sie insgeheim an ihren heimtückischen Plänen, bis die Stunde gekommen war, sie in die Tat umzusetzen.

Endlich schien ihre Geduld Früchte zu tragen, denn der Augenblick hätte nicht besser gewählt sein können. Seit einiger Zeit hatte der Pharao wieder jeden Tag nach ihr verlangt, um sich im Frauenhaus zu zerstreuen. Mittlerweile verbrachte der Herrscher den größten Teil seiner Zeit bei seinen vielen Frauen. Dort konnte er seinen Lastern frönen, ohne lästige Ärzte oder Diener, die ihn beaufsichtigten. Die Diät, die man ihm wegen seiner Fettsucht verordnet hatte, war nur ein überflüssiges Ärgernis, an das er sich nicht halten würde, und der Harem der einzige Ort in seinem Reich, wo ihm niemand auf die Finger schaute. Hier konnte der Pharao essen und trinken, so viel er wollte, und seine Frauen ermunterten ihn dazu, seine Gelüste nach Lust und Laune auszuleben. Diese beschränkten sich keineswegs auf gutes Essen. Als ahnte der Gott, dass seine Zeit langsam ablief, dachte er nun nur noch daran, seine sexuellen Begierden bis zur Erschöpfung auszuleben. Teje kannte ihn gut und wusste, dass ihr Gemahl den Weg beschritten hatte, von dem es kein Zurück mehr gab.

Er wollte in seinen letzten Tagen nur noch so viel wie möglich essen, trinken und seine Lust befriedigen.

Das kam Teje sehr gelegen. Nach all den Jahren, die sie im Harem verbracht hatte, blieb ihr kein Gerücht, Ereignis oder Streit verborgen. Im Frauenhaus war sie die Königin, und keine andere Gemahlin, kein Aufseher oder Diener wagte es, ihre Entscheidungen in Frage zu stellen. Der Gott hatte sie gebeten, seine Bedürfnisse zu befriedigen, und das würde sie tun. Natürlich war ihr Körper nach all den Jahren nicht mehr mit dem zu vergleichen, der einst den Pharao um den Verstand gebracht hatte. Obwohl sie immer noch eine schöne Frau war, konnte sie im Pharao nicht mehr die Lust erwecken, die ihn einst verzaubert hatte. Aber das war nicht wichtig, denn Teje wusste, was der Pharao brauchte, und würde dafür sorgen, dass er es bekam.

Die köstlichsten Speisen, die besten Weine und die verführerischsten jungen Frauen wurden von ihr selbst für den Pharao ausgewählt. Sie verwöhnte ihn mit frischem Fleisch, Wein und weiblicher Gesellschaft, bis der Tag kam, an dem der Gott nur noch im Frauenhaus sein wollte und keine anderen Interessen mehr hatte. Und nachdem er seine Lust befriedigt hatte, spielte er mit Teje *senet*, ein Spiel, das sie meisterlich beherrschte.

Jetzt, da sie in dem kleinen Reich, das sie ihr übergeben hatten und über das sie nach Belieben herrschte, das Leben des Gottkönigs bestimmte, war der Moment gekommen, den entscheidenden Schlag auszuführen. Sie musste den Pharao töten.

Für sie war Ramses' Zeit längst abgelaufen, deshalb hielt sie es für nötig, seinem Leben ein Ende zu setzen, um Pentaweret auf den Thron Ägyptens zu heben, den erstgeborenen ihrer fünf noch lebenden Söhne, die sie mit dem Pharao gezeugt hatte. Um dies zu erreichen, zählte Teje auf die Mitwirkung einflussreicher Mächte, die ihr im Hintergrund geholfen hatten, die Verschwörung einzufädeln. Diese Mächte verfolgten einen Wechsel in der politischen Struktur des Reiches und das Ende der Ramessidenherrschaft. Ihre Unterstützung für den Prinzen Pentaweret würde ihnen die Möglichkeit verschaffen, die politische Macht im Reich neu zu verteilen. Natürlich schloss ein derartiger Staatsstreich ein hohes Risiko ein, das man sorgfältig abschätzen musste. Ein Attentatsversuch auf den Gott würde unweigerlich mit dem Tod bestraft. Doch die Würfel waren bereits gefallen.

Teje seufzte tief, als sie aus ihren Grübeleien wieder in die Wirklichkeit zurückkehrte. Das Ausmaß der Verschwörung weckte tiefe Ängste, die sie jedoch immer wieder überwinden konnte. Sie war eine mutige Frau und genauso entschlossen wie ihr Sohn, das Risiko des Unternehmens auf sich zu nehmen.

Erneut warf sie einen Blick zu den jungen Leuten, die direkt vor ihr im Nil badeten. Ihr Gelächter und ihre Späße erfüllten den Ort mit Fröhlichkeit, und sie beobachtete sie aufmerksam. Sie schwammen und tauchten mit der Begeisterung der Jugend, laut und fröhlich, so wie es anders nicht sein konnte. Unter ihnen erkannte sie Prinzessin Nubchesbed. Sie tauchte ins Wasser wie eine Lotusblume kurz vor Anbruch der Nacht. Sie war genauso schön, und wenn sie zum Atmen wieder an die Oberfläche kam, schien sie das ewige Ritual der Schöpfung zu erneuern, mit dem der Lotus, Symbol der Wiedergeburt, beim ersten Tageslicht aus der Tiefe taucht, nachdem er die Nacht unter Wasser verbracht hat. Der Lotus war neben dem Papyrus das Wappenzeichen des *sema-tawi*, des Symbols für die Einheit von Ober- und Unterägypten.

Teje wusste nicht, warum ihr dieser Vergleich eingefallen war, aber er war äußerst treffend. Die Prinzessin strahlte einen einzigartigen Charme aus, der sie von allen Übrigen unterschied. Und die Männer schienen sie wie die Pflanze mit heiligen Hymnen zu preisen. Sie besaß in der Tat die Seele einer Königin.

Teje beobachtete, wie sie auf einen der jungen Männer zuschwamm, der sich etwas abseits der Gruppe hielt. Es war Nefermaat, der Sohn von Hori, »dem mit den sauberen Händen«.

Seit kurzem diente er als Hofarzt im Palast. Er sah gut aus und verströmte genau wie die Prinzessin eine Aura der Würde, die er nicht einmal beim Schwimmen ablegen konnte.

Die beiden planschten im Wasser, bespritzten sich gegenseitig und versuchten, den Kopf des jeweils anderen unter Wasser zu drücken, während sie sich in Wirklichkeit versteckt umarmten.

Teje entging kein Detail dieses vermeintlich unschuldigen Spiels; sie ließ sich nicht so leicht hinters Licht führen. So lange war sie Zeuge der raffiniertesten Tricks und Verstellungen gewesen, dass sie die übermütigen Neckereien mit geschlossenen Augen durchschaute. Bei dieser Entdeckung lächelte sie in sich hinein und dachte unbewusst daran, wie zart sie wirkten und wie schwer Nubchesbed es hätte, an einem Ort wie dem Frauenhaus zu überleben. Doch das war eine allzu geringschätzige Überlegung, die sie augenblicklich wieder verwarf. Die Erfahrung hatte sie gelehrt, dass man niemanden unterschätzen sollte, vor allem Nubchesbed nicht, deren Platz niemals an der Seite der Palastkonkubinen sein würde.

Aber die Szene, die jetzt erneut ihre Aufmerksamkeit weckte, war so klar wie der Morgen. Es gab keinen Zweifel, die beiden waren ineinander verliebt.

Selbst die blinden Harfenspieler des Hofes könnten das sehen. Sie konnten sich noch so verstellen, es war allzu offensichtlich. Teje dachte darüber nach. Dieses Ereignis, das normalerweise auf Verständnis und sogar Nachsicht gestoßen wäre, erschien ihr unter den gegenwärtigen Umständen in einem völlig anderen Licht. Ihre Agenten hatten also recht gehabt, als sie ihr vor kurzem erzählten, dass das Paar allem Anschein nach bis über beide Ohren verliebt sei. Sie hätten die beiden allein im Fluss schwimmen sehen, und die Prinzessin habe nur Augen für den Jungen gehabt, der ihr völlig verfallen zu sein schien. Ihnen zufolge trafen sich die beiden nachts an einem geheimen Ort. Dort umarmten sie sich leidenschaftlich bis zum Morgengrauen und kehrten anschließend in den Palast zurück, nicht ohne sich ewige Liebe zu schwören. Ein so natürliches Phänomen, für das Paar ein Grund zur Freude, stellte für Tejes Pläne ein ernsthaftes Problem dar. Sie wusste natürlich, dass die Prinzessinnen des Pharao, die aus seiner direkten Linie stammten, Trägerinnen der Königswürde waren und diese auch an ihre Gatten weitergaben. Würde sich Nubchesbed mit Nefermaat vermählen, konnte dieser Pharao werden, falls es die Umstände verlangten. Diese Kleinigkeit, die sie zuvor nicht bedacht hatte, durfte sie nun nicht länger ignorieren.

Alles war bis ins kleinste Detail geplant. Sobald Pentaweret auf den Thron gehoben worden war, sollten alle restlichen Prinzen, die ihm in Zukunft gefährlich werden könnten, umgebracht werden, und die Verbindung zwischen Nubchesbed und Nefermaat bedrohte diesen Plan. Eine derartige Liaison könnte für gewisse Kreise interessant sein, die es gerne hätten, wenn jemand wie Nefermaat, der so gut wie nichts mit den Ramessiden zu tun hatte, die Geschicke Kemets übernähme. Vielleicht versprachen sie sich auf diese Weise einen größeren Einfluss auf die Politik des Landes und natürlich persönliche Vorteile. Diese Möglichkeit bestand durchaus. Wenn sie nicht sofort etwas unternahm, könnte ihr die Kontrolle über den Plan entgleiten. Allein die nächtlichen Treffen der Liebenden waren eine ernste Gefahr, da sie jederzeit dazu führen konnten, dass die Prinzessin schwanger wurde. Sie mussten unterbunden werden, bevor es zu einer Katastrophe kam.

Irgendetwas veranlasste sie, die Gruppe der Badenden erneut unter die Lupe zu nehmen. Eine weitere Figur hatte die Bühne betreten und beanspruchte ihre volle Aufmerksamkeit. Der Auftritt brachte Unruhe unter die jungen Männer, sie zwinkerten und warfen der neu Hinzugekommenen verstohlene Blicke zu, manche waren geradezu anzüglich. Neferure, die den Aufruhr verursacht hatte, achtete kaum auf die Kommentare, während sie vor ihnen stehen blieb und sich aufreizend rekelte, woraufhin die Jungen verstummten. Dann streifte sie betont langsam ihr Gewand ab und stand plötzlich splitternackt vor der erregten Gruppe. Gebannt hielten die Jungen in ihren Spielen inne und beobachteten, wie sie ins Wasser glitt.

Als Teje sah, wie gleichgültig sie an der Gruppe der jungen Männer vorbei auf die Stelle zuschwamm, wo Nefermaat und Nubchesbed sich befanden, überkam sie eine tiefe Genugtuung. Kaum war sie in deren Nähe gelangt, drehte sich die Enkelin des Ersten Propheten des Amun auf den Rücken und ließ sich reglos treibend von der Strömung des Flusses liebkosen. Die Königin beobachtete, wie die Gruppe von Badenden sie anstarrte, und stellte sich vor, wie die jungen Männer gegen ihre Erregung ankämpften. Diese Szene befriedigte sie zutiefst, da sie eine Bestätigung dessen war, was sie bereits wusste. Die ewige Abhängigkeit des Menschen von der fleischlichen Lust, die ihn zum Sklaven macht, bis er alles tut, um sie zu befriedigen.

Teje studierte Neferure aufmerksam. Sie war zweifellos verführerisch, wie sie auf dem Wasser trieb, auch wenn man sie kaum mit einer Lotusblüte vergleichen konnte. Trotzdem hatte sie Qualitäten, die man sich möglicherweise zunutze machen konnte. Teje dachte nach, während sie Neferure beobachtete. Die junge Frau war plötzlich in die friedliche Atmosphäre der Badenden geplatzt, hatte sich vor aller Augen ausgezogen, war in die Nähe der beiden Verliebten geschwommen und hatte sich dort im Fluss treiben lassen. Dieses Detail fand Teje bemerkenswert, und sie beobachtete gleichzeitig, wie Neferure unauffällig mit den Händen ruderte, sodass sie im Kreis um die Prinzessin und ihren Geliebten trieb. Sie beglückwünschte sich zu ihrem Scharfsinn. Neferure tat nichts anderes, als sie auszuspionieren, und das konnte nur eines bedeuten: Die Kleine hatte es selbst auf Nefermaat abgesehen.

Mit dem Geschick einer Frau, die es gewohnt ist, teuflische Ränke zu schmieden, analysierte sie die Situation. Plötzlich waren neue Variablen ins Spiel gekommen, die ihr ungewollt helfen könnten, das unerwartete Problem zu lösen. Und die ahnungslose Neferure war der Schlüssel dazu.

Nach dieser geistigen Übung seufzte Teje erleichtert und hob kaum merklich die Hand, worauf eine ihrer Hofdamen auf sie zueilte.

»Meine Sänfte«, sagte sie knapp.

Kurz darauf erschienen vier kräftige Träger mit einem kunstvoll gearbeiteten Tragstuhl und warfen sich vor ihr auf die Knie. Teje ignorierte sie, stieg die wenigen Stufen hinab, die sie von der Sänfte trennten, und nahm in ihr Platz. Schließlich warf sie einen letzten Blick auf den Fluss und lächelte zufrieden. Wer hätte gedacht, dass man aus einem einfachen Nachmittag am Nil so viel Nutzen ziehen konnte.

Jedes Mal, wenn Prinz Amunherchepeschef in seinem Streitwagen ausfuhr, ließ er sich von ihm begleiten. Niemand kannte seinen richtigen Namen, man nannte ihn nur Sesostris, da er wie der gleichnamige Pharao, der vor langer Zeit das Land regiert hatte, sehr hochgewachsen war. Vier Ellen,* um genau zu sein. Ein so großer Mann war in Ägypten eine Seltenheit, doch wenn man den alten Chroniken Glauben schenken wollte, erreichte er trotzdem nicht die Maße des Pharao, der nicht mehr und nicht weniger als vier Ellen, zwei Handbreit und zwei Finger gemessen haben soll** – vermutlich eine ziemliche Übertreibung.

Er hatte aber nicht nur die körperliche Größe mit dem Pharao gemein. Sesostris' Körper schien aus demselben Stein – dem schwärzesten Granit in ganz Kemet – gemeißelt wie die meisten Statuen jenes Gottes, der während der zwölften Dynastie über Ägypten geherrscht hatte.

* Fast zwei Meter zwanzig.

** Fast zwei Meter vierzig.

Wenn man sie näher betrachtete, war man überrascht, welche große Ähnlichkeit zwischen dem Begleiter des Prinzen und dem einstigen Pharao bestand. Die kantigen Gesichtszüge, der müde, nachdenkliche Blick und sogar die schwarze Patina des Steins schienen in der Gestalt jenes Mannes zu neuem Leben erweckt worden zu sein.

Er stammte wahrscheinlich aus dem Kusch, Genaues war nicht bekannt, da Sesostris seine Eltern nie gekannt hatte. Seine Erinnerung reichte nur so weit zurück, wie es die Wüste gestattete, denn dort war er aufgewachsen, bis er als junger Mann in das Heer des Gottes eingetreten war. Der Stamm, in dem er gelebt hatte, sah ihn mit derselben Natürlichkeit gehen, wie er ihn aufgenommen hatte. Die Wüste hatte ihre eigenen Gesetze, und der junge Nubier war bereits Teil von ihr geworden.

Sein Leben in Ramses' Heer war, wie das der anderen Soldaten um ihn herum, hart und voller Entbehrungen. Doch wie der alte Pharao hatte sich auch Sesostris als außergewöhnlich zäher Krieger erwiesen, der keine Opfer scheute; schließlich war er ein Meister im Überleben. All diese Eigenschaften und seine umfassenden Kenntnisse der Wüste machten Amunherchepeschef auf ihn aufmerksam. Er nahm den jungen Mann in seine Dienste auf, da der Prinz gerne in Seths menschenfeindlichem Reich auf die Jagd ging. Der Nubier stellte bald seine Nützlichkeit und seine bedingungslose Treue unter Beweis, worauf der Prinz ihn zu einem seiner engsten Vertrauten erhob und ihn sogar als Freund betrachtete. Gemeinsam unternahmen sie lange Ausfahrten und gefährliche Jagdexpeditionen in die Wüste, stets von Anats unsichtbaren Händen geleitet, der Schutzgöttin der Streitwagen.

Trotz der engen Beziehung zu seinem Herrn war der Nubier kein Mann, der seine Gefühle zeigte. Er wusste, wo sein Platz war, und dort blieb er, bereit einzuschreiten, wenn es nötig war, aber auch immer verschlossen, als wachte er eifersüchtig über sein Inneres wie über einen Schatz. Seine steinerne Fassade half ihm dabei und sorgte dafür, dass ihn alle für einen Menschen hielten, der keine Gefühle besaß. Doch so war es nicht, auch wenn diese sich niemals in seinem Gesicht spiegelten. Er liebte Tiere über alles. Hunde, Katzen, Pferde ... Und anscheinend konnte er sogar mit ihnen sprechen. Erstaunt hatte der Prinz feststellen müssen, dass seine Rösser Sesostris mehr vertrauten als ihm selbst. Das verwunderte ihn. Zudem war der Nubier stets in Begleitung eines Windhundes, der praktisch nie von seiner Seite wich. Es war eine Hündin mit zimtbraunem Fell und intelligenten Augen, die er so sehr liebte, dass er sein Leben für sie hingegeben hätte.

Prinz Amunherchepeschef fand das Ganze etwas sonderbar, da sie aber eine ausgezeichnete Hilfe bei der Jagd war, hatte er nichts dagegen, sie mitzunehmen, und gab ihr sogar den Namen Behek in Gedenken an eine Hündin des Pharao Antef II.*

Eines Tages erschien ein aufgeregter Diener in Nefermaats Sprechzimmer und bat ihn, sofort mitzukommen. Etwas Schreckliches sei geschehen, das seine Anwesenheit erforderte. Offensichtlich hatte Prinz Amunherchepeschef einen Unfall mit seinem Streitwagen gehabt und war schwer verletzt.

Nefermaat war keineswegs überrascht, während er zu den Gemächern des Prinzen eilte. Nach allem, was er mit dem Prinzen erlebt hatte, war es ein Wunder, dass Amunherchepeschef nicht schon viel eher aus dem Korb seines Wagens geschleudert worden war. Jetzt hatte ihn Anat, die Göttin, unter deren Schutz er zuvor gestanden hatte, ganz offensichtlich im Stich gelassen.

»Ich weiß schon, was du denkst«, sagte der Prinz, als Nefermaat in sein Gemach trat. »Aber lass dir gesagt sein, dass die Göttin nichts damit zu tun hat. Es war allein meine Schuld, weil ich die verfluchten Pferde nicht im Zaum halten konnte. Wir

* Dieser Pharao der elften Dynastie war ein großer Hundeliebhaber.

sind über einen großen Stein gefahren, und der Wagen hat sich überschlagen.«

Nefermaat trat rasch zum Lager des Prinzen. Amunherchepeschef lag, von Kissen gestützt, auf einem Diwan, sein Körper war von Kopf bis Fuß mit offenen Wunden und Prellungen übersät. Als er den Arm bewegen wollte, schrie er vor Schmerzen.

»Ich glaube, dass er gebrochen ist. Ich kann höchstens die Finger bewegen«, erklärte er und zeigte auf den linken Arm.

Nefermaat untersuchte die Verletzung und hörte sofort das *nekhebkheb**, das typische Knirschgeräusch, wenn die Knochen einer Bruchstelle gegeneinanderscheuern. Der Prinz schrie vor Schmerzen auf.

»Ich fürchte, dass die Speiche gebrochen ist, mein Prinz«, sagte der junge Arzt, während er die Stelle abtastete. »Da es sich aber um einen *sedj*** handelt, wird der Knochen bald wieder zusammenwachsen. Das ist eine Krankheit, die ich behandeln werde.«

»Mir ist klar, dass ich Osiris' Totengericht nur um Haaresbreite entkommen bin«, sagte Amunherchepeschef mit heiserer Stimme »Aber der da dürfte jeden Moment ins Jenseits treten.«

Nefermaat drehte sich um und sah Sesostris auf dem Bett liegen.

Er sprang auf, überrascht, dass er ihn zuvor nicht bemerkt hatte.

»Was ist mit ihm?«, fragte er, während er auf das Bett zuging.

»Er hatte nicht so viel Glück wie ich. Er ist mit dem Kopf auf einen Stein geschlagen und hat das Bewusstsein verloren. Es sieht nicht gut für ihn aus, aber urteile selbst.«

Nefermaat beugte sich über Sesostris, der von eigenartigen

* Das lautnachahmende Wort der Ägypter für knirschen.

** Die alten Ägypter nannten einfache Knochenbrüche *sedj* und mehrfache *pesen*.

Krämpfen geschüttelt auf dem Bett lag. Sein rechter Arm hörte nicht auf zu zittern, und sein Gesicht wies eine eigenartige Starre auf.

Nefermaat erkannte sofort einen schweren Schädelbruch. Der Nubier war offenbar mit dem Gesicht zuerst aufgeschlagen; es wies eine klaffende Stirnwunde auf. Mit einem Blick erkannte der junge Arzt, wie ernst die Verletzung war und wie kompliziert ein Eingriff wäre.

Er drehte sich zu dem Prinzen um und erklärte ihm die Lage.

»Unternimm alles, was in deiner Macht steht, um ihn zu retten«, antwortete Amunherchepeschef knapp. »So, wie es ihm geht, wird er dir keine Vorwürfe machen, wenn die Operation schiefläuft.«

Der junge Arzt blinzelte und wandte sich rasch wieder dem Verletzten zu, dessen Körper von Krämpfen geschüttelt wurde. Er erinnerte sich an die Ratschläge, die ihm Anon gegeben hatte, und an die Operation, an der er damals hatte teilnehmen dürfen. Dieser Fall war nicht so kompliziert, denn er brauchte dem Verletzten keine Prothese einzupflanzen, die das kaputte Stück Knochen ersetzt hätte. Er musste jedoch versuchen, den eingedrückten Teil des Stirnknochens wieder in die richtige Lage zu bringen, um den Druck vom Gehirn zu nehmen. Wie Anon ihm bei verschiedenen Gelegenheiten erläutert hatte, diente dieses nicht nur dazu, Schleim zu produzieren, wie die Ägypter annahmen, sondern erfüllte auch komplexe Funktionen, die den ganzen Organismus betrafen. Aus irgendeinem Grund, der ihm unbekannt war, führten Verletzungen der rechten Gehirnhälfte zu Reaktionen in der linken Körperhälfte und umgekehrt.

Es war ein unendliches Universum, auf das er nicht vorbereitet war und das ihm seine begrenzten Kenntnisse deutlich vor Augen führte.

Doch der Eingriff wurde ein voller Erfolg, da Nefermaat nur

das zu wiederholen brauchte, was er zuvor bei seinem Meister gesehen hatte. Er entfernte die Haut über der verletzten Stelle, schnitt mit dem Skalpell um den Knochen herum und hob ihn, so vorsichtig er konnte, an. Danach desinfizierte er die Stelle, legte die Haut wieder auf und nähte sie an, so wie er es gelernt hatte. Anschließend verabreichte er dem Patienten den Saft aus Mohnkapseln, damit er in Ruhe schlief. Am Ende stellte er zufrieden fest, dass die Krämpfe aufgehört hatten.

Als er fertig war, merkte er, dass alle Anwesenden ihn verwundert anstarrten. Sogar die Hündin, die während der Operation nicht von der Seite des Bettes gewichen war, wedelte vor Freude mit dem Schwanz.

Erst jetzt schiente Nefermaat den Arm des Prinzen, indem er ihn mit *imru* bestrich, und begann, seine Wunden zu versorgen. Sie mussten nicht genäht werden, es handelte sich ausschließlich um Schürfwunden, die er sich zugezogen hatte, als er aus dem Wagen geschleudert wurde. Der junge *sunu* rieb sie mit Öl und Honig* ein und legte rohes Fleisch auf die tieferen Wunden, um die Blutungen zu stillen.

»Glaubst du, dass er überleben wird?«, murmelte der Prinz leise und deutete mit dem Kinn auf Sesostris.

Nefermaat schwieg, während er dem Prinzen half, sich auf dem Diwan aufzurichten.

»Möge Anat mir beistehen!«, rief der Prinz mit schmerzverzerrtem Gesicht. »Es hat mich voll erwischt, ich kann mich ja nicht einmal bewegen.«

»Jetzt, wo die Wunden erkalten, wird der Schmerz stärker werden.«

»Noch stärker?«

* Der Honig (*bit*) wurde von den ägyptischen Ärzten sehr häufig verwendet. Heute wissen wir, dass Honig dank seiner osmotischen Eigenschaften stark antibakterielle und pilztötende Kräfte besitzt.

»Ich fürchte, dass du dich einige Tage so wenig wie möglich bewegen solltest.«

Der Prinz machte ein missmutiges Gesicht.

»Der Arm wird etwas länger brauchen, ich denke aber, dass er in einem Monat wieder in Ordnung ist. Und jetzt solltest du dich ausruhen. Ich werde dir einen Trunk zubereiten.«

»Was ist das nun wieder für ein Gebräu?«

Nefermaat sah ihn belustigt an.

»Ein Schlaftrunk aus der Alraunwurzel«, erklärte er und zeigte auf eine kleine Phiole.

Man sah dem Prinzen sein Unbehagen an, denn er wusste, wie gefährlich diese Pflanze war, wenn man sie nicht ordnungsgemäß anwandte.

»Du musst deinem *sunu* schon vertrauen«, scherzte Nefermaat. »Vergiss nicht, ich bin ein *uabu*-Priester, und Sachmet führt meine Hand. Sie wird dir deine Schmerzen nehmen.«

Amunherchepeschef brummte resigniert, als er die kleine Flasche zum Mund führte und den Inhalt in einem Zug herunterstürzte.

»Die Göttin hat stets das letzte Wort, und ich hoffe, dass sie auch bei Sesostris Gnade walten lässt. Und jetzt versuch zu schlafen. Morgen sehe ich wieder nach euch.«

Tatsächlich war Sachmet glücklich und zufrieden und zeigte sich den verblüfften Sterblichen von ihrer wohlwollendsten Seite. Der junge *sunu* schien tatsächlich die Gabe zu besitzen, die rachsüchtige Natur der Göttin zu besänftigen und ihre Großzügigkeit und Güte anzusprechen. Aus der cholerischen Göttin war ein schnurrendes Kätzchen geworden. Sachmet hatte sich in die sanftmütige Bastet verwandelt, die ihre Jungen liebevoll vor allem Übel beschützte und sich ihnen von ihrer besten Seite zeigte. Es war eine echte Metamorphose, die ganz Medinet Habu Nefermaat zuschrieb, dem Auserwählten Sachmets.

So beeindruckt war der Hof, dass er mit seinem Lob für den jungen Arzt nicht sparte. Manche behaupteten sogar, er sei die Wiedergeburt des Imhotep, des größten aller Ärzte. Anders konnten sie sich dieses Wunder nicht erklären.

Für Nefermaat hingegen hatte alles eine einfache Erklärung. Die Trepanation war in Ägypten fast so alt wie das Land selbst, auch wenn die erwünschten Resultate zumeist ausblieben und die Patienten kurz nach dem eigentlichen Eingriff starben. Trotzdem gab es in Kemet Ärzte, die ihn erfolgreich ausführten, auch ohne dass sie mit Lob überschüttet wurden.

Nefermaat konnte sich lebhaft an die Operation erinnern, die Anon im betrunkenen Zustand ausgeführt hatte. Damals hatte er ihm gezeigt, dass das Wunder einzig und allein in seinen Händen lag. Es war eine komplizierte Operation gewesen, glücklicherweise ausgeführt von dem großen Meister, dessen Schüler gewesen zu sein ihn mit Stolz erfüllte.

Trotz der übertriebenen Lobgesänge musste Nefermaat zugeben, dass Sesostris' schnelle Genesung tatsächlich etwas von einem Wunder hatte, er führte sie selbst allerdings eher auf die kräftige Natur des Patienten zurück. Doch darauf achteten die Höflinge nicht. Sie neigten dazu, hinter allem übernatürliche Mächte zu wittern, sponnen die Geschichte am Ende immer weiter aus und verzerrten die Realität in maßlos übertriebener Weise. Nach wenigen Wochen gab es Leute, die behaupteten, der junge Arzt besäße die verborgene Fähigkeit, einen Verstorbenen ins Leben zurückzuholen.

Nefermaat, der diese Gerüchte gar nicht mitbekam, war glücklicher als je zuvor. Es schien, als hätte sich das kalte Universum, durch das er zuvor geirrt war, mit einem Mal in einen warmen, hellen Ort verwandelt, an dem Freude und Zuversicht herrschten. Nubchesbeds Liebe erfüllte sein Herz mit Sehnsucht, Hoffnung und allem, was dieses an Gutem zu fassen vermochte. Er hätte glücklicher nicht sein können. Selbst seine Arbeit wurde von

Kollegen mittlerweile öffentlich gelobt. Iryi hatte ihn tief bewegt, als er ihn mit einem Brief von Anon aus Bubastis in der Tasche aufgesucht und wie ein stolzer Vater mit Lob überschüttet hatte.

»Wirklich schade, dass der gute Anon nicht hier war, um deinen Eingriff zu sehen«, meinte Iryi gerührt, als er ihm das Schreiben überreichte.

Der junge Arzt nahm es mit einem schlechten Gewissen entgegen. Er bereute zutiefst, dass er seinem alten Meister keine einzige Zeile geschrieben hatte, und nahm sich fest vor, ihm zu antworten, sobald er den Inhalt gelesen hatte.

In der Abgeschiedenheit seiner Gemächer rollte er den Papyrus auf, und als er die ersten Zeilen las, trübten sich seine Augen. Plötzlich sah er Anon deutlich vor sich.

Mögen die Götter, die Du verehrst, Dich so bewahren, wie ich es Dir wünsche, mit einem gesunden Körper und einem sündigen Herzen, obwohl ich überzeugt bin, dass es Dir in beiderlei Hinsicht wohl ergeht. Wie Du Dir denken kannst, bin ich meinen Prinzipien treu geblieben. Ich habe meine Gesundheit ruiniert und den verdorbenen Vorbildern nachgeeifert, die mir mein unreines Herz vorschreibt. Ich bin genauso obszön und unanständig wie früher und verfolge meine Frau immer noch gern durch die Gänge des Hauses, aber ich muss Dir gestehen, dass sie sich zunehmend ziert; ganz offensichtlich hat sie nicht mehr so viel Spaß daran wie früher. Es muss wohl am Alter liegen, ihr Geist ist müde, und sie möchte nur noch ihre Ruhe haben. Ich flüchte mich vor ihren Zurückweisungen in die liebevollen Arme von Bes, dem einzigen Gott, der Respekt verdient, wie Du weißt, und mit dem mich nun eine enge Freundschaft verbindet, da ich meinen Kummer in seinem köstlichen Nektar ertränke. Bes scheint begeistert zu sein und hat mich zu seinem

Lieblingssohn erkoren. Ich hoffe sehr, dass diese Vertraulichkeiten unter uns bleiben, denn ich will nicht, dass die übrigen Götter eures Pantheons, die meine Ruchlosigkeit bestens kennen, mir vor Eifersucht zürnen; schließlich bin ich ihnen nichts schuldig.

Ich muss Dir gestehen, dass die Wehmut mich stärker im Griff hat, als ich es mir wünschte. Ich vermisse Deine Gesellschaft und auch die langwierigen Lektionen, die ich Dir verpasste und die Du mit endloser Geduld über Dich hast ergehen lassen. Jetzt, da ich niemanden mehr habe, dem ich mit meinem dummen Geschwätz auf die Nerven gehen kann, bin ich ziemlich unausstehlich, ja fast gemeingefährlich geworden, weil ich meinen Frust allzu leicht an meinen wehrlosen Patienten auslasse und sie für die kleinste ungesunde Angewohnheit mit Tadel überschütte, obwohl meine eigenen erheblich schlimmer sind.

Davon abgesehen ist hier alles beim Alten geblieben. Du kennst ja selbst die Abneigung deines Volkes, irgendetwas an der alten Ordnung zu verändern, was ich in mancherlei Hinsicht verurteile, wie Du wohl ahnst. Trotzdem muss ich Dir eine wichtige Neuigkeit erzählen. Ich bin sicher, dass sie Dich interessieren wird, es handelt sich nämlich um Atet. Meine aufsässige Stieftochter ist zu einem wirklichen Problem geworden, das von Tag zu Tag schlimmer wird. Ehrlich gesagt habe ich resigniert, auch wenn es schmerzt. Ihr Verhalten grenzt an Verachtung. Sie reizt mich immer noch bis zum Äußersten, nur um mich dann wie eine heiße Kartoffel fallen zu lassen. Nun, das dürfte nichts Neues für Dich sein, ich jedenfalls habe mich mit diesem Schicksal abgefunden.

Was Du aber sicher noch nicht weißt: Sie ist schwanger. Bei dem zügellosen Leben, das sie geführt hat, und all den nächtlichen Eskapaden muss man sich wundern, dass es nicht schon längst passiert war. Du weißt ja, dass sie wie eine läufige Katze ist. Manchmal hält sie sich für Bastet persönlich, so verrückt das klingen mag. Wie auch immer, jetzt ist sie schwanger wie eine streunende Straßenkatze, denn weder ihrer Mutter noch mir ist der Name des Vaters bekannt. Dieses Flittchen macht selbst daraus ein Geheimnis.

Nun ja, ich werde Dich auf dem Laufenden halten, obwohl ich doch hoffe, zunächst von Dir das eine oder andere Wort des Trostes für meinen übel zugerichteten Geist zu hören. Vergiss nicht, wie sehr der alte empfindliche Knochen Dich mag und wie sehr er Dir alles Gute wünscht.

Schreib mir bald.

Anon

Nefermaat rollte den Papyrus vorsichtig wieder zusammen. Wie sein Meister dachte auch er mit Wehmut an die alten Zeiten zurück, und plötzlich vermisste er ihn. Er verstaute die Papyrusrolle im Regal und seufzte, als ihm Atets Schwangerschaft einfiel. Auch ihn erstaunte diese Tatsache nicht, und wenn man an die verschlungenen Wege dachte, auf denen Atets rastlose *ba* umherirrte, schien es zwecklos, herausfinden zu wollen, wer der Vater des Kindes war. Er dachte einen Augenblick, von widersprüchlichen Gefühlen begleitet, darüber nach, setzte sich dann auf seine Matte, nahm einen Papyrus und eine Feder und begann, seinem Freund zu schreiben. Es war das Mindeste, was er ihm schuldete.

Die Erntezeit Schemu war in diesem Jahr wärmer als üblich. Die sonst so kühlen Nächte waren angenehm mild und verleiteten Nubchesbed und Nefermaat dazu, sich öfter als gewöhnlich in ihrem geheimen Versteck zu treffen. Sie liebten sich auf einer wollenen Decke und schmiedeten Zukunftspläne, überzeugt, dass sie für immer zusammengehörten. Die Prinzessin wurde mit jeder Nacht verwegener und flüsterte ihrem Geliebten ihre geheimen

Wünsche ins Ohr. Anfangs achtete Nefermaat kaum darauf, bis ihm schließlich bewusst wurde, wie ernst sie es meinte. Von da an blieb ihm nichts anderes übrig, als sich damit zu beschäftigen. Nubchesbeds Vorstellungen bereiteten ihm nicht nur Sorgen, sie machten ihm Angst, weil sie seiner Natur widersprachen. Sie gab ihm zu verstehen, dass sie nicht gewillt war, auf den Thron zu verzichten, und sie wollte, dass er sie auf ihrem Weg begleitete.

Sie drängte ihren Geliebten, alles Notwendige zu unternehmen, damit sie ihrem Ziel näher kam. Jetzt, da er in Medinet Habu ein angesehener Mann war, sei er in der Lage, die Hindernisse zu beseitigen, die ihrer Vermählung im Weg stünden. Alles Weitere würde sich dann wie von selbst ergeben.

Nefermaat erschrak, als er über die mögliche Auslegung ihrer vagen Worte nachdachte. Er wollte nicht glauben, dass sie ihn indirekt dazu aufforderte, seine Kunst zu benutzen, um die Rivalen aus dem Weg zu räumen. Doch jedes Mal, wenn er etwas einwenden wollte, legte ihm die Prinzessin die Finger auf die Lippen und versiegelte sie, während sie ihn gleichzeitig mit einem Blick verzauberte, wie nur sie es konnte. Dann spürte Nefermaat, wie er schwach wurde, seine Einwände vergaß und sich ihrem Willen vorbehaltlos unterwarf.

Eines Nachmittags, nachdem sie sich einige Tage nicht hatten treffen können, erschien eine ihrer Dienerinnen bei ihm.

In der Regel tauschten sie mit Hilfe von Dienerinnen, die Nubchesbeds volles Vertrauen genossen, Nachrichten aus. Wie üblich überreichte auch diese ihm die Botschaft und wartete, bis Nefermaat sie gelesen und ihr seine Antwort mitgeteilt hatte, worauf sie augenblicklich wieder verschwand.

Nefermaat lächelte angesichts der Aussicht, Nubchesbed in der kommenden Nacht wiederzusehen. Er hatte sich so sehr an die Prinzessin gewöhnt, dass jeder Tag, an dem sie sich nicht trafen, unerträglich lang wurde. Endlich würde er sie sehen, endlich konnte er sie wieder in die Arme nehmen.

Um die verabredete Zeit verließ Nefermaat heimlich den Palast, um seine Angebetete zu treffen. Es war bereits tiefe Nacht und so dunkel, dass er kaum die Hand vor Augen sehen konnte. Sein Herz schlug heftig, während er an ihre Zärtlichkeiten dachte. Allein beim Klang ihres Namens spürten seine Lippen ihre sanfte Wärme und versetzten ihn in eine ferne Welt, aus der er niemals zurückkehren wollte.

Während er sich durch die Dunkelheit tastete, hatte er einen kurzen lichten Moment, in dem er über die Absichten seiner Geliebten nachdachte. Er wusste, dass er sie nicht davon abbringen konnte, und er hatte auch das Gefühl, dass die Prinzessin irgendwie recht hatte. Sie konnten ihre geheime Beziehung nicht endlos fortführen. Es war unumgänglich, dass sie sie öffentlich machten und zuversichtlich in die Zukunft schauten, schließlich liebten sie sich über alles.

Als er bei dem üblichen Versteck ankam, war die Dunkelheit noch undurchdringlicher geworden. Dichte Wolken waren aufgezogen und raubten der mondlosen Nacht das wenige Licht, das noch vom Himmel kam. So dunkel war es, dass Nefermaat mit beiden Händen nach dem Hennastrauch tasten musste, um sich zurechtzufinden.

Im gleichen Augenblick griffen andere Hände nach den seinen und zerrten ihn durch das duftende Gebüsch hindurch in die kleine Lichtung.

»Meine Geliebte«, murmelte Nefermaat, erregt von den sanften Händen, die ihn durch die Dunkelheit geleiteten.

Doch er erhielt keine Antwort. Er spürte nur die Finger, die ihn sanft auf die Decke am Boden drückten und so zärtlich über seine Brust glitten, dass er erschauerte.

»Heute öffnet mir die Göttin persönlich die Tore zu ihrem Allerheiligsten, damit ich an ihren Wonnen teilhaben kann«, flüsterte Nefermaat mit erstickter Stimme.

Wie so häufig brachten ihre Finger auf seinem Mund ihn zum

Schweigen. Er versuchte, sie zu küssen, doch sie zogen sich blitzschnell zurück und fuhren dann wieder über seine Brust. Die tausend imaginären Bilder, die sie dort zeichneten, erregten Nefermaat so, wie es Nubchesbed noch nie zuvor gelungen war. Verzweifelt streckte er die Arme nach ihrem unsichtbaren Körper aus, doch er griff mit einem Seufzer der Verwirrung in die Leere der dunklen Nacht.

»Pssst«, hörte der junge Arzt es zischen.

Es klang so gebieterisch, dass ihm nichts anderes übrig blieb, als die Arme zu senken und sich dieser übernatürlichen Macht zu fügen.

Dann ging alles rasend schnell. Die Finger, die zuvor seine Brust so zärtlich gestreichelt hatten, glitten ungestüm zu seinem Bauch und lösten im Nu seinen Schurz. Nefermaat spürte ein befreiendes Gefühl, als der unangenehme Druck von seinem Glied genommen wurde und sich sein natürlicher Trieb frei entfalten konnte.

Er konnte zwar nichts erkennen in dieser schwarzen Nacht, aber die Dunkelheit hatte Hände, und diese griffen mit einer derartigen Entschlossenheit nach seiner Männlichkeit, dass er vor Lust stöhnte. Es war, als wollte die Göttin mit Hilfe seines Gliedes seine tiefsten Gefühle einfangen, denn sie drückte es so, dass sie darin das Pochen seines Herzens fühlen konnte. Es sprach durch die Venen seines steifen Gliedes, und die Göttin schien die Sprache zu verstehen, denn sie drückte genau dort, wo es richtig war.

So hatte Nefermaat die Hände seiner Geliebten noch nie gespürt. Sie waren immer zärtlich und sanft gewesen, ganz anders als die, die er jetzt spürte. Trotzdem ließ er sich von ihrer Entschiedenheit führen; unter keinen Umständen sollten sie von ihm ablassen.

Gerade als seine Gedanken durch dieses Meer widersprüchlicher Empfindungen irrten, spürte Nefermaat, wie die Hände einem Körper wichen, der sich auf ihn setzte und sein entflammtes Glied nun gänzlich verschlang.

Es gab keinen Zweifel, Hathor, die Göttin der Liebe, hatte beschlossen, ihn in ihren Dienst aufzunehmen und seine Gefühle auf immer ihrer Göttlichkeit zu unterwerfen. Die Göttin ritt im wilden Rhythmus eines verzweifelten Tieres durch die undurchdringliche Dunkelheit, als wäre sein Körper ein Ross, das sie zum höchsten Gipfel der Lust tragen würde. Nefermaat spürte, wie ihre Schenkel mit der Wucht von Mauerbrechern gegen seine Hüften stießen. Hathor schien in dieser Nacht völlig außer sich zu sein; kein Sterblicher hätte sie besänftigen können.

Erneut streckte er die Hände aus und strich nun über die mächtigen Schenkel, die ihn gefangen hielten. Sie waren weich, aber auch kräftig, und Nefermaat wunderte sich, weil Nubchesbeds Beine schlanker waren. Er schlug die Augen auf und versuchte vergeblich, irgendetwas zu erkennen, als seine Reiterin ihren Rhythmus beschleunigte. Er fuhr mit den Händen über ihre großzügigen Hüften, und plötzlich wusste er, dass sie nicht seiner Geliebten gehörten. Ein unbeschreibliches Gefühl von Verwirrung und Ratlosigkeit überfiel ihn und sofort danach die nackte Angst, hart und erstickend wie der Wüstenwind. Ohne dass er es verhindern konnte, begann die geheimnisvolle Amazone laut zu stöhnen; in einem Zustand wilder Verzückung beugte sie sich unter krampfhaften Zuckungen und Stoßseufzern, die aus ihrem tiefsten Innern zu kommen schienen, über ihn.

Als jener Körper erschöpft auf seinen niedersank, spürte Nefermaat, wie sich ein Paar große Brüste im Rhythmus eines stockenden Atems auf und ab bewegten. Als er sie berührte, bemerkte er, wie üppig sie waren, obwohl sie sich eng an ihn schmiegten. In diesem Augenblick flüsterte ihm eine keuchende Stimme süße Liebesworte ins Ohr. Mit zitternden Händen hob er ihren Kopf, weil er fürchtete, die Unbekannte zu erkennen. Doch sein Herz wusste bereits, wer sie war, noch ehe sich seine Augen vergewissern konnten. Nicht Hathor hatte ihn in dieser Nacht verführt, sondern Neferure.

In den letzten Tagen war Neferure sehr aufgeregt gewesen. Der Mann, den sie liebte und den sie mehr als alles andere auf der Welt begehrte, hatte ihr seine Liebe und seine grenzenlose Leidenschaft gestanden.

Wochenlang hatte ihr ein Diener geheime Botschaften überbracht, in denen Nefermaat ihr seine Gefühle offenbarte und sie bat, äußerste Diskretion zu wahren, bis ihre Beziehung in einem sicheren Hafen angekommen sei. In jedem Brief bekannte er sich aufs Neue zu seinen Gefühlen und wies zugleich auf die Gefahren hin, falls sie nicht vorsichtig wären. Prinzessin Nubchesbed buhle um ihn, während er versuche, sich aus der Affäre zu ziehen, ohne ihren königlichen Stolz zu verletzen. Er bat Neferure, nachsichtig zu sein, wenn sie sie zusammen sah; sie solle sich von dem Schein nicht täuschen lassen, denn in Wirklichkeit liebe er nur sie, Neferure.

Neferure beantwortete jeden einzelnen Brief. Allmählich öffnete sie ihm ihr Herz und versicherte ihm, nur ihm zu gehören.

Es war immer derselbe Diener, der ihre Botschaften dem geliebten Arzt überbrachte, der ihr dann erneut antwortete.

Das lange Warten wurde für Neferure zu einer Qual. Ihre Sehnsucht äußerte sich in wilden Träumen, in denen sie sich mit Nefermaat vereinte und ihm ewige Treue schwor.

Eines Nachmittags war es dann endlich so weit. Neferure erhielt eine Nachricht ihres Geliebten, in der er ihr vorschlug, sich heimlich zu treffen. Als die junge Frau dies las, stockte ihr das Herz. Eine unkontrollierbare Erregung erfasste sie. Rasch schrieb sie einige Zeilen, in denen sie sich einverstanden erklärte, und reichte sie dem Diener, damit er sie seinem Herrn überbrachte. Dann wartete sie ungeduldig auf die Nacht, und als es so weit war, verließ sie das Haus.

Alles verlief genauso wie in ihren kühnsten Träumen. Als Nefermaat kam, liebkoste sie ihn, wie sie es sich in ihren einsamen Nächten vorgestellt hatte, als sie sich leise und verzweifelt selbst befriedigte. Endlich gehörte der ersehnte Körper ihr, und als sie den Mann, den sie liebte, in sich spürte, brachen die aufgestauten Begierden in ihrem Innern los wie ein Sturm, den sie nicht mehr zu bändigen vermochte. In der Umarmung mit Nefermaat fühlte sie sich frei und unendlich glücklich, denn all ihre Sehnsüchte waren in Erfüllung gegangen.

Doch dann geschah etwas, das sie sich nicht erklären konnte, das sie aber deutlich fühlte. Gerade als sie einen Orgasmus erlebte, der gar nicht mehr aufhören wollte, hatte sie der Körper, der sie zuvor zu ungeahnten Wonnen getragen hatte, ohne ersichtlichen Grund, aber unmissverständlich zurückgewiesen. Während sie noch auf ihm lag und versuchte, wieder zu Atem zu kommen, hatte sie gespürt, wie er unbeholfen und nervös ihre Brüste abtastete, als versuchte er herauszufinden, wem sie gehörten. In diesem Moment hatte sie das bittere Gefühl gehabt, als eine Fremde zurückgestoßen zu werden. Da hörte sie zum ersten Mal seine Stimme.

»Neferure? Bist du es?«

Ihr stockte das Herz.

»Wer sonst, mein Geliebter?«, antwortete sie ängstlich. »Ich bin hier, so wie wir es vereinbart haben.«

»Vereinbart? Bei den zwölf Göttinnen der Nachtstunden!* Soll das ein Witz sein?«, erwiderte Nefermaat und stieß ihren zärtlichen Arm weg.

»Ein Witz? Ich hoffe nicht«, antwortete sie und richtete sich auf. »Du hast mir doch heute Nachmittag eine Botschaft geschickt und diesen Treffpunkt vorgeschlagen, oder willst du das leugnen?«

* Diese Gottheiten symbolisierten die zwölf Stunden der Nacht.

»Und ob ich das leugne! Ich habe dir niemals irgendeine Botschaft geschickt.«

»Dann leugnest du auch, die Briefe geschrieben zu haben, in denen du mir deine Liebe gestehst?«, fragte Neferure wütend.

»Meine Liebe?«

In dem Augenblick bewegten sich die Sträucher, jemand bahnte sich einen Weg hindurch und kam auf die jungen Leute zu. Sie sahen überrascht auf. Wer konnte das sein? Als sie die Stimme hörten, zuckten sie zusammen:

»Ihr Hunde! Ich sollte euch auf der Stelle auspeitschen lassen!«

Es war Nubchesbed.

19

Nubchesbeds verzweifelte Stimme würde ein Leben lang in Nefermaats Herzen widerhallen. Ihre Klage war mehr als ein einfacher Fluch, sie war der hoffnungslose Schrei einer untröstlichen Seele. Im Handumdrehen hatte sich wie von Zauberhand alles verändert.

Die Prinzessin hatte sich zur verabredeten Zeit auf den Weg zu ihrem Versteck gemacht. Sie war glücklich, wie immer, wenn sie Nefermaat sehen würde, und dachte darüber nach, wie sie ihre Pläne am besten verwirklichen könnte. Sie musste es schaffen, den *sunu* von ihren Zielen zu überzeugen, denn ihre gemeinsame Liebe durfte dadurch keinen Schaden nehmen. Sie wusste um seine Redlichkeit und dass sie Zeit bräuchte, um ihn entsprechend ihren Wünschen zu formen, doch sie waren jung und hatten ein ganzes Leben lang Zeit, um ihre Ziele gemeinsam zu erreichen. Diese waren zu einer Art Besessenheit geworden, die ihr manchmal den Verstand trübte. Doch sie war sicher, dass ihre Verblendung nur eine Folge des schlechten Gewissens war. Sie glaubte, die Lage richtig einzuschätzen. Ihrer Meinung nach gab es niemanden aus ihrer Familie, der ihr als Gemahl ebenbürtig war, geschweige denn die Fähigkeit besaß, das heilige Land zu regieren. Sie musste vorsichtig agieren und auf den richtigen Augenblick warten. Sobald sie und ihr Geliebter eine gute Ausgangsposition hatten, würden sie den entscheidenden Schritt machen. Den Mut dazu hatte sie und auch die feste Überzeugung, eines Tages Königin von Ägypten zu sein.

Während ihr dieser Schwall von Gedanken durch den Kopf wirbelte, schwebten ihre Füße wie von selbst über den Weg, den sie sonst immer nahm. So sehr war sie in ihren Grübeleien versunken, dass sie die Dunkelheit um sie herum oder den verhangenen Himmel, der die Nacht noch finsterer machte, kaum wahrnahm.

Als die Prinzessin die Hennasträucher erreichte, kehrte sie abrupt von ihrer imaginären Reise durch die ungewisse Welt der Hoffnungen zurück. Ungewöhnliche Geräusche, die aus den Sträuchern drangen, versetzten sie mit einem Schlag wieder in die Realität. Zuerst dachte sie, es wäre Nefermaat, der nach ihr rief, doch als sie näher kam, wurden die undeutlichen Seufzer zu einer Vorahnung des Schreckens, einer Gefahr, die ihre eben noch glückliche Seele in einen tiefen schwarzen Abgrund stürzte.

Das Seufzen ging in lustvolles Stöhnen über. Verstört versuchte Nubchesbed herauszufinden, wer es war. Doch in der Dunkelheit war nichts zu erkennen, sodass sie, um mehr zu erfahren, die Ohren spitzen musste.

Lange lauschte sie gebannt dem lustvollen Stöhnen der Frau. Sie gab kleine Schreie von sich, sie seufzte und atmete heftig und schwer. Deutlich hörte sie das rhythmische Auf und Ab ihres Körpers. Als schließlich der Höhepunkt erreicht war, sank er mit einem leisen Röcheln, wie das eines verwundeten Tieres, auf den ihres Liebhabers.

Es folgte ein undeutliches Murmeln, die Bewegung sich aufrichtender Körper und dann deutlich Neferures Stimme.

Nubchesbeds Herz überschlug sich. Die Person, die sie hatte stöhnen hören, war Neferure. Ein Gefühl des Abscheus überwältigte sie, weil sie die junge Frau nicht ausstehen konnte. Sie hörte auch die Stimme ihres Liebhabers, aber so leise, dass sie sie nicht erkennen konnte. Die beiden Liebenden schienen sich zu unterhalten, aber sie konnte nur einzelne Wortfetzen verstehen.

»Wer sonst, mein Geliebter? Ich bin es, genau wie wir vereinbart haben.«

Die Prinzessin spürte, wie ihr Herz anfing zu rasen und ihre

Handflächen feucht wurden, aber sie lauschte aufmerksam weiter.

Sie hörte, wie Neferure sich aufrichtete und von Liebesbriefen sprach. Danach schien sich auch ihr Liebhaber aufzusetzen, und in diesem Augenblick hörte sie seine Stimme ganz deutlich.

Es war nur ein knapper Satz, aber in ihrer Verzweiflung kam er der Prinzessin unerträglich lang vor.

Nefermaat hatte »meine Liebe« gesagt, jene Worte, die nur ihr gelten durften und nun an die hassenswerte Neferure gerichtet waren. Ihre große Liebe, der Mann, für dessen Treue sie ihre Hände ins Feuer gelegt hätte, hatte sie auf niederträchtige Art mit einer hergelaufenen Hündin betrogen. Die beiden hatten sich am Boden gewälzt wie Tiere.

Dieser Anfall von Empörung wich sofort einem anderen, weitaus gefährlicheren Gefühl. Niemand durfte die Enkelin des Pharao auf derart schändliche Art hintergehen. Niemand würde sie zum Narren halten.

In diesem Augenblick traten die schlechtesten Charaktereigenschaften dieser stolzen jungen Frau hervor und überschwemmten sie, unaufhaltsam wie der Nil, wenn er während seiner Schwelle über die Ufer tritt. Ohne sich noch länger beherrschen zu können, trat sie aus ihrem Versteck und überschüttete die beiden mit Beleidigungen und Drohungen.

Als Nefermaat Nubchesbed erkannte, wäre er am liebsten von Nut verschluckt worden und in der Unterwelt versunken. Es war tausendmal besser, Re auf seiner von Gefahren umwitterten Reise durch die Nacht zu begleiten, als sich in einer solchen Situation wiederzufinden.

Als hätten sich die Götter gegen ihn verschworen, um sich noch mehr an seinem Unglück zu ergötzen, lösten sich jetzt die Wolken auf, am Horizont erschien der Mond und tauchte die Landschaft in schwaches Licht.

Nefermaat zweifelte keinen Augenblick daran, dass sich die Sternengötter angesichts dieser komischen Szene köstlicher amüsierten als je zuvor. Nackt, wie versteinert stand er neben Neferure und musste sich anhören, wie Nubchesbed sie wie eine Furie mit allem beschimpfte, was ihr gerade in den Sinn kam. Ihm fiel nichts ein, was er ihr hätte entgegensetzen können, denn er war genauso verblüfft wie die Prinzessin. Was war das für eine Zauberei? Welch üblen Scherz hatte man mit ihm getrieben? Er kam nicht dahinter, sein Herz war für diese Art von Rätseln nicht geschaffen, und erst recht nicht in diesem Moment.

Er musterte Neferures entblößten Körper, und plötzlich wurde er sich seiner eigenen Nacktheit bewusst. Sein Glied war noch geschwollen und feucht von der Lust, die es der jungen Frau verschafft hatte. Es war der Urheber des ganzen Durcheinanders, ohne daran schuld zu sein.

Er versuchte, einen klaren Kopf zu bekommen, um wieder denken zu können, doch es war vergebens. Der Gott Hapi hatte seine Fluten bereits über die Ufer gepeitscht, und ihm blieb nichts anderes übrig, als zu schwimmen.

Nubchesbed kam auf sie zu und stieß Neferure unsanft beiseite. Dann warf sie Nefermaat einen hasserfüllten Blick zu und versetzte ihm einen Schlag ins Gesicht. Der junge Arzt war sicher, dass dieser Blick nicht der Frau gehörte, die er liebte. Liebende konnten sich so nicht ansehen. Das Brennen ihres Schlags verging rasch, den Blick aber würde er niemals vergessen.

Anschließend trat die Prinzessin einen Schritt zurück und sah die beiden an.

»Was ihr mir angetan habt, werde ich euch niemals verzeihen! Merkt euch das, ab jetzt seid ihr meine Feinde! Also seht euch vor und vergesst nicht, dass ich eines Tages Königin sein werde. Und wenn es so weit ist, wird es in ganz Ägypten keinen Ort geben, an dem ihr euch verkriechen könntet. Dann werdet ihr büßen.«

Neferure vergrub das Gesicht in den Händen und begann zu schluchzen, während Nefermaat die Prinzessin ernst ansah.

»Du bist so wütend, dass du nicht mehr klar denken kannst. Siehst du nicht, dass wir einem Komplott zum Opfer gefallen sind? Das ist nicht das, was es ...«

»... zu sein scheint?«, fuhr Nubchesbed ihm anmaßend ins Wort. »Sag das nicht noch einmal, Nefermaat, nicht du!«

Dann drehte sie sich um und verschwand im Dickicht.

Neferure hörte auf zu weinen. Als hätte sie jetzt erst ihre Nacktheit entdeckt, griff sie nach ihrem Kleid und presste es gegen ihre Brust, um sich zu bedecken. Dann warf sie Nefermaat einen wütenden Blick zu und überschüttete ihn mit Schmähungen.

»Dein Halbbruder hat recht, wenn er dich verabscheut«, sagte sie und trat einen Schritt auf ihn zu. »Deine Familie hat dich verflucht, und genauso verfluche ich dich jetzt auch. Ja, ich verfluche dich und deine Nachfahren der kommenden zwanzig Generationen!«

Sie spuckte ihm ins Gesicht und lief dann, erneut schluchzend, mit den Kleidern in der Hand davon.

Nefermaat spürte, wie ihm der Speichel über das Gesicht rann. Für ihn war Neferures Ausbruch nur die logische Reaktion auf eine tiefe Enttäuschung. Die Ohnmacht vor der Erkenntnis, dass man ihre Gefühle missbraucht hatte. Nefermaat setzte sich und dachte nach. Alles war verwirrend, aber perfekt eingefädelt. Dass all diese Ereignisse von irgendwem gesteuert wurden, war ihm bewusst, obwohl er sich nicht vorstellen konnte, dass man mit den Gefühlen von Menschen spielte, um sie in eine Falle zu locken. Er war niemandes Feind, und trotzdem schien es jemanden zu geben, der das anders sah.

Seufzend band er sich den Schurz wieder um. Er fühlte sich so benommen, dass er nicht wusste, welchen Weg er nehmen sollte. Unzählige Erinnerungen prallten ungewollt in seinem Herzen aufeinander; ein unbeschreiblich beklemmendes Gefühl setzte sich in der Brust fest. Bilder aus seinem früheren Leben hinter den Mauern des Tempels schwirrten ihm durch den Kopf, und plötzlich hatte er einen Knoten im Hals. Er sah das Gesicht des alten Dekans deutlich vor sich, voll von Güte und Weisheit, und dachte, dass er den Tempel niemals hätte verlassen dürfen. Wahrscheinlich war sein Platz dort, doch er hatte ihn aus Hochmut und Geringschätzung verworfen. Seine Gier, und wenn es bloß das Verlangen nach Wissen gewesen war, hatte wie alles im Leben Folgen gehabt.

Sein Herz war gebrochen, vermutlich für immer, und jetzt musste er lernen, damit zu leben. Er würde Nubchesbed weiter lieben, doch ohne sie um Verzeihung bitten zu können, denn es gab nichts zu verzeihen. Ihre Wege hatten sich in jener Nacht auf die schlimmste Art getrennt, die man sich vorstellen konnte, aber trotzdem liebte er sie. Niemals würde er die Hoffnung aufgeben, dass die gütigen Götter eines Tages Licht in diese Schande brachten und die Wahrheit an den Tag kam. Plötzlich erinnerte er sich an die Ratschläge, die man ihm gegeben hatte, als er nach Theben gekommen war. Er glaubte, sie beherzigt zu haben und vorsichtig gewesen zu sein, doch die Ereignisse dieser Nacht hatten bewiesen, dass er sich getäuscht hatte. Jetzt hatte es keinen Zweck, sich zu beklagen. Es gab keinen Weg zurück, seine Zeit im Tempel gehörte der Vergangenheit an. Sein Platz war nun hier am Hof, als Arzt, und er konnte ihn nicht verlassen. Er schwor sich, dem Wissen, das man ihm im Tempel beigebracht hatte, treu zu bleiben und die Gesetze der *maat* zu befolgen. Nur so würde sein Herz die verlorene Ruhe wiederfinden. Es war der einzige Weg, um wahre Gerechtigkeit zu finden.

Seine Fröhlichkeit verschwand, und sein Gesicht nahm wieder den strengen, leicht verschlossenen Ausdruck von früher an. Die geheimnisvolle Aura, die er in der Tiefe seines Herzens vergessen hatte, kam erneut zum Vorschein und umgab ihn wie eine schützende Mauer. Das Glück hatte sein Herz so weit geöffnet, dass es seine alten Tugenden völlig vergessen hatte, denn ein glückliches Herz denkt nur ans Lächeln. Jetzt war alles anders geworden, und Nefermaat beschwor seine alten Begleiter mit aller gebotenen Intensität. Er brauchte sie mehr als je zuvor, um hinter ihren unsichtbaren Mauern Zuflucht zu finden, dem einzigen Ort, an dem er sich sicher fühlte.

Je mehr er zu seinem ursprünglichen Wesen zurückfand, umso deutlicher kehrte die alte Monotonie in sein Leben zurück. Der junge Arzt flüchtete sich in seine Arbeit und widmete sich ausschließlich seinen Patienten. Nur für sie lebte er, und das blieb dem Hof nicht verborgen.

Um diese Zeit fand die Hochzeit seines alten Freundes Paneb statt. Obwohl er seine Unlust nicht überwinden konnte, musste Nefermaat daran teilnehmen, schließlich sollte Paneb nicht zum Leidtragenden seiner Enttäuschungen werden. Die Hochzeitsfeier fand in der luxuriösen Residenz des Bräutigams statt, und alle vornehmen Familien aus Theben sowie sämtliche Würdenträger und Beamten waren eingeladen. Nefermaat befürchtete, Nubchesbed dort zu begegnen, doch die Prinzessin hatte abgesagt, angeblich fühlte sie sich nicht wohl.

Nefermaat spazierte allein und lustlos durch den Garten und konnte es kaum erwarten, wieder in seine Gemächer zurückzukehren. Daher nahm er Paneb bei der nächsten Gelegenheit beiseite, um sich von ihm zu verabschieden.

»Du willst schon gehen? Das Fest hat ja nicht einmal begonnen!«

»Ich weiß, mein Freund. Aber mir ist wirklich nicht zum Feiern zu Mute.«

Paneb zog die Augenbrauen hoch.

»Nubchesbed?«, fragte er.

Nefermaat nickte traurig.

»Mach dir nicht so viele Gedanken. Es wird schon wieder werden.«

»Ich fürchte nicht, mein lieber Freund. Ich bin wirklich verzweifelt.«

»Oh!«, antwortete Paneb. »Das tut mir aufrichtig leid. Ist Nubchesbed deshalb nicht gekommen?«

»Wahrscheinlich. Warum sollten wir dir deine Hochzeit verderben?«, antwortete Nefermaat.

»Was ist denn geschehen?«

»Etwas, das ich mir nicht einmal in meinen schlimmsten Albträumen hätte vorstellen können«, erklärte Nefermaat niedergeschlagen.

»Erzähl! Vielleicht kann ich dir helfen. Für dich habe ich immer Zeit, auch wenn es mein Hochzeitstag ist.«

Mit Tränen in den Augen erzählte Nefermaat seinem Freund bis ins kleinste Detail, was geschehen war. Am Ende sah ihn Paneb ungläubig an.

»Möge Ammit mich verschlingen, wenn ich so etwas schon mal gehört habe!«, sagte er fassungslos.

»Es ist schrecklich, nicht wahr?«

»Schrecklich? Ich weiß nicht, was ich sagen soll. Jemand, der so etwas ausheckt, kann doch kein Mensch sein.«

»Ich fürchte, dass er genauso ein Mensch ist wie du und ich.«

»Aber völlig pervers, wenn du mich fragst«, entgegnete Paneb. »Was willst du jetzt machen?«

»Ich weiß nicht. Ich glaube nicht, dass die Prinzessin willens ist, mich anzuhören. Vergiss nicht, dass sie alles mitbekommen hat.«

»Was für ein Schlamassel. Und ausgerechnet mit Neferure. Jeder weiß, dass Nubchesbed sie nicht ausstehen kann.«

Nefermaat verzog resigniert das Gesicht.

»Wie du siehst, gibt es nichts, was ich tun könnte.«

Die Freunde schwiegen eine Weile. Paneb überlegte.

»Ja, ich glaube auch, dass es wenig Zweck hätte, wenn du versuchst, sie jetzt aufzusuchen. Wir wissen ja, wie Nubchesbed sein kann, sie würde dir nicht einmal zuhören.«

Nefermaat nickte und senkte den Kopf.

»Sie ist wunderschön, aber sie hat auch ihre Fehler, mein Freund. Du weißt besser als jeder andere, wie heftig der Hochmut mit ihr durchgehen kann und wie schnell sich in ihrem Herzen Groll festsetzt.«

»Im Augenblick kann ich nichts anderes tun, als mich mit der Situation abzufinden«, sagte Nefermaat und zuckte die Achseln. »Vielleicht lässt sich eines Tages alles klären.«

»Vielleicht ... Aber bis dahin will ich dich nicht so traurig sehen. Kopf hoch. Ein Mann, der den Gesetzen der *maat* so treu ergeben ist wie du, sollte sich vor nichts fürchten. Früher oder später werden die Götter Licht in diese Angelegenheit bringen, und außerdem darfst du niemals vergessen, dass du unter Sachmets Schutz stehst.«

»Die Göttin hat mit alledem wenig zu tun, und es ziemt sich auch nicht, sie da hineinzuziehen«, sagte Nefermaat entschieden.

»Du bist ganz schön mutlos, mein Freund. Nun ja, mal sehen, was ich machen kann.«

Nefermaat hob den Kopf, Hoffnung erhellte sein Gesicht.

»Ich will versuchen, die Prinzessin zu treffen. Du weißt ja, dass wir ganz gute Freunde sind. Vielleicht kann ich etwas bewirken, aber du wirst verstehen, dass ich äußerst vorsichtig vorgehen muss.«

»Ja, natürlich«, antwortete Nefermaat leise.

»Nun gut, und jetzt vergiss die Sache erst mal wieder, statt dich die ganze Zeit zu zermürben. Seien wir zuversichtlich, am Ende siegt immer die Wahrheit.«

Nefermaat nickte und legte seinem Freund dankbar die Hand auf die Schulter.

»So, aber jetzt muss ich dich verlassen, ich will nicht, dass sich meine verehrte Gemahlin an ihrem Hochzeitstag vernachlässigt fühlt. Ich hoffe, ich kann dir bald Gutes berichten«, schloss er. »Vor allem darfst du den Glauben nicht verlieren.«

Nefermaat sah, wie sein Freund sich einen Weg durch die vielen Gäste bahnte, die ihm alles Gute wünschten. Paneb verdiente es, und in diesem Augenblick war Nefermaat froh, zu seiner Hochzeitsfeier gekommen zu sein. Er war ein echter Freund und würde alles tun, was in seiner Macht stand, um ihm zu helfen.

Er wanderte noch eine Weile herum, bis er den Wunsch verspürte, nach Hause zu gehen. Unter den vielen Gästen fühlte er sich wie ein Fremder, und das war ein Gefühl, das er nur schwer ertragen konnte. Er verließ das Fest genauso diskret, wie er gekommen war.

Das Leben ging weiter, und wie Paneb gesagt hatte, die Zeit würde alles wieder in Ordnung bringen, zumindest hoffte er das.

Eines Morgens suchte Nefermaat Prinz Amunherchepeschef auf, um ihm den Gips abzunehmen. Der Prinz hatte sich verhältnismäßig schnell von seinen Verletzungen erholt, obwohl sich eine der Wunden entzündet hatte und Nefermaat sie mit fermentierter Hefe behandeln musste. Wie so oft hatte der in der Hefe enthaltene Schimmel* gute Ergebnisse geliefert, und die Wunde des Prinzen war bald geheilt.

Amunherchepeschef saß im schattigen Garten des Palastes, als er Nefermaat kommen sah.

»Ich hoffe, dass Sachmet nichts dagegen hat, wenn du mich endlich von dem Gips befreist«, rief er und hielt den Arm hoch.

Nefermaat grüßte ihn respektvoll und zwang sich ein Lächeln ab.

* In manchen Schimmelpilzarten wurden Antibiotika entdeckt, und Hefe besteht aus einzelligen Pilzen.

»Hat die Göttin etwa beschlossen, sich meiner zu erbarmen?«, fragte der Prinz, als er sah, wie der junge Arzt seine Instrumente auspackte.

»Ja, sie ist mit deiner Heilung zufrieden«, antwortete Nefermaat und sah ihm einen Moment in die Augen.

»Wirklich?«

»Ja, sie hat es mir mitgeteilt. Hast du vergessen, dass ich ihr Auserwählter bin?«, erwiderte Nefermaat und holte seine Zange hervor.

Der Prinz lachte.

»Ich muss dir gestehen, dass du mir sehr sympathisch bist. Ich glaube, dass du tatsächlich unter dem Schutz der Mächtigen* stehst und dass sie dich vielleicht sogar ins Herz geschlossen hat.«

Der Arzt bedankte sich mit einer Geste.

»Einen Gott muss es ja geben, der uns beschützt, wenn uns alle anderen den Rücken gekehrt haben, oder?«, sagte Amunherchepeschef.

Nefermaat sah ihn an, und sein Blick verfinsterte sich.

»Sieh mich nicht so an, mein Freund. Hin und wieder werden wir alle von irgendeiner Gottheit im Stich gelassen, das gehört zum Leben.«

Nefermaat biss die Zähne zusammen, als er an die Bedeutung dieser Worte dachte. Und da er wusste, wie scharfzüngig der Prinz sein konnte, erkannte er auch die Zweideutigkeit darin.

»Ich will nicht ironischer sein, als ich ohnehin bin«, erklärte Amunherchepeschef, als er seine Gedanken las. »Vergessen wir das Ganze. Komm, ich lade dich zu einem Glas Wein ein.«

»Danke, mein Prinz, aber du weißt ja, dass ich nicht trinke.«

»Lass uns auf meine Genesung anstoßen. Nach dem Unfall erscheint es mir wie ein Wunder, dass ich wieder gesund bin. Komm, trink ein Glas mit mir, der Wein ist köstlich.«

* Einer von mehreren Namen, unter denen Sachmet bekannt war.

»Bestimmt«, erwiderte Nefermaat knapp, winkte aber trotzdem ab.

»Wenn du schon nicht auf meine Gesundheit trinken willst, dann wenigstens auf die von Sesostris. Dass er sich so schnell erholt hat, ist wirklich ein Wunder.«

»Ja, das denke ich auch«, gestand Nefermaat. »Einen so kräftigen Mann habe ich noch nie gesehen.«

»Weder du noch sonst jemand«, antwortete der Prinz lakonisch. »Dieser Mann hat die Kraft eines Stieres. Sein sehniger Körper ist unvorstellbar zäh, und jetzt bist du für ihn wie ein Gott.«

Erneut zwang sich der junge Arzt zu einem Lächeln und begann, den Gips aufzuschneiden.

»Er ist ein Anhänger von Seth, kein Wunder, ist er doch ein Kind der Wüste, aber jetzt hat er auch dich in sein Pantheon aufgenommen.«

»Ich muss dir recht geben, mein Prinz. Er besitzt ungeahnte Kraft, und sein Schädel ist so hart wie der rote Granitstein aus Assuan. Das kann ich bezeugen.«

Der Prinz lachte aus vollem Herzen.

»Habe ich dir jemals erzählt, dass er mit den Tieren spricht?«, fragte der Prinz und beugte sich leicht vor.

»Nun ja, das tust du schließlich auch, mein Prinz, daher …«

»Das lässt sich nicht vergleichen«, unterbrach ihn Amunherchepeschef. »Die Pferde stehen ja sogar über den Menschen, deshalb haben sie keine Schwierigkeit, uns zu verstehen. Ich meine die Raubtiere, die Bestien der Wüste, er spricht zu ihnen, und sie hören ihm zu.«

»Was sagt er ihnen denn?«

»Keine Ahnung«, erwiderte der Prinz und zuckte die Achseln. »Er redet in der Sprache der Wüstenbewohner mit ihnen, verstehst du? Jedes Mal, wenn er ein Tier erlegt, zelebriert er eine Art Ritual zu seinen Ehren. Komisch, findest du nicht?«

Nefermaat nahm das letzte Stück des *imru* ab, und der Arm des Prinzen war frei.

»Gesegnet sei Anat!«, rief dieser fröhlich.

Der junge Arzt untersuchte den Unterarm ein letztes Mal und nickte zufrieden.

»Sieht ganz gut aus, aber du musst ihn noch ein paar Tage in einer Schlinge tragen und bestimmte Übungen machen, um die Muskeln im Arm wieder aufzubauen.«

Der Prinz lächelte entzückt, als er sich über den Arm strich. Dann sah er Nefermaat an und legte ihm die Hand auf die Schulter.

»Nefermaat, es liegt mir fern, mich über dein Unglück lustig zu machen, aber lass dir gesagt sein, dass deine schlechte Laune nicht gerade dazu beiträgt, dass keiner etwas merkt. Vergiss nicht, dass in Medinet Habu jedes Geheimnis ans Licht kommt.«

Nefermaat warf ihm einen fragenden Blick zu.

»Ich muss dir nicht erzählen, was du ohnehin bereits weißt, mein Prinz.«

»Das erwarte ich auch nicht von dir, und die Einzelheiten gehen mich auch nichts an, aber du bist dir hoffentlich darüber im Klaren, dass man euch benutzt hat.«

Jetzt wurde Nefermaats Blick unruhig.

»Das ist es ja, was ich nicht verstehe«, murmelte er. »Aber mir bleibt nichts anderes übrig, als mich damit abzufinden.«

»Du liebst sie doch, oder nicht?«

»Du kannst dir nicht vorstellen, wie sehr, mein Prinz.«

»Allem Anschein nach hat euch Renenutet einen üblen Streich gespielt, was? Man weiß nie, was sie im Schilde führt, es liegt in ihrer Natur. Wie auch immer, in Sachen Liebe sollte man die Hoffnung nie aufgeben.«

Nefermaat sah ihn erwartungsvoll an.

»Nicht, dass ich Genaueres wüsste«, fuhr der Prinz fort. »Aber wie man mir erzählt hat, scheint Nubchesbed sehr schlecht gelaunt zu sein, sie ist nur noch gereizt, und das ist kein übles Zeichen.«

Jetzt wirkte Nefermaat überrascht.

»Ist doch klar! Wenn du keinen Platz mehr in ihrem Herzen hättest, wäre sie nicht so wütend.«

Nefermaat rieb sich nachdenklich das Kinn.

»Wer könnte hinter einer solchen Schweinerei stecken?«, fragte er schließlich.

»Das kann ich dir nicht sagen. Sehr gut möglich, dass die Wahrheit nie an den Tag kommt.«

Nefermaat senkte schweigend den Kopf und begann, seine Instrumente einzusammeln.

»Darüber würde ich mir an deiner Stelle auch gar nicht erst den Kopf zerbrechen«, fuhr der Prinz fort. »Wir werden es vielleicht nie erfahren, aber das Leben geht weiter.«

Es folgte eine unbehagliche Stille, die nur unterbrochen wurde, wenn der Prinz sein Weinglas zum Mund führte.

»Wenn du mich nicht mehr brauchst, werde ich jetzt gehen, mein Prinz. Ich habe noch andere Patienten zu versorgen«, erklärte Nefermaat.

»Natürlich, ich werde deiner Magie nicht im Wege stehen. Aber wenn du noch einen kleinen Augenblick Zeit hast, will ich dich einem interessanten Mann vorstellen«, entgegnete der Prinz und machte eine entsprechende Handbewegung.

Instinktiv drehte Nefermaat den Kopf in die Richtung, die er angedeutet hatte, und sah einen Mann auf sie zukommen. Er war groß und schlank, trug einen fein gearbeiteten Stab und schritt mit der Gemächlichkeit eines Menschen, der keine Eile kennt. Mit seinem makellos weißen Gewand und dem kahl geschorenen Schädel sah er aus wie die alten Priester auf den Wandreliefs der Tempelmauern. Sofort erkannte Nefermaat in ihm den unauslöschlichen Stempel, den man nur in den Tempeln erhielt, und die Haltung eines Menschen, der um seine Macht weiß.

»Sei gegrüßt, Ramsesnacht«, rief der Prinz und hob sein Glas. »Amun, der Verborgene, schickt dich zum richtigen Zeitpunkt.«

Der Angesprochene verneigte sich leicht und setzte sich auf den Schemel, den Amunherchepeschef ihm anbot.

»Anat hat meine Gebete endlich erhört«, fuhr der Prinz fort und zeigte ihm den Arm. »Heute wurde der Arm aus seinem grausamen Gefängnis befreit.«

Der Mann warf nur einen kurzen Blick darauf und sah dann Nefermaat an.

»Ach, verzeih, wie unachtsam von mir«, sagte der Prinz hastig. »Kennst du Nefermaat?«

»Nur vom Hörensagen«, antwortete Ramsesnacht knapp, während er den jungen Arzt betrachtete.

»Nun, er war der Künstler, der meinen gebrochenen Arm wieder zusammengeflickt hat. Allerdings war das ein Kinderspiel im Vergleich zu dem Eingriff an Sesostris.«

Dann sah er den jungen Arzt an und machte eine vielsagende Geste.

»Komm her, mein Junge, ich will dir den ehrenwerten Ramsesnacht vorstellen, Bruder des Ersten Dieners von Amun, Usermaatrenacht. Ein unvergleichlich heiliger Mann, vor dem ich die größte Hochachtung habe.«

Nefermaat neigte den Kopf zum Gruß. Wie jeder in Theben hatte auch er von diesem Mann gehört, der nicht nur als Bruder des Ersten Propheten Amuns bekannt war, sondern auch für seinen enormen Reichtum und sein Netzwerk von Informanten, die ihn über alles, was sich in Theben ereignete, auf dem Laufenden hielten.

Das flog dem jungen Arzt durch den Kopf, und einen Augenblick lang hatte er ein mulmiges Gefühl. Als Bruder von Usermaatrenacht war er auch Neferures Großonkel, was unter den gegebenen Umständen nicht gerade zu Nefermaats Beruhigung beitrug. Wenn der Prinz darüber Bescheid wusste, was geschehen war, dann war es diesem Mann bestimmt nicht verborgen geblieben.

Ihre Blicke trafen sich, und einen Moment lang tasteten sie sich gegenseitig ab. Den jungen Arzt konnte das Gesicht des Mannes nicht beeindrucken. Er kannte diesen Ausdruck, er hatte ihn im Tempel unzählige Male gesehen. Es war dieselbe verschlossene und unergründliche Fassade, die er jahrelang bei anderen Männern beobachtet und dann selbst auf die natürlichste Weise übernommen hatte. Ramsesnachts ausdrucksloses Gesicht war nichts anderes als seine Visitenkarte, und seine zur Schau getragene Gleichgültigkeit gegenüber dem, was er hörte, bloß eine Maske, hinter der er seine inneren Gefühle versteckte. Gefühle, die sein Blick jedoch erahnen ließ, denn in seinen Augen leuchtete gelegentlich ein ungewohntes Feuer auf.

Der kurze Augenblick reichte beiden, um sich gegenseitig einzuschätzen und ihre Schlüsse zu ziehen. Dann wandte sich Ramsesnacht an den Prinzen.

»Gut zu sehen, dass man in der Abgeschiedenheit unserer Tempel die jungen Leute in unsere alten Mysterien einweiht.«

Nefermaat war nicht überrascht von Ramsesnachts bedächtigen Bewegungen oder seinem salbungsvollen Tonfall.

»Ich kann dir versichern, dass Nefermaat ein begnadeter Schüler war«, fuhr der Prinz fort.

»In einer so komplizierten Disziplin wie derjenigen, die ein *uabu*-Priester beherrschen muss, ist das wirklich verdienstvoll«, antwortete Ramsesnacht und sah den jungen Arzt an.

»Eure Worte sind sehr gütig, und ich danke Euch dafür, aber Ihr wisst, wie schwer es ist, die eigenen Kenntnisse zu erweitern. Ich wurde von weisen Männern ausgebildet, um der *maat* und der Göttin Sachmet zu dienen, und das ist der einzige Weg, den ich nun gehen will.«

»Ein lobenswerter Weg, den du eingeschlagen hast«, bemerkte

Ramsesnacht und sah ihm erneut in die Augen. »Aber zugleich voller Hindernisse, die uns zuweilen unüberwindlich erscheinen, wie du sicherlich schon am eigenen Leib erfahren hast.«

Der junge Arzt hielt seinem Blick stand und nickte.

»Ich werde nicht derjenige sein, der sie aufstellt, edler Ramsesnacht«, sagte Nefermaat leise.

Ramsesnacht machte eine kaum merkliche zustimmende Gebärde und wandte sich dem Prinzen zu.

»Ich glaube, dass Nefermaat vor tausend Jahren hätte geboren werden müssen«, sagte Amunherchepeschef fröhlich. »Er ist viel zu mystisch veranlagt für unsere heutige Zeit. Nur noch wenige Menschen schlagen den Weg ein, den er geht.«

Ramsesnacht schwieg und beobachtete, wie Nefermaat nach der Tasche mit seinen Instrumenten griff.

»Es hat mein Herz sehr erfreut, den edlen Ramsesnacht kennen lernen zu dürfen. Ich würde gern länger bleiben, aber es wartet Arbeit auf mich, wie ich dem Prinzen bereits erklärte.«

Amunherchepeschef hob die Hand.

»Möge Sachmet dir den Weg weisen.«

»Mögen Amun und Anat euch beschützen«, verabschiedete sich Nefermaat und verließ den Garten.

Ramsesnacht sah ihm aufmerksam nach, während er sich entfernte, dann wandte er sich dem Prinzen zu. Sie hatten eine Menge zu besprechen.

20

Die Nacht senkte sich über Ägypten herab und breitete ihr schwärzestes Gewand aus. Nut hatte sich mit ihren dunklen Kleidern geschmückt, um den Neumond zu feiern. Die Göttin liebte diese Mondphase über alle Maßen, denn in ihr konnte sie ihre einzigartige Schönheit ungehindert zur Schau stellen. Es war ein prächtiges Fest am Himmelsgewölbe, zu dem sämtliche Gestirne eingeladen waren. Nut ermunterte sie, an dem festlichen Akt teilzunehmen und – jedes von seinem Platz aus – ihren unendlichen Glanz zu offenbaren. Entzückt folgten sie der Einladung und verstreuten unzählige kleine Lichter über den heiligen Bauch der Göttin.

Doch Schu, der Leere,* hatte in jener Nacht beschlossen, der Göttin seine uralte Abneigung zu zeigen. Der Luftgott war von Re erschaffen worden, um Nut, den Himmel, von ihrem geliebten Gemahl Geb, der Erde, zu trennen, und Schu hatte beschlossen, dass Letzterer diesmal nicht am prächtigen Zauber seiner Gattin teilhaben sollte. Der eifrige Schu hatte dazu seine himmlische Schwester Tefnut, die Göttin der Feuchtigkeit, um Hilfe gebeten, die den prachtvollen Himmel mit einem undurchdringlichen Schleier verhängte.

So leidenschaftlich hatten sich Schu und Tefnut umarmt, dass das ganze Niltal in dichten Nebel gehüllt war. Die Menschen konnten sich nicht erinnern, so etwas je gesehen zu haben. Selbst Re zürnte, weil sich nun niemand mehr an dem prächtigen ägyptischen Himmel erfreuen konnte.

* Personifizierung des Luftgottes, Schu bedeutet leer sein.

Das Leben im Niltal kam zum Erliegen. Erdrückende Stille legte sich wie ein unsichtbarer Steinquader über das Land von Kemet und tauchte alles in eine seltsame Unwirklichkeit. Es war, als wäre die Zeit stehen geblieben und hätte jede Spur von Leben ausgelöscht. In dieser Nacht war das Land der Schwarzen Erde zu einem Gespenst geworden, das unter einem dichten Nebelschleier zu ersticken drohte. Sogar Hapi, der Gott des Flusses, schwieg; man hörte nicht einmal das Rauschen des Wassers.

Es war der ideale Augenblick für jene Männer, die sich vorgenommen hatten, die vor undenklichen Zeiten von den Göttern errichtete Ordnung zu zerstören. Nur in einer solchen Nacht konnte die schrecklichste Verschwörung aller Zeiten geschmiedet werden, die sich gegen das Herz des Reiches und dessen Bewohner richtete. Eine unvorstellbare Tat, genauso unwirklich wie das Land in jenen Stunden.

Nach und nach trafen die mit Kapuzen verhüllten Männer an dem vereinbarten Ort ein, einem alten, fast vergessenen Anwesen am Ostufer des Nils, das man nur vom Fluss aus erreichen konnte, da keine Straße dorthin führte. Das Haus war unter größter Vorsicht und Geheimhaltung ausgewählt worden, schließlich sollte hier über Ägyptens Zukunft entschieden werden.

Eins nach dem anderen tauchten die kleinen Boote aus dem dichten Nebel auf, wie Seelen aus dem Amenti. Sie kamen aus allen Richtungen, und nachdem sie am Kai festgebunden worden waren, verschwanden ihre Besitzer wie umherirrende Seelen im Innern des Anwesens.

Im schwachen Schein der Kerzen saßen die Kapuzenmänner im Kreis und schwiegen. Es waren elf an der Zahl. Die Kerzen warfen gespenstische Schatten an die Wand, die sich im Dunst der Atmosphäre auflösten.

Dann stand einer der Männer auf und musterte die anderen. Das diffuse Licht bildete eine Art Aura um seine Gestalt, sodass er wie eine Erscheinung wirkte.

»Dies ist unser letztes Treffen«, sagte er sehr ernst. »Die Stunde der Wahrheit naht; jetzt gibt es kein Zurück mehr. Ab sofort kommt es auf jeden von uns an. Jeder hat eine bestimmte Aufgabe zu erfüllen, von der unser aller Wohl abhängt. Daher sollten wir uns jetzt zu erkennen geben.«

Mit einer mechanischen Bewegung nahmen alle Anwesenden ihre Kapuzen ab. Dann sahen sie sich zögernd und neugierig an, obwohl sie bei früheren Treffen die anderen an ihren Stimmen längst erkannt hatten.

»Ihr alle wisst, wer ich bin«, fuhr der Mann fort. »Ich heiße Pai-bek-Amen und bin der Haushofmeister des Frauenhauses und Vertrauter der Königin Teje. Ich bin das Glied, das euch mit ihr verbindet, und derjenige, der euch ihre Anweisungen mitteilt.«

Die Versammelten schwiegen.

»Wir haben diesen Plan sorgfältig und lange vorbereitet. Jetzt endlich ist die Zeit gekommen, wir können nicht länger warten, sonst laufen wir Gefahr zu scheitern«, warnte Pai-bek-Amen. »Wie ihr seht, bekleiden alle von uns wichtige Ämter im Staat und genießen das Vertrauen des Gottes.«

Die Anwesenden sahen einander an und nickten murmelnd.

»Wer könnte dem Gott näher kommen als Maiaria, sein Kellermeister, oder Hui, der Vorsteher seiner Herden, Messui und Shotmaadche, die königlichen Schreiber der Archive, oder Panouk und Pentaui, die beiden Verwalter des königlichen Harems«, erklärte der Haushofmeister des königlichen Frauenhauses. »Und trotzdem sind sie nicht die Einzigen, denn unter uns weilen auch der edle Pairi, Vorsteher des königlichen Schatzhauses, der Magier am Hof, Prekamenef, und General Paiis.* Wir alle müssen zusammen dafür sorgen, dass dieses Unternehmen erfolgreich zu Ende geführt wird. Wenn wir schnell handeln,

* All diese Personen und Namen sind überliefert.

können wir in einer Nacht die Macht an uns reißen. Viele warten darauf, uns zu folgen. Es ist alles in die Wege geleitet.«

»Und der König?«, fragte Pairi.

»Der König soll im Frauenhaus umgebracht werden. Das wird das endgültige Zeichen für den bewaffneten Aufstand sein. Auch Kronprinz Ramses wird sterben.«

»Wie viele Männer stehen dem General zur Verfügung?«, wollte einer der Schreiber wissen.

»Ausreichend«, antwortete Paiis hastig. »Meine Männer werden nicht allein sein. Der Befehlshaber Bonemuese und seine Bataillone aus dem Kusch werden sich uns anschließen.«

Die Versammelten nickten zustimmend.

»Eine Sache macht mir Sorgen«, wandte Hui ein. »Habt ihr an die Göttlichkeit des Pharao gedacht? Nach dem Schönen Fest vom Wüstental wird Amun seine Macht erneuert haben, vielleicht ist dann etwas mehr nötig als eine Intrige seiner Konkubinen, um ihn zu töten?«

»Deshalb zählen wir auf Prekamenefs Hilfe, er ist der mächtigste Zauberer in ganz Ägypten, ein *heka*, der sich auf die Mithilfe der beiden königlichen Schreiber stützen kann, die alle seine Beschwörungen und Zauberformeln verlesen werden. Gegenüber Prekamenef und seiner Magie hat der Pharao keine Chance. Pairi, der Vorsteher des Schatzhauses, wird dafür sorgen, dass alle drei freien Zugang zum Haremsgebäude haben.«

»Wir müssen nur noch den genauen Zeitpunkt festlegen«, erklärte der General.

»Die Zeit läuft gegen uns. Es besteht durchaus die Gefahr, dass man unsere Verschwörung vorzeitig entdeckt oder der Pharao plötzlich eines natürlichen Todes stirbt. Alles ist möglich, und das unbedeutendste Ereignis kann uns zum Verhängnis werden«, unterstrich der Haushofmeister des Frauenhauses. »Vergesst nicht die Sache mit Prinzessin Nubchesbed.«

Bei den Worten erhob sich ein Raunen.

»Um ein Haar hätten sie und dieser Nefermaat unseren Plan durchkreuzt, ohne es zu ahnen«, erklärte der General nicht ohne einen gewissen Humor. »Etwas so Banales wie die Liebe zwischen zwei Jugendlichen hätte unser gesamtes Konstrukt zum Einsturz bringen können.«

»Ihr müsst zugeben, dass die Königin die richtigen Fäden gezogen hat«, entgegnete der Haushofmeister. »Trotzdem dürfen wir das Glück nicht mehr als nötig herausfordern.«

Die Verschwörer nickten erneut.

»Aus all diesen Gründen haben wir beschlossen, den Zeitpunkt jetzt festzulegen. Wie ihr alle wisst, wird mit dem nächsten Vollmond das heilige Fest des Niltals gefeiert. Das wird das Zeichen sein. In der Nacht nach dem Fest schlagen wir zu. Wir werden also doppelt feiern können, denn nach dem Fest wird es einen neuen Pharao auf dem Thron zu bejubeln geben. Unseren Herrn Pentaweret, den wahren Erstgeborenen und den Einzigen, der berechtigt ist, die Doppelkrone zu tragen. Er steht im Hintergrund bereit, um die Macht an sich zu reißen. Wir sind seine Diener, und er wird uns reich belohnen«, versicherte Pai-bek-Amen.

Seine Worte sorgten für Aufruhr.

»Da ist noch etwas«, fügte Pai-bek-Amen hinzu, worauf die anderen verstummten. »Wir alle wissen, welches Risiko wir eingehen. Wenn wir entdeckt werden oder scheitern, müssen wir es mit unserem Leben bezahlen. Deshalb sollten wir alle so vorsichtig wie möglich vorgehen. Denkt daran, dass wir die besten Karten besitzen«, sagte er lächelnd. »Und wenn der Plan aus irgendeinem Grund schiefgehen sollte, haben wir immer noch einen letzten Trumpf in der Hand, der nicht versagen wird.«

Die Gruppe der Verschwörer stimmte seinen Worten befriedigt zu und aller Augen wandten sich demselben Mann zu: Iryi.

Paneb saß in sich gekehrt in seinem Lieblingssessel. Es waren keine angenehmen Gedanken, die ihm durch den Kopf gingen. Er musste sich jeden Schritt, den er machen würde, sorgfältig überlegen und durfte auch die möglichen Folgen nicht außer Acht lassen. Die Zeiten hatten sich geändert. Das Ägypten seiner Vorfahren, in dem das Leben angenehm und ruhig gewesen war, gehörte der Vergangenheit an. Damals hatte man in aller Ruhe und fast ohne Sorgen zusehen können, wie das Leben langsam verstrich, während man den Göttern huldigte. Mit der Welt, in die er hineingeboren war, hatte das nur noch wenig zu tun. Der träge, friedliche Rhythmus der alten ägyptischen Gesellschaft hatte sich radikal verändert. Jetzt wurde Kemet von einer allmächtigen Kraft mitgerissen, die unaufhaltsam schien. Sie löste die Machtstrukturen des Reiches Stück für Stück auf, sodass seine Zukunft nicht länger vorhersehbar war. Nur diejenigen würden ihre Privilegien behalten können, denen es gelang, sich der neuen Lage anzupassen. Doch dazu musste man sich an dem Spiel beteiligen, einer komplexen Partie zwischen mächtigen Kräften, die auf dem Schachbrett der Zwei Länder entschieden wurde.

So sehr war er in seinen trüben Gedanken versunken, dass er den Besucher erst bemerkte, als dieser direkt neben ihm stand. Er zuckte unmerklich zusammen, fasste sich aber sofort wieder und bot ihm einen Platz an.

Paneb sah seinem Gast länger in die Augen, als die Formalitäten es vorschrieben. Er hatte ihn nie ausstehen können, aber jetzt brauchte er seine Hilfe, da er eine entscheidende Figur in diesem großen Spiel war. Seufzend faltete Paneb die Hände und führte sie dann in einer nachdenklichen Geste zum Mund. Er musste diesen Mann entsprechend seiner Position auf dem Schachbrett behandeln, auch wenn er ihm alles andere als sympathisch war und Kenamun hieß.

»Danke, dass du gekommen bist, Kenamun.«

Sein Gast hob die Hand zum Gruß.

»Ich weiß es zu schätzen, dass ein so beschäftigter Mann wie du sich Zeit für mich nimmt«, sagte Paneb höflich.

»So ist es. Aber dem Ruf eines alten Freundes darf man sich nicht verschließen«, antwortete Kenamun und verzog das Gesicht zu einer Grimasse. »Übrigens, wie geht es deiner verehrten Gemahlin?«

»Bestens, alter Freund. Sie ist die Quelle meines Glücks. Verheiratet zu sein ist wunderbar, ich kann es nur empfehlen, auch dir.«

Kenamun rutschte unbehaglich auf seinem Schemel hin und her, sagte aber nichts.

»Ich weiß, dass deine große Verantwortung dir kaum Zeit lässt, um an etwas anderes als an den Dienst an Amun zu denken«, erklärte Paneb, während er ihm ein Glas Wein anbot.

»Zweifellos, der Verborgene erfordert meine ganze Aufmerksamkeit«, antwortete Kenamun und lehnte den Wein mit einer Geste ab. »Doch ihm habe ich mich nun mal verschrieben.«

»Es ist immer gut, den Göttern zu dienen. Sie belohnen uns, indem sie unseren Geist bereichern und uns Wissen schenken. Es gibt nichts Besseres auf der Welt, als ihre tiefsten Geheimnisse zu entdecken, die nur für die Auserwählten bestimmt sind.«

Kenamun sah ihn mit einer verdrießlichen Miene an, die für ihn typisch war.

»Du gehörst der Hohen Priesterschaft an«, erwiderte er leise. »Du müsstest das am besten wissen.«

»In der Tat«, antwortete Paneb lächelnd. »Du weißt ja, dass die Tempel stets auf der Suche nach Männern sind, denen sie ihre Geheimnisse anvertrauen können und die ihre Interessen verteidigen.«

Kenamun blickte ihn aufmerksam an.

»Ich verteidige die Interessen des Tempels bereits.«

»Gewiss, gewiss. Trotzdem wirst du an die Möglichkeit gedacht haben, in die Hohe Priesterschaft aufgenommen zu werden«, sagte Paneb. »Was ja angesichts deiner Fähigkeiten auch recht und billig wäre.«

»Manche Träume lassen sich nicht so leicht verwirklichen«, entgegnete Kenamun knapp.

»Das ist nur allzu wahr, alles im Leben hat seinen Preis. Trotzdem weisen uns die Götter gelegentlich einen Weg, unsere Ziele zu erreichen. Wir müssen nur bereit sein, ihn einzuschlagen.«

»Worauf willst du eigentlich hinaus?«, fragte Kenamun misstrauisch.

»Das weißt du ganz genau«, entgegnete Paneb unverblümt. »Ich habe dich nicht hierhergebeten, um mit dir zu plaudern, sondern um dir ein Angebot zu unterbreiten.«

Wieder begnügte sich Kenamun mit einer knappen Handbewegung, um Paneb zum Weitersprechen aufzufordern.

»Wie du ganz richtig sagst, gehöre ich der Hohen Priesterschaft an«, begann Paneb, während er sich ein Glas Wein einschenkte. »Ich bin der Zweite Prophet Montus, eines Gottes, der zwar nicht von der breiten Masse verehrt wird, aber seit Urzeiten in der Gunst unserer Herrscher steht. Er ist derjenige, der ihnen die Macht verleiht, die Feinde Ägyptens in siegreichen Schlachten zu vernichten. Obendrein war er jahrhundertelang der Schutzpatron Thebens. Er residierte in Karnak, bevor er von Amun aus seinem Reich verdrängt wurde.«

Paneb hielt inne und nippte am Wein, während er sein Gegenüber musterte.

»Wie gesagt«, fuhr er dann fort und schnalzte genüsslich mit der Zunge, »der Zweite Prophet des Montu, gleich nach meinem ehrwürdigen Vater. Das verschafft mir das Privileg, in ständigem Kontakt mit dem Gott zu stehen. Ich höre auf seinen Rat, und er erhört meine Bitten. Glaub mir, er weist mir stets den richtigen Weg, und ich folge ihm. Er spricht zu mir, verstehst du? Und da er natürlich auch mit den anderen Göttern in mystischem Kontakt steht, erzählt er mir wundersame Dinge.«

Kenamun betrachtete ihn ernst.

»Stell dir vor. Vor ein paar Tagen sprach mein Herr von dir.«

Kenamun riss die Augen auf.

»Doch, du kannst mir glauben. So ist Montu, äußerst großzügig gegenüber dem, der ihm wohl zu dienen weiß. Und er vertraute mir an, dass der Gott Amun äußerst zufrieden mit dir ist.«

Kenamun sah ihn überrascht an und bewegte die Lippen, als wollte er etwas sagen.

»Ich muss dasselbe überraschte Gesicht gemacht haben wie du«, fuhr Paneb fort. »Und da ich nicht glauben konnte, was ich gerade gehört hatte, bat ich den gütigen Gott, es mir zu bestätigen. Und er tat es. Er versicherte mir, dass der Verborgene mit deinen Diensten hochzufrieden ist und du aufgrund deiner Fähigkeiten zu Höherem berufen bist. Kannst du dir vorstellen, wie verwundert ich war?«

»Sag mal, was soll das Ganze eigentlich?«, unterbrach ihn Kenamun barsch.

»Habe ich dir schon gesagt. Manchmal schenken uns die Götter die Möglichkeit, unsere Träume zu verwirklichen. Mal ganz unter uns gesagt, ich glaube, dass Montu ein gutes Wort beim Herrn von Karnak für dich einlegen könnte. Das wäre die Möglichkeit für dich, Kenamun. Ich nehme doch an, dass du einen Traum hast, den du verfolgst, oder?«

Kenamun rieb sich nervös die Hände, während er seinem Freund einen finsteren Blick zuwarf.

»Die Götter kennen unsere Träume«, entgegnete er knapp. »Ich muss sie Montu nicht erst erzählen.«

»In der Tat, er weiß alles und wird auch deine Träume kennen. Aber wie du sicherlich weißt, ist er genauso eigen wie die übrigen Götter unseres Pantheons. Er erhört unsere Bitten, aber er verlangt auch einen Preis dafür. Wenn er unsere Wünsche erfüllen soll, können wir ihm das nicht verwehren. Wärst du bereit, diesen Preis zu zahlen?«

Kenamun rieb sich das Kinn.

»Manchmal ist dieser Preis vielleicht zu hoch«, erwiderte er misstrauisch.

»Das kannst nur du wissen. Nur du allein kennst deine Ambitionen, und die Götter natürlich. Ich besitze höchstens den Schlüssel, um sie Wirklichkeit werden zu lassen. Und zufällig ist dieser Schlüssel das, was du dir am sehnlichsten wünschst.«

Leise fluchend sprang Kenamun auf. Sein Gesicht war rot vor Wut, und seine dunklen Augen glühten.

»Beruhige dich, Kenamun, ich glaube nicht, dass Amun erfreut wäre, dich so zu sehen.«

Kenamun brannte innerlich, als stünde er in Flammen. Instinktiv spürte er, wer der Schlüssel war, von dem Paneb gesprochen hatte, und die Vorstellung raubte ihm den Verstand.

»Und?«, fragte Paneb schließlich.

»Ich kann schwerlich Schulden bezahlen, die ich noch nicht einmal gemacht habe«, entgegnete Kenamun außer sich vor Wut.

»Ich bin sicher, dass du sie mit Freuden begleichen würdest. Vor allem, weil es sich um eine Frau handelt, und um eine äußerst schöne obendrein. Ich brauche dir wohl nicht zu sagen, wen ich meine, oder?«

Kenamuns zitternde Lippen wagten nicht, den Namen auszusprechen.

»Sag, Kenamun, was wäre sie dir wert?«

Verzweifelt wich der Angesprochene seinem Blick aus, vergrub den Kopf in den Händen und stammelte etwas Unverständliches.

»Der Gott bietet dir diese Frau an, bis du vor Osiris' Gericht treten musst«, wiederholte Paneb.

Kenamun musterte ihn wie ein in die Enge getriebenes Raubtier. Diese Situation hätte er sich nicht einmal in seinen schlimmsten Albträumen auszumalen vermocht, und doch ... Er fasste sich wieder und dachte nach. Neferure war mehr, er begehrte sie nicht nur, sondern war besessen von ihr.

»Ist Neferure die Frau, die der Gott mir anbietet?«, wagte er schließlich zu fragen.

»Du hast es erraten. Was würdest du tun, um sie zu bekommen?«

»Du wirst doch wohl nicht verlangen, dass ich jemanden umbringe, oder?«, wandte Kenamun bestürzt ein.

»Nichts ist den Göttern mehr zuwider als unter den Menschen vergossenes Blut. Ein solches Verbrechen würden sie niemals von dir verlangen«, antwortete Paneb pikiert.

Kenamun beruhigte sich und überlegte.

»Du musst wissen, dass es auch für Montu nicht leicht ist, dir diese Frau zu besorgen. Du kennst ja die Schwierigkeiten.«

»Und welche Garantien kannst du mir geben? Wie kann ich sicher sein, dass sie mich nicht abweist?«

»Garantien? Alle. Du darfst nicht vergessen, dass sich Montu persönlich der Sache annehmen würde. Sie wird dir zu Füßen liegen, du wirst schon sehen.«

Kenamun schien kurz zu zweifeln.

»Denk darüber nach, Kenamun. Mit Neferure hättest du dir nicht nur einen Wunsch erfüllt, sie würde dir ganz neue Wege eröffnen.«

Kenamun sah ihn aufmerksam an.

»Montu will nur ein Opfer von dir. Wenn du ihm dieses Opfer bringst, wird er zufrieden sein und dich für immer in Ruhe lassen.«

Kenamun kratzte sich den Kopf.

»Einverstanden«, sagte er und atmete erleichtert auf. »Ich werde tun, was der Gott mir befiehlt, aber dann wird mir Neferure für immer gehören.«

»Abgemacht.«

»Und was soll ich tun?«

Ganz Theben brodelte. Die Nacht des Vollmonds im zehnten Monat des Jahres markierte den Beginn der ältesten Feier in der Stadt: das Schöne Fest vom Wüstental. In dieser Nacht wachten die Priester während eines von Mystik durchdrungenen Rituals im Sanktuar, in dem sich die Barke des Gottes Amun befand, und sangen Loblieder auf den »Herrn der Götter«, während sie auf die Ankunft des neuen Tages warteten, mit dem die Festlichkeiten begannen.

Das Schöne Fest vom Niltal, *o pa heb nefer n pa-inet*, gab dem Monat, in dem es gefeiert wurde, seinen Namen, Payni, »der des Talfestes«, und diente vorwiegend dazu, der Toten zu gedenken. Die Einwohner von Theben besuchten die Gräber ihrer Verstorbenen und brachten ihnen Blumen und allerlei Opfergaben. Es war ein fröhliches Fest, Familienangehörige und Freunde versammelten sich in den Innenhöfen der Totenstädte, um dort zusammen zu essen und zu trinken und sich an allem, was ihnen die hiesige Welt bieten konnte, zu erfreuen.

Obendrein war es ein uraltes Fest, das bereits während der Herrschaft des Gottes Mentuhotep II. vor tausend Jahren gefeiert worden war.

Mit dem ersten Licht des Tages, an dem die Feiern begannen, versammelte sich eine riesige Menschenmenge am Tempel von Karnak. Im Morgengrauen luden die Priester des Verborgenen den Schrein mit der Statue des Gottes auf die heilige Barke und brachten sie aus dem Innersten des Tempels heraus. Sie bestand aus feinstem Zedernholz, war mit massivem Silber und Gold beschlagen und wurde von vier Priestern, den »göttlichen Vätern«, auf den Schultern getragen. An der Spitze des Zuges schritt der Erste Prophet Amuns. Bug und Heck der Barke waren jeweils mit dem Kopf eines Widders geschmückt, dem Symbol des Gottes. Auf dieser prunkvollen Barke, umgeben von prächtigen Sphinxen, die ihm huldigten, wurde der Gott Amun an den Priestern vorbeigetragen.

Als die ersten Sonnenstrahlen zaghaft in die Säulenhalle fielen und die Dunkelheit vertrieben, vereinte sich die Barke des Gottes mit denen seiner Frau Mut und seines Sohnes Chons. Von dort zogen sie in einer würdevollen Prozession in die Vorhalle, wo sich ihnen der Pharao anschloss. Dann trat der feierliche Zug, an dessen Spitze nun Ramses III. schritt, aus der Umfassungsmauer des Tempelkomplexes heraus und begab sich zum nahe gelegenen Anlegeplatz, an dem die Flussbarke des Gottes Amun auf sie wartete. Sie bestand aus dem gleichen feinen libanesischen Zedernholz und war genauso mit reinem Silber und Gold beschlagen wie die Barke, die die Priester auf den Schultern trugen. Die besten Gold- und Silberschmiede Ägyptens hatten die edlen Metallbeschläge mit ihren Filigranarbeiten verziert und der Barke ein prunkvolles Aussehen verliehen.

Die Prozession hielt vor ihr an, und die kleineren Barken des Zuges wurden von den Priestern an Bord gebracht. Anschließend nahm *Userhat**, wie das Boot des Gottes hieß, sie ins Schlepptau und fuhr auf den Nil hinaus.

Ein Schiffskonvoi wartete bereits auf das Erscheinen der königlichen Barke, um sie an dicken Hanfseilen ans andere Nilufer zu fieren, während eine jubelnde Menschenmenge in zahllosen Booten aufbrach und die Flotte mit Gesängen und Musik begleitete.

Als der Zug das Westufer erreichte, wurde er von unzähligen begeisterten Zuschauern empfangen, die dort auf ihn warteten. Amuns Barke bog in einen der Kanäle ein, die vom Fluss abgingen, und nahm Kurs auf ihre erste Station, den Millionenjahrtempel von Sethos I., seinen Totentempel. Dort wurden die Götter vom Wesir und von den hohen Würdenträgern des Reiches willkommen geheißen und ins Innere des Tempels geführt. Der Innenhof wimmelte von Menschen, die die unterschied-

* Userhat bedeutet »Der Bug von Amun ist mächtig«.

lichsten Opfergaben mit sich führten. Die Gläubigen drängten sich, um die heilige Barke mit ihren Blumen zu überschütten, damit diese von den Göttern gesegnet wurden und sie sie später zu den Gräbern ihrer Toten bringen konnten. Nachdem die Prozession dieses Menschenmeer passiert hatte, verschwand sie im Innern des Hypostylos. Dort stellte man die Barke ab und schloss sofort die Tore, um die Säulenhalle zu verdunkeln.

Jetzt war der Augenblick gekommen, Amuns Statue aus dem Innern des Schreins zu nehmen und in eine Kapelle zu stellen. Dann wurde eine Statue des verstorbenen Pharao Sethos I. in dieselbe Kapelle gebracht und neben die des Gottes Amun gestellt. Zwei Priester, verkleidet als die Götter Thot und Horus, tauften die Statuen mit geweihtem Wasser, um sie zu vereinigen, sodass der Pharao Sethos I. und der Gott Amun dieselbe göttliche Essenz annehmen konnten. Mit dieser Liturgie wurden die uralten Riten der Regenerierung und der Wiedergeburt des Pharao vollzogen. Wieder hatte sich das Wunder ereignet, und der große Sethos war zum lebendigen Gott geworden. In diesem Augenblick hatte Amun seine mystische Mission vollendet, er wurde wieder in den Schrein gestellt, auf die Barke gehoben und von seinen »göttlichen Vätern« in die heilige Barke zurückgetragen, die am Kanal auf ihn wartete.

Das Sanktuar war erfüllt von unzähligen Opfergaben, die die frommen Pilger dem Gott dargebracht hatten. Ochsen, Geflügel, Obst, Gemüse … alles stand und lag als sichtbare Demonstration für die Großzügigkeit des Volkes gegenüber seinen Göttern im großen Innenhof des Tempels. Nachdem die Menschenmenge ihre inbrünstigen Gesänge beendet und den heiligen Ort verlassen hatte, glich dieser einem Markt der Opfergaben. Die Geschenke wurden sogleich unter den Dienern des Tempels verteilt, angefangen beim Ersten Propheten bis hin zum rangniedrigsten Arbeiter, nach strenger hierarchischer Ordnung.

Dieselbe Zeremonie fand in allen Totentempeln statt, die sich die großen Herrscher am Westufer Thebens hatten errichten lassen. Amuns Barke würde sie alle besuchen und die Göttlichkeit der Pharaonen, die einst über das Land Kemet geherrscht hatten, wieder zum Leben erwecken. Und in allen Totentempeln würde sie von einer begeisterten Menschenmenge empfangen werden, die sehnsüchtig darauf wartete, von ihr gesegnet zu werden und ihren Dank zu bezeugen, indem sie Opfergaben darbrachte. Es war das Schöne Fest vom Wüstental, und Amun, der größte aller Götter, segnete Ägypten mit seinem göttlichen Frieden.

Nefermaat und sämtliche Beamten, die Ramses III. dienten, warteten in Medinet Habu auf den heiligen Zug. Der Verborgene würde auch den Totentempel des einzig lebenden Pharao Ägyptens aufsuchen. Vom Palast neben dem Tempel waren seit dem frühen Morgen die Würdenträger eingetroffen, bis sämtliche prächtigen Innenhöfe sich gefüllt hatten. Die ganze Tempelanlage war für den Augenblick geschmückt, in dem der Pharao in Begleitung des Gottes Amun sein eigenes Sanktuar betreten würde. Im Innern des Tempels würden sie im Verlauf eines magischen Rituals miteinander verschmelzen. Und anschließend würde sich Ramses III. in seiner ganzen Herrlichkeit und seinem neuen Glanz den Untertanen zeigen.

Nefermaat stand an seinem Platz am Eingang zur Säulenhalle. Von dort beobachtete er, wie die königliche Familie ihre privilegierten Plätze einnahm. Als er Nubchesbed erkannte, stockte ihm der Atem. Sie war so schön, dass ihm schwindelte, wenn er daran dachte, dass er sie verloren hatte. Er zwang sich, sie zu ignorieren, aber seine Augen suchten verzweifelt immer wieder nach ihr. Sie dagegen achtete gar nicht auf den jungen Arzt, sie drehte sich nicht einmal um, obwohl er sicher war, dass sie ihn gesehen hatte.

Ihr unmissverständliches Verhalten war für Nefermaat ein Beweis dafür, dass die Götter ihn nur noch quälen wollten. Während der ganzen Zeremonie stand er kurz davor, die Beherrschung zu verlieren, zu seiner Geliebten hinüberzulaufen und ihr zu gestehen, wie sehr er sich nach ihr sehnte. Um ein Haar wäre er vor sie getreten und hätte bei Amun geschworen, dass sie Opfer eines perfiden Ränkespiels geworden waren, mit dem man sie für immer auseinanderbringen wollte.

Doch seine Beine waren wie gelähmt, und er rührte sich nicht von der Stelle. Wie eine der vielen Statuen, die den riesigen Tempel schmückten, verfolgte er hypnotisiert die Liturgie, ohne irgendetwas davon wahrzunehmen. Sein Herz war ganz nah bei der Prinzessin; alles andere interessierte ihn nicht. Erst als die heiligen Mysterien beendet waren und der Pharao vom »Fenster der Erscheinung« aus sich in seiner von Amun erneuerten Göttlichkeit den Versammelten zeigte, kehrte er in die Wirklichkeit zurück.

Nachdem die Zeremonie zu Ende war und sich die Menschenmenge unter fröhlichen Gesängen aufgelöst hatte, blieb Nefermaat noch lange in Gedanken versunken an seinem Platz stehen. Nubchesbed war so nah gewesen und doch so weit entfernt. Sein Herz hatte sehnsüchtig an ihre Tür geklopft, aber sie hatte ihn ignoriert. Nicht eine Geste, nicht einmal einen verstohlenen Blick von der Seite hatte sie ihm zugeworfen. Nur absolute Gleichgültigkeit war ihm entgegengeschlagen. Als die Tempeldiener ihm zu verstehen gaben, dass er der Letzte sei und die heilige Stätte jetzt verlassen müsse, hatte er schließlich begriffen, wie tief die Kluft zwischen ihnen geworden war. Wirklichkeit und Fantasie bildeten keine Einheit mehr. Alles war nur ein Traum gewesen.

Wie die meisten seiner Landsleute stattete auch Nefermaat in jener Nacht der Nekropole einen Besuch ab. Der Gott Amun war in seine Barke zurückgekehrt und ruhte bis zum Anbruch des nächsten Tages, umgeben von seinen treuesten Dienern, die Wache hielten und mit ihren Gebeten um seine Gunst warben.

Die Tore der Tempel wurden geschlossen, und die Tempeldiener eilten zu den Gräbern, um den Toten ihre Opfergaben zu bringen.

Nefermaat wunderte sich über die Fröhlichkeit, mit der diese Gedenkfeier begangen wurde. Überall hörte man Musik und Gesänge, die dazu einluden, alles zu genießen, was das Leben zu bieten hatte.

Er selbst hatte keine toten Familienangehörigen, die er besuchen konnte. Die Leiche seiner Mutter war nie gefunden worden, sodass man sie nicht hatte begraben können. Also schlenderte er ziellos zwischen den Gräbern umher. Die meisten feierten in den Vorhöfen der Gräber, in denen ihre Angehörigen bestattet waren, üppige Gelage. Der Wein floss in Strömen; nackte, nur mit Halsketten geschmückte Tänzerinnen tanzten mit lasziven Bewegungen vor den Eingängen zu den Gräbern, sodass die Totenfeier eher einer Orgie glich.

Obwohl er keinen Alkohol trank, nahm Nefermaat gern an der Fröhlichkeit teil und erfreute sich an der schönen Musik, die die Künstler ihren Göttern darbrachten. Ihre Verse und Gesänge hallten durch die Stille der Nekropole wie eine Einladung an das Leben.

»Möge eure Schönheit wachsen und euer Herz niemals trauern«, hörte Nefermaat sie rufen. »Werdet nicht müde, den herrlichen Tag zu feiern.«

Die Menschen stimmten genüsslich ein, lachten, tanzten zum Rhythmus der Klappern und Trommeln und schöpften neuen Mut. In diesen magischen Augenblicken waren sie sich bewusst, wie dünn der Faden war, der das Leben mit dem allgegenwärtigen Tod verband. Und im Innern der prunkvollen Gräber brachten sie den Toten ihre Huldigungen dar und klammerten sich an das Leben, das auch sie eines Tages verlassen würde. Daher nickten alle, wenn sie das alte Lied hörten, das sie so gut kannten.

»Vergiss nicht, dass niemand seine Güter mitnehmen kann und kein Toter jemals wiederkehrte!«*

Als Nefermaat wieder seine Gemächer aufsuchte, zeigte sich bereits das erste fahle Licht am nächtlichen Himmel. Er war guter Dinge und fröhlich. Sein Ausflug hatte ihn mit Optimismus erfüllt. Das Leben war ein kostbares Gut, und die Menschen hatten nicht das Recht, es zu vergeuden. Es war ein Geschenk der Götter, das man ehren musste. Die Sänger hatten recht, wenn sie es in die Nekropole hinausposaunten. Nichts war so wertvoll wie das Leben. Das ganze Drumherum war nebensächlich.

Während er sich entspannt auf seine harte Matte legte, hörte er in der Ferne die Gesänge, die die Wiederaufnahme der Zeremonien des vorigen Tages ankündigten. Erneut brach Amuns Barke unter der jubelnden Menschenmenge auf, um die übrigen Tempel zu besuchen. Wenn sie ihren heiligen Rundgang beendet hatte, würde die feierliche Prozession zum *Djeser-Djeseru-Amun* ziehen, »dem allerheiligsten Tempel des Amun«.** Der Zug würde das heilige Tal, das nur für die Prozessionen bestimmt war, durchqueren, bis er das imposante Sanktuar erreichte. Im Innern würde die Barke des Gottes Amun mehrere Tage und Nächte lang eine Rast einlegen, von unergründlicher Mystik umgeben. Tagsüber würden die Priester Wache halten und singen, sich nachts aber im Schein der Fackeln zum Gebet um die heilige Barke versammeln.

Am Morgen würden sie die Fackeln mit Waschkrügen voller Milch löschen und dann über die heiligen Gewässer des Nils in der majestätischen Barke nach Karnak zurückkehren, umgeben von einer Vielzahl von Booten, die ihnen huldigten und sie bis zum Anlegeplatz des Tempels geleiteten. Anschließend würden

* Diese Strophen gehören zu einem alten Lied aus der Zeit des Königs Atef.

** Der Tempel von Deir-el-Bahari.

der Gott, seine göttliche Gemahlin Mut und sein Sohn Chons sich wieder in die Tiefen ihrer geheimnisvollen Welt zurückziehen, über die ihre Diener, die Propheten, die Einzigen, denen die Götter ihren Willen mitteilten, so eifersüchtig wachten.

21

Theben hatte zu seiner gewohnten Ruhe zurückgefunden. Die Schemu, die Zeit der Ernte, war angebrochen, und die Schreiber befanden sich auf den Feldern, um die Ernte zu inspizieren, die in Kürze eingefahren werden würde. Der Flussgott Hapi beobachtete zufrieden, wie die Fischerboote in seinen heiligen Gewässern ihre Netze auswarfen und das Volk dank seiner jahrtausendealten Freigebigkeit versorgen konnten. Maurer, Tischler und die übrigen Handwerkergilden gaben für die Götter und das Land Kemet ihr Bestes. Auch die Richter, Ärzte, Schreiber und Händler ... sämtliche Bewohner von Theben kehrten zu ihrer uralten Routine zurück, nachdem sie sein ältestes Fest gefeiert hatten.

Das Westufer war wieder von einer friedlichen und mystischen Atmosphäre geschwängert. Die dort errichteten Tempel schlossen ihre Tore, um zu gewährleisten, dass ihr Inneres nur den Tempeldienern zugänglich war, jenen, die reinen Geistes waren.

Die Straßen, die tief in die unwirtliche Einöde der Wüste führten, wo nur wilde Tiere oder der wütende Seth überleben konnten, lagen verlassen da. Die heilige Nekropole, durch deren Mauern die unbändige Begeisterung der Menschen gehallt war, verfiel wieder in ihre gewohnte Stille, damit Meretseger, »die Seele der Stille« und Göttin der thebanischen Totenstadt, in ihr Reich zurückkehren konnte. Von ihrem erhöhten Thron auf dem höchsten Gipfel, dem El-Qurm, wachte sie wie üblich über all jene, die dort ruhten, vor allem aber über ihre Lieblingssöhne, die früher das Reich beherrscht hatten und nun in Ta-Sejet-Âat, auf der »großen Wiese«, schliefen, besser bekannt unter dem Namen Tal der Könige.

Alles war wieder so, wie es vorher gewesen war, als spielte die Zeit keine Rolle. Für ein Volk wie die Ägypter, für das tausend Jahre nicht mehr als ein Seufzer waren, bedeutete das Festhalten an den alten Traditionen die einzige Art, seine Identität zu wahren. Sie lebten in einer sich ständig verändernden Welt, die alles zu verschlingen drohte. Doch nicht einmal jahrtausendealte Kulturen sind vor der menschlichen Raffgier gefeit. Selbst die Götter können nur ohnmächtig und entsetzt zusehen, wie der Mensch sein Möglichstes tut, um zu zerstören, was er zuvor mit so viel Mühe und Arbeit aufgebaut hat. Das uralte Wissen, das die göttlichen Väter den Bewohnern des Niltals überliefert hatten, drohte abhanden zu kommen und dem maßlosen Ehrgeiz der Menschen zum Opfer zu fallen. Jene, die zuvor unwissend und dumm gewesen waren, fühlten sich nun mächtig genug, um die *maat* herauszufordern, jenes uralte Fundament, auf dem Kemets Reich beruhte.

Rasch senkte sich die Dämmerung über den Palast des Pharao. Die Strahlen des göttlichen Re am Horizont hinter den Bergen tauchten die Totenstadt in ein malvenfarbenes Licht, das ihrer Silhouette Leben einzuhauchen schien. Von den Berghängen im Westen brachen die ersten Schatten zum Fluss auf und würden bald ganz Ägypten bedecken. Es war ein herrlicher Abend, der dem Monat Payni alle Ehre machte. Die großzügige Erde beschenkte das Land im Überfluss, und das ganze Niltal war vom Geruch der Ernte erfüllt. Und trotzdem lag etwas in der Luft, das diese Atmosphäre störte.

Nefermaat spürte es, als er aus einem Fenster seiner Gemächer blickte. War es die seltsame Stille, die Medinet Habu atmete? Oder die Ruhe im Tempel, durch den nicht der leiseste Windhauch ging?

Der junge Arzt zuckte unbewusst die Achseln und wandte sich vom Fenster ab. Er hatte Besseres zu tun, als sich darüber den Kopf zu zerbrechen. Er begann, aus verschiedenen Ingredienzien eine Arznei zu mischen. Mehrere seiner Patienten litten an einer Erkältung.

Wie so oft war Nefermaat dermaßen in seine Arbeit vertieft, dass er jeden Sinn für die Zeit verlor. Er war deshalb nicht sonderlich überrascht, als er in den Gängen schnelle Schritte und Lärm hörte und bemerkte, dass es bereits dunkel war. Neugierig sah er aus dem Fenster, konnte jedoch nichts Außergewöhnliches erkennen und kehrte wieder an seine Arbeit zurück. Er war gerade dabei, Honig und Aloesaft zu mischen, als es an seiner Tür klopfte. Er ließ sich nicht unterbrechen und gab eine Prise Myrrhe und Stibium dazu, aber als das Klopfen eindringlicher wurde, beschloss er zu öffnen, vielleicht war es ein Notfall.

»Mach auf, Nefermaat! Ich bin es, dein Bruder!«, hörte er jemanden rufen.

»Kenamun!«, sagte Nefermaat überrascht, als er die Tür öffnete. »Was machst du hier? Was ist denn los?«

Wie ein Gespenst trat Kenamun, in eine wollene Decke gehüllt, in das Gemach.

»Was los ist?«, wiederholte er mit müder Stimme, während er Luft holte. »Hast du denn gar nichts mitbekommen?«

»Nein«, entgegnete Nefermaat nichts ahnend, während er seinem Halbbruder Wasser anbot.

»Danke«, sagte dieser, leerte den Becher in einem Zug und setzte sich auf einen Stuhl. »Entschuldige, dass ich so außer Atem bin, aber ich bin den ganzen Weg gerannt, um zu sehen, ob du wohlauf bist.«

»Wie du siehst, ist alles in Ordnung mit mir«, antwortete Nefermaat, ohne zu verstehen.

»Es hat einen Aufstand im Palast gegeben«, sagte Kenamun hastig. »Man hat versucht, den König zu ermorden.«

Nefermaat runzelte verblüfft die Stirn.

»Es ist die traurige Wahrheit. Ich befand mich in den Vorratskammern unseres Vaters, des ehrenwerten Hori, als wir plötzlich in den Gängen, die zum Frauenhaus führen, Kampfgetümmel hörten. Die Wachen schrien, und als wir aus dem Fenster blickten, sahen wir, wie eine schwer bewaffnete Truppe von Soldaten ins Frauenhaus eilte.«

»Das ist doch nicht möglich! Aber ... Hast du eben gesagt, man hat versucht, den Pharao zu ermorden?«

»Ja, so ist es. Noch weiß man nicht, ob es ihnen tatsächlich gelungen ist. Im Palast herrscht Chaos, aber es sieht so aus, als hätte man die Verschwörer gefangen genommen.«

»Ich muss sofort zu den königlichen Gemächern«, erklärte Nefermaat und schickte sich an zu gehen.

»Auf keinen Fall!«, rief Kenamun und hielt ihn am Arm fest. »Bist du von Sinnen? Wenn du jetzt versuchst, den Pharao zu sehen, könnten dich die *medjai* für einen der Verschwörer halten. Dein Leben wäre in Gefahr. Du solltest hierbleiben, bis sich die Lage beruhigt hat. Wenn der Pharao deine Dienste braucht, wird er dich rufen lassen.«

Nefermaat nickte. Das klang überzeugend.

»Verlass deine Gemächer keinesfalls, bis sich alles aufgeklärt hat. Versprich es mir!«, sagte Kenamun bestimmt.

Nefermaat sah ihn dankbar an und verspürte ein ihm unbekanntes Gefühl für seinen Bruder.

»Danke, Kenamun«, sagte er bewegt. »Ich verspreche es dir. Ich werde mich hier nicht wegrühren.«

Kenamun stand auf und schloss ihn in die Arme.

»Pass auf dich auf, Bruder. Ich muss zu meiner Mutter zurück, sie ist zu Tode erschrocken.«

Nefermaat nickte und öffnete ihm die Tür. Kenamun verschwand so schnell, wie er gekommen war. Im Nu verloren sich seine Schritte am Ende des Ganges.

Nefermaat blieb noch einen Moment an der Tür stehen. Was sein Halbbruder ihm gerade erzählt hatte, war verblüffend, noch verblüffender war allerdings die Tatsache, dass es Kenamun war, der ihn gewarnt hatte. Das hätte er niemals von ihm gedacht. Plötzlich empfand er einen Anflug von schlechtem Gewissen, vielleicht hatte er sich geirrt und kannte seinen Bruder nicht richtig. Diese Möglichkeit stimmte ihn zuversichtlich. Vielleicht war ihre zukünftige Beziehung doch noch nicht ganz verloren, und er war froh darüber.

Das unverwechselbare Geräusch nackter Füße auf dem Steinboden riss ihn erneut aus seinen Gedanken. Es schienen mehrere Personen zu sein, und sie liefen, als hätten sie es eilig, ihr Ziel zu erreichen. Die Schritte blieben vor seiner Tür stehen, dann hörte er ein lautes Klopfen.

»Im Namen des Pharao, öffne sofort die Tür«, rief jemand von draußen.

Nefermaat schreckte zusammen.

»Mach auf, oder wir schlagen die Tür ein!«, rief die Stimme erneut, während jemand gegen die Tür hämmerte.

Nefermaat erwachte aus seiner Lähmung und lief zur Tür. Mehrere bewaffnete Männer stießen ihn beiseite und drangen in den Raum ein. Es waren *medjai*.

»Wir haben Informationen, nach denen sich hier Aufständische aufhalten sollen!«, schnauzte ihn einer der Männer an.

»Aufständische? Das ist bestimmt ein Irrtum. Ich bin Nefermaat, *sunu* am Hof, und dies sind meine Privatgemächer ...«

»Ich weiß, wer du bist«, schnitt ihm der *medjai*, der die Gruppe anscheinend befehligte, das Wort ab. »Das tut nichts zur Sache. Mein Name ist Sabuf. Ich habe den Oberbefehl über die Palastwache und werde jeden dieser Hunde finden, die sich heute Nacht gegen unseren Herrn erhoben haben.«

Nefermaat machte eine ausholende Gebärde, um anzudeuten, dass er nichts damit zu tun hatte.

»Wir haben allen Grund zu Annahme, dass du lügst«, erklärte Sabuf.

Nefermaat setzte sein ernstestes Gesicht auf.

»Mir gefällt dein Ton nicht. Ich wiederhole, das hier sind meine Privatgemächer; alles, was ihr hier finden werdet, sind Arzneien, um Krankheiten zu heilen«, entgegnete der junge Arzt gereizt.

»Darüber werden meine Männer urteilen«, erwiderte der Mann und gab seinen Leuten ein Zeichen, die Gemächer zu durchsuchen. »Wo bist du heute Abend gewesen?«

Nefermaat war gekränkt.

»Das ist doch absurd!«, rief er außer sich.

Sabuf warf ihm einen verächtlichen Blick zu.

»Du hast meine Frage nicht beantwortet. Ich will sie dir noch einmal stellen. Wo bist du heute Abend gewesen?«

»Ich war die ganze Zeit hier«, antwortete der Arzt, der seinen Unmut kaum zu bändigen vermochte.

In diesem Augenblick hörten sie, wie ein Behälter zu Bruch ging.

»Was nehmt ihr euch heraus!«, schrie Nefermaat, außer sich vor Wut, und wollte näher treten, um zu sehen, was passiert war.

Doch Sabuf packte ihn mit erstaunlicher Kraft am Arm und hielt ihn zurück.

»Gibt es einen Zeugen, der das bestätigen könnte?«, fragte er sanft.

Nefermaat gefiel es nicht, wie sich die Angelegenheit entwickelte.

»Ja«, antwortete er und versuchte, sich zu beruhigen, während der Griff sich lockerte. »Mein edler Bruder Kenamun war hier.«

»Kenamun? Verstehe«, sagte der *medjai* mit einem Lächeln. »Das ist sehr merkwürdig. Wir haben ihn gerade in der Vorratskammer seines Vaters getroffen, und er hat uns versichert, er hätte diese den ganzen Abend nicht verlassen.«

»Wenn ich euch sage, dass er heute Abend hier war! Ihr könnt ihn ja fragen ...«

In dem Augenblick rief einer der Wächter nach seinem Vorgesetzten.

»Sabuf, komm mal her und sieh dir an, was wir gefunden haben.«

Sabuf begab sich, gefolgt von Nefermaat, in den angrenzenden Raum. Dort hielt einer der Männer eine kleine Figur in der Hand.

Sabuf untersuchte sie, und sein Gesicht wurde kreidebleich.

»Möge Isis uns beistehen!«, sagte er leise bei sich. »Wo hast du sie gefunden?«, fragte er den Mann.

»Sie lag auf dem Stuhl unter der wollenen Decke.«

»Was habt ihr gefunden?«, unterbrach sie Nefermaat, während die Wut ihn erneut packte. »Was ist das für ein übler Scherz?«

»Scherz?«, entgegnete der Beamte und drehte sich zu ihm um. »Das wirst du uns erklären müssen. Nehmt ihn fest!«, befahl er seinen Schergen.

Augenblicklich sah er sich von mehreren *medjai* in die Mangel genommen.

»Das ist nicht rechtens!«, empörte sich der Arzt heftig. »Was soll dieser Unfug?«

Der Beamte näherte sich ihm und warf ihm einen eisigen Blick zu.

»Ich glaube nicht, dass du das als Unfug bezeichnen kannst«, sagte er und zeigte ihm die Figur.

Nefermaat riss die Augen auf, entsetzt von dem, was er sah. Sabuf hielt eine kleine Wachsfigur in der Hand. Sie stellte den Pharao mit der Doppelkrone dar und war mit Nadeln durchbohrt.

»Schwarze Magie«, sagte Sabuf verächtlich. »Das ist alles andere als Unfug.«

Die anderen *medjai* sahen sich entsetzt an.

»Wo habt ihr diese Figur her? Ich ...«

»Du weißt genau, wo wir sie herhaben«, unterbrach ihn der Beamte herrisch. »Du hast sie selbst unter der Decke versteckt. Auf dem Stuhl da.«

Nefermaat warf einen Blick auf den Stuhl, und dann erkannte er die Decke wieder, die sein Stiefbruder getragen hatte. Er erinnerte sich, dass Kenamun dort gesessen hatte. Er musste die Decke vergessen haben.

Der junge Arzt spürte, wie es ihm kalt den Rücken hinunterlief. Es war nicht möglich, und trotzdem …

»Jeder weiß, dass du über mächtige Zauberkräfte verfügst«, hörte er jemanden sagen. »Du bist einen unheiligen Bund mit Sachmet eingegangen, einer Göttin, für die ich nur Abscheu empfinde. Du bist zum *heka* geworden, einem mächtigen Magier, der mit seiner Zauberei die Göttlichkeit des Pharao durchlöchert hat, um ihn so vor den Menschen verwundbar zu machen.«

»Das ist eine bodenlose Unterstellung!«, rief Nefermaat, außer sich vor Wut. »Ihr habt die Figur selbst dahin gelegt. Wie kommt ihr dazu, mich eines derart schändlichen Verbrechens zu bezichtigen?«

»Führt ihn ab!«, rief der Beamte wütend.

»Das ist eine Schande! Ihr verstoßt gegen heilige Gesetze!«, schrie Nefermaat und widersetzte sich den Wächtern.

Die *medjai* warfen sich auf ihn und versuchten, ihn festzuhalten, aber die Wut des jungen Arztes verlieh ihm ungeahnte Kraft, sodass er sich losreißen und die Soldaten abschütteln konnte.

»Er ist besessen!«, rief einer der Männer. »Sachmets Wut ist in ihn gefahren!«

Nefermaat hörte nichts. Mit aller Kraft wehrte er sich gegen die Männer, die in seine Gemächer eingedrungen waren, um ihm seine Würde zu rauben. Es war, als wäre alles Unrecht der Welt mit einem Mal über ihn hereingebrochen und hätte eine unvorstellbare Wut in ihm entfacht. Als fechte er einen Kampf aus, bei dem ihm die Gespenster der Vergangenheit wie wild gewordene Ungeheuer zur Seite standen.

Trotzdem war plötzlich alles zu Ende. Inmitten des Getümmels sah Nefermaat sie erst auf sich zukommen, als es zu spät war. Sabufs Faust traf ihn mit der Wucht einer Keule ins Gesicht. Er sackte zu Boden und sah, wie sein Blut über die Fliesen strömte, dann spürte er einen eigenartigen Geschmack im Mund und einen Knoten im Hals. Er hatte gerade noch Zeit, sich zu fragen, ob sie ihm die Nase gebrochen hatten, dann wurde alles um ihn herum schwarz, als träte er in die finstere Unterwelt ein, und er verlor das Bewusstsein.

Das Erste, was Nefermaat erkannte, als er die Augen aufschlug, war die verschwommene Steindecke, die drohend über ihm zu schweben schien. Er blinzelte mehrmals und versuchte, das Bild scharf zu stellen, doch es war vergebens. Die Decke hatte ihre eigenen Gesetze und verschwand immer wieder in der Dunkelheit. Ihm war schwindelig, und plötzlich spürte er einen so heftigen Schmerz im Kopf, dass es sich anfühlte, als hätte sich eine Meute von mächtigen Dämonen in seinem Schädel eingenistet, um ihn mit dem Übelsten zu martern, was sie zu bieten hatten. Er bekam keine Luft und führte instinktiv die Hand zur Nase.

»Besser, du fasst sie vorerst nicht an«, sagte eine Stimme, während jemand seine Hand zurückhielt.

Nefermaat gehorchte überrascht und versuchte, einen klaren Kopf zu bekommen.

»Du hast Glück gehabt«, hörte er den anderen sagen. »Jedenfalls scheint sie nicht gebrochen zu sein.«

Der junge Arzt befeuchtete seine ausgetrockneten Lippen mit der Zunge und dachte über die Worte nach.

»Ich habe dir die Nasenhöhlen von dem geronnenen Blut gereinigt, aber ich musste dir einen mit Öl getränkten Leinenbausch hineinstecken, um die Blutung zu stillen.«

Nefermaat nickte zustimmend, während er langsam zu sich kam. Die Nase, das Blut ... Eigenartige Bilder liefen ihm durch den Kopf. Tumultartige Szenen, die kamen und gingen und in denen er mit anderen Männern kämpfte, von einer unvorstellbaren Wut gepackt, die nicht zu jemandem passte, der zu einem heiligen Mann ausgebildet worden war. Dann wurde das Bild eines Stuhls, auf dem eine wollene Decke lag, immer schärfer. Daneben zeigte ihm jemand eine kleine Wachsfigur, die schändlicher nicht hätte sein können, und bezichtigte ihn eines schrecklichen Verbrechens. Es war zu einem Kampf und einem plötzlichen heftigen Schlag gekommen, auf den absolute Finsternis folgte.

»Unter den gegebenen Umständen war das alles, was ich hier für dich tun konnte. Aber in einigen Tagen wird es dir schon viel besser gehen.«

Jetzt erkannte Nefermaat die Stimme, sie war warm und tröstlich.

»Iryi«, sagte der junge Arzt und richtete sich auf. »Was ist passiert? Wo sind wir?«

»In der Vorhalle zu Osiris' Totengericht«, antwortete der alte Arzt bedrückt.

Nefermaat sah sich in dem Raum um. Es war eine unheimliche, düstere Kerkerhalle mit einem vergitterten Oberlicht in der Mitte, durch das nur spärliches Licht hereinfiel. Der Boden und auch die erhöhte Stelle, auf der er lag, waren von Stroh bedeckt. In die Wände waren unzählige Hieroglyphen gekratzt, Zeugnis der armen Teufel, die vor ihnen hier eingesperrt gewesen waren.

Der junge Arzt hörte jemanden husten, es mussten sich also noch andere Menschen außer ihnen an diesem Ort befinden. Im schwachen Schein des Oberlichts erkannte er Maiaria, den Kellermeister des Königs, Pairi, den Vorsteher des Schatzhauses, und auch Prekamenef, den Hofmagier. Als er Iryi verwirrt ansah, nickte dieser.

»Das Seltsame daran ist nicht, dass du uns alle hier versammelt siehst, sondern dass du bei uns bist«, erklärte Iryi verwundert.

»Seit meiner Ankunft in Medinet Habu bin ich Zielscheibe übler Machenschaften gewesen. Und das hier ist nichts anderes als der Beweis dafür«, versicherte der junge Arzt deprimiert. »Ich habe nicht die leiseste Ahnung, aus welchen obskuren Gründen ich hier gelandet bin.«

Iryi sah zum Oberlicht auf und seufzte.

»Erzähl mir wenigstens, was passiert ist«, ermutigte ihn der Alte. »Vielleicht kann ich etwas Licht in dein Herz bringen.«

Nefermaat sah ihn einen Augenblick lebhaft an und wandte anschließend den Blick zur Decke, als wollte er seine Gedanken sammeln. Schließlich schweifte sein Blick zurück zu seinem alten Freund, und er erzählte ihm, was geschehen war.

»Ich hätte niemals gewagt, meine Hand gegen den Gott zu erheben«, versicherte der junge Arzt am Ende.

»Ich weiß. Trotzdem hielt es irgendwer für angebracht, diesen Anschein zu erwecken«, sinnierte Iryi.

Nefermaat schlug überrascht die Augen auf.

»Aber warum?«

»Du bist ohne dein Zutun zu einer Figur in einem Spiel geworden, dessen Regeln du nicht einmal kennst«, erklärte Iryi und zuckte die Achseln.

»Und du, Iryi? Kennst du seine Regeln? Wie kommt es, dass ...«

»Dass ich hier bin?«, unterbrach er ihn und lächelte bitter. »Ich bin sogar eine Hauptfigur in diesem Spiel.«

Nefermaat sah ihn ungläubig an.

»Ich fürchte ja, mein Freund. Es ist an der Zeit, dass du die Wahrheit erfährst.«

Iryi erzählte seinem Freund, was geschehen war. Von den geheimen Treffen und den Einzelheiten eines Plans, in den hohe Würdenträger und Beamte verstrickt waren und an dessen Spitze niemand Geringeres stand als die Königin Teje und ihr Sohn, Prinz Pentaweret. Nefermaat hörte sich alles fassungslos an, während ihm allmählich dämmerte, in welchen Schlamassel er hineingeraten war.

»Offensichtlich seid ihr gescheitert«, stammelte der junge Mann, als Iriy zu Ende war. »Oder habt ihr eure frevelhafte Tat ausführen können?«

Iryi schüttelte den Kopf.

»Der Pharao lebt, obwohl ich nicht weiß, wie es ihm geht. Er spielte gerade *enté* mit seinen Konkubinen, als der Aufstand im Frauenhaus ausbrach, aber er konnte fliehen. Kann sein, dass er dabei verletzt wurde, niemand weiß es mit Sicherheit.«

Nefermaat war wie versteinert.

»Es ist alles schiefgegangen«, fuhr Iryi fort. »Jetzt wird mir klar, dass sie unseren Plan kannten und auf uns gewartet haben. Nur so lässt sich erklären, dass sie uns alle so schnell verhaften konnten.«

»Ich kann es nicht fassen, dass auch du gegen den Gott warst.«

»Ja, ich gehörte zu den Verschwörern. Ich war sogar ihr letzter Trumpf, sollte irgendetwas schieflaufen. Wenn es dem Gott gelungen wäre, mit dem Leben davonzukommen, hätte ich mich seiner angenommen. Wenn nötig, mit Gift.«

»Ich verstehe das alles nicht. Warum hast du dich diesen Verschwörern angeschlossen?«, fragte der junge Arzt.

»Ich könnte dir tausend Gründe nennen, die mir der Pharao höchstpersönlich jeden Tag vor Augen führte. Oder hast du etwa schon vergessen, wie er uns behandelte?«

Nefermaat sah ihn schweigend an.

»Und das war nur eine kleine Kostprobe seiner Willkür. Es ist schwer zu fassen, dass ein großer König wie er sein Volk dermaßen vernachlässigen konnte. So geht es mit Ägypten nicht weiter, das Schiff bedarf eines neuen Steuermannes, der den Kurs radikal ändert.«

»Aber was ist mit Kronprinz Ramses? Er ist der Thronfolger und …«

»Erbprinz Ramses ist nur ein Schatten seines Vaters. Obwohl er noch nicht einmal zum Pharao ernannt wurde, hat er sich bereits unzählige Feinde gemacht.«

»Trotzdem ist er der Thronfolger. Niemand außer ihm ist berechtigt, die Doppelkrone Ägyptens zu tragen.«

»Darüber könnten wir uns endlos streiten, und wir würden uns trotzdem nicht einig werden. Wenn du mich fragst, hat Königin Teje dasselbe Recht wie Titi, die verstorbene Mutter des Kronprinzen Ramses, zu verlangen, dass einer ihrer Söhne die Krone erbt. Ich bin sicher, dass ihr Erstgeborener, Prinz Pentaweret, einen besseren Pharao abgegeben hätte als sein Halbbruder. Auf ihm ruhten all unsere Hoffnungen, aber die Götter waren uns nicht wohlgesinnt.«

»Eins verstehe ich nicht«, wandte Nefermaat ein. »Wenn der Pharao über eure Pläne Bescheid wusste, wie du sagst, wieso hat er nicht schon vorher etwas unternommen? Er hätte so das Risiko vermieden, während des Aufstandes verletzt zu werden.«

Der Vorsteher der Sachmetpriester lächelte. »Ja, das ist eine sehr gute Frage und wahrscheinlich des Rätsels Lösung. Dasselbe habe ich mich auch gefragt, und ich bin zu dem Schluss gekommen, dass der Gott es nicht gewusst haben kann.«

»Nicht gewusst haben kann?«

»Nein. Er ist genauso benutzt worden wie wir.«

»Benutzt worden? Von wem denn?«, fragte der junge *sunu*.

»Das kann ich dir nicht mit Gewissheit beantworten. Hinter den dichten Schleiern verbergen sich Mächte, die du dir gar nicht vorstellen kannst.«

Nefermaat konnte sein Erstaunen nicht verhehlen.

»Egal wer dahintersteckt, ich bin davon überzeugt, dass er von Anfang an über unsere Pläne auf dem Laufenden war. Wir sind zu seinem Spielball geworden.«

»Trotzdem ist der Gott verletzt, wer weiß, ob nicht sogar tödlich.«

»Das ist ein sehr wichtiges Detail, aus dem wir folgern können, dass sein Tod vielleicht erwünscht war. Wer würde so etwas wollen, wirst du dich fragen. Darüber zu spekulieren wäre allerdings riskant. Es wären bloß Vermutungen. Aber Namen fielen mir schon ein.«

Nefermaat machte immer noch dasselbe verblüffte Gesicht.

»Wer profitiert von der gegenwärtigen Lage am meisten? Zweifellos Kronprinz Ramses«, versicherte Iryi. »Seine Stellung war alles andere als sicher, die eigenen Brüder trachten nach dem Thron. Seit zehn Jahren wartet er auf die Krone, und obwohl er Generalissimus ist, könnte er jeden Augenblick stürzen. Ihm läuft die Zeit davon. Er kann es kaum erwarten, dass Osiris seinen Vater zu sich ruft, damit er seinen Platz einnehmen kann. Da bin ich mir sicher.«

Nefermaat rieb sich nachdenklich das Kinn.

»Aber vielleicht sind das nur die Spinnereien eines alten Mannes, und wir werden die Wahrheit niemals herausfinden.«

»Trotzdem verstehe ich nicht, was ich mit alledem zu tun haben soll«, entgegnete Nefermaat.

»Ganz offensichtlich hat irgendjemand etwas gegen dich, und dieser Jemand hat die Gelegenheit genutzt, um dich aus dem Weg zu räumen. Obwohl ich gestehen muss, dass auch ich nicht ganz unschuldig daran bin.«

»Was soll denn das nun wieder heißen?«, wollte Nefermaat verwundert wissen.

»Ich hätte dich damals warnen sollen, dass du mit dem Feuer spielst. Die Folgen hast du ja am eigenen Leib zu spüren bekommen.«

Nefermaat sah ihn erstaunt an.

»Meinst du die Geschichte mit Nubchesbed?«

»Genau. Ohne es zu wollen, seid ihr uns in die Quere gekommen. Ihr habt unsere Verschwörung gefährdet, und Teje musste dieses zusätzliche Problem aus der Welt schaffen. Die Prinzessin hat direktes königliches Blut; der Mann, den sie heiratet, hätte Anspruch auf den Thron. Ihr seid in eurer Verliebtheit zu weit gegangen, und das hat für große Nervosität gesorgt.«

Nefermaat glaubte, nicht richtig gehört zu haben. Die Zornesröte stieg ihm ins Gesicht.

»Du wirst doch nicht im Ernst behaupten wollen, dass ihr vorsichtig wart«, fuhr Iryi fort, als er das Gesicht seines Freundes sah. »Habt ihr denn wirklich geglaubt, niemand würde etwas davon mitbekommen? Ihr hättet besser aufpassen sollen!«

»Ich hätte nie gedacht, dass du jemals so mit mir sprechen könntest.«

Plötzlich erkannte Iryi die aufgestaute Wut in Nefermaats Gesicht.

»Du hast recht«, gab er schließlich zu und schüttelte den Kopf. »Kein Gefühl ist so stark wie die Liebe, und es war verabscheuenswert, es für unsere niederträchtigen Ziele einzuspannen. Ich weiß, dass ich mich schuldig gemacht habe, aber ich konnte nicht anders. Hätte ich dich gewarnt, wären wir das Risiko eingegangen, aufzufliegen, obwohl es uns, wie du selbst siehst, am Ende nichts genützt hat.«

Nefermaat fasste sich an den schmerzenden Kopf und sah zu Boden.

»Es tut mir leid, dass es so gekommen ist«, erklärte der Alte bedrückt. »Ich habe dich wie meinen eigenen Sohn geliebt, glaub mir, und ich hätte nie gewollt, dass dir etwas so Schmerzliches widerfährt.«

»Mein ganzes Leben lang habe ich dir vertraut«, sagte Nefermaat mit Tränen in den Augen. »Ich hätte alles für dich getan.«

»Ich weiß, Nefermaat. Glaub mir, das macht mir mehr zu schaffen als die Tatsache, dass ich hier eingesperrt bin.«

Jetzt liefen Nefermaat still die Tränen über das Gesicht.

»Ich habe dich nicht an den Hof gebracht, damit du so endest«, gestand Iryi zutiefst gerührt. »Ich hätte nie gedacht, das es dazu kommen könnte.«

»Ich hätte in Memphis bleiben sollen, bei dem alten Dekan«, erwiderte Nefermaat und warf ihm einen finsteren Blick zu. »Außerhalb der Tempelmauern habe ich nur Verrat und Niedertracht gefunden.«

Iryi nickte traurig.

»Du hast mit der ganzen Sache nichts zu tun, und trotzdem ... Aber glaub mir, Nefermaat, niemand von uns hat dich in die Verschwörung hineingezogen. Das musst du mir glauben. Und du wirst bestimmt nicht dasselbe Schicksal erleiden wie wir.«

Der junge Arzt, der sich etwas beruhigt hatte, sah ihn ungläubig an.

»Machen wir uns nichts vor. In Kürze wird Temsep* das Urteil über mich sprechen und meine Seele anschließend Ammit zum Fraß vorwerfen. Aber dir darf nicht dasselbe Schicksal wie uns blühen, Maat wird dich beschützen.«

»Ich wüsste nicht, wie«, seufzte Nefermaat. »Ich weiß ja nicht einmal, wie die Wachsfigur in meine Gemächer kam.«

»Jemand muss sie dorthin gelegt haben.«

Der junge Arzt nickte stumm.

»Du hast gesagt, nur Kenamun und die Wächter seien in dieser Nacht bei dir gewesen, richtig?«

»Ja, so war es.«

»Hm, dann ist alles klar. Natürlich könnte einer der *medjai* sie dir untergeschoben haben, aber eins macht mich stutzig ...«

»Ich kann nicht glauben, dass mein eigener Bruder so etwas tun würde.«

* Temsep war einer von zweiundvierzig Göttern, die Osiris' Totengericht angehörten. Er musste das Urteil bei Verschwörungen gegen den Pharao fällen.

»Gewiss, das wäre geradezu abartig, aber etwas sollte dir zu denken geben. Findest du es nicht seltsam, dass man die Figur gerade dort findet, wo er seine wollene Decke vergessen hatte?«

Nefermaat zog verblüfft die Augenbrauen hoch.

»Vielleicht ist es ja nur ein Zufall, aber ...«

»Ich wüsste nicht, welchen Vorteil mein Bruder davon haben sollte«, unterbrach ihn Nefermaat gereizt.

»Das können wir auch nicht wissen. Du aber solltest alles tun, um deine Unschuld zu beweisen. Du darfst nicht sterben, denn es könnte sein, dass du eines Tages die Wahrheit herausfindest.«

In den nächsten Tagen versank Nefermaat in einer tiefen Depression. Eine hinterhältige Welt, auf die er nicht vorbereitet gewesen war, hatte ihn auf niederträchtigste Art verschluckt und ihm alles geraubt, was er liebte, sogar seine Würde. Jetzt war er ein Gefangener, der genau wie die anderen auf die Rache des Pharao wartete. Über diesen war wenig bekannt, aber allem Anschein nach hatte er überlebt, denn es hieß, er selbst habe die Richter ausgewählt, die über die Verräter zu Gericht sitzen würden.

Iryi kümmerte sich um ihn, so gut er konnte, wenn auch seine Mittel wenig geeignet waren, den Schmerz einer Seele zu lindern. Doch es gelang ihm zumindest, Nefermaat zum Essen zu bewegen, und das kam einem Wunder gleich, denn es war alles andere als genießbar. Die Wärter, die es brachten, machten keinen Hehl daraus. Obendrein behandelten sie die Gefangenen wie Aussätzige, verspotteten sie und trieben Schabernack mit ihren Namen. Den wichtigsten Verbündeten der Königin Teje, Pai-bek-Amen, »Diener des Amun«, tauften sie Paibekkamen, »blinder Diener«, den Kellermeister Maiaria, »Gläubiger des Re«, nannten sie Mesedchu, was so viel bedeutet wie »Re hasst ihn«, Hui, der Vorsteher der Herden, bekam den Namen Panhuiboni, »dieser Teufel Hui«. So verfuhren sie mit den meisten Angeklagten, andere dagegen hatten Namen, die bereits komisch genug waren und gar nicht groß verändert werden mussten, so etwa Pasai, »der Kahlkopf«.*

Völlig von der Außenwelt abgeschnitten und den ständigen Peinigungen ihrer Wärter ausgeliefert, wurde der Kerker für die Verschwörer zur Hölle. Die meisten hätten sich lieber ihrem düsteren Schicksal sofort gestellt, als auch nur einen weiteren Tag in ihrem Verlies zu schmachten. Das dunkle Loch gab den Männern das Gefühl, man hätte sie ihrer Seelen beraubt und sie dazu verurteilt, auf ewig durch die schillernden Gefilde ihrer Fantasie zu irren. So führte man ihnen vor Augen, was sie nun waren: nichts.

Schließlich wurden sie eines Morgens daran erinnert, dass es doch noch eine andere Realität gab. Eine Gruppe von *medjai* drang in das Verlies ein und bahnte sich mit Peitschenhieben einen Weg.

»Nun gut, ihr dreckigen Hunde«, schrie einer der *medjai* sie an. »Bestimmt erinnert ihr euch an mich. Ich bin Sabuf, der Oberbefehlshaber der Palastwache und derjenige, der euch festgenommen hat. Ihr habt genug herumgefaulenzt. Jetzt ist es an der Zeit, dass ihr für eure Taten zur Verantwortung gezogen werdet.«

Er stemmte beide Fäuste in die Hüften und ließ den Blick herausfordernd über die zitternden Gefangenen schweifen.

»Wenn es nach mir ginge«, fuhr er verächtlich fort, »hätte ich euch längst ins Jenseits befördert, aber die Urgötter erwiesen euch die Gnade, in einem zivilisierten Land geboren zu sein, und deshalb habt ihr das Recht auf ein gerechtes Verfahren, das ihr meiner Meinung nach gar nicht verdient. Aber freut euch nicht zu früh, ich bin sicher, dass der Gerechtigkeit Genüge getan werden wird und eure Seelen unserer geliebten Ammit zum Fraß vorgeworfen werden. Sie wartet bereits, davon bin ich überzeugt, und wird euch mit offenen Armen empfangen.«

* Die Veränderung der Namen ist eine historische Tatsache und erfolgte genau so wie im Text beschrieben.

Bei diesen Worten brachen die *medjai* in höhnisches Gelächter aus, das Sabuf mit einer Handbewegung im Keim erstickte.

»Es wird Zeit, dass ihr zur Rechenschaft gezogen werdet«, erklärte der *medjai* ernst. »Fünf von euch kommen sofort mit, damit wir euch für das Gerichtsverfahren so zurechtmachen, wie es sich geziemt.«

Erneut lachten die übrigen *medjai* auf, doch dieses Mal machte sich Sabuf nicht die Mühe, sie zum Schweigen zu bringen.

»Ich rufe jetzt die Namen der Glücklichen auf«, erklärte Sabuf streng. »Und ich kann euch versichern, dass wir euch dem göttlichen Anubis mit den besten Empfehlungen überreichen werden.«

Die Wärter lachten aus vollem Hals weiter, während Sabuf mit lauter Stimme die Namen vorlas. Mit gesenkten Köpfen traten die Aufgerufenen einer nach dem anderen vor. Paibekkamen, Pentaui, Mastesuria, Panik und Pairi.

»Sie kommen als Erste dran«, erklärte Sabuf verächtlich. »Aber keine Sorge, wir werden bestimmt niemanden vergessen.«

Augenblicklich wurden die Angeklagten mit unverhohlener Grausamkeit zusammengetrieben und aus der Zelle abgeführt.

»Der Tod wird ihnen wie eine Erlösung erscheinen«, klagte Iryi, als sich das Gelächter, das Stöhnen und die Peitschenhiebe in der Ferne verloren.

»Was meinst du damit?«, fragte Nefermaat.

»Dass sie froh sein werden, wenn alles vorbei ist. Bevor man diese armen Teufel in den Gerichtssaal bringt, wird man sie einem brutalen Verhör unterziehen.«

Der junge Arzt verzog entsetzt das Gesicht.

»Du meinst, man wird sie foltern?«

»Das ist so üblich bei einem Aufstand gegen den Staat, ich schätze, dass sie zwischen hundert und zweihundert Stockhiebe bekommen werden. Das müsste genügen, um ihnen die Zunge zu lockern.«

Nefermaat sah den Alten mit offenem Mund an.

»So ist es nun mal. Wir haben das schändlichste aller Verbrechen begangen, aber wenn du mich fragst, können sie sich die Schläge bei mir sparen. Ich werde jede Erklärung unterschreiben, die sie mir vorlegen. Wenn ich schon sterben muss, dann wenigstens mit heilen Knochen.«

Nefermaat stöhnte auf bei der Vorstellung, was ihm bevorstand.

»Lass jetzt den Kopf nicht hängen. Ich bin sicher, dass du als Letzter dran sein wirst, und bis dahin wird das Gericht eingesehen haben, dass du mit dieser Tragödie nichts zu tun hattest.«

Der alte Iryi sollte mit seiner Einschätzung recht behalten. Die ersten Angeklagten wurden vor dem Verfahren auf die übliche brutale Weise verhört, jeder erhielt an die zweihundert Stockhiebe. Als sie schließlich in den Gerichtssaal geführt wurden, waren ihre Körper zerschunden und die Haut zerfetzt, was die Richter jedoch nicht im Geringsten beeindruckte.

Das Gericht, *hut-ur*, das über die ersten Angeklagten zu urteilen hatte, setzte sich aus einem Tribunal von sechs Richtern zusammen. Ramses III. hatte verfügt, dass von den zwölf Richtern, die er ausgesucht hatte, jeweils sechs eine Verhandlung führten und im weiteren Verlauf des Prozesses einer nach dem anderen ausgewechselt wurde, um zu vermeiden, dass immer dieselben verantwortlich waren. Diese Verfügung hatte große Verwunderung ausgelöst, wies sie doch auf das wenige Vertrauen hin, das der Gott in seine Richter setzte. Sein Misstrauen war allerdings berechtigt, wie spätere Vorfälle belegen sollten.

Die Verhandlung gegen die ersten Angeklagten ging reibungslos und schnell vonstatten. Die Verbrechen waren derart gravierend, die Beweise so erdrückend, dass die Urteile des Hohen Gerichts niemanden überraschten.

»Die Götter des Landes verfluchen dich! Sie haben über dich geurteilt!«*

Jeder in Ägypten hatte mit harten Urteilen gerechnet, allerdings nicht mit der Art, wie sie vollstreckt werden sollten. Die Angeklagten waren starr vor Entsetzen. Das Gericht des Pharao hatte sie dazu verurteilt, bei lebendigem Leibe verbrannt zu werden, und zwar unverzüglich.

Eigens dafür hatte man auf einem leeren Vorplatz neben der Anlage von Medinet Habu mehrere Scheiterhaufen errichten lassen. Dort, vor dem versammelten Volk, wurden die Verbrecher unter schrecklichen Schmerzensschreien verbrannt. Anschließend sammelten die Henker ihre Asche in Leinensäcke, luden diese auf Esel und zerstreuten sie auf den Straßen Ägyptens. So lautete das schreckliche Urteil des Gottes.**

Die Nachricht von der grauenvollen Hinrichtung wurde vom Nilwasser bis in die entlegensten Winkel des Reiches getragen, selbst die Mitverschwörer in ihrem dunklen Verlies erfuhren davon. Die Wärter überbrachten ihnen die aufmunternde Nachricht und ergötzten sich an ihrem Entsetzen.

»Vergesst nicht, dass ihr die Nächsten seid«, riefen sie ihnen immer wieder zu.

Angesichts dieser Neuigkeiten, die wenig Anlass zu Hoffnung gaben, sah Nefermaat seinen alten Gönner stumm vor Entsetzen an. Niemals hätte er sich solch eine harte Strafe vorstellen können.

Iryi versuchte, ihn zu beruhigen, indem er ihm erklärte, dass die Strafen als Abschreckung dienten, damit sich derlei nicht wiederholte.

»Der Gott wird nicht alle gleich bestrafen«, erklärte der Alte

* So lautete der Richterspruch, wenn jemand schuldig gesprochen wurde.

** Die Vollstreckung des Urteils fand genau so statt.

überzeugt. »Erst recht nicht, wenn es sich um Mitglieder der königlichen Familie handelt.«

»Und was wird aus uns?«

»Ich denke, er wird mir erlauben, dass ich mir das Leben nehme. Was dich angeht, so hoffe ich sehr, dass er dich begnadigt. Du weißt ja, dass die *maat*, die Wahrheit, immer das letzte Wort hat.«

Nefermaat sagte kein Wort mehr. Während der ganzen Nacht schien er darüber nachzudenken. Wenn nur Maat allein über seine Unschuld zu urteilen hätte, wäre alles ganz einfach, aber leider bestand das Gericht aus Menschen, nicht aus Göttern, und deren Gerechtigkeit sah anders aus. Also beschloss er, sein Schicksal in die Hände Sachmets zu legen, seiner rachsüchtigen Göttin. Sie fürchteten die Menschen mehr als jede andere Gottheit, und deshalb versuchten sie ständig, sie zu besänftigen, um sich vor ihrer unberechenbaren Wut zu schützen.

Wenn er tatsächlich ein Auserwählter der Göttin war, würde sie ihm beistehen.

Kurz vor dem Morgengrauen hörte man das Geräusch von Türen, die geöffnet wurden, und laute Schritte. Mehrere Männer drangen mit Fackeln ins Innere der Zelle ein. Einer rief die Gefangenen zusammen.

»Das ist Naneu, der Chef der Polizei«, flüsterte Iryi Nefermaat zu. »Sie werden uns in Gruppen aufteilen, das ist ein gutes Zeichen für dich. Du darfst die Hoffnung niemals aufgeben.«

Wie Iryi vorausgesagt hatte, teilte der Polizeichef die Gefangenen in drei Gruppen auf.

»Hier trennen sich unsere Wege«, erklärte Iryi mit brüchiger Stimme. »Aber vergiss nicht, dass ich immer an dich denken werde.«

Die Freunde umarmten sich unter Tränen. Ehe sie sich von einander lösten, flüsterte der Alte noch:

»Verzeih mir, mein Sohn!«

Dann zerrten fremde Hände ihn weg und stießen ihn auf die Seite.

An jenem Morgen verließen einundzwanzig Männer in drei Reihen den Kerker mit unterschiedlichen Bestimmungsorten. Je nach Ausmaß ihrer Verstrickung in den Aufstand wurden sie an verschiedene Gefängnisse überstellt. Nach der Vernehmung der Hauptangeklagten hatten sich die Behörden ein Bild davon machen können, inwieweit die übrigen Gefangenen an der Verschwörung beteiligt gewesen waren. Niemand würde seiner gerechten Strafe entkommen.

Trotzdem wurde einer scheinbar vergessen, als gäbe es ihn nicht. Weder fiel sein Name, noch verlangte irgendjemand nach ihm. Völlig unbeachtet, als wäre er der letzte Dreck, blieb Nefermaat auf der mit Stroh ausgelegten steinernen Bank liegen und sah mit an, wie seine bemitleidenswerten Gefährten vor seinen Augen in eine ungewisse Zukunft marschierten.

Plötzlich war es in der finsteren Zelle so still wie in einem Grab. Der junge *sunu* sah sich in der absoluten Einsamkeit um, die ihn jetzt umgab. Kein Geräusch, nicht einmal das eines Wärters auf der anderen Seite der braunen Wand. Vollkommene Stille. Hatten sie ihn etwa vergessen? Oder hatte der Henker etwas ganz Besonderes mit ihm vor? Bei diesen Gedanken musste er innerlich unwillkürlich lächeln. Schließlich wusste er nur allzu gut, dass seine Landsleute selten etwas vergaßen und nichts dem Zufall überließen. Wenn er hier war, dann nur, weil sie so entschieden hatten.

Zwei lange Tage hatte Nefermaat mehr als genug Zeit, über seine Lage nachzudenken und darüber, warum er dermaßen vom Pech verfolgt wurde. In der Einsamkeit fand er wieder zu sich und schöpfte neuen Mut. Am Ende war er überzeugt, dass Sachmet ihm letztendlich helfen würde, den Hals aus der Schlinge zu ziehen. Jeden Tag schob jemand einen Napf mit Suppe unter der Tür durch, und das bedeutete, dass man sich um ihn kümmerte.

Außerdem heilte seine Nase überraschend schnell, und auch das war letztendlich eine gute Nachricht.

In der zweiten Nacht schreckte ihn das laute Quietschen der Türangeln aus seinem unruhigen Halbschlaf. Er fuhr auf seinem harten Lager auf. Noch ehe er Zeit hatte, sich den Schlaf aus den Augen zu reiben, schlich eine vermummte Gestalt mit einer Lampe in der Hand in die dunkle Zelle. Der stumme Besucher gab dem Wärter, der ihn begleitet hatte, ein Zeichen, die Zelle zu verlassen und die Tür hinter sich zu schließen. Dann kam er langsam auf Nefermaat zu und blieb vor ihm stehen.

»Sachmet meint es immer noch gut mit dir«, erklärte der Fremde und nahm die Kapuze ab.

»Prinz Amunherchepeschef!«, rief Nefermaat, der seine Verblüffung nicht unterdrücken konnte.

»Pssst ...«, machte der Prinz und legte einen Finger auf die Lippen. »Niemand darf erfahren, dass ich hier bin.«

»Tut mir leid, Prinz Amunherchepeschef, aber als ich dich sah, konnte ich vor Freude nicht mehr an mich halten«, flüsterte der junge Mann.

Der Prinz nickte, dann setzte er sich neben ihn auf das harte Steinlager und stellte die Lampe zwischen sie.

»Lass den Prinzen weg, für dich bin ich nur Amun, heute mehr als je zuvor«, erklärte er und zog eine merkwürdige Grimasse. »Ich fürchte, dass ich der Einzige bin, der sich noch um dich sorgt.«

Nefermaat sah ihn ängstlich an.

»Ja, hier drin kann einem wirklich angst und bange werden«, gab der Prinz zu, während er sich in der Zelle umsah. »Wie die Vorhalle zur Unterwelt.«

»Ich fürchte, dass das, was sich hinter der Tür da verbirgt, weitaus schlimmer ist«, seufzte der junge Arzt. »Wenn Maat, die Göttin der Gerechtigkeit, mir nicht beisteht, wird mich Osiris wahrscheinlich sehr bald zu sich rufen.«

»Ich muss dir gestehen, dass ich es selbst nicht geglaubt habe, als man mir von deiner Verhaftung erzählte.«

»Du weißt doch, dass ich niemals in der Lage wäre, jemandem zu schaden, geschweige denn unserem Gott«, murmelte Nefermaat verzweifelt. »Ich weiß nicht, warum, aber man hat mich einmal mehr auf übelste Art hereingelegt und …«

Der Prinz hob die Hand.

»Erzähl mir erst einmal, was geschehen ist«, unterbrach er ihn.

Nefermaat nickte aufgewühlt, und dann erzählte er dem Prinzen mit zitternder Stimme, was sich an jenem Abend ereignet hatte. Amunherchepeschef hörte aufmerksam zu und rieb sich nachdenklich das Kinn.

»Sieht ganz danach aus, als hätte dir Renenutet übel mitgespielt, anders kann ich mir die Sache nicht erklären. Wir wissen ja, wie gern die Schicksalsgöttin mit uns Katz und Maus spielt, aber dieses Mal scheint sie sich selbst übertroffen zu haben.«

»Ich habe das seltsame Gefühl, dass die Göttin es in letzter Zeit auf mich abgesehen hat.«

»Ja, es sieht wirklich so aus, als hätte sie dich ins Herz geschlossen«, scherzte der Prinz.

Nefermaat fand diese Bemerkung nicht gerade zum Lachen.

»Jetzt reg dich nicht auf«, sagte Amunherchepeschef hastig. »Manchmal ist es gar nicht schlecht, wenn man die Dinge nicht so dramatisch sieht. Wir beide wissen doch ganz genau, dass es Menschen waren, denen du das hier zu verdanken hast.«

»Dann glaubst du an meine Unschuld?«

Der Prinz nickte.

»Ja, du kannst nichts damit zu tun haben«, erklärte er leise. »Nach meinen Informationen steckt Königin Teje hinter dem Komplott, das Nubchesbed und dich auseinandergebracht hat. Das wäre nie geschehen, wenn du zu den Verschwörern gehört hättest.«

Nefermaats Gesicht hellte sich auf.

»Ja, ich glaube an deine Unschuld, Nefermaat, aber leider kann ich wenig tun, um dir zu helfen. Diejenigen, die dafür gesorgt haben, dass du jetzt hier bist, würden es verhindern. Wir müssen sie zuerst entlarven.«

Der junge Arzt wirkte bestürzt.

»Wer kann bloß diese Figur in meine Gemächer geschmuggelt haben?«, fragte er nachdenklich und starrte zu Boden.

»Jeder kann es gewesen sein, sogar dein eigener Bruder. Doch das ist nicht die Frage, denn wer immer es tat, handelte auf Geheiß. Und jetzt hör gut zu, Nefermaat«, erklärte der Prinz ernst, »es ist etwas sehr Wichtiges passiert, das du natürlich nicht wissen kannst. Es macht alles noch viel komplizierter, als es ohnehin schon ist. Etwas Schreckliches.«

Nefermaat wich das Blut aus dem Gesicht.

»Auf die eine oder andere Art haben die Aufständischen ihr Ziel erreicht. Mein göttlicher Vater ist tot.«

Nefermaat hatte das Gefühl, als täte sich ein Abgrund unter seinen Füßen auf und jemand packte seine Beine so fest wie mit einer Zange, um ihn hinunterzuziehen.

»Nur wenige Tage nach dem Attentat flog der Falke zu seinen Sternengöttern auf, der schändliche Verrat hatte sein altes Herz gebrochen. Jetzt herrscht ein neuer Gott über das Land, er heißt Hekamaatre-Setepenamun*, obwohl er sich selbst nur ›der Rechtmäßige‹ nennen lässt«, sagte der Prinz, und die Verachtung in seinem Ton war nicht zu überhören. »Er will sämtliche Zweifel von vornherein ausräumen. Noch am selben Tag, an dem mein Vater starb,** setzte sich mein Bruder Ramses IV. die Krone auf. Leben, Heil und Gesundheit dem neuen Herrscher!«

* »Reich an Gerechtigkeit; ein Re, den Re großgezogen hat«.

** Ramses III. starb am fünfzehnten Tag des Monats Payni während der *schemu*-Zeit, nach zweiunddreißig Jahren Regentschaft.

Nefermaat starrte den Prinzen ungläubig und mit offenem Mund an.

»Dann werden wir jetzt nicht nur des Hochverrats, sondern auch des Mordes angeklagt?«, fragte er entsetzt.

»Die Richter sind angewiesen worden, die härtesten Strafen zu verhängen«, erklärte der Prinz. »Ich will dir keine Angst machen, aber vor Medinet Habu sind riesige Scheiterhaufen aufgebaut worden, in denen sie die Verurteilten bei lebendigem Leib verbrennen. Der Geruch nach verkohltem Menschenfleisch ist unerträglich.«

»Weißt du etwas über Iryi? Was haben sie mit ihm gemacht?«, fragte Nefermaat besorgt.

»Er hatte Glück im Unglück. Jedenfalls wurde er nicht verbrannt, man hat ihm erlaubt, sich selbst das Leben zu nehmen. Und wie du weißt, ist es Selbstmördern nicht gestattet, in ihrer Gruft bestattet zu werden, sodass man ihn einfach im Boden verscharrte, damit er ›auf ewig die Erde riecht‹.«

Nefermaat vergrub das Gesicht in den Händen und schluchzte erstickt.

»Ich weiß, wie gern du ihn hattest, aber in Anbetracht seines schändlichen Verbrechens konnte er nicht auf Gnade hoffen«, erklärte der Prinz ungerührt.

Der junge Arzt hingegen war sichtlich getroffen.

»Bislang waren die Strafen beispiellos hart«, fuhr Amunherchepeschef fort. »Von siebenundzwanzig Angeklagten wurden siebzehn verbrannt, die übrigen durften sich selbst umbringen. Darunter war mein Halbbruder, Prinz Pentaweret. Es wäre nicht klug gewesen, auch die Mitglieder der königlichen Familie öffentlich zu verbrennen. Der Prinz tötete sich noch im Gerichtssaal vor den Augen der anwesenden Richter.«

»Und die Königin?«, fragte Nefermaat, bereute die Frage aber schon, kaum dass er sie ausgesprochen hatte.

Prinz Amunherchepeschef lachte in sich hinein. »Bevor mein

Vater starb, verfügte er, dass die Strafen für Königin Teje und die anderen fünf Haremsdamen, die an der Verschwörung beteiligt gewesen waren, niemals bekannt werden. Aber du weißt ja, welche Strafen Frauen drohen, die sich der Magie bedienen, um ein solch abscheuliches Verbrechen auszuführen.«

»Die Wasserprobe.«

»So ist es. Es würde mich nicht wundern, wenn man sie gezwungen hätte, an einer krokodilverseuchten Stelle durch den Nil zu schwimmen. Das wäre die übliche Strafe.* Wie auch immer, man wird es niemals erfahren.«

»Das heißt, dass alle, die in jener Nacht verhaftet wurden, tot sind.«

»Ja, obwohl manche nichts unterließen, um ihrem Schicksal zu entkommen. Man hat sogar versucht, die Richter zu bestechen.« Als der Prinz Nefermaats verblüfftes Gesicht bemerkte, fügte er hinzu: »General Paiis und mehrere Angeklagte boten Mai und Pabasa, den beiden Richtern, die für sie zuständig waren, Geld, damit sie sie freisprachen. Und um Kontakt mit ihnen aufzunehmen, bedienten sie sich ausgerechnet des Chefs der Gaupolizei, Naneu. Auch ihn hatten sie bestochen. Er zog die Fäden nicht ungeschickt, aber am Ende flog das Komplott auf. Kannst du dir diesen Skandal vorstellen?«

»Und was ist dann passiert?«

»Beide Richter und der Polizeichef wurden verhaftet und der Kollaboration mit den Aufständischen angeklagt. Paiis und den übrigen Verschwörern gestattete man, sich das Leben selbst zu nehmen, Mais, Pabasas und Naneus Güter wurden beschlagnahmt und ihnen selbst Nase und Ohren abgeschnitten.** Ich nehme an, dass auch sie bald Selbstmord begehen dürften, sie

* Wenn es dem Betreffenden gelang, das gegenüberliegende Ufer lebend zu erreichen, wurde ihm die Strafe erlassen.

** Diese Urteile entsprechen den historischen Tatsachen.

werden ihre Schande kaum ein Leben lang durch ganz Ägypten spazieren tragen. Wie auch immer«, seufzte der Prinz, »mein verstorbener Vater wusste schon, warum er verschiedene Richter für jede Verhandlung berief. Er war weise genug, ihnen nicht über den Weg zu trauen. Und der neue Pharao war so wütend, als er von dem Bestechungsversuch erfuhr, dass er keine Gnade walten ließ. Irgendwie hatte er recht, schließlich war die Verschwörung auch gegen ihn gerichtet.«

»Schwärzer könnte es für mich nicht aussehen«, sagte Nefermaat. »Ich habe so gut wie keine Chance.«

»Wie gesagt, viele Fürsprecher hast du wahrlich nicht. Niemand will deinen Namen hören, geschweige denn in den Mund nehmen. Deine alten Freunde ergreifen die Flucht, sobald von dir die Rede ist, als wärst du die Apophisschlange höchstpersönlich. Und deine Eltern haben dich verflucht.«

Nefermaat lächelte bitter.

»Ich weiß, das dürfte dich kaum überraschen, deshalb wirst du auch nicht erstaunt sein, wenn ich dir erzähle, dass dein Vater, der ehrenwerte Hori, dich enterbt hat. Er erzählt jedem, dass er dir noch nie getraut hat und allen Grund hatte, dir aus dem Weg zu gehen. Und wie du dir denken kannst, lässt es sich Mutenuia nicht nehmen, ihm immer wieder unter die Nase zu reiben, dass sie vom ersten Augenblick an erkannt hätte, wie niederträchtig du bist.«

»Und was macht mein Halbbruder?«, fragte Nefermaat.

»Ich habe keine Ahnung. In letzter Zeit sieht man ihn kaum noch außerhalb des Karnaktempels. Aber von Nubchesbed habe ich Neuigkeiten.«

Als er ihren Namen hörte, konnte Nefermaat seine Beklemmung kaum verbergen.

»Angeblich ist sie so hysterisch geworden, dass sogar ihre Hofdamen ihr aus dem Weg gehen. Sie isst kaum noch und weint den ganzen Tag.«

»Sachmet stehe uns bei!«, seufzte der *sunu* erschöpft und verzweifelt.

»Jetzt hör mir gut zu«, entgegnete der Prinz und dämpfte seine Stimme. »Das ist die letzte Nacht, die du hier verbringst. Morgen wird man dich vor das Hohe Gericht bringen, um über dich zu urteilen.«

Nefermaat lehnte sich, sichtlich bestürzt, gegen die Mauer.

»Unter den Richtern werden zwei sein, die du kennst. Du hast sie einmal behandelt. Der eine ist Kadendenna und der andere Parenuta, der Herold des Königs. Er wird morgen den Vorsitz übernehmen.«

»Und das heißt?«

»Beide Richter sind angesehene Persönlichkeiten. Ich habe mit ihnen gesprochen und sie vorsichtig wissen lassen, dass ich von deiner Unschuld überzeugt bin.«

»Du hast dich für mich verwendet?«, fragte der junge Arzt überrascht.

»Mehr oder weniger. Man muss in diesen Angelegenheiten sehr vorsichtig sein, will man nicht gerade das Gegenteil erreichen. Wie auch immer, ich weiß, dass keiner der Angeklagten dich während der Verhöre belastet hat. Das gibt Anlass zur Hoffnung.«

»Das ist mehr, als ich erwarten konnte«, sagte Nefermaat ermutigt. »Ich werde es dir niemals vergessen.«

»Leider kann ich dich nicht hier herausholen, aber vielleicht kommst du mit dem Leben davon. Wir müssen mehr als je zuvor auf Maat vertrauen.«

Nefermaat konnte seine Zuneigung nicht verbergen und drückte dem Prinzen beide Hände.

»Übrigens«, sagte dieser, während er aufstand, »der Knochen scheint völlig geheilt zu sein, mein Arm ist genauso kräftig wie zuvor. Anat und ich sind dir dafür sehr dankbar, aber am meisten ist dir Sesostris zu Dank verpflichtet. Ihm geht es so gut wie noch nie.«

Nefermaat stand ebenfalls auf, um sich von dem Prinzen zu verabschieden.

»Gib die Hoffnung nicht auf und sei standhaft«, versuchte der Prinz ihm Mut zu machen, als sie an der Tür waren. »Du bist der Letzte in der Liste der Angeklagten, und keiner der Verschwörer hat dich belastet.«

22

Es kam alles genau so, wie Prinz Amunherchepeschef es prophezeit hatte. Am frühen Morgen erschienen mehrere Wärter in der Zelle, um ihn abzuholen, wobei sie nicht gerade zimperlich vorgingen. Sie banden ihm die Ellbogen auf den Rücken und schleppten ihn in eine andere abgelegene Zelle, in der mehrere Männer warteten.

»Der letzte Verräter. Kannst du dich noch an mich erinnern?«

Nefermaat erkannte ihn sofort, es war niemand anderes als Sabuf, der Chef der *medjai*, der ihn verhaftet hatte.

»Natürlich kannst du!«, lachte er. »Mittlerweile scheinst du dein hochnäsiges Gehabe abgelegt zu haben.«

Nefermaat spürte, wie er innerlich kochte, aber er nahm sich zusammen.

»Ja, genau, vor mir solltest du deine Wutanfälle lieber zügeln«, sagte der *medjai*. »Nimm dich in Acht«, fuhr er fort, während er seinen dünnen Stock schwang. »Ich wurde damit beauftragt, dich angemessen auf die Verhandlung vorzubereiten. Wenn du vor den Richtern erscheinst, wirst du das sein, was du in Wirklichkeit bist: ein unterwürfiger Hund. Trotzdem könntest du dir und uns eine Menge Mühe ersparen, wenn du dein Schuldeingeständnis gleich unterschreibst. Vergiss nicht, dass ich selbst die Wachsfigur in deinen Gemächern gefunden habe.«

Nefermaat sah ihn ausdruckslos an.

»Und? Willst du nun dein Geständnis unterschreiben oder nicht?«

Der junge Arzt wandte den Blick ab.

»Na schön, dann müssen wir dir wohl die Zunge ein wenig lockern«, erklärte Sabuf und gab den anwesenden Männern ein Zeichen.

Nefermaat hörte ein Zischen in der Luft und duckte sich instinktiv. Im selben Augenblick traf ihn ein Schlagstock in die Niere, und er krümmte sich vor Schmerz. Doch das war nur der Anfang, denn dann hagelte es Schläge von allen Seiten, und das Sirren der Schlagstöcke verwandelte sich in eine makabre Foltersymphonie.

»Schlagt ihm nicht ins Gesicht«, hörte er jemanden aus dem Hagel von Stockhieben rufen, die auf ihn niederprasselten.

Als es vorbei war, lag Nefermaats geschundener Körper zusammengerollt auf dem Boden.

»Willst du dich jetzt schuldig bekennen?«, keuchte eine Stimme vor Anstrengung.

Der junge Arzt konnte sein Stöhnen kaum noch unterdrücken.

»Nein? Na schön«, erklärte Sabuf außer Atem. »Jetzt nur die Beine«, befahl er seinen Männern und richtete sich wieder auf.

Wieder hallte das Echo der sirrenden Stöcke als bedrohliches Arpeggio von den Wänden der Zelle wider. Das infernalische Orchester donnerte über die Noten hinweg, und seine Schläge waren so heftig, dass man hätte meinen können, der Gott der Wüste persönlich führe jeden einzelnen mit gnadenloser Verbissenheit aus.

Als das finstere Stück beendet war, lag Nefermaat von Krämpfen geschüttelt auf dem Boden und konnte seine Bewegungen nicht mehr kontrollieren.

»Wenn wir weitermachen, schlagen wir ihn tot«, sagte einer der Wächter.

Sabuf beugte sich über den jungen Arzt.

»Du hast Glück. Wenn es nach mir ginge, würde ich dich auf

der Stelle totschlagen lassen, aber meine Männer haben recht, du solltest lebend vor das Gericht treten. Sie werden sich später wieder um dich kümmern«, sagte er. »Päppelt ihn etwas auf und macht ihn zurecht, so gut es geht«, befahl er und verließ die Folterzelle. »Keiner soll behaupten, dass wir Verräter schlecht behandeln«, hörte man ihn mit lauter Stimme rufen, als er durch den Gang stapfte und hämisch lachend verschwand.

Nefermaat musste von zwei Männern zum Gerichtssaal geschleppt werden. Da er sich nicht auf den Beinen halten konnte, schleiften sie ihn über den Steinboden bis vor das Tribunal. Das Gericht bestand aus sechs Richtern, die eigens vom Pharao ernannt worden waren, und mehreren Schreibern, die damit beschäftigt waren, jedes Wort zu protokollieren.

Das Verfahren fand in einem gewaltigen Innenhof statt, der mit Säulen in Form von Papyrusstauden gesäumt war. Es war ein grandioses Szenario, das Nefermaat angesichts seiner eigenen Bedeutungslosigkeit übertrieben erschien. Sein ganzer Körper schmerzte, trotzdem gelang es ihm, dem Blick der Gerichtsmitglieder standzuhalten. Genau wie Prinz Amunherchepeschef gesagt hatte, führte Parenuta, der Königliche Herold, dessen Brandwunden er einmal behandelt hatte, den Vorsitz. Als Parenuta bemerkte, wie ihn der Angeklagte musterte, versteckte er unwillkürlich seinen Arm unter dem Ärmel.

Nefermaat erkannte auch seinen alten Patienten Kadendenna wieder, der so oft mit Verdauungsstörungen zu ihm gekommen war. Als sich ihre Blicke trafen, entdeckte Nefermaat aufrichtiges Mitleid in seinen Augen, aber auch so etwas wie Trauer.

Eine kaum merkliche Handbewegung des Königlichen Herolds erweckte Nefermaats Aufmerksamkeit, und er sah, wie einer der Schreiber vor das Tribunal trat, einen Papyrus entrollte und die Verbrechen vorlas, deren er beschuldigt wurde. Er nahm sie kaum wahr, die Schmerzen waren derart heftig, dass er alle Kräfte darauf konzentrieren musste, nicht ohnmächtig zu werden und auf dem Steinboden zusammenzusinken. Die letzten Worte aber bekam er doch mit.

» … Feindschaft zu schüren, um einen Aufstand gegen unseren Herrn anzuzetteln.«

Danach rollte der Schreiber den Papyrus wieder zusammen und trat ab.

»Was hast du dazu zu sagen?«, fragte einer der Richter namens Maharbaal, den Nefermaat vom Sehen kannte.

»Vor dem Hohen Gericht erkläre ich mich für nicht schuldig«, antwortete Nefermaat und kämpfte gegen den Schmerz an.

»Du bestreitest also, etwas mit den Verbrechen zu tun zu haben, die dir zur Last gelegt werden?«, fragte einer der Richter.

»Jawohl. Maat soll meine Zeugin sein.«

»Lassen wir Maat vorerst aus dem Spiel«, mischte sich ein anderer Richter ein. »Wir haben eine Wachsfigur, die den verstorbenen Gott darstellt und mit Nadeln gespickt ist. Und diese fanden wir in deinen Gemächern. Willst du das bestreiten?«

»Ich habe keine Ahnung, wie diese Figur in meine Gemächer kam. Ich habe sie niemals zuvor gesehen.«

»Willst du damit andeuten, dass jemand sie ohne dein Wissen dorthin legte?«

»Das ist keine Andeutung, sondern eine Tatsache.«

»Du meinst doch nicht im Ernst, wir würden dir abkaufen, dass einer der *medjai* sie dort versteckt hat, oder?«

»Ich bin nicht hier, um jemanden zu beschuldigen«, erklärte Nefermaat mit schmerzverzerrtem Gesicht. »Aber wer auch immer es war, er hat sein Ziel erreicht.«

»Diese Behauptung ist nicht gerade überzeugend.«

»Das ehrenwerte Gericht weiß, dass meine Aufgabe darin besteht, das Übel zu bekämpfen, nicht, es zu fördern. Was hätte ich davon, meine Hand gegen den Pharao zu erheben?«

»Diese Frage solltest eigentlich du uns beantworten«, erklärte einer der Richter.

Nefermaat schwieg einen Augenblick und versuchte, Haltung zu bewahren.

»Ich wusste nichts von all den Intrigen und der Verschwörung. Ich hatte auch keinerlei Kontakt zu den Verrätern und ...«

»Ach nein!«, unterbrach ihn der Vorsitzende des Gerichts. »Es ist allgemein bekannt, wie gut du mit dem großen Verbrecher Iryi befreundet warst.«

Nefermaat merkte, dass sein Plädoyer in die falsche Richtung führte.

»Er hat mich in all der Zeit gefördert und war wie ein Vater zu mir – er hätte mich niemals in dieses Verbrechen hineingezogen«, widersprach er entschieden.

Das Gericht schwieg eine Weile.

»Der Verbrecher Iryi hat seine Verstrickung zugegeben, und er hat gestanden, mit dem Hofmagier schwarze Magie praktiziert zu haben«, sagte dann einer der Richter. »Wir haben bei beiden ähnliche Wachsfigürchen wie deine gefunden.«

»Ich bin trotzdem kein Magier, und ich bete auch den Gott Heka nicht an. Ich verehre die Göttin Sachmet; in ihre Geheimnisse bin ich von weisen und gerechten Männern eingeweiht worden. Ich war stets ein treuer Diener ihrer Wahrheiten und halte mich an den Weg, den uns die *maat* vorschreibt.«

»Wir wissen sehr wohl, wer deine Göttin ist, aber deshalb bist du noch lange nicht über jeden Verdacht erhaben. Als *uabu*-Priester kannst auch du die Zaubersprüche lesen.«

»Das können alle Schreiber, die heute hier versammelt sind, ebenso.«

»Gewiss, nur vergisst du, dass wir die Wachsfigur bei dir gefunden haben – nicht bei ihnen.«

Nefermaat legte den Kopf auf die Seite und warf den anwesenden Richtern einen seiner unergründlichen Blicke zu.

»Ich bediene mich nicht der Magie, um zu heilen«, erklärte er und hob beide Arme. »Ich benutze nur meine Hände.«

»Nichts als leere Worte! Jeder der hier Anwesenden weiß, dass die *uabu*-Priester sich auch Magie der Göttin Sachmet zunutze machen, um die bösen Geister zu bekämpfen, die uns mit Seuchen plagen«, erklärte Maharbaal überzeugt und sah seine Kollegen an.

»Unter den Richtern gibt es einige, die bestätigen können, was ich gerade behauptet habe. Sie kennen die Heilkunst, die ich anwende«, gab der Arzt zurück.

Der Königliche Herold rutschte unbehaglich auf seinem Stuhl hin und her, doch dann meldete sich Kadendenna zu Wort.

»Wir wissen alle, dass du ein guter *sunu* bist, Nefermaat«, sagte er ernst. »Manche halten dich sogar für unübertrefflich, aber nicht deshalb stehst du hier vor Gericht. Ägypten ist Schauplatz eines abscheulichen Verbrechens geworden, und du bist darin verstrickt. Zwar hat dich keiner der zuvor Verurteilten der Mittäterschaft bezichtigt oder auf andere Weise belastet, aber bislang hast du den Verdacht, der mit dem Fund dieser magischen Figur ausgelöst wurde, nicht ausräumen können.«

Nefermaat beobachtete, wie die übrigen Richter zustimmend nickten, und da wusste er, dass das Urteil längst gefällt war. Er warf seinem ehemaligen Patienten einen scharfen Blick zu, doch der wandte sich unbehaglich ab.

Eine Zeit lang tuschelten die Richter unter sich und warfen dem Angeklagten gelegentlich verstohlene Blicke von der Seite zu. Als er sah, wie sich der Vorsitzende des Gerichts von seinem Platz erhob, holte Nefermaat trotz der stechenden Schmerzen in seiner Brust tief Luft, um genug Kraft zu haben, das schreckliche Urteil zu empfangen, und legte sein Schicksal in Sachmets Hände.

»Das Hohe Gericht hat deine Worte zur Kenntnis genommen und sein Urteil getroffen«, verkündete Parenuta mit leicht verkrampfter Stimme. »Das Gericht besitzt keine eindeutigen Beweise dafür, dass der Hofarzt Nefermaat sich direkt an dem abscheulichen Verbrechen gegen seinen Herrn beteiligt hat, dem niederträchtigsten Verbrechen, das das Land Kemet jemals erlebt hat. Daher wird ihm die Todesstrafe erlassen. Nichtsdestotrotz verfügt das Gericht über Indizien, die den Verdacht nahe legen, er habe sich der schwarzen Magie bedient, um dem verstorbenen Pharao Schaden zuzufügen. Eine ebenso abscheuliche Tat, die vor den Augen des ägyptischen Volkes einer exemplarischen Strafe bedarf. Maat weist uns den richtigen Weg.«

Dann hörte der junge *sunu*-Priester die gefürchteten Worte:

»Die Götter des Landes verfluchen dich. Sie haben das Urteil gefällt. Sie verurteilen dich zur Zwangsarbeit in den Goldminen von Rahenu*, bis dich Osiris in die Halle der Zwei Wahrheiten ruft, damit du dich vor unseren Göttern verantwortest. All deine Güter werden beschlagnahmt, dein Name wird aus sämtlichen Annalen entfernt, als hätte es dich nicht gegeben. Nie wieder soll er ausgesprochen werden, möge deine *ba* von unsäglichen Qualen gepeinigt durch die Ewigkeit irren. So wollen es Maat und unser Gott Hekamaatre-Setepenamun, Leben, Heil und Gesundheit! Möge das Urteil in diesem Sinne vollstreckt werden.«

Nefermaat war seltsam gefasst, während der Königliche Herold ihn zu lebenslanger Zwangsarbeit in den Steinbrüchen verurteilte. Er beobachtete, wie der Mann sich alle Mühe gab, seinem Blick auszuweichen, während er das Urteil verkündete. Als er fertig war, setzte er sich wieder auf seinen Platz und starrte auf seine Füße. Die große Schande war vollbracht.

Nefermaat spürte, wie Hände nach seinen Armen griffen, und dann wurde er genauso unsanft aus dem Gericht geschleift, wie er zuvor hineingebracht worden war. Sie warfen ihn in eine schmutzige Zelle, in der sich die niederträchtigsten Verbrecher von Theben befanden. Als sie sahen, dass auch ein *uabu*-Priester

* So nannten die alten Ägypter das heutige Wadi Hammamat.

ein Ausgestoßener sein konnte und genau wie sie selbst auf das Amenti wartete, empfingen sie ihn mit offenen Armen. Jetzt war er der Arzt der Verfluchten.

23

Wenn es in ganz Kemet einen Ort gab, an dem die große Apophisschlange außerhalb ihres Reiches in der Unterwelt überleben konnte, dann war es der Berg des Goldes im Tal von Rahenu. Daran hatte Nefermaat keinen Zweifel, denn er hätte sich niemals vorstellen können, dass es in Ägypten einen solchen Ort überhaupt gab. Die große Schlange, das Sinnbild völliger Finsternis und des Nichts, manifestierte sich in jeder Minute des elenden Lebens, das er jetzt führte, und erinnerte ihn daran, dass er für sein Volk nicht mehr existierte.

Seine Reise in diesen gottverlassenen Winkel des Reiches war so mühsam gewesen, wie man es sich kaum vorstellen konnte. Eines Morgens in aller Frühe hatte man ihn und den Rest seiner unglücklichen Mitgefangenen unsanft aus der Zelle befördert, um sie an ihren verfluchten Bestimmungsort zu bringen.

Als er den Kerker verließ, hatte er eine unerwartete Begegnung gehabt. Eine hochgewachsene Gestalt hatte sich von der Wand gelöst, an der sie lehnte, einige Worte mit einem der Wärter gewechselt und war dann auf ihn zugekommen. Nefermaat hatte den Mann sofort erkannt, es war Sesostris.

»Keine überschwängliche Begrüßung«, sagte der Nubier, als er bei ihm war. »Wir haben nur ganz kurz Zeit.«

»Sesostris!«, stammelte Nefermaat überrascht.

»Hör mir gut zu. Der Ort, an den sie dich bringen werden, liegt im Reich von Seth, dem Gott des Chaos. Dort wird man wie von selbst zum Vasallen des Todes. Nur Kobras, Skorpione und die anderen Raubtiere der Wüste werden dir Gesellschaft leisten. Wenn du überleben willst, musst du dich an die harten Bedingungen anpassen, die dich dort erwarten. Nur wenn dein Herz stark bleibt, kannst du es schaffen.«

Nefermaat sah ihn mutlos an.

»Kämpfe, um am Leben zu bleiben, und gib niemals die Hoffnung auf«, flüsterte Sesostris und legte ihm die Hände auf die Schultern.

Dann erklangen laute Stimmen, und die Wärter ließen ihre Peitschen knallen.

»Vergiss nicht, was ich dir gesagt habe«, rief der Nubier, als die Gruppe von Gefangenen aufbrach. »Behalte die Zuversicht, und vor allem, bleib am Leben!«

Die Worte hallten noch in seinem Kopf nach, da spürte er bereits den ersten Peitschenhieb. Die Palmwedel hatten sich in seinen Rücken gebohrt und seine Haut gnadenlos aufgerissen.

»In die Schlange, du elender Hund!«, riefen die Wärter, während er sich vor Schmerzen krümmte.

Nefermaat hatte sich in die Schlange eingereiht und gesehen, wie die riesenhafte Gestalt verschwand. Auf diese Art hatte ihm Sesostris seinen Dank ausgedrückt und zugleich seine Sorge bekundet. Er war tief bewegt und würde seine aufmunternden Worte nie vergessen.

Auf der ersten Etappe seiner trostlosen Reise hatte der junge Arzt mehr als genug Zeit, um sich über seine ausweglose Lage klar zu werden. Als sie an Koptos vorbeizogen, war er davon überzeugt, dass sein Schicksal mehr als jemals zuvor von der Gnade der Götter abhing.

Während der drei Tage, die sie brauchten, um die zweitausend *khets*, etwa hundert Kilometer, zwischen Koptos und seiner neuen Heimat zurückzulegen, betete Nefermaat zu der mächtigen Sachmet. Nur die Löwengöttin konnte ihm die Kraft verleihen, die er zum Überleben brauchen würde, denn er wusste, dass der strapaziöse Marsch nur ein Vorspiel für das war, was ihn erwartete.

Das Tal von Rahenu war Teil einer uralten natürlichen Handelsroute, die Koptos mit dem Hafen Al-Qusair am Roten Meer verband. Seit Menschengedenken wurde sie von den mit kostbaren Waren beladenen Karawanen des Orients benutzt. Es war eine Gegend mit hohen Bergen und zahlreichen Tälern, die im Süden in unwirtliche Wüste überging. Ein überaus menschenfeindliches Terrain, aber reich an Bodenschätzen, das die Ägypter seit Beginn ihrer Zivilisation ausbeuteten.

Das Tal war gespickt mit Stelen im Gedenken an die zahlreichen Expeditionen, die die Pharaonen in den letzten tausendfünfhundert Jahren organisiert hatten, um die Reichtümer dieses Landstrichs auszubeuten. Aus den Steinbrüchen förderten sie den *bekhen*, einen kristallinen, grün gesprenkelten Schieferstein, der wegen seines homogenen glatten Aussehens und seiner feinen Maserung für den Bau von Denkmälern, vor allem aber für die Herstellung von Statuen und Sarkophagen verwendet wurde. Nefermaat war tief beeindruckt von den felsigen schwarzen Bergen, bedeckt von riesigen Schieferblöcken, die durch die vielen Absplitterungen des Steins vom ursprünglichen Bergmassiv entstanden waren.

Hunderte von Menschen transportierten die riesigen Blöcke mit Hilfe von Rampen von den Hängen herab oder ließen sie einfach herunterrutschen. Anschließend wurden sie entweder vor Ort behauen oder in das nahe gelegene Koptos transportiert, um dort weiterverarbeitet zu werden.

Ein ganzes Heer von Steinmetzen, Bildhauern, Zeichnern und einfachen Arbeitern war im Tal damit beschäftigt, die besten Blöcke aus den Hängen herauszuholen, um später imposante Kunstwerke daraus zu machen. Sie alle waren beflügelt von der Liebe zur Arbeit oder dem Wunsch, den schönsten Block zu finden und das herrlichste Kunstwerk zu schaffen. Sie alle fühlten sich als Rädchen in einem riesigen Getriebe und gaben ihr Bestes, damit ihr Werk die Ehre erhielt, im Innern der Tempel oder gar im Palast des Pharao aufgestellt zu werden. Sie waren freie Männer, die entlohnt wurden, und stolz darauf, dieser Erde die riesigen Steinquader abzuringen, die später den Ruhm ihres Landes mehrten, indem sie von ihnen zum Leben erweckt wurden.

Wenn sie sich begegneten, konnte Nefermaat seine Gefühle kaum unterdrücken. Noch vor wenigen Tagen war auch er ein freier Mann gewesen und hatte mit seiner täglichen Arbeit die Götter geehrt. Jene Männer gehörten dem jahrtausendealten System an, das von den alten Traditionen und Bräuchen getragen wurde, derselben Ordnung, die ihn verbannt und sogar seines Namens beraubt hatte.

Eine Gruppe von hundert Arbeitern kam ihnen entgegen. Singend transportierten sie eine große, sitzende Statue an ihnen vorbei. Sie waren so in ihre Arbeit vertieft, dass sie die Gefangenen kaum wahrnahmen. Schließlich machte einer der Arbeiteraufseher einen Witz über den Haufen von Ausgestoßenen, die sich mit auf dem Rücken gefesselten Ellbogen und einem langen Seil um den Hals den staubigen Weg entlangschleppten. Die Arbeiter lachten, und einige spuckten sogar geringschätzig aus.

»Genießt euren Spaziergang, er wird euer letzter sein«, rief einer.

Der Hinweis löste großes Gelächter und weitere Scherze aus.

»Bald seid ihr in eurem neuen Zuhause. In den Minen werdet ihr euch wohler fühlen als im schönsten Haus des Gerstensafts«, riefen die Männer ihnen zu.

Obwohl er noch nie ein solches Haus besucht hatte, musste Nefermaat zugeben, dass der Scherz nicht schlecht war. Manchmal empfinden Menschen bewusst oder unbewusst eine geradezu krankhafte Freude am Unglück der anderen. In jenen Männern, die schweißgebadet eine Statue aus Stein durch das einsame Tal schleppten, rief das Bild von anderen, die noch elender dran waren als sie, unverhohlene Schadenfreude hervor. Sie war schwer zu erklären, doch ihre Seelen klammerten sich daran wie an eine Fata Morgana ihrer eigenen Hoffnung. Das Leben, das sie führten, war alles andere als leicht, auch wenn sie es sich selber ausgesucht hatten.

Am Abend erreichten die Männer nach einem dreitägigen Marsch ihren Bestimmungsort. Die Gegend war genauso gottverlassen wie das Tal, das sie durchquert hatten, auch wenn die Berge um sie herum nicht mehr schwarz, sondern rötlich gefärbt waren und manche Schluchten vom Rahenu weg zu anderen, nahe gelegenen Tälern führten. Die Gebiete, die die Schatten des bevorstehenden Sonnenunterganges bereits erreicht hatten, stellten ihre raue Schönheit in einem grandiosen Lichtspiel zur Schau, das Atum über das Land schickte, ehe er durch die Tore in die Totenwelt trat. Seine letzten Strahlen senkten sich über die felsigen Gipfel und schufen goldene Reflexe, die jedoch am Fuß der Hänge unweigerlich erloschen.

Nefermaat erschien die Gegend feindselig und trostlos, genau richtig, um die Strafe zu verbüßen, zu der er verurteilt worden war.

In den Ausläufern der gewaltig aufragenden Berge entdeckte er ein kleines Dorf aus ärmlichen Lehmhütten. Es schien sich an der Straße entlang auszubreiten, auf der sie sich näherten. Dahinter erkannte er die Umrisse eines Tempels, den man dem Gott Min zu Ehren errichtet hatte, Schutzgott von Koptos, der auch über das unwirtliche Tal herrschte. Vor den Hütten erwartete sie eine Gruppe von Männern.

»Willkommen im Amenti, ihr Hunde!«, rief ein untersetzer Mann, der anscheinend keinen Hals hatte. »Hier werdet ihr euch wie zu Hause fühlen!«

»Stellt euch in einer Reihe auf, damit ich mir ein Bild machen kann«, rief er, während er seine Perücke zurechtrückte. »Hm, eine schöne Bande von Gaunern haben sie mir geschickt! Das Beste vom Besten! Was meint ihr, Jungs?«, fuhr er an seine Wächter gerichtet fort.

Die Männer lachten.

»Na schön«, sagte er und brachte sie mit einer Handbewegung zum Schweigen. »Zuallererst will ich mich vorstellen, damit ihr wisst, mit wem ihr es zu tun habt. Mein Name ist Sutemheb*, ich bin für die Ausbeutung der Minen hier verantwortlich«, erklärte er und zeigte auf die Berge ringsum. »Ich bin ein glühender Verehrer von Seth, dem Gott des Chaos, wie ihr aus meinem Namen ersehen könnt. Merkt euch das gut, denn ich bin mehr als das Gesetz, ich bin hier euer Gott. Euer Leben gehört mir, und ich habe das Recht, nach Belieben darüber zu verfügen. Ihr wurdet als ruchlose Verbrecher verurteilt und werdet nur überleben, wenn ihr euch hier als nützlich erweist. Darüber entscheide ich. Euer Leben hängt also davon ab, ob ihr zu irgendetwas nützlich seid. Auch diese Entscheidung obliegt allein mir, merkt euch das. Wer es dank seiner Arbeit verdient, am Leben gehalten zu werden, wird überleben. Aber macht euch klar, dass eure Zukunft mit diesem Augenblick erlischt, denn für das Land Kemet seid ihr bereits tot. Seid dankbar für jeden Tag, den ihr ab heute noch erlebt, denn er könnte euer letzter sein.«

Ungerührt hörte sich Nefermaat die hochtrabende Rede des Vorstehers an. Wenn er es sich recht überlegte, hatte er nichts anderes erwartet. Er wusste, dass der Mann keineswegs übertrieb, wenn er ihnen so großmäulig erklärte, dass ihrer aller Leben in seinen Händen lag. Als er an den Namen dachte, Sutemheb, musste er in sich hineinlächeln, denn er war genauso pathetisch und lächerlich wie der Mann selbst. Das schien sein Reich zu sein, und die Höflinge, die ihm huldigten, waren seine getreuen Vasallen, Wächter und Aufseher, allesamt finstere Gestalten. Selbst der Schreiber an seiner Seite machte ein grimmiges Gesicht; höchst unangenehm.

»Und jetzt wollen wir mal sehen, was man uns so geliefert hat«, hörte Nefermaat den Anführer sagen.

* Der Name bedeutet: »Der Gott Seth feiert«.

Einer der Wächter, die den Zug begleitet hatten, trat vor und übergab dem Vorsteher der Mine einen Papyrus, den dieser sofort an den Schreiber weiterreichte. Der begann auf seinen Befehl hin mit der Verlesung der Namen der Verurteilten. Als er zu Nefermaat kam, hielt er verwundert inne.

»Was ist los?«, fragte Sutemheb.

»Offensichtlich hat einer der Gefangenen keinen Namen mehr«, antwortete er und runzelte die Stirn.

»Was soll das heißen?«, fragte der Vorsteher schlecht gelaunt.

»Ganz einfach, die Götter haben ihn ihm weggenommen«, erklärte der Schreiber lächelnd. »Das hat er seinen Verbrechen zu verdanken.«

»Um wen handelt es sich?«, wollte der Vorsteher wissen. »Wer von euch ist dieses namenlose Subjekt?«, rief er.

Sutemheb ließ seinen neugierigen Blick über die Gefangenen schweifen.

»Ich bin derjenige, den du suchst«, sagte Nefermaat, der wusste, dass jeder Versuch, seine Identität verbergen zu wollen, zwecklos wäre.

»So, so«, sagte der Vorsteher lächelnd. »Der Gott hat uns einen *nunas* geschickt, jemanden, den es gar nicht gibt. Was für ein Verbrechen hast du begangen?«

»Gar keins!«, entgegnete der junge Arzt knapp.

Sutemheb runzelte die Stirn und verpasste ihm zwei schallende Ohrfeigen.

»Wenn du mit mir sprichst, hast du gefälligst Respekt zu zeigen. Verstanden, du elender Hund?«

»Jawohl, Vorsteher«, antwortete Nefermaat ausdruckslos.

»Das ist schon besser. Man sieht, dass du Manieren hast. Nehmt ihm die Fesseln ab«, befahl er seinen Männern.

Die Wächter banden ihm die Arme los, und Nefermaat rieb sie erleichtert.

»Zeig mir deine Hände!«

Nefermaat streckte die Hände aus und blickte den Mann an. Er war eine hässliche Erscheinung mit einem breiten, pausbäckigen Gesicht, beherrscht von kleinen Schweinsäuglein, die hastig hin und her huschten und von der verschmitzten Schläue des Mannes zeugten. Die Nase war kaum zu erkennen, nachdem sie ihm vor langer Zeit einmal gebrochen worden und jetzt auf groteske Art plattgedrückt war. Doch am abstoßendsten war sein Mund, der Ähnlichkeit mit dem Eingang zur Totenwelt hatte. Er war groß, schmutzig und zahnlos und verströmte einen derart widerlichen Geruch, dass ein Atemhauch genügte, um selbst den ruchlosesten Verbrecher in die Flucht zu jagen.

Unter dem ekligen Loch folgte das, was einst ein Kinn gewesen und jetzt nur noch eine schwabblige Masse war, die den nicht vorhandenen Hals ersetzte. Um den Rest seines Körpers war es nicht viel besser bestellt. Der Mann war untersetzt, hatte einen dicken Bauch, und sein Brustkorb war schlaff und eingefallen, obwohl er sichtlich stolz auf ihn war.

Seine Arme jedoch waren kräftig, und er hatte unverhältnismäßig große und starke Hände, als hätte er jahrelang schwere Arbeiten verrichten müssen.

Nefermaat entging es nicht, dass der Vorsteher seine Hände aufmerksam betrachtete.

»Zarte Hände«, erklärte Sutemheb und lächelte. »Wie die einer Prinzessin, bestens für den Steinbruch geeignet.«

Die Wächter lachten hämisch.

»Du musst eine bedeutende Persönlichkeit gewesen sein, als du noch einen Namen hattest. Aber der Grund, weshalb du hier bist, interessiert mich nicht, da du ohnehin sterben wirst. Keiner überlebt diesen Ort länger als zwei Jahre«, rief er dann laut, damit alle anderen Gefangenen es hörten. »Doch bis es so weit ist, machen wir einen richtigen Mann aus dir. Ich kann dir versichern, dass du mit den Händen eines echten Mannes vor Osiris treten wirst.«

Erneut krümmten sich die Wächter vor Lachen.

»Hört mir gut zu!«, rief Sutemheb laut. »Heute Nacht schlaft ihr unter freiem Himmel, und sobald der Morgen graut, seid ihr mir auf den Beinen. Meine Aufseher bringen euch zu eurer Arbeitsstelle. Sie genießen mein volles Vertrauen und wissen genau, wie man müde Männer munter macht. Vergesst nicht, dass euer Leben allein von eurem Fleiß abhängt.«

Dann gab er das Zeichen, und die Gefangenen marschierten in das Lager, wo die hoffnungslosen Blicke anderer Unglücklicher ihnen einen traurigen Empfang bereiteten.

»Willkommen im Reich der Finsternis.«

Nefermaat lag in eine alte Wolldecke gehüllt auf der Erde und betrachtete das Himmelsgewölbe über ihm. Immer wieder ließ er die Augen über das Firmament schweifen, auf der Suche nach einem Zeichen, das die Sternengötter ihm geben könnten, doch er fand keines. Der Himmel war in dieser Nacht von einer solchen Pracht, dass man darin schwerlich eine Antwort auf so viel Niedertracht finden konnte. Wie immer war Nut mit anderen Dingen beschäftigt und befahl den Sternen, ihren Bauch mit unzähligen Lichtern zu schmücken und ihrem himmlischen Körper Leben einzuhauchen.

Er verschränkte die Hände hinter dem Kopf und ließ sich von der Himmelspracht überwältigen. Die Nacht war ganz besonders dunkel und rief in ihm die Vorstellung unerforschter Räume wach, die jenseits des Körpers der Göttin lagen.

Der Anblick war wie Balsam für sein verwundetes Herz, sodass er zufrieden seufzte, nur um sich einen Augenblick später wieder von den alten Sorgen und einer Verzweiflung überwältigen zu lassen, die ihn auf Schritt und Tritt verfolgten und die er einfach nicht abschütteln konnte. So oft hatte er in den letzten Tagen eine Erklärung für sein Unglück gesucht, dass er nun das Gefühl hatte, all das gehörte einer längst vergangenen Zeit an, die er zusammen mit seinem Namen verloren hatte. Bei diesem Gedanken traten ihm Tränen in die Augen. Für jemanden wie ihn, der jahrelang darin ausgebildet worden war, die heiligen Gesetze zu befolgen, stellte der Verlust des Namens die denkbar härteste Strafe dar. Sie war sogar noch schlimmer als der Tod. Seine Seele war dazu verdammt, auf ewig durch die Nacht zu irren.

Er hatte sich klar zu machen versucht, was das in Wirklichkeit bedeutete, aber die Überlegung bald wieder aufgegeben, weil es ihm einfach unmöglich erschien. Nefermaat gab es nicht mehr; jetzt war er ein *nunas*, jemand, der gar nicht existierte.

Als er vor lauter Beklemmung keine Luft bekam, sah er erneut zum Himmel auf. In seinen verschleierten Augen schienen die Sterne stärker und heller zu funkeln als jemals zuvor. Einen Augenblick lang dachte er, Isis, die große Mutter, weine um ihren Sohn, dem man so viel Unrecht angetan hatte. Isis' Tränen verteilten sich als winzige glitzernde Lichter am Himmel, und sie vergoss sie für ihren Sohn Nefermaat, den die Menschen verurteilt hatten.

Als er einen Schwall von Sternschuppen sah und sich ihrer Bedeutung bewusst wurde, musste er vor Rührung blinzeln. So weit das Auge reichte, nahm jetzt das Funkeln der Sterne am Firmament zu, als wollten sie ihm zeigen, dass nicht nur Isis, sondern sämtliche Götter Ägyptens um der schrecklichen Sünden willen weinten, die ihre Söhne in ihrem Namen begingen. Das Volk, das sie vor langer Zeit auserwählt hatten, um ihm ihre Weisheit zu offenbaren, hatte sie verlassen. Es brauchte sie nicht mehr, weil es Kemet zu einem trostlosen, von Ehrgeiz zerfressenen Land gemacht hatte.

In Gedanken vertieft blinzelte Nefermaat erneut. Kein Zweifel, es war eine Klage der Götter, was sich dort am Himmel abspielte.

Seine Leidensgenossen hätten den Ort nicht treffender bezeichnen können. Während Nefermaat mit seiner Hacke aus Dolerit Rillen in die Adern des goldenen Gesteins schlug, dachte er daran, wie passend sein Name war. »Reich der Finsternis«. Die Mine, in der er arbeitete, war unter dem Namen Berg des Goldes bekannt und gehörte zu den wenigen Goldminen in dieser Gegend, die noch nicht ausgeschöpft waren. Es handelte sich um Golderz, das aus vier Fünfteln Gold und einem Fünftel Silber bestand. Das Edelmetall, das sich in Ägypten großer Beliebtheit erfreute, wurde nach Koptos gebracht, wo es eingeschmolzen und von berühmten Goldschmieden zu unvergleichlichen Schmuckstücken verarbeitet wurde, die einer Prinzessin, eines Königs oder sogar der Götter würdig waren.

Seit den fernen Zeiten der sechsten Dynastie beuteten die ägyptischen Pharaonen die Minen von Rahenu und den umliegenden Tälern aus. Aber nach mehr als tausend Jahren ununterbrochenen Raubbaus waren sie nun so gut wie erschöpft. Der Berg des Goldes war eine der letzten großen ertragreichen Goldadern, die es in dem Tal noch gab.

Auf der Suche nach dem kostbaren Edelmetall mussten sich die Grubenarbeiter durch schmale Gänge zwängen, die tief in den Berg geschlagen worden waren und den Adern folgten. Manchmal waren diese Stollen so eng, dass die Männer nur kriechend vorwärtskamen. Der ganze Berg war von Schächten durchzogen, die bis zu vier *khets*, etwa zweihundert Meter, lang sein konnten. Um in dem verzweigten Labyrinth aus Gängen überhaupt atmen zu können, hatte man Löcher in die Berghänge gebohrt, damit die Luft im Innern der Mine zirkulierte.

Die Arbeit der armen Teufel, die hier schuften mussten, war ungeheuer anstrengend. Ohne sich in der Enge richtig bewegen zu können, schlugen sie sich einen Weg durch das harte Gestein. Wenn sie auf eine Ader stießen, folgten sie ihr, egal, wohin sie führte, sodass die engen Schächte manchmal wie dunkle, bodenlose Brunnen wirkten. Im schwachen Schein kleiner Öllampen rackerten sich die Gefangenen von Sonnenaufgang bis Sonnenuntergang ab und brachen Steine aus dem Berg, der sie früher oder später verschlucken würde. Da die Stollen viel zu niedrig waren, wurden sie nicht abgestützt, und so war es keine Seltenheit, dass sie einstürzten und die Männer unter dem nachbröckelnden Gestein begruben.

Nefermaat konnte ein Lied davon singen, war er doch mehrere Male um ein Haar verschüttet worden. Sein Leben hing von den Göttern ab und von seiner Vorsicht, wenn er in eine Felswand schlug. Sobald er das geringste Anzeichen für einen bevorstehenden Einsturz bemerkte, flüchtete er, so rasch es ihm die schmalen Stollen erlaubten. Nach mehreren Monaten Arbeit unter höllischen Bedingungen hatte der junge Arzt eine Art sechsten Sinn für diese Art von Bedrohung entwickelt.

Am Tag nach seiner Ankunft hatten sie ihm das wenige Hab und Gut, das er noch besaß, abgenommen. Er und seine Leidensgenossen hatten sogar ihre Kleider abgeben müssen. Sutemheb hatte ihnen erklärt, dass sie, abgesehen von den Hacken, die ihnen die Aufseher jeden Morgen aushändigten, nichts bräuchten. Das kleine Amulett, das ihm vor langer Zeit der alte Dekan geschenkt hatte, fiel dem Vorsteher in die Hand, der von seiner Beute ganz hingerissen war.

»Jetzt ist sie wenigstens in geeigneten Händen«, hörte Nefermaat ihn sagen.

Nefermaats nackte Haut war im Nu von Abschürfungen und offenen Wunden übersät. Das ständige Kriechen durch die engen Schächte auf der Suche nach neuen Goldadern war nicht nur eine Tortur für seinen Körper, es setzte auch seiner Seele zu. Diese war ebenso geschunden wie sein Körper und empfand dieselbe Beklemmung angesichts der Tatsache, im Innern der Erde gefangen zu sein.

Nefermaats Herz hatte sich in eine gefühllose Maschine verwandelt, die nur ein Ziel hatte: zu überleben. Jeden Morgen glitt er in den Bauch von Geb, der Erde, hinab und hatte nur einen einzigen festen Vorsatz: abends lebendig wieder herauszukommen. Unermüdlich schlug er seine Hacke in den Felsen und achtete dabei auf die kleinsten Anzeichen einer Gefahr. Gelegentlich hörte er den Todesschrei eines Gefangenen, wenn sein Stollen zusammenbrach und er verschüttet wurde. Dann folgte jedes Mal eine unheimliche Stille, bis das Echo der Hacken erneut durch die Schächte des Berges hallte.

Wenn er kurz vor Sonnenuntergang das Innere des Berges verließ, brachte er mit den anderen Gefangenen den Ertrag, den er während des Tages dem Berg abgerungen hatte, zu den Aufsehern. Diese durchsuchten die Gefangenen, damit sie auch nicht ein einziges Staubkorn des kostbaren Edelmetalls heimlich behielten, und wenn die Erträge nicht zufriedenstellend waren, wurden sie mit Stockschlägen traktiert. Die Aufseher kannten die ausgeklügelten Methoden der Gefangenen, die kostbaren Goldkörner zu verstecken. Zuweilen gingen sie so weit, diese zu verschlucken, um sie später wieder auszuscheiden. Wenn jemand Verdacht erregte, wurde er gezwungen, seine Exkremente zu durchwühlen, damit sich die Aufseher vergewissern konnten, dass sie nichts Kostbares enthielten.

Nachdem sie durchsucht worden waren, durften sie ins Lager zurückkehren, wo man ihnen wässrige Linsensuppe vorsetzte und zuweilen auch einen vor Maden strotzenden Brotlaib. Anschließend schleppten sie sich mit ihren stinkenden Decken in die trostlosen Lehmhütten oder suchten sich einen Platz unter freiem Himmel, denn nicht einmal zusammengepfercht fanden die Grubenarbeiter in den überfüllten Hütten Platz zum Schlafen. Nefermaat verbrachte die Nacht lieber im Freien, so konnte er wenigstens die frische Luft einatmen, abseits von erdrückenden Mauern und niedrigen Decken. Dann fühlte er sich der illusorischen Freiheit am nächsten, hielt sich immer wieder Sesostris'

Rat vor Augen und versuchte, sich von der Notwendigkeit zu überzeugen, dass er am Leben bleiben musste.

So verlief jetzt Nefermaats Leben. So würde es bis ans Ende seiner Tage bleiben, und dann würden die Götter ihn zu sich rufen, damit er vor ihnen Rechenschaft ablegte. Warum sollte er sich noch länger mit Hoffnungen und Plänen quälen? Er würde diesen Ort nie wieder lebendig verlassen. Nefermaat versank in einen Zustand geistiger Umnachtung, er hörte auf, die Monate zu zählen, ja selbst den Tag, an dem er lebte. Sie waren alle gleich, und so verstrich die Zeit.

Sutemheb fuhr sich mit der Zunge über das entzündete Zahnfleisch und starrte aus dem Fenster auf die Karawanenstraße, die durch das Tal führte und den Hafen von Al-Qusair mit Koptos verband. Dort begegnete gerade eine Gruppe von Arbeitern, die große Steinquader transportierten, einer der unzähligen Karawanen, die zum Roten Meer unterwegs waren.

Einen Augenblick lang beobachtete er gedankenverloren den Staub, den erst die einen und dann die anderen aufwirbelten, dann blinzelte er und kratzte sich den kahlen Schädel. Er hatte ein Problem. Sein Sekretär, ein verurteilter Schreiber, der seit Jahren seine privaten Angelegenheiten regelte, hatte das Zeitliche gesegnet, sodass er nun niemanden mehr kannte, der sich um seine Geschäfte kümmern konnte. Der verstorbene Schreiber war all die Jahre der Inbegriff der Verschwiegenheit gewesen, weshalb Sutemheb seinen Tod zutiefst bedauerte. Für einen Mann wie den Vorsteher, der weder schreiben noch lesen konnte, stellte dieser herbe Verlust ein gravierendes Problem dar, vor allem, wenn er seine heimlichen Aktivitäten fortzuführen gedachte. Er musste so schnell wie möglich jemanden finden, der den alten Schreiber ersetzen konnte, und das war in einem Gefangenenlager wie diesem alles andere als leicht.

Sein ganzes Leben hatte Sutemheb zwischen schweren Steinblöcken verbracht. Er war stets ein freier Mann geblieben, hatte aber bereits in jungen Jahren als einfacher Steineklopfer in den Sandsteinbrüchen der Gegend angefangen. Es war der Beginn einer Karriere gewesen, bei der er die verschiedensten Tätigkeiten ausgeführt hatte. Jahrelang hatte er mit Unterlegkeilen gewaltige Steinblöcke aus dem Berg gesprengt, die Blöcke zerkleinert, zermalmt oder sie über die staubigen Wege gezogen. Dann war er eines Tages zum Aufseher befördert worden und hatte seine angeborene Gabe entdeckt, Männer zu führen. Sutemheb war von Natur aus grausam, und sein Herz war so hart wie die Steine, die er früher bearbeitet hatte. Das führte unweigerlich zu heftigen Auseinandersetzungen und Streitigkeiten mit den anderen Aufsehern, die ihm eines Nachts, während er schlief, mit einem Stein die Nase einschlugen, um ihn in die Schranken zu weisen. Sutemheb war nur knapp mit dem Leben davongekommen. Die Nase war für immer verstümmelt, doch sein Herz verhärtete sich noch mehr, und er gab keine Ruhe, bis er die Rechnung beglichen hatte. Nach monatelanger Genesung war er zu seiner alten Arbeit zurückgekehrt und hatte seinen Durst nach Rache gelöscht, indem er seine alten Widersacher umbrachte.

Die Todesfälle hatten für großes Aufsehen gesorgt, und die *medjai* hatten den Fall ausgiebig untersucht. Da sie jedoch keine Beweise für die Schuld des Aufsehers fanden, musste der Fall zu den Akten gelegt werden.

Nach diesen Ereignissen war Sutemheb zu den Galenitminen von Gabel-El-Zeit im Nordosten versetzt worden, einer entsetzlichen Anlage, wo tagtäglich Menschen bei dem Versuch starben, Silber aus dem Innern des Berges zu holen. Hier hatte er seine Führungsqualitäten unter Beweis stellen können, indem er seine Männer unentwegt zu immer neuen Silberadern trieb. Er selbst rühmte sich, sie förmlich riechen zu können. Bald hatte er sich in ganz Ägypten einen Namen gemacht, sodass er schließlich zum Vorsteher der Goldminen von Rahenu befördert worden war.

Der Pharao schien ihn für sein selbstloses und opferbereites Leben belohnen zu wollen, und Sutemheb bewies ihm, dass er sich nicht in ihm getäuscht hatte. In kürzester Zeit stiegen die Erträge der Mine überraschend an.

Sutemheb war zu einer bedeutenden Persönlichkeit geworden. Seine Minen förderten Unmengen von Gold, und alles andere zählte nicht. Die Methoden, deren er sich bediente, spielten keine Rolle, auch nicht die vielen toten Grubenarbeiter. Schließlich waren es nur Verbrecher. Um mit ihnen fertig zu werden, hatte der Staat in Sutemheb offensichtlich den geeigneten Mann gefunden.

Schnell wurde sich Sutemheb seiner Macht bewusst. Er war der Herr über den Berg des Goldes, und solange dieser nicht aufhörte, Reichtum auszuspucken, konnte er tun und lassen, was er wollte. Die endlosen Jahre der Entbehrungen waren ein für alle Mal zu Ende, und jetzt beschloss er, auch etwas für seinen Ruhestand zu unternehmen. Für einen Mann wie ihn, der das Goldgeschäft besser kannte als jeder andere, war es nicht schwer, einen Plan auszuhecken, der ihm all seine Wünsche erfüllen würde. Er tüftelte eine einfache Strategie aus, mit der man ihm obendrein nichts würde nachweisen können. Jeden Tag gab ihm ein Arbeiter ein Goldkorn, das er erst verschluckt und dann wieder ausgeschieden hatte. Es war ein Trick, den jeder Aufseher kannte, Sutemheb aber sorgte dafür, dass der Betreffende seine Notdurft unbeaufsichtigt verrichten konnte. Als Gegenleistung erleichterte der Vorsteher ihm sein elendes Leben, indem er ihm größere Essensrationen zukommen ließ und ihm hin und wieder ein Bier spendierte. Das rechtfertigte er vor den Aufsehern damit, dass der Mann gute Arbeit leistete und dafür auch belohnt werden müsse. Nach einigen Monaten räumte er ihn aus dem Weg und ersetzte ihn durch einen neuen Arbeiter, der eine Zeit lang dieselbe Funktion für ihn erfüllte.

Die kleinen Goldkörnchen, die er Tag für Tag erhielt, häuften sich bald zu einem Vermögen an, und Sutemheb musste sich etwas einfallen lassen, wenn er es gut anlegen wollte. Es bei sich zu behalten war viel zu gefährlich, vor allem, weil ein Schreiber der Verwaltung jeden Tag bis aufs *qedet* genau die Mengen des geförderten Edelmetalls protokollierte. Jeder wusste, wie schlau die Schreiber waren, und wenn sie ihn erwischten, könnte auch er den Rest seines Lebens in den Minenstollen verbringen. Er musste sehr vorsichtig sein; seine Bücher durften nicht die kleinste Unregelmäßigkeit aufweisen.

Eines Nachmittags brachte jemand Licht in seine Sorgen und löste das Problem für ihn. Im Lager traf eine neue Gruppe von Gefangenen ein, unter denen sich auch ein Schreiber des thebanischen Schatzhauses befand, der verurteilt worden war, weil er versucht hatte, ausgerechnet die Priesterschaft des Amun zu bestehlen. Es war das schönste Geschenk, das Seth, der Gott, den der Vorsteher verehrte, ihm hatte machen können. Sutemheb zögerte nicht lange, er entband den Mann von jeglicher körperlicher Arbeit und versicherte sich seiner Dienste. Es war eine kluge Investition, denn der ehemalige Schreiber führte die Bücher des Vorstehers nun so, dass der sich keine Sorgen mehr zu machen brauchte.

Sutemheb musste auf nichts mehr verzichten. Er genoss jeden Tag die feinsten Speisen, die man an einem Ort wie diesem bekommen konnte. Die zahlreichen vorbeiziehenden Karawanen versorgten ihn mit allem, was er benötigte, sogar mit seinem geliebten Wein. Im Laufe der Zeit hatte er auf besorgniserregende Weise zugenommen und war zu einem wandelnden Fettkloß geworden.

Doch für Sutemheb war Fettleibigkeit ein Zeichen von Wohlstand, und er tat alles, um diesen zu mehren. Endlich war der Augenblick gekommen, an dem alle ihn respektierten, und das hatte er nur seinem Reichtum zu verdanken.

Mit Hilfe des Schreibers hatte Sutemheb sein Vermögen diskret, aber gewinnbringend angelegt. Er hatte Land und Vieh gekauft und es für gutes Geld verpachtet. Ein Mann in seiner Position brauchte natürlich auch ein entsprechendes Haus, also hatte er einen kleinen Palast am Nilufer vor Koptos erworben, der einer verarmten alten Adelsfamilie gehört hatte. Es war ein prächtiges Anwesen, von dessen Terrassen man auf den träge dahinfließenden Nil blickte. Hier wollte er seinen wohlverdienten Ruhestand genießen, und oft stellte er sich im Geiste vor, wie er an einem der vielen Fenster saß und entzückt den Sonnenuntergang über dem Fluss beobachtete, während sich das Wasser leise murmelnd einen Weg durch den üppigen grünen Garten bahnte. Er hasste die Hitze und wünschte sich nichts sehnlicher, als die Mine zu verlassen und die Wüste niemals wiederzusehen.

Alle drei oder vier Monate reiste er nach Koptos, um nach seinem Heim zu sehen und sich um seine Geschäfte zu kümmern. Die Hauptstadt des Gaus war ein Handelszentrum, in dem die besten Juwelenhändler des Landes residierten, sodass er keine Mühe hatte, gewisse Goldschmiede ausfindig zu machen, die seine kostbare Ware zu schätzen wussten. Da sämtliche Karawanen, die in Richtung Orient zogen, durch Koptos kamen, machten die Juwelenhändler gute Geschäfte mit den Liebhabern der Steine. Und da hier tagtäglich riesige Geschäfte abgewickelt wurden, war es der ideale Ort, um keinen Verdacht zu erregen. Man musste nur die nötige Diskretion an den Tag legen. Genau das hatte der Vorsteher während all der Jahre getan.

Sutemheb seufzte verdrießlich und blickte wieder auf die Karawanenstraße. Er hatte beschlossen, dass dies sein letztes Jahr im Berg des Goldes sein sollte. Und ausgerechnet jetzt, da er noch einmal alles aus seiner Stellung herausholen musste und gleichzeitig nicht die kleinste Spur hinterlassen durfte, war seine rechte Hand gestorben. Er brauchte unbedingt einen neuen Schreiber. Lange Zeit hatte er sich vergeblich darüber den Kopf zerbrochen, ob es unter den Gefangenen jemanden gab, der sich für seine Zwecke einspannen ließ. Da er selbst nicht lesen konnte, war er nicht in der Lage, die Akten der Gefangenen zu studieren, und den Schreiber der Verwaltung konnte er auf keinen Fall bitten, für ihn den Mann zu finden, den er suchte.

Alles schien sich gegen ihn verschworen zu haben, bis er eines Abends in einer Truhe wühlte und auf etwas stieß, das seine Aufmerksamkeit weckte. Es war eine feine Goldkette, an der eine kleine Figur der Göttin Sachmet hing. Sie gehörte wie alle übrigen Gegenstände in der Truhe zu den persönlichen Gegenständen, die er den Gefangenen abnahm und in der Truhe verstaute, um eines Tages vielleicht irgendeinen Nutzen aus ihnen ziehen zu können. Die kleine Figur war ihm aufgefallen, weil er wusste, dass die Göttin die Schutzpatronin der Ärzte war. Es bestand also die Wahrscheinlichkeit, dass ihr Besitzer ein Arzt war. Er hatte vielleicht einen *sunu* unter seinen Grubenarbeitern, und das könnte sein Problem lösen, denn Ärzte konnten lesen und schreiben.

Plötzlich erinnerte er sich daran, dass ihm vor nicht allzu langer Zeit die feingliedrigen Hände eines Gefangenen aufgefallen waren. Es war eine ziemlich undeutliche und schwache Erinnerung, aber er war sicher, das sie kein Traum war. Zuerst schöpfte er Hoffnung, doch dann befiel ihn erneut die Angst. Vielleicht war der Besitzer des kostbaren Fundes bereits tot. Es gab nur eine Möglichkeit, es herauszufinden, und Sutemheb wusste auch schon, wie.

Kurz vor Beginn der Arbeit in der Mine versammelte der Vorsteher sämtliche Grubenarbeiter und fragte sie ungewohnt freundlich, wer der Besitzer der Figur sei. Wie erwartet meldete sich aus Angst vor versteckten Repressalien keiner der Gefangenen. Daraufhin versicherte er ihnen, dass den Besitzer nichts Schlimmes erwartete, und schwor es bei Seth und Min, dem Herrscher über das östliche Wüstenreich, in dem sie sich befanden.

»Als großer Verehrer der Göttin möchte ich dafür sorgen, dass der Besitzer dieser kleinen Statue gut behandelt wird«, erklärte Sutemheb und zeigte auf die Figur.

Bei diesen Worten wechselten die Gefangenen misstrauische Blicke, denn sie glaubten ihm nicht.

»Ich verspreche euch, dass dem Besitzer nichts Übles widerfährt«, wiederholte der Vorsteher.

Die Gefangenen schienen darüber nachzudenken, man hörte leise Bemerkungen, und dann trat ein kleiner Mann aus der Menge hervor.

»Der Anhänger gehört mir«, rief er mit schriller Stimme. »Ich schwöre es bei Bes.«

Die Behauptung wurde mit schallendem Gelächter quittiert, denn der Mann war ein Wegelagerer der übelsten Sorte und obendrein ein maßloser Trinker gewesen, der nicht den geringsten Respekt vor den Göttern hatte.

Einer der Wächter trat ihm in den Hintern.

»So, so«, sagte der Vorsteher und lächelte flüchtig. »Damit ihr seht, dass ich es ernst meine, erlasse ich diesem Kerl den Stock. Also, wem gehört die Statue?«

Wieder breitete sich Stille unter den Arbeitern aus.

Nefermaat beobachtete den Vorsteher aufmerksam. Seine Worte hatten ihn kalt gelassen, nicht aber der Anhänger. Als er ihn gesehen hatte, waren Gefühle in ihm aufgestiegen, die er nicht unterdrücken konnte. Die kleine Figur bedeutete ihm so viel, dass er nicht ungerührt bleiben konnte, als er sie in den Händen dieses Mannes sah. Eine größere Ungerechtigkeit gab es nicht.

Er glaubte dem Vorsteher kein einziges Wort und wusste auch nicht, warum er den Besitzer der Figur ausfindig machen wollte. Doch er war davon überzeugt, dass Sutemheb irgendetwas im Schilde führte, und gab sich nicht zu erkennen.

»Wirklich schade«, hörte er den Vorsteher sagen. »Eine Reliquie wie diese …«

Er führte den Satz nicht zu Ende, während er die kleine Figur hin und her pendeln ließ. Nefermaat stockte der Atem.

»Der Besitzer hat wirklich nichts zu befürchten. Ich habe keine verborgenen Absichten und wäre ihm sogar dankbar. Obendrein würde ich mich äußerst großzügig erweisen, wenn er sich zu erkennen gibt.«

Nefermaat konnte sich ein spöttisches Lächeln nicht verkneifen. Aus dem Mund des Vorstehers klangen diese Worte wie Hohn.

Ein Mann, der seine Grubenarbeiter Tag für Tag ohne den geringsten Skrupel in den Tod schickte, sprach plötzlich von Dankbarkeit und Großzügigkeit.

»Na schön. Wenn der Besitzer nicht mehr unter uns weilt, werde ich den Anhänger abstoßen, denn er ist mir nicht mehr von Nutzen.«

Bei diesen Worten horchte Nefermaat auf.

»Noch heute Nachmittag werde ich ihn an die erste Karawane verkaufen, die auf dem Weg nach Al-Qusair hier vorbeikommt«, verkündete Sutemheb.

Nefermaat biss verzweifelt die Zähne zusammen.

»Stellt euch mal vor, was passiert, wenn diese heilige Figur einem Ungläubigen in einem fremden Land in die Hände fiele.«

Nefermaat musterte den Mann, der ihn auf so infame Art unter Druck setzte.

»Möglicherweise würde man sie einschmelzen«, tönte er pathetisch.

Nefermaat konnte in dem ganzen Theater keinen Sinn erkennen. Allein diesem plumpen Versuch der Nötigung zuzuhören widerte ihn an. Die Sachmetfigur, die der Vorsteher in der Hand hielt, hatte dem heiligsten Mann gehört, dem er je begegnet war, einem Weisen unter Weisen, dessen Erinnerung nun von einem vulgären Menschenschinder mit Füßen getreten wurde.

Da wurde ihm bewusst, dass er keine Wahl hatte und sein Schicksal erneut in Sachmets Hände legen musste.

»Ich bin derjenige, den du suchst«, rief Nefermaat.

Sutemheb wandte sich ihm zu und musterte ihn eingehend.

»Gut«, sagte er knapp und kam lächelnd auf ihn zu.

So trat Nefermaat in den Dienst des berüchtigten Vorstehers. Die Veränderung tat seinem geschundenen Körper gut, nicht aber seiner Seele. Er brauchte nicht lange, um Sutemheb zu durchschauen; es war ein habgieriger, grausamer und zuweilen gewalttätiger Mensch. Das war nichts Neues, aber dass er diesen Mann nun den ganzen Tag lang ertragen musste, machte ihm zu schaffen. Andererseits hatte diese Qual aber auch ihre guten Seiten, er bekam einigermaßen anständiges Essen und durfte sich sogar waschen, ankleiden und sich den Körper rasieren wie ein Priester. Zwar kann man es sich kaum vorstellen, aber es regnete reichlich in diesem öden Landstrich, sodass es an Wasser keinen Mangel gab. Das kostbare Gut lagerte in einer Reihe von abgestuften Becken zwischen den Felswänden mehrerer Steinbrüche. Diese Wasserreservoirs, die schon mehr als tausend Jahre zuvor von der Expedition des Gottes Merire benutzt worden waren, versorgten nicht nur die Grubenarbeiter im Tal mit Wasser, sondern auch die Nomaden, die sich bis hierher wagten, und die Wüstentiere, etwa die vielen Oryxantilopen, die sich besonders gern in dieser Gegend aufhielten.

Die Arbeit, mit der er diese Erleichterungen bezahlen musste, fiel ihm nicht schwer; er musste nur die Bücher des Vorstehers führen und bis auf den Deben genau den Profit ausrechnen, den er aus seinen Besitztümern und seinen dunklen Geschäften zog. Es dauerte nicht lange, bis er von den täglichen Unterschlagungen des Vorstehers und den mit Goldkörnern gefüllten Säckchen erfuhr, die Sutemheb in einem raffinierten Versteck zwischen den Holzdielen unter seinem elenden Bett aufbewahrte. Dort lagerten sie monatelang, bis er sie bei seiner nächsten Fahrt nach Koptos mitnahm, um das Gold dort zu verkaufen.

Nefermaat hütete sich davor, irgendwelche Fragen zu stellen, denn er wusste, dass ihn die kleinste Andeutung in ernste Schwierigkeiten brächte.

Sutemheb war mehr als zufrieden mit seinem neuen Sekretär; er war fleißig, ordentlich, äußerst verschwiegen und wusste obendrein meisterlich mit Zahlen umzugehen. Ein intelligenter Mann, genau das, was er brauchte. Mit der Zeit entdeckte Sutemheb, dass Nefermaat noch andere Qualitäten besaß. Wie er von Anfang an vermutet hatte, war der Gefangene früher Arzt gewesen. Ein wahrhaft göttliches Geschenk, aus dem sich bestimmt Kapital schlagen ließe.

Doch diese Idee verwarf er schnell wieder, als er an die Probleme dachte, die sie ihm bereiten könnte. Das Wichtigste war, jetzt kurz vor seinem Ruhestand keine Aufmerksamkeit zu erregen.

Nefermaat war es einerlei, auf welche Art und Weise er ausgebeutet wurde. Die Wahl zwischen Steineklopfen im Innern eines Berges und seiner neuen Tätigkeit fiel ihm nicht schwer. Er hatte nicht das geringste Interesse an Gold. Was hätte er in einer Gegend wie dieser und in seiner Stellung damit anfangen sollen? Trotzdem profitierte er auf die eine oder andere Art davon. Der Vorsteher besorgte ihm Leinen, damit sein Körper nicht länger mit Wolle in Berührung kam, welche die Priester als unrein ablehnten, und hin und wieder gestattete er ihm sogar einen Einlauf.

Alles lief wie gewünscht für den Vorsteher, bis er eines Tages unerwarteten Besuch bekam.

Genau ein Jahr, nachdem der gegenwärtige Gott Ramses IV., Hekamaatre-Setepenamun, den Thron des Reiches bestiegen hatte, bedankte er sich bei den Göttern und ließ ihnen zum Lob Denkmäler errichten, die an Größe und Pracht mit jenen wetteifern sollten, die der Große Ramses ein Jahrhundert zuvor hatte bauen lassen. Er organisierte eine riesige Expedition in den Rahenu, die so viel kostbaren *bekhen* und Gold sicherstellen sollte, wie er für sein größenwahnsinniges Projekt brauchte. Das Unternehmen wurde in mehrere Etappen untergliedert. Als Erstes sollten Steinbrüche und Gruben ausfindig gemacht werden, die reich an diesen Mineralien waren. Anschließend wollte man das Gros der Grubenarbeiter dorthin schicken, um die Minen schneller auszubeuten. Für diese erste Phase, in der die Minen nur besichtigt werden sollten, ernannte der Pharao den Hohepriester von Horus und Isis und den Ersten Propheten von Montu zu Leitern der Expedition. Letzterer wurde von seinem Sohn Paneb begleitet, der mittlerweile zum Zweiten Propheten des Montu aufgestiegen war. Es war eine hohe Ehre für ihn.

An der Spitze von vierhundert Soldaten durchstreiften sie das ganze Tal, sammelten Proben und berechneten die Erträge der Minen und Steinbrüche. Als eine Abordnung zum Berg des Goldes kam, erwartete Sutemheb sie bereits.

Ihr Anführer war Paneb, den der Vorsteher dienstbeflissen willkommen hieß. Doch der Zweite Prophet beachtete die höfliche Begrüßung seines Gastgebers kaum, sondern behandelte ihn mit Geringschätzung. Er beschränkte sich auf einen kurzen Blick in die Mine und verlangte dann eine detaillierte Aufstellung aller Erträge. Die Schreiber in seiner Begleitung notierten alles sorgfältig, und als sie fertig waren, hatten sie mehrere Rollen Papyri mit ihren Kalkulationen vollgeschrieben.

Sutemheb schwitzte Blut und Wasser, während er nervös um den Beauftragten des Gottes herumschwirrte und Erklärungen abgab. Er hasste diese Art von Besuchen, denn er wusste aus Erfahrung, dass sie nichts als Scherereien bedeuteten.

Nachdem die Beamten die Mine inspiziert hatten, verlangte Paneb, die offiziellen Bücher zu sehen, die Sutemheb in seinem Kontor aufbewahrte. Der Vorsteher spürte, wie ihm der kalte Schweiß über den Rücken lief, aber er nahm sich zusammen und bat sie höflich in seine Arbeitsräume, wo Nefermaat gerade eine Abrechnung überarbeitete.

»Raus hier!«, schnauzte er ihn an, aus Angst, er könnte an einer Sache sitzen, die ihn kompromittierte. »Wenn ich dich brauche, lasse ich dich rufen.«

Erstaunt über seine Grobheit warf ihm Nefermaat einen Blick zu, doch dann bemerkte er die Gruppe, und als er unter den Männern Paneb erkannte, war seine Überraschung so groß, dass er für einen Augenblick wie versteinert sitzen blieb.

»Hast du nicht gehört?«, schrie Sutemheb ihn erneut an und zeigte mit dem Finger auf den Ausgang.

»Ich sehe, dass du nicht gerade zimperlich bist«, mischte sich Paneb ein. »Ist er etwa dein Sklave?«

Sutemheb stockte der Atem vor Schreck.

»Nein, aber ...«, stotterte er mühevoll. »Er ist einer der Gefangenen.«

»Wie bitte?«, unterbrach ihn Paneb. »Er gehört zu den Gefangenen? Ich glaubte, die Gefangenen wären dazu verurteilt, im Innern der Minen zu arbeiten.«

Der Vorsteher hatte das Gefühl, als täte sich ein Abgrund unter ihm auf.

»Ja, gewiss, göttlicher Vater«, antwortete Sutemheb nervös. »Er hilft mir nur manchmal mit dem Schreibkram.«

»Gibt es dafür nicht die Schreiber der Verwaltung?«, fragte Paneb.

»Doch, natürlich, aber ich kann dir versichern, dass ich in einer so großen Mine jede Art von Unterstützung gebrauchen kann, Herr.«

Paneb nickte langsam, als er sah, dass Nefermaat sich anschickte, den Raum zu verlassen.

»Er soll bleiben«, befahl der Priester des Montu, während er Sutemheb ansah. »Wie heißt er?«, wollte er anschließend wissen.

Einen Augenblick lang herrschte Stille.

»Na los, sag dem heiligen Propheten schon, wie du heißt!«, fuhr der Vorsteher ihn an.

Nefermaat blinzelte, dann sah er die beiden Männer abwechselnd an und antwortete ruhig:

»Mein Name ist Nunas, ehrenwerter Priester.«

Paneb betrachtete ihn eindringlich und nickte erneut.

»Na schön, dann setz dich, während uns der ehrenwerte Vorsteher zeigt, was wir sehen wollen«, sagte er mit einer kurzen Handbewegung.

Sutemheb wurde rot vor Wut und machte sich augenblicklich daran, den Schreibern die verlangten Schriftstücke auszuhändigen, während die Freunde von früher nicht aufhörten, einander schweigend anzusehen.

»Scheint alles in Ordnung zu sein, so wie der Vorsteher es uns erläutert hat«, erklärte einer der Schreiber, nachdem sie die Bücher überprüft hatten.

»In dieser Mine werden also die Gesetze sorgfältig eingehalten, ist es so?«, fragte Paneb.

»Kein Vorsteher in ganz Kemet gibt sich so viel Mühe«, mischte sich Sutemheb hastig ein.

Die Schreiber sahen den Zweiten Propheten des Montu an und nickten.

»Freut mich sehr, Vorsteher, denn der Gott hat mir eine heilige Mission anvertraut, die man nur unter strikter Einhaltung der *maat* erfüllen kann. Verstehst du, was ich meine?«

Sutemheb nickte mechanisch.

»Gut, dann möchte ich dich bitten, mich jetzt einen Augenblick mit diesem Gefangenen allein zu lassen. Ist das möglich?«

»Ja, gewiss«, stotterte Sutemheb erneut und ging auf die Tür zu.

Die Abordnung folgte ihm hinaus.

Die beiden Freunde sahen sich eine Zeit lang an und schwiegen, bis Paneb die Hand hob.

»Ich hätte nie geglaubt, dich hier anzutreffen«, sagte er schließlich.

»Ach nein? Wo hast du mich denn vermutet?«

»Wenn ich ehrlich sein soll, habe ich geglaubt, dass Ammit dich längst verschlungen hat.«

Nefermaat lachte leise.

»Als hätte dir mein Schicksal irgendetwas bedeutet.«

»Was hast du erwartet? Dass ich dich in deiner Zelle besuche und das Risiko eingehe, in das Verbrechen verstrickt zu werden?«

»Soweit ich weiß, ist in Ägypten Freundschaft kein Vergehen. Oder hattest du etwas zu befürchten?«

»Es ist nicht alles so einfach, wie du glaubst. Ich hatte dich damals gewarnt, vorsichtig zu sein, aber du hast nicht auf mich hören wollen.«

»Glaubst du wirklich, ich hätte mich gegen den Pharao erhoben?«

Die beiden jungen Männer sahen sich in die Augen.

»Ich weiß, dass du kein Meuchelmörder bist, aber auf mich hätte sowieso niemand gehört. Deine Verurteilung war beschlossene Sache.«

»Beschlossene Sache? Und woher weißt du das? Wer hat meine Verurteilung veranlasst?«

»Das sind zu viele Fragen, auf die ich dir nicht antworten kann. Ich weiß nicht, wer dich aus dem Weg räumen wollte, aber du musst zugeben, dass du an einem Spiel teilgenommen hast, das nicht ungefährlich war.«

»Einem Spiel? Meine Liebe zu Nubchesbed war kein Spiel, Paneb. Und wenn du schon damals glaubtest, dass es so war, hättest du mich warnen müssen. Warum hast du es nicht getan? Im Gegenteil, du hast mich noch ermutigt, wenn ich dich daran erinnern darf, und du hast sogar angeboten, bei Nubchesbed ein gutes Wort für mich einzulegen.«

»Damals konnte ich nichts mehr für dich tun, und ich wollte nicht, dass du dich quälst.«

»Du hast mich also die ganze Zeit belogen. Was bist du eigentlich für ein Freund?«

»Du bist vielleicht naiv, Nefermaat! Glaubst du wirklich an so etwas wie Freundschaft?«

Nefermaat sah ihn erstaunt an.

»Spar dir diesen Blick. Ich spreche von echter Freundschaft. Eine, die niemals zerbricht. Glaubst du, dass es sie gibt?«

»Bis zu diesem Augenblick glaubte ich es, ja.«

»Du kannst einem wirklich leidtun, arglos, wie du bist. Aber das warst du schon immer. Glaubst du im Ernst, jemand würde eine Freundschaft über Interessen stellen, die stärker sind als sein eigener Wille?«

»Freundschaft muss nicht unseren Interessen widersprechen«, antwortete Nefermaat kalt.

»Tut mir leid, mein Freund, aber du machst dir etwas vor. Du bist wie ein Blinder in einem Rudel von Schakalen. An erster Stelle steht die Frage des Überlebens, und wer das im heutigen Ägypten nicht bedenkt, ist verloren. Man muss mit den Wölfen heulen, wenn man bestehen will. Ich muss Montus Tempel, den ich einmal von meinem Vater erben werde, um jeden Preis verteidigen, damit ich ihn später an meine Nachkommen weitervererben kann und sie an die ihren.«

»Du sprichst von den Göttern, als wäre ihr Kult nichts weiter als eine x-beliebige Ware«, warf ihm Nefermaat verächtlich vor.

»So ist es nicht, auch wenn es manchmal den Anschein hat. Die Zeiten der alten Götter, die vor mehr als tausend Jahren die ersten Pyramiden bauten, haben wenig mit denen der heutigen Götter zu tun. Kemet befindet sich an der Schwelle zu einer neuen Epoche. Die Veränderungen sind nicht mehr rückgängig zu machen, auch wenn du die Zeichen der Zeit nicht erkannt hast. Wusstest du, dass ich bereits einen ersten Sohn habe?«

Nefermaat schwieg.

»Er ist mehr wert als jede Freundschaft, die ich haben könnte.

Ich werde über seine Interessen wachen, koste es, was es wolle. Und die Macht hat nun mal, wie alles im Leben, ihren Preis.«

»Es muss schrecklich sein, so zu leben.«

»Nicht mein Leben ist schrecklich, sondern das deine. Ich bin im Auftrag des Pharao hier, eine große Ehre, der ich Genüge tun muss, während du dein Leben hier aushauchen wirst, denn ich fürchte, dass du nie wieder aus dieser Hölle herauskommst. Weißt du, dass der Pharao eine riesige Expedition auf die Beine stellt, um den Berg so umfassend wie nur möglich auszubeuten?«

Nefermaat sah ihn weiter schweigend an.

»Wie dumm von mir, wie hättest du das wissen sollen«, erklärte Paneb und lächelte boshaft. »Unser Gott hat sich vorgenommen, Kemet und seine Tempel noch glanzvoller zu gestalten, weißt du? Man munkelt, er würde mehr als achttausend Arbeiter ausschicken, um in den Steinbrüchen und Minen zu arbeiten.* Gar nicht schlecht, was meinst du, auch wenn man das Vorhaben nicht mit dem von Sesostris vor achthundert Jahren vergleichen kann. Es heißt, er habe im achtunddreißigsten Jahr seiner Regentschaft achtzehntausend Männer in diese Gegend entsandt, ein ganzes Heer. Hier im Tal ließ er eine Gedenkstele aufstellen, auf der seine Taten festgehalten sind. Aber vermutlich hast du kaum Zeit gehabt, sie dir anzusehen.«

Der junge *sunu* blickte mit versteinertem Ausdruck vor sich hin.

»Glaub mir, es tut mir aufrichtig leid, dich hier so zu sehen«, erklärte Paneb und stand auf. »Andererseits kann ich nichts für dich tun. Ich habe ganz andere Ziele, und du spielst darin keine Rolle.«

* Im dritten Jahr seiner Herrschaft schickte Ramses IV. achttausenddreihundertzweiundsechzig Männer zum Wadi Hammamat auf der Suche nach Edelmetallen und kostbaren Steinen, um seine Bauten zu errichten.

Nefermaat blieb still sitzen.

»Dein Drama wird erst mit deinem Tod enden, leb wohl, Nefermaat.«

Der Arzt sah, wie sein alter Freund ihm den Rücken zukehrte und durch die Tür des trostlosen Kontors verschwand. Draußen wartete der ängstliche Vorsteher. Sie wechselten noch einige Worte, und dann verlor sich Paneb mit seinem vornehmen Gefolge im Staub der Karawanenstraße.

24

Sutemheb besaß genügend Lebenserfahrung, um zu wissen, dass das Terrain, auf dem er sich bewegte, äußerst gefährlich geworden war. Der Besuch des Zweiten Propheten aus dem Montutempel hatte ihm einen mächtigen Schrecken eingejagt und machte ihm jetzt noch zu schaffen. Er war fest davon überzeugt, dass der hohe Beamte Verdacht geschöpft hatte, und die Tatsache, dass er seinen Sekretär kannte, hatte alles noch komplizierter gemacht. Er hasste diese jungen Bürschchen: Allein aufgrund ihrer Herkunft bekleideten sie privilegierte Posten, die Normalsterblichen verwehrt blieben. Wenn es nach ihm ginge, hätte er sie alle auspeitschen lassen. Doch es war ihm auch klar, dass ihm nichts anderes übrig blieb, als sich mit der Situation abzufinden, um das Schlimmste zu vermeiden. Lange dachte er darüber nach und kam schließlich zu dem Ergebnis, dass es besser sei, seine kleinen Geschäfte ein für alle Mal aufzugeben und den Dienst in der Mine zu quittieren. Außerdem musste er so schnell wie möglich seinen Sekretär loswerden. Er nutzte ihm nichts mehr, im Gegenteil, manchmal beschlich ihn das seltsame Gefühl, dass er ihm Probleme bereiten könnte. Der junge *sunu* schien eine gewisse Bedeutung am Hof gehabt zu haben, außerdem wusste er zu viel, er könnte ihm gefährlich werden, wenn er im Berg des Goldes blieb.

Also schickte der Vorsteher Nefermaat wieder ins Innere des Berges und befahl seinen Aufsehern, ihn in den gefährlichsten Stollen einzusetzen und so schlecht wie möglich zu behandeln. Das ließen sich seine Untergebenen nicht zweimal sagen.

Nefermaat war von dem Sinneswandel nicht sonderlich überrascht, für ihn war er bloß die logische Folge der Ereignisse. Unter den gegebenen Umständen tat der Vorsteher alles, um seine Interessen zu verteidigen, und dafür musste er – Nefermaat – geopfert werden. Seine neue Aufgabe hätte nicht gefährlicher sein können. Nun schickten sie ihn in die tiefsten Schächte des Berges, wo es nicht einmal genügend Sauerstoff zum Atmen gab und allein das Echo des Hämmerns und Hackens den Stollen zum Einsturz bringen konnte.

Seine Unterhaltung mit Paneb hatte sein Misstrauen in alles, was um ihn herum geschah, nur noch vertieft. Er war zu dem Schluss gelangt, dass es vielleicht das Beste wäre, wenn er in der Tiefe eines der schmalen Schächte den Tod fand. Doch er lebte immer noch.

Eines späten Nachmittags, als er von seiner höllischen Arbeit in der Mine zurückkehrte, sah er, wie eine Gruppe von neuen Gefangenen sich vor dem Vorsteher aufstellte und dieser sie in seiner üblichen hämischen Art willkommen hieß. Die Tatsache an sich war nicht ungewöhnlich. Regelmäßig kamen neue Gefangene in das Lager, um jene Grubenarbeiter zu ersetzen, die gestorben waren. Aber einer von ihnen erweckte Nefermaats Aufmerksamkeit. Es war eine große, drahtige Gestalt. Als Nefermaat sie betrachtete, schlug sein Herz auf einmal schneller.

Wie ist das möglich?, dachte er, als er sich der neuen Gruppe von Gefangenen näherte. Welche Überraschung hielt Renenutet dieses Mal für ihn bereit?

Er blieb auf einem der Pfade, die aus dem Steinbruch hinausführten, stehen, von wo er die Szene unbemerkt beobachten konnte. Der Vorsteher fuchtelte mit den Armen und erläuterte den Gefangenen die Vorzüge ihrer neuen Umgebung, aber Nefermaat konnte nicht verstehen, was er sagte. Dann beobachtete er, wie sich Sutemheb vor dem Riesen, dem er nur bis zum Bauchnabel reichte, aufpflanzte und ihn erbost anschrie. Doch dieser blieb unbeeindruckt und wandte abwesend den Kopf in Nefermaats Richtung. Da erst erkannte der junge Arzt sein Gesicht. Es war tatsächlich der Nubier.

»Sesostris!«, murmelte Nefermaat erstaunt.

Dann beobachtete er, wie Sutemheb drohend die Faust hob und den Mann mehrmals in den Bauch schlug, doch der blieb unbeeindruckt stehen und sah mal hierhin, mal dorthin, als wäre nichts geschehen. In diesem Moment eilten auf Befehl des Vorsteher mehrere Wächter herbei und begannen, mit ihren Palmwedelpeitschen auf Sesostris einzudreschen. Als sie schließlich schweißüberströmt innehielten, hatte sich der Gefangene immer noch keinen Zentimeter von der Stelle gerührt, als sei überhaupt nichts passiert. Sutemheb fuchtelte noch ein letztes Mal drohend mit den Armen und erklärte die Begrüßung für beendet. Daraufhin eilte Nefermaat ins Lager hinunter.

Er war so froh wie lange nicht mehr, als er vor Sesostris stand, und das nicht nur, weil er nun jemanden hatte, mit dem er sein Leid teilen konnte.

Als sich die beiden Männer gegenüberstanden, konnte Nefermaat weder seine Freude noch die Überraschung verbergen. Sesostris dagegen beschränkte sich darauf, eine seiner Grimassen zu schneiden, die alles oder nichts bedeuten konnten. Trotzdem deutete Nefermaat sie als Zeichen der Freude. Der junge Arzt hatte so viele Fragen, dass er lieber damit wartete, bis sie, in ihre Decken gehüllt, unter den Sternen lagen.

»Ich kann es immer noch nicht fassen, dass du hier bist«, begann Nefermaat leise.

Doch der Nubier, der flach auf dem Rücken lag, starrte nur schweigend in den Himmel.

»Ein Mann wie du, der von dem Prinzen so geliebt wurde«, flüsterte Nefermaat weiter, in der Hoffnung, sein Freund würde antworten.

Doch der Nubier hüllte sich immer noch in Schweigen, und

Nefermaat wollte schon aufgeben, da er wusste, wie einsilbig er war.

»Ich habe einen Mann umgebracht«, murmelte Sesostris plötzlich.

Nefermaat richtete sich auf und sah ihn verblüfft an.

»Er hatte meine Hündin mit einem brutalen Tritt getötet, da habe ich ihm den Bauch aufgeschlitzt und ihm die Eingeweide herausgerissen«, fuhr Sesostris fort, ohne den Blick vom Himmel zu wenden.

Nefermaat legte sich wieder hin und beobachtete ihn verdutzt von der Seite.

»Du kanntest ihn«, fuhr der Nubier fort.

Neugierig richtete sich Nefermaat erneut auf.

»Er war ein guter Freund von dir«, erklärte Sesostris ironisch. »Ein gewisser Sabuf. Kannst du dich an ihn erinnern?«

»Wie könnte ich diesen Namen jemals vergessen«, antwortete Nefermaat. »Er war derjenige, der mich verhaftet hat und anschließend ... verhörte.«

»Das wird er in Zukunft nicht mehr tun können. Meine arme Hündin war sein letztes Opfer.«

»Und der ... Prinz? Hat er sich nicht für dich eingesetzt und ...«

»Ich habe ihn vor Zeugen getötet, als wir in einem der Palasthöfe zusammen mit einigen *medjai* eine Partie *senet* spielten. Sabuf hatte den ganzen Nachmittag verloren. Er war schon immer ein jähzorniger Kerl gewesen, und seitdem er vom Pharao zum Leiter der *medjai* ernannt worden war, ließ er seine Wut immer öfter an anderen aus. Nachdem er schon wieder eine Partie verloren hatte, stand er wutentbrannt auf und brach meiner Hündin, die friedlich neben uns schlief, mit einem einzigen Tritt das Genick.«

Nefermaat sah, wie Sesostris eine Träne über die Wange lief.

»Als ich den fragenden Blick meines sterbenden Tieres sah,

stand ich auf und schlitzte das Schwein von oben bis unten auf.«

Der junge Arzt beobachtete, wie er sich die Träne mit dem Rücken seiner Pranke von der Wange wischte.

»Sie haben mich verhaftet und zur Zwangsarbeit in dieser Mine verurteilt.«

»Ja, aber was ist mit dem Prinzen? Hat er sich nicht für dich eingesetzt?«

»Ich denke schon, sonst wäre ich nicht hier, sondern würde meiner Hündin im Jenseits Gesellschaft leisten.«

»Verstehe«, stammelte Nefermaat.

»Sie haben mir die Todesstrafe erlassen und mich hierhergeschickt, was letztendlich auf dasselbe hinausläuft.«

Nefermaat nickte schweigend.

»Ich bin überrascht, dass du nach einem Jahr in dieser Hölle immer noch lebst«, erklärte Sesostris, während er Nefermaat ansah.

»Es sieht ganz danach aus, als stünde ich wirklich unter Sachmets Schutz, obendrein habe ich jeden Tag an deine Worte gedacht. Sie haben mir die Kraft gegeben, all das hier zu ertragen.«

»Nun, deine Qualen werden bald ein Ende haben«, sagte der Nubier leise.

»Was meinst du damit?«

»Dass ich ganz bestimmt nicht vorhabe, hier alt zu werden«, entgegnete Sesostris und zog erneut eine Grimasse.

Nefermaat richtete sich noch weiter auf.

»Es ist völlig unmöglich zu fliehen. Überall sind Wächter, und um uns herum gibt es nur Wüste.«

Sesostris lächelte und bleckte die weißen Zähne.

»Wir werden es schon schaffen. Ich bin gekommen, um dich zu holen.«

Warum Sutemheb am ersten Tag so wütend auf Sesostris gewesen war, sollte Nefermaat niemals erfahren, denn nicht einmal der Nubier wollte mit ihm darüber reden. Hatte es an der Geringschätzung gelegen, die der Schwarze dem Vorsteher entgegengebracht hatte? Oder an der Tatsache, dass er sich von der Peitsche des Aufsehers nicht hatte beeindrucken lassen? Darüber konnte Nefermaat nur spekulieren. Hingegen war es eine Tatsache, dass Sutemheb ihn abgrundtief hasste.

Jeder im Steinbruch schien zu Sesostris aufzusehen, als sei er allein aufgrund seiner Statur der eigentliche Herr dort und stünde über sämtlichen Wächtern und Aufsehern. Die Anziehungskraft des Nubiers war derart groß, dass sogar die Wachhunde ihn mit wedelndem Schwanz begrüßten. Immer, wenn Sesostris ihnen begegnete, blieb er stehen, streichelte sie und sprach mit ihnen, und die Tiere schienen ihn zu verstehen.

Die Arbeit, die er verrichten musste, war schlimmer als alles, was man sich vorstellen konnte. Sutemheb hatte ihn in einen Stollen geschickt, in dem sie auf eine neue Goldader gestoßen waren. Die Arbeit war hart und unmenschlich. Sie ließen Sesostris mit gefesselten Füßen an einem Seil kopfüber in den Schacht hinunter, um der Ader zu folgen.

Niemand verstand, dass der Nubier am Ende eines langen Arbeitstages noch lebte, doch so war es. Am Abend tauchte der Mann der Wüste seelenruhig wieder aus der Hölle auf und kehrte ohne ein Wort der Klage in das Gefangenenlager zurück.

Eines Nachts, als er neben Nefermaat auf seiner Decke lag und in den Himmel starrte, drehte er sich plötzlich zu dem jungen Arzt um, sah ihn an und sagte leise:

»Bald ist es so weit.«

Wenige Tage später rüttelte er seinen Freund kurz vor dem Morgengrauen aus dem Schlaf und fragte ihn, wie es im Haus des Vorstehers aussähe. Nefermaat überraschte die Frage, aber er beschrieb ihm die Räume, so gut er konnte, und erzählte ihm, was sich darin befand. Der Nubier blieb unbeeindruckt, als der junge Arzt ihm von dem Versteck erzählte, das Sutemheb unter seinem Bett für das unterschlagene Gold angelegt hatte. Als er mit seiner Beschreibung zu Ende war, legte Sesostris ihm seine Pranke auf die Schulter und flüsterte:

»Halt dich bereit, noch heute Nacht hauen wir ab.«

Den ganzen Tag wurde Nefermaat von einer quälenden Unruhe geplagt. Tief in der Erde hämmerte er vorsichtiger als sonst gegen die Goldader, und bei jedem Schlag dachte er daran, dass er am morgigen Tag vielleicht gar nicht mehr da wäre. Als es endlich Abend wurde und er in das Lager zurückkehrte, war er so aufgeregt, dass er sich nur nervös umschaute und keinen Bissen herunterbekam. Doch alles war genauso ruhig wie immer, als wäre es ein ganz gewöhnlicher Abend.

Er suchte die Gegend nach Sesostris ab, und als er ihn nicht finden konnte, wuchs seine Unruhe.

»Er ist immer noch da unten«, erklärte ein Mitgefangener, der neben ihm saß und gierig seinen Napf leerte. »Sieht ganz danach aus, als wollte der Anführer ihn so schnell wie möglich wieder loswerden«, sagte der Kerl und lachte.

Nefermaat beobachtete, wie er gierig seinen Napf auskratzte, und warf dann unwillkürlich einen Blick auf den Berg. Einsam und verlassen ragte er vor ihm auf, aber einen seiner Söhne hatte er noch nicht zurückgegeben.

Schwarz wie sonst nur selten senkte sich die Nacht über das Tal von Rahenu herab. Unter seiner zerschlissenen Decke kämpfte Nefermaat vergeblich darum, die dichte Dunkelheit zu durchdringen, die ihn umgab. Unruhiger als je zuvor kniff er die Augen zusammen und suchte nach irgendeinem Hinweis, der ihm verraten würde, wo Sesostris steckte. Doch die Nacht war genauso kompakt wie der Stein, den er jeden Tag mit seiner Hacke bearbeitete. Schließlich übermannte ihn die Erschöpfung, und er fiel in einen ruhelosen Halbschlaf. Seine Träume waren kurz und wirr, die Unrast seines Geistes hatte sie angesteckt. Immer wieder schreckte er ängstlich aus dem Schlaf und nickte dann doch wieder ein, während sich Traum und Wirklichkeit vermischten. Und als ihm plötzlich jemand die Hand auf den Mund legte, wusste er nicht zu sagen, ob er träumte oder wach war.

»Pssst!«, zischte eine leise Stimme.

Nefermaat schlug die Augen auf, nur um festzustellen, dass die Hand auf seinem Mund genauso wirklich war wie die Gestalt, die sich über ihn beugte und ihn zur Ruhe mahnte. Es war Sesostris.

Verwirrt richtete Nefermaat sich auf und blickte den Nubier nervös an. Dieser zog die Hand zurück und legte einen Finger auf seine Lippen. Dann reichte er ihm eine Ledertasche und einen kleinen Schlauch, aus dem noch etwas Wasser tropfte.

»Du darfst erst trinken, wenn ich es dir sage«, erklärte er leise.

Er kramte in einem anderen Beutel, holte einen Anhänger heraus und gab ihn Nefermaat.

»Die Göttin ist zu dir zurückgekehrt«, flüsterte er und verzog das Gesicht.

Tief bewegt erkannte Nefermaat sein altes Amulett. Sachmet war zu ihm zurückgekehrt, wie sein Freund ganz richtig bemerkt hatte, und das tröstete ihn, denn es war der Beweis dafür, dass die Göttin ihn nicht vergessen hatte. Er sah, wie sich Sesostris zwei weitere Beutel über die Schulter warf.

»Folge mir. Wir haben fünf Stunden Vorsprung, ehe sie merken, dass wir verschwunden sind.«

Der junge Mann stand auf, folgte Sesostris, wie dieser ihm befohlen hatte, und dann verloren sich beide geräuschlos in der Dunkelheit.

25

Am nächsten Tag herrschte große Aufregung im Lager. Als die Gefangenen zum morgendlichen Appell antraten, stellten die Aufseher nach der Zählung fest, dass zwei von ihnen fehlten. Sie suchten überall, ehe sie es dem Vorsteher meldeten, da sie wussten, dass dieser sie für das Verschwinden der Gefangenen verantwortlich machen und hart bestrafen würde. Doch die beiden waren wie vom Erdboden verschluckt. Also gingen sie tief bekümmert zu Sutemheb, um ihm Meldung zu machen. Doch zu ihrer Überraschung antwortete er nicht, obwohl sie heftig an seiner Tür klopften. Nach einer Weile öffneten sie die Tür einen Spalt breit und riefen nach ihrem Vorsteher. Nichts. Schließlich traten sie ein und gingen zum Schlafzimmer. Die Tür war nur angelehnt, und wieder riefen sie nach Sutemheb. Als sie immer noch keine Antwort erhielten, sahen sich die Aufseher ängstlich an, dann schob einer von ihnen ganz langsam die Tür auf, bis sie weit offen stand. Was sie sahen, erschreckte sie zu Tode. Sutemhebs Leiche baumelte von einem der Deckenbalken.

Angst und Verwirrung erfassten die Aufseher. Sie banden den leblosen Körper los. Das Gesicht des Vorstehers war auf schreckliche Weise verzerrt. Man hatte ihn mit einer der langen Peitschen aus geflochtenen Palmwedeln, wie die Aufseher sie benutzten, aufgehängt.

Sie suchten im Schlafzimmer nach irgendeinem Hinweis, der den Mörder hätte verraten können, doch alles war genauso ordentlich wie immer, es gab keine einzige Spur, die auf eine gewalttätige Auseinandersetzung hinwies.

Sie unterrichteten die höchste Amtsperson im Tal, die kurz darauf persönlich in der Mine auftauchte. Der Beamte war höchst beunruhigt. Er verlangte einen detaillierten Bericht über die Ereignisse und befahl eine gründliche Durchsuchung der Räume. Dann stellte er einen Suchtrupp zusammen, der die beiden Ausreißer wieder einfangen sollte.

»Einer von ihnen ist dieser Sesostris«, warnte ihn der Leiter der Aufseher. »Er ist in der Wüste aufgewachsen. Es wird alles andere als leicht sein, ihn zu finden.«

»Das werden wir ja sehen. Wenn nötig, drehen wir jeden Stein im Reich des Seth um, bis wir ihn haben. Wenn sie die Mörder sind, werden sie keine Ruhe mehr finden.«

Anschließend befahl der Beamte dem Suchtrupp, die beiden zu verfolgen, notfalls bis ans Ende der Welt, egal wie lange es dauerte.

»Wagt bloß nicht, ohne sie zurückzukommen«, warnte er die Männer.

Den ganzen Tag suchten die *medjai* mit ihren Spürhunden vergeblich nach irgendeiner Fährte, aus der sie schließen konnten, in welche Richtung die beiden Ausreißer geflohen waren. Schließlich mussten sie am späten Nachmittag aufgeben und paarweise in alle Himmelsrichtungen ausströmen. Die beiden Flüchtigen hatten ihre Decken mitgenommen, sodass die Hunde keine Spur hatten, die sie aufnehmen konnten; das machte die Verfolgung umso schwieriger.

»Wenn sie in die südliche Wüste geflohen sind, werden sie von den riesigen Dünen verschluckt, und es kann sein, dass wir ihre Leichen nie finden«, wandte der Leiter der *medjai* ein, ehe sie sich auf den Weg machten.

Das gefiel dem ranghohen Beamten, der verantwortlich für die Ausbeutung des Rahenu war, ganz und gar nicht, doch noch viel weniger gefiel ihm die Entdeckung, die seine Schreiber wenig später in den Räumen des Vorstehers machten. Sie waren auf die privaten Bücher des Vorstehers gestoßen, in denen sämtliche Unterschlagungen festgehalten waren, die er während all der Jahre begangen hatte.

Verdutzt ließ der Inspektor das ganze Haus des Vorstehers auf den Kopf stellen, und als die Schreiber das Bett zur Seite schoben, entdeckten sie die lockeren Dielen und darunter das Versteck mit unzähligen Beuteln voller Goldkörner.

Es war ein Skandal ungeahnten Ausmaßes, denn es stellte das Fundament des ganzen Systems in Frage. Der Schatten der Korruption hatte sich nicht nur über den Berg des Goldes herabgesenkt, sondern auch über alle anderen Minen und Steinbrüche des Tals. Umso mehr, als herauskam, dass der Vorsteher den Staat jahrelang hatte bestehlen können. Die obersten Behörden des Tals kamen zu dem Schluss, dass der Vorsteher Sutemheb sich aus Gewissensbissen das Leben genommen hatte, weil er die Last seiner Verbrechen nicht länger ertragen konnte. Die unsichtbare Hand von Maat, der Göttin der Gerechtigkeit, hatte ihn für sein schändliches Verbrechen bestraft.

Sämtliche Güter, die Sutemheb im Verlauf vieler Jahre unterschlagen hatte, wurden beschlagnahmt, und die Goldschmiede, die mit ihm zusammengearbeitet hatten, verhaftet. Am Ende konnte der Vorsteher die herrlichen Sonnenuntergänge am Nil, auf die er sich so gefreut hatte, doch nicht mehr genießen, denn seine Leiche wurde im heißen Wüstensand verscharrt, den er sein ganzes Leben lang gehasst hatte.

Die beiden Männer saßen am Fuß eines Felsens und beobachteten den Sonnenuntergang. Den ganzen Tag waren sie schnellen Schrittes über höllisch heiße Sandpisten und raue Felsen marschiert, ohne auch nur ein einziges Mal zu rasten. Stunde um Stunde waren sie durch eine gespenstische Landschaft im Süden der Wüste gelaufen, durch ein Meer aus Sand, unterbrochen von bergigen Erhebungen und unvorhersehbaren Tälern, in denen nur die Stille wohnte. Eine Landschaft von verwirrender Schönheit, die sich schließlich in der grenzenlosen nubischen Wüste verlor.

Wie gebannt betrachteten die Männer die Lichtspiele und Reflexe der Sonne auf den schroffen Felshängen. Ihre erlöschenden Strahlen erwiesen der brennenden Sandwüste einen letzten Liebesdienst und tauchten die Landschaft in eine betörende Fata Morgana aus fantastischen Farben.

Fasziniert sahen sie zu, als im fernen Westen Atum, die Abendsonne, allmählich von der göttlichen Nut verschluckt wurde. Dann schien der größere der beiden Männer aus seiner Verzückung aufzuwachen und begann, in einem der Beutel zu kramen, während der jüngere sich die Füße massierte.

»Wir ruhen uns jetzt am besten ein paar Stunden aus, bevor wir weitermarschieren«, erklärte Sesostris, während er ein paar Datteln zutage förderte.

»Meine Füße sind wund«, sagte Nefermaat.

»Du musst trotzdem weiter, und wenn sie nur noch ein Fetzen Haut sind. Wer die Wüste besiegen will, muss hart im Nehmen sein. Hier, iss.«

Nefermaat nahm die Datteln, die sein Freund ihm reichte, und verschlang sie gierig. Dann warf er ihm einen flehenden Blick zu und zeigte auf den Wasserschlauch.

»Wir werden noch mindestens einen Tag brauchen, bis wir frisches Wasser finden. Was wir jetzt sparen, rettet uns morgen das Leben«, wandte Sesostris ein und schob ihm ein Stück Käse zu. »Wenn wir das heutige Tempo beibehalten, sind wir in drei Tagen am Ziel.«

Nefermaat betrachtete ihn ernst, während er den Käse aß. Der Nubier hatte ihm immer noch nicht verraten, wohin sie eigentlich gingen.

»Wir sind auf dem Weg nach Necheb«, erklärte Sesostris, als hätte er seine Gedanken erraten.

»Necheb? Die Hauptstadt des dritten Gaus, die Festung? Die heilige Stadt?«

Der Nubier nickte wortlos.

»Aber die Stadt ist bloß einen Tagesmarsch von Theben entfernt.«

»Du glaubst doch wohl nicht im Ernst, dass wir den Priestern von Karnak einen Besuch abstatten, oder?«, scherzte Sesostris und kaute auf einer Dattel.

Nefermaat stützte sich auf die Ellbogen.

»In Wahrheit ist es mir völlig egal, wohin wir gehen. Ich weiß ohnehin nicht, wo ich mich verstecken kann.«

»Dich verstecken? Du kannst dich nicht ein Leben lang verstecken«, wandte Sesostris ein.

»Was willst du damit sagen?«

»Dass du Ägypten verlassen musst, wenn du frei sein willst.«

Nefermaat schüttelte entmutigt den Kopf.

»Wo sollte ich hin?«

»Das musst du selbst wissen. Dort, wo ich hingehe, würdest du nicht überleben können.«

Der junge Arzt richtete sich auf und nahm einen kleinen Schluck Wasser.

»Wieso gehen wir dann nach Necheb?«

»Weil die Stadt weit genug von Theben entfernt ist, um keinen Verdacht zu erregen. Im Augenblick wird uns niemand dort vermuten. Und die Stadt hat einen Hafen, von dort kannst du mit einer der vielen Barken ins Delta zurück.«

»Aber …«

»Du hast keine Wahl, Nefermaat«, unterbrach ihn der Nubier und hob die Hand. »Vergiss nicht, jetzt geht es nur darum, am Leben zu bleiben.«

Der *sunu* schien über die Worte nachzudenken.

»Ich kann immer noch nicht begreifen, dass uns die Wachhunde nicht verraten haben«, erklärte Nefermaat ungläubig.

Sesostris verzog das Gesicht.

»Ich habe kurz vorher mit ihnen gesprochen«, antwortete er geheimnisvoll.

Nefermaat sah ihn einen Augenblick mit offenem Mund an.

»Haben wir überhaupt eine Chance, nach Necheb zu gelangen?«, fragte er dann.

»Wir haben einen ordentlichen Vorsprung, außerdem kann man in dieser Gegend ziemlich schnell die Fährte verlieren.«

»Die *medjai* sind vorzügliche Fährtenleser, jeder weiß, dass sie am Ende ihre Beute immer zur Strecke bringen.«

»Die Zeit ist auf unserer Seite. Sie werden nicht herausgefunden haben, in welche Richtung wir geflohen sind, und müssen sich aufteilen. Ich glaube kaum, dass sie vor dem Nachmittag die Verfolgung aufgenommen haben«, erklärte Sesostris mit einem grimmigen Lächeln.

Nefermaat runzelte die Stirn.

»Was ist eigentlich im Haus des Vorstehers geschehen?«, fragte er und hob das Amulett in die Höhe.

»Sutemheb ist den Weg gegangen, den er verdient hat. Jetzt befindet er sich dort, wo er hingehört«, erklärte Sesostris ohne jede Regung.

Wieder starrte Nefermaat ihn mit offenem Mund an.

»Frag nichts, was du nicht hören willst«, fuhr der Nubier fort. »Wir sind unseren Verfolgern um einen ganzen Tag voraus, und wenn nichts Unvorhergesehenes geschieht, werden wir ihnen entkommen. Jetzt versuch zu schlafen und beweg dich nicht im Schlaf. Könnte sein, dass eine Schlange die Wärme deines Körpers sucht, und wenn sie sich bedroht fühlt, beißt sie zu.«

Nefermaat hüllte sich, so gut es ging, in seine zerschlissene Decke und machte sich auf dem Boden so klein wie möglich, während er an die Warnung seines Freundes dachte. Doch die Nacht war so kalt, dass er sich während seines allzu kurzen Schlafs ohnehin kaum rührte.

Es war noch dunkel, als Sesostris ihn weckte. Sie verzehrten ein paar Datteln und schulterten anschließend das wenige Gepäck, das sie mitführten.

»Wenigstens sind Käse und Datteln, die ich dem Halsabschneider abgenommen habe, ausgezeichnet«, erwähnte der Nubier nebenbei, während er die Kerne im Sand vergrub.

Nefermaat antwortete nicht, sondern warf einen sehnsüchtigen Blick auf den Wasserschlauch, von dem sich Sesostris partout nicht trennen wollte, verkniff sich aber die Bitte um einen Schluck Wasser.

Den ganzen Tag marschierten die beiden Männer durch eine Landschaft, die sich kaum von der am Tag zuvor unterschied. Um die Mittagszeit suchten sie im Schatten eines Felsvorsprungs Schutz vor den sengenden Strahlen der afrikanischen Sonne und ruhten aus.

»Sobald die Sonne etwas tiefer steht, marschieren wir weiter«, verkündete Sesostris.

Nefermaat rührte sich kaum noch, er war vollkommen erschöpft.

»Hier, nimm«, sagte der Nubier und reichte ihm eine Dattel. »Die gibt dir neue Kraft.«

Der junge Arzt aß sie lustlos und griff dann mechanisch nach dem Wasserschlauch.

»Das Wasser reicht nur noch für einen einzigen Tag!«, rief Sesostris und riss ihm den Schlauch aus der Hand. »Morgen müssen wir unbedingt welches finden.«

Nur mit Mühe schluckte Nefermaat seinen eigenen Speichel, er fühlte sich so hart an, dass er ihm den Hals zerkratzte. Er sah sich um und fragte sich, ob Sesostris ihn auf den Arm nehmen wollte, denn er konnte sich nicht vorstellen, dass sich irgendwo in dieser Einöde Wasser verbergen sollte.

»Mach dir keine Sorgen«, sagte Sesostris und klopfte ihm auf die Schulter. »Wir finden schon welches.«

Der junge Arzt würde nie verstehen, wie es dem Nubier gelang, mitten in diesem Sandmeer Wasser aufzuspüren. Als er sah, wie sein Begleiter auf die Stelle zeigte, wo sich das kostbare Gut befinden sollte, konnte er nur staunen.

Sesostris begann, mit beiden Händen im Sand zu graben, und kurz darauf tauchte der Deckel eines riesigen irdenen Behälters auf, der tief in der Erde vergraben war.

»Sie werden von den *medjai* und den Nomadenstämmen der Wüste benutzt. Man hat sie überall in der Wüste angelegt, für Notfälle«, sagte er und zeigte auf den Behälter. »Du wirst überrascht sein, wie frisch es schmeckt.«

Gierig trank der junge Arzt das Wasser, das ihm Sesostris anbot. Danach füllten sie den Schlauch und legten den Deckel sorgfältig wieder auf den Behälter.

»Wir haben es nicht mehr sehr weit«, erklärte Sesostris und deutete zum Horizont. »Morgen sind wir in Necheb.«

Die am Ostufer des Nils gelegene Stadt Necheb* war so alt wie das Land selbst, ihre Ursprünge reichten fünftausend Jahre zurück, fast bis zum Beginn des Reiches. Bereits in prädynastischer Zeit und dann auch während der ersten Dynastien spielte sie eine wichtige Rolle, wurde schließlich zur Hauptstadt des dritten Gaus von Oberägypten ernannt und löste die alte Hauptstadt Nechen am gegenüberliegenden Nilufer ab.

Necheb lag in dem Herrschaftsgebiet, das dem Vizekönig des Kusch unterstand. Hier hatte der Kult der Göttin Nechbet seinen Sitz, jener antiken Geiergöttin, die zusammen mit Uadjet, der Schlangengöttin von Unterägypten, das Symbol der Vereinigung beider Länder darstellte. Beide schmückten die Stirn des lebenden Horus in Form des Uräus, des Diadems der Könige im Land Kemet. Die großen Pharaonen der achtzehnten Dynas-

* Das heutige Elkab.

tie hatten sie verehrt und ihr zu Ehren Tempel gebaut oder jene erweitert, die es bereits gab. Thutmosis III. und Amenophis II. waren ihre glühendsten Anhänger gewesen.

Durch seine günstige geografische Lage war Necheb ein bedeutender Handelshafen für die Waren aus der nahe gelegenen Handelsstadt Suenet* oder Assuan. Necheb versorgte die Stadt im Süden mit Lebensmitteln. Im Austausch erhielt sie den kostbaren Stein, der in Assuan gefördert wurde, und profitierte von dessen blühendem Handel.

Der überwiegende Teil der Bevölkerung war schwarz und stammte aus dem fernen Kusch. Er war vor Jahrhunderten eingewandert und lebte in Eintracht mit den Einheimischen. Sesostris hatte Freunde, die in der Stadt wohnten. Als er ihre Umrisse in der Ferne auftauchen sah, lächelte er seinem Gefährten zu und zeigte auf die Stadt.

»Da, das ist Necheb, die Stadt der weißen Göttin. Heute Abend bist du in Sicherheit. Aber jetzt musst du hier warten.«

»Wieso kann ich nicht mitkommen?«, fragte Nefermaat erstaunt.

»Auch wenn die Nachricht von unserer Flucht die Stadt wahrscheinlich noch nicht erreicht hat, ist es besser, wenn wir nicht zusammen gesehen werden. Ich gehe zuerst allein hin. Du kannst mir vertrauen.«

Nefermaat sah ihn dankbar an.

»Ich vertraue dir mehr als irgendeinem anderen Menschen auf der Welt«, sagte er lächelnd.

»Rühr dich nicht von hier weg«, befahl der Nubier und zeigte auf eine Öffnung zwischen zwei Felsen. »Am Abend bin ich wieder da.«

Nefermaat nickte und machte es sich in der kleinen natürlichen Höhle bequem. Sesostris klopfte ihm freundschaftlich auf

* Suenet bedeutet Handel.

die Schultern, reichte ihm den Wasserschlauch und machte sich auf den Weg.

Den Rest des Tages kämpfte Nefermaat gegen den Schlaf, doch die Erschöpfung war so groß, dass er schließlich doch einnickte.

Als er wachgerüttelt wurde, konnte er kaum fassen, wie tief er geschlafen hatte. Jetzt wurden die Schatten länger und Sesostris war gekommen, um ihn zu holen.

»Hier, ich habe dir ein paar vernünftige Sachen zum Anziehen mitgebracht. Wir müssen unsere Decken vergraben, und du musst deinen alten Schurz loswerden«, mahnte der Nubier.

Nefermaat wischte sich den Schlaf aus den Augen, während er aufstand.

»Ich habe alles so arrangiert, dass du noch heute Nacht fahren kannst. Wir müssen uns also beeilen.«

Der *sunu* fragte nicht weiter nach und vergrub sorgfältig die Sachen, so wie Sesostris ihm befohlen hatte. Dann zog er das Gewand aus Leinen über, das ihm der Nubier reichte.

»So, das passt eher zu deinem Rang. Jetzt kannst du dich wenigstens wieder auf der Straße sehen lassen«, sagte der Riese zufrieden.

Nefermaat lächelte und zeigte auf den kleinen Schurz, den Sesostris trug.

»Jemand wie ich braucht nicht mehr als das«, meinte dieser.

»Für jemanden mit einem so großen Herzen, wie du es hast, ist kein Gewand gut genug«, erklärte Nefermaat.

Die beiden Männer sahen sich einen Augenblick an, und dann erwiderte Sesostris sein Lächeln.

»Ich stehe noch tief in deiner Schuld«, sagte er. »Los, wir müssen uns sputen.«

Von den letzten Strahlen einer Sonne begleitet, die unaufhaltsam auf die Unterwelt zuschritt, legten die beiden Freunde die kurze Entfernung bis zur Stadt zurück. Als sie die Molen des Hafens erreichten, hatten sich die Schatten der Nacht bereits über die Stadt gelegt.

»Da drüben ist dein Schiff«, erklärte Sesostris, während er auf eine der Gabarren zeigte, die am Kai lagen. »Sie läuft noch heute Nacht nach Memphis aus. Eine andere konnte ich nicht auftreiben. Ich kenne den Kapitän, er ist ein widerborstiger Kerl, aber er wird dir keine Fragen stellen, und du kannst dich auf ihn verlassen.«

»Wie soll ich ihn nur bezahlen?«, fragte Nefermaat besorgt.

»Das habe ich bereits getan«, antwortete der Nubier und reichte ihm einen der Beutel, die er um die Schulter trug.

»Aber ...«, stotterte der junge Arzt, während er den Beutel nahm und einen Blick hineinwarf.

Plötzlich hellte sich sein Gesicht auf.

»Das ist ja einer von Sutemhebs Goldbeuteln!«, sagte er überrascht.

Sesostris nickte lächelnd.

»Das kann ich unmöglich annehmen, es gehört mir nicht«, wandte der junge Arzt ein und gab ihm den Beutel zurück.

»Er gehört dir«, beharrte Sesostris und hob abwehrend beide Hände.

»Dieses Gold wurde gestohlen und ...«

»Genauso, wie sie dir deinen Namen gestohlen haben, nicht wahr?«, fiel ihm der Nubier ins Wort. »Und sogar behaupten, dass auch deine Seele verloren sei, obwohl das unmöglich ist, da kein Mensch Macht über die Seele eines anderen haben kann. Hör mir gut zu«, sagte er und dämpfte die Stimme. »In ganz Ägypten gäbe es nicht Gold genug, um die Ungerechtigkeit, die man dir angetan hat, wiedergutzumachen. Dieses Gold gehört dir mehr als jedem anderen, außerdem ist es ein Geschenk von mir für dich.«

Nefermaat war verwirrt. Er warf einen unbehaglichen Blick auf den Beutel.

»Du hast es dir verdient, glaub mir«, drängte Sesostris. »Du kannst es gut gebrauchen, um dir da, wo Sachmet dich hinführen wird, ein neues Leben aufzubauen. Alle Völker der Welt kennen die Sprache des Goldes. Und damit könntest du ein sorgloses Leben führen«, schloss er und warf einen Blick auf den Beutel.

»Und du?«, fragte der junge *sunu* sichtlich besorgt.

»Meine Füße werden mich in den Süden tragen, wo ich geboren wurde, verstehst du? Dort brauche ich kein Gold.«

Nefermaat umarmte den Riesen.

»Du sagst, du stündest immer noch in meiner Schuld, aber jetzt bin ich es, der von deiner Güte beschämt ist.«

»Hier trennen sich unsere Wege, ehrenwerter *uabu*«, beendete Sesostris das Gespräch und zeigte auf die Narbe auf seiner Stirn. »Aber ich kann dir versichern, dass wir uns eines Tages wiedersehen.«

Nefermaat nickte und kämpfte gegen die Tränen an.

»Ganz bestimmt«, erklärte Sesostris und kehrte ihm den Rücken zu. »Erst dann werde ich meine Schulden bei dir abbezahlt haben.«

Nefermaat beobachtete, wie der Mann der Wüste sich in der Nacht verlor und mit den vielen anderen Schatten verschmolz. Sesostris, von dem niemand wusste, wie er richtig hieß, hatte sich als sein einziger wahrer Freund erwiesen. Als er darüber nachdachte, huschte plötzlich ein Hoffnungsschimmer über sein Gesicht. Es stimmte nicht ganz, er hatte noch einen anderen Freund. Er würde nach Bubastis fahren zu seinem alten Gönner Anon.

26

Unzählige Erinnerungen überfielen Nefermaats Herz, als er durch die Straßen von Bubastis schlenderte. Ohne dass er es wollte, war die Stadt zu einem unauslöschlichen Bestandteil seines Lebens geworden. Zu einer Vergangenheit, die ihm seltsam fern erschien und doch erst drei Jahre her war.

Drei Jahre, dachte der junge Arzt.

Wie ein Atemhauch, der vor langer Zeit stattgefunden hatte.

Doch der junge *uabu*-Priester, der damals zum ersten Mal aus Memphis in die Stadt gekommen war, hatte mit dem Mann, der er heute war, diesem von der Justiz verfolgten Niemand, nichts mehr gemein. Es waren zwei Menschen aus unterschiedlichen Welten.

Die Morgensonne fühlte sich warm an auf seinem Gesicht, und Nefermaat schloss leicht die Augen, um ihre Liebkosungen zu genießen. Die weichen Strahlen erweckten ihn wieder zum Leben, sie beflügelten ihn und erfüllten ihn mit neuer Hoffnung. Das Licht, mit dem Re an diesem Morgen die vielen Parkanlagen und Alleen von Per-Bastet überflutete, war wie eine Einladung, sich der Zuversicht zu überlassen, und obendrein eine einmalige Gelegenheit, die Gaben zu genießen, die der König der Götter den Menschen in seiner Großmut darbot.

Die Gärten mit den dichten Palmenhainen hüllten jeden, der sich dorthin verirrte, mit ihren feinen Düften ein; die geheimnisvollen Opfergaben eines unvergleichlichen Landes, das von übernatürlichen Händen geformt und vom göttlichen Willen befruchtet zu sein schien.

Von so viel Pracht und Großzügigkeit überwältigt, vergaß Nefermaat für einen kurzen Augenblick seine bittere Vergangenheit und schwelgte in diesen Gaben, die er schon immer so geliebt hatte.

Doch dann verdüsterte sich sein Herz erneut, als er daran dachte, dass er dieses wunderbare und einzigartige Land nun für immer verlassen musste. Er war längst nicht mehr eins seiner Kinder und hatte sogar seinen Namen verloren. Nachdem man ihn zum Verbrecher abgestempelt hatte, gab es in Ägypten keine Zukunft mehr für ihn.

Die Fahrt nach Bubastis war ruhig, aber sterbenslangweilig gewesen. Die gesamten zehn Tage, die sie brauchten, um nach Memphis zu gelangen, hatte er zwischen ein paar großen Tuchballen gelegen und darüber nachgegrübelt, was aus seinem Leben werden sollte. Seine Situation war so kompliziert, dass er einfach keine Lösung fand. Zumindest hatte ihn der verschlossene Kapitän in Ruhe gelassen, wie Sesostris es ihm vorausgesagt hatte. Als sie im Hafen von Memphis anlegten, hatte er sich mit einem Kopfnicken von dem Mann verabschiedet und das nächste Schiff bestiegen, das nach Bubastis auslief. Als er jetzt durch die Straßen der Stadt schlenderte, fiel ihm plötzlich ein, dass er nicht einmal wusste, wie der Kapitän hieß.

Als Erstes lenkte er seine Schritte zu Anons Anwesen. Nefermaat wollte ihn auf keinen Fall in Gefahr bringen, also klopfte er nicht an die Tür, sondern versteckte sich in der Nähe, um das Haus unbemerkt beobachten zu können. Es war alles noch so, wie er es in Erinnerung hatte, und die herrlichen Gärten, die das Anwesen umgaben, wirkten genauso gepflegt wie zuvor. Er beobachtete genau, wer ein oder aus ging, und konnte so manchen der alten Diener erkennen, nur Anon ließ sich nicht blicken. Er dachte daran, dass er vielleich Atet sehen könnte, und bei dieser Vorstellung überkam ihn plötzlich eine krankhafte Neugier, die er nicht unterdrücken konnte. Für ihn war das Mädchen der Inbegriff dunkler Begierden gewesen, denen auch er damals erlegen war, doch jetzt war sie Mutter geworden, und er fragte sich, ob sie sich wohl verändert hatte. Hatte sie sich ihren Freiheitsdrang bewahrt? Oder war sie nun gar eine vorbildliche Mutter? Doch darauf erhielt er keine Antwort, denn Atet tauchte nicht auf.

Bei Einbruch der Dämmerung wurde Nefermaats Geduld endlich belohnt, denn am Ende der Straße erkannte er Anons unverwechselbare Gestalt. Mit seinem typischen Watschelgang und genauso nachlässig gekleidet wie immer kehrte er gemächlich nach Hause zurück. Er war allein und stolperte gelegentlich, sodass Nefermaat sofort dachte, dass er wahrscheinlich wieder einmal betrunken war. Sein alter Meister war so in Gedanken versunken, dass er die Gestalt, die auf ihn zukam, gar nicht bemerkte.

»Die Wege, welche die Götter uns weisen, sind zuweilen unergründlich«, sagte Nefermaat, als er fast vor seinem alten Freund stand.

Überrascht fuhr Anon zusammen, dann riss er die Augen auf.

»Heiliger Bes!«, rief er und schlug sich mit den Händen auf die Schenkel. »Bist du es wirklich, oder spielt mir dieser köstliche Wein aus den Oasen, den ich gerade getrunken habe, einen üblen Streich?«

»Schon möglich, dass du manchmal Erscheinungen hast, ich aber bin ein Mensch aus Fleisch und Blut.«

Der Babylonier umarmte seinen alten Freund freudestrahlend.

»Die Götter haben meine Gebete erhört, und jetzt sehe ich dich endlich wieder. Lass dich anschauen. Du bist ja noch dünner als damals, und in deinem Gesicht lese ich Spuren der Erschöpfung. Oder sind es Spuren des Leids?«

Nefermaat nickte.

»Ich fürchte, ja. Seit ich dein Haus verließ, ist mein Leben zu einem unheilvollen Chaos geworden.«

Anon nickte schweigend.

»Hör zu, Anon. Ich möchte dir mit meinem Besuch keine Unannehmlichkeiten bereiten. Es ist gefährlich, wenn man uns zusammen sieht«, sagte der junge *sunu* besorgt.

»Hm, dann sollten wir lieber ins Haus gehen«, antwortete der Arzt. »Auf der Straße ist man nie sicher.«

»Aber ... einer deiner Diener könnte ...«

»Red keinen Unsinn!«, unterbrach ihn der Alte und zog ihn am Arm. »Komm, gehen wir.«

Die Männer traten ins Haus und schlenderten durch den prächtigen Garten bis zu dem kleinen Anlegeplatz hinter dem Anwesen. Dort setzten sie sich auf die Stufen und blickten auf den träge dahinfließenden Nil.

»Als ich davon hörte, konnte ich es nicht glauben«, erklärte Anon und schaute weiter aufs Wasser.

»Ich auch nicht, obwohl ich Iryi so nahe stand. Das Schlimme aber war, dass sie mich für ihre Zwecke benutzt haben.«

»Wie du wohl weißt, habe ich nie viel von euren Traditionen gehalten«, fuhr Anon fort. »Aber für Iryi empfand ich stets großen Respekt, und ich bin sicher, dass er Gründe für sein Handeln hatte.«

»Als ich mit ihm im Gefängnis saß, war er sehr bedrückt, trotzdem kann ich ruhigen Gewissens sagen, dass er nichts bereut hat.«

»Hier in Bubastis waren wir alle vollkommen überrascht. Du weißt ja, dass er aus dieser Stadt stammte. Später erfuhren wir, dass offensichtlich auch du in das Verbrechen verstrickt warst, obwohl man dich nicht zum Tode verurteilt hatte. Danach haben wir nie wieder etwas gehört.«

»Ich hätte Sachmets Tempel niemals verlassen sollen«, sagte Nefermaat traurig.

»Unfug!«, widersprach Anon und fuchtelte mit den Armen in der Luft herum. »Dann hättest du auch nie das wahre Leben kennen gelernt.«

»Darauf hätte ich gerne verzichtet.«

»Das sagst du jetzt, weil du noch zu sehr von dem beeindruckt bist, was dir passiert ist. Mit der Zeit wirst du das anders sehen.«

Nefermaat warf seinem alten Freund einen Blick von der Seite zu.

»Ich habe keine Zukunft mehr.«

»Doch, doch, mein Freund, obwohl sie wahrscheinlich ganz anders aussieht, als du sie dir vorgestellt hast. Aber so ergeht es ja den meisten Menschen.«

Nefermaat seufzte, streckte sich aus und stützte sich auf die Ellbogen.

»Wenn du dich so sehr um deine Zukunft sorgst, sollten wir zuerst über deine Vergangenheit reden, manchmal hängt beides auf seltsame Weise zusammen. Willst du mir nicht erzählen, was genau geschehen ist?«

Nefermaats Blick verlor sich in der Betrachtung des Flusses, während er alles andere ausblendete. Dann sah er dem alten Arzt ins Gesicht und erzählte ihm alles.

»Möge mich Marduks* Blitz treffen, wenn das nicht die spannendste Geschichte ist, die ich je im Leben gehört habe«, rief Anon und kratzte sich am Kopf.

Nefermaat runzelte die Stirn.

»Das ist wirklich ein Wunder, glaub mir«, erklärte Anon. »Ich meine, dass du mit dem Leben davongekommen bist! Du solltest den Göttern dankbar sein. Du warst doch immer so ein gläubiger Mensch, oder nicht?«

Der junge Arzt verzog das Gesicht. Er konnte es nicht ausstehen, wenn Anon sich so spöttisch über die Götter ausließ.

* Der Große Herr, er war die oberste Gottheit der Babylonier.

»Ich meine das vollkommen ernst«, versicherte Anon feierlich. »Die Intrige, in die du hineingezogen worden bist, scheint mir eher von Dämonen als von Menschenhand angezettelt. Es ist einfach unglaublich!«

»Ich würde eher sagen, zum Verzweifeln«, antwortete Nefermaat. »Ich habe niemanden, an den ich mich wenden könnte, um meine Unschuld zu beweisen. Mir bleibt keine andere Wahl, als Ägypten zu verlassen.«

»Darin muss ich dir recht geben, fürchte ich«, entgegnete Anon und strich sich nachdenklich den Bart. »Hier kannst du auf keinen Fall bleiben, die *medjai* werden dich überall suchen, bis sie dich entweder gefunden oder sich vergewissert haben, dass du nicht länger am Leben bist.«

»Ja, ich muss das Land so schnell wie möglich verlassen, aber ich weiß nicht einmal, wohin ich gehen könnte«, erklärte der junge *sunu*.

»Du bist erst in Sicherheit, wenn du weit weg von Ägypten bist. Für die Behörden wird es so sein, als gäbe es dich nicht mehr. In ein paar Jahren ist Gras über die Sache gewachsen, dann wird sich kein Mensch mehr an dich erinnern.«

Verstört strich sich Nefermaat mit beiden Händen über den Kopf.

»Im Augenblick bist du hier sicher«, erklärte Anon. »Es wird noch eine Weile dauern, bevor sie dich bei mir suchen kommen, und bis es so weit ist, bist du schon über alle Berge.«

»Wenn ich aber bei dir zu Hause bleibe, bringe ich auch dich in Gefahr. Früher oder später könnte dich jemand verraten.«

»Nun, wir müssen natürlich vorsichtig sein«, nickte Anon, als wollte er das Thema für beendet erklären. »Du kannst dich so lange in deiner früheren Kammer verstecken, bis wir ein Schiff gefunden haben, das dich aus der Stadt bringt.«

Nefermaats Blick schweifte unwillkürlich über den abgelegenen Flügel des Palastes, in dem er vor drei Jahren gewohnt hatte. Erleichterung und Dankbarkeit breiteten sich in seinem Gesicht aus.

»Aber was ist mit deiner Frau? Sie wird nicht gerade erfreut sein, mich hier zu sehen.«

»Wir werden ihr nichts sagen. Sie verlässt ja kaum noch ihre Gemächer.«

»Ist sie krank?«, fragte Nefermaat beunruhigt.

»Körperlich geht es ihr blendend, aber ihre Seele leidet. Nachdem ihre Tochter uns verlassen hat, ist sie schwermütig geworden.«

»Atet lebt nicht mehr bei euch?«

»Wie? Hast du denn meinen Brief nicht bekommen?«

Nefermaat schüttelte den Kopf.

»Ach, wie dumm von mir! In den Minen durftet ihr bestimmt keine Post erhalten. Ich habe dir einen Brief geschrieben und dir alles berichtet.«

Der *sunu* hob beide Arme zum Zeichen seiner Unwissenheit.

»Dass meine Stieftochter schwanger war, weißt du ja.«

»Ja, das hast du mir in deinem ersten Brief geschrieben.«

»Nun, nachdem sie schwanger geworden war, benahm sie sich noch rätselhafter als zuvor und ging uns noch mehr aus dem Weg. Manchmal verschwand sie wochenlang, ohne dass ihre Mutter oder ich wusste, wo sie sich herumtrieb. Ich hatte dir ja geschrieben, dass sie mich mehr an eine streunende Katze erinnerte, von denen es in Bubastis nur so wimmelt, als an eine werdende Mutter. Iay hat ihr Hilfe angeboten, aber sie wollte nichts davon wissen. Sie hat mir nicht einmal erlaubt, sie zu untersuchen, leider«, sagte er und verzog das Gesicht. »Jedes Mal, wenn ihre Mutter, die ehrenwerte Iay, sie nach der Identität des Vaters fragte, kniff sie die Augen zusammen wie eine Katze und verschwand, ohne ein Wort zu sagen.«

»Habt ihr denn nicht einmal einen Verdacht, wer der Vater sein könnte?«, fragte Nefermaat arglos.

»Einen Verdacht? Jeder in Bubastis könnte der Vater sein, denn es gibt keinen jungen Mann in der ganzen Stadt, mit dem sie es nicht getrieben hätte«, schimpfte Anon voller Zorn.

»Du übertreibst, wie immer, wenn es um Atet geht! Kann es sein, dass du nur wütend bist, weil sie dich nie an sich rangelassen hat?«, fragte Nefermaat scherzhaft.

»Diese kleine Schlampe kannte nichts Besseres, als mich zu reizen, das weißt du ganz genau«, gab Anon verletzt zurück. »Was hätte ich nicht alles für ihre Zärtlichkeiten gegeben.«

»Deine Zügellosigkeit kennt wirklich keine Grenzen.«

»Und auch kein Maß«, nickte Anon freimütig. »Eigentlich ist sie nur mit meiner Leidenschaft für den Wein vergleichbar. Die beiden sind die einzigen Freunde, die mir in letzter Zeit geblieben sind.«

»Diesen Freunden würde ich nicht über den Weg trauen.«

»Mag sein, dass du recht hast, aber zumindest schenken sie mir ein bisschen Freude. Ein Asket wie du wird das niemals begreifen.«

Nefermaat winkte ab und sah wieder auf den Fluss hinaus.

»Du hast dich kein bisschen verändert, Anon. Ich gebe es auf«, sagte der junge Arzt und sah ihn gelassen an.

»Wie auch immer«, fuhr Anon fort. »Wir konnten beim besten Willen nicht herausfinden, wer der Vater des Kindes war, und das machte meiner Frau so zu schaffen, dass sie melancholisch wurde und schließlich nicht mal mehr aufstand. Eine echte Katastrophe. Aber es kam noch schlimmer, denn je näher der Zeitpunkt der Geburt rückte, desto unausstehlicher, ja fast hysterisch wurde Atet. So unberechenbar wie eine Katze.«

Nefermaat hörte aufmerksam zu.

»Wir erfuhren nie, wo sie das Kind zur Welt gebracht hat oder wann es geschah, denn als sie wieder nach Hause kam, war der Kleine bereits ein paar Tage alt. Meine Frau sah ihren Enkel und war wie verwandelt, als hätte man sie wieder zum Leben erweckt.

Ich war heilfroh, denn ich war schon seit Ewigkeiten nicht mehr zum Zuge gekommen«, erklärte der Babylonier in seiner übertriebenen Art.

Nefermaat lachte, woraufhin sein alter Lehrer ihm einen schrägen Blick zuwarf.

»Ja, ja, mach dich nur lustig. Du hast ja keine Ahnung, was das für einen Mann wie mich bedeutet. Zum Glück nahm sich am Ende Bes meiner Verzweiflung an und erhellte das Herz meiner melancholischen Gattin. Nachdem sie ihre Lebenslust wiedergewonnen hatte, fand sie auch zu ihrem alten sündigen Leben zurück, und ich konnte mich eine Weile schadlos halten. Aber schon da ahnte ich, dass es nicht lange dauern würde, bis alles wieder zusammenbrach, und genauso ist es gekommen.«

»Du erstaunst mich, Anon. Dass du die Götter verehrst, ist mir neu.«

»Nur Bes! Er ist der einzige Gott, der genügend Feingefühl hat, um mich zu verstehen.«

»Schon gut. Und wie ging es weiter?«

»Tja, es ging so aus, wie es ausgehen musste. Ein so widersprüchliches Wesen wie Atet konnte nicht das Leben einer gewöhnlichen Mutter führen. Eines Tages verkündete sie, dass Bubastis weder für sie noch für ihren Sohn der geeignete Ort sei und sie deshalb beschlossen habe, fortzugehen. Du kannst dir vorstellen, was dann los war!«, sagte Anon und schlug sich auf die Stirn. »Für meine verehrte Gattin war es ein solcher Schock, dass es ihr für eine ganze Woche die Sprache verschlug. Als wäre sie von den übelsten Dämonen der Unterwelt befallen. Atet ließ sich trotzdem nicht erweichen, sie hatte beschlossen zu gehen, und genau das tat sie auch.«

»Sie ging allein mit ihrem Kind?«, fragte Nefermaat überrascht.

»Nein, allein nicht. Sie hatte sich einem phönizischen Kaufmann angeschlossen, einem steinreichen alten …«

»Sie ist mit einem alten Mann fortgegangen?«, unterbrach ihn Nefermaat ungläubig.

»Ja doch, einem gewissen Abibal. Er besitzt mehrere Kupferminen auf Zypern und eine riesige Handelsflotte, die die gesamte Ostküste des Großen Grünen befährt. Er stammt aus einer adligen Familie in Tyros. Ich selbst habe die beiden miteinander bekannt gemacht.«

Nefermaat hob die Augenbrauen.

»Abibal ist ein alter Patient von mir. Jedes Mal, wenn er geschäftlich nach Ägypten kommt, behandele ich seine Erektionsstörungen. Ein hoffnungsloser Fall, aber er scheint blindes Vertrauen in meine Medizin zu haben. Er schwört sogar, dass sie wirkt, obwohl ich das kaum glaube. Wie auch immer, er bekommt von mir in Essig aufgeweichte Alraunwurzeln, du weißt ja, wie anregend das wirkt. Er jedenfalls ist höchst zufrieden. Als er das letzte Mal hier war, lernte er Atet kennen und verliebte sich in sie wie ein pubertierender Bengel. Atet hat ihn natürlich um den Finger gewickelt. Das ist das, was sie am besten kann. Der Alte hatte völlig den Verstand verloren!«, polterte Anon. »Sogar seine Manneskraft sei wieder zum Leben erweckt worden, hat er mir erklärt!«

»Liebt Atet ihn denn?«, fragte Nefermaat auf seine unschuldige Art.

Anon brach in schallendes Gelächter aus.

»Ob sie ihn liebt? Hast du vergessen, dass dieses schöne Ungeheuer gar kein Herz hat?«

»Und warum ...?«

»Warum, warum! Ich kann dir nicht erklären, warum sie sich so benimmt. Sie weiß es wahrscheinlich selber nicht. Du musst dir vorstellen, dass dieser Abibal ihr Großvater sein könnte, mal ganz davon abgesehen, dass er impotent ist«, fuhr Anon fort, als er Nefermaats Gesichtsausdruck sah. »Da kann er noch so viel Alraunwurzeln schlucken!«

»Das ist alles ziemlich schwer zu begreifen«, antwortete Nefermaat. »Irgendeinen Grund muss es für ihr Verhalten aber geben.«

»Dann nenne du ihn mir!«, erwiderte Anon spöttisch. »Fest steht, dass dieser Abibal anfing zu sabbern wie ein alter Bock, sobald er sie zu Gesicht bekam, und ihr versprach, dass sie seinen gesamten Reichtum erben würde, wenn sie ihn heiratete.«

»Und sie war einverstanden?«

»Du kennst sie doch. Atet war schon immer unberechenbar. Keiner von uns hätte gedacht, dass sie auf sein Angebot eingehen würde, aber es war, als hätte sie alles sorgfältig geplant gehabt. Kaum hatte er sie gefragt, stimmte sie zu. Ich glaube nicht, dass der arme Abibal es noch sehr lange macht, mit so einer Frau. Bestimmt taucht sie eines Tages mit ihrem kleinen Hemon wieder in Bubastis auf, als Besitzerin der Kupferminen von Zypern.«

Als Nefermaat den Namen vernahm, horchte er plötzlich auf.

»Wie heißt der Junge?«

»Hemon. Kein gewöhnlicher Name, aber sie ließ sich nicht davon abbringen.«

Nefermaat wurde so schwindelig, dass er das Gefühl hatte, ohnmächtig zu werden.

»Was ist mit dir?«, fragte Anon, als er sein kreidebleiches Gesicht sah.

»Möge Sachmet mir beistehen!«, rief Nefermaat, und ein gequälter Ausdruck erschien auf seinem Gesicht. »Wann kam das Kind zur Welt?«

»Das ist etwas länger her als ein Jahr. Wenn ich mich nicht irre, war es im ersten Monat der Schemu.«

Nefermaat rang verzweifelt die Hände.

»Könntest du mir vielleicht erklären, was zum Teufel mit dir los ist?«, fragte Anon verwundert.

»Das kann doch nicht sein!«, stotterte Nefermaat.

»Was kann nicht sein?«

Nefermaat sah den alten Arzt verblüfft an, während dieser die Stirn runzelte.

»Du meinst doch nicht etwa …?«

Der *sunu* nickte wortlos.

»Marduk beschütze uns!«, rief Anon und schlug die Hände über dem Kopf zusammen. »Du bist der Vater.«

Nefermaat sah ihn immer noch mit offenem Mund an.

»Aber … warum bist du dir so sicher? Du kannst es niemals herausfinden.«

Der *sunu* schüttelte verwirrt den Kopf, und dann erzählte er ihm die alte Legende von Atet und Nefermaat.

»Sie hätte den Jungen nicht so getauft, wenn er nicht mein Sohn gewesen wäre«, schloss Nefermaat.

»Ich hatte ja schon immer den Verdacht, dass mehr hinter der Sache steckt, aber das hätte ich nicht erwartet«, schnaubte Anon.

»Ja, es scheint ganz so, als mache sich Renenutet einen Spaß daraus, mir das Leben zu schwer zu machen.«

»Lass die Götter aus dem Spiel. Schließlich warst du derjenige, welcher«, entgegnete Anon gereizt.

Eine Zeit lang schwiegen sie.

»Und was willst du jetzt tun?«, fragte der Mann aus Babylonien schließlich.

»Ich muss sie suchen.«

»Bist du wahnsinnig geworden? Atet ist mit einem anderen Mann fortgegangen.«

»Wenn es sein muss, werde ich den Großen Grünen so lange befahren, bis ich sie finde.«

»Aber …«

»Begreifst du denn immer noch nicht, Anon?«, fuhr Nefermaat ihn gereizt an. »Atet hat mir auf ihre Art eine Botschaft hinterlassen.«

»Tut mir leid, mein Freund, aber jetzt verstehe ich gar nichts mehr.«

»Irgendwie muss sie geahnt haben, dass ich eines Tages aus der Gefangenschaft entkommen und ihr folgen würde. Sie hat gewusst, dass ich die Botschaft verstehe, sobald ich den Namen unseres Sohnes höre.«

»Und wieso hat sie dann nicht einfach hier auf dich gewartet?«

»In ganz Ägypten gibt es keine einzige Stadt, in der ich sicher wäre. Ich bin ein Ausgestoßener, Anon! Und mein Sohn ist es irgendwie auch. Wie soll ein kleiner Junge in Ägypten überleben, dessen Vater keinen Namen besitzt? Du verstehst das nicht, aber Atet schon. Sie weiß, dass wir uns nur außerhalb Ägyptens wiedersehen können. Irgendwie war sie ja auch gezwungen, das Land zu verlassen.«

Anon kratzte sich am Kopf, ohne wirklich zu verstehen.

»Ich glaube, dass du sie gründlich verkennst«, sagte er schließlich. »Ich wäre mir nicht so sicher, was ihre Ziele angeht.«

»Ihre Ziele waren schon immer ein Geheimnis für uns Männer, aber was jetzt zählt, ist, dass mein Sohn bei ihr ist. Verstehst du? Ich muss die beiden unbedingt finden.«

»Das heißt, dass du sie liebst«, sagte Anon überzeugt.

Nefermaat schüttelte den Kopf.

»Ich fürchte, dass mein Herz einer anderen Frau gehört. Es vergeht kein Tag, an dem ich nicht an Nubchesbed denken muss, obwohl ich weiß, dass unsere Liebe ein Ding der Unmöglichkeit ist.«

Der Mann aus Babylonien zuckte die Achseln.

»Vielleicht hast du recht. Es ist einerlei, wohin du gehst, Hauptsache, du verlässt Ägypten«, sagte er und sah ihn nachsichtig an. »Wenn du aber dein Leben an Atets Seite verbringen willst, prophezeie ich dir eine ziemlich stürmische Zukunft.«

»Ich habe dir doch gesagt, dass ich sie nicht liebe, aber dafür kann mein Sohn schließlich nichts. Für mich ist nur er wichtig.«

Anon klopfte ihm sanft auf den Rücken.

»Dann lass uns ein Schiff suchen, das dich so schnell wie möglich nach Tyros bringt.«

Nie im Leben hätte sich Nefermaat vorstellen können, wie unwirtlich der Große Grüne ist oder dass ein derart schlanker Mann wie er so viel erbrechen könnte. Jetzt verstand er, warum sein Volk das Meer verabscheute. Hier konnte tatsächlich nur Seth überleben. Die gewaltigen Wellen, die das Schiff nach Belieben hin und her warfen, führten ihm vor Augen, wie sehr sein Leben von ihrer Gnade abhing. Vor diesen gewaltigen Mächten war der Mensch noch bedeutungsloser als auf dem festen Boden der Erde, ein Nichts, das sich anmaßte, Gefahren zu trotzen, denen es in Wahrheit nicht gewachsen war.

Das *kebenit** tanzte auf den Wellen und drohte, jeden Augenblick zu kentern. Das Schlingern war grauenvoll. Nefermaat verbrachte die meiste Zeit über die Reling gebeugt und erbrach sich, bis nichts mehr da war, das er dem Meer hätte geben können.

»Iss so viel, wie du kannst«, scherzten die Seeleute und lachten. »Besser, du hast etwas im Magen, das du dem Großen Grünen opfern kannst, sonst wird er noch wütender, und du gewöhnst dich nie an ihn.«

Nefermaat hörte sie kaum, ihm war so schlecht, dass er sich am Ende wie ein verletztes Tier in die Kajüte verkroch und dort auf den Boden legte.

Doch mit der Zeit gewöhnte er sich tatsächlich an das nervenzermürbende Schlingern, und nach einigen Tagen hatte er sich so weit erholt, dass er zumindest wieder klar denken konnte.

Er befand sich auf einem phönizischen Handelsschiff, das vor

* Das Wort *kebenit* hat seinen Ursprung in Keben, der ägyptischen Bezeichnung für die Stadt Byblos. So nannten die Ägypter die Handelsschiffe, die die Küsten des Mittelmeeres befuhren.

den Küsten des Mittelmeeres verkehrte. Wie alle damaligen Handelsschiffe besaß es einen bauchigen Rumpf und ein Pferd als Galionsfigur am Bug. Es war aus Zypressenholz gebaut, mit Pech und Werg kalfatert und obendrein mit dünnen Bleiplatten verstärkt. Ein einziger Mast aus Zedernholz und ein Segel aus Leinen waren alles, was die Menschen benötigten, um das Meer herauszufordern, denn die erfahrenen Seeleute besaßen die Fähigkeit, ihre Position zu berechnen, indem sie während der Nacht die Sterne beobachteten. Dabei richteten sie sich vor allem nach Hwab*, dem phönizischen Stern.

Das Schiff war mit einer Ladung Zedernholz aus dem Libanon nach Memphis gekommen und segelte nun mit Schriftrollen und Tauen aus Papyrus nach Tyros zurück, einer Ware, die auf den Märkten dort hohe Preise erzielte. Die Mannschaft, die aus achtzehn Matrosen, einem Steuermann und dem Schiffskapitän bestand, rieb sich schon die Hände angesichts der guten Erträge, die ihnen beide Fahrten einbringen würden. Nachdem das Schiff den ganzen Winter im Hafen geankert hatte, stach man nun wieder in See, um die ruhige Wetterlage zwischen März und Oktober zu nutzen.

Dass er für seine Reise ausgerechnet dieses Schiff ausgesucht hatte, war reiner Zufall gewesen. Nach der Unterhaltung, die der junge Arzt mit Anon in dessen Garten am Ufer des Nils geführt hatte, stand seine Entscheidung fest, Ägypten so schnell wie möglich zu verlassen. Das Schicksal wollte es, dass noch in derselben Nacht ein Handelsschiff in Bubastis Zwischenstation machte, ehe es nach Tyros weitersegelte, und der Kapitän sich bereit erklärte, zusätzlich einen Passagier aufzunehmen. Nefermaat ging mit gemischten Gefühlen an Bord, Kummer und Hoffnung wechselten sich ab.

»Verlier nicht den Mut«, hatte ihm Anon eingeschärft, als sie

* Der Polarstern.

sich zum Abschied umarmten. »Denk immer daran, dass dir das Beste noch bevorsteht.«

Dieses Mal konnte Nefermaat die Tränen nicht zurückhalten, denn er ahnte, dass er seinen alten Meister nie wiedersehen würde.

Bevor er das Haus des Arztes verließ, hatte ihm dieser geraten, einen Teil des Goldes bei ihm zu lassen.

»Vergrab es, wo du willst«, sagte Anon. »Ich bin sicher, dass du eines Tages nach Ägypten zurückkehren wirst, und dann kannst du es dir holen. Es ist zu gefährlich, mit so viel Gold durch fremde Länder zu reisen. Besser, du lässt es niemanden sehen, verstehst du?«

»Irgendwann werde ich es bestimmt brauchen.«

»Ja, aber sei immer vorsichtig. Hier, nimm«, hatte er gesagt und ihm mehrere Armbänder aus Lapislazuli und Gold in die Hand gedrückt. »Die dürften reichen, um dorthin zu gelangen, wohin du willst. Du kannst deine Schuld begleichen, wenn wir uns wiedersehen.«

Nefermaat stopfte den Schmuck in seine kleine Reisetasche und umarmte Anon erneut.

»Vergiss nie, dass du über eine Gabe verfügst, die überall auf der Welt hoch angesehen ist. Egal, wo du dich aufhältst, es wird immer jemanden geben, der deine Dienste benötigt«, erinnerte ihn der Arzt. »Das ist mehr wert als alles Gold, das du besitzt«, schloss er und reichte ihm einen Beutel.

»Aber … das sind doch deine Instrumente!«, rief Nefermaat, als er den Inhalt sah.

»Ich habe genug davon, und du wirst sie gut gebrauchen können. Sie werden dich immer an mich erinnern, denn irgendwie lebe ich in ihnen weiter«, erklärte er und warf einen letzten Blick darauf.

»Ich werde sie wie meine eigenen behandeln. Und jedes Mal, wenn ich sie in den Händen halte, werde ich an dich denken.«

»Ich bin überzeugt, dass du sie in Ehren halten wirst«, antwortete Anon. Dann war Nefermaat an Bord des Schiffes gegangen.

Als sie die Leinen lösten und das Schiff langsam von der trägen Strömung davongetragen wurde, winkte Nefermaat Anon zum Abschied.

»Hoffentlich gelingt es dir, sie auf den rechten Weg zurückzubringen, falls du sie überhaupt findest«, rief Anon vom Ufer aus.

Dann verlor sich die Galeere in der Dunkelheit und segelte stromabwärts dem unheimlichen Meer entgegen.

Es war das letzte Mal, dass Nefermaat seinen alten Meister sah, denn so hatte es die stets launische Renenutet beschlossen.

Die vom Geruch des Meeres erfüllte Brise strich über das Deck und blähte das rechteckige Segel. Während der Steuermann das Schiff durch die ruhige See lenkte, inspizierten die Matrosen die Takelage. Die Frühlingssonne hatte es sich in den Kopf gesetzt, sie auf der ganzen Fahrt zu begleiten und ihre Herzen mit einem endlosen blauen Himmel über dem Mittelmeer zu erfreuen. Nicht eine einzige Wolke bedrohte das herrliche Geschenk. Endlich konnte Nefermaat, von Angst und Schwindel befreit, aufatmen und die von den Göttern dargebotene Pracht genießen.

In Gedanken versunken ließ er sich mit halb geschlossenen Augen von den Strahlen liebkosen. Einem Ägypter wie ihm, der in den strengen Traditionen seines Landes erzogen worden war, fiel es nicht leicht, sein Land für immer zu verlassen. Jenen Nefermaat, dem die edle Tetischeri in Theben das Leben geschenkt hatte, gab es nicht mehr. Er war irgendwo im Land Kemets abhanden gekommen.

Während er sich an der Morgensonne erfreute, dachte er daran, wie anders sein Leben verlaufen wäre, wenn Osiris seine Mutter nicht vorzeitig zu sich gerufen hätte. Aber Renenutet, Schai, Meschenet und Schepset, jene Götter, die auf die eine oder andere Weise das Schicksal der Menschen lenkten, schienen seines schon am Tag seiner Geburt vorherbestimmt zu haben.

Sein früheres Leben erschien ihm in diesem Augenblick unerreichbar weit weg. Das Einzige, was ihn damit noch verband, befand sich auf irgendeiner Insel inmitten der unendlichen Weite des Großen Grünen. Merkwürdig, dass ausgerechnet jemand wie Atet das einzig verbliebene Bindeglied zwischen ihm und seiner Vergangenheit verkörperte. Jenes Mädchen war alles, was ihm von seinem früheren Dasein geblieben war, und jetzt, da sie etwas hatte, das auch ihm gehörte, umso mehr. Es war ein Anlass zur Hoffnung, aber auch zur Sorge, denn er wusste, wie schwer es werden würde, seine Rechte als Vater bei Atet durchzusetzen. Wer wusste, welche Streiche Renenutet noch für ihn bereithielt, obwohl es ihm manchmal schon fast gleichgültig war. Wenn man sich an nichts mehr halten kann, erhält das Leben eine ganz neue Dimension, und für Nefermaat sah es so aus, als bekäme das seine gerade einen neuen Sinn.

Er stand auf und ging über das mit Zypressenholz ausgelegte Deck bis zum Heck des Schiffes. Dort erhob sich ein riesiger Fries in Form eines Fischschwanzes, der das Profil der Bordwand schmückte, und in der endlosen Ferne verlor sich die Spur des Kielwassers, die das Schiff hinterließ.

Neugierig betrachtete Nefermaat sie eine Zeit lang und stellte sich vor, dass dieser Faden, und mit ihm sein Name, bis nach Ägypten zurückreichte, ein letztes Zeichen seiner Existenz, das nun auf immer von den Fluten verschlungen würde.

Von heute an spielte seine einstige Identität keine Rolle mehr.

27

Atet saß auf einem der prachtvollen Diwane auf der Terrasse ihres Hauses und sah, wie die Sonne am Horizont die letzten Wolken mit einem rötlichen Schleier überzog. Vergeblich kämpften sie darum, die Glut der Sonne zu verdecken. Ihr kleiner Sohn wartete mit gierigen, weit geöffneten Augen und einem vom Brei verschmierten Mündchen.

Sie wandte den Blick vom Himmel ab, lächelte zufrieden und gab ihm einen neuen Löffel Brei. Der Kleine verschluckte ihn genüsslich und forderte dann mehr, indem er in die Hände klatschte.

Atet strich ihm über den Kopf und wischte ihm zärtlich den Mund ab.

»Für heute reicht es, mein kleiner Prinz, sonst wirst du dick und hässlich«, sagte sie sanft und stellte den Teller auf den Tisch.

Der Kleine protestierte nur kurz und fing dann an, mit seinem Holzpferd zu spielen.

Atet lehnte sich wieder zurück und beobachtete erneut den Sonnenuntergang. Ein wohliges Gefühl erfüllte sie, und einen kurzen Moment lang schloss sie entzückt die Augen.

Es war mitten im Juni, eine Jahreszeit, in der das Mittelmeer sich den Menschen von seiner schönsten Seite zeigte, ihnen ein unbeschreibliches Schauspiel aus Licht und Farben bot, das vor Leben nur so strotzte und ihnen das Gefühl vermittelte, dass sich die Tür zu einer anderen Welt auftat. Diese neue Welt war das Mittelmeer, dessen ferne Grenzen noch niemand kannte. Doch diese Grenzen würden eines Tages fallen und einen einzigartigen

Schmelztiegel von Völkern und Kulturen bilden. Atet war sensibel genug, um all dies zu spüren und zu erkennen, dass die Welt nicht nur aus dem Land von Kemet bestand.

Sie seufzte bei dem Gedanken an ihre alte Heimat. Dort feierte man jetzt den Monat Mesore, den vierten der Schemu. Dann stellte sie sich die unzähligen Bauern vor, wie sie das ganze Jahr über die Felder bestellt hatten, und jetzt müssten sie dabei sein, die Ernte einzufahren, bevor die nächste Nilschwelle einsetzte. Während die Menschen die Früchte ihrer Arbeit einsammelten, würde das ganze ägyptische Volk seinen Göttern mit Lobliedern und Huldigungen dafür danken, dass sich der Lebenszyklus einmal mehr geschlossen hatte und die natürliche Ordnung noch intakt war. Die Götter hatten sie zu Anbeginn der Zeiten aufgestellt, und jetzt wiederholte sie sich jedes Jahr, wenn der Nil die Felder mit seinen göttlichen Wassern überflutete.

Als die junge Frau jetzt darüber nachdachte, stellte sie überrascht fest, dass sie nicht die geringste Spur von Wehmut empfand. Hier in Sidon war sie glücklich. Für sie war ihr früheres Leben nur eine Wegstrecke gewesen, die sie hatte zurücklegen müssen, um bis hierher zu gelangen. Drei Jahre waren vergangen, seit sie Bubastis verlassen hatte, trotzdem lag es schon in so weiter Ferne, dass sie sich kaum noch daran erinnern konnte.

Ihr Leben in dieser Zeit war alles andere als ruhig verlaufen. Als sie mit ihrem frischgebackenen Ehemann an Bord des Schiffes ging, das sie zur phönizischen Küste bringen sollte, war sie in eine Welt aufgebrochen, die sich grundlegend von der unterschied, in der sie aufgewachsen war. Hart, von Männern geprägt, in der nur die Macht des Stärkeren zählte, die sie aber von Anfang an faszinierte und an der sie teilhaben wollte.

Abibal war ein äußerst wohlhabender Mann, der aus einem der einflussreichsten Adelsgeschlechter von Tyros stammte. Das war die neue Handelsmetropole an der Küste von Kanaan, deren Hafen seinesgleichen suchte.

Die Macht in Tyros lag, wie in allen anderen phönizischen Stadtstaaten, in den Händen aristokratischer Familien. Diese Oligarchie kontrollierte nicht nur die Politik, sondern auch die Religion und die Wirtschaft des Landes. Die wichtigsten Reedereien und Handelshäuser gehörten diesen wenigen Familien, die mit den Einnahmen aus ihren Handelsgeschäften unvorstellbare Reichtümer angehäuft hatten.

Nach einem Leben voller Arbeit besaß Abibal derart viele Konzessionen, Wegerechte und Handelsniederlassungen, dass er getrost behaupten konnte, es gäbe keine Stadt in der bekannten Welt, mit der er nicht geschäftliche Verbindungen unterhielt.

Als das östliche Mittelmeer von dem Einfall der Seevölker erschüttert wurde, hatte Abibal sehr weitsichtig reagiert. Er hatte die tief greifenden Veränderungen, die den Ländern der Mittelmeerküste bevorstanden, vorausgeahnt und erkannt, wie wichtig es war, den Grundstein zu legen, auf dem die Interessen seiner Familie auch in Zukunft gedeihen würden.

Viele bekannte Zivilisationen waren von der gewaltigen Völkerwanderung der indogermanischen Stämme überrollt und wieder in die finstere Steinzeit zurückgeworfen worden. Obwohl in den meisten Ländern nun Chaos herrschte, nachdem jegliche staatliche Ordnung zusammengebrochen war, und Seeräuberbanden das östliche Mittelmeer unsicher machten, war es Abibal gelungen, eine starke Handelsflotte aufzubauen. Seine Geschäfte waren so einträglich, dass er es sich sogar leisten konnte, die Seeräuber zu bezahlen, damit diese seine Handelsschiffe beschützten.

Die Götter hatten diesen Mann mit außergewöhnlichen Fähigkeiten gesegnet. Er war nicht nur von Natur aus sympathisch, sondern hatte auch ein einzigartiges Gespür für Geschäfte. Und er war ein kluger und beharrlicher Mann, der stets das erreichte, was er sich vorgenommen hatte.

Kein Wunder, dass es ihm gelang, einen dicken Fisch an Land

zu ziehen, von dem jeder Kaufmann nur hätte träumen können: Er erlangte die Kontrolle über den Kupferhandel. Dazu hatte er ein Werk in Kition, im Südwesten von Alashia, dem heutigen Zypern, gebaut, wo der größte Teil dieses Metalls in der Welt gewonnen wurde. Zudem hatte er günstige Verträge mit den örtlichen Machthabern geschlossen, die ihm das Handelsmonopol mit der kostbaren Ware auf fünfzig Jahre sicherten.

Doch der Erfolg, den er mit seinen Geschäften hatte, blieb ihm in der Liebe versagt. Er war so sehr mit seiner Arbeit beschäftigt, dass er seine Gefühle völlig vergaß. Und wenn man die Liebe vernachlässigt, nimmt sie eines Tages Rache und quält einen umso heftiger. Abibal war alt geworden, ohne zu heiraten, und besaß daher auch keinen Erben. Unweigerlich kam der Tag, an dem ihm diese Einsicht auf so bittere Art bewusst wurde, dass sie ihn in eine tiefe Melancholie stürzte.

Doch Baal Malage und Baal Zaphon,* die Götter, die ihn ein Leben lang beschützt und seine Gebete und Beschwörungen erhört hatten, erbarmten sich seiner und schickten ihm das schönste Geschöpf, das er sich vorstellen konnte. Als Abibal Atet kennen lernte, verwandelte sich die Melancholie wie durch Zauberhand zuerst in Euphorie und dann, ohne dass er etwas dagegen tun konnte, in glühende Leidenschaft.

Innerhalb kürzester Zeit hatte die junge Frau seinen Verstand dermaßen getrübt, dass er bereit war, ihr alles, was er in seinem Leben erreicht hatte, zu Füßen zu legen, Hauptsache, sie heiratete ihn.

Atet lachte, wie nur sie lachen konnte. Sie war geschmeichelt und warf ihm einen ihrer verführerischen Blicke zu, der ihm beinahe den Verstand geraubt hätte.

Der Händler beschränkte sich darauf, sie schweigend und

* Baal Malage galt innerhalb der phönizischen Mythologie als der Schutzpatron der Seereisenden, Baal Zaphon als Schutzgott der Schiffe.

so fasziniert anzustarren, als stünde er vor der leibhaftigen Astarte.

Atet schien tatsächlich über den Vorschlag nachzudenken, was einem schlauen Geschäftsmann wie ihm natürlich nicht verborgen blieb. Und wenn ihre Entscheidung davon abhängen sollte, dass sie ein Abkommen trafen, gab es niemanden, der sich dafür besser eignete als er. Und so geschah es. Zu seiner Überraschung erklärte sich das göttliche Wesen bereit, ihn zu heiraten ... wenn auch nur unter bestimmten Bedingungen, wie Atet unmissverständlich klarstellte. Was das anging, war sie ehrlich. Sie erzählte ihm von ihrer zügellosen Natur und ihrer Neigung, finstere Wege zu beschreiten. Darauf würde sie nie verzichten können, genauso wenig wie auf ihre Freiheit, allerdings versprach sie ihm, ihn niemals in der Öffentlichkeit bloßzustellen. Abibal war ein vernünftiger Mensch und stimmte zu. Er wusste, dass eine Göttin wie sie nicht nur von einem einzigen Mann verehrt werden konnte, erst recht nicht, wenn er so alt war wie er. Allein von diesen Augen geliebkost zu werden, die ihm wie Türkise erschienen, oder die sanfte Berührung ihrer Hände zu spüren erschien ihm wie Baals höchste Belohnung nach einem ohnehin abenteuerlichen Leben.

Sie ließen sich in Tyros nieder, Abibals Geburtsstadt, und bezogen einen Palast, den der Phönizier schon vor Jahren hatte errichten lassen. Hier residierten sie, umgeben von einem Luxus, den sich nur ein Mann seines Standes leisten konnte. Hier blieben sie, bis der kleine Hemon ein Jahr alt wurde. Sie kümmerten sich liebevoll um das Wohlergehen des Kindes und versuchten, das Fundament ihrer Verbindung zu festigen. Während dieser Zeit war Atet eine vorbildliche Ehefrau und Mutter und widmete sich ausschließlich ihrer Familie und den Geschäften ihres Mannes, an denen nun auch sie Anteil hatte. Abibal wies sie in sämtliche Details seiner vielen Handelsniederlassungen ein, und Atet begriff sofort, wie schwierig es war, ein solches Wirtschaftsimperium zu leiten. Als intelligente Frau erkannte sie rasch, dass sie selbst ein derart kompliziertes Schiff niemals steuern und die damit verbundenen Probleme meistern könnte.

Natürlich gehörte das wirtschaftliche Imperium, das Abibal aufgebaut hatte, nicht nur ihm. Seine aristokratische Familie hatte von Anfang an ihren politischen Einfluss geltend gemacht und ihm ermöglicht, an günstige Verträge zu kommen, um sich auf diese Weise einträgliche Pfründen zu sichern. Sie besaß Anteile an den meisten Niederlassungen und Geschäften. Dass der alte Kaufmann keinen Erben gezeugt hatte, bedeutete nicht, dass die Unternehmen nach seinem Tod verloren waren. Ein ganzes Heer von Neffen wartete bereits ungeduldig auf den Tag, an dem ihr Onkel das Zeitliche segnete, um den Kuchen unter sich aufteilen zu können.

Atet bekam dies am Tag ihrer Hochzeit deutlich zu spüren. Die scheelen Blicke der eingeladenen Familienmitglieder sprachen Bände. Doch sie hatte ihre Heimat nicht aus wirtschaftlichen Gründen verlassen, sondern um für sich und ihren Sohn neue Horizonte zu eröffnen. Sie dachte gar nicht daran, sich mit einer Meute von Wölfen herumzuschlagen.

Sie musste also zunächst ihre Stellung in dieser Familie behaupten, und dafür zog sie alle Register ihrer hinlänglich bekannten Künste. Atet wickelte ihren Gemahl so gründlich ein, dass sie ihn schließlich völlig unter Kontrolle hatte. Seine Impotenz hinderte die junge Frau nicht daran, ihn zum Höhepunkt zu bringen. Jedes Mal, wenn sie sah, wie er litt, weil er keine Erektion zustande brachte, empfand sie eine krankhafte Lust, die sie an die tiefen Abgründe ihres früheren Lebens erinnerte. Wie alle Männer erlag auch der reiche Kaufmann ihren Zärtlichkeiten und tat alles, was sie von ihm verlangte.

Er brachte es nicht fertig, ihr auch nur den kleinsten Wunsch abzuschlagen, und als sie ihm eines Tages schmollend erzählte, sie würde gern einmal die Insel Alashia besuchen, stimmte er zu. Wenn seine Gemahlin nach Zypern wollte, würde er sie mit Freuden begleiten.

Also schifften sie sich an einem frühen Morgen mit dem kleinen Hemon nach Kition ein, einer Stadt an der südwestlichen Küste der Insel. Atet war von ihrer Schönheit überwältigt und schlug ihrem großzügigen Mann vor, dass sie den ganzen Sommer dort verbringen sollten. Verführerisch malte sie ihm aus, wie sie ihn während der herrlichen Sommernächte auf ihrer Terrasse vor der Bucht verwöhnen könnte, und Abibal willigte entzückt ein.

Sie segelten auf ihrem luxuriösen Schiff um die ganze Insel und genossen das herrliche Wetter, das die Götter ihnen schenkten. Atet war vor allem auf die Siedlungen von Enkomi und Kalavassos neugierig, mit denen Ägypten seit Jahrhunderten regen Handel trieb. Der große Amenhotep III. hatte vor langer Zeit so freundschaftliche Beziehungen zum König von Alashia unterhalten, dass er ihn sogar als Bruder bezeichnete. Die Ägypter hatten sich damals mit dem Volk der Zyprioten gegen ihre gemeinsamen Feinde, die Hethiter, verbündet. Es waren Zeiten des Überflusses gewesen. In großen Mengen hatte man das auf der Insel gewonnene Kupfer nach Ägypten, dem wichtigsten Abnehmer, transportiert. Mit den Jahren waren kleine, wohlhabende ägyptische Handelsniederlassungen auf der Insel entstanden. Dann war das östliche Mittelmeer von schweren Erschütterungen heimgesucht worden. Ganze Kulturen verschwanden für immer von der Landkarte, und von ihrer einstigen Größe blieben nur Trümmer zurück. Alashia bildete keine Ausnahme, und für viele Jahre senkte sich Dunkelheit über die Insel. Nur langsam waren wieder Städte an der Küste entstanden, die sich nun mit Mauern gegen neue Invasoren schützten. Die reichen Kaufleute hatten sich zusammengetan und an strategisch wichtigen Stellen neue Siedlungen wie Enkomi und Kition gegründet, die bald aufblühten und zu beachtlichem Wohlstand kamen. Die mit

Reichtum gesegnete Stadt Kition und ihr Wahrzeichen, die Stele, wurden mit einer wehrhaften Mauer umgeben, und von ihrem Hafen liefen unzählige mit Kupfer beladene Schiffe aus, die das gesamte bekannte Meer befuhren und Völker und Menschen mit der kostbaren Ware versorgten.

Atet erkannte sofort die Bedeutung dieses neuen Zentrums. Der Handel stellte eine eigene Art von Macht dar, die keine Grenzen kannte und die die Macht jedes Königs übertraf. Instinktiv spürte sie, wie hier der Grundstein für eine neue Ordnung gelegt wurde. Sie wusste zwar nicht, wie diese am Ende aussehen würde, aber eins war unübersehbar: Eines Tages würde sie die alten Zivilisationen ablösen.

In den folgenden Monaten ließ Atet die Anteile des Geschäfts, die ihr zustanden, auf ihren Namen übertragen und dies auf zwei in Kition ausgestellten Urkunden festhalten. Abibal überschrieb ihr fünfzig Prozent der Konzessionen für den Kupferhandel und zeigte ihr die nahe gelegenen Minen, in denen es gefördert wurde. Nachdem Atet alles geregelt hatte, wandte sie sich der bezaubernden Atmosphäre Kitions zu.

Sie machte lange Spaziergänge am Strand und badete mit ihrem kleinen Sohn im Meer. Das Salz auf ihrer nackten Haut fühlte sich so wunderbar an, dass sie Stunden im Wasser verbrachte.

Der alte Kaufmann verlor jedes Maß. Ständig bettelte er um die Liebesspiele und Zärtlichkeiten seiner Frau, die sich einen Spaß daraus machte, nackt durch das Haus zu spazieren und ihren Mann so lange zu reizen, bis dieser ihr zu Füßen lag. Wenn sie ihn dann im Bett geschickt liebkoste, stöhnte der Alte und wünschte sich nichts sehnlicher, als den Rest seines Lebens so verbringen zu dürfen.

Doch eines Nachts war sein Leben erloschen. Der maßlose Konsum der Alraunwurzel, von der er sich eine Wiederbelebung seiner Männlichkeit erhoffte, hatte wahrscheinlich zu einem Herzschlag geführt. Er war im Schlaf gestorben.

Atet war keineswegs überrascht, da sie von seinen Exzessen wusste. Trotzdem sah sie sich durch den Tod ihres Gatten zu schnellem Handeln gezwungen. Ihr Leben und das ihres Sohnes waren ohne Abibals Schutz keinen Deben mehr wert, das war ihr klar. Unmittelbar nach den Bestattungsfeierlichkeiten für ihren verstorbenen Gemahl verkaufte sie das Anwesen in Kition und begab sich mit ihrem Sohn Hemon an Bord eines Schiffes, bevor im Oktober die Schifffahrt völlig zum Erliegen kam. Ihr Ziel war Sidon, eine uralte Stadt an der levantinischen Küste, die seit Jahrhunderten enge Beziehungen zum Königreich von Ägypten unterhielt und eine bedeutende ägyptische Gemeinde beherbergte. Sidon war ein wichtiger Handelshafen und führte mit Tyros einen erbitterten Kampf um die Vorherrschaft im östlichen Mittelmeer.

In Sidon war sie vor eventuellen Racheakten der Familie ihres Mannes sicher.

Im Viertel »Herrlicher Himmel«* erwarb sie ein luxuriöses Haus, kaufte Sklaven und stellte einen Haushofmeister ein, der sich um den Haushalt kümmern sollte. Anschließend umgab sie sich mit den teuersten Luxusgütern und Annehmlichkeiten aller Art und verabredete sich mit dem mächtigsten Schiffsausrüster der Stadt.

Tabnit traute seinen Ohren nicht, als er hörte, was sie ihm vorschlug. Anfangs zögerte er ungläubig, doch als Atet ihm die entsprechend vorbereiteten Urkunden vorlegte, starrte er sie sprachlos an.

Dass eine schöne junge Frau einem Mann wie ihm die Möglichkeit anbot, sich an einem Geschäft derartigen Ausmaßes zu beteiligen, war in den Annalen seiner Familiengeschichte noch nie vorgekommen, doch genauso war es.

* Dieses Viertel hat es tatsächlich gegeben, so wie es hier beschrieben wird.

Lange Zeit saß er so da, die Hände verschränkt, das Kinn daraufgestützt, und betrachtete die Schönheit, die ihm gegenübersaß. Wie jedem anderen Händler in seinem Land war ihm sofort klar, mit welchen Problemen sie sich vermutlich Tag für Tag herumschlagen musste. Es war eine feindselige Umgebung, in der sie sich bewegte, eine von Männern beherrschte Welt, in der allein das Recht des Stärkeren zählte und der Schwache unweigerlich untergehen musste.

Die schöne Witwe befand sich offensichtlich in der Klemme, nur deswegen hatte sie ihn aufgesucht. Sie schlug ihm vor, ihn an dem lukrativen Kupferhandel, den sie von ihrem Gatten geerbt hatte, teilhaben zu lassen. Im Austausch für die Konzessionen, mit denen sie das kostbare Gut fördern konnten, verlangte sie die Hälfte aller daraus zu erwartenden Einnahmen und einen kleinen Anteil an seinem eigenen Unternehmen.

Angesichts des unerwarteten Angebots, das ihm obendrein höchst gelegen kam, konnte sich Tabnit ein Schmunzeln nicht verkneifen. Er kannte sich im Kupferhandel bestens aus und war sich bewusst, welch gewaltigen Profit man damit erzielen konnte. Als Reeder verfügte er über die notwendige Infrastruktur, um ein solches Unternehmen zu leiten, und das schien die junge Frau ebenfalls ins Kalkül gezogen zu haben. Er dachte einen Augenblick darüber nach und erkannte, wie klug ihre Entscheidung gewesen war, ihm einen derartigen Vorschlag zu unterbreiten. Sie wäre nicht lange am Leben geblieben, hätte sie versucht, Abibals Familie das Geschäft streitig zu machen, also hatte sie es vorgezogen, auf die Hälfte zu verzichten und den Schutz zu suchen, den er ihr gewähren konnte. Mit den beträchtlichen Einnahmen aus ihrem Anteil konnte sie nun ein Leben im Luxus führen, ohne sich um ihre Zukunft oder die ihres Sohnes sorgen zu müssen. Es war ein faires Geschäft für beide, und Tabnit nahm ihre Bedingungen an. Von nun an gehörte Atet zu seiner Sippschaft und stand unter seinem Schutz.

Während Atet sich jetzt an all das erinnerte, seufzte sie wohlig. Vom tiefen Grund des Großen Grünen aus verschlang Seth allmählich die Sonnenkugel am Horizont. Im Haus beeilten sich die Diener, die Laternen anzuzünden. Atet atmete die Ruhe ein, welche die duftgeschwängerte Luft verströmte. Sie fühlte sich wie neugeboren. Die Welt, in der sie nun lebte, kam ihr vor wie die *iaru*-Gefilde, was vor drei Jahren für sie noch völlig unvorstellbar gewesen war. Seit einem Jahr wohnte sie in diesem Haus, fernab von allen Traditionen und Konventionen, die sie in Bubastis erstickt hatten, und kümmerte sich einzig und allein um ihren Sohn. Das Leben hier empfand sie wie eine Befreiung von einer Identität, die ihr während ihres ganzen bisherigen Lebens irgendwie fremd gewesen war.

Im Austausch für eine sichere Existenz hatte ihre Mutter, die edle Iay, das getan, was sie eigentlich am meisten verabscheute: sich einem Mann unterworfen. Für eine Frau, die so dachte wie Atet, wäre so etwas das größte Unglück ihres Lebens. Sie war dazu geboren worden, über andere zu herrschen, nicht, um selbst beherrscht zu werden. Atet hatte oft darüber nachgedacht. Sie fühlte anders als ihre Mutter; wahrscheinlich schlug sie mehr nach ihrem Vater, diesem großen Rätsel in ihrem Leben, von dem sie nur wusste, dass er aus Memphis stammte. Iay hatte nie über ihn sprechen wollen, in ihrem absurden Versuch, ihn zu vergessen.

Lag hier vielleicht der Schlüssel zu ihren seltsamen Beziehungen zu Männern? Oder hatte sie tatsächlich eine Veranlagung zur Perversion?

Auf dieses Dilemma gab es keine sichere Antwort. Atet hielt Männer für willenlose Geschöpfe, die sich der Lust ganz und gar unterwarfen, sobald sie einer geeigneten Frau begegneten. Alle, die sie gekannt hatte, wären bereit gewesen, ins Amenti hinabzusteigen, hätte sie sie darum gebeten. Sie selbst kannte es gut, da sie wusste, zu welch niedrigen Instinkten sie fähig war. Wenn die Männer sie anflehten, mit ihr in die Hölle hinabsteigen zu dürfen, empfand sie eine Wonne, die viel mehr war als ein rein physisches Gefühl: Es war der Gipfel an Befriedigung.

In Sidon jedoch verzichtete Atet darauf. Die Sklaven, die sich im Haus um sie kümmerten, würden nie die Freiheit der Wahl besitzen, sie hingen allein von ihrem Willen ab. Atet behandelte sie mit Respekt.

Sie warf einen kurzen Blick auf ihren Sohn. Er war mit einem Kätzchen im Schoß eingeschlafen. Ihre Verbundenheit mit der Göttin Bastet war scheinbar das Einzige aus ihrem Land, das sie nicht vergessen hatte. In Sidon verehrte man sie in einem kleinen Schrein, und sie selbst hatte ihr eine Kapelle in ihrem Haus gewidmet. Da die Göttin eine besondere Beziehung zu Katzen pflegte, waren sie willkommene Gäste in ihrem Haus.

Hingerissen betrachtete sie ihren Sohn und spürte plötzlich erneut dieses eigenartige Gefühl der Unruhe, das sie schon den ganzen Tag wie eine böse Vorahnung verfolgte und sich nicht abschütteln ließ.

Noch einmal blickte sie in die Ferne, wo die Sonne in einem schmalen rötlichen Streifen am Horizont versank. Nur noch ein allerletzter glühender Rand lugte aus dem Meer. Ihre Gedanken kreisten um die Neuigkeit, die eine Dienerin ihr am Morgen voller Bewunderung erzählt hatte. Es hieß, aus dem Land der Pharaonen sei ein Mann auf die Insel gekommen, der wahre Wunder wirken könne, ein Arzt, der von den Göttern gesalbt zu sein schien.

28

In Gedanken versunken eilte Nefermaat durch die schmalen Gassen von Sidon, die zu Atets Haus führten. Seine raschen Schritte hallten auf den abgewetzten Steinen wider und erzeugten einen dumpfen Ton, dessen Echo sich allmählich in den Seitengassen verlor. Der Vollmond hüllte die Viertel der Stadt in einen Schleier, der unmöglich von Menschenhand gewebt sein konnte. Sein Licht fiel durch die Gässchen, strahlte in jede kleine Ecke und überflutete die jahrtausendealten Steine mit einem gespenstischen Licht.

All dies ließ Nefermaat unberührt, er war zu sehr mit seinen widersprüchlichen Gedanken beschäftigt und nicht in der Stimmung für die wundersamen Lichtspiele der Nacht. Während er durch die schmalen Gassen lief, rief er sich noch einmal den mühsamen Weg ins Gedächtnis, den er hatte gehen müssen, um bis hierher zu gelangen; zwei Jahre vergeblicher Suche auf feindlichen Meeren und in fremden Ländern.

Es war, als hätte er all die Zeit einen Schatten verfolgt. Als sei er einer Schimäre hinterhergejagt, die sich jedes Mal, wenn er sie fast eingeholt hatte, in Luft auflöste, um anschließend wieder genauso lebendig wie vorher vor ihm aufzutauchen und ihn einzuladen, ihrer trügerischen Spur zu folgen.

Schließlich hatte die Reise ihn nach Tyros geführt, wo er wieder einmal vergeblich nach seinen Träumen suchte, bis er erfuhr, dass sie dort nicht mehr waren. Verlorene Zeit, die seine Verzweiflung und Hoffnungslosigkeit noch weiter verstärkte. Er fühlte sich fremd in diesem Land und war heilfroh, als er es endlich wieder verlassen konnte, auch wenn sein Weg ihn noch weiter von Ägypten wegführte, nach Zypern.

Auf der Insel hatte er Gerüchte von einer betörend schönen Frau gehört, die dort einen Sommer lang mit ihrem älteren Mann und ihrem kleinen Sohn verbracht hatte. In Kition fand er heraus, dass die schöne Fremde über Nacht zur Witwe geworden war und nach dem Tod ihres Mannes die Insel verlassen hatte.

Erneut hatte Nefermaat das Schicksal verflucht, das sich ganz offensichtlich über sein Unglück lustig machte. Es war bereits Herbst, und alle Häfen des Mittelmeeres waren geschlossen, bis der Frühling wieder gutes Wetter brachte. Ihm war nichts anderes übrig geblieben, als sechs Monate auf jener Insel zu verbringen, die ihm wie das Ende der Welt vorkam. Wie anders war die Einsamkeit, die er früher so geliebt hatte, als die, die ihn nun umgab! Sie lastete schwer auf seiner Seele und seinem Gemüt; fernab von seinem Land fühlte er sich wie ein Ausgestoßener unter Ausgestoßenen. Nicht einmal seine Arbeit hatte ihn in diesem Winter trösten können. Als der Frühling sich endlich ankündigte, war Nefermaats Herz so schwer von düsteren Gedanken, dass es ihm vorkam, als wäre es aus dem harten Stein von Assuan gemeißelt.

Er hatte mehrere Monate gebraucht, bis er endlich ein Schiff fand, das ihn nach Sidon brachte, an den Ort, an den seine Träume anscheinend weitergezogen waren. Eine viel zu lange Zeit für jemanden wie ihn, der seinen Platz noch suchte. Doch als er eines Morgens in Kition an Bord ging, war die trügerische Hoffnung, die den Menschen nicht einmal in seinen schlimmsten Zeiten im Stich lässt, wieder aufgeblüht, und er fasste erneut Mut.

In Sidon angekommen spürte Nefermaat, wie seine Zuversicht wuchs. Beim Anblick des Hafens, den sein Volk vor vielen Jahrhunderten gebaut hatte, schlug sein Herz schneller. Hier, im Südwesten der Stadt, machten sämtliche Schiffe fest, die aus dem Land Kemet kamen und all die Waren mitbrachten, die dort exportiert wurden.

Als Nefermaat im Hafen seine Landessprache hörte, wurde ihm warm ums Herz, und seine Augen leuchteten wieder wie früher. Vom ersten Augenblick an hatte ihm die Stadt gefallen, und wie er bald feststellen sollte, waren die Menschen aus dem Land des Nils hier wohlgelitten.

Der junge Arzt hatte beschlossen, sich in der Stadt niederzulassen, zumindest so lange, bis er herausfand, wo Atet war. Er kaufte ein kleines Haus in einem besseren Viertel, in dem er wohnen und gleichzeitig seinen Beruf ausüben konnte. Für jemanden wie ihn, dem Luxus so wenig bedeutete, war es gut genug. Nefermaat war dem genügsamen Leben, das er in der Abgeschiedenheit der Tempel gelernt hatte, treu geblieben und brauchte nicht viel zum Leben.

Er hatte sich schon bald im ganzen Viertel einen Namen gemacht, denn ägyptische Ärzte waren überall auf der Welt hoch angesehen. Die Krankheiten, an denen die Bewohner von Sidon litten, waren dieselben, die er in seinem Heimatland behandelt hatte, und auf den hiesigen Märkten fand er alles, was er brauchte, um seine Sude, Salben oder sonstigen Arzneien herzustellen. Außerdem nahm er Honorare, die sich jeder leisten konnte, und so ließen wohlverdiente Anerkennung und Ruhm nicht lange auf sich warten. Jedes Volk, so bescheiden es sein mag, weiß echte Großzügigkeit zu würdigen.

Atet jedoch schien wie vom Erdboden verschluckt. In seiner Nachbarschaft hatte niemand von ihr gehört oder hätte ihm sagen können, wo sie wohnte. Nefermaat verlor allmählich wieder den Mut. Es blieb ihm keine andere Wahl, als herauszufinden, wo sie war, und wenn er dazu die ganze bekannte Welt durchstreifen musste. Jedenfalls war er fest dazu entschlossen.

Aber eines Tages änderte das Glück, das ihm so lange aus dem Weg gegangen war, seine Richtung, und Renenutet lächelte ihm nach langer Zeit wieder zu. Ein Diener erschien in seiner Praxis mit der dringenden Bitte, er möge seinen Herrn behandeln, der an einer üblen Krankheit litt. Nur ein böser Geist konnte dahinterstecken.

Zuerst musterte Nefermaat ihn verwundert, wusste er doch, wie gern die Menschen übertreiben, wenn es um Krankheiten geht, die sie nicht kennen, doch als er bemerkte, wie nervös der Mann war, beschloss er, ihn zum Haus seines kranken Herrn zu begleiten.

»Wir haben gehört, dass du ein *uabu* gewesen bist«, erzählte ihm der besorgte Diener unterwegs. »Nur du kannst ihn heilen.«

Nefermaat war verblüfft, als er diese Worte hörte. Nichts an ihm hätte darauf hindeuten können. Seit er vor mehr als zwei Jahren Ägypten verlassen hatte, trug er Trauer. Er hatte sich das Haar lang wachsen lassen und trug einen Bart, so wie es alle Ägypter machten, wenn sie sich fern ihres Landes aufhielten.

Jetzt strich er sich nur kurz über den sorgfältig gestutzten Bart und warf seinem Begleiter einen Blick von der Seite zu, der sich so beeilte, als sei die Apophisschlange hinter ihm her.

Als sie das Haus schließlich erreichten, musste der junge Arzt erst einmal stehen bleiben, um wieder zu Atem zu kommen. Sie waren so schnell gelaufen, dass sein Gewand schweißnass war, sein Mund hingegen fühlte sich so trocken wie Holz an.

»Schnell, schnell«, drängte der Diener, der ihnen die Tür öffnete. »Unser Herr macht ein Gesicht, als sei er von einem Dämon besessen.«

Neugierig auf die Krankheit, die er zu behandeln hatte, eilte Nefermaat durch die Innenhöfe des luxuriösen Anwesens. Er hatte noch nie viel von Sukkuben oder sonstigen bösen Geistern gehalten, auch wusste er nichts darüber, wie man gegen sie vorging, deshalb atmete er erleichtert auf und musste sogar schmunzeln, als er den Patienten mit seinem schmerzverzerrten Gesicht sah.

Der Kranke war Tabnit, ein reicher Reeder, von dem der junge Arzt schon oft gehört hatte. Als er sich über den Patienten beugte, um ihn zu untersuchen, blickte der ihn mit angsterfüllten Augen an. Aus seinem offenen Mund kam ein mitleiderregendes, kehliges Röcheln.

Nefermaat richtete sich wieder auf.

»Das ist eine Krankheit, die ich behandeln will«, sagte der junge Arzt leise.

Tabnit sah ihn unsicher an, da er nicht wusste, was der Arzt aus Ägypten damit sagen wollte.

»Kann er geheilt werden?«, fragte der Haushofmeister, der neben ihm stand.

Noch immer starrte der Reeder Nefermaat mit vor Schreck erstarrten Augen an. Die schrecklichen Schmerzen waren kaum zu ertragen.

»Dein Herr leidet an einem *wenef*, deshalb kann er den Mund nicht schließen. Er hat sich den Unterkiefer ausgerenkt«, erklärte der Arzt und zeigte auf eine Schüssel in der Nähe. »Bring mir sauberes Wasser, damit ich mir die Hände waschen kann.«

Der verblüffte Haushofmeister tat, wie ihm geheißen. Nachdem sich der Arzt die Hände gewaschen hatte, reichte er ihm ein weißes Leintuch zum Abtrocknen. Er ließ den *sunu* nicht mehr aus den Augen und verfolgte alles, was er tat, bis in die kleinste Einzelheit.

Er sah, wie er sich über seinen kranken Herrn beugte, die Finger hinten am Unterkiefer, unterhalb des Gelenks, anlegte, die Daumen unter das Kinn setzte und dann behutsam und geschickt drückte, bis die beiden Kiefer mit einem trockenen Knirschen wieder an ihren Platz sprangen.

Sofort verspürte der Patient große Erleichterung und entspannte sich.

»Heiliger Eschmun!*«, rief der Haushofmeister mit offenem Mund.

* Eine der wichtigsten Gottheiten von Sidon.

Tabnit richtete sich langsam auf und fuhr sich über das Kinn. Alles schien wieder an seinem Platz zu sein, und obendrein war es ganz einfach und schnell gegangen.

»Dieses Problem kann jederzeit wieder auftreten«, erklärte Nefermaat und sah den Mann ernst an. »Am besten solltest du allzu heftiges Kauen meiden und im Schlaf einen Verband um das Kinn tragen, damit deine Kiefer sich nicht verschieben können.«

»Also stimmt es, was man sich über dich erzählt«, lobte ihn der Haushofmeister. »Dass du dich mit den geheimsten Dingen auskennst.«

Nefermaat runzelte die Stirn und schüttelte verdrießlich den Kopf. Was er gerade getan hatte, beherrschte jeder *sunu* in Ägypten genauso gut wie er. Doch darauf hinzuweisen erschien ihm zwecklos. Kranke neigten zur Übertreibung, wenn sie geheilt wurden, also wusch er sich erneut die Hände und trocknete sie langsam ab.

Der Reeder war von dem Ergebnis der Behandlung dermaßen angetan, dass er Nefermaat ewigen Dank versprach. Er würde seinen Rat befolgen und einen Verband tragen und sich wieder an ihn wenden, falls er seiner Dienste bedurfte. Da er ein großzügiger Mann war, entlohnte er ihn freigebig und bot seine Hilfe an, wann immer es nötig sein sollte.

Nefermaat hielt inne und dachte einen Augenblick nach, dann erzählte er ihm von seiner vergeblichen Suche, in der Hoffnung, Tabnit könnte von Atet gehört haben. Daraufhin erklärte ihm der Kaufmann freudestrahlend, dass er sie nicht nur kenne, sondern sie beide sogar Geschäftspartner seien.

»Du findest sie im Viertel Herrlicher Himmel«, erklärte er und klopfte ihm freundschaftlich auf den Rücken.

Nefermaat suchte in den Gassen des Viertels, bis er das Haus fand, in dem Atet wohnte. Der Luxus, mit dem sie sich umgeben hatte, überraschte ihn weniger als die Tatsache, dass man ihm keinen Einlass gewährte.

Mehrere Tage sprach er vor und bat darum, Atet sehen zu dürfen, doch jedes Mal wurde ihm gesagt, sie sei zu beschäftigt.

Schließlich drohte er damit, jeden Tag wiederzukommen, bis die Herrin des Hauses endlich geruhte, ihn zu empfangen, und wenn es Jahre dauern sollte. Er werde es ausrichten, antwortete der Diener knapp.

Eines Vormittags wurde seine Hartnäckigkeit endlich belohnt. Der Haushofmeister versprach ihm, dass seine Herrin ihn heute empfangen werde, aber er müsse bis zum Abend warten, erst dann hätte sie Zeit für ihn.

Nefermaat verabschiedete sich von dem Mann und dankte den Göttern, obwohl er Atets launische Spielchen nicht besonders nett fand und sich darüber ärgerte. Ihr Verhalten verwunderte ihn nicht sonderlich, trotzdem hatte er irgendwie gehofft, Atet hätte sich verändert. Er war den ganzen Tag lang unruhig, abgelenkt und zerstreut. Er konnte an nichts anderes denken, als dass er an diesem Abend endlich seinen Sohn sehen würde.

Als er jetzt im Mondschein durch die uralten Gassen von Sidon eilte, wurde ihm angst und bange bei dem Gedanken daran, was ihn erwartete.

Dann stand er vor Atets Haus, und die jahrelange Sehnsucht schlug ihm plötzlich so heftig auf den Magen, dass ihm fast übel wurde. Aber als er durch die Tür trat und auf die große Terrasse geführt wurde, von der man das offene Meer sah, war er erleichtert. Auf die Balustrade gestützt erwartete Atet ihn, und mit einem Mal löste sich seine nervöse Übelkeit in Luft auf.

Atet drehte sich um und kam lächelnd auf ihn zu.

»Du bist es tatsächlich, Nefermaat«, sagte sie und streckte ihm die Hände zum Gruß entgegen.

Nefermaat nahm sie und kräuselte unwillkürlich die Nase, als er ihren Duft einatmete.

»*Sonter*, ein Parfüm, das man in Byblos seit tausend Jahren trägt«, erklärte Atet, als sie es bemerkte.

»Der Duft der Terebinthe«, sagte Nefermaat und drückte ihre Hände.

»Ja, aber mein Parfüm enthält noch andere Aromen«, entgegnete sie und sah ihn zärtlich an. »Aber sag, was ist aus dem Nefermaat geworden, den ich einst kannte? Du siehst ja aus wie ein Kanaaniter, man könnte dich glatt für einen Phönizier halten.«

Nefermaat erwiderte schweigend ihren Blick und ließ dann behutsam ihre Hände los.

»Es fällt mir schwer, mein Heimatland zu vergessen«, antwortete er knapp.

»Ich kann verstehen, dass du Trauer trägst«, erklärte Atet und bot ihm einen Platz an. »Aber willst du ewig trauern?«

»Ich fürchte, dass mir gar nichts anderes übrig bleibt.«

Atet lachte verführerisch.

»Ich hatte ganz vergessen, dass du in Ägypten nicht mehr wohlgelitten bist. Aber weißt du, ich bin überrascht, dich hier zu sehen.«

Nefermaat sah sie aufmerksam an, sagte jedoch nichts. Atet war noch schöner als vor drei Jahren, das letzte Mal, als er sie gesehen hatte. Ihre Formen waren runder, und ihr Gesicht strahlte trotz ihres jugendlichen Alters eine Reife aus, die es noch anziehender machte und ihren starken Charakter betonte. Sie trug ein elegantes Trägerkleid aus leichtem Stoff, das sich an ihren Körper schmiegte und ihre Figur erahnen ließ. Die Mutterschaft ist ihr gut bekommen, dachte Nefermaat, sie strahlt ja förmlich vor Glück.

»Ich glaube kaum, dass du über mein Verhältnis zu Kemet auf dem Laufenden bist«, antwortete Nefermaat und legte den Kopf ein wenig auf die Seite. »Ich bin deiner Spur jedenfalls gefolgt, so wie du es gehofft hast.«

Atet hob das Gesicht und lachte laut.

»Der Nefermaat, den ich kannte, war nicht so eingebildet. Der Königshof hat dich sehr verändert. Wie kommst du auf die Idee, dass ich es gewollt habe?«

»Unser Sohn …«

»Unser Sohn?«, schnitt sie ihm das Wort ab und lachte erneut. »Wer sagt dir, dass du sein Vater bist?«

»Hör zu, Atet«, erwiderte der junge Arzt aufgebracht. »Seit zwei Jahren folge ich eurer Spur durch die ganze Welt, also glaub nicht, ich würde mich jetzt auf deine Spielchen einlassen.«

»Ich habe keine Ahnung, wovon du redest.«

»Du hast den Jungen Hemon genannt, so wie du mir damals erklärt hast, dass du es tun würdest, falls du jemals einen Sohn von mir bekommen solltest.«

»Ach wirklich? Daran kann ich mich gar nicht erinnern. Dass es vor uns ein Liebespaar gab, das genauso hieß wie wir, will nichts bedeuten.«

»Versuch nicht, mich zum Narren zu halten, Atet.«

Die junge Frau warf Nefermaat einen zufriedenen Blick zu. Er hatte sich sehr verändert, seit sie ihn das letzte Mal in Bubastis gesehen hatte; es war erstaunlich. Sie musste zugeben, dass der Bart ihm gut stand; und das lange Haar, das ihm bis zur Schulter reichte, so wie den Männern der Ägäis, machte ihn sehr attraktiv. Es war nicht mehr derselbe Nefermaat, obwohl in seinen Augen dasselbe geheimnisvolle Licht von früher strahlte. Nur sein Blick war genauso verschlossen wie damals, und das würde sich wahrscheinlich niemals ändern. Für eine Ägypterin wie Atet verlor sich die Bedeutung all dessen in den verborgenen Sälen des Tempels, wo der junge Mann so viel Zeit verbracht hatte. Doch Atet wusste sehr wohl, dass sich hinter diesem abgründigen Blick nicht nur Redlichkeit, sondern auch Schmerz verbarg. Das hatte sie schon vor Jahren entdeckt, und jetzt erneut und deutlicher als je zuvor. Der junge *uabu* war vom Leben gezeichnet, und das würde sich für immer im Glanz seiner Augen spiegeln. All das und die Tatsache, dass Nefermaat die Fassung verloren hatte, reizten Atet nur noch mehr.

»Mir gefällt der Name Hemon«, sagte sie schließlich und lächelte. »Das war der einzige Grund, weshalb ich ihn so genannt habe.«

Nefermaat beugte sich vor, und seine Miene verdüsterte sich.

»Du kannst mich nicht für dumm verkaufen, alles passt genau zusammen. Du bist schwanger geworden, unmittelbar nachdem wir zusammen gewesen waren.«

»Hast du eigentlich eine Ahnung, mit wie vielen Männern ich auf diesem Fest der Trunkenheit zusammen war?«, erwiderte Atet und betonte jedes Wort.

Nefermaat schloss einen Moment die Augen und biss sich auf die Zähne.

»Du würdest dich wundern, mein Lieber. Nicht einmal ich selbst habe sie mir alle merken können.«

Nefermaat verschränkte die Hände und sah zu Boden.

»Aber weißt du was?«, sagte Atet, während sie den Kopf anmutig nach hinten warf. »Vielleicht hast du ja recht, denn nicht einmal ich kann dir sagen, wer wirklich Hemons Vater ist.«

Nefermaat blickte sie flehend an.

»Lass ihn mich wenigstens sehen.«

»Unmöglich«, winkte Atet ab. »Er schläft jetzt. Ein andermal.«

»Ich bin ganz sicher, dass ich sein Vater bin«, beharrte Nefermaat, der seine Fassung allmählich wiedergewann. »Ich werde warten, auch wenn es Jahre dauert, Atet.«

Atets grüne Augen betrachteten ihn nachdenklich.

»Ich muss dir gestehen, dass ich vor kurzem beschlossen habe, herauszufinden, wer der Vater ist, obwohl es mich herzlich wenig interessiert. Aber eines Tages könnte mich Hemon nach ihm fragen, und dann werde ich ihm einen Namen nennen müssen.«

Nefermaat richtete sich erschöpft wieder auf und schüttelte den Kopf.

»Ich habe dir gesagt, dass ich keine Lust auf deine Spielchen habe«, gab er sarkastisch zurück.

»Ach nein? Das war früher aber mal ganz anders«, hielt die junge Frau dagegen und sah ihn an. »Wenn du deinen Fuß jemals wieder in dieses Haus setzen willst, wirst du sie wohl oder übel ertragen müssen.«

»Was willst du eigentlich, Atet?«

Die junge Frau lachte laut auf.

»Stell dir vor, ich werde sogar Astarte in ihrem Tempel aufsuchen«, sagte sie boshaft.

Nefermaat sah sie erstaunt an.

»Ja, du hast richtig gehört. Ich will die Göttin bitten, mir zu helfen, den Namen des Vaters herauszufinden. Als Gegenleistung werde ich als Prostituierte in ihrem Tempel dienen.«

Nefermaat stand empört auf.

»Jetzt reg dich nicht auf, mein Lieber. Für Jungfrauen aus Sidon ist die heilige Prostitution eine große Ehre. Ich weiß, dass Astarte mir das, was ich wissen will, verraten wird, wenn ich ihr dieses Opfer bringe. Und du wirst dich daran beteiligen müssen, ob du willst oder nicht.«

Nefermaat konnte nicht fassen, was er gerade gehört hatte.

»Du vergisst, dass ich immer noch Maat in meinem Herzen trage, obwohl ich keinen Namen mehr habe«, erwiderte er.

»Aber Maat hat wenig für dich getan, als du verurteilt wurdest«, entgegnete Atet. »Vielleicht gelingt Astarte das besser.«

Einen Moment musterten sie sich schweigend.

»Eines Tages hast du mir deine Jungfräulichkeit in Bastets Tempel angeboten, weißt du noch?«, fragte Atet. »Und jetzt biete ich mich dir in Astartes Tempel an, und du bezahlst mir dafür, was du willst. Ich werde es der Göttin geben, und ihr Orakel wird mir verraten, was ich wissen will.«

»Die Wege deiner *ba* sind allzu finster für mich«, antwortete Nefermaat und schüttelte den Kopf.

»Wenn du Hemon sehen willst, musst du tun, was ich sage. Oder findest du mich nicht mehr begehrenswert?«

Der Arzt trat einen Schritt auf die Balustrade zu und umklammerte sie mit beiden Händen.

»Es gibt da noch etwas, das du wissen solltest, Nefermaat. Wenn ich erst einmal im Tempel bin, werde ich mich dem ersten Fremden hingeben müssen, der zu mir kommt. Also sieh zu, dass du bereits dort auf mich wartest, wenn ich komme, ansonsten wirst du meinen Sohn niemals sehen. Hast du mich verstanden?«

»Ich werde dich niemals verstehen«, antwortete Nefermaat und drehte sich ihr zu.

»Wenn du tust, was ich dir sage, wirst du Hemon sehen können, wann immer du willst.«

Nefermaat wandte den Blick ab.

»Warte morgen bei Anbruch der Nacht am Eingang des Tempels auf mich. Und sei pünktlich, denn sonst gebe ich mich dem erstbesten Mann hin, der auftaucht.«

Nefermaat sah sie wütend an.

»Es hat mich gefreut, dich wiederzusehen, Nefermaat. Aber jetzt musst du mich entschuldigen. Ich bin müde.«

Wie sie ihm aufgetragen hatte, begab sich Nefermaat am nächsten Abend zu Astartes Tempel. Nachdem er den ganzen Tag darüber nachgedacht hatte, machte er sich zeitig auf den Weg. Es konnte immer vorkommen, dass man unerwartet aufgehalten wurde. Er vermutete, dass die heilige Stätte stark besucht sein würde, und genauso war es.

Die Verabredung kam ihm vor wie die nächste Stufe in einem unendlichen Gebäude, das die Ungerechtigkeit für ihn gebaut hatte. Einmal mehr war er gezwungen, sich Atets Launen zu unterwerfen, ohne Garantie, dadurch herausfinden zu können, wer der Vater des Jungen war. Erneut öffneten sich die Tore zu den steinigen Wegen der Vergangenheit, und erneut wurde er gegen seinen Willen gezwungen, sie zu durchschreiten.

Während sich das letzte Licht des Tages von der Stadt verabschiedete, dachte er noch einmal darüber nach. Sein Herz empfand nichts für Atet, ihre Charaktere unterschieden sich so sehr voneinander, dass jede Beziehung zwischen ihnen unmöglich war. Trotzdem verband Hemon sie miteinander, und diese Verbindung würde er ein Leben lang akzeptieren müssen. Er war sicher, dass er sein Sohn war, hätte er sonst den langen Weg auf sich genommen?

Pechfackeln, Laternen und Räucherpfannen brannten bereits seit geraumer Zeit, als Atet am Tempel erschien. Es war tiefe Nacht. Nefermaat saß auf den alten Steinstufen am Eingang zum Tempel und wartete geduldig, während Männer die heilige Stätte betraten und sie wenig später, nachdem sie ihre Lust befriedigt hatten, mit zufriedenen Gesichtern wieder verließen.

Wenn sie an ihm vorbeigingen, sahen sie ihn an, machten obszöne Gesten und rieten ihm, sich zu beeilen, sonst bekäme er nur noch die hässlichsten Weiber ab.

Als die schöne Atet die Stufen zum Eingang des Tempels hinaufstieg, standen die vielen Männer, die dort herumlungerten, hastig auf und folgten ihr lüstern, sie aber blieb demonstrativ vor Nefermaat stehen und erwählte ihn. Daraufhin wandten sich die übrigen Männer enttäuscht ab, um auf die nächste Gelegenheit zu warten.

Hand in Hand betraten die beiden jungen Leute den Tempel der Göttin.

Der Astartekult wurde nicht nur in Sidon gefeiert, deren wichtigste Göttin sie war, sondern überall in der bekannten Welt. Astarte besaß viele Gesichter, sie wurde als Göttin der Liebe und der Fruchtbarkeit verehrt und galt gleichzeitig als Schutzpatronin der Seeleute, Göttin der Jagd und sogar des Krieges. In Ägypten beschützte sie während der Schlacht den Pharao und zusammen mit der Göttin Anat die Pferde und Streitwagen.

Ihr Kult war sehr beliebt, und ihre Anhänger befolgten ihre

Rituale mit großer Hingabe. Die heilige Prostitution war eins davon und wurde in vielen ihrer Tempel praktiziert, die überall an der Mittelmeerküste verstreut waren. Alle Frauen, die Astarte anbeteten, mussten einmal in ihrem Leben in ihren heiligen Tempel gehen, um sich mit einem fremden Mann zu vereinigen. Dazu warteten sie im Allerheiligsten der Göttin auf einen Mann, der sie für den Beischlaf aussuchte. Die Männer mussten eine Opfergabe in Form von Schmuck oder Edelsteinen mitbringen, die die Frauen an die Göttin weitergaben, sodass dieses Opfer geheiligt wurde.

Nefermaat kannte den Ritus, in Bubastis wurde er von manchen Priesterinnen der Bastet praktiziert, aber er hätte sich niemals träumen lassen, wie viele Anhängerinnen die Gottheit besaß.

Als sie in das Tempelhaus hineingingen, staunten sie über die große Zahl an Frauen und Männern, die im Schein der Fackeln die heiligen Kammern betraten und wieder verließen. Nachdem sie mehrere Gärten und Innenhöfe durchquert hatten, gelangten sie endlich ins Sanktuar der Göttin, einen weitläufigen Saal, wo der Weg, den die Männer nehmen mussten, um ihre Wahl zu treffen, mit Seilen gekennzeichnet war. In den so geschaffenen Gängen saßen die Frauen und warteten auf ihre Freier, um anschließend der Göttin ihr Opfer bringen zu können. Sie durften das Sanktuar nicht verlassen, bevor sie den heiligen Ritus vollzogen hatten, und so konnte es vorkommen, dass unansehnliche Frauen Jahre im Tempel verbrachten, bis sie ihre Aufgabe erfüllt hatten.

Atet setzte sich auf ihren Platz und legte ein Stirnband an, als Zeichen, dass man sie auswählen durfte. Nefermaat, der nicht von ihrer Seite gewichen war, sprach sie hastig an, bevor ihm jemand zuvorkam.

»Ich erwähle dich im Namen der Göttin Astarte«, sagte er und warf ihr ein Armband aus Lapislazuli in den Schoß.

Atet lächelte ihm boshaft zu, dann nahm sie ihn an der Hand und führte ihn zu einer der angrenzenden kleinen Kammern.

Nefermaat empfand die ganze Zeremonie als eine beschämende Wiederholung jener anderen, die sich vor Jahren im Tempel von Bastet mit derselben Frau ereignet hatte. Atet war genauso feurig wie damals und verführte ihn, obwohl er sich anfänglich wehrte, zu einer zügellosen Ekstase, der er sich schließlich willenlos hingab, so wie sie es von ihm verlangte.

Aber seine Seele blieb dieses Mal frei; im Gegensatz zu damals konnte Atet ihm sein *ka* nicht rauben. Ihre Körper waren vereint, sein Herz aber war weit weg.

Jemandem wie Atet konnte dies nicht verborgen bleiben. Sie spürte augenblicklich, dass sich Nefermaat ihr nicht mit derselben Inbrunst wie früher hingab, und das führte zu einem ungeahnten Ausbruch von Leidenschaft. Seit ihrer Hochzeit vor drei Jahren hatte sie keine sexuellen Beziehungen zu einem Mann gehabt, abgesehen von den unbefriedigenden Versuchen mit ihrem verstorbenen Gatten. Nefermaats junger, kräftiger Körper löste eine Welle von heftigen Gefühlen in ihr aus, die dem Ruf ihrer Natur folgten. Als sie sein steifes Glied in sich einführte, war sie so feucht, dass sie vor Lust stöhnte und sich von ihren Instinkten mitreißen ließ, die wie ein tosendes, unzähmbares Meer waren. Die Lust überflutete sie, so wie der Nil das Land während seiner Schwelle, unaufhaltsam und großzügig, und trotzdem war es nur das: Lust.

Die Seele des jungen Mannes gehörte ihr nicht mehr. Egal wie verführerisch sie sich auf seinem Körper bewegte, sie spürte einfach, dass Nefermaats Herz sehr weit von ihr entfernt war. Es war eine neue Erfahrung für sie, die sie nicht kannte. Zum ersten Mal hatte sich ein Mann ihren intimsten Wünschen und Leidenschaften verweigert. Bislang hatten ihr alle zu Füßen gelegen und sich danach gesehnt, ihre Sklaven sein zu dürfen, jetzt aber …

Atet beugte sich über Nefermaats keuchenden Körper, küsste

ihn auf die Lippen und sah ihn an. Sie war verwirrt, als sie sich eingestehen musste, dass sie keine Macht über seine Seele besaß. Und als sie aufstand und ihr weißes Gewand anzog, wusste sie zum ersten Mal nicht, was sie sagen sollte. Sie nahm das Armband, das ihr Nefermaat gegeben hatte, und legte es der Statue der Göttin zu Füßen.

Nefermaat hatte an dem Ritus nur teilgenommen, weil sie ihn gezwungen hatte. Für jemanden wie ihn, für den die Sexualität keinen Selbstzweck darstellte, war die Vereinigung mit Atet bloß eine flüchtige Erinnerung an eine Zeit gewesen, mit der ihn nichts mehr verband. Seine letzte Vereinigung mit einer Frau hatte ihn ins Verderben gestürzt. Nun aber wurde er nach so langer Zeit der Enthaltsamkeit von widersprüchlichen Gefühlen gepeinigt, denn Atets göttlicher Körper war noch genauso schön und begehrenswert wie damals.

Im erregenden Bann ihrer Zärtlichkeiten waren seine Gedanken zu den fernen Ufern des Nils gewandert. Er hatte an Nubchesbed gedacht und die Augen geschlossen, und dann hatte er sich vorgestellt, wie er sie zwischen duftenden Hennasträuchern liebte. Er hatte es nicht verhindern können, und als er aus seinem Traum erwachte, fühlte er sich keineswegs schuldig. Das Herz ist Herr über seine Wahrheit. Als sich Atet dann über ihn beugte, um ihn auf die Lippen zu küssen, und ihn ansah, hatte sie all das in seiner Seele lesen können.

Nefermaat zog sich wieder an und ging auf die Tür des Sanktuars zu.

Die Paare strömten in einer Flut sexueller Erregung noch immer in den angrenzenden Räumen ein und aus. Sie schrien und stöhnten, man hörte sogar Flüche, wenn man an den Kammern vorbeikam, während in der Mitte des weitläufigen Saals andere Frauen geduldig warteten.

Der junge Arzt atmete erleichtert auf, als er endlich den Tempel verließ und draußen an der frischen Luft war. Ernüchtert sah er sich noch einmal um. Ganz hinten, im schwachen Licht zwischen den Schatten sah er Atet auf sich zukommen, und dann stiegen sie wortlos die Stufen hinunter, umgeben von Frauen und Männern, die kamen und gingen. Auf der Straße wartete eine Sänfte auf Atet.

»Die Göttin hat meine Frage nicht beantworten können«, erklärte sie, als sie sich ihm zuwandte.

Als Nefermaat ihr fest in die Augen sah, senkte sie ihren Blick.

»Du kannst uns besuchen, wann immer du willst«, sagte sie, ohne ihre Verwirrung zu verbergen.

Dann stieg sie in ihre Sänfte, zog den Vorhang zu und verschwand.

29

Hinter dichten Gardinen verborgen beobachtete Atet, wie Nefermaat sich mit seinem Sohn unterhielt. Wie jeden Nachmittag saß der Arzt mit dem kleinen Hemon zusammen und erzählte ihm tausend Jahre alte Geschichten von Göttern und Menschen im Land seiner Vorfahren, so wie man sie ihm als Kind erzählt hatte. Bewegt lauschte sie ihrer Heimatsprache, die aus dem Mund des Kleinen besonders zart klang und sie an eine Vergangenheit erinnerte, die sie bereits vergessen zu haben glaubte. Es gefiel ihr, dass ihr Sohn die Sprache Kemets lernte, auch wenn sie fest entschlossen war, niemals wieder nach Ägypten zurückzukehren.

Seit jener Nacht in Astartes Tempel hatte sich ihre Beziehung zu Nefermaat grundlegend verändert. Nach der enttäuschenden Erfahrung im Allerheiligsten der Göttin war Atet tagelang von schweren Gewissensbissen gequält worden und beinahe krank geworden. Zum ersten Mal in ihrem Leben hatte sie sich schmutzig gefühlt, und ihr war klar geworden, dass sie sich selbst verabscheute. Die Gespenster, die sie verfolgten, machten ihr Angst, vor allem, weil sie ihr ganzes Leben mit ihnen gelebt hatte, ohne sich dessen bewusst zu sein.

Sie hatte Nefermaat auf schändliche Weise missbraucht, so wie alle Männer zuvor. Sie hatte nicht anders gekonnt, als der dunklen Seite ihres Wesens nachzugeben und ihre perverse Veranlagung mit solchen Spielen zu befriedigen. Immer musste sie die Seele eines Menschen erobern, selbst wenn sie ihn damit ins Verderben stürzte. Auf die denkbar widerlichste Art hatte sie versucht, mit dem reinsten Gefühl, das ein Mensch haben konnte, zu spielen: der Liebe zu einem Kind. Sie hatte einen rechtschaffenen Mann wie Nefermaat gezwungen, gegen seinen Willen an einer Zeremonie teilzunehmen, von der sie wusste, dass sie eine Erniedrigung für ihn darstellte. Aus purem Egoismus hatte sie mit der Möglichkeit seiner Vaterschaft gespielt.

Wenn sie jetzt daran dachte, kamen ihr die Tränen. So sehr schämte sie sich für ihr Verhalten, dass sie ihm nicht in die Augen hatte sehen können, als sie ihm schließlich gestand, dass er tatsächlich der Vater des Kindes war, so wie er vermutet hatte. Sie selbst hatte ihm diesen Hinweis damals gegeben, indem sie den Jungen Hemon nannte, und Nefermaat hatte zu Recht keinen Augenblick gezweifelt und sich auf die Suche nach ihnen begeben.

Nach ihrem Geständnis war sie dem ägyptischen Arzt aus dem Weg gegangen und hatte ihn nur heimlich beobachtet, wenn er mit seinem Sohn spielte oder ihm die ersten Zeichen der ägyptischen Schrift beibrachte. Sie hatte gesehen, wie sehr Hemon seinen Vater verehrte. Andächtig und mit weit aufgerissenen Augen hörte er Nefermaat zu. Mit der neugierigen Begeisterung eines Kindes in seinem Alter stellte der Kleine seinem Vater tausend Fragen über das geheimnisvolle Land, in dem er zur Welt gekommen war. Jedes Mal, wenn sich Nefermaat bei Einbruch der Dämmerung von ihm verabschiedete und eine gute Nacht wünschte, musste er versprechen, am nächsten Tag wiederzukommen. Wenn Nefermaat dann gegangen war, versank Atet in einer Traurigkeit, gegen die sie einfach nicht ankam.

Die Zeit verstrich. Nefermaats Leben kreiste nur um seine Arbeit und um die Nachmittage, die er mit seinem Sohn verbringen konnte. Er war beliebt bei den Bewohnern des Viertels, und sein Ruf als Arzt hatte zur Folge, dass ihn die Mächtigen aus fernen Städten zu sich kommen ließen, um von ihm behandelt zu werden. Doch seine neue Heimat war Sidon, hier lebte sein Sohn, und er würde ihn nie wieder verlassen.

Eines Tages brachte ein Schiff aus Memphis die Nachricht von einem neuen Gott in Ägypten.

Nach sechs Jahren Regentschaft war Hekamaatre-Setepenamun, Ramses IV., in die Halle der Zwei Wahrheiten gerufen worden, um vor Osiris' Totengericht Rechenschaft abzulegen. Nefermaat wunderte sich über die Nachricht, war der Pharao doch erst knapp über vierzig Jahre alt gewesen. Doch den Grund für sein frühes Ableben konnte er nicht herausfinden. Der Name seines Nachfolgers dagegen war keine Überraschung. Es war niemand anderes als Ramses' Sohn Amunherchepeschef, der sich unter dem Namen Usermaatre-Secheperenre krönen ließ, »Reich an *maat*, ein Re, den Re großgezogen hat«. Er sollte als Ramses V. in die Geschichte des Landes eingehen, und Nefermaat musste sofort an die gesundheitlichen Probleme denken, an denen der Prinz bereits in jungen Jahren gelitten hatte. Im heutigen Ägypten hatten es die Schwachen schwer, den neuen Pharao erwartete eine unsichere Zukunft.

Je älter sein Sohn wurde, desto enger wurden die Bande zwischen ihnen. Mit sieben Jahren begriff Hemon bereits eine ganze Menge von dem, was sein Vater ihm erklärte. Der Junge himmelte ihn an wie einen Gott und verlangte immer stärker nach ihm.

»Warum gehst du jeden Abend weg?«, fragte er, bevor er ins Bett musste.

»Ich schlafe woanders, damit ich den Kranken helfen kann«, antwortete Nefermaat jedes Mal mit einem Kloß im Hals.

»Dein Platz ist doch hier«, entgegnete der Junge dickköpfig. »Bleib bei mir!«

Für Atet wurde es allmählich zum Problem. Immerzu fragte der Junge, warum sein Vater nicht zu Hause schlief und seine Eltern nie zusammen waren.

»Dein Vater muss für seine Patienten da sein, verstehst du das nicht?«, erklärte ihm Atet, doch überzeugend klang es nicht.

Jedes Mal verzog der Kleine das Gesicht, und dann musste sie ihm versprechen, dass sie bald für immer zusammen sein würden.

Eines Abends, nachdem sie ihn ins Bett gebracht hatte, bat Atet Nefermaat, noch kurz zu bleiben, und erzählte ihm davon.

»Früher oder später musste es so kommen«, antwortete Nefermaat. »Kinder fühlen sich verloren, wenn sie keine richtigen Eltern haben.«

»Du hast recht, und deshalb wollte ich mit dir sprechen«, gab Atet zu.

Nefermaat sah sie ernst an.

»Ich glaube, dass du eine Zeit lang zu uns ziehen solltest, zumindest, bis Hemon erwachsen ist.«

Nefermaat schüttelte den Kopf.

»Uns trennen Welten, Atet, unser Sohn ist die einzige Verbindung zwischen uns.«

Atet beugte sich vor und sah ihn flehentlich an.

»Dein Platz ist an der Seite deines Sohnes. In diesem Alter braucht er dich am meisten. Du hast den Großen Grünen durchquert, um ihn zu finden; er ist das Kostbarste, was du besitzt.«

»Ja, so ist es, und deshalb will ich es nicht komplizierter machen, als es bereits ist«, antwortete er und sah sie vielsagend an.

»Ich werde dir das Leben nicht schwer machen. Das Haus ist groß genug, du könntest in einem anderen Flügel wohnen, und ich würde dich nicht stören.«

»Du hast wohl vergessen, wie viele Menschen täglich meine Hilfe brauchen. Manchmal holen mich meine Patienten mitten in der Nacht aus dem Bett.«

»Ich verspreche dir, dass du hier alle Freiheiten genießt. Mein Haus soll jedem offen stehen, der deine Hilfe benötigt, Nefermaat.«

Der junge Arzt stand auf und schickte sich an zu gehen.

»Hemon zuliebe«, bettelte Atet und zeigte auf das Zimmer des Jungen.

Nefermaat warf ihr einen Blick zu.

»Ich werde darüber nachdenken«, antwortete er, dann drehte er sich um und verließ das Haus.

Am nächsten Tag erschien Nefermaat mit einem kleinen Bündel, in dem sich seine wenigen Habseligkeiten befanden. Er bezog, wie Atet ihm versprochen hatte, ein abgeschiedenes Zimmer am anderen Ende des Hauses. Dort stellte er seine Sachen unter und breitete seine Matte auf dem Boden aus. Jeden Abend, wenn er seinen Sohn zu Bett gebracht hatte, zog er sich hierher zurück, um im Morgengrauen aufzustehen und in die Praxis zu gehen. Atet hielt Wort, sie mischte sich nicht in sein Leben ein. Sie war freundlich, ja sogar entgegenkommend, und beide verbrachten jetzt mehr Zeit zusammen mit dem kleinen Hemon, der darüber entzückt war.

Unmerklich vergingen die Monate, dann die Jahre, eins nach dem anderen. Der Junge wuchs wohlbehütet auf. Mit zehn Jahren war er ein verantwortungsvolles und äußerst aufgewecktes Kind, dessen Gesichtszüge die Schönheit spiegelten, die er von seiner Mutter geerbt hatte.

Eines Nachmittags brachte ihm Nefermaat die Verbform *sdm.f* bei. Hemon hörte aufmerksam zu und versuchte zu begreifen, was sein Vater ihm erklärte. Plötzlich fiel Nefermaat seine eigene Schulzeit ein, die *kap* in Pi-Ramesse und wie der alte Hesi geduldig darum hatte kämpfen müssen, sich in dem Tumult von Schülern Gehör zu verschaffen. Der Prinz Amunherchepeschef, Nubchesbed … seine Freunde. Er musste lächeln, als er an die vielen Jungenstreiche dachte und daran, wie sich mit der Zeit, wenn man erwachsen wird, alle Werte einer uneigennützigen Freundschaft verflüchtigen. Als er sah, wie Hemon das gleiche skeptische Gesicht machte wie die Schüler damals und trotzdem versuchte, das, was er ihm beibrachte, zu verstehen, seufzte er zufrieden.

Später, nachdem der Junge zu Bett gegangen war, überwältigte Nefermaat ein nie gekanntes Wohlgefühl. Er war zufrieden mit sich selbst, mit dem Leben, das er führte, mit seiner Arbeit und mit den Hoffnungen, die er in Hemon setzte. Er hatte allen Grund, den Göttern dankbar zu sein. Der Weg, den sie für ihn vorgesehen hatten, war zwar hart und leiderfüllt gewesen, aber am Ende hatte er ihn an einen Ort geführt, wo er in Frieden mit sich selbst leben konnte. Jetzt suchte er sein Glück in alltäglichen Dingen, die ihm halfen, den stets gegenwärtigen Schmerz in seinem verletzten Herzen zu ertragen. An diesem wunderbaren Abend wurde ihm mit einem Mal bewusst, dass das Schicksal den Menschen immer wieder überraschen kann, egal wie seltsam es manchmal auch erscheinen mag.

Dieses Wohlgefühl hätte er jedoch niemals genießen können, wenn Renenutet ihn zuvor nicht durch die Hölle geschickt hätte.

Die Diener zündeten die Laternen auf der Terrasse und die Wandlampen an, die Atet aus Zypern mitgebracht hatte. Und während überall kleine Lichter aufleuchteten und über dem Meer der Mond am Horizont erschien, streckte sich Nefermaat aus und überließ sich ein paar Minuten seiner wohligen Stimmung.

Kurz darauf riss ihn der Klang von Schritten auf dem gekachelten Boden aus seinen Träumen. Er sah, wie Atet auf die Terrasse kam und einer Dienerin Anweisungen erteilte. Während er sie aufmerksam beobachtete, dachte er über sie nach. Er musste zugeben, dass sie ihn überrascht hatte. All die Jahre war sie liebevoll und entgegenkommend gewesen, ganz anders als die Atet, die er früher gekannt hatte. Plötzlich fragte er sich, ob sie während dieser Zeit einen Liebhaber gehabt hatte, obwohl es ihn eigentlich nichts anging. Jedenfalls hatte sie für keinen einzigen Skandal gesorgt und schien sich nur um das Wohl ihres Sohnes und ihre Geschäfte zu kümmern. Das war in jeder Hinsicht lobenswert.

Abwesend, wie es schien, betrachtete Nefermaat ihre Figur. Atet war in ihrer Reife noch betörender als damals. Nun, da sie sich weder um ihre eigene Zukunft noch um die ihres Sohnes sorgen musste, wirkte ihr exotisches Gesicht entspannter, obwohl sich ihre angeborene Entschlossenheit immer noch in dessen sanften Zügen spiegelte. Die verführerischen grünen Augen waren mit den Jahren noch geheimnisvoller geworden. Sie spiegelten die Kraft wider, die einem das Leben verleiht, wenn man bereit ist, sich ihm zu stellen. Ihr Blick war entwaffnend. Während er sie im Gespräch mit der Dienerin gestikulieren sah, wurde ihm all dies plötzlich bewusst. Sogar er, der sich nicht viel aus fleischlichen Gelüsten machte, musste einräumen, dass ihr Körper unwiderstehlich war. Alles an ihr besaß das richtige Maß, als wäre sie vom besten Steinmetz Ägyptens gemeißelt worden.

Nachdem sie die Dienerin verabschiedet hatte, trafen sich ihre Blicke für den Bruchteil einer Sekunde. Nefermaat wandte sich ab, damit sie nicht merkte, dass er sie die ganze Zeit beobachtet hatte. Doch Atet lächelte und kam auf ihn zu.

»Ist das Leben nicht herrlich, wenn man all dies genießen darf?«, sagte sie und deutete auf das ruhige Meer, in dem sich der Mond spiegelte.

Nefermaat nickte, während ihm der Duft nach Terebinthe in die Nase stieg. Ihr Parfüm war so verführerisch, dass es einem die Sinne raubte.

»Ich bin sehr froh, dass du bei uns bist. Jeden Abend danke ich Bastet dafür, dass sie uns wieder zusammengeführt hat.«

»Du hattest mir eine eindeutige Botschaft hinterlassen«, entgegnete Nefermaat und sah ihr in die Augen. »Du wusstest, dass Anon es mir eines Tages sagen würde.«

Atet lächelte.

»Wirklich, ich hätte mir mein Leben niemals so vorgestellt. Dass mein Sohn und ich mit einem Mann zusammenleben, der eigentlich nichts mit mir zu tun haben will. Trotzdem wollte ich dir sagen, dass ich glücklich über deine Anwesenheit bin.«

»Du bist glücklich, weil du dein Leben verändert hast und

neue Wege gegangen bist«, antwortete Nefermaat leise. »Sie tun deiner Seele gut.«

»Es freut mich noch mehr, das von dir zu hören«, sagte Atet und lachte so wie früher. »Komm, begleite mich zur Balustrade«, sagte sie und reichte ihm die Hand.

Widerwillig erhob sich Nefermaat und ergriff die Hand, aber als er die Zärtlichkeit darin spürte, ließ er sich von ihr leiten.

Eine Zeit lang betrachteten sie die Bucht und das weite Meer, das sich am Horizont verlor. Ohne seine Hand loszulassen, wandte sich Atet zu ihm um und sah ihn liebevoll an.

Nefermaat blieb vor ihr stehen und spürte, wie sein Widerstand schmolz. Der Geruch, den ihr Körper verströmte, nahm ihm jeglichen Willen. Es war, als bewegte sich sein Herz über ein göttliches Fluidum, das zwar körperlos war, aber dennoch übernatürliche Kräfte besaß.

Sie sprach mit ihren Augen, ohne die Lippen zu bewegen, und Nefermaat verstand alles, was sie sagte.

»Du bist der Vater meines Kindes, mein Gatte, der einzige Mann, für den ich jemals Respekt empfunden habe. Du besitzt Werte, die ich früher nicht erkennen konnte. Seit Jahren kämpfe ich verzweifelt um deine Liebe. Des Nachts warte ich vergeblich auf dich, weil ich weiß, dass ich dich nicht verdient habe. Und trotzdem träume ich von dem Tag, an dem du zu mir kommst und dich davon überzeugen kannst, dass ich nicht mehr das Mädchen bin, dass dich einmal so tief verletzte.«

Nefermaat spürte, wie ihn ihr flehender Blick, der aus tiefstem Herzen kam, durchbohrte und er schwach wurde. Von Atets Körper ging eine unwiderstehliche Magie aus, die jeden Mann, der einen Funken Gefühl besaß, in ihren Bann zog. Es war nicht ihre Schönheit, die ihn daran hinderte, sich loszureißen, sondern eine viel stärkere, innere Kraft, die ihn selbst überrumpelte. Wieder einmal fühlte sich Nefermaat machtlos.

Die Geschichte wiederholte sich. Noch einmal musste er sich

jemandem beugen, dessen Willen stärker war als der seine und der sich nun bedrohlich vor ihm auftürmte, um ihn an seine leidvolle Vergangenheit zu erinnern. Sein Herz schlug Alarm und drängte ihn, sofort zu gehen. Nefermaat verfluchte den Tag, an dem er sich hatte überreden lassen, zu ihr zu ziehen. Doch seine Füße rührten sich nicht von der Stelle. Wie gelähmt beobachtete er Atet, die immer näher kam und dann den Kopf hob, bis sie sich beinahe berührten. Ihr betörender Duft war wie das Netz einer Spinne, in dem er sich verfing.

Der Abstand zwischen ihren Lippen kam ihm wie ein unüberwindliches Hindernis vor; nur ihre verzweifelten Blicke sprachen miteinander, ohne dass sich ihre Körper von der Stelle rührten. Bis dieser Abstand plötzlich in tausend Stücke zersprang.

Ihre Münder vereinten sich so ungestüm, dass allein diese Tatsache davon zeugte, wie sehr sich beide nach Wärme sehnten. Nach so vielen Jahren fanden ihre Seelen wieder zueinander, in einem langen, leidenschaftlichen Kuss. Als sie sich voneinander lösten, sahen sie sich zärtlich an. Atet lächelte, und dann verschwanden sie Hand in Hand im Innern des Hauses.

In dieser Nacht liebten sie sich bis zur Erschöpfung. Es war das erste Mal in ihrem Leben, dass Atet jemandem ihr Herz öffnete und ihm Gefühle offenbarte, von denen nicht einmal sie selbst gewusst hatte. Es waren nicht mehr die verworrenen Wege, an die sie so gewöhnt war, sondern ganz andere, voll von Liebe und Zärtlichkeit. Endlich konnte sie sich einem Mann vollkommen hingeben, und das erfüllte ihre Seele und ihren Körper mit einer Glückseligkeit, die sich mit keiner Erfahrung messen ließ, die sie bislang gemacht hatte. Ihre Lippen sprachen von Liebe, einem Wort, das ihr Herz bislang nicht gekannt hatte, und als sich ihre Körper vereinten, kamen ihr die Tränen. Sie weinte über den Mann, den sie liebte. Es waren Tränen, die sie endgültig den Krallen der Finsternis entrissen und ihr die Freiheit wiedergaben.

Als sie am Ende erschöpft und eng umschlungen einschliefen,

schien der Mond in das Zimmer, in dem sie lagen, und wünschte ihnen eine gute Nacht. Aha*, »der Herr über den Himmel«, »der Erschaffer der Ewigkeit«, war zufrieden.

Zum ersten Mal führte Nefermaat das Leben, das man von einem Familienvater erwartete. Seine Beziehung zu Atet war zärtlich und er spürte, dass ihre Gefühle für ihn echt waren. Trotzdem wurde er immer noch von den Gespenstern der Vergangenheit verfolgt, die sein Herz daran hinderten, Atets Liebe zu teilen.

Eines Nachts, als sie nebeneinander im Bett lagen, richtete sich Atet auf und begann, in Gedanken versunken, mit dem Finger seltsame Zeichen auf seine Brust zu malen. In der Ferne kündigte leises Donnern einen Sturm an.

Seit Tagen verhielt sich Nefermaat sonderbar. Er war noch abwesender als sonst und wenig gesprächig, egal worum es ging. Atet ahnte, das ihm irgendetwas auf der Seele lag, doch sie wagte nicht, Fragen zu stellen, die er wahrscheinlich ungern beantwortet hätte. Als sie jetzt seine Brust liebkoste, spürte sie ganz deutlich die bedrohlichen Schatten, die sich über Nefermaats Gemüt gesenkt hatten.

Sie schmiegte sich an ihn, küsste ihn auf die Wange und flüsterte ihm ins Ohr, er solle ihr sagen, was ihn so bedrückte.

»Es ist nichts Wichtiges«, erwiderte er, ohne sich zu rühren.

»Bereust du vielleicht, das du zu uns gezogen bist?«

Nefermaat drehte sich zu ihr um.

»Wie kommst du denn darauf?«

Dann drehte er sich wieder auf den Rücken und seufzte. In der Ferne donnerte es erneut, dieses Mal lauter. Der Sturm kam näher.

»Vor einigen Tagen habe ich eine Nachricht erhalten, die mir nicht aus dem Kopf geht«, gab er schließlich zu.

* Mondgott. Er wurde mit Chons und Thot identifiziert.

Atet hob den Kopf.

»Was ist das für eine Nachricht?«, fragte sie.

»Ägypten hat schon wieder einen neuen Gott«, erklärte Nefermaat beunruhigt.

»Einen neuen Pharao? Das wusste ich nicht«, antwortete Atet überrascht. »Trotzdem verstehe ich nicht, wieso du dir darüber den Kopf zerbrichst. Uns kann es doch egal sein, wer in Ägypten regiert.«

»So einfach ist das für mich nicht. Der neue König heißt Amunherchepeschef, er war einer der Söhne von Ramses III. Ich kannte ihn persönlich.«

»Du kanntest den neuen Herrn über die Zwei Länder?«, entgegnete Atet neugierig.

»Seit meiner Kindheit. Wir nannten ihn immer Prinz Amun. Wegen seines langen Namens, verstehst du? Er mochte mich gern.«

Atet sah ihn aufmerksam an.

»Als ich Hofarzt war, habe ich ihn einmal behandelt.«

Atet hob überrascht die Augenbrauen.

»Er hatte einen Unfall mit seinem Streitwagen. Der Prinz liebte Pferde über alles. Und ich bin ihm zu großem Dank verpflichtet. Er war der Einzige, der sich für mich einsetzte. Ihm habe ich im Grunde genommen mein Leben zu verdanken. Wäre er nicht gewesen, wären wir jetzt nicht zusammen.«

Atet stützte sich neugierig auf den Ellbogen.

»Wir haben nie darüber gesprochen, aber ich würde gerne erfahren, was du alles durchgemacht hast. Dein Herz ist schwer vor Kummer, und ich fürchte, dass du niemals Frieden finden wirst, solange du dein Leid für dich behältst. Wenn du mir vertraust, erzähl mir davon.«

Nefermaat verschränkte die Arme im Nacken, und während draußen die ersten Tropfen fielen, begann er, Atet seine unglückliche Geschichte zu erzählen.

Sie hörte ihm aufmerksam zu, als er ihr von seiner Liebe zur Prinzessin Nubchesbed erzählte und wie er Opfer einer Intrige geworden war, von der er keine Ahnung gehabt hatte. Als er zu dem Gerichtsverfahren und der Strafe kam, war Atet fassungslos.

»Sie haben dir deinen Namen weggenommen?«, fragte sie entsetzt.

»Viel mehr als das«, erwiderte Nefermaat beschämt.

Dann erzählte er ihr den Rest. Von seinem Aufenthalt im Berg des Goldes, seiner Flucht und der langen Suche nach seinem Sohn. Als er fertig war, sah ihn Atet mit offenem Mund an.

»Verstehst du jetzt, warum ich so unruhig bin?«, fragte er sie.

»Du willst nach Ägypten zurück«, antwortete sie mit ernster Stimme.

»Ich muss nach Ägypten zurück! Verstehst du das nicht? Der neue König hat eine Amnestie erlassen, als er den Thron bestieg. Ich muss ihn so schnell wie möglich aufsuchen. Er kann mir meinen Namen zurückgeben.«

Atet setzte sich aufrecht hin, um ihn besser ansehen zu können.

»Du willst auch ihretwegen zurück, nicht wahr?«

Nefermaat sah sie nervös an.

»Sie hat mir nie verziehen, sie wollte mir nicht einmal zuhören. Außerdem ist so viel Zeit vergangen, dass die Erinnerung an sie nur noch ein Traum ist.«

»Täusche dich nicht, Nefermaat. Es ist viel mehr als das, es ist ein Albtraum.«

»Wir alle werden von irgendwelchen Gespenstern verfolgt. Manchmal können wir sie nicht abschütteln, und dann bleibt uns nichts anderes übrig, als mit ihnen zu leben, so gut es geht.«

»Deine Gespenster sind anderer Art«, unterbrach ihn Atet unruhig. »Diese Frau hat Macht über dein Herz.«

»Ich gebe zu, dass mein Herz verwirrt ist, aber wer Macht darüber hat, kann ich dir nicht sagen«, entgegnete Nefermaat, dem Atets Ton nicht gefallen hatte. »Nicht einmal ich selbst kann Illusion und Wirklichkeit unterscheiden.«

Atet stand auf.

»Du willst deinen Sohn erneut verlassen, nur um herauszufinden, was aus ihr geworden ist?«, fuhr sie ihn gereizt an.

»Du weißt, dass ich in Ägyptens jahrtausendealter Tradition erzogen wurde und was es für mich bedeutet, keine Identität zu besitzen. Unser Sohn würde eines Tages darunter leiden. Der neue Pharao weiß, dass ich unschuldig war, er könnte mir meinen Namen zurückgeben.«

Atet vergrub das Gesicht in den Händen.

»Sie werden dich wieder festnehmen«, sagte sie verzweifelt.

Nefermaat schüttelte den Kopf.

»Ich muss trotzdem zurück. Dort finde ich alle Antworten.«

»Bleib, deinem Sohn zuliebe«, rief Atet und ballte die Fäuste vor Wut.

»Ihm zuliebe gehe ich ja. Ich muss meine Seele ein für alle Mal von diesem Fluch erlösen.«

Atet warf sich einen Schal um und sagte, ohne ihre Enttäuschung verbergen zu können:

»Dann kann ich nur hoffen, dass es dir gelingt, ansonsten brauchst du gar nicht erst wiederzukommen.«

Damit verließ sie wutentbrannt das Zimmer.

Draußen regnete es in Strömen.

Wenige Tage später begab sich Nefermaat an Bord eines von Tabnits Handelsschiffen, das mit den unterschiedlichsten Waren nach Memphis auslief.

Atet war ihm seit jener Nacht aus dem Weg gegangen, und so hatte er sich nur von seinem Sohn verabschieden können, der sich an ihn geklammert und gebettelt hatte, dass er bei ihnen blieb.

»Ich komme bald zurück«, hatte er versprochen und ihm über das Haar gestrichen. »Sei artig und gehorche deiner Mutter.«

Dann hatte er das Haus verlassen und war am nächsten Morgen zum ägyptischen Hafen gegangen, wo das Schiff vor Anker lag.

Der Kapitän, ein untersetzter Mann mittleren Alters mit sonnenverbranntem Gesicht, wartete bereits ungeduldig auf ihn, da er die Flut ausnutzen wollte, um auszulaufen. Trotzdem hieß er ihn freundlich willkommen, da Tabnit ihn angewiesen hatte, den Passagier wie einen Prinzen zu behandeln. Assaf, so hieß der Kapitän, gab ihm seine beste Kajüte, damit er eine angenehme Reise hatte.

An jenem Morgen wimmelte es im Hafen von Sidon vor Menschen. Am Kai, an dem ihr Schiff vor Anker lag, drängten sich Händler mit ihren Waren.

Seeleute umarmten ihre Familienangehörigen und gelobten, heil und gesund wiederzukommen. Zuvor hatten sie Astarte Opfergaben gebracht, damit die Göttin sie unterwegs beschützte.

Nefermaat suchte vergeblich nach Atet und seinem Sohn. Sie hatte seit jener Nacht im Schlafzimmer kein Wort mehr mit ihm gesprochen, sodass er nicht verwundert war, sie nicht zu sehen.

Die Taue wurden eingeholt, das Schiff löste sich ächzend vom Anlegeplatz, und die Mannschaft ging an ihre Arbeit.

Langsam entfernte es sich vom Kai und trieb sanft durch das ruhige Wasser des Hafens.

Noch einmal schweifte Nefermaats Blick über die vielen Menschen, die sich auf dem Anlegeplatz versammelt hatten. Er kniff die Augen zusammen. Und plötzlich erkannte er zwei Gestalten, die sich eilig einen Weg durch die Menschenmenge bahnten, und sein Herz machte einen Sprung vor Freude. Die beiden winkten ihm mit ihren Taschentüchern aufgeregt zu. Es waren Atet und Hemon.

Der Hafen verschwand in der Ferne, und als das Schiff endlich Kurs auf das offene Meer nahm, erkannte Nefermaat, dass sie immer noch am Kai standen und winkten. Atet und Hemon wünschten ihm gute Reise.

30

Glücklich schloss Nefermaat die Augen und genoss die Düfte Ägyptens. Die Gerüche, die Farben und sogar das bescheidene Mahl, das er gerade eingenommen hatte, luden förmlich dazu ein, sich entspannt zurückzulehnen, wie jemand, der sich ganz zu Hause fühlt. Nach so langer Zeit sog er alles in sich auf, was sein geliebtes Land an Eindrücken zu bieten hatte. Jeder Atemzug, den er tat, war eine Wonne. Die Luft kam ihm vor wie ein kostbares Elixier, erfüllt vom Glanz vieler Jahrtausende. Zehn Jahre, die er fern von seinem Land verbracht hatte, waren nichts im Vergleich zu den zweitausend Jahren, in denen das Wüstental seinem Volk schon Zuflucht gewährte, und trotzdem hatte Nefermaat das Gefühl, als sei er Jahrhunderte fort gewesen. Jetzt, da er endlich wieder zu Hause war, wollte er sich an seinen unvergleichlichen Düften berauschen, die er an jeder Ecke aufspürte und die die schönsten Gefühle in ihm weckten.

Das phönizische Schiff hatte den Großen Grünen überquert und war ohne Zwischenfälle in Peru-Nefer, dem Hafen von Memphis, eingelaufen. Von dort hatte Nefermaat eine kleine Flussbarke nach Theben genommen und es sich unter den vielen Passagieren, so gut es ging, gemütlich gemacht. Zurück in seinem geliebten Heimatland beschloss er, die Trauer abzulegen, die er all die Jahre getragen hatte. Er rasierte sich am ganzen Körper. Erst als er fertig war, hatte er das Gefühl, rein genug zu sein, um die traditionelle Tracht der Priester anzulegen. Ein Gewand aus makellosem Leinen, ein Paar weiße, aus Palmwedeln geflochtene Sandalen und seine kleine Sachmetfigur, die er an einer Halskette trug.

Es war Hochsommer, die Zeit der Achet, und das Wasser des Nils war von Schlamm getrübt, wie es der Jahreszeit entsprach. Er erinnerte sich an das letzte Mal, als er den Nil aufwärts gesegelt war. Auch das war während der Nilschwelle gewesen, als wollte der Gott Hapi, Herrscher über den Fluss, ihn segnen und ihm zeigen, dass er nicht aufgehört hatte, das Land mit seiner Freigebigkeit zu beschenken. Er dachte an Iryi, der ihn damals begleitet hatte, und daran, was ihn in der Stadt Amuns erwartete. Er war zuversichtlich, obwohl er sich seiner Sache nicht sicher sein konnte.

Als er in Theben ankam, stellte er fest, dass die Stadt mitten in den Feierlichkeiten steckte. Es war die erste Woche der Göttin Hathor im dritten Monat der Überschwemmung, die Zeit, in der das wichtigste Fest des Jahres stattfand, das Opet-Fest.

Ohne es beabsichtigt zu haben, war Nefermaat am ersten Tag der Feierlichkeiten in Theben angekommen, und die Stadt hieß ihn in ihrer ganzen festlichen Pracht willkommen.

Wie das Schöne Fest vom Wüstental, die zweitwichtigste Feierlichkeit der Stadt, begann auch das Opet-Fest damit, dass der Pharao noch vor Sonnenaufgang Ipet-Sut, »den heiligsten aller Orte«,* aufsuchte. Nachdem er sich einem strengen Reinigungsritual unterzogen hatte, brachte er dem Gott Amun viermal mit geweihtem Wasser seine Ehrerbietung dar.

Nachdem die gleichen Rituale wie beim Schönen Fest vom Wüstental vollzogen worden waren, verließ der göttliche Zug den Tempel und bestieg Userhat, die heilige Barke des Gottes Amun. Seine göttliche Gemahlin Mut und sein Sohn Chons schlossen sich von ihren Tempeln aus an und folgten dem Verborgenen auf ihren eigenen göttlichen Barken den Fluss hinauf bis zum Tempel von Luxor, Ipet-Reset, »dem Tempel der südlichen Privatgemächer«**.

* Das ist die wörtliche Übersetzung von Ipet-Sut; wir nennen diesen Tempel Karnak.

** So nannten die alten Ägypter den Tempel.

Angeführt von der königlichen Barke, geleitete die gewaltige Flotte die göttliche Triade bis zum Anlegeplatz am Tempel. Musik und Fröhlichkeit erfüllten die Umgebung *Uasets*, des Zepters, wie die heilige Stadt Amuns hieß.

Nefermaat beeilte sich, um einen guten Platz zu ergattern, von wo aus er die Zeremonie verfolgen konnte. Er ging zum Tempel von Luxor und betrat ihn durch das westliche Tor auf der Nilseite, durch das auch die feierliche Prozession in den Tempel kommen würde. Das Volk dagegen bekam Einlass durch das Tor im Osten und erwartete den Zug auf dem riesigen Vorplatz. Als die Wächter seine Priestertracht sahen, ließen sie ihn passieren, und Nefermaat blieb am großen Säulengang stehen, durch den man in den Hof gelangte, den Amenhotep III. während seiner Regentschaft hatte errichten lassen. Von hier konnte er alles unauffällig verfolgen.

Der Klang der Trompeten kündigte die Mächtigen Ägyptens an, worauf die Menschenmenge auf dem Vorplatz in lauten Jubel ausbrach.

Als Nefermaat den Pharao an der Spitze der Prozession aus Hohepriestern und heiligen Barken erkannte, war er tief bewegt. Auf den Altären und in den Pavillons, die den Weg vom Ufer bis zum Inneren des Tempels säumten, waren so viele Opfer- und Essensgaben ausgebreitet, wie er es noch nie gesehen hatte, während das vom vielen Prunk begeisterte Volk die Ankunft des Gottes feierte.

Nefermaat musste zugeben, dass der neue Pharao blendend aussah. Nebmaatre-Meriamun, »Herr der *maat*, ein Re, Geliebter des Amun«, unter diesem Namen war Ramses VI. gekrönt worden. Jetzt schritt er stolz voran und stellte seine Herrscherwürde zur Schau, wie die wahrhaftige Wiedergeburt des Horus. Er kam ganz dicht an der Stelle vorbei, an der Nefermaat stand; der Arzt konnte sein Gesicht deutlich erkennen. Der Gott sah noch genauso gut aus wie früher, seine feurig glänzenden Augen waren in ständiger Bewegung, um alles aufnehmen zu können, was ringsum geschah.

Für den Bruchteil einer Sekunde trafen sich ihre Blicke, und Nefermaat hatte das Gefühl, dass Ramses ihn erkannt hatte, obwohl er mit ernsten, feierlichen Schritten weiter auf die Säulenhalle zuging, in der er anschließend verschwand.

Einen Moment lang dachte Nefermaat an die flüchtige Begegnung ihrer Blicke, doch dann folgte dem Herrn über die Zwei Länder bereits der Rest der Prozession, sodass der junge Arzt wieder aus seinen Gedanken gerissen wurde.

Jetzt kam der Erste Prophet Amuns, und Nefermaat erkannte Ramsesnacht, jenen Priester, den er einmal in den königlichen Gärten getroffen hatte, als er den gebrochenen Arm des jetzigen Pharao behandelte. Offensichtlich hatte Ramsesnacht seinen Bruder Usermaatrenacht abgelöst, was ihn nicht verwunderte.

Hinter dem Ersten Propheten folgte die Hohe Priesterschaft des Amun. Der Zweite, Dritte und Vierte Prophet schritten mit erhobenen Köpfen vorbei, im Bewusstsein der gewaltigen Macht, die sie ausübten.

Aufmerksam beobachtete Nefermaat sie einen Augenblick lang, und dann blieb sein Blick an der Gestalt, die unmittelbar nach ihnen kam, hängen. Es war sein Stiefbruder. Nefermaat konnte es kaum fassen.

Kenamun trug alle Insignien seines privilegierten Ranges. Außer denen eines Obersten Vorstehers der Schreiber im Tempel von Amun trug er auch jene, die ihn als »Leiter des Tisches der Opfergaben« und als »den mit den sauberen Händen« auswiesen und ihm das Recht verliehen, an bestimmten heiligen Riten teilzunehmen. Nefermaat kam aus dem Staunen gar nicht mehr heraus. Nur die vier Propheten und die Eltern des Gottes, *iterneter*, waren im Tempel von Karnak mächtiger als Kenamun. Sein Traum, in den Hohen Klerus des Karnaktempels aufgenommen zu werden, war Wirklichkeit geworden.

Sein Aussehen war jedoch weniger attraktiv. Er hatte unverhältnismäßig stark zugenommen, der dicke Bauch quoll über den Gürtel, und sein Gesicht war vorzeitig gealtert. Alles in allem wirkte er genauso unsympathisch wie früher.

Den Blick nach vorne gerichtet und in wer weiß welche Gedanken versunken, zog er an ihm vorbei. So dicht, dass Nefermaat spürte, wie sich sein Magen verkrampfte. Der alte Verdacht, den er so lange verdrängt hatte, brach wieder hervor, heftiger als je zuvor.

Doch der Zug maschierte weiter, und Kenamun verschwand zwischen den mächtigen Säulen hinter den Priestern und den heiligen Barken. Nach ihm kamen die Priesterschaft der Göttin Mut und die des Gottes Chons mit ihren heiligen Barken. Die Familie des Verborgenen zog weiter in das Sanktuar des Tempels, um den Ritus der Wiedergeburt des Gottes zu feiern, das Fest der einjährigen königlichen Herrschaft.

Den Tross der majestätischen Prozession bildeten die hohen Würdenträger und Beamten des Staates mit ihren makellosen plissierten Trachten und lockigen Perücken, sowie die Abordnungen anderer Priesterschaften, die von ihren Obersten Priestern angeführt wurden. Auch sie wollten an dem feierlichen Fest teilnehmen, um zu bekunden, welch hohen Wert man in Ägypten auf die Einhaltung der heiligen Mysterien legte.

Nefermaat war überrascht, dass sich sein Vater nicht unter all den hohen Würdenträgern befand. Als Haushofmeister des Königs war er eine bedeutende Persönlichkeit, und dass er bei dieser wichtigen Feier nicht anwesend war, ließ ihn das Schlimmste befürchten.

Dann musste er zum zweiten Mal an diesem Morgen staunen, als er unter den Würdenträgern auch Paneb erkannte. Erhobenen Hauptes zog er an ihm vorbei, so wie es seinem Rang entsprach. Sein einstiger Freund war der Erste Prophet des Montu geworden, so wie er es immer prophezeit hatte. Er hatte seinem Vater auf den Posten folgen sollen, und genauso war es auch geschehen. Der verstorbene Turo hatte für Kontinuität gesorgt und seinem Geschlecht die Herrschaft im Tempel des Kriegsgottes gesichert.

Wie alle anderen, die ihm vorangingen, verlor sich auch Paneb schließlich zwischen den mächtigen Säulen im Gang, der in den Hof Amenhoteps III. führte. Von dort würde er beobachten, wie die heiligen Barken der Göttertriade von Theben im Inneren des Sanktuars verschwanden, nachdem sie den von Säulen umstandenen Hof durchquert hatten. Anschließend folgte das komplexe Ritual, bei dem sich der Gott Amun und der Pharao auf mystische Weise vereinigten und damit die göttliche Verbindung besiegelten. So wurde die Macht des Pharao erneuert und er als wahrer Herrscher Ägyptens bestätigt, der den Wohlstand seiner Untertanen in den kommenden Jahren sicherte. Auf diese Weise legitimierte sein göttlicher Vater Amun seine Macht.*

An dieser Stelle endete die Zeremonie für das einfache Volk. Nachdem der Pharao seinen Untertanen für das nächste Jahr Wohlstand versprochen hatte, verließ die Menschenmenge, vom vielen Prunk berauscht, den Hof, um während der nächsten vierundzwanzig Tage auf den Straßen der Stadt weiterzufeiern.**

Nefermaat schloss sich den Menschenmassen an. Als er den Tempel verließ, flogen ihm wirre Gedanken durch den Kopf. Nur wenige Augenblicke zuvor hatte er am Beginn des wichtigsten thebanischen Festes teilgenommen und sich von der Unveränderlichkeit der Zeit überzeugen können. Alles war so verlaufen wie

* Zumindest nach dem ersten Regierungsjahr mussten die Pharaonen persönlich an dieser Zeremonie teilnehmen, um als Söhne Amuns ihre göttliche Herkunft zu bestätigen.

** Mit den Jahren dauerte das Fest immer länger. Während der Herrschaft Hatschepsuts waren es elf Tage, unter Ramses II. fünfzehn, in der zwanzigsten Dynastie vierundzwanzig und am Ende siebenundzwanzig Tage.

erwartet, so wie seit alters her. Der Ritus war unvergänglich und seine Protagonisten auf ihre Weise ebenfalls. Viele, mit denen er als Kind die *kap* besucht hatte, nahmen nun als unmittelbare Akteure an dieser Zurschaustellung von Macht teil. Aus den Kindern von einst waren Erwachsene geworden, die auf die eine oder andere Art die Zügel der Macht in den Händen hielten. Es war immer dieselbe Geschichte: Neue Menschen nahmen die alten Plätze ein, um dieselbe Politik wie früher zu machen. Die Klans versuchten, ihre Macht zu festigen, um ihre Privilegien zu behalten und an die nächste Generation weiterzuvererben. Sie wurden von frühester Kindheit an darauf vorbereitet, die Macht, die sie später erben würden, unter allen Umständen zu verteidigen. Die Maribast, die Bakenchons, die Panebs, ja selbst sein Stiefbruder waren der beste Beweis dafür. Sie garantierten den Fortbestand ihrer Sippschaft, und ihre Söhne befanden sich bereits in den Häusern des Lebens, um zu lernen, wie sie jene Politik möglichst bis ans Ende der Zeiten fortführen könnten.

Während Nefermaat am schattigen Nilufer saß, wurde ihm bewusst, wie fremd ihm all das war, und er fühlte sich wie eine Insel in einem Meer von Ambitionen, in das Chnum* ihn nach der Geburt fälschlicherweise gelegt hatte. Mit seinen einstigen Schulkameraden verband ihn so gut wie nichts mehr, und trotzdem war er davon überzeugt, dass er sein Land mehr liebte als sie. Ein Gefühl der Fremdheit überfiel ihn, als wäre das Ägypten, an das er einmal geglaubt hatte, längst untergegangen. Die Zeiten der großen Pharaonen hatten sich im jahrtausendealten Nebel ihrer Zivilisation verloren.

Als Re-Harachte sich machtvoll in den blauen Himmel erhob, verließ Nefermaat das Nilufer und schloss sich erneut den

* Chnum, der Töpfergott, war auch der Schöpfergott, der die Menschen auf der Töpferscheibe formte und sie später mittels des Samens in die Gebärmutter einpflanzte.

jubelnden Menschenmengen an, die singend und tanzend durch die Straßen und über die Plätze der Stadt zogen. Überall erklangen Trommeln, von den Nubiern meisterlich gespielt. Elegante Tänzerinnen aus dem Herzen des Kontinents bewegten sich zu den Rhythmen, während sie ihre Sistren und Klappern schlugen. Und überall gab es zu essen und zu trinken im Überfluss, um das Fest gebührend zu feiern. »Heil dir, Amun, König der Götter! Du bist der wahre Herrscher über das Land!«

Als Nefermaat um die Ecke bog, hielt ihn plötzlich jemand am Arm fest. Er drehte sich hastig um.

»Sesostris!«, rief er aufgeregt.

»Wie ich sehe, hast du es damals geschafft, so wie ich es vermutet habe«, antwortete dieser und lächelte.

»Welch eine Überraschung! Aber sag, was machst du hier …?«

»Ich verehre die Götter und huldige dem neuen Pharao, so wie du.«

»Ich glaubte, dass du irgendwo weit weg in deiner geliebten Wüste versteckt lebst. Wie ich sehe, trägst du den Kopf immer noch auf den Schultern.«

»Und er ist noch genauso hart wie früher«, lachte der Nubier und klopfte mit den Knöcheln dagegen. »So wie es sich für einen Mann aus dem Süden gehört.«

Nefermaat nickte und lächelte sichtlich gerührt.

»Lass dich ansehen«, sagte er. »Aus dem einstigen Gefangenen ist ja der Leiter der *medjai* geworden!«

»Dank der grenzenlosen Großzügigkeit des Pharao«, antwortete Sesostris ernst. »Dein Eingriff damals hat mir allem Anschein nach Glück gebracht.«

»Das freut mich!«, rief der junge Arzt. »Aber erzähl, wie kommt es …?«

»Der Gott wünscht, dich zu sehen«, unterbrach ihn der Nubier und wechselte das Thema. »Er wartet schon lange auf dich.«

Die späte Nachmittagssonne warf lange Schatten in die Höfe von Medinet Habu. Als Nefermaat sie jetzt durchquerte, wurde er von unzähligen Erinnerungen überfallen. Sie versetzten ihn in eine Vergangenheit, die ihm seltsam fremd erschien, obwohl die langen Gänge, die weiten Säle und herrlichen Gärten genauso vor ihm lagen wie damals, als wäre die Zeit stehen geblieben.

Von Sesostris begleitet schritt er durch die Gänge des Palastes bis zu den königlichen Gemächern. Er war besorgt, und seine Nervosität wuchs mit jedem Schritt. Innerhalb dieser Wände, dieser stummen Zeugen von Hinterlist und Verrat, die sein Schicksal bestimmt hatten, beschlich ihn ein Gefühl von Beklemmung.

Seine Füße erschienen ihm so schwer wie Blei, und seine Gedanken wanderten unwillkürlich zu seinem Vater. Sesostris hatte ihm erzählt, dass der edle Hori vor einigen Jahren gestorben war und seine Witwe Mutenuia zu seinem Halbbruder gezogen war. Nefermaats Befürchtungen hatten sich bewahrheitet, und jetzt trauerte er im Stillen um seinen Vater, von dessen Tod er erst Jahre später erfahren hatte. Osiris' Totengericht hatte sich seine Sünden bereits angehört, und er konnte nur noch hoffen, dass die Götter Erbarmen mit seinem Vater gehabt und seine Seele nicht der Großen Verschlingerin zum Fraß vorgeworfen hatten.

Schließlich erreichten sie das Ende des langen Gangs und standen vor den Gemächern des neuen Pharao. Ein Haushofmeister führte sie in einen weiträumigen Saal, in dem Ramses VI. wartete.

Nefermaat sah, wie der König mit im Rücken verschränkten Armen am Fenster stand und in den Garten blickte. Als er Schritte auf dem gekachelten Boden hörte, drehte er sich rasch um und lächelte.

»Sachmet war dir gnädig, so wie ich es erwartet habe«, verkündete er und kam mit einem Glas in der Hand auf sie zu.

Nefermaat fiel vor ihm auf die Knie und bat um Vergebung.

»Vergessen wir das Protokoll«, erklärte der Pharao und wies Sesostris mit einem Zeichen an, sie allein zu lassen. »Nimm doch Platz.«

Nefermaat setzte sich auf den Schemel, den der Gott ihm gezeigt hatte, während Ramses selbst auf einem Klappstuhl gegenüber von ihm Platz nahm.

»Heil dem Land von Kemet!«, rief er und hob sein Glas in einer seiner üblichen spöttischen Gesten. »Die Augen der Welt sind noch immer auf Ägypten gerichtet, sonst wäre die Nachricht von meiner Krönung nicht bis zu dir vorgedrungen.«

»Ja, Herr. Bis nach Sidon, denn dort erfuhr ich, dass du der neue Gott bist.«

»Sieh einer an, bis nach Sidon. Ganz schön weit weg hat Sachmet dich vor der Justiz des Pharao in Sicherheit gebracht, nicht wahr? Aber wenigstens in einer Stadt, in der unsere Urahnen ihre Spuren hinterließen. Dort leben immer noch viele Ägypter.«

Nefermaat nickte.

»Die Handelsschiffe bringen regelmäßig Nachrichten von der Heimat, Herr. Von ihnen hörte ich, dass es in Ägypten einen neuen Gott gab, und als ich erfuhr, dass du es bist, war mein Herz voll von Freude.«

Der Pharao schien mit seinen Worten zufrieden zu sein.

»Dann lass uns darauf trinken!«, rief er und hob sein Glas. »Oder trinkst du immer noch keinen Wein?«

»Ich fürchte, dass ich ein hoffnungsloser Fall bin, Herr«, antwortete der Arzt und schüttelte den Kopf.

»Macht nichts, dann trinke ich für dich mit«, entgegnete der Gott und leerte sein Glas in einem Zug. »Siehst du«, sagte er, nachdem er genüsslich mit der Zunge geschnalzt hatte. »Jetzt, nachdem ich zehn Jahre darauf warten musste, sitze ich endlich auf dem Platz, der mir gebührt.«

Nefermaat schwieg.

»Ich gehe davon aus, dass man dich vom Tod deines Vaters

unterrichtet hat«, fuhr der Pharao fort und schenkte sich nach. »Eines Morgens fand man ihn tot in seinem Bett. Für eine äußere Gewalteinwirkung gab es keinerlei Anzeichen. Die Magier meinten, der Hauch des Todes müsse im Schlaf durch sein linkes Ohr eingedrungen sein. Mehr kann ich dir nicht sagen, denn ich befand mich damals gerade in Pi-Ramesse.«

Wortlos nickte Nefermaat erneut.

»Deine Stiefmutter lebt jetzt bei deinem Halbbruder Kenamun«, sagte der Gott, während er ihn über das Glas hinweg anschaute. »Dort fühlt sich ihre Seele bestimmt wie zu Hause«, schloss er bissig.

Dann stellte er das Glas auf einen kleinen Tisch und warf dem Arzt einen wohlgefälligen Blick zu.

»Trotz all des Leids, das dir widerfahren ist, siehst du gut aus, und das freut mich. Du warst mir immer sympathisch. Übrigens, mein Arm hat mir nie wieder Beschwerden gemacht«, sagte er und reckte ihn stolz in die Luft.

Der *sunu* hüllte sich immer noch in vorsichtiges Schweigen.

»Ich habe mit deinem Besuch gerechnet«, erklärte der Pharao, während er an seinem Wein nippte. »Ich wusste, dass du kommen würdest, um dich von mir begnadigen zu lassen.«

»Niemand weiß über meine Unschuld besser Bescheid als du, o Herr«, erklärte Nefermaat und sah ihn flehend an.

»Ich finde wirklich, dass wir auf die Formalitäten verzichten können«, entgegnete Ramses und hob die Hand. »Auch wenn ich jetzt der Pharao bin und nicht mehr Prinz Amun.«

»Niemals hätte ich die Hand gegen den Gott erhoben!«, rief Nefermaat heftig erregt. »Nicht einmal im Traum hätte ich es gewagt!«

»Gewiss, all das hat Prinz Amun gewusst, aber er existiert nicht mehr. Er hat seinen Namen gegen den des Nebmaatre-Meriamun eingetauscht und sich in einen Gott verwandelt. Verstehst du, was ich meine?«

Nefermaat sah ihn verblüfft an.

»Die Interessen des Landes haben stets Vorrang vor denen der Menschen«, fuhr der Pharao fort. »Und als lebender Horus muss ich sie verteidigen.«

»Ich habe nie etwas gegen die Interessen meines Landes unternommen«, entgegnete Nefermaat hastig.

»Wirklich nicht?«

Nefermaat war wie vor den Kopf gestoßen.

»Mach nicht so ein Gesicht«, sagte der Gott mit einer ungeduldigen Gebärde. »Wenn ich dich empfangen habe, so nur deshalb, weil ich das Gefühl habe, dass ich dir etwas schuldig bin.«

Nefermaat war sprachlos.

»Du bist nicht nur nach Ägypten zurückgekehrt, um von mir begnadigt zu werden, du suchst auch Antworten«, fuhr der Gott fort. »Nicht nur die Tatsache, dass Kemet deinen Namen vergessen hat, macht dir zu schaffen, sondern viel mehr die Frage nach dem Warum.«

»Und du weißt, warum?«, fragte der *sunu* und hob die Augenbrauen.

Der Pharao lachte leise.

»Die Menschen sind zwar ein Teil der Geschichte, aber nur die wenigsten nehmen Anteil an ihr«, erklärte er. »Die Namen der meisten Menschen geraten in Vergessenheit, kaum dass sie gestorben sind, als hätte es sie niemals gegeben. Andere sind ein Teil von ihr, ohne es zu wissen, und manchmal sogar gegen ihren Willen. Damit ermöglichen sie es einigen wenigen, zu Ruhm zu gelangen.«

Jetzt musste Nefermaat lachen.

»Ich jedenfalls gehöre zur Mehrheit.«

»Bist du sicher?«, fragte der König und sah ihm in die Augen. »Wie gesagt, ich stehe in deiner Schuld. Ägypten war nicht gerecht zu seinem treuesten Sohn. Doch das, was geschah, musste sein, damit ich den Thron der Zwei Länder besteigen konnte.«

Nefermaat war sichtlich verwirrt.

»Manchmal ist das Leben sogar einem Prinzen gegenüber ungerecht«, beteuerte Ramses. »Du bist nicht der Einzige, dem Leid angetan wurde. Kannst du dir vorstellen, wie es mir erging, als ich tatenlos zusehen musste, wie ein Bastard den Platz einnahm, der eigentlich mir zustand? Kannst du dir vorstellen, wie ich mich gefühlt habe, wenn ich mich vor ihm verbeugen musste? Ich, der erstgeborene Sohn des Gottes und seiner Großen Königlichen Gemahlin, musste vor dem Sohn einer rangniedrigen, verstorbenen Königin auf die Knie fallen, der zudem die Unverfrorenheit besaß, sich als ›einziger legitimer Erbe‹ zu rühmen. Ich musste nicht nur diese erniedrigende Schmach ertragen, sondern auch ohnmächtig zusehen, wie nach dem Tod meines Halbbruders sein Sohn, Prinz Amunherchepeschef, zum lebenden Horus ernannt wurde. Kannst du dir vorstellen, wie ich mich gefühlt habe, als man ihm die Doppelkrone Ägyptens aufsetzte?«

Nefermaat betrachtete ihn schweigend.

»Es war eine Katastrophe«, fuhr der Pharao aufgebracht fort. »Seine offensichtliche Unfähigkeit brachte das Land an den Rand eines Bürgerkrieges. Sogar die libyschen Stämme erhoben sich und bedrohten erneut die Grenzen des Reiches. Wie du wohl weißt, war Ramses V. ein kranker Mann, der keine Nachkommen zeugen konnte. Weder die Dame Henutuati noch die edle Taweretel, mit denen er verheiratet war, konnten ihm einen Erben schenken. Nach nur vier Jahren Regentschaft rief ihn Osiris zu sich vor das Totengericht, er starb an den Blattern. Renenutet ist zweifellos sehr launisch, wenn es um unser Schicksal geht, obwohl dieses gelegentlich ihre Unvollkommenheit ans Licht bringt.«

Wortlos folgte der *uabu*-Priester der Tirade des Gottes.

»Öfter, als man denkt, erweist sie sich als wahre Stümperin. Sieh dich selbst an. Auch mich hat sie zu hintergehen versucht, aber ich habe ihren Plan durchkreuzt und den Interessen Ägyptens angepasst.«

»Du meinst, deinen eigenen Interessen«, platzte Nefermaat heraus, ohne es eigentlich zu wollen.

»Mittlerweile decken sie sich. Ich musste fast zehn Jahre lang hart dafür arbeiten.«

Nefermaat konnte nicht fassen, was er da hörte. Er spürte, wie seine Empörung von Minute zu Minute wuchs.

»Willst du damit sagen, dass du zehn Jahre an dieser Intrige gearbeitet hast?« Seine Stimme war kalt.

Ramses VI. führte das Glas zum Mund, ohne seinen Blick von ihm zu wenden.

»Du meinst die letzten zehn Jahre? Nein, mein lieber *sunu*, ein Kronprinz muss von Geburt an Intrigen schmieden. Sein Leben hängt davon ab.«

»Und was war mit der Verschwörung gegen deinen göttlichen Vater …?«

»Wenn du glaubst, ich hätte mit seinem Tod etwas zu tun, irrst du dich. Ich hätte es niemals gewagt, das Schwert gegen den letzten großen Pharao zu erheben, den dieses Land hervorgebracht hat. Aber ich will dir gestehen, dass ich über die Verschwörung informiert war.«

Nefermaat drehte sich der Magen um.

»Ich habe es dir an dem Tag gesagt, als ich dich im Kerker besuchte. Oder hast du wirklich geglaubt, dass eine Haremsdame dem Gott von Kemet die Macht streitig machen könnte? Sie – allein?«, fragte der Pharao und verzog spöttisch das Gesicht. »Ich war über alles im Bilde, genauso wie mein verstorbener Bruder und viele andere Würdenträger des Reiches.«

»Und warum habt ihr es geschehen lassen?«, unterbrach ihn Nefermaat, der seine Wut jetzt kaum noch unterdrücken konnte.

»Mein erlauchter Bruder konnte es kaum erwarten, auf dem Thron zu sitzen. Er wusste, dass ich in der rechtmäßigen Thronfolge vor ihm kam, und hatte Angst. Für ihn war es eine willkommene Gelegenheit, sich die Doppelkrone Ägyptens unter den Nagel zu reißen. Er ließ die Sache laufen, um größtmöglichen Nutzen daraus zu ziehen. Der Beweis, dass er über die Verschwörung bestens Bescheid wusste, ist die Tatsache, dass die *medjai* bereitstanden, um den Aufstand im Keim zu ersticken und die Verantwortlichen dingfest zu machen.«

»Und du?«

»Ich? Natürlich war ich ebenfalls seit langem eingeweiht, obwohl ich mich die ganze Zeit bedeckt hielt. Schließlich war das Leben meines Halbbruders bedroht. Wäre die Verschwörung von Erfolg gekrönt gewesen, hätte ich einen willkommenen Anlass gehabt, auf meine Rechte zu pochen, denn dann wäre auch mein Bruder Ramses IV. umgebracht worden.«

Nefermaat schüttelte bedrückt den Kopf.

»Dann warst du ebenfalls an der Verschwörung beteiligt?«

»Wie gesagt, ich empfand großen Respekt vor meinem königlichen Vater, obwohl er nicht mich zu seinem Nachfolger bestimmt hatte«, widersprach der Gott energisch. »Ich wollte mir nur eine gute Ausgangsposition verschaffen. Mein Halbbruder Ramses war Generalissimus des Heeres, und dagegen kann man politisch nicht viel unternehmen, vor allem, wenn dieser im Hintergrund bereits an den Fäden der Macht zieht. In seinen letzten Jahren interessierte sich mein verehrter Vater nur noch für seinen Harem.«

Nefermaat blinzelte, als er sich daran erinnerte, wie auch Iryi und er dies hautnah miterlebt hatten.

»Damals war meine Zeit noch nicht gekommen, aber ich musste auf den richtigen Augenblick vorbereitet sein. Zuerst musste ich die Unterstützung bestimmter einflussreicher Kräfte im Staat gewinnen, die eines Tages natürlich dafür entlohnt werden würden, indem ich ihre Macht vergrößerte. Die meisten Würdenträger der Priesterschaft und des Beamtentums hatte ich schon vor Jahren auf meine Seite gebracht, die meisten waren Männer meines Vertrauens. Sie sollten mir helfen, das wiederzugewinnen, was mir zustand, und ich würde sie dafür reich belohnen. Aber du kannst mir glauben, dass es ein mühseliges Unterfangen war, das viel Geduld und Vorsicht erforderte.«

Plötzlich fiel Nefermaat der Nachmittag ein, an dem der Prinz sich in den königlichen Gärten mit Ramsesnacht, dem Zweiten Propheten des Amun, getroffen hatte.

»Ramsesnacht …«, murmelte er.

»Ich brauche dir nicht zu erzählen, wie einflussreich er ist. Er war mein größter Gönner. Ohne seine tatkräftige Unterstützung säße ich jetzt nicht auf dem Thron Ägyptens. Ich musste warten, bis er seinen Bruder abgelöst hatte. Usermaatrenacht gehörte einer anderen Zeit an, in der es keinen Platz für meine Pläne hinsichtlich der Zukunft des Landes gab. Niemand kann sich heute mehr der Macht des Amuntempels widersetzen, glaub mir. Es ist besser, sich mit dem Tempel zu verbünden und eine Politik zu machen, die … sagen wir, beiden Seiten zugutekommt.«

»Dann kannst du also mit der Unterstützung der Priesterschaften aller ägyptischen Tempel rechnen«, murmelte Nefermaat kaum hörbar.

»So ungefähr«, bestätigte der Gott gelassen.

»Paneb!«, entfuhr es Nefermaat. Sein Blick wirkte verloren.

»Gewiss, er ist schlau wie ein Fuchs«, gestand Ramses und lachte. »Von Anfang an hatte er eine ganz klare Vorstellung von der Lage. Er trat schon vor zehn Jahren in meine Dienste, und heute ist er Erster Prophet von Montu, einem Gott, vor dem ich größte Hochachtung habe. Und ich kann dir versichern, dass es nicht wenige einflussreiche Familien in Theben gibt, die Turos Sippe gerne ausgelöscht hätten, um die Leitung des Tempels an sich zu reißen.«

»Ehrlich gesagt komme ich mir vor wie auf einem Markt von Feilschern. Das alles ist mir so fremd, und trotzdem habt ihr mir eine Rolle in diesem Drama zugewiesen.«

»Du hast aus freien Stücken eine Rolle in dem Drama übernommen. Alle haben dich gewarnt, aber du hast sämtliche Bedenken in den Wind geschlagen und nicht auf sie gehört. Leider hört die Liebe nicht auf die Vernunft.«

»Nein, weil sie vom Herzen kommt«, entgegnete der Arzt mit erhobener Stimme. »Wenn man das Beste gibt, was man als Mensch besitzt, denkt man nicht daran, vorsichtig zu sein. Die Liebe kennt keine halben Sachen.«

Der Pharao brach in schallendes Gelächter aus.

»Hast du denn wirklich geglaubt, du könntest Nubchesbed heiraten?«, fragte er spöttisch.

Nefermaat spürte, wie das Blut in seinen Schläfen pochte.

»Hättest du sie geheiratet, hättest du ein Anrecht auf Ägyptens Krone gehabt. War dir das nicht bewusst? Jemand wie du stellte eine viel zu große Gefahr für mich dar. Du verkörperst die alten Werte dieses Landes. Die gesamte Priesterschaft hätte dich unterstützt, dessen bin ich ganz sicher.«

»Dann ... warst du es, der mir diese Falle gestellt hat?«

»Nicht ganz, obwohl ich zugeben muss, dass ich mich daran beteiligt habe. Die Königin Teje war klug genug, um zu erkennen, dass sie dich so schnell wie möglich aus dem Weg räumen musste. Sie hat das ganze Komplott geschmiedet und Neferure in dem Glauben gewiegt, dass du sie liebst.«

Mit offenem Mund starrte Nefermaat den Pharao an.

»Ich habe die Gelegenheit beim Schopf gepackt, um dich für immer unschädlich zu machen. Ein unrechtmäßiger Aspirant auf den Thron war mehr als genug.«

»Und ich habe dir vertraut«, stöhnte Nefermaat und raufte sich die Haare.

»Ich habe dich wirklich ins Herz geschlossen, glaub mir«, versicherte ihm Ramses VI. lächelnd. »Es war nichts Persönliches, aber du wirst mir recht geben, wenn ich behaupte, dass die Interessen unseres Landes über allem anderen stehen.«

»Dann warst du derjenige, der die kleine Figur in meinen Gemächern versteckt hat?«

»Verstecken ließ, um genau zu sein.«

Nefermaat lehnte sich langsam zurück und warf dem Pharao einen kalten Blick zu.

»Du hast dir die ganze Zeit den Kopf darüber zerbrochen, wer es gewesen sein könnte, nicht wahr? Aber willst du es wirklich wissen?«

Nefermaat warf dem Gott einen seiner unergründlichen Blicke zu.

»Du hast mir den Namen bereits verraten«, entgegnete er. »Es war mein Halbbruder Kenamun.«

»Er hat nie erfahren, dass ich dahintersteckte. Ich habe in meinem Leben nur wenige Worte mit deinem Bruder gewechselt. Panebs Angebot kam ihm äußerst gelegen.«

»Paneb?«, fragte der *sunu* ungläubig.

Ramses nickte.

»Habe ich dir nicht gesagt, dass er seit mehr als zehn Jahren für mich arbeitet? Er wusste immer ganz genau, was er wollte.«

Nefermaat rollte die Augen und versuchte, einen klaren Gedanken zu fassen.

»Aber mein Halbbruder … was hat er mit alledem zu tun?«

»Du hast ihn bestimmt auf dem Opet-Fest gesehen. Er spielt jetzt eine wichtige Rolle im Tempel Amuns, obwohl er insgeheim viel höhere Ziele anstrebt. Im Leben hat alles seinen Preis. Dafür, dass er das Risiko auf sich genommen hat, die kleine Figur in dein Zimmer zu schmuggeln, bekam er, was er sich wünschte. Neferure.«

»Neferure? Mein Bruder hat sie geheiratet?«

»Vor genau neun Jahren. Du wirst dich erinnern, dass er ganz verrückt nach ihr war, und er wusste zudem, dass sie der Schlüssel war, der ihm alle Tore öffnen würde. Kenamun war schon immer sehr ehrgeizig.«

Nefermaat fuhr sich über die Stirn, während er das Puzzlespiel zusammensetzte.

»Ganz im Vertrauen, sie sind sehr unglücklich miteinander. Dein Halbbruder kann auf seine dunklen Triebe nicht verzichten; es gibt keine Nacht, in der er nicht das Haus verlässt. Der Tempel von Karnak verfolgt alles mit Argusaugen.«

»Nicht einmal Seth hätte sich einen so hinterhältigen Plan ausdenken können«, sagte Nefermaat, ohne auf die letzte Bemerkung des Gottes einzugehen.

»Das wäre etwas übertrieben«, entgegnete dieser lächelnd. »Was dann geschah, weißt du ja.«

»Und warum hast du mich vor der Todesstrafe gerettet?«, fragte der *sunu*, der versuchte, das alles zu verstehen.

»Es wäre eine Schande gewesen, hätte man den einzigen Menschen im Palast, der die *maat* befolgte, zum Tode verurteilt, findest du nicht? Ich hätte derlei niemals erlaubt, auch wenn deine Verurteilung unumgänglich war.«

»Der Berg des Goldes«, erinnerte ihn Nefermaat. »Dort überleben nur die Wüstentiere.«

»Ich weiß, aber du musst zugeben, dass du dich wacker geschlagen hast, obwohl ich dir am Ende jemanden schicken musste, um dir unter die Arme zu greifen«, sagte der Pharao vergnügt.

»Sesostris?«, fragte Nefermaat ungläubig.

Ramses lachte leise.

»Das ist unmöglich. Niemand würde ein solches Leben auf sich …«

»Sesostris schon«, unterbrach ihn der Pharao knapp. »Für ihn ist nichts unmöglich.«

»Du hast Sesostris in die Minen geschickt?«

»So ist es, obwohl er selbst nichts davon weiß. Was mit seiner Hündin passierte, überraschte mich nicht sonderlich, aber es gab mir die Gelegenheit, zwei Fliegen mit einer Klappe zu schlagen. Sabuf, der Leiter der *medjai*, bereitete mir Kopfzerbrechen. Er war zu ehrgeizig und wusste zu viel. Ich nehme an, du hast ihm auch keine Träne nachgeweint, nachdem er dich so übel zugerichtet hatte«, schloss er sarkastisch.

Nefermaat konnte einfach nicht glauben, was er da hörte.

»Aufgrund meiner Intervention schickten die Richter ihn zu den Minen im Berg des Goldes. Ich befahl ihm, sich um dich zu kümmern, und versprach, ihm zu helfen, bis er eines Tages nach Ägypten zurück könnte, falls euch die Flucht gelang. Alles Weitere ist dir bekannt. Heute ist er der Leiter der *medjai*.«

»Du hast also Sesostris in die Minen geschickt, damit er mich dort herausholt!«, rief der *sunu*.

»Du wärst sonst krepiert.«

»Eins verstehe ich nicht«, wandte Nefermaat ein und rieb sich das Kinn. »Warum hast du das getan? Weil du ein schlechtes Gewissen hattest?«

»So viel Niedertracht auf einmal war für eine redliche Seele wie die deine nicht gerecht. Findest du nicht? Vor allem, weil du es nicht verdient hattest. Ich habe dir nie Böses gewünscht, aber du wirst verstehen, dass ich nicht tatenlos zusehen konnte, wie du mir einen Strich durch die Rechnung machst. Nur darum ging es. Im Grunde genommen habe ich dich die ganze Zeit über beschützt.«

»Hast du denn damit gerechnet, dass ich eines Tages wiederkäme und du mir alles erzählen würdest?«

»In der Tat. Ich wollte, dass du es aus meinem Mund erfährst, weil ich dich nicht länger betrügen will. Im Augenblick der Psychotasie* sollen die zweiundvierzig Götter nicht behaupten können, ich hätte dir nicht die Wahrheit gesagt.«

»Und wenn ich nicht zurückgekehrt wäre?«

»Du weißt selbst, dass das eher unwahrscheinlich war. Du

* Das Totengericht, bei dem die Seele des Toten auf die Waagschale gelegt wird.

hattest gewichtige Gründe, wieder herzukommen. Oder irre ich mich?«

Nefermaat sah ihm in die Augen.

»Ich bin überzeugt, dass während all dieser Jahre ein Schatten auf deinem Herzen lag. Um ihn endlich zu vertreiben, musstest du zurückkehren.«

»Nubchesbed«, sagte Nefermaat mit zitternder Stimme.

Ramses nickte und forderte ihn mit einer Geste auf, ans Fenster zu treten.

Der Arzt blickte durch die dünnen Vorhänge und sah im Garten vier Kinder, die laut und fröhlich herumtobten.

»Der da drüben ist der Älteste«, erklärte der Pharao und zeigte auf einen Jungen, der acht oder neun Jahre alt sein mochte. »Er heißt Ramses-Itiamun*, und eines Tages wird er der lebende Horus sein«, versicherte er stolz. »Die anderen zwei, die sich da unten balgen, sind Panebenkemit und Amunherchepeschef. Du wirst verstehen, dass ich meinen langen Namen nicht aussterben lassen wollte.« Er lachte selbstzufrieden.

Nefermaat beobachtete, wie unbeschwert die Kinder spielten, und dann entdeckte er die Gestalt einer Frau. Sie stand mit dem Rücken zu ihm und hielt ein kleines Mädchen auf dem Arm.

»Und das dort drüben ist mein Ein und Alles«, erklärte Ramses und zeigte auf die Kleine. »Sie heißt Isis, zu Ehren ihrer Großmutter.«

Der Arzt beobachtete aufmerksam, wie die Frau das Kind in die Höhe hob und es küsste. Die Kleine lächelte zufrieden, dann legte die Frau sie wieder in die Wiege.

»Das ist ihre Mutter, die Große Königliche Gemahlin«, erklärte der Gott.

Nefermaat betrachtete sie eingehender. Irgendetwas an ihr kam

* »Re ist es, der ihn erschaffen hat, mein Vater ist Amun« (Beiname: Gott, Herrscher von Heliopolis).

ihm bekannt vor, obwohl er sie von seinem Platz am Fenster nicht richtig erkennen konnte. Dann wandte sie sich plötzlich um, und Nefermaat erblickte ihre Züge. Es war Nubchesbed.

»Nubchesbed!«, sagte Nefermaat mit erstickter Stimme. »Sie ist …«

»Die Große Königin Ägyptens«, fiel ihm Ramses ins Wort und nickte. »Sie wurde dazu geboren, wie du wohl weißt. Und jetzt nimmt sie den Platz ein, der ihr gebührt.«

Erschrocken wandte sich Nefermaat vom Fenster ab, als wäre er gerade Zeuge eines schändlichen Verbrechens geworden. In den königlichen Gärten spielte die Liebe seines Lebens mit ihren Kindern.

Doch dann konnte er es sich nicht verkneifen, noch einmal durch den dünnen Vorhang zu spähen. Nubchesbed lachte fröhlich, während ihre Kinder sie liebevoll umarmten. Sie ist immer noch genauso schön wie früher, dachte Nefermaat.

»War auch das Teil deiner Machenschaften?«, fragte der Arzt, der seine Enttäuschung nicht verhehlen konnte.

»Keinesfalls. Ich kann dir versichern, dass sie anfangs keine Rolle in meinen Plänen spielte, obwohl ich nicht leugnen kann, dass meine Entscheidung nicht besser hätte ausfallen können.«

Nefermaat wandte sich vom Fenster ab und setzte sich wieder hin. Es war, als hätte ihm jemand den Boden unter den Füßen weggezogen. Einen Moment lang musste er die Augen schließen. Was für ein übler Scherz! Warum hatte ihn Renenutet derart zum Narren gehalten? Wie konnte das Schicksal dermaßen schändlich mit der Seele eines Menschen spielen? Die Frau, die einst alles für ihn gewesen war, hatte den Mann geheiratet, der ihn auf schäbigste Art verraten und verkauft hatte. In all den Jahren, die er in der Verbannung hatte verbringen müssen, hatte er nur an sie gedacht und sich jeden Tag nach ihrer Liebe gesehnt. Ihr Gesicht schien wie mit Feuer in sein tiefstes Inneres eingebrannt zu sein und quälte ihn, ohne dass er es aus seinem Bewusstsein verbannen konnte. Sie dagegen hatte sich einen Mann genommen und eine Familie gegründet. Das entsprach nicht im Entferntesten dem, was sie sich als Jugendliche ausgemalt hatten. Letztendlich war also alles nur ein Traum gewesen, eine Illusion.

In seiner grenzenlosen Ernüchterung hörte er die Stimme des Pharao.

»Du bist ja kreidebleich. Hier, trink einen Schluck Wein, das hilft.«

Nefermaat öffnete die Augen. Nur langsam kehrte er in die Realität zurück. Vor ihm stand der Pharao und reichte ihm ein Glas Wein. Doch der Arzt lehnte mit einem leichten Kopfschütteln ab.

Ramses zuckte die Achseln.

»Ich glaube, dass sie dich irgendwann einmal wirklich geliebt hat«, sagte er schließlich. »Nach eurer Trennung hat sie sehr gelitten, doch dann hat sie schnell erkannt, welche herausragende Stellung sie einnimmt und wo dein Platz ist. Und als du vor Gericht gestellt wurdest, hat sie sich endgültig von dir abgewandt.«

Nefermaat verzog spöttisch das Gesicht.

»Oder hattest du etwa erwartet, dass sie dich im Kerker besucht? Niemand in einer Position wie der ihren hätte das getan.«

»Ich schon«, erwiderte Nefermaat ernst.

»Ja, sicher, ich hatte ganz vergessen, dass du dazu erzogen wurdest, den Weg der *maat* zu gehen. Wie auch immer«, sagte Ramses und seufzte. »Ich glaube, dass du jetzt über alles, was geschah, im Bilde bist. Nur eins fehlt noch.«

Nefermaat sah zum Pharao auf und ahnte, dass nun seine Würde ein letztes Mal mit Füßen getreten werden würde. Die Tatsache, dass er diesen Mann, der ihn ins Verderben gestürzt hatte, um Gnade bitten musste, kam ihm vor wie die schlimmste aller Erniedrigungen.

Der Pharao las seine Gedanken.

»Manche Menschen werden in einer Zeit geboren, die nicht die ihre ist«, erklärte er. Dann stand er auf und klatschte in die Hände. »Vor tausend Jahren wärst du ein glücklicher Mensch gewesen.«

Nefermaat sah den Gott mit einem unergründlichen Ausdruck an, der keines seiner Gefühle verriet. Dann betrat ein Schreiber den Saal, um das festzuhalten, was der Pharao ihm diktieren würde.

Als er Platz genommen hatte, sah ihn der Gott an und begann:

»Ich, Starker Stier mit großen Siegen, der die Beiden Länder belebt, mit reichlicher Schlagkraft ausgestattet, der Hunderttausende angreift, reich an Jahren wie Taten, Herr der *maat*, ein Re, Geliebter des Amun, Ramses-Amunherchepeschef, verfüge hiermit, dass jenem, der einst Nefermaat hieß und den die Götter dazu verurteilten, bis in alle Ewigkeiten durch die Zeit zu irren, die Schuld erlassen werde und er seinen verlorenen Namen zurückerhalte, damit man sich seiner erinnern kann. Das ist mein Wille.«

Anschließend rollte der Schreiber den Papyrus zusammen und verließ eilig den Raum. Nefermaats Gesicht war noch immer starr wie eine Maske.

»Ich bin ein gerechter Mann. Was ich getan habe, hatte seine Gründe. Jetzt ist alles wieder in Ordnung«, verkündete der Pharao mit stolz erhobenem Kinn. »Allerdings hat das, was du soeben erfahren hast, einen Preis, den du bezahlen musst«, fuhr der Gott fort.

Die beiden Männer sahen sich einen Augenblick lang in die Augen.

»Du hast einen Monat, um Ägypten zu verlassen.«

Nefermaat zeigte keine Regung, während er sich von seinem Platz erhob.

»Leb wohl, Nefermaat. Wir haben uns zum letzten Mal gesehen«, erklärte der Pharao. »Und vergiss nicht, dass du in einem Monat Kemet verlassen haben musst.«

Nefermaat saß auf einem kleinen Anlegeplatz am Ufer des Nils und beobachtete von dort das Haus seines Bruders in der Ferne. Den ganzen Tag war er in der Nähe herumgestreift, in der Hoffnung, ihm zu begegnen, und wenn es nur für einen kurzen Augenblick war. Trotz allem, was er erfahren hatte, konnte er immer noch nicht glauben, dass Kenamun ihm derart übel mitgespielt hatte, egal wie groß sein Groll gegen ihn war.

Und doch war es so gewesen.

Er hatte mit dem Gedanken gespielt, Theben sofort zu verlassen. Sollte jeder von ihnen seines Weges gehen. Im Grunde genommen war es schon immer so gewesen, und die Annahme, es könne sich je etwas daran ändern oder sie könnten eine andere Beziehung zueinander haben, war töricht. Doch Nefermaat wollte zumindest sehen, was sein Bruder für ein Gesicht machte, wenn er plötzlich vor ihm stand. Er wollte ihm in die Augen sehen und begreifen, woher dieser tiefe Hass rührte, der alle Grenzen seines Verständnisses überstieg.

Er hatte einen ganzen Tag lang gewartet, ohne seinen Bruder zu sehen, dafür aber hatte er dessen Gattin und seine Stiefmutter beobachten können. Letztere war in einer Sänfte an ihm vorbeigerauscht, das Gesicht so stählern und starr wie immer. Sie wirkte verbraucht und erinnerte ihn an die präparierten Leichen der Einbalsamierer. Auf Neferure hatte er einen längeren Blick werfen können, und auch sie hatte keinen besonders guten Eindruck auf ihn gemacht. Sie hatte stark zugenommen, ihre einst so aufreizende Figur war wie flüssige Butter in alle Richtungen auseinandergelaufen. Das aufgedunsene Gesicht glänzte fettig und wirkte blass und kränklich. Nur ihre Manieren schienen sich keinen Deut verändert zu haben. Nefermaat konnte sehen, wie sie ihre Diener verächtlich herumkommandierte. Keine Spur mehr von ihrer einstigen Fröhlichkeit, das Gesicht strahlte nur noch Traurigkeit aus.

Während Nefermaat jetzt am Flussufer saß, zogen die Erinnerungen eines ganzen Lebens an ihm vorbei, ohne dass er es gewollt hätte. Er konnte sich nicht dagegen wehren, in diesem betörenden Abendlicht, das unwirkliche Spiegelungen auf das vom Schlick getrübte Wasser warf, jenen jahrtausendealten Reichtum, mit dem der Nil das Land jedes Jahr bedachte.

Als sich die Nacht über das Land herabsenkte, dachte Nefermaat daran, aufzustehen und fortzugehen. Die Dunkelheit war so groß und seine Seele so traurig, dass er sich unbehaglich fühlte. Die Fluten des angeschwollenen Flusses schwappten bis zum Rand des kleinen Anlegeplatzes und drohten, ihn mit sich zu reißen, was in dieser Jahreszeit eine echte Gefahr darstellte. Neben ihm am Kai vertäut schlingerte das kleine Boot, das sein Halbbruder benutzte. Offensichtlich verkehrte er jetzt in einem neuen Lokal in Madu, einer nahe gelegenen Siedlung, in dem er in letzter Zeit seine schmutzigen Begierden befriedigen konnte. Er hatte schon vor langer Zeit die Lust an seiner Frau verloren und war zu seinen alten Lastern zurückgekehrt.

Nefermaat beobachtete, wie die Lichter im Haus seines Bruders nacheinander erloschen und es wenig später völlig ruhig wurde. Es war eine unheimliche, fast gespenstische Stille. Die dichten Schatten um ihn herum schienen plötzlich zum Leben zu erwachen und alles ihren unerbittlichen Gesetzen zu unterwerfen. Unendlich viele Hände webten einen dichten Schleier über das Land, bis die Luft undurchdringlich erschien und alle Geräusche verstummten. Selbst der Nil schwieg in jener Nacht.

Angesichts der unheimlichen Atmosphäre lief es Nefermaat kalt über den Rücken, und er erschauerte. Dieser Ort eignete sich mehr für böse Geister und Dämonen als für Menschen, man hätte ihn für die Vorhalle zum Amenti halten können.

Doch dann war der Spuk mit einem Mal vorbei, und das Vakuum, das eben noch das Land verschluckt hatte, löste sich auf. Die Schatten nahmen Gestalt an und tauchten aus der unergründlichen Tiefe auf. Vom Haus kam ein schwaches Licht durch die Dunkelheit geradewegs auf die Stelle zu, an der Nefermaat saß.

Als die kleine Lichtquelle den Anlegeplatz erreichte, stand Nefermaat auf. Langsam rückte die Laterne über den schmalen Kai vor, ihr schwacher Schein erleuchtete nur die unmittelbar vor ihm liegenden dunklen Holzplanken, alles andere wurde sogleich wieder von der dunklen Nacht verschluckt. Trotzdem bewegte er sich unaufhaltsam auf ihn zu, und dann erkannte Nefermaat die geisterhafte Gestalt, die sich dahinter abzeichnete. Es war Kenamun.

Wenn Kenamuns Schatten seinem Halbbruder Nefermaat einen Schrecken einjagte, so kam Kenamun Nefermaats Schatten vor wie der Geist eines Verdammten, der dem Amenti entkommen war. Wie angewurzelt blieb er stehen.

»Was ist das für ein Spuk?«, fragte er und hob die Laterne an, um ihn besser erkennen zu können.

»Es ist die Rückkehr des Unverhofften«, antwortete Nefermaat kühl.

»Unmöglich!«, rief sein Halbbruder mit zitternder Stimme. »Du besitzt nicht einmal mehr einen Namen, dich gibt es nicht mehr.«

»Ich bin gekommen, um ihn mir zurückzuholen«, entgegnete der Arzt geheimnisvoll.

Kenamun wich einen Schritt zurück.

»Du bist nur ein Gespenst, die Seele eines Verdammten«, sagte er leise bei sich, während er den Kopf schüttelte, als wollte er sich das selbst einreden.

»Ich bin so wirklich wie die Intrigen, die ihr gegen mich geschmiedet habt«, erklärte Nefermaat und ging einen Schritt auf seinen Bruder zu. »Fass mich an, ich lebe noch.«

Wie in Trance streckte Kenamun den Arm aus, bis er seinen Bruder mit den Fingerspitzen berührte.

»Das kann nicht sein!«, sagte er noch einmal und zog die Hand hastig zurück, als hätte er sich verbrannt. »Wie kommst du hierher? Du müsstest längst tot sein.«

»Der göttliche Pharao war mir gnädig. Jetzt heiße ich wieder Nefermaat.«

»Was hast du vor? Was willst du von mir?«

»Ich will aus deinem eigenen Mund hören, dass du derjenige warst, der mich hereingelegt hat. Ich will wissen, was ich dir angetan habe, damit du mich so hasst.«

Kenamun stieß einen Fluch aus.

»Ich bräuchte Stunden, um dir das zu erklären. Seit ich zur Welt kam, warst du eine Bedrohung für mich.«

Nefermaat trat auf ihn zu, bis die kleine Laterne ihre beiden Gesichter erhellte.

»Du warst immer der Gerechte und Vernünftige, der alles wusste und jede Erniedrigung duldsam ertrug, sogar die Verachtung seiner eigenen Familie. Ich konnte dich nie leiden, ständig hast du uns vor Augen führen wollen, wie schlecht wir dich behandelten. Deine Einstellung hat mir nichts als Scherereien eingebracht«, sagte Kenamun sichtlich erregt.

»Ich habe mich nie in dein Leben eingemischt«, erwiderte Nefermaat ruhig.

»Ach nein?«, erwiderte sein Halbbruder und warf ihm einen hasserfüllten Blick zu. »Ich würde sagen, dass du die ganze Zeit nichts anderes getan hast. Sogar als du längst in Memphis warst, musste ich mich Tag für Tag mit dir auseinandersetzen. Jeder am Hof hat mich mit dir verglichen. Ich habe dich dafür gehasst.«

»Du hast mich schon vorher gehasst, bevor ich nach Memphis ging«, sagte Nefermaat gleichmütig. »Trotzdem hätte ich mir nie träumen lassen, dass du so weit gehen könntest.«

»Du bist ein Narr. Wenn ich heute die Wahl hätte, würde ich mich genauso entscheiden wie vor zehn Jahren, aber dieses Mal würde ich ganz sichergehen, dass du nicht wieder zurückkehrst.«

»Dein Hass übersteigt jedes Maß an gesundem Menschenverstand.«

»Darin gebe ich dir recht, Bruder. Mein Hass reicht bis ins Amenti, wohin ich dich am liebsten schicken würde. Dort sind Heuchler wie du am besten aufgehoben.«

Nefermaat sah ihm fest in die Augen, ohne die Beherrschung zu verlieren.

»Wenn du nur könntest, würdest du mit Freuden allen Ruhm einheimsen, den es auf der Welt gibt. So aber versteckst du deine Ambitionen unter dem Mantel der Bescheidenheit, den du so gut zu weben verstehst. Bei allen Göttern! Ein Mann, der imstande ist, eine ägyptische Prinzessin zu betrügen und sich anschließend mit der Frau zu vergnügen, die ihn liebt. Niemals zuvor hat es so etwas in Ägypten gegeben.«

»Ihr habt weit Schlimmeres fertig gebracht«, fuhr Nefermaat ihn an. »Paneb und du … Was seid ihr für schäbige Sklaven eurer eigenen skrupellosen Gier nach Macht. Du kennst kein Maß, Kenamun.«

Sein Bruder richtete sich drohend auf.

»Das musst ausgerechnet du sagen, der die Gefühle der anderen nie respektiert hat! Du glaubst, dass die Welt sich nur nach den Regeln richtet, die du kennst und einhältst. Wenn du zurückgekommen bist, um zu erfahren, was in jener Nacht in deinen Gemächern wirklich geschah, dann weißt du es bereits. Ja, ich bin es gewesen, der dir die kleine Wachsfigur untergeschoben hat, und ich schwöre bei Seth, dass ich es wieder tun würde.«

»Dein Hass ist nur die Folge deiner Angst. Dein ganzes Leben hast du dich davor gefürchtet, in den Spiegel zu blicken und dich so zu sehen, wie du bist.«

Kenamun schnaubte und stieß seinen Bruder grob beiseite.

»Geh mir aus dem Weg!«

Nefermaat hielt ihn am Arm fest.

»Willst du ein Leben lang vor dir selbst flüchten? Dein Herz ist bereits von Hass zerfressen. Frag deine Seele, sie wird dir sagen, wer du wirklich bist.«

Als er das hörte, verlor Kenamun jede Beherrschung, als bräche der jahrelang aufgestaute Hass auf seinen Bruder mit einem Mal aus und forderte Genugtuung, anders war seine Reaktion nicht zu erklären.

Unversehens fiel er über seinen Stiefbruder her und schlug, außer sich vor Wut, auf ihn ein. Von dem Angriff überrumpelt stürzte Nefermaat zu Boden und versuchte, die ungestümen Schläge seines Bruders so gut er konnte abzuwehren. Die Laterne kullerte über den Anlegeplatz und erhellte mit ihrem gespenstischen Licht die unheimliche Szene. Kenamun lag auf seinem Bruder und schlug wie von Sinnen auf ihn ein.

Unter der Last des schweren Körpers konnte sich Nefermaat kaum bewegen. Er zerrte verzweifelt an Kenamuns Gewand, um ihn abzuwerfen. Daraufhin packte sein Bruder ihn mit beiden Händen am Hals und drückte mit ganzer Kraft zu.

Nefermaat spürte, dass er keine Luft mehr bekam. Kenamun hatte offensichtlich den Verstand verloren, er wollte ihn tatsächlich umbringen. Es war unfassbar, aber während er darum kämpfte, sich aus seinem Griff zu lösen, sah er in dem Gesicht seines Halbbruders, dass dieser zu allem entschlossen war.

Mit einem letzten Kraftakt rief er Sachmet an und schlug seinem Bruder mit beiden Händen so hart auf die Ohren, dass der seine Beute augenblicklich losließ und einen Schrei ausstieß, bei dem selbst »der, der das Wasser schlägt«* erbleicht wäre, jener, der über das Geschrei und Gezeter zu richten hatte, das die Toten veranstalteten, wenn sie vor Osiris' Totengericht traten.

* »Derjenige, der das Wasser schlägt« war einer der zweiundvierzig Götter, die bei Osiris' Totengericht über die Seele des Verstorbenen richteten.

Während Kenamun noch schrie, richtete sich Nefermaat röchelnd auf und schnappte nach Luft. Er versuchte, wieder auf die Beine zu kommen, doch als er aufblickte, sah er, dass sein Bruder erneut über ihm stand und in seiner Hand etwas aufblitzte.

Nefermaat stockte der Atem, als er das Messer sah.

»Du bist ja völlig wahnsinnig geworden!«, rief er fassungslos.

»Im Gegenteil!«, erwiderte Kenamun, das Gesicht von Hass entstellt. »Du aber bist schon so gut wie tot!«

Dann hob er das Messer mit beiden Händen über den Kopf, um seinem Bruder den Todesstoß zu versetzen. Nefermaat sah, wie die kupferne Klinge im schwachen Schein der Laterne funkelte, die auf dem Boden neben ihnen lag. Doch in dem Augenblick, als das Messer auf ihn niedersauste, tauchte eine Hand aus dem Wasser auf und packte Kenamun am Fußgelenk. Sein Stiefbruder stürzte zu Boden und wurde über den Kai gezerrt. Er versuchte sich aus dem eisernen Griff zu befreien, doch es half nichts. Die Hand schleifte ihn über den Rand des Anlegeplatzes ins Wasser. Kenamun schrie verzweifelt um Hilfe, während er in die Tiefe gezogen wurde. Man hörte ein ersticktes Röcheln im Wasser, und dann war es wieder still, als ob nichts geschehen wäre.

Verwirrt und keuchend stand Nefermaat auf. Er nahm die Laterne und trat unsicher an den Rand des Kais, um Licht in etwas zu bringen, das er nicht begreifen konnte. Im gleichen Augenblick tauchte eine Gestalt aus der Tiefe auf, sprang auf die Mole und stand plötzlich vor Nefermaat. Ein riesiger Kerl, von dessen schwarzer Haut das Wasser auf die Holzplanken rann.

»Sesostris!«, rief Nefermaat verdutzt.

Der Nubier sah ihn an, sein kräftiger dunkler Körper schimmerte im schwachen Schein der Laterne.

»Hapi hat ihn verschluckt«, erklärte er und zeigte mit dem Finger auf den Fluss. »So wird dein Bruder wenigstens zur Fruchtbarkeit des Landes beitragen.«

Sprachlos beobachtete Nefermaat, wie der Nubier das kleine Boot am Kai losband, hineinstieg und sich vom Anlegeplatz abstieß. Ehe er sich in der Nacht verlor, blickte er noch ein letztes Mal zu Nefermaat auf, der immer noch am Kai stand und die Lampe in der Hand hielt.

»Jetzt sind wir quitt«, rief der Mann aus Nubien und lächelte.

Dann verschwand er in der Dunkelheit.

Nefermaat genoss das Licht des Mittelmeeres. An Deck eines Handelsschiffes sitzend, ließ er sich von der milden Sonne des Spätsommers das Gesicht streicheln, als wäre es der Inbegriff der Seligkeit. Das Schiff glitt sanft über das ruhige Wasser, die Überfahrt war für Nefermaat eine einzige Freude.

Die salzige Brise, die ihm in früheren Zeiten so unangenehm und als ein Zeichen von bösen Vorahnungen erschienen war, fühlte sich nun an wie Balsam, erschaffen von Thot, dem allwissenden Gott.

Er schloss die Augen und war sich zum ersten Mal bewusst, wie kostbar alles war, was ihn umgab. Er war glücklich, ja euphorisch, es war ein neues Gefühl, das er nicht kannte. Endlich hatte er die Gespenster, die ihn verfolgten, abschütteln können. Er fühlte sich wie neugeboren.

Er hatte Ägypten mit der Gewissheit verlassen, dass ihn dort nichts mehr hielt. Seine geliebte Heimat war zu einem Ort geworden, an dem es keinen Platz mehr für ihn gab. Er war ein Fremder in seinem eigenen Land geworden, ein Eindringling.

Bevor das Schiff in den Großen Grünen ausgelaufen war, hatte es in Bubastis Zwischenstation gemacht, der Stadt der Katzengöttin, die eine so entscheidende Rolle in seinem Leben gespielt hatte. Sobald sie anlegten, war er zu Anons prächtigem Haus geeilt, hatte dort jedoch nur einige der alten Diener angetroffen. Als sie ihn erkannten, hießen sie ihn willkommen und erzählten ihm, Anon sei bereits seit einigen Jahren weggezogen.

»Er hat Bubastis verlassen?«, fragte Nefermaat überrascht.

Die Diener nickten.

»Ja, er ist nach Babylonien zurückgekehrt. Dort wollte er seinen Lebensabend verbringen. Als seine Frau gestorben war, hat er sich völlig zurückgezogen. Die Einsamkeit machte ihm schwer zu schaffen.«

»Iay ist tot?«

»Sie wurde von einem verschlingenden Übel* befallen, und der Herr war machtlos.«

Nefermaat schüttelte traurig den Kopf und blickte sich um.

»Er hat genügend Geld hinterlassen, damit wir uns um das Haus kümmern. Er meinte, eines Tages würde vielleicht jemand aus seiner Familie nach Bubastis zurückkehren. Hier ist auch eine Botschaft für dich.«

Nefermaat nahm den Papyrus, den sie ihm reichten, rollte ihn auf und begann mit Tränen in den Augen zu lesen. In der Urkunde übertrug Anon sein ganzes Hab und Gut seiner Stieftochter Atet und Nefermaat zu gleichen Teilen. Er schrieb, dass er beide als Kinder anerkannte, obwohl er nicht deren leiblicher Vater sei. Am Ende verabschiedete er sich auf seine ironische Art und setzte hinzu, das Gold sei immer noch dort, wo Nefermaat es vergraben hätte. Gerührt rollte Nefermaat den Papyrus wieder zusammen.

Er seufzte und schloss die Augen vor der gleißenden Sonne. Der alte Anon war sich bis zum Ende treu geblieben. Seine Menschlichkeit machte all die kleinen Schwächen, gegen die er nicht angekommen war, wieder wett. Er selbst hatte seinem alten Meister viel zu verdanken; er würde ihn stets in Erinnerung behalten.

Träge stand Nefermaat auf und ging zum Heck. Er blickte über die Reling auf die schwache Spur des Kielwassers, die das

* Ein bösartiger Tumor.

Schiff auf dem Wasser hinterließ. Plötzlich erinnerte er sich an die gleiche Szene vor zehn Jahren. Damals hatte das Wasser seinen Namen in die Tiefe gerissen, nachdem die Menschen ihn zu Unrecht verurteilt hatten. Jetzt musste er schmunzeln, als er daran dachte, und blickte erneut auf das Kielwasser. Es war deutlich zu sehen, und dieses Mal zeichnete es keinen Namen, denn zweimal konnte man ihn nicht verlieren. Er hatte den seinen wiedergewonnen, obwohl er jetzt davon überzeugt war, dass es keine Rolle spielte. Sein schicksalhaftes Leben hatte ihm gezeigt, dass ein Mensch viel mehr war als ein Name, den die Menschen ihm gaben und wieder nahmen.

Sein Blick verlor sich in der endlosen Ferne, wo er Ägypten wähnte. Dieses jahrtausendealte Land, in dem er geboren worden war, sagte ihm jetzt für immer Lebewohl. Trotz seiner heiligen Mysterien und seiner tiefen Weisheit hatte es nicht verhindern können, dass sich die Menschen wie überall auf der Welt von Ehrgeiz und Machtgier korrumpieren ließen. Im Land von Kemet waren die Götter nur noch aus Stein.

Plötzlich dachte er an Medunefer, den alten Dekan in Memphis, und dann fielen ihm die rätselhaften Worte wieder ein, die er damals gesagt hatte. Jetzt verstand er sie und erkannte die Weisheit, die in ihnen lag. Instinktiv griff er nach der kleinen Figur, die er um den Hals trug. Die Göttin war seine treueste Begleiterin gewesen und hatte sich ihm von einer Seite gezeigt, die wenig zu tun hatte mit der ihr angedichteten Rachsucht. Sachmet war wie eine liebevolle Mutter zu ihm gewesen – vielleicht weil er seine nie kennen gelernt hatte.

Seine Gedanken kehrten zu dem Schiff zurück, mit dem er nach Sidon segelte. Dort war er jetzt zu Hause, auch wenn er lange gebraucht hatte, um das zu erkennen. Hemon und auch Atet waren zu einem unzertrennlichen Teil von ihm selbst geworden. Atet hatte ihm gezeigt, dass die niedrigen Leidenschaften nur Fantasien sind, die keinen Bestand haben, wenn einem die wahre Liebe begegnet. Sie selbst hatte es ihm bestätigt und eine Größe bewiesen, die über die jeder ägyptischen Prinzessin hinausging.

Nefermaats Herz, das zuvor blind gewesen war, konnte nun ganz deutlich sehen, dass kein einziger Schatten mehr ihre Liebe trübte.

Er würde sie glücklich machen, das wusste er genau.

Nachwort

Die Haremsverschwörung gegen Ramses III. stellt eine der einzigartigsten Episoden in der Geschichte des alten Ägypten dar. Nachdem die Fakten dreitausend Jahre lang im Dunklen lagen, gelangten sie in Gestalt der Papyri Harris, Rollin, Rifaud und Turin zu uns. Detailliert berichten diese Aufzeichnungen über den Prozess, die an der Verschwörung beteiligten Personen und die verhängten Urteile. Bei der Schilderung der Intrige von Königin Teje und der auf das Attentat folgenden Verurteilungen hielt ich mich streng an die historischen Fakten. Alle an der Verschwörung beteiligten Personen sind authentisch und haben so gelebt, wie es in diesem Buch beschrieben ist.

Der Pharao Ramses III. starb noch während der Gerichtsverhandlung gegen seine Verschwörer. Bis heute ist ungeklärt, woran, doch liegt die Vermutung nahe, dass sein Tod in einem unmittelbaren Zusammenhang mit der Revolte stand.

Zweifellos wäre eine rangniedrige Königin wie Teje ohne die Unterstützung einflussreicher Mächte, die im Hintergrund die Fäden zogen, nicht in der Lage gewesen, einen Staatsstreich derartigen Ausmaßes durchzuführen. Der Staub von dreitausend Jahren Geschichte liegt wie ein Schleier über den damaligen Ereignissen, trotzdem können wir davon ausgehen, dass an dem Komplott viel mehr Personen beteiligt gewesen waren, als uns bekannt sind.

Was die Rolle des späteren Pharao Ramses IV. betrifft, so glauben einige Historiker an die Möglichkeit, dass der Kronprinz informiert war und den Aufstand für seine eigenen Zwecke ausnutzte. Die schlechte Beziehung, die er zu seinen Brüdern hatte, könnte eine plausible Erklärung für sein Verhalten liefern.

Wer tatsächlich seine Mutter war, ist nicht mit letzter Sicherheit geklärt. Manche Forscher sind der Ansicht, er sei der Sohn der Großen Königlichen Gemahlin Isis gewesen, andere dagegen halten Titi für seine Mutter. Ich selbst neige mehr zur letzten Möglichkeit, weil sie das Verhalten des Prinzen während des Staatsstreichs plausibel macht. Nur so lässt sich erklären, warum er neben seinen Titeln auf den Bezeichnungen »der Einzige« und »der Legitime« bestand; ganz offensichtlich war er doch nicht der Sohn der Großen Königlichen Gemahlin Isis. Niemals zuvor in der Geschichte Ägyptens hatte sich ein Herrscher solche Titel zu eigen gemacht.

Dies würde auch den tiefen Hass erklären, den Prinz Amunherchepeschef, der spätere Pharao Ramses VI., für ihn empfand, der das Andenken an ihn auszulöschen versuchte, als er den ägyptischen Thron bestieg.

Doch mir kam es nicht darauf an, eine neue historische Theorie aufzustellen, sondern dem Leser eine faszinierende Epoche der ägyptischen Geschichte nahe zu bringen und mich dabei an die historischen Fakten zu halten. Dieses Buch stellt meine persönliche Meinung dar.

Bibliografie

Anmerkung des Autors: Zugunsten des Leseflusses wurde darauf verzichtet, in den Fußnoten die jeweiligen Quellen anzugeben, aus denen Zitate, Fachausdrücke oder Bedeutungen stammen. Die folgende Bibliografie soll helfen, durch diese Auslassung eventuell entstandene Lücken zu schließen.

Aufrere, S., Golvin, C. L., und Goyon, C. L.: *L'Égipte, Restituée, Tome 2 – sites et temples des deserts*, Editions Errance, Paris 1994

Baines, J., und Malek, J.: *Egipto, dioses, templos y faraones*, Folio, Barcelona 1992

Blázquez, J. M., Martínez-Pinna, J., Presedo, F., López Melero, R., und Alvar, J.: *Historia de Oriente Antiguo*, Cátedra, Madrid 1992

Blázquez, J. M., Wagner, C. G., und Alvar, J.: *Fenicios y cartagineses en el Mediterráneo*, Cátedra, Madrid 1999

Bunson, M.: *A Dictionary of Ancient Egypt*, Oxford University Press, 1991

Castel, Elisa: *Diccionario de Mitología Egipcia*, Alderabán Ediciones, Madrid 1995

Dies.: *Los sacerdotes en el Antiguo Egipto*, Alderabán Ediciones, Madrid 1998

Clayton, P. A.: *Crónica de los faraones*, Destino, Barcelona 1996

Cuenca, M., und Barba, R. E.: *La medicina en el Antiguo Egipto*, Alderabán Ediciones, Madrid 2004

Dodson, A., und Hilton, D.: *Las familias reales del Antiguo Egipto*, ED. Oberon, Madrid 2005

Durán, J. J.: *Boletín geológico minero*, volumen 116, abril-junio, número 2, 2005

Fundación Arqueológica Clos, Arqueo Club: *Ruta arqueológica por Egipto III*, enero, Barcelona 2005

Gardiner, A.: *Egyptian Grammar*, Griffith Institute Ashmolean Museum, Oxford, Great Britain 1988

Hart, G.: *A Dictionary of Egyptian Gods and Goddesses*, Routledge & Kegan Paul Inc., London 1990

Ikram, S., und Dodson, A.: *The Mummy in Ancient Egypt*, Thames & Hudson Ltd., London 1998

Jouret, R. M.: *Tebas 1250 a. C.*, Alianza Editorial, Madrid 1992

Karageorghis, V.: *Chipre encrucijada del Mediterráneo oriental*, 1600–500 a. C., ED. Bellaterra Arqueología, Barcelona 2004

Kemp, B.: *El Antiguo Egipto, anatomía de una civilización*, Crítica, Barcelona 1992

Mangado Alonso, M. Luz: *El vino de los faraones*, Fundación Dinastía Vivanco, La Rioja 2003

Manniche, Lise: *An Ancient Egyptian Herbal*, British Museum Press, Third University of Texas Press, Austin 1999

Martín Valentín, F. J.: *Gramática Egipcia*, ED. Alderabán, Madrid 1999

Montet, P.: *La vida cotidiana en Egipto en tiempos de los Ramsés*, Temas de Hoy, Madrid 1990

Morel, H. V., und Moral, J. D.: *Diccionario de Mitología Egipcia y de Medio Oriente*, Kier S. A., Buenos Aires 1987

Nunn, J. F.: *La medicina del Antiguo Egipto*, ED. Fondo de Cultura Económica, México D. F. 2002

Peden, A. J.: *The Reign of Ramses IV*, Aris & Phillips Ltd., Warminster, Great Britain 1994

Rachet, Guy: *Lexikon des alten Ägyptens*, Wissenschaftliche Buchgesellschaft, Darmstadt 1999

Reeves, Nicholas, und Wilkinson, Richard H.: *Das Tal der Könige. Geheimnisvolles Totenreich der Pharaonen*, Weltbild, Augsburg 2000

Redford, S.: *The Harem Conspiracy and The Murder of Ramesses III*. ED. Northern Illinois University Press, Dekalb, Illinois 2002

Rice, Michael: *Who is Who in Ancient Egypt*, Taylor & Francis, Routledge, London 1999

Strouhal, Eugen: *Ägypten zur Pharaonenzeit. Alltag und gesellschaftliches Leben*, Ernst Wasmuth, Tübingen, Berlin 1994

Trello, F.: »*Las guerras de Ramsés III*«, in: Boletín de la Asociación Española de Egiptología (BAEDE), Madrid 2000

Wilkinson, R. H.: *Todos los dioses del Antiguo Egipto*, ED. Oberon, Madrid 2003

Liste der wichtigsten medizinischen Papyri

Papyrus Berlin entstand 1200 vor Christus und behandelt allgemeine medizinische Themen.

Papyrus Brooklyn Snake entstand 300 vor Christus und behandelt Schlangenbisse.

Papyrus Carlsberg VIII entstand 1300 vor Christus und behandelt gynäkologische Probleme.

Papyrus Chester entstand 1200 vor Christus und behandelt die Krankheiten des Afters.

Papyrus Ebers entstand 1500 vor Christus und behandelt allgemeine Medizin.

Papyrus Edwin Smith entstand 1550 vor Christus und behandelt die Chirurgie.

Papyrus Hearst entstand 1450 vor Christus und behandelt allgemeine Medizin.

Papyrus Kahun entstand 1800 vor Christus und behandelt die Gynäkologie.

Papyrus London entstand 1200 vor Christus und behandelt überwiegend magische Themen.

Papyri Ramesseus II., IV., V. entstanden 1700 vor Christus und behandeln gynäkologische Leiden, Augenleiden und Kinderkrankheiten.

Aufstellung der Papyri, in denen auf die Regentschaft von Ramses III., die Haremsverschwörung und die späteren Gerichtsverfahren eingegangen wird:

Papyrus Harris
Papyrus Turin
Papyrus Rollin
Papyrus Varzy
Papyrus Lee
Papyrus Rifaud